Scenes from Provincial Life

J.M. Coetzee

INSCRIPT Inc.

サマータイム、青年時代、少年時代

──辺境からの三つの〈自伝〉

J・M・クッツェー　くぼたのぞみ=訳

インスクリプト

ヴスター駅前のユーカリの並木道、2011年。(1頁目)
テーブルマウンテンにかかる「雲のテーブルクロス」、2011年。(2・3頁目)
ケープタウン大学芸術棟、2011年。(4頁目)

Scenes from Provincial Life

Japanese translation published by arrangement with Peter Lampack Agency, Inc.
551 Fifth Avenue, Suite 1613, New York, NY 10176-0187 USA
through Tuttle-Mori Agency, Inc., Tokyo

D・K・Cの思い出に。

著者ノート

本書を構成する三つの作品は以前、『少年時代』（一九九七年）、『青年時代』（二〇〇二年）、『サマータイム』（二〇〇九年）として出版されたが、一巻にまとめるために全面的に手を入れた。

ブラジルのポルトガル語についてはマリリア・バンデイラに助けてもらったことを感謝する。また、『ゴドーを待ちながら』からの引用（実際は誤引用）を許可してくれたサミュエル・ベケット・エステートにも謝辞を述べたい。

目次

少年時代　009

青年時代　177

サマータイム　349

解説　くぼたのぞみ　624

J・M・クッツェー年譜／著作リスト　665

訳者あとがき　678

サマータイム、青年時代、少年時代

――辺境からの二つの〈自伝〉

少年時代

Boyhood

1

ヴスターの町外れの、鉄道線路と国道に挟まれた住宅地に彼らは住んでいる。住宅地を走る通りには樹木の名前がついているが、樹木はまだない。住所はポプラ通り十二番。住宅地の家はどれも新しくて画一的だ。家々は草も生えない赤い粘土質の広大な区画地に建てられ、金網のフェンスで仕切られている。それぞれの裏庭に、一部屋とトイレから成る狭い区画がある。召使いなどいないのに、彼らはそこを「召使い部屋」「召使いのトイレ」と呼ぶ。召使い部屋は物置として使われ、新聞、空きビン、壊れた椅子、古いヤシ皮のマットレスが入っている。

庭の奥に養鶏場を作って、雌鶏を三羽入れる。自家用に卵を産んでくれるはずだ。だが鶏の成育がはかばかしくない。雨水が粘土質の土に染み込まず、庭に水溜まりができる。養鶏場は汚臭を放つ泥沼と化す。鶏の脚には腫れものができて象皮病のようだ。病気がちで不機嫌な鶏たちは卵を産まなくなる。母親がステレンボッシュに住む姉に相談すると、鶏の舌の裏にできた角質部分を削り取ればまた卵を産むようになるという。そこで母親は鶏を一羽ずつ両膝に挟み込み、肉垂れを押しつづけて嘴を開き、小刀の先で舌をつついてみる。鶏は悲鳴をあげてもがき、目を剝き出しにする。彼はぞっとして顔をそむける。母親が台所のカウンターにシチュー用の牛肉をバシッとのせて、賽の目に切り分けるところが思い浮かぶ。母親の血だらけの指が思い浮かぶ。

いちばん近い商店街は一マイルも離れていて、ユーカリが立ち並ぶ荒涼とした道を通らねばならない。この住宅地の箱みたいな家のなかに閉じ込められた母親は、一日中、掃除と整理整頓のほかにすることがない。風が吹くたびに、黄土色の細かな土埃がドアの下から吹き込み、窓枠のすきまや、軒下や天井の継ぎ目から侵入してくる。終日嵐が吹き荒れたあとは、正面の壁のところに土埃が何インチも積もる。

そこで真空掃除機を買う。母親は毎朝、部屋から部屋へ、その掃除機を引いてまわり、唸る掃除機の腹のなかに土埃を吸い込む。掃除機の上で赤いゴブリンがにやにや笑いながらハードルを跨ぐみたいに跳ねている。でも、なんでゴブリンなんだろ？

彼は掃除機で遊ぶ。紙を細かくちぎって、切れ端が風に吹かれた木の葉のように舞いあがりパイプに吸い込まれるのを観察する。蟻の行列に掃除機をあてて、吸い込んで死なせる。

ヴスターには蟻がいる。蠅もいるし蚤は異常に多い。ケープタウンから九十マイルしか離れていないのに、ヴスターではひどいことばかりだ。蚤に食われた痕がソックスの上のところでまるい輪になり、引っ掻くとかさぶたができる。痒くて眠れない夜もある。なんでケープタウンを離れなければならなかったのかがわからない。

母親も苛々している。馬が欲しいという。そうすればせめて平原《フェルト》を乗りまわせるもの。馬だって！　と父親はいう。レディ・ゴダイヴァ〔十一世紀の英国で、夫の領主が住民に課した重税を廃止させるため白昼裸で白馬を乗りまわした女性〕にでもなるつもりか？

母親は、馬は買わない。その代わり予告なく自転車を買う。女性用の中古で、黒く塗ってある。やけに大きく重たいので、彼が庭で試してみても、ペダルをまわすことができない。

母親は自転車の乗り方を知らない。たぶん馬の乗り方も知らないかもしれない。自転車を買ったのは、自転車なら簡単に乗れると思ったのだろう。そこで母親は乗り方を教えてくれる人がいないと気づく。

父親は、それみたことかと笑いを隠さない。女は自転車になんか乗らないもんだしいう。それでも母親は負けない。わたしはこの家の囚人になんかならないわよ、わたしは自由になるの、といって。

最初、彼は母親が自分の自転車をもつなんてすばらしいと思った。三人そろって自転車に乗り、ポプラ通りを走っているところを思い描いたこともある。母親と自分と弟と。ところがいま、父親の冗談に母親が頑固にだんまりを決め込むしかないのを見ていると、気持ちがぐらついてくる。女は自転車になんか乗らないもんだ、という父親のほうが正しかったらどうしよう？ もしも母親に乗り方を教えてくれる人があらわれなかったら、もしもリユニオン・パークのほかの主婦はだれも自転車をもっていなかったら、とするとあるいは女は本当に自転車になんか乗らないものかもしれない。

母親が独り裏庭で自転車の乗り方を習得しようとする。脚を両側にまっすぐ伸ばして養鶏場までの斜面を下る。自転車が倒れて止まる。クロスバーがないので母親が転ぶことはない。ハンドルにしがみつきながらぶざまな格好でよろめくだけだ。

彼は内心、母親に反感を覚える。その夜は父親のひやかしに加勢する。これがひどい裏切りなのはよくわかっている。いまや母親は孤立無縁だ。

それでも母親は自転車に乗れるようになり、おぼつかない、ふらつく乗り方ながら、懸命に重たいクランクを回転させる。

母親がヴスターまで遠出するのは、午前中、彼が学校へ行っているときだ。一度だけ母親が自転車に乗っている姿をちらりと見かける。白いブラウスに黒っぽいスカート。ポプラ通りを家に向かってやってくる。髪を風になびかせて。母親は若く見える、少女のようだ、若くて生き生きとして謎めいている。

父親は黒く重たい自転車が壁に立てかけてあるのを見るたびに冗談にする。父親の冗談によれば、ヴスターの住人たちは自転車に乗った女があえぎながら通り過ぎるあいだ、仕事の手を止めて身を起こし、口をあんぐりと開けているそうだ。よいしょ《トラップ》！ よいしょ《トラップ》！ と彼らは母親を囃し立て、冷やかす。冗談は少しも面白くないが、彼と父親はそのあと決まって大声で笑う。母親のほうは、機知に富んだことばを返すことがない。そんな資質に恵まれていないのだ。「笑いたければ笑えばいい」という。

そしてある日、なんの説明もないまま、母親は自転車に乗るのをやめる。それから間もなく自転車は姿を消す。だれもなにもいわないが、彼には身のほどを思い知らされた母親が諦めたことがわかる、そして自分にその責任の一端があることもわかる。いつかきっとこの埋め合わせをしよう、と彼は心に誓う。

自転車に乗っている母親の姿が彼の脳裏から離れない。母親がペダルをぐんぐんこいでポプラ通りを走りながら、彼から逃げて、自分の欲望に向かって行こうとしている。母親に行ってほしくない。自分の欲望をもってほしくない。母親にはいつも家にいてほしい、家に帰ったとき彼を待っていてほしい。彼が父親と組んで母親に対抗することは滅多にない。断然、母親と組んで父親に対抗したいほうなのだ。でもこの件では、男たちの側につく。

2

母親にはなにも話さない。学校生活は絶対に秘密だ。母親にはなにも知らせないが、学期ごとの通知表は非の打ちどころのないものにする、と彼は決める。いつもクラスではトップになろう。素行は必ず「秀」、進度は「優」。通知表が申し分ないかぎり母親に質問する権利はない。それが心のなかで決めた黙契だ。

学校では生徒が鞭打ちを受ける。毎日だ。生徒は前かがみになり、足先に手が触れるような姿勢を命じられて、細い杖状の鞭で打たれる。

スタンダード3〔日本の小学五年生に相当〕のクラスには、先生がむやみとたたきたがるロブ・ハートという生徒がいる。スタンダード3の先生はミス・オーストハイゼンという名の、ヘナで髪を染めた興奮しやすい人だ。両親がどこかから、マリー・オーストハイゼンという名だと聞きつけてくる。演劇に入れ込んでいて未婚だそうだ。明らかに先生には学校外の生活があるのに、それが想像できない。どの先生にしろ、学校外の生活があるなんて想像できない。

ミス・オーストハイゼンが逆上して、ロブ・ハートを席から前へ呼びつけ、前かがみになることを命じ、尻を鞭で横ざまに打つ。次から次へすごい速さで振りおろされる鞭は跳ね返る暇がない。ミス・オーストハイゼンの処罰が終わるころには、ロブ・ハートの顔は真っ赤だ。でも彼は泣かない。むしろ、顔が赤くなったのはただ前かがみになっていたからかもしれない。でもミス・オーストハイゼンのほうは息も荒く、いまにも涙があふれそう——涙のほかにもほとばしるものはありそうだ。

荒れ狂う激情がひとしきり続いたあとはクラス全体がしんとなり、ベルが鳴るまで静まり返る。

ミス・オーストハイゼンはどうしてもロブ・ハートを泣かすことができない。ロブ・ハートのことになるとすぐに激昂して、あれほど激しく、だれより激しくたたくのはそのせいかもしれない。ロブ・ハートはクラスでは最年長の生徒で、彼より二歳近く年上だ（彼がいちばん年下なのだ）。ロブ・ハートとミス・オーストハイゼンのあいだには彼のうかがい知れぬなにかがある、なんとなくそれはわかる。

ロブ・ハートは背が高く、どこか豪胆不敵な恰好よさがある。頭はあまり良くないし、へたをすると落第しそうなくらいだが、彼はロブ・ハートに惹かれる。ロブ・ハートが属しているのは彼がまだ足を踏み入れるきっかけをつかめない世界、セックスと鞭打ちの世界なのだ。

彼としては、ミス・オーストハイゼンからたたかれたいとは思わない、だれからだろうといやだ。たたかれると思うだけで恥ずかしさに身悶えする。それを避けるためならなんでもする。この点がみんなと違う、それはわかっている。彼が生まれたのはみんなと違う恥ずかしい家族で、子供たちがたたかれないだけでなく、年長者をファーストネームで呼び、だれも教会に行かず、靴を毎日はく家族なのだ。

彼の通う学校では、どの教師も男女の区別なく鞭を持っていて、それを自由に使える。それぞれの鞭には個性というか特徴があり、それを生徒は知っていて際限なく話の種にする。少年たちは知ったかぶりをして鞭の特徴とその鞭があたえる痛みの性質を品定めし、鞭を振るう教師の腕と手首のテクニックを比較する。前へ呼びつけられて前かがみの姿勢を命じられ、尻を打たれる恥ずかしさについてはだれも口にしない。

経験がないので彼は話に加われない。それでも痛みがいちばん重要なことだと見なされていないのはわかる。もしもほかの生徒が苦痛に耐えられるなら、自分だって耐えられる、意志の強さならだれにも負けない。耐えられそうにないのは恥ずかしさで、気がくじけそうなほど恥ずかしく、名前を呼ばれてもきっと机にしがみついたまま前に出ていけないのではないかと不安でならない。それはもっと恥ずかしいことで、そのため彼は孤立し、クラスの少年たちの反感を買うだろう。もしも鞭打ちを受けるために呼ばれたりしたら、あまりに屈辱的な醜態をさらすことになって、二度と学校へ行けなくなる。最後は自殺するしかなくなる。

だからそれは運命を二分する大問題なのだ。それが教室で彼が絶対に騒がない理由だ。いつもきちんとし、宿題をちゃんとやり、質問にはすぐに答えられるようにしているのはそのためだ。うっかり間違えたりしないようにする。うっかり間違えたら、鞭で打たれるかもしれない。鞭で打たれるにしろ必死で打たれまいと抵抗するにしろ、いずれにしても、自分は死ぬことになる。

奇妙なことに、彼を縛っている恐怖は最初の一撃で呪縛が解けてしまいそうな気もする。これには自分でも気づいている。もしもなんらかの方法で、鞭打ちが即座に完了するなら、石を拾いあげ抵抗する余裕があたえられる前に、肉体に対する暴力があっというまに力づくで終了するなら、ふつうの少年とおなじ側に転身できて、先生や鞭や、加えられる痛みのさまざまな程度と味わいをめぐる会話に難なく加わることができるのに。でも、自分からはその境界を跳び越えることができない。

母親がたたかなかったからだ、と彼は母親のせいにする。と同時に、自分が靴をはいていてよかった、公立図書館から本を借りられて、風邪をひいたときは学校を休めてよかった、と思いながら、こんなふうに自分がほかの子と違うのは、母親がふつうの子のようにしないから、ふつうの子の生活をさせないからだ、と鬱憤をつのらせる。もしも父親が支配権を握ったら、父親は彼らをふつうの家族にしてしまうだろう。父親はあらゆる点でふつうだ。父親のふつうさから、つまり、ときおり青い日に激しい怒りをためて殴るぞと脅すことから母親が彼を守ってくれることには感謝している。と同時に、母親が自分をなんだかふつうではないものに育てあげ、生きつづけようとすれば保護を必要とするものにしてしまったことには腹が立ってしかたがない。

鞭のなかでいちばん強烈な印象を受けるのは、ミス・オーストハイゼンのものではない。見るからに恐ろしげなのは、木工の教師ミスター・ラテハンの鞭だ。ミスター・ラテハンの鞭は、たいていの教師が好む、長くてしなるやつではない。短く、太く、ずんぐりしていて、小枝ではなく棒切れ、いや棍棒だ。ミスター・ラテハンは上級生にしかその鞭を使わないという噂だ。下級生にはきつすぎるらしい。噂では、ミスター・ラテハンの鞭にかかると最上級の生徒さえおいおい泣きながら許しを乞い、パンツに失禁するような辱めを受けるそうだ。

ミスター・ラテハンは短く刈った髪が突っ立った小柄な人で、口髭を生やしている。片方の親指がない。切り口が赤紫のきれいな傷痕になっている。ミスター・ラテハンはほとんどしゃべらない。いつも冷ややかで、苛々していて、まるで小さな少年に木工を教えるのは自分に課せられた労苦であり、それを嫌々やっている感じだ。授業中はたいてい窓際に立って中庭をながめている。そのあいだ生徒はおずおずと計測したり鋸を引いたり鉋をかけたりする。ときおりミスター・ラテハンはそのずんぐりした鞭を手にして、手持ちぶさたに脚をズボンの上からたたきながら沈思黙考する。作業の進み具合を点検してまわるときは、さげすむように間違いを指摘し、肩をすぼめて通り過ぎる。

生徒が鞭のことで教師に冗談をいうのは許されている。これが教師をある程度からかえる分野なのは事実だ。「そいつを鳴らしてみてよ、先生!」と生徒たちがいうと、ミスター・ハウスが手首をさっと振って、その長い鞭が(学校でいちばん長い鞭だが、ミスター・ハウスはスタンダード5の担任にすぎない)音をたてて空《くう》を切る。

ミスター・ラテハンに冗談をいう生徒はいない。恐れられているのだ、ミスター・ラテハンも、ほとんど大人ともいえる生徒に彼が鞭を使ってすることも。

クリスマスに父親の兄弟たちが農場に集まると、話はいつも学校時代のことになる。懐かしそうに彼らは教師や鞭のことを話題にする。寒い冬の朝に鞭が尻に青く腫れあがる痕を作ったこと、そのときの激痛が肉体の記憶として何日も消えなかったことを思い出すのだ。男たちのことばにはノスタルジックな調子と、どこか楽しげな恐怖が入り混じっている。彼は貪るように耳を傾けるが、できるだけ目立たないようにする。会話が途切れて、彼らがこっちを向いて、彼の生活では鞭はどういう位置にあるのかと訊かれたくないのだ。一度も鞭で打たれたことがなく、それが本当に恥ずかしい。鞭のことを、そこにいる男たちのように、気楽に、わかったように口にすることができない。

彼には自分がダメージを受けている感覚がある。自分のなかでいつもなにかがゆっくりと引き裂かれている感覚がある――一枚の内壁、一枚の皮膜。引き裂かれる感覚が度を越さないよう、できるだけじっと動かないようにしてみた。度を越さないようにするためであって、止めようというのではない、どんなものもそれを止められはしないのだから。

週に一度、クラス全員で学校のグラウンドを横切って、体育の授業のために体育館まで行く。更衣室で白いランニングと短パンに着替える。それから、これまた白い服を着たミスター・バーナードの指示に従い、半時間、馬跳びか大玉《メディシンボール》ころがしのトス、あるいはジャンプして頭上で両手をたたく運動をやる。

それをすべて素足でやる。数日前から、彼は体育のために素足になるのはいやだと思いつづける。足にはいつもなにかはいているから。それでもいざ靴とソックスを脱ぐと、突然、それが少しも苦ではなくなる。恥ずかしさから遠ざかればいい、さっと大急ぎで脱ぎさえすればいい、そうすれば彼の足はほかの生徒とおなじになる。どこか近くにまだその恥ずかしさがうろついていて、彼のなかに戻ろうと待ち構えているが、それは自分だけの秘かな恥ずかしさだから、ほかの少年たちが気づくことはない。

彼の足は柔らかくて白い。それをのぞけば、見かけはみんなの足とおなじ、靴がなくて素足で学校に来る生徒とだって大差ない。体育も、体育のために服を脱ぐことも好きになれないけれど、我慢することはできる、ほかのことだって我慢してきたのだから、と自分に言い聞かせる。

　するとある日、いつもと日課が変わる。体育館からテニスコートへ行ってパドルテニスの練習をする、といわれる。コートまではかなりの距離だ。そこまでの道を、小石のあいまを注意深く歩かねばならない。夏の太陽が照りつける舗装したコートは焼けるように熱く、地面に足をつける端から、火傷をしないように跳びはねていなければならない。更衣室に戻って靴をはくとほっとする。ところが午後になるとほとんど歩行不能、家で母親が靴を脱がせてくれるころには、足の裏が火ぶくれになって血が出ている。

　治るまでの三日間、家にいる。四日目に、母親が書いた手紙を持って学校に復帰する。手紙は憤慨した口調で書かれているのを彼は知っていて、自分でもそのとおりだと思う。負傷兵がもとの職務に戻るように、足を引きずりながら通路を進み、机に着く。

「なんで学校を休んでたのさ」とクラスメートがささやく。

「歩けなかったんだ。テニスをやったせいで足に火ぶくれができて」と彼もささやき返す。

　驚愕と同情を期待するが、返ってくるのは大はしゃぎ。靴をはいたクラスメートさえ、彼の話をまともに取ろうとしない。彼らだって足がそれなりに強ばったはずだが、足が血を流すことはないのだ。彼だけが柔らかい足をしていて、柔らかい足をしているからといって特別扱いされないことがわかってくる。いきなり彼は孤立する。彼と、後ろにいる母親ともども。

3

家庭内での父親の位置が彼には理解できたためしがない。いったいどんな権利があって父親がここにいるのかはっきりしないのだ。ふつうの家庭なら、父親は家長の地位にある。つまり家屋は父親の所有物であり、妻も子供も父親の支配のもとで暮らす、それなら納得できる。ところが彼の家や、母親の二人の姉の家庭では、生活の中心は母親と子供たちが占め、夫は付属物であり、まるで間借り人のように経済面にだけ寄与する存在だ。

覚えているかぎりずっと自分はその家の王子だと感じてきたし、母親は彼をためらいがちに励まし、気遣いながら保護する人だと感じてきた。ためらいがちとか気遣いながらというのは、子供が家のなかを牛耳るものではないことを彼は知っているからだ。嫉妬する相手がいるとしたら、父親ではなく弟だ。母親は弟も励ます。励ますばかりか、弟は頭は良いが彼ほどではなく、それほど大胆でも冒険好きでもないために弟をえこひいきするのだ。事実、母親はいつも弟につきまとい、危険を取り除こうと身構えている。ところが彼のこととなると背後のどこかにいるだけで、待機し、聞き耳を立て、彼が呼んだら駆けつけようと身構えている。

自分にも弟とおなじようにしてほしいと思う。しかし、その場合もそれとなく確認できるものであってほしい、それ以上はいやだ。もしも母親がつきまとったら、自分がかんしゃくを起こすのはわかっている。

彼はなにかというと母親を窮地に追い込もうとする。兄弟のうちどっちをより愛しているか、自分か弟か、と問い詰める。母親はいつもするりとかわす。にこにこしながら「二人ともおなじように愛しているわ」といいつづける。「もしも家が火事になって、一人しか助け出す時間がなかったら、どっちを助ける?」といった、とびきり巧妙な質問にも引っかからない。「二人とも。だいじょうぶ、二人とも助けるわよ。それに家も火事になんてならないし」質問を額面どおり受け取るなんてとばかにしながら、彼は母親が頑固に答えを変えないことに感心する。

母親に対する怒りは、外の世界には注意深く隠し通さなければならない秘密だ。家族四人だけが、彼が母親に浴びせる嘲りの烈しさと、母親を見下すように扱うことを知っている。「おまえが母親にどんな口のきかたをするか、おまえの先生や友達が知ったら……」と父親が意味ありげに指を振りながらいう。彼が閉じこもる鎧のなかの裂け目をはっきり見抜いている父親を、彼は憎む。

父親が自分を殴ればいい、殴ってふつうの少年に変えてくれればいいと思う。そのくせ、もし父親が彼を殴る素振りでも見せようものなら、その仕返しをするまで絶対に自分の気がすまないことはわかっている。もし父親が殴ろうとしたら、彼は怒り狂い、憑かれたように、窮鼠猫を噛む勢いで猛進し、触れるのも危険な毒牙で噛みつくだろう。

彼は家では怒りっぽい暴君で、学校では子羊のように控え目でおとなしい。後ろから二列目に、いちばん人目につかない列に座るのは、ひたすら目立たないようにするためで、鞭打ちが始まると恐怖で身体を強ばらせる。こんな二重生活を送ることで、彼は人を騙すという心の重荷をみずから作り出してきた。こんなことに耐えなければいけない者などいない、弟だって違う。あいつはよくいって神経質、彼の優柔不断なイミテーションだ。はっきりいうと、根はふつうじゃないかとうすうす感じているのだ。彼には自分しかいない。どこからも助けは期待できない。どうあっても自力で、子供時代を乗り切って、家族と学校を乗り切って、ふりをする必要のない新しい生活ができるようにならなければ。

『子供百科』によると、子供時代とは無垢な喜びに満ちた時期であり、野原でキンポウゲや兎くんに囲まれるか、炉辺で物語を夢中で読みながらすごすものとある。これほど自分の子供時代とかけ離れたものはない。家でも学校でも、ヴスターで経験するあらゆることのせいで、子供時代とは歯を食いしばって耐える時期にほかならないと彼は考えるようになる。


ヴスターにはウルフカブ〔八〜十一歳までの、ボーイスカウトの幼年組〕がないので、彼はまだ十歳だがボーイスカウトに参加することが認められる。ボーイスカウトに入隊するため、細かなことまで抜かりなく準備する。母親とスポーツ用品店へ出かけてユニフォーム一式を買う。オリーブブラウンの固いフェルトの帽子、その帽子につける銀色の記章、カーキ色のシャツと半ズボンとストッキング、ボーイスカウトの留金付きの革ベルト、グリーンの肩章、グリーンのガーター章。ポプラの木から長さ五フィートの棒状の板を切り出して樹皮を剥き、熱したドライバーで白い木肌に、午後いっぱいかけて、モールス信号と手旗信号のコードをすべて焼きつける。最初のミーティングに出かけるとき、彼はこの板に自分で三つ編みした緑色の紐をつけて肩にかついでいく。二本指敬礼の姿勢で宣誓する彼は初心者のなかでも断然、非の打ちどころないいでたちの「新入隊員《柔らかい足》」だ。

ボーイスカウトは、学校のように、試験をパスすることで成り立っていることを知る。試験をパスするたびに記章が一つあたえられ、それをシャツに縫いつけるのだ。

試験はあらかじめ決められた順序で行われる。最初の試験は縄結びだ。本目結節《リーフノット》、二重木目《ダブルリーフ》、縮め結び《シープシャンク》、舫い結び《ボウライン》。彼はパスする。だが優等はもらえない。こういうボーイスカウトの試験を優等でパスするにはどうすればいいのか、人より抜きん出るにはどうすればいいのか、よくわからない。

二つ目の試験に通ればきこりの記章《ウッズマン》がもらえる。そのためには紙を使わずに、マッチを三本するだけで火を熾さねばならない。英国国教会のホール脇の固い地面の上で、寒風吹きすさぶある冬の夜、枯れ枝と樹皮の切れはしを集め、隊のリーダーとスカウトの団長が見ているなかで一本一本マッチをする。三度とも火は熾きない。するたびに風がマッチの小さな炎を吹き消してしまう。団長と隊長が背を向けて行ってしまう。ひと言もなく、「失敗だ」ともいわれないので、本当に失敗だったのかどうか彼は確信がもてない。向こうで話し合って、この風ではテストが不公平だと判断するのだろうか？ 彼らが戻ってくるのを待つ。ひたすらきこりの記章があたえられるのを待つ。でもなにも起きない。彼は積みあげた枯れ枝のそばに立っているが、なにも起きない。

だれも二度とそのことを口にしない。それは彼が人生で初めて失敗した試験だ。

毎年六月の休暇にボーイスカウト隊はキャンプにいく。四歳のとき入院した一週間をのぞいて、彼は母親から離れたことがない。だが絶対に、スカウト隊員といっしょに行くと決めている。

持ち物リストがある。まずグラウンドシート。母親はグラウンドシートはもっていないし、グラウンドシートがなんなのかもよくわかっていない。代わりに母親がくれたのは、吹いてふくらますゴムの赤いマットレスだ。キャンプ場に着くと、ほかの少年たちは全員ちゃんとしたカーキ色のグラウンドシートを持ってきている。赤いマットレスが即座に、彼をみんなと隔てる。それだけではない。鼻を突く地面の穴に向かってどうしても腹の中身を出す気になれない。

キャンプ三日目に、みんなでブレーデ川へ泳ぎにいく。ケープタウンに住んでいたころは、弟やいとこといっしょに、よく汽車に乗ってフィッシュフークへ出かけ、午後いっぱい岩登りをしたり砂の城を作ったり波間で水しぶきをあげたりしたものだったが、じつをいうと彼は泳げない。いま、ボーイスカウト隊員として川を泳いで渡り、戻ってこなければならない。

川は大嫌いだ。濁っているし、足の指のあいだで泥がニュルッと動くし、錆びた空き缶や壊れたビンを踏みつけるかもしれない。きれいな白い海辺の砂のほうがずっといい。それでも水に入り、水をはねあげながらなんとか渡る。はるか向こう岸の木の根をぐいとつかみ、足場を探り当て、淀んだ茶色い水に腰まで浸かって立つと、歯がガチガチ鳴る。

ほかの少年たちが取って返し、泳いで戻りはじめる。彼だけが取り残される。彼もまた水のなかに入っていくしかない。

川のまんなかあたりで力が尽きる。泳ぐのをやめて立とうとするが、深すぎて立てない。頭ごと水中に沈む。浮きあがろう、もう一度泳ごうとするが、力が出ない。またしても水中に沈む。

ある光景が目に浮かぶ。高くてまっすぐな背もたれのついた椅子に母親が腰かけ、彼が死んだという手紙を読んでいる。そばに弟が立ち、母親の肩ごしにその手紙を読んでいる。

次に気がついたとき、彼は川岸に横たわり、隊長が、これまで恥ずかしくて話しかけられずにいたマイケルという名の隊長が、彼の上に跨がっている。彼は目を閉じ、安堵する。助かったのだ。

それから数週間、彼はマイケルのことを考える。どうやってマイケルは自分の生命を危険にさらしてまた川に入り、彼を助けたのだろう。そう考えるたびに、マイケルが気づいたなんて、彼のことに気づき、彼が溺れそうなことに気づいたなんてすごい、と胸が熱くなる。マイケルにくらべれば（マイケルはスタンダード7で、いちばん難しい記章以外は全部持っていて、最上級団員《キングズ・スカウト》になるところだ）自分なんて取るに足らない。自分が沈んでいくのをマイケルが見ていなかったとしても、キャンプ場に帰るまでいないことに気がつかなかったとしても、ちっともおかしくはない。そうなっていればマイケルがやらなければならなかったのは、彼の母親に手紙を書くことだけだ。冷淡で、形式的な手紙はこう始まる。「残念ながらお知らせしなければならないことが……」

その日から、自分にはなにか特別なものがあると彼は思うようになる。死んでもおかしくなかったのに、死ななかった。そんな価値もないのに、第二の人生があたえられたのだ。死んだのに、生きている。

キャンプでの出来事について、母親には絶対に、ひと言も漏らさない。

4

　学校生活の最大の秘密、家族のだれにもいわない秘密、それは彼がローマカトリックになったこと、きわめて実際的な目的のためにローマカトリック「である」ことだ。

　その話題を家でもち出しにくいのは、彼らの家族がなにか「である」ことがないからだ。もちろん南アフリカ人ではあるけれど、南アフリカ人であるというのもどこかばつの悪さがぬぐえないため、話題にならない。なぜなら南アフリカに住んでいる人間すべてが南アフリカ人だとは、真正の南アフリカ人だとはいえないからだ。

　宗教的には確かに彼らは何者でもない。父親の家族でさえ、母親の家族にくらべるとずっと無難でふつうではあったけれど、教会に行く者はいない。彼にしても教会にはこれまで二度行ったきりだ。洗礼を受けるために一度、第二次世界大戦の勝利を祝うために一度。

　ローマカトリック「である」ことに決めたのは急場の思いつきでしたことだ。新しい学校へ初登校した朝、クラスの生徒全員が列を作って、学校のホールで行われる全校集会に出るため堂々と歩み去るなか、彼と三人の転入生があとに残される。「あなたの宗教はなに？」それぞれの生徒の担任教師が質問する。彼はちらちらと左右を見る。正しい答えは？　選ぶとしたらどんな宗教がある？　ロシア人とアメリカ人みたいなものかな？　彼の番が来る。「あなたの宗教はなに？」と教師が訊く。冷汗が滲んでくるが、なんといっていいかわからない。「クリスチャン？　ローマカトリック？　それともユダヤ教？」教師が苛々しながらたたみかける。「ローマカトリック」と彼は答える。

質問が終わると、彼と、ユダヤ教と答えた少年があとに残るよう、身振りで指図される。クリスチャン〔主にオランダ改革派教会のプロテスタント〕と答えた二人は集会に出るため立ち去る。

自分たちになにが起きるのか、待つ。でも、なにも起きない。廊下は無人、建物は静まり返り、残っている教師はだれもいない。

彼らはぶらぶらと運動場へ出ていき、そこであとに残されたほかの少年たちの一群に加わる。ビー玉の季節だ。がらんとしたグラウンドの奇妙な静けさのなかで鳩が鳴き、遠く微かに聞こえる歌声を耳にしながらビー玉で遊ぶ。時が過ぎていく。そして集会の終わりを告げる鐘が鳴る。ホールから生徒たちが縦列で行進しながら、一クラス、また一クラスと戻ってくる。不機嫌そうな生徒もいる。「ヨート！」通りがかりに一人のアフリカーンスの生徒が彼に向かって罵る。ユダヤ人！　教室でいっしょになっても、だれもにこりともしない。

この出来事が彼を悩ませる。翌日、ほかの転入生といっしょにもう一度あとに残され、新しい選択ができるよう質問してもらえたらいいのにと思う。そうすれば、明らかに間違った彼としては、それを訂正してクリスチャンでいられるのに。しかし二度目のチャンスはない。

週に二度、くり返し羊は山羊の群れから分離される。ユダヤ教徒とカトリックは勝手にやってろと放っておかれるあいだ、クリスチャンは集会に行き、賛美歌を歌い、説教を聞かされる。その報復に、そしてユダヤ人がキリストにやったことの報復に、図体が大きく、粗暴で、いかつい体格のアフリカーンスの生徒たちは、ときどきユダヤやカトリックの少年をつかまえて、上腕部に悪意に満ちた鋭いナックルパンチを喰らわせるか、膝で股間を蹴りあげるか、腕を背中へひねりあげて許しを乞わせる。「アセブリーフ！」お願い！

少年が泣きながらいう。「ヨート！」と彼らは罵り返す。「ヨート！　ファイルフート！　ユダヤ人！　クズ野郎！」と。

ある日の昼休み、二人のアフリカーンスの生徒が彼をつかまえ、ラグビー場のいちばん奥の隅に連れ込む。一人はやけにでかくて太ったやつだ。二人に向かってアフリカーンス語で「ぼくはユダヤ人じゃない《エク・イス・ニ・アン・ヨート・ニ》」といって懇願する。彼の自転車に乗ってもいい、午後いっぱい使ってもいい、ともちかける。早口でいえばいうほど太った少年は余計にやにやする。これが彼の好みらしい——懇願、卑下。

シャツのポケットから太った少年がなにかを取り出す。そのなにかが、なぜ彼が人目につかない隅に連れ込まれたかを明かしはじめる。のたくる青虫だ。仲間が彼を背後からはがいじめにし、太った少年が彼の頬を摘んで締めつけ、口をこじ開け、なかに青虫をねじ込む。吐き出すものの、すでに青虫の皮は破れ、すでに汁が滲み出ている。太った少年が青虫を潰して、彼の唇になすりつける。「ヨート！」といって、草で彼の手を拭う。

あの運命の朝、彼がローマカトリックになることを選んだのはローマのためだ。ホラティウスと二人の戦士のため、手に剣を握り、頭上に兜を戴き、目に不屈の勇気をたたえて、テヴェレ川にかかる橋をエトルリアの軍勢から守った彼らのためだ。そしていま、少しずつ、ほかのカトリックの少年たちの話から、ローマカトリックとは本当はなにかがわかってくる。ローマカトリックはローマとはまったく関係がない。ローマカトリックの信者はホラティウスのことなど聞いたこともない。ローマカトリックは、金曜の午後に教理問答に通い、告解に出かけ、聖体拝領を受ける。それがローマカトリックのすることなのだ。

カトリックの上級生たちが彼をつかまえて、しつこく質問する。教理問答を受けたことがあるか？　告解へは行ったことがあるか？　聖体拝領は受けたのか？　教理問答？　告解？　聖体拝領？　なんのことかさっぱりわからない。「ケープタウンにいたころ行ってた」と言い逃れる。「どこで？」とさらに訊かれる。ケープタウンの教会の名前など彼は知らない、でも彼らだって知らないのだ。「金曜に教理問答に来いよ」と上級生が命令する。行かずにいると、スタンダード3に背教者がいます、と司祭に告げ口される。司祭が出した伝言を上級生がリレーで彼に伝える――教理問答に来なさい。伝言はでっちあげではないかと思うが、それでも次の金曜日は家にいて、鳴りをひそめている。

カトリックの上級生たちは、ケープタウンで彼がカトリックだったという話を本気にせず、白黒をつけようとしはじめる。だが話が遠くまで行きすぎて、もう引き返すことはできない。もし「間違いました、本当はクリスチャンです」などといえば面目まるつぶれだ。おまけに、たとえアフリカーナのあざけりや、本物のカトリックの生徒の問い詰めに耐えなければならないとしても、週に二度の自由時間はそれに見合う価値がないだろうか？　だれもいない運動場をユダヤの生徒たちと話しながら歩きまわる自由な時間は？

ある土曜の午後、暑さに呆然となって、ヴスターの町全体が午睡に入ったとき、彼は自転車を出してきてドルプ通りへと走らせる。

いつもならドルプ通りは迂回する、カトリック教会があるところだから。でも今日は、通りは無人、聞こえてくるのは側溝を流れる水音だけだ。なにくわぬ顔で彼は自転車で通り過ぎる、見ないふりをして。教会は思ったほど大きくはない。窓のない低い建物で、柱廊《ポルティコ》の上方に小さな像がある。聖母マリアだ、頭巾を被り、赤ん坊を抱いている。

通りの端まで行く。戻ってもう一度見たいけれど、それでは図に乗りすぎだろうか、黒衣の司祭があらわれて手を振って彼を呼び止めはしないだろうか。

カトリックの生徒は口うるさく冷笑のことばを浴びせ、クリスチャンの生徒は執拗ないじめをするが、ユダヤの生徒は態度保留だ。気づかないふりをしている。ユダヤの生徒は靴もはいている。些細なことだが、ユダヤの生徒といっしょにいるのは気楽だ。ユダヤ人ってそれほど悪くないじゃないか。

とはいえ、ユダヤ人と歩調を合わせるのは慎重でなければならない。なぜならユダヤ人はどこにでもいるし、ユダヤ人は国を乗っ取ろうとしているから。これはいたるところで耳にするが、とくに母方のおじさんたち、二人の独身の弟が家にやってくると聞かされる話だ。ノーマンとランスは毎年夏になると渡り鳥のようにやってくるが、鉢合わせすることはめったにない。彼らはソファーで眠り、朝は十一時に起き、半裸で、くしゃくしゃの髪のまま何時間も家のなかでぶらぶらしている。二人とも車をもっている。せがまれて姉とその息子たちを午後のドライブに連れていくこともあるけれど、煙草をふかしてお茶を飲みながら、むかし話をするほうが好きなようだ。それから夕食をし、夕食後はだれかれかまわず説き伏せて深夜までポーカーかラミーの相手をさせる。

彼が大好きなのは母親とおじさんたちの話を聞くことで、話は農場ですごした子供時代の出来事へ幾度となく戻っていく。話に耳を傾け、彼らが相手をからかい大笑いするのを聞いているときほど楽しいことはない。ヴスターの友達にはこんな物語をもつ家系に生まれた者はいない。それが彼をくっきりと際立たせる。彼の家系には二つも農場があるのだ。母方の農場と、父方の農場と、その農場にまつわる物語まである。農場を通じて自分はしっかりと過去に繫がり、農場によって自分の実体は成り立っているのだ。

三番目の農場もある。スキッペルスクローフ、ウィリストンの近くだ。家族の出身地ではなく、親族の結婚によって繫がっている農場だ。それでも、スキッペルスクローフもまた重要だ。すべての農場は重要なのだ。農場は自由がある場所、人生がある場所だから。

ノーマン、ランス、そして母親がする話のなかに、ユダヤ人の姿がちらりちらりと顔を出す。滑稽で抜け目なく、それでいて狡猾で非情、ジャッカルみたいに。オウツホールンから毎年ユダヤ人が農場にやってきて、彼らの父親、つまり彼の祖父から駝鳥の羽を買いつけた。彼らは羊毛なんかやめて駝鳥だけ飼育するよう祖父を説き伏せた。駝鳥をやれば大金持ちになれるといった。するとある日、駝鳥の羽の相場が底値をついた。ユダヤ人はもう羽を買おうとせず、祖父は破産した。その一帯ではだれもかれもが破産して、彼らの農場をユダヤ人が買い取った。それがユダヤ人のやり方だ、とノーマンがいう――ユダヤ人は絶対に信用するな。

　父親がそれはどうかなと異議を唱える。父親はユダヤ人を公然とけなすわけにはいかない。ユダヤ人に雇われているからだ。父親が帳簿係として働いているスタンダード・カナーズは、ウルフ・ヘラーが所有している。じつはケープタウンで公務員職を失った父親をヴスターへ引っ張ってきたのはウルフ・ヘラーだった。家族の未来はスタンダード・カナーズの未来と深く結びついている。ウルフ・ヘラーはこの会社を買いあげて、わずか数年で缶詰業界の大手に仕立てあげた。スタンダード・カナーズにはすばらしい将来性がある、と父親はいう、自分のように法的資格がある者には。

　というわけで、ウルフ・ヘラーはユダヤ人に対する酷評を免除される。ウルフ・ヘラーは社員たちの面倒をよくみる。クリスマスにはプレゼントを配る。クリスマスなんてユダヤ人にとってなんの意味もないのに。ヴスターの学校にはウルフ・ヘラーの子供はいない。ヘラーに子供がいるとしたら、おそらくケープタウンのＳＡＣＳ〔南アフリカ・カレッジ・スクール〕に入学しているはずだ。そこが実質的なユダヤ人学校だから。リユニオン・パークにもユダヤ人の家族はいない。ヴスターのユダヤ人は町なかの、もっと緑や木陰の多い旧市街に住んでいる。クラスにユダヤ人の生徒はいるけれど、家に招かれたことはない。見かけるのは学校だけで、近しくなるのはあの集会の時間、ユダヤとカトリックの生徒が分けられてクリスチャンたちの憤怒の的にされるときだけだ。

　ところが、そのうちはっきりした理由がないまま、集会のあいだ彼らを自由にさせておく方針が打ち切られ、彼らもホールに駆り出される。

　ホールはいつも満員だ。上級生が椅子席を占領し、下級生は床にぎっしり詰めて座らされる。ユダヤとカトリックの、せいぜい二十人くらいの生徒が場所を見つけるために、あいまを縫うように進む。どこからか手が伸びて、彼らのくるぶしをつかみ、転ばせようとする。

牧師《ドミネー》はすでに壇上にあがっている。黒いスーツに白いネクタイを締めた青白い顔の若い男だ。高い、歌うような声で説教し、母音を長く引き伸ばし、一語一字にいたるまで几帳面に発音する。説教が終わると、お祈りのために全員が起立しなければならない。クリスチャンのお祈りのあいだ、カトリックはどうするのが正しいのか？　目を閉じて口を動かせばいいのか、それともそこにいないふりをすればいいのか？　本物のカトリックのことなど全然わからない。彼はうつろな表情を浮かべ、目はどこにも焦点を合わせないようにする。

牧師が腰をおろす。賛美歌集が手渡される。賛美歌を歌う時間だ。女性教師が一人、前に進み出て指揮をする。「すべての草原は喜びに満ち、《アル・ディ・フェルト・イス・フローラック》小鳥はみな歌う《アル・ディ・フューエルキース・サング》」と下級生が歌う。すると上級生が立ちあがる。「われらが天の、空の青き彼方より《アイト・ディ・ブラウ・ファン・オンセ・ヘーメル》」上級生が気をつけの姿勢でじっと前方を凝視して、低い声で歌う。国歌だ、彼らの国歌。おずおずと、緊張気味に、下級生がそれに加わる。女性教師は生徒たちの上に身を屈め、羽をすくいあげるように両腕を波打たせ、生徒たちを高揚させようとして煽る。「我ら汝の呼びかけに応し、《オンス・ツル・アントヴォールト・オプ・ヤウ・ループテム》我ら汝の望みを叶えん《オンス・サル・オフェル・ヴァット・ヤイ・フラー》」と彼らは歌う。

ついにそれが終わる。教師たちは壇上から降りる。まず校長、次に牧師、それから残りの教師たち。生徒が列を成してホールから出る。こぶしが一発、彼のみぞおちを突く。一気に、すばやく、目にも止まらぬジャブで。「ヨート！」とささやく声。それから彼は外に出て、自由になり、また新鮮な空気を吸い込むことができる。

本物のカトリックたちから脅されながらも、司祭が両親を訪問して彼の正体を見破るかもしれないという不安に苛まれながらも、あの時とっさにローマを選んでよかったと思う。自分を保護してくれる教会をありがたいと思う。後悔はしていない。カトリックであることをやめたくはない。クリスチャンであることが、賛美歌を歌い、説教を聞かされ、それから解放されたあとにユダヤ人をいじめることであるなら、クリスチャンになんかなりたくない。かりにヴスターのカトリックが、ローマ人ではないカトリックであるとしても、悪いのは自分ではない。彼らがホラティウスとその仲間がテヴェレ川にかかった橋を守り抜くことについてなにも知らないとしても（「テヴェレ川よ、父なるテヴェレに、われらローマ人は祈りを捧げる」）、そしてレオニダスと彼の率いるスパルタ軍がテルモピュライの戦いで隘路《パス》を守り抜くことや、ローランがサラセン軍を相手に峠《パス》を守り抜くことを知らないとしても、悪いのは自分ではない。大義《パス》を守り抜くこと、それにまさる英雄的行為はない。自分の生命を投げうち、ほかの人たちを助けることほど気高い行為はない。助けられた人たちは、あとからその亡骸を前にして涙を流すのだ。それこそが、そうありたいと彼が願うもの——英雄。それこそが本当のローマカトリックがめざすべきものなのだ。

　夏の夕べ、長くて暑い一日のあとに訪れた涼しさ。彼は公園にいて、グリーンバーグとゴールドスタインといっしょにクリケットをして遊んでいた。グリーンバーグはクラスでもがっしりした体格だが、クリケットは上手くない。ゴールドスタインは大きな茶色の目をし、サンダルをはいていて、すごく恰好いい。時刻はもう遅い、七時半はとうに過ぎている。公園には三人のほかに人影がない。クリケットをするのはもう無理だ。暗くてボールがよく見えない。そこで彼らは小さな子供に返ったようにレスリングをやり、草の上をころげまわり、くすぐり合いながら、ハハハと笑いククと笑う。彼は立ちあがり、深く息をする。大きな歓喜のうねりが身体のなかを駆け抜ける。「こんなに楽しかったことはない。グリーンバーグとゴールドスタインとはずっといっしょにいたい」と思う。

　彼らは別れる。それは確かだ。こんなふうにずっと生きていけたらいいのに、夏の日の黄昏にヴスターのだれもいない広い通りを自分の自転車に乗って走り抜け、ほかの子供たちがみんな家に呼び戻されても彼だけが戸外に出ているときのように、王様みたいに。

5

カトリックであることは生活の一部だが学校だけのことだ。アメリカ人よりロシア人のほうが好きなことはあまりにも後ろめたい秘密で、絶対だれにも打ち明けられない。ロシア人びいきは深刻なことなのだ。徹底的に仲間はずれにされるかもしれない。刑務所に入れられるかもしれない。

自分用の戸棚にしまった箱のなかに、彼はロシア人への憧れが最高潮に達した一九四七年に描いたスケッチブックを入れている。濃い鉛筆で描き、クレヨンで彩色したその絵では、ロシアの飛行機がアメリカの飛行機を空から撃ち落とし、ロシアの船がアメリカの船を撃沈する。その年〔トルーマン・ドクトリンが発表された一九四七年に米ソの本格的な冷戦が始まった〕の熱狂は、突然ラジオからロシア人に対する敵意の波が噴き出すように鳴り響き、だれもがどちらかの側につかなければならなくなったとき冷めていったが、彼は秘かな忠誠心を抱きつづける。それはロシア人に対する忠誠心ではあるけれど、むしろあの絵を描いたときの自分に対する忠誠心だ。

このヴスターには彼がロシアびいきだということを知っている者はいない。ケープタウンではニッキーしいう友達がいて、鉛の兵隊やバネ仕掛けでマッチ棒を発射させる大砲を使っていっしょに戦争ごっこをした。しかし、自分の忠誠心がいかに危険であるか、またその忠誠のためになにを失うかを知ったとき、彼はまずニッキーに秘密を守ることを誓わせ、それから念には念を入れて、ロシアはやめてアメリカ側につくことにしたと告げた。

ヴスターでロシア人が好きなのは彼だけだ。赤い星への忠誠心がみんなから彼を決定的に隔てる。どこでこんな、自分でも変なやつだと思うような心酔を仕入れてしまったのだろう？　母親の名前はヴェラだ——Ｖｅｒａ。氷のように尖った大文字のＶは、まっすぐ下へ突き刺さる矢だ。ヴェラはロシア人の名前だと母親から教えられたことがある。初めてロシア人とアメリカ人が敵対者として目の前に置かれ、どちらかを選ばなければならなくなったとき（「スマッツとマラン〔一九四八年の選挙でマラン率いる国民党がスマッツの連合党を破り、アパルトヘイト体制が確立される〕のどっちが好き？　スーパーマンとキャプテン・マーヴェルのどっちが好き？　ロシア人とアメリカ人のどっちが好き？」というふうに）、彼はローマ人を選んだようにロシア人を選んだ。理由はｒの文字が好きだったから、とりわけ大文字のＲは、どのアルファベットよりも強かったから。

一九四七年にみんながアメリカ人を選んでいるとき、彼はロシア人を選んだ。ロシア人を選んだので、ロシア人について読みふけった。父親が三巻からなる第二次世界大戦の歴史書をもっていた。彼はその本が大好きで、貪るように読み、白いスキー服姿のロシア兵が写った写真や、スターリングラードの廃墟にトミーガンを手にしてぽつぽつとたたずむロシア兵とロシア軍戦車から双眼鏡で前方を凝視する士官たちの写真を食い入るようにながめた。（ロシアのＴ－34は世界一の戦車で、アメリカのシャーマン戦車よりも優秀で、あのドイツのタイガー戦車よりもすごかったんだ。）何度も何度も、ロシア軍のパイロットが、燃えあがり壊滅するドイツ軍戦車の列の上から、急降下爆撃機の機体を斜めに傾けて飛ぶ絵を取り出してはながめた。ロシアのものはすべていいと思った。毅然としながら父親然としたスターリン陸軍元帥はいいと思った。もっとも偉大で、もっとも先見の明がある戦略家だ。ボルゾイと呼ばれる、犬のなかでもいちばんすばしっこいロシアン・ウルフハウンドもいいと思った。そこにあるものはすべて、ロシアを知るためのものだと思っていた。広大な国土面積、石炭と鋼鉄の産出量、ヴォルガ、ドニエプル、エニセイ、オビといった長大な河川の長さ。

やがて、それは違うという両親の意見、そんなの変だという友達の意見、友達がその両親に彼のことを詰したときの反応などから、彼は気づいた。ロシアのものが好きだというのはゲームなんかじゃない、それは許されないことなのだと。

いつでも、なにかが、どうも上手くいかない。自分が欲しいものはなんでも、好きなものはなんでも、遅かれ早かれ秘密になってしまう。自分は地面に掘った、跳ね蓋つきの穴で暮らす蜘蛛の仲間なんだと思いはじめる。いつだって蜘蛛はその穴に逃げ帰り、跳ね蓋をパタンと閉めて閉じこもらなければならない。世界を遮断して、隠れるのだ。

ヴスターでは、ロシアをめぐる過去を秘密にし、非難されそうなスケッチブックは隠しておく。敵の戦闘機が煙を吐いて海に墜落していくところや、戦艦が舳先から波間に沈んでいく場面を描いた絵だ。絵を描く代わりに、彼は架空のクリケット・ゲームを考え出す。木製のビーチバットとテニスボールを使う。どれだけ長く、ボールを落とさずにいられるか。何時間も空中にボールを打ちあげながら、ダイニングルームのテーブルの周囲をまわる。花瓶、置物の類いはすべて片づけておく。天井にボールがぶつかるたびに、細かな赤い埃が舞い降りてくる。

フルゲームでプレイする。一チーム十一人の打者《バッツマン》でそれぞれが二回打席につく。一回打つと一得点ということにする。注意力が落ちてボールを打ちそこねたら打者はアウト、得点をスコアカードに書き込む。膨大な数字になる。五百点、六百点。一度イングランドが千点を取るが、そんなことを現実のチームが達成したことはない。イングランドが勝ったり、南アフリカが勝ったりする。めったにないが、オーストラリアや二ュージーランドが勝つこともある。

ロシアとアメリカはクリケットをしない。アメリカ人は野球をするし、ロシア人はなにもやらないようだ。あの国では、いつも雪が降っているからかもしれない。

戦争をしないときロシア人はなにをしているのか、彼にはわからない。

たった独りでやるクリケット・ゲームのことは友達にも教えず、自分の家だけのことにする。一度、ヴスターに来て間もないころ、開けっ放しの玄関のドアからふらりと入ってきたクラスの子に、椅子の下に仰向けに寝ころがっているところを見つかったことがある。「そこでなにしてるの?」と訊かれたので、「考えてる」となにも考えずに彼は答えた。「考えるのが好きなんだ」と。それが、あっというまにクラス中に知れ渡った。転入してきた子は変わっている、ふつうじゃない。彼はその失敗からもっと慎重になることを学んだ。慎重であるために不可欠なのは常に多くを語らないことだ。

本物のクリケットも、その気のある子とならだれとでもやる。しかしリユニオン・パークのまんなかの空き地でやる本物のクリケットは、耐えられないほどのろい。バッツマンは絶えず空振りしつづけ、ウィケットキーパーはボールを取りそこね、ボールはなくなる。なくなったボールを探すのは大嫌いだ。守備につくのも大嫌いだ。石ころだらけのグラウンドで、ころぶたびに手や膝をすりむくから。やりたいのは打つか投げるか、どちらかだけ。

彼は弟を誘う。弟はまだ六歳だが、もしも裏庭で投球してくれたら、自分の玩具で遊ばせてやると約束する。弟はしばらく投球するが、やがて飽きてふくれっ面になり、小走りで家のなかに逃げ込む。彼は母親に投球の仕方を教えようとするが、彼女は投球動作をマスターできない。彼が腹を立てると、母親は自分の不器用さに身をよじらせて大笑いする。しかたなく、母親には勝手に投げさせる。しかしついに、その光景が恥ずかしさで耐えがたいものになる。通りからまる見えなのだ。息子とクリケットをして遊ぶ母親。

彼はジャム缶を半分に切って、片方の底を二フィートの木製アームに釘で打ちつける。荷箱に煉瓦で重しをし、箱の両壁を貫通させた軸木にそのアームを固定する。次にタイヤのチューブから切ってきたゴムでアームを前方に引っ張り、荷箱のフックに掛けたロープで反対方向へ引っ張る。ボールを空缶のなかに入れ、十ヤードほど離れて、ゴムがぴんと張るまでロープを引っぱり、そのループを踵でしっかり押さえながらバッティングの構えをして、ロープを放す。ボールは空中高く飛ぶこともあるし、彼の頭を直撃することもある。それでもときたまいいボールが飛んできて、ヒットを飛ばすことができる。これには満足する。たった独りで投球も打撃もやれるんだから、これは勝利だ。どんなことも不可能ではない。

ある日、やけに親密な気分になって、彼はグリーンバーグとゴールドスタインに、いちばん最初の記憶はなにかと質問する。グリーンバーグは不満そうに、そんなゲームはやりたくないという。ゴールドスタインは長々とまとまりなく、海辺へ連れていってもらった話をするが、そんな話はほとんど聞いていられない。というのは、このゲームの核心はもちろん彼自身が最初の記憶を話すお膳立てだからだ。

彼はヨハネスブルグのフラットの窓から首を出して外を見ている。夕闇が迫っている。遠くから車が一台、通りを猛スピードで走ってくる。一匹の、小さなぶちの犬が、車の正面に走り出る。車が犬を轢く。車輪が犬の胴体の真上を轢いていく。後ろ足を痙攣させた犬は、苦しそうにキャンキャン鳴きながら、体を引きずるようにしてどこかへ行ってしまう。きっと犬は死ぬだろう。しかし、この時点で彼はいきなり窓辺から連れ去られる。

この断然すごい最初の記憶は、哀れなゴールドスタインが必死で掻き集めるどんな記憶にだって負けない。でもそれは本当か？　なぜ彼は窓から首を出して、だれもいない通りを見ていたのか？　車が犬を轢くところを本当に見たのだろうか、犬が吠えるのを聞いて、それから窓のところへ走っていったのではないのか？　見たのは後ろ足を引きずる犬だけで、車や運転手や話の残りの部分はでっちあげた、ということではないのか？

最初の記憶がじつはもう一つある。自分としてもこちらのほうが信頼できるのだけれど、絶対に、人に話す気にはなれない。もちろんグリーンバーグにも、ゴールドスタインにも。話せば学校中にいいふらして恬好の笑いぐさにするだろう。

彼はバスに乗り、母親の隣に座っている。寒い季節だったはずだ、赤い毛糸のレギンスをはき、ボンボンつきの毛糸の帽子を被っているのだから。バスはエンジンを全開にして、凹凸の激しい荒涼としたスヴァルトベルグ山道を登っていく。

彼は手にキャンディの包み紙を握っている。わずかに開いた窓のすきまからその紙を外へ突き出す。紙が風にパタパタと震える。

「飛ばしちゃおうか?」母親に訊く。

母親がうなずく。彼は紙を飛ばす。

包み紙は空に舞いあがる。眼下に広がるのは山道の、ぞっとするような深い谷底で、そのまわりを凍てつく山頂が取り囲んでいる。後方へ首をめいっぱいひねって紙を最後にちらりと見ると、紙は勇敢にもまだ飛びつづけている。

「あの紙はどうなるの?」母親に訊ねる。だが母親には彼のいうことが理解できない。

それがもう一つの最初の記憶、秘密にしているほうの記憶だ。それ以来ずっとあの包み紙のことを考えている。あの広漠とした空のなかで独りぼっちの、捨ててはいけないときに彼が捨てた、あの紙。いつの日か、スヴァルトベルグ山道へ戻ってあの紙を見つけ出し、救出しなければ。それが自分の責務だ。だから、それをやり遂げるまでは死ねない。

彼の母親は「手先の不器用な」男たちを心の底から軽蔑している。ここには彼の父親も含まれるが、彼女の実の兄弟も入る。とくに長兄のローランド。借金を返済し切るまで必死で働けば農場を手放さずにすんだのに、そうしなかったのだ。父方の大勢のおじさん(血の繋がっているのが六人、縁戚上のが五人、と彼は数える）のなかで、母親がいちばん褒めるのはヤウベルト・オリフィェールだ。スキッペルスクロープに電動発電機を備えつけ、独学で歯科学を学んだ人。（農場を訪ねたとき彼は歯が痛くなる。ヤウベルトおじさんは木陰の椅子に彼を座らせ、麻酔をせずにドリルで穴をあけて歯科用充填剤を詰める。生まれてこのかた、こんなにひどい痛みを体験したことはなかった。）

皿、置物、玩具といったものが壊れると、母親は針金や糊を使って自分で修繕する。彼女が縛ったものはすぐに緩む。結び方をきちんと知らないからだ。糊づけしたものがばらばらになると、母親は糊のせいにする。

台所の戸棚は、曲がった釘、針金、まるまったアルミ箔、古い切手であふれている。「なんでこんなもの、とっておくの？」と訊くと「必要になったときのため」と母親は答える。

母親は腹立ち紛れに、本で得た知識をすべてこきおろす。子供たちは商業学校へ行くほうがいい、それから職に就くのがいい、という。学業なんて意味がない。戸棚職人や大工になる修業をするとか、木材の扱い方を覚えるほうがずっといい、と。母親は農場経営には幻滅している。いまや農場経営者が急に金持ちになり、暇をもてあまし、虚飾に溺れているからだそうだ。

羊毛の価格はうなぎ登りだ。ラジオによれば、日本人が最上級品に一ポンドあたり一ポンド払っているという。羊を飼う農場経営者は新車を買い、海辺で休暇をすごしている。フューエルフォンテインを訪ねたとき、母親がサンおじさんに「あなたのお金を少し私たちにくれなきゃ。こんなにお金持ちになったんだから」という。笑いながら冗談めかしていうけれど、少しもおかしくない。サンおじさんは困った顔をしてぶつぶつ答えるが、彼には聞き取れない。

農場はサンおじさん一人が相続するはずのものではなく、十二人の息子と娘に平等に残されたものだと母親はいう。競売に掛けずに済むよう、息子と娘たちは自分の取り分をサンに売却することに同意した。その取引によって各人が数ポンド相当の略式借用証書を手に農場を出た。ところがいまや日本人のせいで、農場には数千ポンドの値打ちがある。サンはその金をみんなに分配すべきなのだと。

母親が金銭のことをあからさまにいうので、彼は恥ずかしい。

「おまえは医者か弁護士になりなさい」と母親はいう。「そうすればお金がもうかるから」と。ところがまた別のときには、弁護士なんてみんな詐欺師だともいう。父親がどうしてこの図式にあてはまらないかは訊かない。父親はお金をもうけられなかった弁護士なのだ。

医者って患者には関心がないのね、と母親はいう。錠剤をくれるだけなんだから。アフリカーンスの医者が最悪、だって無能だもの。

あまりたびたび母親がいろんなふうに違ったことをいうので、本当はどう考えているのか彼にはわからなくなる。弟と二人で母親に議論をしかけて、矛盾点を洗い出す。弁護士より農場経営者のほうがいいというなら、なぜ弁護士と結婚したのか？　本で勉強することに意味がないというなら、なぜ教師になったのか？議論をしかければしかけるほど、母親は微笑む。子供たちがことば巧みにいいつのるのを喜んで、どの指摘にもそのとおりだといい、ほとんど反論しないところをみると、母親は彼らに勝たせたいのだ。

母親は嬉しそうだが彼は嬉しくない。こんな議論はおもしろくもなんともない。母親はこう考えているというものが欲しいのだ。その場かぎりの気分で、大雑把に白黒をつける母親に彼は憤慨する。

たぶん、彼は教師になるのだろう。大人になったらそんなふうに暮らすのだろう。退屈そうな人生だが、ほかにどんな生き方がある？　長いあいだ汽車の運転士になるつもりでいた。「大人になったらなんになるの？」とおじさんやおばさんに訊かれたものだ。「汽車の運転士！」と大声で答えると、みんなうなずき微笑んだ。いまではこの「汽車の運転士」が、みんなから小さな男の子が期待される答えだというのはわかっている。女の子なら「看護婦」という答えが期待されるように。彼はもう小さくはない、もっと広い世界で生きている。巨大な鉄の馬を運転するというお伽話は卒業して、これからはもっと現実的なことをしなければならない。学校の成績は良いが、ほかに得意といえるものがなにもない。だから学校に居つづけて、昇進の道をたどるのだろう。そのうち、ひょっとすると学校視学官になれるかもしれない。でも、とにかく事務職には就きたくない。年にたった二週間の休暇をもらって朝から晩まで働くなんてどうしてできる？

彼はどんな教師になるだろう？　ぼんやりとしか思い浮かばない。スポーツジャケットと灰色のフランネルの服（これが男性教師の服のようだから）を着て、脇に書物を抱えて廊下を歩いていく人の姿が浮かぶ。ちらっと浮かんだ姿はあっけなく消えてしまう。顔は判別できない。

その日がきたら、ヴスターみたいなところで教えるはめにならないようにしたい。だが、もしかするとヴスターはだれもが通過しなければならない煉獄なのかもしれない。あるいは、ヴスターは試されるために送られる場所なのかもしれない。

ある日クラスで、生徒は「朝、ぼくがすること」という題の作文を書かされる。学校へ来る前にやることを書くのだ。なにを書けばいいかはわかっている。自分のベッドメイキングをする、朝食の皿洗いは自分でする、お弁当のサンドイッチは自分で切る。実際にはどれ一つやらないけれど――母親が彼のためにやってしまうのだ――見破られないように巧みに嘘を書く。ところが、どんなふうに靴を磨くかというところで、やりすぎてしまう。これまで自分で靴を磨いたことなど一度もない。作文のなかで、ブラシを使って埃を落とし、それが終わったらぼろ布で靴クリームを塗ります、と書いてしまう。ミス・オーストハイゼンは、このブラシがけのくだりのすぐ隣の余白に大きな青い感嘆符を書き込む。彼は動揺し、先生に呼ばれてクラス全員の前でこの作文を読むことにならないよう祈る。その夜は、母親が彼の靴を磨くところを注意深く観察する。二度と間違いをしないように。

靴を母親に磨いてもらい、母親が彼のためにしたいということはなんでもしてもらう。唯一もうやらせないのは、浴室で裸になっているところへ母親が入ってくることだ。

彼は自分が嘘つきだということも、自分が悪いことも知っている。知っていて、それを変えない。変えない理由は変えたくないからだ。ほかの少年たちと違うのは、母親とふつうでない家族に深く結びついているのかもしれないが、彼が嘘をつくことにも深く結びついている。もし嘘をつくのをやめれば、靴を磨かねばならず、丁寧な話し方をしなければならず、ふつうの子がやることをすべてやらねばならない。そうなればもう自分ではなくなる。自分でなくなれば、生きていてもしかたがない。

彼は嘘つきで薄情だ。嘘つきなのは世間一般に対して、薄情なのは母親に対して。彼はどんどん成長して母親から離れていく、それが母親を苦しめているのが彼にはわかる。それでも心を鬼にして、弱気になるまいとする。自分に対しても情け容赦ないことが唯一の弁解だ。嘘はつくが、自分に対してはつかない。

ある日彼は母親に「いつ死ぬの?」と挑むように訊ねる。そんな質問をしたことにわれながら驚く。

「わたしは死ぬつもりはないわよ」と母親は答える。口調は朗らかだが、その明るさのなかにどこか不自然さがある。

「ガンになったらどうするの?」

「胸をたたかれなければガンにはならないの。ガンになんかならないわ。わたしはいつまでも生きるんだから。死なないのよ」

どうして母親がこんなことをいうのか、彼にはわかっている。彼と弟のためにそういうのだ。心配しないように。そんなことをいうなんてばかげているけれど、母親のそんなことばが嬉しい。

母親が死ぬところなど想像もつかない。彼の生活のなかで母親ほど不動のものはない。母親という岩の上に彼は立っている。彼女がいなければ自分の存在価値はない。

母親は用心深く胸を守り、ぶたれないようにする。彼の最初の記憶は、犬の記憶よりもキャンディの包み紙よりも古い記憶は、母親の白い胸だ。彼は疑う。自分は赤ん坊のときそれを傷つけたに違いない、こぶしでたたいたに違いない、でなければ母親がこんなにきつく、胸はだめ、というわけがない。ほかは、どんなことでもだめといわないのだから。

ガンは彼女の人生の大いなる恐怖なのだ。彼のほうは、横腹の痛みには注意するよう、刺し込むような痛みは盲腸の兆候だ、と教えられている。救急車は盲腸が破裂しないうちに病院まで運んでくれるだろうか？ ちゃんと麻酔から醒めるだろうか？ 見ず知らずの医者に切開されるなんて考えるのもいやだ。そうはいっても、手術のあとに、みんなに傷痕を見せびらかすのはなかなかいい。

学校の休み時間にピーナツやレーズンを分けてもらったとき、ピーナツの赤い薄皮は吹き飛ばす。盲腸にそれがたまって化膿するという噂だから。

彼は自分のコレクションに夢中だ。切手を集める。鉛の兵隊を集める。カードを集める。オーストラリアのクリケット選手のカード、イングランドのサッカー選手のカード、世界中の自動車のカード。カードを手に入れるためには、砂糖衣のかかったヌガーでできたシガレットを何箱も買わなければならない。先端がぽつんとピンクに塗ってある細長いやつだ。ポケットはいつもぐんにゃりした、べたつくシガレットでいっぱい。食べるのを忘れてしまうのだ。

彼は何時間もぶっつづけにメカーノ〔金属やプラスチックの組み立てセット〕で遊び、母親に自分もまた手先が器用なところを見せようとする。二つ一組の滑車を何組か使って風車を組み立てる。クランクでまわすと滑車の羽根がすごい勢いで回転し、室内に風を起こす。

庭を小走りで進みながらクリケットのボールを空中にトスして、歩調を乱さずにボールを受けとめる。ボールが移動するときの軌道は本当はどうなっているのだろう？ 彼の目に見えるように、真上にあがり真下に落ちるのだろうか、それとも、動かない傍観者の目に映るように、ループを描きながらあがったり落ちたりするのだろうか？　このことを母親に話すと、その目に絶望的な表情が浮かぶ。そういったことが彼にとって重要なことを知っていて、なぜかを理解したいができないのだ。彼としては、母親がなにかに興味をもつのは彼女自身のためであってほしいと思う、彼が興味をもつからではなく。

母親は自分の手に負えないことが実際に起きると、たとえば水の漏れる蛇口の修理などは、通りにいるカラードの男や、だれであれ通りかかった人の助けを求める。なぜなのさ、彼は憤慨して訊く。なぜカラードの人たちを頼りにするのさ？　あの人たちは手仕事に慣れているからよ、母親はそう答える。

そんなふうに考えるなんてばかげている、学校へ行っていない人だから蛇口やコンロの修理方法を知っているはずだなんて、ほかの人たちの考え方とは極端に違うし、やけに突飛、そのせいで彼は心ならずも、それも悪くないかと思う。母親がカラードの人たちに驚嘆すべきことを期待するほうがいい、なにも期待しないよりずっといい。

彼はいつも母親のいうことを理解しようと努力している。ユダヤ人は搾取者だ、と母親はいう。なのに、ユダヤ人の医者のほうが自分のすることを理解しているからいいという。カラードの人たちは地の塩だといいながら、いつも姉たちといっしょに、カラードの血が混じっているのを隠して白人になりすます人をゴシップの種にする。どうしてこれほど相矛盾した信念を一度にもてるのか、彼には理解できない。それでも母親には信念がある。彼女の弟たちもそうだ。ノーマンは修道士ノストラダムスと、世界の終わりという予言を信じている。夜中に空飛ぶ円盤がやってきて人びとを連れ去ると信じているのだ。父親や父方の家族がこの世界の終わりについて話し合っているところなど想像もつかない。彼らの人生における唯一の目標は、矛盾を避け、だれにも逆らわず、いつでも愛想よくしていることだから。母方の家族にくらべると、父方の家族は人当たりがよくて退屈だ。

彼は母親とあまりに近く、母親もまた彼と近すぎる。だから、農場を訪ねると狩猟に出かけたり男らしいことをいろいろやるのに、父方の家族が本当の仲間として彼を受け入れてくれないのだ。戦争中に親子三人が伍長代理の給料の分け前で暮らし、バターや紅茶を買うのもままならないほど貧しかったとき、三人が農場で暮らすことを事実上許さなかった祖母は厳しすぎたかもしれない。しかし祖母の直感は正しかった。祖母はポプラ通り十二番の秘密を見抜けないような人ではない。つまり家中でいちばん上の子供がもっとも大切にされ、二番目の子がその次で、夫であり父親である男はいちばん最後だということを。当然の秩序からのこの逸脱を、母親が父親の家族から隠す配慮が足りなかったか、でなければ父親が不満をこっそり漏らしていたのだ。いずれにしても祖母は承服しないし、承服しないことを隠そうともしない。

ときたま、母親が父親と口喧嘩をして優位に立ちたいとき、夫の家族から冷たくあしらわれることを持ち出してぴしゃりと相手を制することがある。それでもたいていは、息子のために、農場が息子の生活にとって重要な位置を占めているのを知っていて、それに代わるものを自分が提供できないために、子供たちの機嫌を取ろうとする。そのやり方が、母親のお金に関する冗談とおなじように、彼はどうにも気に入らない。冗談が冗談になっていないのだ。

母親がふつうだったらいいのに、と彼は思う。母親がふつうなら、自分もふつうになれるのに。

母親の二人の姉もおなじだ。それぞれ息子が一人いて、つきまとうようにあれこれ世話をやくが、やかれるほうは窒息寸前。ヨハネスブルグのいとこファアンが彼にとっては世界中でいちばんの仲良しだ。手紙のやりとりをし、いっしょに海ですごす休みを楽しみにしている。とはいえ、ファアンが恥ずかしそうな顔をしながら母親の指示にいちいち従い、それも母親が見ていないところでさえそうするのが彼は好きではない。姉妹の四人の息子のうちでただ一人、彼だけがすべて母親のいいなりにならない息子なのだ。すでにそこから脱している、というか脱しかけている。自分で選んだ自分の友達がいるし、行き先も帰宅時間も告げずに自転車で出かける。いとこや弟には友達がいない。彼らは冴えない顔でおどおどしながら、怖い母親がいつも目を光らせる家にいるんだ、と彼は思う。父親はこの母親たち三姉妹を三人の魔女と呼んで「ダブル、ダブル、トイル・アンド・トラブル（二倍、二倍、苦労と苦悩）」と『マクベス』に出てくる台詞を引用する。嬉々として、意地悪をしたくて、彼はそれに加勢する。

リユニオン・パークの暮らしにほとほと嫌気がさしたとき、母親はボブ・ブリーチと結婚すればよかったと嘆き悲しむ。彼は母親の嘆きを真に受けない。と同時に、いま聞いたことが信じられない。もし母親がボブ・ブリーチと結婚していたら、自分はどこにいた？　自分はだれになっていた？　ボブ・ブリーチの子供になっていた？　ボブ・ブリーチの子供が自分か？

ボブ・ブリーチが本当にいた証拠がたった一つ残っている。偶然、母親のアルバムのなかで見つける。ぼやけた写真のなかで、白いズボンに黒っぽい上着を着た二人の若い男が海岸に立って肩を組み、眩しそうに太陽を見ている。一人はわかる、フアンの父親だ。もう一人はだれ？　と母親に彼は訊く。ボブ・ブリーチよ、と彼女が答える。いまどこにいるの？　彼は死んだの。

いまは亡きボブ・ブリーチの顔を彼はじっと見つめる。自分と似たところはまったくない。

彼はそれ以上追求しない。だが、母親の姉たちの話に耳を澄まし、あれこれ考え合わせて、ボブ・ブリーチが療養のために南アフリカへやってきたこと、一年ほどでイングランドへ帰ったことを知る。イングランドで死んだのだ。肺結核で死んだ、しかしそこには、彼の病状悪化には、失意が影響していたかもしれないという含みがある。プレッテンベルグ湾で出会った、黒っぽい髪と、黒い瞳の、いかにも用心深そうな若い教師が、彼との結婚に同意しなかったゆえの失意が。

彼は母親のアルバムをめくるのが大好きだ。どれほど輪郭がぼやけていても、いつも母親を大勢のなかから見つけ出せる。写真のなかの、恥ずかしがり屋で身構えた表情のなかに、彼は自分自身がいるのを認める。母親のアルバムのなかで、一九二〇年代から三〇年代の母親の暮らしをたどる。まず、チーム写真（ホッケー、テニス）、その次がヨーロッパ旅行の写真。スコットランド、ノルウェー、スイス、ドイツ。エジンバラ、フィヨルド、アルプス山脈、ライン河畔のビンゲン。母親の思い出の品々のなかにビンゲンのシャープペンシルがある。片側についた小さな覗き穴から崖の上に建つお城が見える。

ときには母親といっしょにアルバムのページをめくることもある。もう一度スコットランドが見たいわとため息混じりに母親がいう。あのヒース、あの釣り鐘草。彼は思う。母親には自分が生まれる前の暮らしがあったのだ、その暮らしがまだ母親のなかで生きている。よかった、とある意味、彼は思う、なぜならいまの母親には自分の暮らしがないのだから。

母親の世界は父親のアルバムで見る世界とはまったく違う。父親のアルバムではカーキ色の軍服姿の南アフリカ人が、エジプトのピラミッドやイタリアの都市の瓦礫を背にポーズをとっている。しかし父親のアルバムでは写真よりも、写真のあいまに挟み込まれた興味をそそるパンフレットを見る時間のほうが長い。ドイツ軍機から連合軍の占領地にまかれたパンフレットだ。兵士たちに（石けんを食べて）体温を保つ方法を教えるもの、グラマーな女性を膝に乗せてシャンペンを飲む鷲鼻の太ったユダヤ人を描いたもの、そこでは「今夜あなたの妻がどこにいるか知っているか？」と小見出しが問いかけている。それから青磁の鷲もある。ナポリの破壊された家のなかで、父親が見つけて背嚢に入れて持ち帰ったもので、いまでは居間のマントルピースの上に鎮座する帝国の鷲。

彼は、戦時中父親が従軍していたことをものすごく誇りにしている。友達の父親のなかで、あの戦争で戦った父親がほんの数人しかいないのに驚き、満足する。なぜ父親が伍長代理にしかなれなかったかは、よくわからない。友達に父親の活躍についてくり返し語るうちに「代理」の部分を秘かにはずす。それでもカイロの写真館で撮影した、ハンサムな父親がライフルの銃身を見おろす写真は宝物にしている。片目をつぶり、髪をきちんと解かし、ベレー帽を規律どおり肩章の下にたくしこんでいる写真だ。自分なら、これもマントルピースの上に飾るのに。

ドイツ人のことでは、父親と母親の意見が食い違う。父親はイタリア人は好きだが（彼らには戦意がなかった、とにかく降伏して帰郷したがっていた、という）、ドイツ人が大嫌いだ。父親は、便所に座っているところを撃たれたドイツ人の話をする。話のなかで、ドイツ人を撃ったのが父親だったり、ときどき戦友の一人になったりするが、どの話でも父親はまったく同情心を見せず、ひたすら、両手をあげながら同時にパンツも引きあげようとするドイツ人の狼狽ぶりを面白がる。

母親はあまり公然とドイツ人を褒めるのが得策ではないことを知っていて、それでもときには、彼と父親が組んで母親に立ち向かうときは、思慮分別を捨て去る。「ドイツ人は世界中で最高の民族よ。あんな悲惨なことに彼らを巻きこんだのは、あのひどいヒットラーなんだから」といおうとする。

母親の弟のノーマンが異議を唱える。「ヒットラーはドイツ人に誇りをあたえたんだぜ」

母親とノーマンは一九三〇年代にいっしょにヨーロッパを旅した。ノルウェーやスコットランド高地だけでなく、ドイツにも、ヒットラーのドイツにも行ったのだ。彼らの家族、つまりブレヒャー家とドゥ・ビール家はドイツ出身、というかポメラニアの出身で、ポメラニアはいまはポーランドだ。ポメラニア出身は良いことか？　彼にはよくわからない。

「ドイツ人は南アフリカ人と戦いたくなかったんだ」とノーマン。「彼らは南アフリカ人が好きなんだよ。あのときスマッツがいなかったら、ドイツに敵対する戦争にのこのこ出かけてなんか行かなかったさ。スマッツは詐欺師《スケルム》だ。おれたちをイギリス人に売り渡したんだからな」

父親とノーマンはうまが合わない。父親は母親の急所を突きたいとき、夜中に台所で言い争いになると、彼女を愚弄するために弟のことを持ち出し、志願もせずに牛車自警隊《オッセヴァブラントヴァハ》〔親ナチ極右政治結社〕といっしょに行進していたんだという。「そんなの嘘よ！」と母親は憤然と言い張る。「ノーマンは牛車自警隊なんかに入ってないわ。

自分で訊いてみたらどう、彼が自分で白黒つけるから」

彼が、牛車自警隊《オッセヴァブラントヴァハ》ってなにかと訊くと、ただのばかばかしいこと、松明を持って通りを練り歩く人たちよ、と母親はいう。

ノーマンの右手の指はニコチンで黄ばんでいる。彼はプレトリアの下宿屋に部屋を借りていて、そこにもう何年も住んでいる。柔術について自分で書いたパンフレットを売って生計を立てるため、プレトリア・ニュースの案内欄に広告を出すのだ。「日本の護身術を学ぼう」とその広告はいう。「簡単な六つのレッスン」とも。希望者が郵便為替で十シリング送ると、彼がパンフレットを送る。四つ折りにした一枚の紙に、いろんな押さえ込みの姿勢がスケッチされている。柔術がそれほど金にならないときは、不動産会社の依頼で地所を売って手数料を稼ぐ。毎日昼まで寝ていて、お茶を飲み、煙草を吸いながら「アーゴシー」や「リリパット」といった雑誌の短篇を読む。午後はテニスをする。十二年前の一九三八年、彼はウェスタン・プロヴィンスのシングルスでチャンピオンだったのだ。いまでもパートナーさえ見つかれば、ダブルスでウィンブルドンに出たいという野心を抱いている。

滞在が終わりプレトリアに帰る前にノーマンは彼をそばに呼んで、茶色の十シリング札を彼のシャツポケットに滑り込ませる。「アイスクリームでも買えよ」とぼそっという。毎年おなじ文句だ。彼がノーマンを好きな理由はこの贈り物——十シリングは大金だ——のせいだけではなく、彼が覚えているから、絶対に忘れないからだ。

父親はもう一人の弟ランスのほうが気に入っている。キングウィリアムズタウンからやってくる教師で、彼は入隊していた。二人目のおじさんもいる。農場を失った最年長の兄だけれど、母親以外彼のことを口にしない。「かわいそうなローランド」と首を横に振りながら母親はつぶやく。ローランドは、自称ポーランドからの亡命伯爵の娘ローザ・ラコスタと名乗る女性と結婚した。でもノーマンによると、本当の名はソフィー・プレトリウスだそうだ。ノーマンとランスは農場の件でローランドをひどく恨んでいて、ソフィーの尻に敷かれる彼を軽蔑している。ローランドとソフィーはケープタウンで下宿屋をやっている。一度そこへ彼も母親と行ったことがある。ソフィーは大柄なブロンドの女性だった。午後四時にサテンの化粧着をはおり、シガレットホルダーに差した煙草を吸っていた。ローランドは物静かな、哀しげな顔をした人で、ガン治療で受けたラジウムのせいで球根みたいな赤い鼻をしていた。

父親と母親とノーマンの話が政治をめぐる議論になるのが好きだ。議論が白熱すると、いうことが無茶苦茶になるのがおもしろい。驚くことに自分が賛同できるのは、彼としてはいちばん勝たせたくない父親の意見だ——イギリス人は良いがドイツ人は良くない、スマッツは良いが国民党は良くない。

父親は連合党が好きで、父親はラグビーとクリケットが好き、なのに彼は父親が好きではない。この矛盾が理解できないが、それを理解することに興味がない。父親を知る以前から、ということは、父親が戦争から帰ってくる前から、父親を好きにならないと心に決めていたのだ。だからある意味、その嫌悪感は抽象的なもので、父親なんかいてほしくない、少なくとも一つ屋根の下で暮らす父親はいらないと思う。

父親のいちばん嫌いなところは彼独特の癖。その癖を嫌うあまり彼は考えるだけで身震いが起きる。毎朝バスルームで大きな音をたてて鼻をかむこと、あとに立ち込めるライフブイ石けんの湿った臭い、洗面台に残ったまるい浮きかすとこびりついた髭。いちばん嫌いなのが父親の臭いだ。ところが一方で、不本意ながら、父親のスマートな衣服や、土曜になるとネクタイ代わりに首に巻く栗色のスカーフ、引き締まった体型、きびきびした歩き方、ブリムクリームをつけた髪は好きなのだ。そのヘアクリームを彼も自分の髪につけて、額に巻き毛を垂らしてみる。

彼は床屋に行くのがいやでいやで仕方がない。そこで自分で髪を切ろうとする。結果は困惑の極み。ヴスターの床屋は申し合わせたように、少年は全員短髪と決めてかかっているらしい。刈り始めはこれ以上ない粗暴なやり方で、電動バリカンを使って後頭部と脇をばりばり刈りあげ、さらに鋏で情け容赦なく切っていく。最後は毛先の短いブラシみたいな毛髪しか残らない、あるいは額の逆毛くらいは残るかもしれない。刈り終わらないうちから彼は恥ずかしさで身悶えする。お金を払って大急ぎで家に帰りながら、翌日の学校が不安でたまらない、髪を刈ったばかりの生徒が決まって浴びせられるやじが不安でたまらない。ちゃんとした刈り方はある、だとしたらヴスターのは人を傷つける刈り方なんだ、床屋が執念深いせいだ。どこへ行ったらいいのか、彼にはわからない。ちゃんと刈ってもらうにはどうすればいいのか、どういえばいいのか、どれだけお金を払えばいいのか、わからない。

6

毎週土曜の午後は映画に出かけるけれど、もう映画からはケープタウンにいたころほど強い影響を受けない。ケープタウンではシリーズ物のヒーローみたいにエレベーターの下敷きになったり崖から落ちたりする怖い夢を見た。エロル・フリンはロビンフッドをやろうとアリババをやろうと全部おなじに見えるのに、なぜ偉大な俳優とされるのかさっぱりわからない。馬を駆って追跡なんて退屈、どれもおなじだ。『三ばか大将』もばかばかしくなってきた。『ターザン』も演じる俳優が次々と代わるんだから、本気になんてなれるもんか。たった一本だけ強烈な印象を残すのは、イングリッド・バーグマンが天然痘の蔓延する貨車に乗り込み、死んでしまう映画だ。バーグマンは母親の大好きな女優だ。人生ってそんなもんか、彼の母親だって窓のサインを見落としただけで、いつ死んでもおかしくないってことか？

ラジオもある。もう「子供の時間」を聴く年齢ではないけれど、シリーズはいまも律儀に聴いている。毎日五時から始まる『スーパーマン』（「アップ！　アップ・アンド・アウェイ！」）と、五時半からの『魔術師マンドレーク』だ。お気に入りはポール・ギャリコの『スノーグース』。これはリクエストが多くてＡ放送で何度もくり返しやっている。一羽の野生の雁がダンケルクの海岸からドーヴァーまで船を誘導する話だ。彼は目に涙をためて聴き入る。いつか、スノーグースが誠実であったように、自分も誠実になりたい。

『宝島』をドラマに仕立ててラジオが放送している。週に一度、三十分番組だ。『宝島』の原作本はもっている。でも、ずいぶん小さいときに読んだので、盲人と黒い眼帯の関係がわからなかったし、ジョン・シルヴァー船長が善人なのか悪人なのか区別がつかなかった。いまはラジオで番組を聴くたびにジョン・シルヴァーがのさばる悪夢に襲われる。彼が人を殺すときに使う松葉杖や、ジム・ホーキンズへの二心あるセンチメンタルな気遣いをめぐる悪夢だ。地主のトリローニはジョンを逃がしたりせずに殺してしまえばいいのにと彼は思う。そのうちジョン・シルヴァーは人殺しの暴徒を引き連れて、復讐のために絶対に戻ってくる。彼の夢のなかで戻ってくるように。

それより『スイスの家族ロビンソン』のほうがずっと安心できる。彼がもっている立派な装丁の本にはカラー図版が何枚もついている。樹木の下の架台に載せた船の絵が断然気に入っている。難破船の残骸から救出した道具を使って家族総出で作った船、飼っている動物も全部乗せて彼らを故郷へ連れ帰る船、まるでノアの方舟みたいだ。『宝島』から離れて『スイスの家族ロビンソン』の世界へ入るのは、温かいお風呂に滑り込むように心地良い。『スイスの家族ロビンソン』には腹黒い兄弟も、人殺しの海賊も出てこない。賢く、強い父親(何枚もある絵では、大きな厚い胸をし、栗色の長い髭を生やしている)の指導のもとに家族みんなが楽しく働き、父親は家族を救うためになにをすべきか最初から心得ている。一つだけ合点がいかないのは、こんなに心地良く暮らしているのに、なぜ島を離れなければならないかだ。

三冊目もある、『南極大陸のスコット』だ。スコット大佐は彼にとって紛れもない英雄の一人、それが彼にこの本があたえられた理由だ。写真が何枚もある。テントのなかに座って書き物をしているスコット、彼はこのテントのなかでこれから凍死するんだ。写真はしょっちゅう見るけれど、本の中身を読むところまではいかない。退屈なのだ、これは物語ではない。好きなのはタイタス・オーツのところだけ。凍傷になり、仲間の邪魔になっていると考えて闇のなかへ、雪と氷のなかへ出て行き、黙って粛々と死んでいった男だ。いつか自分もタイタス・オーツみたいになれたらいいと思う。

年に一度、ヴスターにボズウェル・サーカスがやってくる。クラス中がみんな観にいく。初日までの一週間、話はもっぱらサーカスのことばかり。カラードの子供たちさえ行くだけは行って、何時間もテントの外でうろつき、バンドの音楽に耳を澄まし、キャンバス地の布のすきまから覗き込もうとする。

土曜の午後に、父親がクリケットをやっているあいだに行こう、とプランを立てる。三人で出かけるところまで母親がなんとか漕ぎつける。ところがチケット売場で、ショックなことに土曜の午後は特別料金だと知らされる。子供が二ポンド六シリング、大人が五ポンド。お金が足りない。母親が彼と弟のチケットを買う。「入りなさい、ここで待っているから」という。彼は気が進まないが、母親はそうしろといってきかない。

テントのなかではひどく惨めでちっとも楽しめない。弟もおなじように感じているのではないかと思う。ショーが終わって外へ出ると、母親はまだそこにいる。それから何日も、母親が十二月の焼けつく暑さのなかで辛抱強く待っているあいだ、自分はサーカスのテントのなかで王様みたいに座って楽しんでいる光景が脳裏から離れない。母親が自分と弟のために、とくに自分のために示す目が眩むほどの、圧倒的な、自己犠牲的な愛のことを思うと、心がかき乱される。こんなに強く愛してくれなくていいのにと思う。母親は彼を無条件に愛している、だから自分も母親を無条件に愛さなければならない。それが、母親が彼に強いる論理なのだ。そんな愛を注がれても、自分にはとてもそのすべてに報いることなどできない。愛の借りを返すために一生、頭を垂れて生きるのか。考えただけで気持ちが乱れて激昂するあまり、母親にはもうキスなんかしない、身体にも触れさせない、と思い詰める。傷ついた母親が黙って背を向けると、彼は断固、心を鬼にして負けまいとする。

母親はつらくなると、ときどき、荒涼とした住宅団地の暮らしと結婚前の暮らしをくらべながら長い独り言をいう。結婚前はひっきりなしにパーティやピクニックが続き、週末になると農場を訪ね、テニスやゴルフに行き、犬を連れて散歩をしたものだと語る。低くささやくように話すので、歯擦音だけが耳につく。彼は彼の部屋で、弟は弟の部屋で、耳をそばだててそれを聴く、子供たちがそうすることを母親は知っているはずだから。これが、父親が母親を魔女と呼ぶもう一つの理由だ——独り言をいいながら呪文を唱えるから。ヴィクトリア・ウエストの牧歌的生活が嘘ではないのは、アルバムの写真が実証している。母親が白いロングドレスの女性たちとテニスラケットを手に立っているのは、どうやらフェルトのまんなかみたいだ。母親は一匹の犬の首に腕をかけている。ジャーマンシェパードだ。

「飼ってた犬?」彼が訊く。

「キムよ。すばらしい犬だったわ。わたしが飼ったなかでいちばん忠実な犬だった」

「その犬、どうしたの?」

「農場主がジャッカルのためにしかけた毒入り肉を食べて、死んだの、この腕のなかで」

母親の目に涙が滲んでいる。

アルバムに父親の姿があらわれると犬の姿は消える。代わりに、二人が当時からの友人たちとピクニックをする写真や、小粋な短い口髭を生やした父親が、気取った恰好で黒い旧型車のボンネットにもたれてホーズをとる写真が並ぶ。それから彼の写真が始まる。数十枚ある写真の皮切りは、無表情でぽっちゃりした赤ん坊が、色の黒い、緊張した表情の女性によってカメラのほうへ向かされている写真だ。

こういった写真を見ると、母親は赤ん坊を抱いた写真ですら少女のような印象を受ける。母親の年齢は解けない謎となり、絶えず彼の好奇心をかきたてる。母親は教えようとしないし、父親も知らないふりをする。彼女の兄弟姉妹さえ口裏を合わせているようだ。母親が家にいないときを狙って、化粧台の底に出生証明書を探してみるが、成果はない。うっかり漏らしたことばの端から、母親が父親より年上だということがわかる。父親は一九一二年生まれだ、しかし何歳年上なのか? 母親は一九一〇年生まれだということにする。とすると自分が生まれたときは三十歳でいまは四十歳だ。「四十歳だ!」ある日、彼は勝ち誇ったようにいって、母親をじっと観察しながら、自分が正しいというサインを探す。母親が謎めいた微笑みを浮かべる。「わたしは二十八よ」という。

二人は誕生日がおなじだ。母親の誕生日に彼は生まれた。つまり母親が彼にいったように、だれに対してもいうように、彼は神からの贈り物なのだ。

彼は母親のことを「お母さん」とか「ママ」とか呼ばず、「ディニー」と呼ぶ。父親も弟もそう呼ぶ。どこからきた名だろう？　だれも知らないようだが、母親の兄弟姉妹はヴェラと呼んでいるから、子供時代からの呼び名ではない。知らない人の前ではディニーと呼ばないように注意しなければならない。おなじように、人前ではおじさんやおばさんを、ノーマン、エレンと呼び捨てにしないよう気をつけなければならない。ノーマンおじさん、エレンおばさん、と呼ばなければいけないのだ。でも聞き分けのいい、ふつうの良い子のように、おじさん、おばさんをつけて呼ぶなんて、アフリカーンス語のまどろっこしい言い方とおなじじゃないか。アフリカーナは自分より年上の人に向かってあなたを怖くて使えない。父親の「母さんは母さん《マミー・ム》の膝の上に毛布をかけなければいけない、《ー・ト・アン・コンベルス》そうしないと母さんはカゼを引いてしまう《オール・マミー・セ・クニーエ・トレック・アンデルス・ヴォルト・マミー・カウト》」なんて話し方を彼は嘲笑する。自分はアフリカーンスではないから、あんなふうに話さなくていい、あれじゃ鞭で打たれる奴隷みたいだ、そう思うとほっとする。

犬が欲しい、母親はそう決める。ジャーマンシェパードがベストね、いちばん賢くて、いちばん忠実だから。でも売りに出されているジャーマンシェパードはいない。そこでドーベルマンが半分、ほかの血が半分混じった子犬にする。彼は自分が名前をつけるといってきかない。ロシア犬ならいいのにと思うのでボルゾイと呼びたいが、本物のボルゾイではないのでコサックという名前にする。だれにも意味がわからない。みんなは、「コス・サック（食糧袋）」という意味にとって、変な名前だという。

コサックは聞き分けのない、訓練されていない犬だとわかる。近所をうろつき、庭を踏み荒らし、鶏を追いまわす。ある日、彼の後ろから学校までずっとついてくる。どうしても追い返すことができない。怒鳴りつけて石を投げると、両耳を垂れ、尻尾を両脚のあいだに挟み込み、こそこそ離れていく。ところが彼が自転車に乗るとすぐに、後ろからまた大股でゆうゆうと走ってくる。とうとう、犬の首輪をつかんで家まで連れ戻すしかなくなる、片手で自転車を押しながら。向かっ腹を立てて家に着き、もう学校へは行かないという。遅刻したからだ。

コサックは十分に成長しないうちに砕いたガラスの粉を食べてしまう、だれかがわざと出しておいたのだ。母親がガラスを排泄させるために浣腸をしてやるが、効果がない。三日目、犬がじっと動かなくなり、荒い息をして、母親の手を舐めようとさえしなくなると、母親は彼に薬局まで走っていって、人に薦められた新薬を買ってくるよう命じる。大急ぎで薬局までいって大急ぎで戻るけれど、間に合わない。母親は顔がひきつり無表情で、彼の手から薬ビンを取ろうともしない。

コサックを埋めるのを彼は手伝う。毛布にくるんで庭の隅の粘土のなかに埋めてやる。墓の上に十字架を立て、その上に「コサック」と書く。彼はまた別の犬を飼ってとはいわない。みんなこんな死に方をするわけではないにしても。

彼の父親はヴスターの選手としてクリケットをやる。彼にとってはまた一つ誇れるもの、自慢の種になるはずのことだ。父親は弁護士で、これは医者とおなじくらい恰好いい。戦争中は兵士たったし、ケープタウンのリーグでラグビーをしていたこともある。いまはクリケットをやる。ところが、どれもばつの悪い条件がついてくる。弁護士ではあるが、いまは開業していない。兵士だったけれど、ただの伍長代理。ラグビーをやるがガーデンズの二軍にすぎず、いや三軍だったか、そもそもガーデンズ自体が冗談みたいなもので、グランド・チャレンジ・リーグの万年最下位なのだ。そしていまクリケットをやる、といってもヴスターの二軍チームで、わざわざ観戦に行く者はいない。

父親は投手《ボウラー》で、打者《バッツマン》ではない。どうもバックリフトに難があり、それがバッティングの邪魔をしているようだ。おまけに速球を打つときボールから目をそらしてしまう。父親の考えているバッティングとはバットを前に押し出すだけのことらしい。ボールがそれてバットにあたらなくても、走れば一点にはなるというのだ。

父親が打てないのは、もちろん彼が内陸のカルー〔赤土の乾燥性高原〕で育ったためで、カルーには正式のクリケット練習する手段もなかった。投球となると話は別だ。これは才能の問題で、ボウラーは生れつきボウラーであり、練習したからなれるものではない。

父親はオフスピンのスローボールを投げる。六失点することもあるが、ゆっくり浮かんで向かってくるボールを見ているうちに、バッツマンが浮き足立って大振りをし、アウトになることもある。これが父親のおはこのようだ。粘り強さと熟練。

ヴスターのチームのコーチはジョニー・ウォードルだ。北半球の夏にイングランドのクリケット選手をしている。ジョニー・ウォードルがわざわざここまで来るなんてすごい事件だ。ウルフ・ヘラーが仲介者だといわれている。ウルフ・ヘラーと彼の資金がものをいったのだ。

彼は父親といっしょに練習用のネット裏に立ち、ジョニー・ウォードルが一軍のバッツマン相手に投球するのを見守る。ウォードルは砂色の髪がわずかに生えた、これといった特徴のない小男で、スローボウラーだといわれているが、走り込んでいざボールを投げるとそのボールのあまりの速さに彼はびっくりする。クリースに立ったバッツマンがあっけなく打ち返し、球はふわりとネットにあたる。ほかのメンバーが投げて、もう一度ウォードルの番になる。ふたたびバッツマンは軽く打ち返す。バッツマンが勝っているわけではないが、ボウラーの勝ちにもならない。

午後も遅くなり、彼はがっかりして家路につく。イングランドのボウラー対ヴスターのバッツマンなら、くらべものにならないほど実力の差があると思っていた。もっと謎めいた技がこの日で見られると期待し、ボールが空中で不思議なことをやって、ピッチの外へ、ふわふわ飛んで急降下してスピンするかと思っていたのだ。彼が読んでいるクリケットの本によれば、偉大なスローボールの投球法はそうなるはずだったから。口数の多い小男だなんて思ってもみなかった、目立った点といってもスピンボールを投げることくらいで、それだって彼が力いっぱいやれば投げられそうな速さだ。

クリケットに対して彼は、ジョニー・ウォードルが見せてくれる以上のものを求めている。クリケットはホラティウスとエトルリア人のような、ヘクトルとアキレスのようなものでなければならない。もしヘクトルとアキレスが剣で激しい撃ち合いをする二人の男にすぎないなら、物語はなんの意味もない。いや、彼らはただの二人の男ではない。彼らは無敵のヒーローなのだ、その名前は伝説のなかで鳴り響いているのだ。シーズンの終わりにウォードルがイングランドのチームから落とされてしまったときは嬉しくなる。

ウォードルはもちろん革のボールを投げる。彼は革のボールを使ったことがない。友達といっしょに使うのは、彼らがコルクボールと呼ぶボールだ。固い灰色の素材を圧縮したもので、石にあたってもだいじょうぶだが、革のボールは石があたると縫い目がぼろぼろに裂けてしまう。ネット裏に立ってウォードルを見ながら、彼は初めて、革のボールがバッツマンに向かって宙を飛ぶときのヒュッという耳慣れない音を聞く。

彼が正式のクリケット場でプレイする最初のチャンスがやってくる。試合は水曜の午後、小学校の一チーム間で行われる。正式のクリケットだから、正式のピッチ〔グラウンド中央の長方形スペース。野球のダイヤモンドにあたる〕と正式のウィケット〔三柱門。縦三本のスタンプと横二本のベイルで組み立てられ、ピッチの両端に置かれる〕を使い、打順をめぐって争う必要がないということだ。

打順がまわってくる。左脚にパッドをつけ、彼には重すぎる父親のバットを持ってまんなかへ歩み出る。

フィールドのあまりの大きさに仰天する。そこは巨大で、孤独な場所だ。観客席がやけに遠くて、存在しないも同然に思える。

ローラーでならされた地面にヤシ皮で作った緑色のマットが敷いてある細長い場所に立ち、構えて、ボールが来るのを待つ。これがクリケットだ。それはゲームと呼ばれているが、彼にとっては家よりも、学校よりも、はるかにリアルなものに思える。このゲームには、ふりをすることもお情けもなく、やり直しもきかない。名前も知らないあの少年たち全員が相手だ。彼らの心は一つだけ、彼の楽しみをさっさと打ち切ることだ。彼がアウトになっても、彼らは良心の呵責など微塵も感じないのだ。この巨大な競技場のどまんなかで彼は試練を受けている。一対十一、自分を守ってくれる者はいない。

野手《フィールダー》がポジションにつく。集中しなければならない。しかし、なにか苛つくものが心から追い払えない――ゼノンの逆説だ。矢が的にあたる前に、矢は中間地点を通過しなければならない。中間地点に達する前に、四分の一地点を通過しなければならない……。必死でその考えを止めようとする、がしかし、考えまいとすること自体が余計に彼の心をかき乱す。

ボウラーが投球体勢に入る。踏み込む最後の二歩がやけに耳につく。その瞬間、静けさを破るのは彼に向かってぐるぐる飛びながら落ちてくるボールの不気味な音だけになる。クリケットをやろうと思うとき、自分が選んでいることとはこれか？　何度も何度もくり返し、失敗するまで執拗に試されるということか？　情け容赦なく、非情なまでに、防御のすきを狙って、こっちに向かって飛んでくるボールによって？　思ったよりもずっと速く、あまりにも速く、心の迷いを振り切り、考えをまとめ、どうすべきかを適確に判断する暇をあたえずに飛んでくるボールによって？　そう考えているさなかに、まごついているさなかに、ボールが来る。

彼は二点あげる。一点は無我夢中でバットを振るが、そのあとは憂鬱な気分で振る。ゲームから少し頭を離してみると、一体全体どうしてジョニー・ウォードルは四六時中しゃべったり冗談を飛ばしたりしながらプレイできるのか以前よりもっとわからなくなる。名立たるイングランドの選手はみんなこうなのか？　レン・ハットン、アリク・ベッザー、デニス・コンプトン、シリル・ウォッシュブルック、みんなそうなのか？　信じられない。彼にとって本物のクリケットとは黙々とプレイするものであり、沈黙と不安のなかで、胸の心臓がどくどく鳴って口はからからに乾くものなのだ。

クリケットはただのゲームではない。それは人生の真実なのだ。もし本がいうように、それが性格を試すテストであるなら、それはどうあっても避けて通れないのにパスする術を彼がいまだつかめないテストなのだ。ウィケットのところで、ほかの場所ではなんとか守り抜ける秘密が情け容赦なく精査され、暴かれる。ボールは「おまえがどういうやつか見せてもらうぞ」といいながら彼に向かって唸りをあげ、回転しながら飛んでくる。なにも見えなくなり、頭が混乱し、彼はバットを前へ出す。早すぎるか、遅すぎるか、どちらかだ。バットの横を、パッドの脇を、ボールは通過する。アウト、彼はテストに失敗した、正体がばれてしまった。涙を隠し、顔を被い、同情からお義理で拍手するよう教えられた少年たちのほうへ、とぼとぼと歩いて引きさがるしかない。

7

彼の自転車には、二挺のライフル銃が交差するブリティッシュ・スモール・アームズのエンブレムと「スミス－ＢＳＡ」という商標がついている。五ポンドで買った自転車は中古で、八歳の誕生日にもらったお金をあてた。これまでの人生で最高に手応えのある本物だ。ほかの少年たちがラレイをもっていると自慢すると、彼はスミスをもっていると応じる。「スミス？　スミスなんて聞いたことないな」と彼らはいう。

自転車に乗っているときのなんともいえない高揚感、立ったまま前かがみになって一気にカーブを曲がるときの感じはたまらない。スミスに乗って毎朝学校へ行く。リユニオン・パークから鉄道の踏み切りまでの半マイル、それから線路沿いの静かな道を一マイル。夏の朝が最高だ。道路脇の側溝をさらさらと水が流れ、ユーカリの木々で鳩が鳴き、ときおり生温かい空気が渦を巻いて、その日あとから風が吹くことを警告しながら、細かな赤い土埃の突風を起こす。

冬は学校へ行くにはまだ暗いうちに家を出なければならない。自転車に乗り、前方をランプの光輪で照らしながら霧のなかを進む。胸にベルベットのように柔らかな霧を受けて、息を吸い込み、それから吐き出す。聞こえてくるのはタイヤが軋む微かな音だけ。極端に寒い朝は、ハンドルの金属部分が素手にくっついてしまうこともある。

朝早く登校しようとする。教室を独り占めするのが大好きで、だれも座っていない席と席のあいだを歩きまわり、こっそり教壇にのぼる。それでも、いちばんのりで登校したことはまだない。ドゥ・ドールンスから、父親が鉄道で働いているという兄弟二人が六時の汽車で通ってくるからだ。彼らは貧しい。セーターもブレザーも、靴さえもっていないほど貧しい。おなじくらい貧しい子はほかにもいて、とくにアフリカーンスのクラスに多い。彼らは凍てつく冬の朝でも、薄い綿シャツときちきちのサージの半ズボンで登校する。半ズボンが窮屈すぎて細い腿が動きづらそうだ。日に焼けた脚には寒さのため、チョークをこすったような白い斑《はん》が浮いている。両手に息を吹きかけ、足を踏み鳴らし、鼻から常に鼻汁を垂らしている。

たむしが大流行して、ドゥ・ドールンスから通ってくる兄弟が頭を剃ってくる。毛のない頭皮にたむしの跡が渦巻いているのが彼にもはっきり見て取れる。母親が二人に近づかないよう警告する。

半ズボンはゆるいのより、ぴったりしたのが好きだ。母親が買ってくれる衣類はいつもゆるすぎる。ぴったりした半ズボンをはいた、すらりと滑らかな小麦色の肌の脚をながめるのが好きだ。なかでも、ブロンドの毛が生えて蜂蜜色に日焼けした少年の脚は最高。飛び抜けて美しい少年たちはアフリカーンスのクラスにいて、毛むくじゃらの脚に喉ぼとけの出たニキビ面の、いちばん醜い少年たちもまたそこにいると知って彼は驚く。アフリカーンスの子供たちはカラードの子供たちとほとんどおなじ、まだ損なわれてはいないが軽薄で、やりたい放題やって、それから突然ある年齢になると悪に染まり、美しさが彼らの内部で消滅する。

美と欲望。この少年たちの脚が彼のなかで引き起こす感情に、心をかき乱される。つるりとして表情のない脚など、目を凝らして貪るように見つめる以外なにができる？　欲望とはいったいなんのためにあるんだ？

『子供百科』に載っている裸体像を見てもおなじような感情に襲われる。アポロに追われるダフネ、ディスにさらわれるペルセポネ。これは容姿の、容姿の完璧さの問題だ。彼は完璧な人体の理想像を思い描く。白い大理石のなかに明示された完璧さを目にすると身体の奥がぞくっとする。大きな穴がぱっくり開いて、いまにも堕ちていきそうだ。
彼だけを隔てる秘密のなかで、結局これが最悪かもしれない。ほかの少年たちのなかで、こんな暗いエロティックな衝動に駆られるのは自分だけだ。無垢でふつうの少年たちのなかで、欲望を感じるのは自分だけなんだ。

それにしても、アフリカーンスの少年たちが使うことばは信じられないほど卑猥だ。彼らが自由自在にあやつる猥褻なことばは彼の理解を超えている。「フォク（ファック）」、「ピール（ちんぽこ）」、「プス（おまんこ）」といった重苦しい一音節の語を耳にするとどきっとなって彼はたじろぐ。どう書くんだ？ その語が書けるようにならないうちは、心のなかでことばが暴れまわる。「フォク」はvから始まるのかな、それなら古雅な感じだけれど、fで始まるなら本当に野蛮な語ってことになるな、原始的で、起源もないのか？ 辞書はなにも教えてくれない、載っていないのだ、どの語も。

ほかにも「ガット（穴）」とか「プープホル（ケツの穴）」とか、似たようなことばがあって、罵倒語として投げつけ投げ返されるが、これにしてもその迫力が理解できない。なぜ、身体の後ろを前と結びつけるのか？ 咽喉からしぼり出される激しい音で始まる汚い「ガット○○」といった語が、誘うような、柔らかなsで始まり神秘的なxで終わるセックスという語と、いったいどんな関係があるんだろう？ 尻にまつわる語は嫌悪感から無視することにするが、「エフィス（コンドーム）」とか「ＦＬs〔フレンチレターズの略、コンドームの意〕」といった語の意味をその後もなんとか解明しようとする。意味ははっきりしないが、どうやらハイスクールの男子と女子の交際に関係があるらしい。

とはいえ彼はそれほど無知ではない。赤ん坊がどうやって生まれるかは知っている。母親の、きれいで清潔な白いお尻から出てくるのだ。母親が何年か前にそう教えてくれたとき、彼はまだ小さかった。彼は母親を信じて疑わない。よその子供たちがいまだに嘘でごまかされているときに、母親が赤ん坊について本当のことをこんなに早く教えてくれたことが自慢でならない。母親が啓蒙された人であり、彼らが啓蒙された家族である証しだ。彼より一歳下のいとこのファンも本当のことを知っている。ところが父親のほうは、赤ん坊とかそれがどこから生まれるかという話になると、困惑顔でぶつぶつぼやくばかり。だが、それがまたしても父方の家族の無知蒙昧を立証することになる。

友人たちはそれとは違う説を主張して譲らない。赤ん坊はもう一つの穴から出てくるというのだ。もう一つの穴のことは理論としては知っている。それはペニスが入る穴で、尿が出てくる穴のことだ。でも、その穴から赤ん坊が出てくるなんて理屈に合わない。なにしろ赤ん坊はお腹のなかで形をあたえられるんだ。だから、赤ん坊はお尻の穴から出てくるほうが理屈に合う。

それゆえ彼はお尻の穴だと主張し、一方、友人たちはもう一つの穴、「プス」のほうだと言い張る。彼は自分が正しいと秘かに確信している。それは母親と自分のあいだの揺るぎなき信頼の一部なのだ。

8

彼と母親が鉄道駅近くの細長い敷地を横切っていく。母親といっしょだけれど距離を置き、手は繋がない。彼はいつもどおりグレーの服を着ている。グレーのセーター、グレーの半ズボン、グレーのストッキングだ。頭にはヴスター男子小学校の記章のついたネイビーブルーの帽子。記章には山頂を星が取り巻くようにラテン語で「困難を経て星へ《ペル・アスペラ・アド・アストラ》」と書かれている。

彼は母親のそばを歩いているただの少年だ。はたから見ればおそらく、ごくふつうに見えるはずだ。ところが自分では母親のまわりをちょこまか走るカブトムシみたいだと思う。鼻先を地面に向け、手足をばたつかせて飛びまわるカブトムシ。実際、じっとしている自分など考えもつかない。とりわけ心は常時、短気な、わが道を行く意志とともに、標的を求めてあちこち突進する。

ここは年に一度、サーカスがテントを張り、ライオンが臭い敷き藁のなかでまどろむ檻を止めておく場所だ。でもいまは、岩のように踏み固められたただの赤土で、草さえ生えそうにない。

ほかにも人はいる、通行人だ、晴れ渡った暑い土曜の朝。なかの一人が、彼とほぼ同年齢の少年が、広場を横切りこちらへ向かって駆け足でやってくる。目にした瞬間、彼はこの少年が自分にとって重要な、途方もなく重要な存在になることを悟る。その少年がだれかが理由ではない（もう二度と会わないかもしれない）、彼の頭のなかに次々と浮かんでくる想念、蜂の大群のように湧いてくる想念のせいだ。

少年にはとくに目立ったところはない。カラードだが、カラードの人間はどこにでもいる。半ズボンが極端に短いため、そこに押し込まれた小さな尻の部分に余裕がなく、黄褐色の細い腿が裸同然だ。靴ははいていない。足の裏はたぶん固く、悪魔の棘《ドリーヴェルキ》の上を走るときも除けたりせずに、踏みしだき、払いのけてしまうのだろう。

彼のような少年は何百人、いや何千人といる。何千という数の少女もまた短いフロックを着て、細い脚を見せびらかしている。彼らのような美しい脚が自分にもあればいいのに。あんな脚があれば、この少年のように地面にほとんど触れずに、飛ぶように駆けることができるのに。

少年は二人からわずか十歩ほどのところを通り過ぎる。自分のことに気を取られて彼らには目もくれない。少年の身体は完璧で、まだ損なわれていない。まるで昨日、殻を破って出てきたばかりといった感じだ。なぜ、この子供たちは男も女も学校へ行く義務がなくて、両親の監視の目を気にせずに自由に歩きまわり、自分の身体を自分のものとして好きなようにできるのだろう？　だとしたら、なぜ、いっしょに性の歓びを存分に味わわないのだろう？　どんな快楽があるかを知らないほど彼らが無垢なため、というのが答えだろうか？　暗い、罪深い者だけが、そんな秘密を知っているのか？

こんなふうにいつも疑問が湧いてくる。最初はあちこちうろつくけれど、最後にはその矢が、あやまつことなく、方向を変えて一点をめざし、彼自身に狙いを定めてくる。いつだって思考という機関車を動かしはじめるのは彼なのに、いつだって彼の統御をかいくぐり逆に彼自身を責めたてるのは思考のほうだ。美とは無垢であり、無垢とは無知であり、無知とは快楽を知らないことだ。快楽は罪だから、彼は罪深い。生まれたときのままの、まだ汚れていない身体のこの少年は無垢だが、それにくらべて、暗い欲望に支配されている自分は罪深い。事実、この長々しい考えの果てに彼の視野に入ってきたのは、暗く入り組んだ、ぞくっとするような興奮を引き起こす「perversion（倒錯）」という語。なにかを意味しながら正体を明かさない

pで始まり、情け容赦ないrから復讐に燃えるvへすばやく転じる語だ。罪を咎めるものが一つならず二つもある。二つの告発が交差し、その交差地点に彼は立たされ、銃の照準が合わされる。というのは、彼が暗く重たく罪深いのに対して、いま彼を告発する者が鹿のように軽やかで無垢なだけでなくカラードでもあるからだ。つまり少年は一文無しで、どこかのあばら屋に住み、腹をすかせているということだ。もしも自分の母親が「ボーイ!」と呼んで手を振れば——彼女には明らかにそうする力があるから——この少年は立ち止まり、やってきて、なんであれ命じられたこと(たとえば買い物かごの運搬)をしなければならず、それが終われば、両手を差し出して三ペンス銀貨をめぐんでもらい、礼をいわなければならないということなのだ。そして、たとえあとから彼が怒ったとしても、母親はにっこり笑って「でもあの子たちは慣れているのよ!」というだけなのだ。

だから、深く考えることもなく、造化の神のなすままに無垢な人生を送るこの少年は、お伽話では常にそうであるように貧しいゆえに善良な少年は、鰻のように細い身体を野兎のようにすばやく動かし、いかなる手技足技のコンテストでも難なく彼を打ち負かしそうなこの少年は、彼を非難する生身の存在でありながら彼に従属し、その従属の仕方があまりにも彼を狼狽させるものであるため、彼は恥ずかしさにもじもじと肩をゆすり、少年の美しさにもかかわらず、これ以上見ていたくないと思ってしまう。

しかし、彼を追い出すことはできない。ひょっとすると、黒人《ネイティヴ》を追い出すことはできるかもしれないが、カラードの人たちを追い出すことはできない。黒人はあとからやってきた者であり北部からの侵入者だからここにいる権利はない、と論陣を張ることは可能かもしれない。ヴスターで見かける黒人はその大半が、古い軍用コートを着て鈎形のパイプをふかし、線路沿いに並ぶちっぽけなテント形の、波板トタンでできた粗末な小屋に住む、並み外れた力と忍耐力で名を馳せる男たちだ。彼らがここへ連れられてきたのはカラードの男たちのように酒を飲まないからで、どちらかというと華奢で気紛れなカラードの男なら卒倒してしまうほどの重労働に、たとえ焼けつく太陽の下でも耐えることができるからだ。彼らは女も連れず子供もいない男たちで、どこからともなくあらわれるのだから、どこかへ消え去ったことにもしてしまえる。

しかしカラードにはそんな送還策はきかない。カラードの父は白人なのだ。ヤン・ファン・リーベックたちがホッテントット〔コイコイ人の蔑称〕に産ませたのだから。それだけは、学校で使う歴史の教科書がどれほどことはを弄して偽り隠そうとも明明白白な事実だ。さらに踏み込んでいえば、事態はそれよりはるかに悪い。なぜならボーラント高地でみんながカラードと呼んでいる人たちは、ヤン・ファン・リーベックやほかのオランダ人の孫のそのまた孫ではないからだ。人相学に十分精通している彼は、物心ついたときから精通している彼は、彼らには白人の血が一滴も混じっていないことを見抜いている。彼らはホッテントットであり、堕落を知らぬ純血だ。彼らがこの土地とともにあるだけでなく、土地こそが彼らとともにあり、彼らのものであり、ずっと彼らのものだったのだ。

9

ヴスターの利点の一つは、父親の説明によれば、ケープタウンよりも暮らしやすい理由の一つは、買物がずっと楽なことだ。牛乳は毎朝、夜明け前に配達されるし、受話器を持ちあげれば一、二時間後にショハットの店員が、注文した肉や食料雑貨をもって戸口にあらわれる。そんなふうにじつに簡単。

ショハットの店員というか配達員は、アフリカーンス語を数語しか話さない黒人《ネイティヴ》で、英語はできない。清潔な白いシャツに蝶ネクタイを締め、ツートンカラーの靴をはき、ボビー・ローク〔南アフリカのゴルファー〕風ハンチング帽を被っている。名前はヨシアス。両親は彼のことを、給料をすべて流行の服に注ぎ込み、将来のことをまるで考えない軽薄な黒人の新世代といって眉をひそめる。

母親が家にいないとき、彼と弟は注文品をヨシアスから受け取り、肉は冷蔵庫に入れ、ほかの品物は台所の棚にしまう。コンデンスミルクがあるときは二人の戦利品にする。缶に穴を開けて交替で中身を吸いつくす。母親が帰ってきても、コンデンスミルクなんてなかったか、ヨシアスが盗んだふりをする。

母親が二人の嘘を真に受けたかどうかはよくわからない。でもこれはとりたてて罪の意識に苛まれるほどのことではない、と彼は考える。

家の東隣に住んでいるのはヴァインストラという一家だ。男の子が三人いて、上がガイスベルトという名のX脚の子、下が双子のエーベンとエッツェルでまだ学校に行く年齢ではない。彼と弟は、ガイスベルト・ヴァインストラなんて変な名前、軟弱で頼りない走り方をする、といって笑いものにする。あいつはばかで頭がとろいと決めつけて宣戦布告する。ある午後のこと、二人はショハットのボーイが配達した卵を半ダース持ち出し、ヴァインストラ家の屋根に投げつけては身を隠す。ヴァインストラの人たちは出てこないが、潰れた卵は照りつける陽に干涸び、汚らしい黄色い染みに変わる。

卵を投げる楽しさは、クリケットのボールよりずっと小さくて軽いため、空《くう》を切って回転しながら飛ぶのをじっくり観察できること、衝突して潰れる瞬間の柔らかな音が聞こえることで、その快感が彼のなかに長いあいだ消えずに残る。だが、この楽しみには罪悪感がつきまとう。食べ物を玩具にしていることが頭から離れない。どんな権利があって食べ物を玩具にできるのか？　ショハットのボーイが、町から自転車に乗って配達した卵を無駄にしているのを知ったら、なんというだろう？　ショハットのボーイ、といっても実際はボーイなどではなく立派な大人で、ボビー・ローク風ハンチング帽と蝶ネクタイのイメージほど無頓着しはない、それくらいの実感はある。そんなことをしては絶対にだめだと考え、それを口にするのも辞さないだろうという実感はある。「子供たちが腹をすかしているときに、どうしてそんなことができるんですか？」たどたどしいアフリカーンス語でそういうだろう。となると弁解の余地はない。もしかすると世界のどこかに卵を投げてもいい場所があるかもしれない（たとえばイングランドでは、さらし台の受刑者に群衆が卵をぶつけるのは知っている）、しかしこの国には正義という規範に照らして判決を下す裁判官がいる。この国では食べ物を粗末にするのは許されない。

ヨシアスは彼が四人目に知った黒人《ナイティヴ》だ。一人目は、一日中ブルーのパジャマを着ていたのをぼんやり覚えているだけの、あれはヨハネスブルグに住んでいたとき、彼らのフラットが入った建物の階段をモップで拭いていたボーイだ。二人目はプレッテンベルグ湾のフィーラ、洗濯をやってくれた女の人だ。フィーラは肌がとても黒くて、すごく歳を取っていて、歯が一本もなくて、きれいな淀みない英語で長々とむかしの話をした。セントヘレナからきたといっていた。奴隷だったそうだ。三人目もまたプレッテンベルグ湾で見かけた人だ。大嵐があったときのこと、船が沈み、夜となく昼となく何日も吹き荒れた風がちょうどおさまりかけたころだった。彼と母親と弟が海岸に出て、岸に打ちあげられた捨て荷や海藻の絡まった山を調べていると、灰色の髭をたくわえ、聖職者用ローマンカラーをつけた老人が雨傘を手に近づいてきてこういった。「人間は大きな鉄の船を造るが、海はもっと強い。海は人間が造ることのできるどんなものよりもっと強い」

　また三人だけになったとき母親が「あの人のいったことを覚えておくのよ。知恵のある老人だった」といった。母親が「知恵のある」という語を使ったのは、彼が覚えているかぎりそれが最初で最後。そういえば母親にかぎらず書物以外でだれかがそのことばを使ったのを思い出すことができない。といっても、その古くさいことばが、彼の記憶に焼きついたわけではない。黒人は尊敬することも可能だ、と母親はいっているのだ。そのことを耳にして、確認できて、彼は心底ほっとする。

　いろんな物語のなかで彼にいちばん強い印象を残すのは、一番目と二番目の兄たちが軽蔑しきった態度で通り過ぎたあと、老女の重い荷物を持ってやったりライオンの足から棘を抜いてやったりするのがもっとも慎ましく、もっともばかにされている三番目の息子だということだ。このいちばん下の弟はやさしくて正直で勇気もあるが、それにくらべて二人の兄は高慢で横柄で冷淡だ。物語では、最後にいちばん下の弟に王子の栄冠が授けられるが、二人の兄は面目を失って追い払われる。

　白い人、カラードの人、黒人《ネイティヴ》がいて、そのなかで黒人がもっとも地位が低く、ばかにされている。どうしても物語と並べて比較してしまう。つまり、黒人がいちばん下の弟なのだ。

　学校では何度も何度もくり返し、毎年毎年、ヤン・ファン・リーベック、シモン・ファン・デル・ステル、ロード・チャールズ・サマセット、ピート・レティフのことを教わる。ピート・レティフの次は「カフィール戦争」だ。ケープ植民地との境界をカフィール〔コサ人等バンツー系黒人を差す強い蔑称。語源は「異教徒」の意のアラビア語〕が雪崩をうって越えてきたため追い返さなければならなくなったときのことだが、カフィール戦争はあまりにも頻繁に起きて、あまりにもごちゃ混ぜで、いちいち区別できないため試験には出ない、だから知る必要はないとされる。

　試験では歴史問題には正解を書くが、なぜヤン・ファン・リーベックやシモン・ファン・デル・ステルがすごく良くてロード・チャールズ・サマセットがひどく悪いのか、納得のいく答えは得られない。当然好きだとされる大移動《グレート・トレック》〔後発移民のイギリス系植民者に追われたオランダ系植民者が十九世紀なかばに新天地を求めて内陸に集団移動した〕の指導者たちも好きではない。まあ、ピート・レティフは、ディンガーンに騙され、銃を集落《クラール》の外に置いてくるよう仕向けられて殺されたから、そこから外してもいいかもしれないが。アンドリス・プレトリウスやゲリット・マリッツやほかのやつらなんか、ハイスクール教師やラジオに出てくるアフリカーナみたいだ。切れやすく、頑迷で、神の名を口にして人をさんざん脅す。

　学校では、少なくとも英語を使うクラスでは、ボーア戦争のことには触れない。アフリカーンスのクラスではボーア戦争のことを「第二の解放戦争《トゥヴェーデ フレイヘイツオールロッホ》」として教わるという噂があるが試験には出ないらしい。ボーア戦争は微妙な問題なので、正式な授業内容には入っていない。両親でさえボーア戦争のことはなにもいわないし、だれが正しくだれが間違っていたかも口にしない。それでも、母親はボーア戦争をめぐって自分の母親から聞いた話をくり返し語る。ボーア人たちは農場へやってきたとき食料と金を要求し、あれこれ世話をやくよう要求した。英国の兵士たちがやってきたときは、厩舎に寝泊りし、なにも盗まず、発つ前に宿の提供者に礼儀正しく感謝のことばを述べた。

　英国軍には横柄で尊大な将軍たちがいて、ボーア戦争では悪者だ。彼らはまた愚かしくも、ボーア人狙撃兵の格好の標的となる赤い制服を着ている。戦争の話になると当然、みずからの自由のために英帝国に立ち向かったボーア人の側につくものとされる。でも彼はボーア軍なんか嫌いだと思うほうが好きだ。長い髭や醜悪な服もいやだけれど、岩陰に隠れて待ち伏せしながら狙撃するのがいやなのだ。バグパイプの音色に合わせて死にいたるまで行軍する英国軍が好きなほうがいい。

ヴスターではイギリス人は少数派で、リユニオン・パークではさらに少数派だ。ある一面だけイギリス人の彼と弟をのぞくと、本物のイギリス人少年は二人しかいない。ロブ・ハートと、小柄でひ弱なビリー・スミスという少年だけだ。父親が鉄道で働いているこの少年は皮膚がいつも剝がれ落ちる病気にかかっている（母親がスミス家の子供たちには絶対に接触しないようにときつく命じる）。

ロブ・ハートがミス・オーストハイゼンから鞭で打たれることをちらっと漏らすと、両親には即座にその理由がわかるらしい。ミス・オーストハイゼンはオーストハイゼン一族であり、一族は国民党員だ。ロブ・ハートの父親は金物屋を経営しているが、一九四八年の選挙までは連合党の町会議員だった。

両親はミス・オーストハイゼンのことになるとしきりと首を横に振る。興奮しやすく、情緒も不安定だと見ている。髪を染めているのもよく思っていない。スマッツの時代は、教師が学校へ政治を持ち込んだときはなんらかの処置がとられたものだ、と父親はいう。父親もまた連合党だ。父親はケープタウンで職を失ったときだ。母親がすごく自慢していた職――賃貸事業局局長――を失ったのは一九四八年にマランがスマッツを破った。彼がいまも切ないほど懐かしく思い出すローズバンクの家を、あたり一面に樹木や草が生い茂る広大な庭と、ドーム型屋根のついた展望台と、地下貯蔵庫が二つもあった家を出なければならなかったのは、ローズバンク小学校とローズバンクの友人たちと別れてこのヴスターに来なければならなかったのは、マランのせいだ。ケープタウンでは、父親は毎朝パリッとしたダブルのスーツを着て革のアタッシュケースを持って仕事に出かけた。きみのお父さんはなにをしているの、とほかの生徒に訊かれたら、「賃貸事業局局長だよ」と答えることができて、そうするとみんな感心したように黙り込んだ。ヴスターでの父親の仕事に肩書きはない。「ぼくの父はスタンダード・カナーズで働いている」といわなければならない。「で、なにしてるの？」と訊かれると、「事務所にいて、帳簿をつけてる」といわなければならない、自信なげに。「帳薄をつける」というのがなにを意味するのか、彼には想像がつかない。

スタンダード・カナーズはアルバータ種の桃の缶詰、バートレット種の洋梨の缶詰、それにアプリコットの缶詰を製造している。桃の缶詰の生産量が国内の缶詰会社では一位。有名なのはそれだけだ。

一九四八年の選挙に敗れ、スマッツ将軍が死んでもなお、父親は律儀に連合党を支持している。支持してはいるが絶望的だ。スマッツ亡きあとの連合党を担う新指導者としては唯一ストラウスがいるが、スマッツの亡霊のようで影が薄い。ストラウスでは次の選挙で連合党が勝てる見込みはない。さらに国民党《ナッツ》は農村部《プラッタラント》で自党支持者に有利に働くよう選挙区の境界線を引き直すことで、次回の勝利を確実にしようと目論んでいる。

「どうしてなんとかしないの？」と彼は父親に訊ねる。

「いったいだれが？」と父親。「だれが彼らを止められる？　あいつらは好きなようにやれるんだよ、いまや権力を握ってるんだから」

もしも勝った党がルールを変えられるなら、選挙をやる意味があるのか、と彼は思う。それではまるで、だれが投球できてだれができないかをバッツマンが決めるようなものじゃないか。

父親はニュースの時間になるとラジオのスイッチを入れるけれど、実際に聞いているのは夏はクリケット、冬はラグビーのスコアだけだ。

ニュース速報は以前イングランドから放送されたものだ。国民党が政権を握る前は最初にまず英国国歌「ゴッド・セイヴ・ザ・キング」が流れ、それからピッピッと六回グリニッジ天文台からの時報が聞こえて、アナウンサーが「ロンドンからニュースをお知らせします」といって世界中のニュースを読みあげたのだ。いまではそれはすべて終わり。アナウンサーは「南アフリカ放送協会です」というなり、ドクター・マランが国会でいったことを延々と述べる独演会に突入する。

ヴスターでいちばんいやなのは、いちばん逃げ出したくなるのは、アフリカーンスの少年たちのなかにちらちら感じる怒りと恨みの感情だ。ぴちっとした短いズボンをはいた、図体のでかい裸足のアフリカーンス少年たち、とりわけ年長の少年たちが恐い、心底嫌いだ。チャンスさえあれば、だれかれなく人気のないフェルトへ連れ込み、いろんな乱暴を働くらしい。横目遣いに仄めかされる話によれば、たとえば、ボルセルするぞ(ブラシをかけるぞ)というのは、彼がなんとか解明するかぎり、パンツを引っ張りおろしてブラシで靴クリームを睾丸にこすりつけ(それにしても、どうして睾丸? なぜ靴クリーム?)、半裸のまま家までの道をおいおい泣いて帰らされることのようだ。

アフリカーンス少年たち全員に伝播しているらしい話がある。学校へやってきた教育実習生が広めたもので、通過儀礼とその通過儀礼中に起きることに絡んだもののようだ。アフリカーンス少年たちはそれを、鞭打ちの体験を語るときとおなじ昂ぶった調子でささやき合う。洩れてくることばは不快なものばかり。たとえば、赤ん坊のおむつをして歩きまわるとか、尿を飲むとか。もし、教師になるためにそんなことをしなければならないなら、教師になんか絶対なるまい。

噂が流れる。政府がアフリカーンスの名前をもつ生徒全員をアフリカーンス語のクラスに編入するという通達を出しそうだ。両親が低い声でそう話している。心配しているのは明らかだ。彼のほうは、アフリカーンス語のクラスに移らなければならないと考えただけでパニックになる。従わない、と両親に告げる。二度と学校へは行かない。両親が彼をなだめようとする。「なにも起きはしないさ。ただの噂よ。なにかやるとしても、何年も先のこと」と彼らはいう。彼は安心できない。

英語のクラスから偽もののイギリス人生徒を移動させるかどうかは、学校視学官の意向にかかっていることがわかる。学校視学官がやってきて、出席簿を指差し、彼の名前を読みあげ、持ち物をまとめるよう命じる日が来るのをびくびくしながら暮らす。その日のために案を練り、注意深く練習しておく。抵抗せずに持ち物をまとめて教室を出る。しかしアフリカーンス語のクラスには行かない。静かに、注目を浴びないように、自転車置場まで歩いて、自転車を取り出して乗り、だれにも捕まらない猛スピードで家まで帰る。これから玄関のドアを閉めて鍵をかけ、母親に、もう学校へは戻らない、もし母親が裏切ったら死んでやる、と告げる。

マランのイメージが彼の心のなかに刻み込まれる。ドクター・マランの、禿げ頭の丸顔には分別も慈悲もない。喉元が蛙のようにひくひく動く。唇は引き結ばれている。

一九四八年にマランが最初に作った法律はいまも忘れない。『キャプテン・マーヴェル』と『スーパーマン』はすべて禁止、動物がキャラクターとして登場する漫画だけが、人をいつまでも赤ん坊にしておくための漫画だけが、税関を通過するようにしたのだ。

学校で歌わされるアフリカーンス語の歌のことを考える。いまでは大嫌いになって、歌っている最中に思いっきり金切り声をあげて、めちゃくちゃ大騒ぎしてやりたい衝動にかられる。とくに「花を摘みに行きましょう《コム・オンス・ハーン・ブリメ・ブリュク》」という歌の、子供たちが野原でさえずる小鳥や愉快な虫のあいだを飛びまわるところで。

ある土曜の朝、二人の友人といっしょにヴスターを出発し、ドゥ・ドールンス街道を自転車で走る。半時間も走ると人家が一つも見えなくなる。道端に自転車を置いて丘の方へ探険に出かける。洞穴を発見し、火を熾して、持ってきたサンドイッチを食べる。突然、巨漢でけんか腰の、カーキ色の半ズボンをはいたアフリカーンス少年があらわれる。「だれから許可をもらった?《ヴィー・ヘット・ユル・トゥステマング・ゲゲー》」

驚いて声も出ない。洞窟に、洞窟に入るのに許可がいるのか? 嘘をでっちあげようとするが、上手くいかない。その少年が告げる。「おまえたち、俺の父さんが来るまでここで待ってろよ《ユル・サル・ヒール・ムート・ブライ・トートダット・マイ・パー・コム》」。彼が「ラット」とか「ストロップ」とかいっている。小枝、革紐という意味だ。お仕置きを受けることになるのだろうか。

恐ろしさにくらくらする。ここで、人を呼ぼうにもだれもいないこのフェルトで、鞭で打たれようとしている。どんな言い訳も不可能。なぜなら非はこちらに、とりわけこの自分にあるからだ。フェンスをよじのぼったとき、ほかの少年たちに、だいじょうぶ、ここは農場じゃない、ただのフェルトさ、と請け合ったのは彼だ。彼が首謀者であり、この計画を言い出したのだから、責任を転嫁できる相手はいない。

農場主が犬を連れて到着する。見るからに狡猾そうな、黄色い目のジャーマンシェパード。ふたたび質問、今度は英語だ。答えられない質問。どんな権利があっておまえたちはここにいるのか？ なぜ許可を取らなかった？ またしても、情けない、愚かしい釈明をしなければならない——知らなかったんです、ただのフェルトだと思ったもんですから。心秘かに、おなじあやまちは二度としないぞと彼は誓う。フェンスをよじのぼっておきながら無事に済むと思うなんて、そんなばかなことは二度と考えるまい。ばかだ！ と心のなかで思う。ばか、ばか、ばか、ばか！

農場主は小枝《ラット》や革紐の鞭を持ち合わせていない。「おまえたち、今日はついてるな」と農場主。意味がわからず、彼らはその場に根が生えたように突っ立っている。「行け」

呆然として丘の斜面を這って降りる。恐怖に駆け出さないよう、犬が唸り、涎を垂らして追ってこないよう気を配りながら、自転車が道端で待っているところまで戻る。その経験による失点回復のために彼らにいえることはない。アフリカーナはひどい振る舞いなどしていない。失敗したのは彼らなのだ。

10

朝早く、カラードの子供たちが鉛筆ケースと練習帳を持って国道を小走りに通っていく。カバンを背負って登校する子もいる。だが彼らは幼い子供たち、ごく幼い子供たちだ。彼の年齢である十歳か十一歳に達するころには、みんな学校に行くのをやめて日々の糧を稼ぐために世の中へ出るのだろう。

誕生日にパーティを開く代わりに、彼は友達にごちそうするために一シリングもらう。いちばん仲のいい友達を三人、グローブ・カフェに招く。みんなで大理石のテーブルについてバナナ・スプリットやチョコレート・ファッジ・サンデーを注文する。こんなふうに楽しみを人に分けあたえることができて王子さまの気分だ。この祝祭はすばらしい成功に終わるはずだった、ぼろを着たカラードの子供たちが窓辺に立って覗き込み、それを台無しにさえしなければ。

その子供たちの表情には憎しみはかけらも認められない。彼と友人たちがたっぷりお金を持っているのに彼らは一文無しなのだから、憎まれて当然だと覚悟していた。ところがまったく逆に、サーカス場で見た子供たちのように、その光景にすっかり見とれ、無我夢中で、なにも見逃すまいと必死だ。

ほかの子なら、グローブのオーナーであるポマードで髪を固めたポルトガル人に、追い払ってくれと頼むところだろう。乞食の子供を追い払うのはよくあることだ。眉を寄せてしかめっ面をしながら両腕を振りあげ、大声で「失せろ、あいのこめ《フートセック・ホットノット》！　あっちへ行け《ロープ・ロープ》！」と叫ぶだけでいい。それから、友人とか見知らぬ人とか、見ている人がいればこう説明する。「あいつらはなにか盗むものはないかと探してるんです《ヒュル・スーク・ネット・イーツ・オム・テ・ステール》。みんな盗人ですから《ヒュル・イス・アルマル・スケルムス》」でも、かりに自分が立ちあがってそのポルトガル人のところへ行ったとして、なんという？「あいつらがぼくの誕生日を台無しにしている。これはフェアじゃない、あいつらを見るとぼくの心が傷む」とでも？　どうあろうと、彼らが追い払われようが追い払われまいが、もう遅い、自分の心はすでに傷ついている。

彼はアフリカーナのことを、心が傷ついているので四六時中腹を立てている人たちだと考える。イギリス人のことを、壁の内側で暮らして心を巧みに保護しているので腹を立てずにすんでいる人たちだと考える。これはイギリス人とアフリカーナをめぐる彼の理論の一つにすぎない。残念ながら、この理論にトレヴェリアンがけちをつけた。

トレヴェリアンはローズバンクのリースベーク通りにあった家に、前庭にオークの巨木があり、彼が幸せだったあの家に寄宿していた人だ。トレヴェリアンがいちばん良い部屋を、ストゥープ〔ケープダッチ建築に見られる屋根つきテラス〕へ開くフランス窓のついた部屋を使っていた。彼は若く、背が高く、気さくで、アフリカーンス語をまったく話せず、徹頭徹尾イギリス人だった。朝は仕事に出かける前に台所で朝食をし、夕方帰宅して彼らと夕食をともにした。トレヴェリアンは自分の部屋に鍵をかけ、絶対立入禁止区域にしていた。とはいえ部屋にはアメリカ製の電動シェーバー以外、なに一つ面白そうなものはなかった。

父親はトレヴェリアンより年上だったが、トレヴェリアンと友達になった。土曜日にはいっしょにラジオを聴いた。C・K・フリードランダーがニューランズから放送するラグビーの試合だ。

それからエディーがやってきた。エディーは八歳のカラードの少年で、ステレンボッシュ近くにあるイダの谷の出身だった。彼らの家に働きにきたのだ。エディーの母親と話をつけたのはステレンボッシュに住むウィニーおばさんだ。皿洗いと家の掃除をするのと引き替えに、エディーはローズバンクの家に住み込んで食事をあたえられ、エディーの母親には毎月一日、二ポンド十シリングが郵便為替で送金されることになった。

ローズバンクに二カ月住み込んで働いたあとエディーは逃げた。夜中に姿をくらました。いないとわかったのは朝だ。警察が呼ばれた。エディーはそれほど遠くない、リースベーク川沿いのブッシュに隠れているのを発見された。発見したのは警察ではなくトレヴェリアンで、堪え性もなく泣いてあばれるエディーを引きずり戻し、裏庭の古い望楼に閉じ込めて鍵をかけた。

どう考えても、エディーはイダの谷へ送り返されるしかなかった。満足しているふりをやめたからには、チャンスさえあれば逃げ出すだろう。年季奉公は失敗に終わった。

だが、ステレンボッシュのウィニーおばさんに電話をかける前に、エディーが引き起こした厄介事に対する処罰の問題があった。警察への通報、台無しになった土曜の朝。罰を実行する役は自分がやる、と買って出たのがトレヴェリアンだった。

罰が実行されているあいだ、一度だけ彼は望楼を覗き込んだ。トレヴェリアンがエディーの両手首をつかんで裸足の脚を革の鞭で打っていた。そこには父親もいて、片側に立ってじっと見ていた。エディーは大声でわめき、飛び跳ねた。涙と鼻水だらけだ。「お願いです、《アセブリーフ》お願いです、《アセブリーツ》旦那さん。《マイ・バース》もうしませんから！《エク・サル・ニ・ヴェール・ニ》」エディーはわめいた。そのとき二人が彼に気づき、あっちへ行けと手を振った。

翌日、ステレンボッシュからおじさんとおばさんが黒いＤＫＷに乗って、エディーをイダの谷に住む母親のもとへ連れ戻しにやってきた。さよならもいわなかった。

ということは、トレヴェリアンはイギリス人だがエディーを鞭で打つような人なのだ。そういえばトレヴェリアンは血色のいい顔をして、すでに少し太り気味で、鞭を使っているあいだに顔の赤みがさらに増して、鞭を振りおろすたびに鼻息を荒げ、どんなアフリカーナにも負けないほど怒りをつのらせていった。とすれば、イギリス人は善人だという彼の理論に、トレヴェリアンはどうあてはまるのか？

いまもエディーには借りがある。そのことはまだだれにもいっていない。八歳の誕生日にもらったお金でスミスの自転車を買ったあと、乗り方がわからないと気づいたとき、ローズバンク広場で自転車の後ろを押してくれたのはエディーだった。ふいに彼がバランスの取り方を習得するまで、大声で号令をかけつづけてくれたのだ。

初めて上手くいったとき彼は大きな円を描いて、思い切り強くペダルを漕いで砂地を抜け、エディーが待っているところへ戻っていった。エディーは飛んだり跳ねたりしながら喜んでくれた。「今度はぼくにやら《カン・エク・アン・カンス・》せて《クライ》」とエディーがせがんだ。エディーに自転車を渡した。エディーは押してやる必要などなかった。ペダルを踏み込み、立った姿勢で風のように走り出すと、古ぼけたネイビーブルーのブレザーが風で後ろになびいた。乗り方は彼よりずっと上手だった。

芝生の上でエディーとレスリングをやったことを覚えている。エディーは彼より七カ月だけ年上で、身体も大きくはなかったけれど、細身ながら強靭な強さと、目的に向かってがむしゃらに進むひたむきさがあって、勝者はいつもエディーだった。この勝者は、しかし、勝ち方には慎重だった。わずかに一瞬、相手の背中を押さえつけて相手を身動きできないようにすると、にやっと勝利の笑みを浮かべ、やおら芝生に転がって身をかがめて次のラウンドに備えたのだ。

こういう勝負をするとエディーの身体の匂いが彼の身体に移って残る。弾丸みたいな形の細長い頭蓋と、密生した硬い髪の感触も消えない。

彼らは白人よりも硬い頭をしている、と父親はいう。だからボクシングが強い。それとおなじ理由でラグビーは絶対に上達しない。ラグビーはすばやく判断しなければならない、間抜けではいられないんだ。

二人がレスリングをやっているとき、彼の唇と鼻が一瞬エディーの髪に押しつけられる。その匂いと味覚のなかで彼は息をする。この匂い、この味覚、煙草だ。

週末ごとにエディーは自分で風呂に入る。召使いのトイレで、たらいのなかに立って、石けんをつけた布で身体を洗う。彼と弟はちっぽけな窓の下までごみ箱を引きずっていって、よじのぼって覗き込む。エディーはまる裸だが、革のベルトだけは外さずに胴に巻きつけている。窓から二つの顔が覗いているのを見て、満面に笑みを浮かべ「へーっ!」と叫び、たらいのなかで踊り出す。水しぶきをあげながら、身体を隠そうともしない。

あとで彼は母親に告げ口する。「エディーはお風呂に入るとき、ベルトを外さないよ」

「あの子の好きにさせときなさい」と母親。

彼はイダの谷へは行ったことがない。エディーが生まれたところ、そこは寒くて湿っぽい土地だと考える。エディーの母親の家には電灯がない。屋根は雨が漏り、だれもがいつも咳をしている。家の外へ出れば、水たまりを避けて石から石へ跳び移らなければならない。面目をなくしてイダの谷に帰ったエディーに、これからどんな希望があるだろう?

「エディーはいまごろどうしてると思う?」と母親に訊く。

「きっと少年院よ」

「どうして少年院なのさ?」

「ああいう子たちはいつだって最後は少年院へ行くよの、そのあとは刑務所」

エディーに対する母親の辛辣さが理解できない。母親の辛辣な気分が理解できないのは、ほとんどなんの脈絡もなく母親の口から痛烈な悪態とともに、カラードの人たち、彼女自身の兄弟や姉妹、書物、教育、政府、といったことばが飛び出すときだ。母親が口によってこれほど心変わりしないなら、エディーのことを彼女がどう考えているかなんて本気で心配したりはしない。母親がこんなふうに暴言を吐くとき、彼は足元の床が崩れ落ちて自分が奈落に堕ちていくように感じるのだ。

　古いブレザーを着たエディーのことを考える。イダの谷でいつも降っている雨をよけてうずくまり、年上のカラードの少年たちとしけもくを吸っているエディー。彼が十歳のとき、エディーもイダの谷で十歳だ。そのうちエディーが十一歳になり、そのとき彼はまだ十歳で、それから彼も十一歳になる。いつも彼は追いかけるほうで、しばらくエディーとおなじだけれど、すぐにまた置いてきぼりだ。それっていつまで続く？　エディーから逃げられるのか？　ある日通りですれちがったら、エディーは酒浸り、マリファナ浸りの生活ながら、刑務所で痛めつけられてすっかり硬化しながら、彼とわかって立ち止まり、「くそ野郎《ヤウ・ムール》！」と叫ぶだろうか？

　いまこの瞬間、イダの谷の雨漏りのする家のなかで、エディーが鼻をつく毛布にくるまり、あのブレザーを着て彼のことを考えているのがわかる。闇のなかのエディーの眼は二つの黄色い裂け目だ。はっきりわかることが一つ、エディーは絶対、彼に同情なんかしない。

11

親族間の往来をのぞけば、一家は人づきあいをほとんどしない。見知らぬ客が家にやってくると、彼と弟は野生動物さながら一目散に逃げ出し、それからこっそり戻ると身をひそめて盗み聴きをする。天井に覗き穴をいくつか開けてあるので、天井裏に這いのぼって上から居間を覗くことができるのだ。先を争ってないかみ合う物音に母親は狼狽える。わざとらしい笑顔を作り、「子供が遊んでいるだけですから」と言い訳する。

彼が儀礼的なやり取りを避けるのは「元気?」「学校はおもしろい?」などという決まり文句にまごつくからだ。なんと答えていいかわからず、ぼそぼそとばかみたいに口ごもってしまう。それでいて最後は羞恥心をかなぐり捨てて、早口で交わされる上品ぶった無意味な会話へ苛立ちをぶちまける。

「どうしてふつうにできないの」と母親はいう。

「ふつうの人なんて大っ嫌い」激しい口調で言い返す。

「ふつうの人なんて大っ嫌い」弟も尻馬に乗る。弟は七歳だ。張りつめた気弱な笑いをしょっちゅう浮かべる。ときどき学校で理由もなく吐き戻すので、家まで連れ帰らなければならない。

友達はいないけれど彼らには親族がいる。母親の親族はこの世で唯一、まあなんとか彼をありのまま受け入れてくれる人たちだ。不作法で、社会生活に適応できない、変わり者の彼を受け入れるのは、そうしなければ一家を訪問できないからでもあるけれど、彼らもまた奔放に、不作法に育ったからだ。一方、父親の親族は彼にも、彼が母親の手に委ねられて育ったことにも不満を隠さない。父親の親族がいっしょのときは窮屈で仕方がない。逃げ出せるとすぐに彼は陳腐で儀礼的な挨拶をばかにしはじめる（「お母さ《エン・フー・ガー》んは元気かい《ン・ディット・メット・ヤウ・マミー》？　弟は元気かい《エン・メット・ヤウ・ブルール》？　それはよかった《ディス・グート》、よかった《ディス・グート》！」）だが、これを逃れることはできない。決まり切ったこの習慣に従わずに農場を訪問する方法はない。そこで、ばつの悪さに悶々としながら、自分の気弱さに嫌気がさしながら、おとなしく従う。「元気です《ディット・ガーン・グート》。みんな元気です《ディット・ガーン・グート・メット・オンス・アルマル》」

父親が自分の親族の側について彼に敵対するのはわかっている。それは父親が母親に仕返しをする一つの方法なのだ。父親が家中を仕切るとどんな暮らしになるか、想像しただけでぞっとする。単調で、愚劣な因襲に染まった暮らし、みんなとおなじになる暮らし。母親は、自分と自分が耐えられそうにないものとのあいだに入ってくれる唯一の人間だ。だから、その遅さと鈍さに苛々しながら、自分を守ってくれる唯一の保護者である母親にしがみつく。彼は母親の息子であって父親の息子ではない。父親を拒絶し、嫌悪する。二年前のあの日のことは忘れない。母親が後にも先にもたった一度、まるで犬の鎖を外すように彼に対する父親の権力行使を黙認した日（「わたしはもう限界、これ以上我慢できないわ！」）、青い目を怒りで燃やした父親が、彼の身体を激しく揺さぶり、平手打ちを喰らわしたのだ。

彼は農場に行かなければならない。この世にこれ以上彼が愛する場所、愛することができそうな場所はほかにないから。母親への愛では複雑に絡まり合うすべてのことが、農場への愛ではすっきりする。でも、物心ついたころからずっと、この愛には鋭い痛みがつきまとってきた。農場を訪れることはできるけれど、決してそこに住むことはない。農場は彼の住処《ホーム》ではないのだ。彼はあくまで訪問客であり、くつろげない訪問客なのだ。こうしているいまも、日を追うごとに農場と自分はまったく異なる道を歩みながら、ばらばらになり、近づくどころかいっそう離れていく。いつの日か農場は跡形もなく消え、跡形もなく失われてしまうのだ。いまから彼はその喪失を嘆いている。

農場はかつては祖父のものだったが、祖父が死に、父親の兄であるサンおじさんに受け継がれた。サンだけは農場経営の素質があった。ほかの兄弟姉妹はみんな先を争って町や都会へ出ていった。それでいて自分が育った農場はいまでも彼らのものだという感覚がある。そこで少なくとも年に一度、ときには二度、父親は農場へ帰郷し、彼をいっしょに連れていく。

農場はフューエルフォンテイン、鳥の泉と呼ばれている。彼は農場の小石一つ、ブッシュ一つ、草の葉一枚にいたるまですべてを愛し、農場の名前となった鳥を愛している。鳥たちは夕暮れに泉のまわりの樹木に何千と群れをなして止まり、たがいに鳴き交わし、木の葉を揺すり、羽を逆立て、ねぐらを定める。彼のように農場を愛せる者がほかにいるなんて考えられない。でもその愛については語ることができない。ふつうの人はそんなことを口にしないということもあるけれど、農場への愛を認めることは母親への裏切りになるからだ。なぜ裏切りになるか、その理由は、母親もまた農場の出身であり、それも遠隔の地にあるライバルの農場の出身で、その農場のことを愛を込めて、切ないほどの懐かしさを込めて語るのに、人手に渡ってしまったために訪れることができないからだ。でも、それだけではない。母親がこの農場フューエルフォンテインでは、心から歓迎されていないからなのだ。

なぜそうなのか、母親は決して説明しない。そのことを最終的には感謝するが、しかし彼は断片的なことばから、おいおい話の筋道を組み立てられるようになる。戦時中かなりの期間、母親は二人の子供とプリンス・アルバートの町なかの一部屋の貸家に住み、月々父親が伍長代理の給料から送金してくる六ポンドと「総督の貧民救済基金」から支給される二ポンドで生き延びた。この時期、農場が陸路わずか二時間という位置にあったにもかかわらず、彼らは一度も農場に招かれなかった。話のこの部分を彼が知っているのはあの父親でさえ、戦争から帰ってきたとき彼らの扱われ方に怒り、恥じたからだ。

プリンス・アルバートといえば思い出すのは、長くて暑い夜に一晩中飛び交っていた蚊の唸りと、ペチコート姿であちこち歩きまわる母親と、その肌に玉となって浮かぶ汗と、静脈の浮いた重くて肉づきのいい脚を組み、どうしても泣きやまない赤ん坊の弟をあやしていたことだけだ。そして、太陽を避けるため閉めきったシャッターの内側ですごした、退屈でやりきれない日々。そんなふうに、動くにも動けない貧しさのなかで、やってこない招待を待ちわびながら彼らは暮らしたのだ。

農場のことが話題になると、いまでも母親の口元が強ばる。それでもクリスマスに農場へ行くときは母親もついてくる。大家族が一堂に会するのだ。ベッド、マットレス、ストレッチャーがどの部屋にも用意され、長いストゥープにまで広げられる。あるクリスマスなど、数えてみるとその数は二十六。終日、おばさんと二人のメイドが湯気の立ち込める台所で、せっせとパンを焼き、料理をし、次から次に食事を作り、次から次にお茶や珈琲を淹れてケーキを焼く。そのあいだ男たちはストゥープに腰をおろして、光揺らめくカルーにぼんやりと目をやり、遠いむかしの思い出話にふける。

貪るように彼はその雰囲気を吸い込み、英語とアフリカーンス語の幸福でぞんざいな混成言語を、彼らが集まると使われる共通語を吸い込む。彼が好きなのはこのおかしな、踊るような言語、文中のあちこちで不変化詞がするりと脱落する言語だ。学校で学ぶアフリカーンス語より軽くて風通しがいい。学校のアフリカーンス語は「民族の口《フォルクスモント》」に由来するとされる慣用句で重苦しいが、そんなのはグレート・トレックに由来するというだけの、牛車と、牛と、牛の引き具にまつわる鈍重で愚にもつかない慣用句に思える。

農場を初めて訪ねたのは祖父がまだ生きていたころで、そこには童話の本で見た農場の庭にいる動物が勢ぞろいしていた。馬、ロバ、子牛を連れた雌牛、豚、アヒル、雌鶏の群れのなかで時を告げる一羽の雄鶏、雌山羊さんと長いあごひげの雄山羊さん。やがて祖父が死ぬと、農場の庭はだんだん縮小されて、最後は羊しか残らなかった。まず馬が売られ、それから豚が豚肉となり（彼はおじさんが最後の豚を撃つのをその目で見た。銃弾が豚の耳の後ろにあたると豚はひと声唸り、大きなおならをして崩れ落ちた。まず膝を折り、それから横ざまに、ぶるぶる震えながら倒れた。それから雌牛が姿を消して、アヒルもいなくなった。
理由は羊毛の価格だ。日本人が羊毛の重さ一ポンドにつき一ポンド払うといった。となれば馬を飼うよりトラクターを買うほうが簡単で、新しいスチュードベーカーをフレイザーバーグ街道まで走らせて冷凍バターや粉ミルクを買うほうが、雌牛の乳をしぼり、クリームを撹拌してバターを作るよりも簡単。重要なのは羊だけ、金の羊毛がとれる羊だけになった。

農作業の苦役もまた軽減されたのだろう。農場でいまも栽培される作物は、牧草が食べつくされたとき羊の飼料にするアルファルファだけだ。果樹園はオレンジの木立だけが残り、毎年、最高にあまいネーブルオレンジを実らせている。

食後の午睡で元気を取り戻したおじさんやおばさんがストゥープに集まり、腰をおろしてお茶を飲みながら話の花を咲かせると、話題はときにむかしの農場のことになる。二頭立ての馬車を所有する「紳士の農場主」だった父親を追想し、貯水池の下手の土地でトウモロコシを育て、それを自力で脱穀して粉に挽いたんだ、と思い出話を語るのだ。「そうそう、あのころが懐かしいな」といって、彼らはため息をつく。

過去を思いノスタルジックになるのは好きでも、過去に戻りたいと思う者はいない。彼は戻りたい。なにもかもむかしのようになればいいと思っている。

ストゥープの隅のブーゲンビリアの木陰に、カンヴァス地の水筒がぶらさがっている。日中暑さが増すにつれて水はいっそう冷たくなる——奇蹟だ、貯蔵庫の暗闇のなかに吊された肉が腐らないのとおなじ奇蹟、屋根の上に並べられ、焼けつく太陽にさらされた南瓜が新鮮であるのとおなじ奇蹟。農場では、腐敗など存在しないかのようだ。

水筒の水は魔法のように冷たいが、彼は一度に一口以上は飲まない。自分が少ししか飲まないことを誇りに思う。もしもフェルトで道に迷ったら、そのことがうんと役に立てばいい。彼は砂漠の生き物になりたい、この砂漠の、トカゲのような生き物に。

農場の建物のすぐ上手に、十二フィート四方の、石壁で囲った貯水池があり、ここに風力ポンプで汲みあげられた水が母屋と菜園に供給される。ある暑い日、彼と弟はトタン板でできた大きなたらいを貯水池に浮かべ、足元をぐらつかせながら乗り込み、オールを漕いで水面をあちこち移動する。

彼は水が怖い。この冒険はその恐怖を克服するための方法だと考える。貯水池のまんなかでボートが上下に揺れる。まだら模様の水面に陽の光が反射して、聞こえるのは蟬の鳴き声だけだ。彼と死のあいだには薄っぺらな金属の板しかない。にもかかわらず彼は大きな安らぎを感じる。あまりの安らぎに、うとうとしそうなほどだ。これが農場なんだ、ここではいやなことはなにも起きない。

以前に一度だけボートに乗ったことがある。四歳だった。男が（だれだろう？　だれだったか思い出そうとするが思い出せない）プレッテンベルグ湾の環礁へ漕ぎ出していた。楽しい周遊になるはずだったのに、漕ぎ進むあいだずっと、彼は遠くの岸辺をにらみながら凍りついたように座っていた。一度だけちらりと横を見た。細く枝分かれした水草が水中深くゆらゆら揺れていた。心配したとおりだ、もっと悪い、頭がくらくらした。この頼りない板が、漕ぐたびにまるで折れそうに軋るこの板が、かろうじて死の淵に沈むことから彼を保護していた。つかまる手に力を込め、目を閉じて、彼は心のなかのパニックを抑え込もうとした。

フューエルフォンテインにはカラードの家族が二組いて、それぞれ自分の家がある。貯水池の壁近くにも家があり、いまでは屋根のないこの家に、かつてアウタ・ヤープが住んでいた。アウタ・ヤープは祖父より先に農場にいた人だ。彼の記憶のなかのアウタ・ヤープは、視力のない乳白色の眼球に、歯のない歯茎、ふしくれだった手をして陽だまりのなかに座っていた老人で、死ぬ前に彼のところへ連れていかれたことを覚えている。たぶんあれは、確信はもてないが、祝福されるためだったのだろう。アウタ・ヤープは死んでしまったけれど、彼の名はいまも敬意とともに口にされる。とはいえ、アウタ・ヤープのどこが特別なのか、と彼が訊ねると、返ってくる答えはひどくありきたりだ。アウタ・ヤープはジャッカル除けのフェンスがない時代から生きてきた人だ、草を食ませるために羊を遠く離れたキャンプに連れていく羊飼いは、何週間も羊とともに暮らして、羊を守るものとされたんだ、と教えられる。アウタ・ヤープはすでに消滅した世代に属していた。それだけだ。

　にもかかわらず、彼はそんなことばの裏の意味を直感的に感じ取る。アウタ・ヤープは農場の一部だったのだ。祖父は農場の購入者であり法的所有者だったかもしれないが、アウタ・ヤープは農場に付属し、新参者よりずっとよく農場のことを知っていて、羊、フェルト、天候のことを熟知していた。アウタ・ヤープに敬意を払わねばならなかったのはそのためであり、アウタ・ヤープの息子ロスがいまや中年に差しかかり、とくに優れた働き手でもなく、頼りにもならず、ことを面倒にしがちであるにもかかわらず、彼を追い出すことは論外とされるのはそのためなのだ。

　ロスが農場で生きて死に、そのあとを彼の息子が継ぐのは暗黙の了解事項。もう一人の雇い人フリークは、ロスより若くてエネルギッシュで、飲み込みも早く頼りになる。にもかかわらず、フリークは農場の一部ではない。つまり、必ずしも農場にずっといるということにはならない。

　ヴスターから農場へやってくると彼はほっとする。ヴスターではカラードの人たちがなにか手に入れようとすると（お願いします、お嬢さん《アセブリーフ・マイ・ノーイ》！　お願いします、若旦那さん《アセブリーフ・マイ・バスィー》！　といって）乞わねばならないのに、農場ではおじさんと「民族《フォルク》」のあいだの関係がじつに正しく、きちんとしているのだ。毎朝、おじさんはその日の仕事について二人の男に相談する。おじさんは二人に命令するわけではない。代わりに、やらなければならない仕事を一つ一つ、まるでテーブルにカードを一枚一枚並べるように提示する。男たちもまた自分のカードを並べる。このやりとりのあいだにしばし中断が入り、再考するための長い沈黙のあいだはなにも起きない。それから突然、不思議なことに、だれがどこへ行くか、だれがなにをするか、すべての問題が一気に解決されてしまうらしい。「じゃあ、《ナウヤ、》始めるとしますか、《ダン・サル・オンス・マール・ロープ》ソニーの旦那《バース・ソニー》！」といってロスとフリークは帽子を被り、きびきびと仕事に取りかかる。

　台所でもそうだ。台所では二人の女が立ち働く。ロスの妻トラインと、別の妻の娘リーンキーだ。二人は朝食の時間にやってきて、一日の主な食事である昼食、ここでは正餐《ディナー》と呼ばれる食事が終わると家に帰る。リーンキーは人見知りが激しく、話しかけられると顔を隠してくすくす笑う。でも台所のドア付近に立てば、おばさんと二人のあいだで交わされる会話を聞くことができる。低く流れる話し声を立ち聞きするのはなにより楽しい。女たちのもの柔らかな、耳に心地良いゴシップ、耳から耳へ、農場内にとどまらずフレイザーバーグ街道の村や、村の外の居住区《ロケーション》へ伝えられ、その地方の農場という農場すべてに広まるまで、耳から耳へささやき継がれる噂話。むかしといまを紡ぎ合わせるゴシップの柔らかな白い網、他家の台所でも同時に紡がれる網、ファン・レンスブルグ家の台所で、アルバーツ家の台所で、ニグリニ家の台所で、何軒もあるボーツ家の台所で。だれがだれと結婚するとか、だれそれの義理の母親がこれこれのために手術を受けるところだとか、だれの息子は学校の成績が良いとか、だれの娘に面倒が起きているとか、だれがだれを訪ねたとか、だれがいつなにを着たとか。

　しかし彼が強い関心を寄せているのはロスとフリークのほうだ。彼らの暮らしぶりが知りたくてたまらない。白人のように、上下に分かれた下着を着るのだろうか？　それぞれ自分のベッドがあるのだろうか？　寝るときは裸か、作業着を着たままか、それともパジャマがあるのだろうか？　きちんとした食事をするのだろうか、テーブルについてナイフとフォークで？

　彼にはこういった疑問に答えを得る手立てがない。彼らの家は訪ねないほうがいいといわれているからだ。無作法になると教えられているのだ、ロスやフリークに恥ずかしい思いをさせるから不作法だと。

　ロスの妻や娘を家のなかで働かせ、料理、衣類の洗濯、ベッドメイキングをやらせて恥ずかしいと思わないなら、なぜ彼らの家を訪ねることが恥ずかしい思いをさせることになるのか、と彼は訊きたい。

　これはなかなか良い議論のように聞こえるが、そこに欠陥があるのはわかっている。つまり、本当はトラインやリーンキーを家に入れることこそ恥ずかしいことなのだ。廊下でリーンキーとすれちがうとき、彼女は自分の姿が見えないふりをしなければならず、彼は彼女がそこにいないふりをしなければならない、それが彼は好きではない。トラインが膝をついて洗濯桶で彼の衣類を洗っているところを目にするのが好きではない。彼女が「小さな旦那様《ディー・クレインバース》」と呼んで彼がそこにいないみたいに三人称で話しかけるとき、なんと答えていいかわからない。それこそが心底恥ずかしいことなのだ。

　ロスとフリークといっしょのほうが気が楽だ。それでも彼らといるとき「クレインバース」と呼ばれたら、相手を「きみ《ヤイ》」と呼ばないために、わざとらしい、もってまわった文を組み立てて話さなければならない。よくわからないのは、フリークを大人の男と見るかボーイと見なすべきか、フリークを大人の男として扱うことがへまをやることになるのかどうかだ。一般的にカラードの人たちが、とくにカルーの人たちが、いつ子供であることをやめて男や女になるのか、彼にはまったくわからない。あまりにも早く、あまりにも突然、そうなってしまうように思えてならない。ある日、玩具で遊んでいたと思うと、翌日は男たちと戸外で働いているか、だれかの家の台所で皿を洗っているのだ。

　フリークは穏やかで、話し方が柔らかだ。太いタイヤの自転車とギターをもっている。夕方になると自分の部屋の外に腰かけ、近寄りがたい笑みを浮かべて、独りでギターを弾く。土曜の午後に自転車でフレイザーバーグ街道の居住区へ帰り、日曜の夜までそこに居て、随分暗くなってから戻ってくる。何マイルも先からゆらゆら揺れる小さな光の点が見えたら彼の自転車のランプだ。あんなに長い距離を自転車で往復するなんてものすごく勇気がいる。もしも許されるなら、フリークを英雄として崇拝してもいいくらいだ。

　フリークは雇い人で、給料を払ってもらっているから、解雇通告が出され、荷物をまとめて出ていけといわれることもありうる。それでもフリークがどっかりと腰をおろし、口にパイプをくわえて、フェルトのほうを凝視するところを見ていると、フリークのほうがクッツェー家の人間よりもしっかりここに属しているように思える、たとえフューエルフォンテインに属していなくてもカルーに属しているのだ。カルーはフリークの国、故郷なんだ。でも、農場の母屋のストゥープでお茶を飲みながらゴシップの花を咲かせるクッツェー家の人間は、今日はここにいて明日はいなくなる、季節ごとに移動する燕のようなもの。いやむしろチュンチュンと鳴く、足取り軽い短命な雀みたいなものかもしれない。

農場にいてとりわけすばらしいのは、なんといっても狩猟だ。おじさんは銃を一丁しかもっていない。大型のリー＝エンフィールド銃〔弾倉式剣付きライフル〕の30口径で、どんな獲物を狙うにしろ弾が大きすぎる（一度など父親がこの銃で野兎を撃ったら、血まみれの断片しか残らなかった）。そこで彼が農場を訪ねたときは、隣人から旧式の22口径を借りてもらう。シングルカートリッジをまっすぐ尾筒に装塡するやつだ。ときどき不発に終わり、そんなときは不発音が耳の奥で何時間も鳴っている。彼がこの銃でなんとかしとめられるのは貯水池のなかの蛙と果樹園のネズミドリだけ。そうはいっても農場生活のなかで、父親といっしょに銃を携えて出発し、ブスマン川の乾いた河床を獲物を求めて進む早朝ほど、生きていると強烈に感じることはない。目当てはスタインボック、ダイカー、野兎、そして草の生えていない丘の斜面なら、コルハーン〔南アフリカ特有の野雁〕だ。

十二月になると毎年、彼は父親と狩りをするため農場へやってくる。彼らが乗る汽車はトランス・カルー・エクスプレスではなく、オレンジ・エクスプレスでもなく、ましてブルー・トレインではない。どれも運賃が高すぎるし、どうせフレイザーバーグ街道では停車しない。彼らが乗るのはもっぱら三等の各駅停車、聞いたこともない駅にも停まるやつで、ときには引込線にのろのろと入っていって、もっと名の通った急行列車が閃光のように通過するのを待たねばならない。彼はゆっくり走るこの汽車が大好きだ。寝具係が持ってくるぱりっとした白いシーツとネイビーブルーの毛布の下で心地よくぐっすり眠るのも大好きだし、夜半に目が覚めると、どこか知らない静かな駅に停車していて、シューッと尾を引きながら停止するエンジン音や、作業班の親方がハンマーで車輪を試し打ちするカーンという音を聞いているのも大好きだ。やがて夜明けにフレイザーバーグ街道に到着すると、サンおじさんが迎えにきていて、満面に笑みを浮かべながらお馴染みの、油染みのついたフェルト帽を被って「こりゃまあ《イスラーイク》、大きくなったもんだ《マール・ヤイ・ヴォルト・ダレム・フロート》、ジョン!」といって歯のすきまからヒュッと音を出すと、彼らはスチュードベーカーに鞄を積み込み、それから長いドライブに出発する。

フューエルフォンテインで行われるさまざまな狩りを、彼は一も二もなく受け入れる。野兎一匹を飛び出させるかコルハーンのつがいが遠くでガーガーと鳴く声を耳にすれば、狩りは上出来ということをも受け入れる。家族の面々に話して聞かせるにはそれで十分だ。帰り着くころには陽が高く昇り、みんなはストゥープに腰かけて珈琲を飲んでいる。たいていの朝は報告することがなにもない、なに一つない。

暑い昼日中に狩りに出ても仕方がない。仕留めたい動物が木陰でまどろむときだから。それでもときには午後遅くスチュードベーカーに乗って農場の道を見てまわることがある。サンおじさんが車を運転し、父親が助手席で30口径を構え、彼とロスが後部の補助席に座る。

ふだんならロスが跳び降り、車が通れるよう牧草地の柵を開けて車が通過するのを待ち、通過したあと柵を一つ一つ閉める。だが彼が加わる狩りでは、柵を開けるのが彼の特別任務となり、ロスがそれを見守りオーケーを出す。

彼らは伝説的なパーウを探しまわる。ところがパーウは一年にわずか一度か二度姿を見せるだけで——つまり非常に貴重な動物であるため、実際この鳥を銃で撃つと、捕まれば五十ポンドの罰金が課せられる——彼らは不満ながらコルハーンを仕留めることにする。ロスを狩猟に連れていくのは、彼がブッシュマン〔サン人の蔑称〕か、ほぼブッシュマンであるため、並み外れて鋭い視力があると見込まれているからだ。

そして事実、コルハーンを真っ先に認めて車の屋根を上からピシャッとたたくのはいつもロスだ。鶏ほどの大きさをした灰色と茶色の鳥は、二羽、三羽と寄り集まってブッシュのなかを駆けまわっている。スチュードベーカーが急停車する。父親が30口径を窓に固定して狙いをつける。銃の発射音がフェルトのなかを前方と後方にこだまする。鳥は驚いて飛び立つこともあるけれど、この鳥特有のガーガーという鳴き声をあげながら、急に駆け出すことのほうが多い。父親が実際にコルハーンを仕留めることは一度もないので、彼がこの鳥を(「ブッシュの雁」とアフリカーンス語辞典には出ている)間近に見る機会はない。

父親は戦争中は砲手だった。ドイツやイタリアの飛行機を撃ち落とすボフォール対空自動高射砲を受け持っていた。父親は飛行機を撃ち落としたことがあるのだろうかと彼は考える。もちろん一度もそんな手柄話をしたことがない。なんで父親は砲手になんかなったんだろう? そんな才能は全然ないのに。兵隊というのはただ出まかせに配置されるものなのか?

狩猟のうち唯一成功するのが夜の狩りで、これはすぐに恥ずべきもの、自慢できないものだと彼は悟る。方法は簡単だ。夕食後スチュードベーカーに乗り込み、サンおじさんの運転で真っ暗なアルファルファ畑のなかを進む。ある場所で車を停めてヘッドライトのスイッチを入れる。三十ヤードも離れていないところに一頭のスタインボックが立ち竦んでいる、両耳を彼らに向けてピンと立て、眩んだ目に光を反射させて。

「スキート(撃て)!」おじさんが叫ぶ。父親が撃つと、鹿は倒れる。

スタインボックは手に追えない厄介者で、羊の飼料になるアルファルファを食べてしまうから、こんな方法で仕留めるのも仕方がない、と彼らは自分たちを納得させる。だが、死んだスタインボックがひどく小さく、プードルほどしかないのを知ったとき、彼はそんな主張には論拠がないことを知る。夜に狩りをするのは、昼間なにかを仕留める腕がないからだ。

そうはいっても、ヴィネガーに漬け込んでローストした鹿肉は(おばさんが黒っぽい肉に切り目を入れて、クローヴとニンニクを詰めるところを彼は観察する）ラム肉よりはるかに美味しく、強い風味があって、しかも柔らかい。口のなかで溶けてしまいそうなほど柔らかいのだ。カルーのものはなんでも美味しい。桃、西瓜、南瓜、羊肉、まるで、なんであれこの酸性の土から滋養を探し当てることのできるものは、それゆえに祝福されるとでもいうかのように。

彼らがハンターとして名を馳せることはないだろう。それでも、彼は手にした銃の重さがたまらなく好きだ。灰色の川砂を踏みしめる音、立ち止まると雲のように重くのしかかる沈黙、そしていつでも彼らを取り囲む風景、黄土色、灰色、淡褐色、オリーブグリーンの、愛してやまない、あの風景。

農場訪問が終わる日は恒例として、自分の弾薬箱のなかに残っている22口径の弾で、フェンスの杭にのせたブリキ缶を乱射していいことになっている。これは難しい儀式だ。借り物の銃は上等ではなく、彼は射撃が上手くない。ストゥープから家族が見ているので、ついせっかちに引き金を引いてしまい、命中するより外れるほうが多い。

ある朝、彼が河床に降りて独りでネズミドリを狩っていると、22口径が動かなくなる。尾筒に嵌り込んだ薬莢をどうしても取り出すことができない。銃を持って家に帰るが、ソンおじさんも父親もフェルトに出ていていない。母親が「ロスかフリークに頼んでみたら」という。厩舎でフリークを見つける。しかしフリークは銃に触りたがらない。ロスを見つけるが、ロスもおなじだ。自分からは釈明しようとしないが、銃を心底恐れているようだ。そこで、おじさんが帰ってきて薬莢をペンナイフで取り出してくれるまで待たねばならない。「ロスやフリークに頼んだんだけど、手伝ってくれなかった」と彼は不満をこぼす。おじさんは首を横に振る。「彼らに銃に触るようなことを頼んだりしてはだめだ」とおじさんはいう。「銃に触ってはならないことを知ってるんだ」

銃に触れてはならない。なんでだろう？　だれも教えてくれない。それでも彼は「mustn't（してはならない)」ということばについて考え、悩む。どこよりも頻繁に農場で耳にすることば、ヴスターよりも頻繁なくらいだ。まんなかに隠れている発音しないtのために、スペルを間違えやすい奇妙な語。「これに触ってはならない」「あれを食べてはならない」もしも学校へ行くのをやめて、この農場に住みたいと頼み込むとしたら、その代償に彼は質問するのをやめ、「してはならない」ことにすべて従い、いわれたことだけをしなければならないのか? 自分には一念発起してその代償を払う心積もりがあるのか? カルーに、この世で唯一いたいと思う場所に住む方法はないのか? 自分の望む生き方で、つまり家族に属さないで。

農場は広大で、ものすごく広大で、父親と狩りに出ている最中に河床を横切るフェンスに行き当たったとき、フューエルフォンテインと隣の農場との境界までできたと告げられて彼は不意打ちを食らう。彼の想像のなかではフューエルフォンテインはれっきとした一つの王国なのだ。一生かかってもフューエルフォンテインのすべてを、ブッシュ一つ、小石一つにいたるまで、つぶさに知ることはできない。こんな、貪りつくすほどの愛で一つの場所を愛するとき、時間はどれほどあっても足りはしない。

彼がいちばんよく知っているのは夏のフューエルフォンテインで、空から燦々と降りそそぐ、均質で、目が眩むような陽光の下に農場が真っ平らになって広がるときだ。しかし、フューエルフォンテインは神秘をも内包している。闇や影に属する神秘ではなく、水平線に蜃気楼が揺れて、空気そのものが耳のなかで歌う、暑い昼下がりに属する神秘。そんなときはだれもが暑さに茫然となってうとうとしているから、彼は忍び足で家を抜け出し、丘を登り、石壁で囲われたクラール〔家畜用の囲い地〕の迷宮を訪ねることができる。そこは何千頭もの羊の群れをフェルトから連れ帰り、頭数を数え、毛を刈り取り、消毒液に浸さなければならなかった古い時代に属する場所だ。クラールの壁は厚さ二フィート、高さは彼の頭をゆうに越す。積まれた平らな青灰色の石はどれも、ごろごろと転がされ、ロバの牽く馬車で運ばれてきたものだ。彼は羊の群れを思い描こうとする。いまではみんな死に絶えてしまった羊たちは、この壁の陰に身を寄せて、強い日差しを避けていたのだろう。フューエルフォンテインのむかしの姿を思い描こうとする。大きな母屋とそれに付随する建物やクラールはまだ建設途中だったんだろう。来る年も来る年も、忍耐強く、蟻のように身を粉にして働く現場。いまでは羊を狙うジャッカルは銃や毒で皆殺しにされ、クラールは使い道もなく廃墟と化していく。

クラールの壁が丘を上下しながら何マイルも不規則に続いている。そこにはなにも生えていない。地面は平らに踏み固められて永遠によみがえらない。どうしてなのか、彼にはわからない。それは汚れた、不健康な、黄色いながめだ。ひとたび壁の内側に入ると視界はあらゆるものから遮断され、見えるのは空だけになる。ここへ来てはいけないと警告されてきた。蛇が危険だから、助けてと叫んでもだれの耳にも届かないから。蛇というのはこんな暑い昼下がりに浮かれ騒ぐものだと警告される。巣から出てきたリンカルス〔熱帯アフリカ産のコブラ科の毒蛇〕や、パフアダー〔クサリヘビ科の毒蛇〕や、スカープスティカー〔逆向きの毒牙をもつ蛇〕が、陽の光を浴びながら冷たい血を温めるのだと。

まだクラールで蛇を見たことはない。それでも彼は足を踏み出すたびに警戒を怠らない。

フリークが台所の裏でスカープスティカーに出くわす。女たちが洗濯物を干す場所だ。彼は蛇を棒でたたき殺し、だらりと長い黄色い蛇の死体をひっかけてブッシュに放る。数週間、女たちはそこへ近づこうとしない。蛇は一生おなじ相手と連れ沿うから、雄を殺したら雌が復讐しにくる、とトラインはいう。

春の九月が、学校の休みは一週間しかないけれど、カルーを訪ねるには最高だ。ある九月のこと、彼らが農場に滞在しているとき、羊の毛を刈る人たちがやってくる。自転車の荷台に寝具と炊事道具をくくりつけて、どこからともなくあらわれる荒くれ者だ。

刈り手というのは特別な人たちだ、と彼は発見する。農場に彼らが降り立つのは幸運のしるしだ。彼らを引き留めておくために、よく肥えた去勢羊《ハーメル》が選ばれて屠られる。彼らは古い厩舎を占領し、自分たちの仮の宿泊所に作り替える。宴会には夜遅くまで焚火が燃える。

サンおじさんと一行の隊長との長い話し合いに彼は耳を澄ます。隊長は肌が黒くて荒っぽい感じの、黒人《ネイティヴ》といってもいいくらいの男だ。あご髭は先が尖り、ズボンをロープで吊っている。彼らは天候について、プリンス・アルバート地区の牧草地の様子について、ボーフォート地区やフレイザーバーグ地区の様子について、賃金について話す。刈り手が話すアフリカーンス語は訛りが強くて、聞いたことのない慣用句がやたら多くてほとんど理解できない。どこからきたのだろう？　フューエルフォンテインの田舎よりさらに奥深い田舎が、世の中からさらに隔絶された中心地があるのだろうか？

翌朝、夜が明ける一時間も前に、蹄が地面を踏み鳴らす音で目が覚める。第一陣の羊の群れが家の横を誘導されて、毛を刈る小屋近くのクラールに囲い込まれている。家中が起き出す。台所であわただしく人が動きまわる気配がして、珈琲の匂いが漂ってくる。曙光が射すころには屋外に出る。着替えは済ませたが、興奮しすぎて食べ物が咽喉を通らない。

彼は仕事をあたえられる。乾燥豆の入ったブリキのマグを持つ係だ。刈り手が一頭刈り終えて、後ろ足を軽くたたいて羊を放し、刈り取った羊毛を選別台に放りあげるたびに、そしてピンクの肌を剝き出しにした羊が、ときには鋏の先があたった箇所から血を流しながら不安げに第二の囲いへ駆け込むたびに、刈り手はマグから豆を一つ取っていいことになっている。刈り手は会釈し、恭しく「マイ・バスィー！」といって豆を取る。

マグを持つのに飽きてくると（刈り手は自分たちで豆を取ることが許される、田舎育ちで不正直など耳にしたことさえないから）、彼と弟は梱《こり》を圧縮する手伝いをする。もっこりした、熱い、油っぽい羊毛の塊の上で飛び跳ねるのだ。スキッペルスクローフからやってきたいとこのアグネスもいっしょだ。アグネスとその妹も加わり、四人は交互に転げまわり、巨大な羽毛のマットレスに乗っているみたいにくすくす笑ってははしゃぐ。

アグネスが、彼の生活のなかで自分でもまだ理解していないある場所を占領する。アグネスの存在に初めて気づいたのは、彼が七歳のときだ。スッキペルスクローフに招かれた彼らは、長時間列車に乗ったあし午後遅く到着した。雲が疾駆するように空を横切り、陽の光に温もりはなかった。凍えるような冬の光の下に、赤みがかった深い青をたたえて広がるフェルトに緑は一切なかった。農場の家にさえ歓迎されていないようだった。急勾配のトタン屋根、重苦しい白い長方形の建物。フューエルフォンテインとは大違いだ。彼はそんなところにいたくなかった。

ほんの数カ月年上のアグネスが、彼の相手に割り当てられた。彼女がフェルトに散歩に連れ出してくれた。アグネスは裸足で出かけた。靴さえもっていなかったのだ。やがて家が視界から消えて、どこにいるかわからなくなった。二人は話しはじめた。お下げ髪のアグネスは舌足らずにしゃべり、それが彼は好きだった。彼の遠慮が消えた。話しながら自分が何語を話しているのかを忘れた。考えていることが彼の内部でそのままことばに、率直なことばに変わった。

その午後、アグネスになにをいったのか、もう思い出せない。しかし彼女にはすべてを語った。これまでにしたことのすべて、知っていることのすべて、彼の望みのすべてを語った。アグネスは黙って全部受けとめてくれた。話している最中から、彼にはその日がアグネスゆえに特別な日になるのがわかった。

陽が沈みかけ、燃え立つような冷たい深紅に変わった。雲が鈍色になり、風が衣服の下から身を切るように冷たく吹いた。アグネスは薄い木綿のドレスしか着ていなかった。足が寒さで紫色に変わっていた。

家に帰ると「どこに行ってたの？　いったいなにをしてたの？」と大人たちが訊いた。「なんにも《ニクス・ニ》」とアグネスが答えた。

ここフューエルフォンテンでは、アグネスは狩りに連れていってもらえない。でも彼とフェルトを自由に歩きまわったり、大きな貯水池のなかでいっしょに蛙を捕まえることはできる。アグネスといっしょにいるのは、学校の友達といっしょにいるのとは違う。それは彼女のやさしさ、じっと話を聴いてくれる態度と関係があり、と同時に、彼女のほっそりした褐色の脚や、なにもはかない足や、石から石へ踊るように跳ぶ姿にも関係がある。彼は頭がよく、成績はクラスでいちばんで、アグネスもまた頭が良いという評判だ。二人はあてもなく歩きまわり、大人なら首を横に振りそうなことについて話し合う。宇宙には始まりがあるのか、あの暗い惑星、冥王星の向こうにはなにがあるのか、神が存在するとしたらどこにいるのか。

アグネスとはどうしてこんなに話がしやすいのだろう？　女の子だからだろうか？　彼からどんな質問が飛んできても、遠慮なく、穏やかに、すぐに答えを返してくるような気がする。彼女はいとこだから、二人は恋に落ちたり結婚したりすることはできない。それにはちょっとほっとする。アグネスとは友達でいられて、思いのままに心を開いていいんだ。でも、そうはいっても、自分は彼女に恋しているのかな？　これは愛じゃないのか、この快い気やすさ、やっと理解されたというこの感覚、なにかのふりをしなくてもいいという感覚は？

まる一日、そして翌日もほぼ終日、刈り手たちはほとんど食事のために手を止めることなく、だれがいちばん速いかを競って大声で叫び交わしながら働く。二日目の夕方には仕事はすべて終わり、農場の羊は残らず毛を刈り取られている。サンおじさんが札や硬貨のぎっしり詰まったキャンヴァス地の袋を取り出し、刈り手はそれぞれ豆の数に応じて賃金を受け取る。それからまた火が熾され、また祝宴になる。翌朝彼らの姿はなく、農場はふたたびいつもの緩慢な日常に戻る。

羊毛の梱が多すぎて小屋からあふれている。サンおじさんはその一つ一つにステンシルとスタンプ台を使って自分の名前、農場の名前、羊毛の等級を押していく。数日後、巨大なローリーが到着して（ブスマン川の砂床をいったいどうやって横切ったのだろう、ふつうの車でさえ立往生してしまうのに？）、梱を積んで走り去る。

毎年これがくり返される。毎年刈り手たちがやってきて、毎年このわくわくする経験と興奮がくり返されるのだ。それは決して終わらない。終わりにするような理由はない、歳月がめぐるかぎり。

彼を農場に結びつける秘密の、聖なることばが「belong（属する）」だ。独りでフェルトに出たときだけ声に出していえることば、「アイ・ビロング・オン・ザ・ファーム（ぼくの居場所は農場だ）」。それは本当に信じているが口にしないこと、呪文が解けるのが不安で自分だけの秘密にしていること、「アイ・ビロング・トゥ・ザ・ファーム（ぼくは農場の人間だ）」をいうための別の言い回しなのだ。

いとも簡単に誤解され、いとも簡単に語順を入れ替えて「ザ・ファーム・ビロングズ・トゥ・ミー（農場はぼくのものだ）」となってしまいそうだから、彼はだれにも教えない。農場が彼のものになることはありえない。彼はどこまでいっても訪問者にすぎない。それは認めよう。フューエルフォンテインに実際に住んで大きな古い家屋を自分の家と呼び、いちいち許可を得ずにやりたいことができる、と思っただけで眩暈を感じる。その考えをぐいと脇へ押しやる。ぼくは農場の人間だ、心の奥のもっとも秘かなところでさえ、いえるのはそこまでだ。でも、心の奥の秘かなところで彼が知っているのは、農場もまた自分なりに知っているのは、フューエルフォンテインはどんな人間にも属さないということだ。農場はどんな人間よりも偉大だ。農場は未来永劫にわたり存在する。彼らがすべて死に絶えても、農場の建物が荒れ果てて丘の斜面のクラールのような廃墟になっても、農場はまだここにある。

家屋から遠く離れたフェルトへ出たら、身をかがめて手のひらに土をこすりつける、まるで手を洗うように。それは儀式だ。彼は儀式を作り出している。その儀式にどんな意味があるかはまだわからないが、それでも、彼を見て告げ口する者がいないので胸を撫でおろす。

農場に属しているのは彼の秘かな運命だ。生まれついた運命だが、喜んで受け入れたい。もう一つの秘密はいまだに母親に属していることだけれど、それは克服できるかもしれない。この二つの隷属状態は相容れない、そのことが彼の脳裏から離れない。農場では母親の影響力がもっとも弱まることもまた、脳裏から離れない。女であるため狩猟ができず、フェルトを歩きまわることさえできない母親は、ここではひどく不利なのだ。

彼には母親が二人いる。二度生まれたのだ、つまり女から生まれ、さらに農場から生まれた。母親が二人いて、父親はいない。

農場の家屋から半マイル行ったところで道は二つに分岐している。左へ行けばメルヴェヴィル、右へ行けばフレイザーバーグだ。分岐点に墓地がある。柵が張られて専用門のついた区画になっている。墓地を見おろすように建っているのが祖父の大理石の墓石で、その周囲に寄り集まるように、もっと低い簡素な墓石がいくつか並んでいる。建てられた粘板岩の墓石には、名前と日付が刻まれていたり、文字がまったく刻まれていなかったり。

祖父がここではクッツェーを名乗る唯一の人物だ。農場が一家のものになってから最初に死んだ人間ということだ。ここが彼の終《つい》の住処。手始めにピケットベルグで行商人になり、次にライングスブルグで店を開き、その町の町長になり、それからフレイザーバーグ街道のホテルを購入した。埋葬されてはいても、農場はいまも彼のものだ。子供たちが彼のミニアチュアのように、孫がそのミニアチュアのミニアチュアのように、その上を走りまわっている。

道のもう一方の側に第二の墓地があるが、柵はなく、土を盛った塚が長いあいだ風雨にさらされて、ほとんど大地に還っている。ここには農場の召使いや雇い人が埋葬され、アウタ・ヤープや、さらに過去に遡る者たちが眠っている。わずかに立っている墓石と思しきものには名前や日付がない。それでも彼はここのほうが畏怖の念を感じる。その念は祖父の墓の周囲に寄りかたまっている、何代ものボーツ家の墓のあいだにいるときよりずっと強い。それは霊とは関係がない。カルーで霊を信じる人はいない。ここでは死んだものはすべて、確実に、間違いなく死んでいるのであり、その肉は蟻についばまれ、骨は陽光によって白くなり、それで終わりだ。それでも彼はこれら墓石のあいだを神経を張りつめて歩いていく。大地から深い静寂が伝わってくる。あまりに深く、ほとんど虫の羽音といってていいくらいだ。

死んだら農場に埋めてもらいたい、と思う。それが許されないなら、そのときは荼毘にふして、骨灰をここに撒いてもらいたい。

毎年彼が巡礼するもう一つの場所がブルームホフ、最初に農場の建物が建てられた場所だ。いまでは基礎部分しか残っていないが、これにはまったく興味がない。以前はその正面に地下の湧き水によって水が溜まる貯水池があったが、湧き水はずいぶんむかしに枯れてしまった。かつてここに生育していた菜園や果樹園はその名残りさえない。それでも湧き水のそばに、なにも生えていない地面からヤシの巨木が一本ぽつんと伸びている。この木の幹に蜜蜂が巣を作っている。小型の獰猛な黒い蜂だ。樹幹が黒ずんでいるのは、長年にわたり蜂から蜜を盗むために人が燻した煙のせいだ。それでも蜂は留まり、この乾いた灰色の風景のどこかから花の蜜を集めてくる。

ここを訪れるとき、自分は清廉潔白であると蜂に認めてもらいたいと思う。蜜を盗むためではなく蜂に挨拶するため、敬意を払うためにやってくるのだから。だが、ヤシの木に近づくと蜂は怒ってぶんぶん唸り出す。先兵たちが彼をめがけて急襲し、近づくなと警告する。一度など逃げるしかなくなり、不名誉にも蜂の群れに追われてフェルトをひた走りに走る。腕を振りまわしながらジグザグに走るところを、ありがたいことにだれにも見られず、笑われずに済む。

金曜日はいつも農場の人たちのために羊が一頭屠られる。ロスとサンおじさんについていくと、死ぬことになる羊が選ばれる。そばに立って観察していると、小屋の裏の屠殺場で、家屋からは見えないところで、フリークが羊の脚を押さえつけ、ロスが一見無害な小型のポケットナイフで喉元を切り裂く。それから二人がかりで羊を押さえつけているあいだ、羊は脚を蹴りつけてもがき、咳込み、鮮血があふれ出る。ずっと観察していると、ロスはまだ生温かい体から皮を剝ぎ、胴体をセリンガの木〔ニガキ科の落葉樹〕から吊してざっくりと切り裂き、内臓を平らな容器に取り出す。草の詰まった大きな青い胃袋、大小の腸（羊が腸から排泄する暇のなかった最後の糞をロスが絞り出す）、心臓、肝臓、腎臓、羊が体内にもっている、そして彼もまた体内にもっているものを残らず取り出す。

ロスは子羊の去勢にもおなじナイフを使う。彼はその現場も観察する。幼い子羊と母羊が集められて柵に入れられる。それからロスが、羊のあいだを動きながら、一匹ずつ、子羊の後ろ足をたぐり寄せて地面に押さえつける、と、子羊は恐怖にめえめえ鳴いて、ひと声またひと声、絶望的な鳴き声をあげるうちに、ロスが陰嚢に切り目を入れる。ロスの頭が上下に動き、歯と歯のあいだで睾丸をとらえて外へ引っ張り出す。それは青と赤の血管を垂らした二匹の小さな水母のようだ。

ロスは作業のあいだに尻尾もスパッと切り取って脇に投げ出すが、血だらけの切り口はそのままにする。短い脚にだぶだぶの、膝下を切り取った古ズボンをはき、手作りの靴に縁のほつれたフェルト帽というロスは、柵のなかを道化師のように摺り足で歩きまわり、子羊を選び出しては情け容赦なく去勢する。手術が終わると子羊たちは痛む傷口から血を流して、母羊のそばに、子羊を守るためになにもしなかった母羊のそばに立っている。仕事は終わった。ロスの顔に強ばった笑みが微かに浮かぶ。

自分の見たことについてどう話したらいいのかわからない。「子羊の尻尾はどうして切り取らなければいけないの？」と母親に訊いてみる。「そうしなければ、尻尾の下のところでクロバエの卵が孵化するからよ」と母親は答える。二人とも素知らぬふりをしている。二人とも、質問の真意はわかっている。

一度、ロスがポケットナイフを彼に持たせてくれ、一本の髪の毛があっけなく切れるところを見せてくれる。髪の毛はしなることなく、刃先がわずかに触れただけでスパッと二つに切れる。ロスは毎日ナイフを研ぐ。砥石に唾をつけ、刃を砥石とクロスさせて前後に、軽やかに、楽々と動かす。こうして毎日くり返し、研いでは切り、研いでは切ってきたため、刃先が磨り減って、いまでは刃の部分がごくわずかしか残っていない。ロスの鋤もそうだ。あまり長く使ったため、あまり何度も研いだため、鋼の部分が一インチか二インチしか残っていない。木製の握りはすべすべで、長年の汗で黒光りしている。

「あんなものを見てちゃだめよ」あるとき金曜の屠殺のあとで母親がいう。

「どうしてさ」

「どうしても、だめなの」

「ぼくは見たい」

そういって彼は外へ出て、ロスが羊皮を釘に引っかけ、岩塩を振りかけるのをじっと見る。

ロスとフリーク、そしてサンおじさんが働いているのを観察するのが好きだ。羊毛の高値に乗じて、サンは農場の羊の頭数を増やしたいと思っている。しかし雨量の少ない年が何年も続いてフェルトが砂漠のようになり、草もブッシュも地面近くまで食いつくされてしまった。そこで農場全体のフェンスを張り直すことにする。もっと小さな牧草地に区分けして、羊を牧草地から牧草地へ移動させ、フェルーが回復する時間をかせぐことにする。おじさんとロスとフリークは毎日出かけ、岩のように硬い地面にフェンス用の杭を打ち込み、何マイルにもおよぶ針金を張りめぐらし、弓の弦のようにぴんと張って固定する。

サンおじさんはいつも親切にしてくれるけれど、彼のことが本当は好きではないのはわかっている。どうしてわかるのか？　彼がそばにいるときの、サンの目にあらわれる落ち着かないようすと、無理に作った声の調子だ。本当に彼が好きなら、彼に対しても、ロスやフリークに対するように気取らずくだけた態度になるはずだ。でもサンは彼にはいつも英語で話すよう気を使う。彼がアフリカーンス語で答えるときさえそうするのだ。二人にとって、それは男の面目にかかわることになってしまった。この罠から抜け出すにはどうしたらいいのか、彼らにはわからない。

その嫌悪感は彼個人に対するものではない、と自分に言い聞かせる。サンおじさんの弟の息子である自分が、まだ赤ん坊の、おじさんの息子よりも年上のせいだ。それでも、その嫌悪感がより一層深くなることが不安だ。サンおじさんが快く思わないのは、自分が、父親ではなく、余計な口出しをする母親に忠誠を誓っているからだ、それに、自分が率直で、正直で、信頼できる子ではないからだ、と不安になる。

もしも父親として、サンおじさんと自分の父親のどちらかを選べるなら、サンおじさんを選ぶ。たとえそれがアフリカーンスになって二度ともとに戻れないことだとしても、農場に帰ることが許される前に、農場の子がみんな行くように何年も煉獄のようなアフリカーンスの寄宿学校ですごさなければならないとしても。

ひょっとするとそれが、サンおじさんが彼を嫌うもっと深い理由かもしれない。おじさんはこの奇妙な子供が自分に押しつけてくる不可解な要求を察知して、それを拒否しているのだ。しがみついてくる赤ん坊を振り落とす男のように。

彼は四六時中サンおじさんを観察し、病気の家畜への投薬から風力ポンプの修理までなんでもこなす手際のよさに見とれる。とりわけ羊に関する知識に魅了される。羊を見ただけで、サンおじさんはその年齢や血統を判別できて、どんな羊毛が採れるかはもちろん、羊の体の各部位がどんな味がするかまでわかるのだ。グリルに適したリブ肉が採れるか、ローストに適した脚と腰の肉がついているかによって、屠る羊を選ぶことができるのだ。

彼は肉が好きだ。正午にチリンチリンとベルが鳴り、たっぷりした食事の時間を告げるのを楽しみにしている。ローストポテト、レーズン入りの黄色いライス、カラメルソースのかかったスイートポテト、ブラウンシュガーをまぶしたカボチャに柔らかい角切りパンを添えたもの、豆の甘酢漬け、ビートのサラダといった皿が並び、中央の玉座には、グレイビーソースのかかったマトンを盛った楕円の大皿がどっかり。とはいえ、ロスが羊を屠るところを見てから、彼はもう生肉に手を触れたくない。ヴスターに帰ると肉屋の店内に入るのはできたら避けたい。肉屋が、肉の塊をカウンターにバンと置き、スライスし、ブラウンペーパーに包み、そこに値段を書き込むぞんざいさがいやでたまらない。帯ノコで骨を切るときの、こすれるような音を聞くと耳を塞ぎたくなる。肝臓を見るのは平気だ、それが体内でどんな機能をもつのかよくわからないから。でも陳列ケースに心臓があると目を背けるし、とくに臓物のトレーはだめだ。農場でも、どれほど美味だと思われようと、臓物は食べない。

羊がなぜ自分の宿命を受け入れるのか、彼には理解できない。なぜ抵抗もせずにただただ意気地なく死んでいくのか？　レイヨウが人の手中に落ちるほど悪いことはないと知っていて、息を引き取る間際まで逃げようともがくとしたら、なぜ、羊はこんなに愚かなのか？　羊は動物なのだ、当然、動物としての鋭い感覚がある。なのに、なぜ小屋の裏で犠牲になっている仲間の瀕死の鳴き声を聞きつけ、血の臭いを嗅ぎつけ用心しないのか？

羊に混じっていると、ときどき、液体に漬けて消毒するため集められ、狭い柵に入れられて逃げ出せない羊たちに、彼はささやきたくなる。これからなにが待っているのか警告してやりたくなる。だが、羊たちの黄色い目のなかに彼は、ちらりと、自分を沈黙させるものを垣間見る。諦念。小屋の裏でロスの手に掛かった羊がどうなるのか、さらに、輸送トラックに乗せられて、ケープタウンまでの長い、咽喉の乾く旅の果てになにが待ち受けているのか、羊たちは知っているのだ。すべてを、ことの細部にいたるまで知りつくしていて、それでもなお服従する。羊たちは代価を計算し、それを払う心づもりをしているのだ。この世に生まれた代価、生きている代価を。

12

ヴスターにはいつも風が吹いている。冬はいやな冷たい風、夏は乾いた暑い風。屋外に一時間もいると、髪の毛、耳の穴、口のなかまで細かな赤い土埃が入り込む。

彼は健康で、生命力とエネルギーにあふれているが、なんだかいつも風邪気味だ。朝目が覚めると咽喉は詰まり、目は真っ赤、クシャミが止まらず、体温が急に上がったり下がったりする。「具合が悪い」と母親にいう声もしゃがれている。母親は彼の額に手の甲をあて「じゃあ、寝てなくちゃいけないわね」とため息をつく。

もう一つ切り抜けなければならない厄介な瞬間がある。父親が「ジョンはどこだ?」と訊き、母親が「具合が悪いの」といい、父親がふんと鼻を鳴らして「また仮病だろ」という。これが終わるまでひたすらじっと寝ているが、父親が出かけて弟も出かけると、ようやく心置きなく読書三昧の一日を送ることができる。

彼はすごい速さで読み、完全に没頭する。症状が出る時期、母親は週に二度、図書館へ行って彼のために本を借りてこなければならない。二冊は母親の利用者カードを使い、もう二冊は彼のカードを使う。彼が自分で図書館に行かないのは、スタンプを押してもらいに本を持っていくと司書から質問されそうでいやなのだ。

もしも偉人になりたかったら、まじめな本を読まなければいけないのはわかっている。みんなが寝静まっているあいだに、ろうそくの灯りで学び、ラテン語、ギリシア語、天文学を独学して、エイブラハム・リンカーンやジェイムズ・ワットみたいにならなければいけない。偉人になるという考えを彼は捨てきれない、だからまじめな読書もそのうち始めると心に誓う。でも当面、どうしても読みたいのは物語だ。

イーニッド・ブライトンの推理小説をすべて読み、「ハーディ兄弟」シリーズも「ビグルズ」の物語もすべて読破する。でも最高に好きなのはP・C・レンの、フランス外人部隊がくり広げる物語だ。「世界中でいちばん偉大な作家ってだれ？」と父親に訊ねる。シェイクスピアだと父親はいう。「P・C・レンじゃないの？」父親はP・C・レンを読んだことがなく、従軍経験がありながらレンの本には興味がないらしい。「P・C・レンは四十六冊も本を書いたんだよ。シェイクスピアは何冊書いたのさ？」と挑むようにいって彼はタイトルを列挙しはじめる。父親は「あああ！」と苛ついた、はねつけるような調子でいうが、質問には答えない。

父親がシェイクスピアを好きだというなら、シェイクスピアは最悪に違いないと結論を下す。それでも彼はシェイクスピアを読みはじめる。その本は黄ばんで縁がぼろぼろ、父親がだれかから受け継いだ蔵書で、この古さなら相当な高値がつくかもしれないと思いながら、なぜみんながシェイクスピアは偉大だというのか知ろうとする。ローマ人の名前なので『タイタス・アンドロニカス』を読み、次に『コリオレイナス』を読むが、長い演説は読み飛ばす。図書館の本のなかの自然描写を読み飛ばすように。

シェイクスピアのほかに、父親はワーズワースの詩集とキーツの詩集をもっている。母親はルパート・ノルックの詩集をもっている。これらの詩集は誇らしげに居間のマントルピースの上に置かれ、その隣にシェイクスピア、革製の外箱入りの『サン・ミケーレ物語』、A・J・クローニンが医者のことを書いた本が並んでいる。『サン・ミケーレ物語』には二度挑戦するが飽きてしまう。アクセル・ムンテがだれなのか、この本は本当に起きたことなのか物語なのか、書かれているのはある少女のことなのか場所のことなのか、じうにも判然としない。

ある日、父親がワーズワースの本を手にして彼の部屋に入ってくる。「おまえはこれを読んだほうがいい」といって、鉛筆でしるしをつけた詩を指し示す。数日後、父親がまたやってくる。その詩について話し合いたいのだ。「轟々と流れ落ちる瀑布が熱情のごとくわが耳に憑きまとう」と引用して「すばらしい詩だろ?」と父親がいう。彼はぶつぶついうが父親とは絶対に目を合わせない、絶対に面と向かってやり合わない。ほどなく父親は諦める。

自分の無愛想を悪かったとは思わない。なんで詩が父親の生活にしっくり収まるのかわからないのだ。ただの見せかけではないのか。母親が、姉たちにひやかされたくなくて、本を持ってこっそり屋根裏部屋に上がらなければならなかった、というときは信じる気になる。しかし父親が少年のころ詩を読んでいたなんて想像できない。いまでは新聞しか読まないのに。その年齢の父親がすることで想像できるのは、冗談をいうか、大声で笑うか、ブッシュに隠れて煙草を吸っていることくらいだ。

新聞を読んでいる父親を観察する。すばやく、神経質に、そこに見当たらないなにかを探すように、次々とページをめくり、ページをめくるたびにパシッと新聞を手でたたく。読み終えると細長く折り畳んで、クロスワードパズルにとりかかる。

母親もまたシェイクスピアを深く敬愛している。『マクベス』がもっとも優れたシェイクスピア劇だと考えている。「なんらかの手を打ち、網でからめてその結果を手繰り寄せられるなら」と早口でいうと、ふっと間を置き、「それで、亡き者にして成功がつかめるなら」と続け、うなずきながらリズムを取って「アラビア中の香水をふりかけても、この小さな手はきれいにはならない」と加える。『マクベス』は母親が学校で学んだ劇だ。よく先生が後ろに立ち、母親が台詞をすべて朗唱し終えるまでその腕をつねりつづけたものだった。先生が「さあ、続けて《コム・ナウ》、ヴェラ!」といって腕をつねるたびに、母親はもう少し先までことばを継いだのだ。

母親のことで理解できないのは、スタンダード4の宿題を手伝えないほど頭が悪いのに、彼女の英語は申し分なく、とりわけ書きことばが完璧なことだ。ぴたりと正確な意味でことばを用い、文法も申し分ない。この言語を楽々と使う彼女にとって、それは確かな自信がもてる分野なのだ。どうしてそうなったか？ 彼女の父親はピート・ヴェーメイエル、紛れもなくアフリカーンスの名前だ。アルバムの写真では、ノンカラーのシャツに鍔広帽を被った、ごくありふれた農場主に見える。彼らが住んでいたユニオンデール地区にイギリス人はいなかった。近隣の人は全員ゾンダッハという名前だったらしい。彼女の母親の生まれたときの名前はマリー・ドゥ・ビール、その両親はともにドイツ人で、イギリス人の血は一滴も混じっていない。ところがこの母親は、生まれた子供にイギリス風の名前——ローランド、ウィニフレッド、エレン、ヴェラ、ノーマン、ランスロット——をつけて、家では子供たちと英語で話した。どこで彼ら、マリーとピートは、英語を学んだのか？

父親の英語はまあまあだが、話し方にかなりアフリカーンス語訛りが入る。三十を意味する「サーティ」を「サッティ」と発音するのだ。クロスワードパズルをやるため四六時中『ポケット・オクスフォード英語辞典』のページをめくっている。辞書に出てくる語はどれも、どの慣用句も、確かに馴染みが薄いらしい。かなりばかげた慣用句を、記憶内で確固たるものにするといわんばかりに、楽しそうに発音する——「ピッチ・イン（がつがつ食い始める）、カム・ア・クロッパー（失態を演じる）」

彼はといえば、シェイクスピアの読書は『コリオレイナス』止まり。新聞はスポーツ欄と漫画以外はどれも退屈。ほかに読むものがないときは緑の本を読む。「緑の本を一冊持ってきて！」と病床から母親に向かって叫ぶ。緑の本とはアーサー・ミーの編纂した『子供百科』のことで、物心ついてからずっといっしょに旅をしてきた事典だ。どの巻も幾度となく開いてきたし、まだ赤ん坊のころにページを破ったり、クレヨンでいたずら書きをしたり、背表紙を引きちぎったりしたため、いまや細心の注意を払って扱わねばならない。緑の本は実際に読むわけではない。文体が苛つく、大げさすぎて子供っぽいのだ。でも第十巻の後半部分にあたる索引は別で、ここには事実情報が詰まっている。でもじっと見入るのは図版、とくに裸の男と女が胴まわりにちっぽけな布切れを巻いた大理石の彫塑像の写真だ。なめらかな、細身の大理石の少女が彼のエロティックな夢想を満たす。

彼がかかる風邪で驚くのは、あっけなく治るか、治ったように思えるところだ。午前十一時にはクシャミが止まり、頭の重苦しさも消えて、気分が良くなる。うんざりするのは汗臭いパジャマ、むっとする毛布、へこんだマットレス、いたるところに散らばるぐしょぐしょのハンカチ。彼はベッドから起きあがるけれど着替えない。着替えると幸運が逃げてしまいそうだから。近所の人や通りかかった人に告げ口されないよう、用心深く、ドアから顔を出さないようにして、メカーノのセットで遊ぶか、アルバムに切手を貼るか、糸にボタンを通すか、残り毛糸で紐を編む。抽き出しは編みあげた紐でいっぱいだ。ガウンのベルトにでもするしかないが、ガウンなんかもっていない。部屋に母親が入ってきたときは、できるだけおどおどしたようすで、辛辣なことばに身構える。

だれからもズル休みではないかと疑われている。母親にさえ本当に病気なんだと納得してもらえたためしがない。彼の懇願に折れるとき彼女は渋々そうするのであって、どのように「だめ」を出せばいいのかわからないだけなのだ。学校の仲間からは生っ白いやつでマザコンだと思われている。

でも本当に朝はしょっちゅう息苦しくて目が覚め、立てつづけにクシャミが出て、おさまるのに何分もかかり、しまいには息はぜいぜい、涙まで出はじめてほとほと死にたい気分になるのだ。風邪の症状に偽装は微塵もない。

規則では、学校を欠席したときはその理由を書いた手紙を持参しなければならない。母親が書く標準的な手紙ならそらんじている。「昨日のジョンの欠席をお許しください。ひどい風邪をひいているため、寝ているほうが適切かと判断いたしました。敬具」そんな手紙を、嘘と知って母親が書き、嘘と知って読まれる手紙を、内心はらはらしながら提出する。

その年の末に欠席した日数を数えてみると、ほぼ三日に一度は休んでいたことになる。それでもクラスではトップの成績だ。ここから彼が導き出す結論、それは授業でやっていることは重要ではないということだ。家にいても必ず追いつける。自己流でやれるとしたら、一年中家にいて試験だけ受けに登校したいくらいだ。教師がいうことは教科書に書かれていることばかり。だからといって教師やほかの生徒を見下しているわけではない。彼が嫌いなのは、ときおり教師の無知がさらけ出される瞬間だ。できるなら教師を守ってあげたいとさえ思う。教師のいうことは一言一句、注意深く聴く。しかしそれは学ぶためというより、むしろうっかり白昼夢に陥らないためであり（「いまわたしはなんといった？　いまわたしがいったとおり復唱しなさい」）、クラス全員の前に呼び出されて恥をかかないためだ。

自分は変わっている、特殊だ、それは確かだ。わからないのはどんなふうに特殊か、なぜこの世に自分がいるかだ。アーサー王やアレクサンドロス大王のように、生きているうちに尊敬を集めたりはしないだろう。死んで初めて世界がなにを失ったかを理解することになるまでは。

彼は天命を待っている。天命が下れば、ひるむことなく応じよう。準備はできている。たとえそれが自らの死を意味することになろうとも。英国の軽装備旅団の兵士たちのように。

彼が従うべき規範と心に決めているのはVCの規範、ヴィクトリア十字勲章の規範だ。イギリス人だけがヴィクトリア十字勲章をもっている。アメリカ人にはないし、残念なことにロシア人にもない。南アフリカ人は、もちろんもっていない。

彼は、VCが自分の母親のイニシャルだということを見逃さない。

南アフリカは英雄のいない国だ。ヴォルラート・ヴォルテマーデはたぶん、こんな変な名前でなければ、英雄に数えてもいいかもしれない。不運な水兵たちを救うために嵐の海に飛び込んで、幾度となく泳いで戻るのはもちろん勇敢なことだが、その勇気ははたしてこの男のものだったのか、馬のものだったのではないのか？　ヴォルラート・ヴォルテマーデの白馬が迫りくる波のなかに動ずることなく《ステッドファーストリー》ふたたび飛び込んでいく（「動ずることなき《ステッドファースト》」という語の倍加された動じない力がたまらない）と思うと胸元に熱くこみあげるものを感じる。

ヴィック・トゥヴェールがマヌエル・オルティスと、世界バンタム級タイトル戦をやる。試合が行われるのは土曜の夜だ。ラジオの実況中継を聴くために父親といっしょに夜遅くまで起きている。最終ラウンドでトゥヴェールが、血を流し疲労困憊しつつも、対戦者に猛然と挑みかかる。オルティスがよろめく。観衆は熱狂し、実況解説者が声をからして叫ぶ。審判が判定を下す——南アフリカのヴィッキー・トゥヴェールが新しいワールド・チャンピオンです。彼と父親は興奮のあまり叫んで抱き合う。この喜びをどう表現していいかわからない。衝動的に父親の髪をつかみ、力いっぱい引っ張る。父親は後ずさり、怪訝そうに彼を見る。

幾日も新聞はタイトル戦の写真で埋まる。ヴィッキー・トゥヴェールは国民的英雄だ。彼のほうは興奮がすぐに萎んでしまう。トゥヴェールがオルティスを倒したことはいまでも嬉しいけれど、でも、なぜという疑問が頭をもたげる。トゥヴェールは自分にとって何者なのか？　ラグビーではハミルトンズとヴィレジャーズのどちらを応援するかは自由に選べるのに、どうしてボクシングではトゥヴェールとオルティスを自由に選べないのか？　盛りあがった肩に大きな鼻と小さな黒い虚ろな目をした、この不恰好な小男トゥヴェールを彼が応援する運命にあるのは、トゥヴェールが（こんな変な名前にもかかわらず）南アフリカ人だからか？　南アフリカ人はほかの南アフリカ人を、たとえ顔見知りでなくても、応援しなければいけないのか？

父親はまったく助けにならない。驚くようなことは絶対にいわない。ラグビーだろうとクリケットだろうと、ほかのなんだろうと、南アフリカが勝つ、あるいは、ウェスタン・プロヴィンスが勝つ、と決まりきった予言をするのだ。「どっちが勝つと思う？」ウェスタン・プロヴィンスとトランスヴァールが対戦する前日、彼は父親にわざと水を向ける。父親は「ウェスタン・プロヴィンスが大差で勝つ」と時計仕掛けのように答える。二人がラジオで試合を聴くと、トランスヴァールが勝つ。父親は動じない。「来年はウェスタン・プロヴィンスが勝つさ、見てろ」という。

ケープタウン出身だからというだけでウェスタン・プロヴィンスが勝つと信じるなんて、なんだかばかげているんじゃないかと彼は思う。トランスヴァールが勝つと信じていて、そうならなかったときに嬉しい驚きを感じるほうがずっといいじゃないか。

手のなかに父親の髪の毛の、粗くて硬い感触がまだ残っている。父親の乱暴な身体の動きが、いまも彼を戸惑わせ、心を掻き乱す。これまで父親の身体にこれほど馴れ馴れしく触れたことはなかった。こんなこと、二度と起きてほしくない。

13

夜も遅い時刻。家中が寝静まっている。彼はベッドに横になって考えている。ベッドを一筋のオレンジ色の光が横切る。終夜リユニオン・パークを照らす街灯から射し込む光だ。

その日の朝礼のあいだに起きたことを思い出している。クリスチャンが賛美歌を歌い、ユダヤとカトリックの生徒がぶらぶらしているあいだのことだ。年長のカトリックの少年が二人して彼を隅に囲い込み、「いつ教理問答に来るんだ?」と問い詰めた。彼は「教理問答には行けない、金曜の午後は母の用事をしなくちゃいけないから」と嘘をついた。「教理問答に来ないなら、おまえはカトリックじゃない」といわれて「ぼくはカトリックだよ」と言い張り、また嘘をついた。

もし最悪のことが起きたら、といま彼は考える、最悪のことに直面したら、もしもカトリックの司祭が母親を訪ねてきて、なぜ彼が教理問答に来ないのかと質問したら、あるいはもう一つの悪夢、学校長がアフリカーンスの名前の生徒を全員アフリカーンス語のクラスに編入すると宣言したら、もしも悪夢が現実になったら、頼れるものが一切なくなり、こらえ性もなく足を踏み鳴らして泣き叫ぶしかない、そんな、自分のなかにバネのように渦巻いているのがわかる、赤ん坊じみた振る舞いに退行してしまうほど追い詰められたら、もしも、そんな大騒動のあと、最後の破れかぶれの手段として、母親の保護にすがりつき、学校へは二度と行かない、ぼくを助けてほしいと懇願することになったら、もしも、こんなふうに、完全に、決定的に面目を失い、彼は彼で、母親は母親で、そしてたぶん父親は父親のさげすむような調子で、彼がいまだに赤ん坊でこれからも決して成長しないと知ることになったら、もしも彼のまわりに築かれたあらゆる物語が、彼自身が築きあげ、少なくとも人前ではふつうの行動をすることで何年もかけて築かれた物語が、一挙に崩壊して、醜く、黒く、泣き叫ぶ、赤ん坊じみた自分の本当の姿が白日のもとにさらされ、嘲笑されたら、自分はどうやって生きつづければいいのだろう？　自分は、できそこないで、いびつな子供さながら、しゃがれ声を発し、涎を垂らし、いっそ睡眠薬を飲ませるか絞め殺してしまったほうがましなほど、ひどい状態に陥ってしまうのではないのか？

家中のベッドは老朽化し、スプリングがすぐにたわむから、わずかな動きにきいきい軋む。窓から射し込む一筋の光のなかで、彼はできるだけ動かずに横たわっている。横向きになり、握りこぶしを胸にしっかりあてて、その姿勢を自分で意識する。この静けさのなかで、自分が死んでいるところを想像してみる。すべてのものから自分を抜き去る。学校から、家から、母親から。自分なしで、いつもどおり営まれていく日々を想像してみる。だが、できない。いつもなにかが残ってしまう。小さくて黒い、木の実のような、火中にあったドングリのような、乾いて、灰まみれで、堅い、成長不能な、だがそこにあるなにか。自分が死ぬところは想像できるが、消えるところは想像できない。想像しようとしても、彼自身の最後の残滓を完全に消し去ることができない。

彼を存在させつづけるものはなにか？　母親が悲しむという不安か、その悲しみが深すぎて、ちらっと考えることにさえ耐えられないのか？（彼には母親が、がらんとした部屋のなかで、黙って立っているのが見える、目を手で被っている。それから彼は母親に、母親のイメージに、ブラインドをおろす。）それとも自分のなかにはなにかほかに、死を拒絶するものがあるのだろうか？

彼はまた別の、追い詰められたときのことを思い出す。二人のアフリカーンス少年に両手を背中に捩じあげられ、ラグビー場の端にある土壁の裏まで歩かされたときのことだ。大きな少年のことはとりわけよく覚えている。すごいデブで、きちきちの服から贅肉がはみ出ていた。ばかというか薄らばかというか、小鳥の首をひねるように造作なく人の指をへし折ったり、気管を押し潰したりできるやつ、それで満悦の笑みを浮かべるようなやつだ。恐ろしかった、それは疑いようもない、心臓が早鐘を打っていた。だが、その恐怖にどれほどの真実があったのか？　捕獲者たちとラグビー場をよろめきながら横切っていくとき、彼の内部にはなにか、さらに深いものがなかったか？　確固たるなにかがあり、それが「気にするな、なにもおまえに危害を加えることはない、これは冒険の一つにすぎない」といったのではなかったか？

いいいいいいいい、なにもおまえに危害を加えることはない、いいいいいい、おまえにできないことはない。これらは彼をめぐる二つのこと、二つではあるが本当は一つのこと、自分について正しくもあり誤りでもあることだ。二つから成るこのことは、なにがあろうと彼は死なないという意味だが、しかしそれはまた、彼が生きることもないという意味ではないのか？

彼は赤ん坊だ。母親が彼を前向きにして、後ろから抱きあげ、両脇をしっかりつかんでいる。彼の両脚はだらり、頭はがくりと垂れて、まる裸だ。なのに母親は彼を自分の前に抱えあげ、世界へ分け入ろうとする。彼女は自分がどこへ行こうとしているか知る必要はなく、ただ後ろに従えばいい。彼の前で、母親が前進するにつれ、あらゆるものが石となって砕け散る。彼は腹の大きい、頭の垂れた、ただの赤ん坊にすぎないけれど、この力がある。

そして、彼は眠りにつく。

14

ケープタウンから電話がかかってくる。アニーおばさんがローズバンクのアパートの階段から落ちたという知らせだ。腰の骨を折って病院へ運ばれたので、だれかが行って手配しなければならない。

七月、真冬だ。ウェスタン・ケープ全域を寒気と雨がすっぽり被っている。彼と母親と弟は朝の汽車に乗ってケープタウンまで行き、それからバスでクローフ通りを通って国立病院《フォルクスホスピタール》へ向かう。花柄の寝巻を着た、赤ん坊のように小さなアニーおばさんは女性病棟にいる。病棟は満員だ。不機嫌な、やつれた顔の老女たちがガウン姿でもぞもぞと動きまわり、耳ざわりな独り言をいっている。太った、うつろな表情の赤ら顔の女たちがベッドの端に腰かけ、ぞんざいに胸をはだけたりしている。隅のスピーカーから聞こえるのはスプリングボック・ラジオだ。午後三時のリクエスト番組、ネルソン・リドルと彼のオーケストラが演奏する「フェン・アイリッシュ・アイズ・アー・スマイリング」が流れてくる。

アニーおばさんが萎びた手で母親の腕をつかむ。「ここから出たいよ、ヴェラ」とかすれ声でささやく。「ここはわたしには向いてないもの」

母親がアニーおばさんの手をやさしくたたいて慰めようとする。ベッド脇のテーブルには、入歯用に水を張ったグラスと聖書。

病棟の看護婦によれば、折れた腰の骨は固定したという。骨がつくまでにもうひと月入院しなければならないだろう。「もうお若くはありませんから、時間がかかります」そのあとは松葉杖を使わなければならないだろう。

それから看護婦は思い出したように、運び込まれたときアニーおばさんの足の爪が黒々と長く伸びて鳥の鉤爪のようでしたという。

弟が飽きてきて、咽喉が乾いたといってぐずり始める。母親が看護婦を呼び止め、水を一杯もらえないかと頼む。彼はきまりが悪くて目をそらす。

彼らは廊下の先のソーシャルワーカーの部屋に行くよういわれる。「ご親戚の方ですか?」とソーシャルワーカーがいう。「患者さんが住む家を提供できますか?」

母親が唇を引き結ぶ。首を横に振る。

あとから彼は母親に訊ねる。「どうしておばさんは、自分のアパートに帰れないの?」

「階段が昇れないでしょ。買物にも行けないし」

「いっしょに住むのはいやだよ」

「私たちの家に来て住むことはないわ」

面会時間が終わり、さよならをいうときだ。アニーおばさんの目に涙があふれる。母親の腕をつかんだまま放さないので、こわばった指をこじあけなければならない。

「家に帰りたいよ《エク・ヴィル・ハイストゥ・ハーン》、ヴェラ」とおばさんはささやく。

「もう二、三日の辛抱ですよ、アニーおばさん、また歩けるようになるまでですから」相手をなだめすかすような声で母親がいう。

母親にこんな面が、こんな不誠実さがあるなんて、知らなかった。

それから彼の番が来る。アニーおばさんの手が伸びてくる。アニーおばさんは彼の大おばさんで代母でもある。アルバムには、彼だという赤ん坊を腕に抱いたおばさんの写真がある。くるぶしまで届く黒いドレスを着て、流行遅れの黒い帽子を被っている。背景に教会が見える。アニーおばさんは代母だという理由で、彼とは特別な関係にあると信じている。病院のベッドにいる皺だらけで醜い姿に彼が感じている嫌悪感に、醜い女の人たちでいっぱいのこの病棟全体への嫌悪感に、おばさんは気づいていないらしい。彼は自分の嫌悪感を顔に出すまいとする。恥ずかしくて居たたまれない気持ちだ。自分の腕にかけられた手に我慢しているが、本当は立ち去りたい、この場所から去って二度と戻ってきたくない、と思う。

「おまえは本当に頭がいいんだね」というアニーおばさんの声はこれまで聞いたことがないほど低いしゃがれ声だ。「おまえは偉い子だ。お母さんが頼りにしているんだから。おまえはお母さんを愛して、お母さんの支えにならなければだめだよ、弟の支えにもね」

母親の支えになる？　ひどいナンセンス。母親は岩のような、石柱みたいな人だ。彼が母親の支えになるのではなく、母親が彼の支えにならなければいけないのに！　いったいアニーおばさんはなんでこんなことをいってるんだろ？　死にそうなふりをしているんだ、腰の骨を折ったくらいで。

彼はうなずき、さも真面目で注意深く、従順そうに見えるようにしながら、内心は早く手を放してくれないかとじりじり待っている。おばさんが意味ありげに微笑む。自分とヴェラの第一子とのあいだには特別な絆があるというしるしだ。彼としてはまったく感じない、認めない絆。おばさんの目は生気がなく、くすんだ青で、すっかり色褪せている。八十歳でほとんど盲人に近い。眼鏡をかけても聖書の字がちゃんと読めず、膝に聖書をのせて低くつぶやくのが精いっぱいだ。

おばさんが手を緩めた。彼は低い声でぶつぶついって、身を引く。

弟の番だ。弟はおとなしくキスされる。「さよなら、ヴェラ」アニーおばさんが咽喉から絞り出すような声でいう。「あなたと子供たちに神の思召しがありますように《マッハ・ディー・ヘー・リ・ヤウ・セーエン・ヤウ・エン・ディー・キンデルス》」

五時だ、あたりが暗くなってきた。ラッシュアワーの街の慣れない雑踏に混じって列車に乗り込み、ローズバンクへ向かう。その夜はアニーおばさんのアパートですごすつもりなのだ。考えると憂欝になる。

アニーおばさんは冷蔵庫をもっていない。食料貯蔵庫には萎びたりんごが二、三個と、黴の生えたパンが半斤あるだけで、瓶入りのフィッシュペーストもあるが、母親はこれはやめたほうがいいと考える。母親は彼をインド人の経営する店まで使いにやる。夕食にはパンとジャムとお茶だ。

トイレの便器が汚れて茶色い。そこに足の爪が長く伸びた老女がしゃがむと考えると、彼は気持ちが悪くなる。トイレを使う気になれない。

「なんでここに泊まらなくちゃならないの?」と彼が訊く。「なんでここに泊まらなくちゃならないの?」と弟も鸚鵡返しにいう。「そのわけはね」と険しい顔で母親がいう。

アニーおばさんは節約のために四十ワットの電球を使っている。薄暗い寝室の黄色い光のなかで、母親がアニーおばさんの衣類をボール紙の箱に詰めていく。彼はアニーおばさんの寝室にこれまで入ったことがなかった。壁には何枚も額入り写真がかかっている。きつい、人を寄せつけない表情をした男女の写真。ブレヒャー家とドゥ・ビール家の人たち、彼の先祖だ。

「おばさんは、なぜアルバートおじさんのところへ行って住まないの?」

「キティが病気の老人を二人も世話できないからよ」

「いっしょに住むなんていやだよ」

「私たちといっしょには住むことにはならないわ」

「じゃあ、どこに住むの?」

「おばさんのためにホームを見つけてあげるの」

「ホームって、どういう意味さ?」

「ホーム、ホームよ、老人のためのホームのことよ」

アニーおばさんのアパートで彼が気に入るのは物置だけだ。物置は天井まで古い新聞や紙箱がぎっしり積みあげられている。本棚は本でいっぱいだ。全部おなじ本。赤い表紙のずんぐりした本で、アフリカーンス語の書物に使われる目の粗い分厚い紙に印刷されている。もみ殻の破片や、嵌まり込んだ蠅の糞が付着した吸取紙みたいだ。背表紙に『永遠の癒し《エーヴァッハ・ヘネーサング》』とあり、フロントカバーにフルタイトルで『危険な病を脱して《ドゥール・アン・ヘファールラック・クランクヘイ》永遠の癒しへ《ト・トート・エーヴァッハ・ヘネーサング》』と印刷されている。その本は彼の曽祖父、アニーおばさんの父親が書いたもので、何度も聞かされてきた話によれば、この本にアニーおばさんは自分の生涯の大半を捧げたのだ。まず原稿をドイツ語からアフリカーンス語に翻訳し、貯金をはたいて、ステレンボッシュの印刷屋に数百部印刷してもらい、製本屋で何部か製本してもらい、それを持ってケープタウンの書店を一軒一軒、訪ね歩いた。そんな本は売れないと書店に断られると、とぼとぼと戸別に家をまわって売り歩いた。この物置の棚にあるのは売れ残った本で、箱のなかには印刷されて折り畳まれた、未製本のページが入っている。

彼は『永遠の癒し《エーヴァッハ・ヘネーサング》』を読もうとするが、あまりにも退屈。バルタザール・ドゥ・ビールは、ドイツですごした少年時代のことを語りはじめるや、すぐにそれを中断して、空に射す光と天から語りかけてくる声を延々と述べはじめる。本全体がそんな感じで、自分について語る断章のあとに、声が彼になにを告げたかという長くてくどくどしい説明が続く。彼と父親はアニーおばさんとその父親であるバルタザール・ドゥ・ビールのことを長年ジョークにしている。わざと説教口調で、プレディカント〔オランダ改革派教会の牧師〕の歌うような調子で、母音を長く引き伸ばしながら本のタイトルを唱えるのだ――「ドゥール・アン・ヘファーアーアーアールラック・クランーンーンクヘイト・トート・エーエーエーヴァッハ・ヘネーエーエーエーエーザング」

「アニーおばさんのお父さんは気がふれてたの?」彼が母親に訊く。

「ええ、そうだったと思うわ」

「じゃあ、なぜおばさんはお金を全部注ぎ込んで、彼の本を印刷したりしたの？」

「きっと父親のことが怖かったのね。恐ろしく堅物のドイツ人で、ひどく残酷な暴君だったから。子供たちはみんな恐れていたのよ」

「でも、もう死んでたんじゃないの？」

「ええ、もう死んでいたわ。でも、おばさんはきっと父親に対して義務のようなものを感じていたのね」

母親はアニーおばさんと、気のふれた老人に対する彼女の義務感を批判したがらない。

物置でいちばん面白いのが製本用の機械だ。それは鉄製で、機関車の車輪のように重くて固い。弟を説き伏せて両腕をプレス台の下に入れさせ、それから大きなねじ棒を、弟の腕が動かなくなり逃げられなくなるまでまわす。それから持ち場を交替して、今度は弟が彼におなじことをする。

もう一、二回まわすと骨が砕けるだろうな、と彼は考える。そうしないよう彼らを、二人を、思いとどまらせているものはなにか？

ヴスターに引っ越して数カ月たったころ、スタンダード・カナーズに果物を供給する農場に招待されたことがある。大人たちがお茶を飲んでいるあいだに弟と二人で農場の庭を歩きまわった。するとそこにトウモロコシを粉に挽くための機械があった。トウモロコシの粒を投げ入れる漏斗に弟の手を入れさせ、それからハンドルをまわした。一瞬のうちに、止めようとする間もなく、弟の華奢な指の骨が押し潰されるのを彼はじかに感じた。弟は片手を機械に取られたまま立ちすくみ、痛みに血の気が失せて、わけがわからず、不審そうな顔をしていた。

招いた家の人たちが彼らを病院へ急送し、そこで医師が弟の左手の中指を切断した。しばらく弟は包帯を巻いた手を三角巾で腕ごと吊って歩きまわっていた。それから指の切断部に小さな黒い革袋をつけるようになった。弟は六歳だった。また指が生えてくるなどと嘘をいう者はなかったが、弟は不平をいわなかった。

彼は弟に謝ったことはなく、自分のしたことで非難されたこともない。にもかかわらず、その記憶はずっしりと錘のように彼にのしかかっている。肉と骨の柔らかい抵抗感、そしてそれが破砕されていく記憶。

「少なくとも、一族から人生でなにかを成し遂げた人物が出たというのは誇ることができるわね。死後になにかを残したということで」と母親がいう。

「恐ろしい老人だったっていったじゃないか。残酷だったって」

「ええ、でも、人生でなにかを成し遂げたのよ」

アニーおばさんの寝室にあった写真のなかのバルタザール・ドゥ・ビールは、一点を凝視する険しい目をし、厳格そうな口元をきつく引き結んでいる。かたわらの妻は疲れた不機嫌な顔をしている。バルタザール・ドゥ・ビールが、これまた宣教師の娘である彼女と出会ったのは、異教徒を改宗させるために南アフリカにやってきたときのことだ。のちに福音を説くためアメリカへ旅をしたとき、妻と三人の子供も連れていった。ミシシッピ川を運航する外輪蒸気船で、だれかが娘のアニーに林檎を一個くれたので、アニーはそれを父親に見せにいった。すると彼は、見ず知らずの者と口をきいたからと娘に鞭打ちの罰をあたえた。それがバルタザール・ドゥ・ビールについて彼が知っているわずかな事実だ。あとは不体裁な赤い本のなかに書かれていることだけ、世界が必要とする以上の冊数がこの世に存在するあの本。

バルタザールの三人の子供がアニー、ルイーザ――彼の母親の母親――そしてアルバート、アニーおばさんの寝室にかかった写真のなかの、おびえた表情をしたセーラー服の少年だ。そのアルバートがいまのアルバートおじさん、つまりマッシュルームみたいな白くふやけた贅肉だらけの、四六時中震えが止まらず、歩くときは介助が必要な腰の曲がった老人だ。アルバートおじさんは生涯に一度たりともまともに給料を稼いだことがない。彼は人生を本や物語を書くことに費やした。妻のほうが外へ出て働いたのだ。

アルバートおじさんの本について母親に訊いてみる。母親は、むかし一冊読んだことがあるというが、もう覚えていない。「すごくむかしに流行ったものよ。あんな本はもうだれも読まないわ」

　物置でアルバートおじさんが書いた本を二冊見つける。『永遠の癒し』とおなじ分厚い紙に印刷されているが表紙は茶色、鉄道駅のベンチとおなじ茶色だ。一冊は『カイン』というタイトル、もう一冊が『父なる《ディー・ソンデス・》者たちの罪《ファン・ディー・ファーデルス》』だ。「もらっていい?」と母親に訊く。「もちろん、いいわよ。なくなってもだれも惜しみはしないから」

　『父なる者たちの罪』を読もうとするが、十ページから先へ進めない。退屈すぎる。

「おまえはお母さんを愛して、お母さんの支えにならなければだめだよ」アニーおばさんが命じたことを何度も考える。「愛」という語をいやいや口にしてみる。母親ですら彼に「愛しているわ」といわないようになったのに。それでもときどき、おやすみをいうとき、ついその口から柔らかな「マイ・ラヴ」ということばがこぼれ出る。

　愛などなんの意味もない、と彼は思う。映画のなかで男と女がキスをし、バックでヴァイオリンが低い官能的な音色を響かせているあいだは座席でもじもじと落ち着かない。絶対にあんなものにはならないぞと心に誓う、ヤワな、お涙ちょうだいになんか。

　彼は人にキスをさせない。父親の姉妹だけは別で、例外としてそれを認めるのは慣習だからで、彼女たちはそれしか理解できないからだ。キスをすることは農場へ行くための代償の一部、それも相手の唇に自分の唇をさっと触れるだけだ。幸い彼女たちの唇はいつも乾いている。母親の家族はキスをしない。母親と父親がちゃんとキスするところを見たこともない。ときどき、家族以外の人が同席するなか、なにかの理由でそのふりをしなければいけないとき、父親は母親の頬にキスする。母親は気乗りうすに、恐い顔で、まるで強制されているみたいに頬を差し出す。父親のキスは軽く、すばやく、遠慮がちだ。

　父親のペニスを一度だけ見たことがある。あれは一九四五年、父親が戦争から帰ってきたばかりで、フューエルフォンテインに家族全員が集められたときだ。父親とその兄弟二人が彼を連れて猟に出かけた。暑い日だった。貯水池に着くと、彼らはひと泳ぎすることにした。まる裸で泳ごうとしているとわかったとき彼はその場を離れようとしたが、許してもらえなかった。彼らは陽気でさかんに冗談を飛ばし合い、彼にも服を脱がせて泳がせようとしたが、彼のほうはがんとしてきかなかった。その場で三人のペニスを見た。なかでもいちばんありありと父親の青白いペニスを見た。そんなものを見せつけられてどれほど憤慨したか、いまでもはっきりと覚えている。

両親は別々のベッドで寝ている。ダブルベッドを使ったことはない。彼が見たことのある唯一のダブルベッドは農場の主寝室にあり、祖父と祖母が使っていたものだ。ダブルベッドなんて時代遅れもいいとこ、妾なるものが雌山羊や雌豚のように毎年赤ん坊を産んでいたころのものだ、と彼は思う。自分が正確に知るようになる前に、両親がその手のことを終わりにしていてくれてよかったと感謝する。

彼は、大むかしにヴィクトリア・ウェストで、自分が生まれる以前に両親が恋に落ちたと信じる覚悟はできている。恋愛は結婚するための必須条件のようだから。アルバムにはどうやらそれを立証する写真もある。たとえば、ピクニックに出かけた二人が寄り添って座っている写真。だが、そんなことはみんな何年も前に終わってしまったはずで、彼の気持ちとしては、そのほうがずっといい。

彼の場合、母親に対して抱いている激烈で怒りに満ちた感情は、映画のスクリーンに出てくるとろけるような忘我状態と、いったいどんな関係にあるのか？　母親は彼を愛している、それは否定できない。がしかし、それこそが問題なのだ。彼に対する母親の態度、あれは間違ったものだ、正しいものではない。彼女の愛情はとりわけ、油断なく見張る姿勢にあらわれる。彼に危険が迫るや、ただちに駆けつけて救い出そうとする。彼がそうしようと思えば（決してそうするつもりはないが）、母親の手中に心置きなく身を委ね、これからの人生を彼女に託して生きることも可能だ。母親の気配りの手堅さはまったくもって疑う余地がないゆえに、母親には気を許さず、決して身を委ねず、絶対にそのチャンスをあたえない。母親の見張るような心遣いから逃げ出せたらどんなにいいだろう。いずれそのときが来るかもしれない。となればそれを達成するため、彼は自己主張をしなければならず、ひどく暴力的に母親を拒絶しなければならず、その衝撃で母親は後ずさり、手を放さねばならなくなる。だが、その瞬間を考えるだけで、母親の驚いた顔を思い浮べ、彼女が傷つくのを感じるだけで、一気に押し寄せる罪の意識に彼は苛まれる。となると、そのショックを和らげるために彼はなんでもする気になって、彼女の傷ついた心を慰め、自分はどこへも行かないと約束することになるのだろう。

母親が傷つくのを感じると、あまりに親密に、あたかも自分が彼女の一部であり、彼女が自分の一部であるかのように感じると、自分は罠にはまって逃れることができないのだと気づく。だれが悪いのか？　母親のせいだ、と母親に腹を立てるが、自分の親不孝を恥じてもいる。愛《ラヴ》――これが愛の真の姿だ。この檻、なかで自分がせわしなく行きつ戻りつ、行きつ戻りつするこの檻、まるで途方に暮れた哀れなヒヒのように。無知で無垢なアニーおばさんに、愛のなにがわかるというんだ。この世界のことなら、自分はアニーおばさんより、父親の突拍子もない原稿のために奴隷のように一生を浪費したアニーおばさんなんかより、数千倍よくわかっている。彼の心は老いて、暗くて固い、心が石なのだ。それが彼の卑しむべき秘密なのだ。

15

母親は一年だけ大学に行った。弟たちに道を譲らなければならなくなる前のことだ。父親は弁護士資格をもっている。スタンダート・カナーズに勤めているのは（母親がいうには）弁護士事務所を開くためには手持ちの資金では足りないからだ。彼は自分をふつうの子供として育てなかったと両親を責めはしても、親の学歴は誇りに思う。

家では英語を話すし、学校では常に英語でトップだから、彼は自分をイギリス人だと思っている。姓がアフリカーンスでも、父親がイギリス風ではなくアフリカーンス風でも、彼自身が英語訛りのないアフリカーンス語を話しても、アフリカーナとしては一瞬たりとも通用しないだろう。彼が駆使できるアフリカーンス語の範囲は浅くて実体がない。本物のアフリカーンス少年たちには自由に操るスラングと仄めかしから成る濃密な世界があって——卑猥な語はそのごく一部だ——彼にはそれが使いこなせない。

アフリカーナに共通して見られる物腰もある。無愛想、依怙地、それに負けず劣らず、腕力による脅し（不格好な巨体を強固に鍛えて、出会い頭にどすどす身体をぶつけあう彼らはサイだ、と彼は思う）、これは共有できないどころか、はっきりいって身がすくむ。ヴスターのアフリカーナは敵に棍棒を振るうように彼らの言語を行使する。通りで集団でいるなら避けるにかぎる。一人でいても好戦的で威嚇的な雰囲気を漂わせている。朝、クラス全員が中庭に整列するとき、ときどきアフリカーンス少年たちの列をさっと見渡し、周囲と違う者はいないか、柔らかな感じの者はいないかと探してみるが、一人もいない。あのなかに投げ込まれるなんて考えられない。押し潰されて、彼の内部の精神は殺されてしまう。

でも、アフリカーンス語のことでは彼にも譲れぬ一線がある。初めてフューエルフォンテインを訪ねたときのことを覚えているのだ。四歳か五歳で、アフリカーンス語がまったく話せなかった。弟はまだ、直射日光のあたる戸外は避けたほうがいいような赤ん坊だ。遊び相手はカラードの子供しかいなかった。彼らといっしょに種子の莢で小舟を作り、潅漑溝に浮かべて遊んだ。しかし彼は口のきけない生き物みたいに、なにもかも身振り手振りで伝えなければならなかった。ときどきことばに詰まって、もどかしさに爆発寸前になった。するとある日突然、口を開くと話せるようになっていた、楽々となめらかに、考えるために言い淀むことなく話せるようになっていたのだ。母親の話を遮るようにして叫んだことを、いまでもありありと覚えている、「ほら！　ぼく、アフリカーンス語がしゃべれるよ！」

アフリカーンス語を話すときは、人生の複雑に絡まり合った事柄が突然剝がれ落ちるような気がする。アフリカーンス語はどこへ行くにも付着してくる、目に見えない包み紙みたいだ。そのなかに自由自在に入り込めて、即座に別人になれる、より単純で朗らかで足取りの軽い人物になれる包み紙。

イギリス人のことで落胆すること、真似はしまいと思うこと、それはアフリカーンス語に対する軽蔑だ。彼らが眉を吊りあげ、横柄にもアフリカーンス語のことばを間違えて発音するとき、「フェルト（veld）」を「ヴェルト」というのが紳士たる者の証しであるかのようにいうとき、彼らとは距離を置く——彼らは間違っている、間違いよりもはるかに悪い、滑稽だ。彼としては、たとえイギリス人に囲まれていても譲歩しない。アフリカーンス語のことばを、本来口にされるべき音で、固い子音も難しい母音もすべて発音し分ける。

クラスには彼のほかにもアフリカーンスの姓をもつ少年が数人いる。一方、アフリカーンス語で学ぶクラスにはイギリス人の姓をもつ少年はいない。高校にはアフリカーンスでスミスという少年、というかスミットという少年がいるが、それだけだ。残念だけれど、わからないでもない。いったいどんなイギリス人男性がアフリカーンス女性と結婚して、アフリカーンス語を話す家族をもちたがる？　アフリカーンス女性は大女で太っていて、胸はぶくぶく、首はウシガエル、でなければ骨ばっていて不恰好なんだから。

ありがたいことに母親は英語を話す。父親のほうは、シェイクスピアやワーズワースやクロスワードパズルを考慮に入れても、どうも信用できない。なぜ父親がこのヴスターでイギリス人であろうと努力するのかわからないのだ。するりとアフリカーンスに戻るのがいとも簡単なこの土地で。父親が兄弟と冗談を言い合うのを聞いていると、プリンス・アルバートでの彼らの子供時代はヴスターのアフリカーンスの暮らしと少しも違わない印象を受ける。話の中心はもっぱら、殴られたこと、裸にされたこと、ほかの少年の目にさらされた肉体的機能、プライバシーへの動物のような無関心だ。

アフリカーンスの少年になる、髪を短く刈って靴なしになる、と考えるだけで怖気づく。そんなの監獄に送られ、プライバシーのない生活を強いられるようなものじゃないか。彼はプライバシーがないと生きられない。もしアフリカーンスになったら、昼夜なく一日中いかなるときもだれかといっしょの生活をしなければならない。そんなこと、思うだけでも耐えられない。

ボーイスカウトのキャンプですごした三日間のことを思い出す、あの悲惨さを思い出す。こっそりテントに戻って独りで本を読みたいという切望がことごとく挫折したことを。

ある土曜日、父親の使いで彼は煙草を買いに行く。選択肢は二つある。ショーウィンドウとキャッシュ・レジスターを備えた、ちゃんとした商店のある市街地まで自転車を飛ばすか、それとも、鉄道の踏み切り近くでアフリカーンスが経営する小さな店へ行くか。それはありふれた家の裏手の一室に、焦茶色のペンキを塗ったカウンターがあるだけの店で、棚にはほとんど品物がない。彼は近いほうを選ぶ。

暑い午後だ。店内は天井からビルトング〔塩を振って干した肉〕が数本ぶらさがり、いたるところに蠅がいる。カウンター内の少年に――自分より年上のアフリカーンス少年に――二十本入りのスプリングボック・プレーンをくださいといおうとすると、蠅が一匹、彼の口に飛び込む。ウッとなって思わず吐き出す。目の前のカウンターの上で、蠅が唾液にまみれてもがいている。

「ウヘッ!」客の一人がいう。

彼は抗議したい。「どうすればいいのさ? 唾を吐き出してはいけないの? 蠅を飲み込めっていうの? ぼくはまだ子供なんだ!」だが、この無情な人たちに言い訳は通用しない。彼はカウンターの唾を手で拭い、非難がましい沈黙のなかで煙草の代金を払う。

父親とその兄弟たちが農場ですごした日々について懐かしく思い出しながら、またしても彼らの父親のことを話題にする。父親を呼ぶときの決まり文句、「本物の紳士《アン・ヴァーレ・アウ・ジントルマン》!」と何度もいって大笑いするのだ。「農場主にして紳士、墓石にそう刻んでくれっていったんだよな《ディス・ヴァット・ハイ・オプ・サイ・フラフステーン・サウ・ヘヴェンス・ヘット》」いちばんの笑いの種は、農場のだれもがフェルスクーン〔生皮製のブーツ〕をはくようになっても、父親が乗馬靴をはきつづけたことだ。

彼の母親がそんな話を聞いていて、嘲笑うように鼻を鳴らす。「どれだけ怖がっていたか忘れないことね。お義父さんの前では煙草に火を点けるのさえびくびくものだったじゃないの。大の男だってのに」

狼狽し赤面した彼らは返事に窮する。彼女のことばが明らかに痛いところを突いたのだ。

祖父は紳士風を気取る人物で、かつてはこの農場ばかりかフレイザーバーグ街道でホテルと雑貨屋を共同所有し、さらにメルヴェヴィルの持ち家では正面に旗竿を立て、国王の誕生日にユニオン・ジャックを掲げた人だ。

「本物の紳士で《アン・ヴァーレ・アウ・ジントルマン・エン》、本物のジンゴ《アン・ヴァーレ・アウ・ジンゴ》〔好戦的愛国主義者〕!」そういって彼らはまた大笑いする。

母親がいうことは正しい。彼らの話はまるで親に隠れて生意気なことをいう子供のようだ。いずれにしても、いったいどんな権利があって自分たちの父親を冗談の種にするのか？　その父親以外に英語を話せる者はだれ一人いなかったではないか、彼らこそ隣家に住む愚かで鈍感な、羊と天気のことしか話題にしないボーッ家やニグリニ家の人たちみたいじゃないか。とにかく一家が集まるときだけは弾けるように冗談を言い合い、ごちゃ混ぜのことばで大笑いするが、ニグリニ家やボーツ家の人が訪ねてくると雰囲気ががらりと変わり、暗く重苦しくなって覇気がなくなる。「そうだな《ヤー・ネー》」とボーツ家の人がいってため息をつくと「そうだよ《ヤー・ネー》」とクッツェー家の者もいい、客が早く用事を済ませて帰らないかとひたすら願うのだ。

彼自身はどうか？　尊敬する祖父がジンゴだったなら、自分もまたジンゴにならなければいけないのか？　子供はジンゴになれるのか？　映画のなかで「ゴッド・セイブ・ザ・キング」が流れ、スクリーンにユーオン・ジャックがはためくとき、彼は立ちあがって気をつけの姿勢をとる。バグパイプの音楽を耳にすると「屈強な《ストールワート》」とか「勇敢な《ヴァララス》」ということばとおなじように背筋がぞくっとする。そのことは秘密にしておいたほうがいいのだろうか？　イギリスに対するこの愛着は？

自分のまわりでこれほど多くの人がイギリス嫌いだということが理解できない。イギリスとはダンケルクであり、ブリテンの戦いなのだ。イギリスはみずからの義務を果たし、静かに、鷹揚に、己れの運命を受け入れているのだ。イギリスとはユトランド沖海戦の少年、足の下で甲板が燃えるあいだも自分の砲のそばに立っていた少年なのだ。イギリスとは湖の騎士ランスロットであり、獅子心王リチャードであり、オリーブグリーンの服を着てイチイ材の長弓を持ったロビンフッドなのだ。それに比肩するなにをアフリカーンスはもっている？　馬を死ぬまで乗り潰したディルキー・アイス。ディンガーンによって物笑いの種にされたピート・レティフ。それから、銃を持たない何千というズールー人を撃ち殺して復讐し、それを自慢する開拓《フォー》農民《トレッカー》たち。

ヴスターには英国聖公会の教会があり、パイプを手にした白髪頭の牧師がいて、ボーイスカウトの団長も兼任している。クラスにいるイギリス人の少年――イギリス人の名前をもち、木陰の多いヴスター旧市街にあるイギリス風の家に住む、本物のイギリス人の少年――のなかには、その牧師のことを馴れ馴れしく「パードレ」という者もいる。イギリス人がそんなふうに話すとき、彼は黙り込む。英語という言語があり、これは自由に使いこなせる。イギリスがあり、イギリスが象徴するあらゆるものがあり、彼はそれには忠誠を誓うつもりでいる。しかし本物のイギリス人として認められるには、明らかにそれ以上のものが必要なのだ。立ち向かうべき試験があり、その試験のなかに自分がパスしないものがあることはわかっている。

16

電話でなにか手はずが整えられた。なんのことかわからないが彼は落ち着かない。母親の顔に浮かぶ嬉しげな、これは秘密、というような微笑みも気に入らない。あの微笑みはお節介を焼いたという意味だ。

彼らがヴスターを去る直前の日々のことだ。それは学年度のなかで最良の時期でもある。試験も終わり、やることはせいぜい教師が成績簿をつけるのを手伝うくらいしかない。

ミスター・ハウスが採点表を読みあげる。少年たちはそれを一科目ずつ足していって平均点を出し、真っ先に手をあげようと競い合う。どの評価点がだれのものかをあてるゲームだ。自分の得点ならたいていわかる。上は九十点から百点のあいだの算数から、下は七十点台の歴史か地理までの一続きだから。

暗記が大嫌いなせいで歴史や地理は得意ではない。暗記を根っから毛嫌いして歴史や地理の勉強は試験の直前まで、試験の前夜まで、ひどいときは試験当日の朝まで手をつけない。歴史の教科書は見るのもいやだ。チョコレート色の固いカバーと、出来事の原因を並べた、あの長くて退屈なリスト（ナポレオン戦争が起きた原因、大移動《グレート・トレック》が始まった原因）。著者はタルヤールトとスクーマンだ。彼の想像ではタルヤールトは痩せた冷酷な人物で、スクーマンは丸々と太って禿で眼鏡をかけている。そのタルヤールトとスクーマンがパールルの一室でテーブル越しに向かい合って座り、自分たちが書いた辛辣な記述を見せ合っている。想像できないのは、なぜ二人がエンゲルセ〔イギリス系南ア人〕の子供に屈辱をあたえ、教訓を教え込むためだけの教科書を英語で書きたいと思ったかだ。

地理も似たり寄ったり。町の一覧表、川の一覧表、産物の一覧表。国の産物をあげなさいといわれたときはいつも、自分の一覧表の最後を革《ハイド》と皮《スキン》で締めくくり、合っていることを祈る。革《ハイド》と皮《スキン》の違いがよくわからないが、ほかの子だって知りはしないのだ。

他教科の試験は、楽しみにしているわけではないが、いざ試験となれば喜んで没頭する。試験の点数はい い。もし得意とする試験がなければ、彼は取り柄がほとんどなくなる。試験は彼のなかにくらくらするような、ぞくっとするような興奮状態を引き起こし、その状態ですばやく、自信をもって答えを書く。その状態が好きなわけではないけれど、万が一の切り札はこれ、と知っていれば安心だ。

ときどき二つの石を打ちつけて息を吸い込むと、この状態、この臭い、この味を思い起こすことができる——火薬、鉄、熱、血管のなかで揺るぎなく打ちつづける搏動。

電話に隠されていた秘密、母親の微笑みに隠されていた秘密が午前中の休み時間に明らかになる。ミスター・ハウスが彼に向かってあとに残るよう身振りで命じる。ミスター・ハウスもまた、どこかうそ臭い感じがして、親しげな態度が信用できない。

ミスター・ハウスが自分の家にお茶に来いという。彼は黙ってうなずき、住所を記憶する。

気が進まない。ミスター・ハウスが嫌いなわけではない。スタンダード4のミセス・サンダースンほど信頼できないにしろ、それはただミスター・ハウスが男だから、初めて担任になった男の先生だからで、あらゆる男たちが発するもの——せかせかと落ち着かず、かろうじて粗暴さを抑制し、どことなく残虐行為を好みそうな感じ——を彼が警戒しているからにすぎない。ミスター・ハウスや、一般的な男に対してどう振る舞えばいいのか、わからない。抵抗せずに認めてもらおうと機嫌をとるべきか、防壁を頑固に崩さずにいるべきか、わからないのだ。女たちはもっと親切だからずっと楽だ。しかし、ミスター・ハウスは人間としてこれほどフェアな人はいない。これは認めざるをえない。英語を使いこなす能力は申し分ないし、イギリス人にも、イギリス人であろうとするアフリカーンスの家族の少年にも、どんな遺恨も抱いていない。彼が欠席した数ある日々のうち、ある日ミスター・ハウスが「述部となる補語」の分析法を教えた。「述部となる補語」のことで授業に追いつくのに彼は手こずる。「述部となる補語」がイディオムとおなじように理屈に合わないものだとしたら、ほかの生徒たちも手こずっているはずだ。ところがほかの生徒たちは、というか、生徒たちの大部分は、楽々と「述部となる補語」を使いこなしているようだ。結論せざるをえない、ミスター・ハウスは英語文法で彼の知らないなにかを知っているのだ。

ミスター・ハウスもほかの教師とおなじくらい鞭を使う。でも、教室内があまり長いあいだ騒がしいとき好んで用いるのは、生徒に、ペンを置き、本を閉じ、両手を頭の後ろでしっかり組んで、目を閉じて身動きせずに座っているよう命じる罰だ。

聞こえるのは列のあいだを行き来するミスター・ハウスの足音だけで、教室内はしんと静まり返る。中庭を取り巻くユーカリの樹々から、鳩の低い鳴き声が聞こえる。こんな罰ならいつまでだって耐えられそうだ、心静かに、鳩と少年たちの柔らかな息遣いに包まれて。

ミスター・ハウスが住んでいるディサ通りもリユニオン・パークにある。北側に新たに伸びた住宅地で、彼はまだ足を踏み入れたことがない。ミスター・ハウスはリユニオン・パークに住み、太いタイヤのついた自転車で学校へ通っているばかりか、妻がいる。不器量な浅黒い肌をした女性だ。もっと驚いたのは二人の小さな子供までいることだ。このことを彼はディサ通り十一番の家の居間で発見する。居間のテーブルにはスコーンとティーポットが並んでいて、心配したとおり、そこでミスター・ハウスと二人きりになって、絶望的な、うそ寒い会話をしなければならない。

事態はさらに悪化する。ネクタイと背広を半ズボンとカーキ色のソックスに着替えたミスター・ハウスが彼に対して、学期も終了したいま、彼がヴスターを去ろうとしているいま、二人は友達だといわんばかりに振る舞おうとする。さらに、この一年ずっと二人は、教師といちばん頭のいい生徒であるクラスのリーダーは、友人だったたと仄めかそうとするのだ。

彼はまごつき、身を硬くする。ミスター・ハウスがスコーンをもう一つ勧めるが、彼は断る。「遠慮しないで!」とミスター・ハウスは笑いかけ、有無をいわさず彼の皿にスコーンをのせる。彼は帰りたくてたまらない。

なにもかもきちんとしてヴスターを去りたいと思っていたのに。ミスター・ハウスには思い出のなかでそれにふさわしい、ミセス・サンダースンの隣の位置をあたえるつもりでいたのに。同格とまではいかないが、それに近い位置を。いまミスター・ハウスがそれを台無しにしようとしている。そんなことはしないでほしい。

二つ目のスコーンが皿の上に手つかずでのっている。彼はもうふりをするつもりはない。だんだん無口になり、かたくなになる。「帰るか?」ミスター・ハウスがいう。彼はうなずく。ミスター・ハウスが立ちあがり、正面の門まで送ってくる。ポプラ通り十二番の門とまったくおなじ門だ。蝶番の軋る音までおなじ高さだ。

ミスター・ハウスには握手を求めたり、それ以上ばかなことをさせたりしない良識があることだけは確かだ。

彼らはヴスターを去ろうとしている。父親はやはり自分の将来をスタンダード・カナーズには委ねられないと決断した。父親の話では、カナーズは下り坂だという。法律事務所の仕事に戻るつもりなのだ。会社で開かれた歓送会で父親が新しい腕時計をもらって帰ってくる。そしてすぐに引っ越しの監督を母親にまかせて、独りでケープタウンへ発っていく。母親はレティフという名の請負業者を雇い、値切りに値切って十五ポンドに負けさせ、家具だけでなく、運転席の隣に三人を同乗させてくれるよう頼み込む。

　レティフの雇った男たちがヴァンに荷物を積み、母親と弟が乗り込む。彼はがらんとした家のなかを大急ぎでまわり、さよならをいう。玄関のドアの裏側に傘立てがある。いつもなら二本のゴルフクラブと杖が立ててあるが、いまはからっぽだ。「傘立てを忘れているよ！」彼は叫ぶ。「いらっしゃい！」母親が呼ぶ。「そんな古い傘立てなんか放っておきなさい！」「だめだよ！」と叫び返し、男たちが傘立てを積み込むまで彼は動こうとしない。「ただの古い管じゃないか《ディス・ネット・アン・アウ・ステュク・ペイプ》」とレティフがぼやく。

　それで自分が傘立てだと思っていたものが、じつは長さ一メートルほどのコンクリの下水管に、母親が緑色のペンキを塗ったものだと知る。それが、彼らがケープタウンまで持っていこうとしているものの中身だ。かつてコサックがその上で寝ていた犬の毛だらけのクッション、養鶏場から巻き取った金網、クリケットの投球マシン、モールス信号を焼きつけた棒状の板といっしょに。ベインズ・クローフ山道を喘ぐように登るレティフのヴァンは、未来へ向かって彼らの古い生活にまつわる棒切れと石を運ぶノアの方舟のようだ。

　リユニオン・パークでは家賃を月額十二ポンド払っていた。父親がプラムステッドに借りた家は二十五ポンドだ。その家はプラムステッドのいちばんはずれにあり、砂とワール〔アカシア属の木、樹皮からタンニンが採れる〕の茂みが広がる一帯に面していて、その茂みで、彼らが到着したわずか一週間後に、警察が茶色の紙袋に入った赤ん坊の死体を発見する。もう一方の方角に向かって半時間ほど歩くと、鉄道のプラムステッド駅がある。家そのものはエヴァモンド通りの家々とおなじように新築で、大きな一枚ガラスの窓があり、床は寄せ木張りだ。ドアが歪んでいて鍵がかからず、裏庭には粗石が山積みになっている。

　隣にイングランドからやってきたばかりの夫婦が住んでいる。男はいつ見ても延々と車を洗っていて、女のほうは赤いショーツにサングラスをかけてデッキチェアに寝そべり、連日、長くて白い脚を陽に焼いている。

当面の課題は彼と弟が通う学校を見つけることだ。ケープタウンはヴスターとは違う。ヴスターでは男の子は男子校へ、女の子は女子校へ通っていた。ケープタウンでは学校は選んで行く。良い学校もあれば、そうでないのもある。良い学校へ入るにはコネが必要で、彼らにはコネがほとんどない。

母親の弟ランスのつてで、ロンデボッシュ男子高校で面接を受ける。彼はこざっぱりした半ズボンとシャツにネクタイ、ネイビーブルーのブレザーの胸ポケットにヴスター男子小学校の記章をつけて、母親といっしょに校長室の外のベンチに座っている。順番がきて通されたのはラグビーやクリケットのチーム写真であふれる木製パネルが張られた部屋だ。校長の質問はすべて母親に向かってなされる。どこに住んでいるか、父親の職業はなにか。それから彼が待ちに待った瞬間がやってくる。ハンドバッグから母親が取り出すのは、彼がクラスでトップだったことを証明し、それゆえ彼に対する扉がすべて開け放たれることになるはずの成績表だ。

校長が読書用の眼鏡をかける。「つまり、きみはクラスでトップだった。すばらしい！　だが、ここではそう簡単にはいきませんよ」

彼は試験を受けたいと思っていた。「血の川の戦い」の日付を質問してほしい、暗算の問題を出してもらえるならもっといい。ところがそれで終わり、面接は終了だ。「確約はできません」と校長はいう。「お子さんの名前は補欠者名簿に記載されるでしょう、それから辞退者が出るのを待たねばなりません」

彼の名前は三つの学校の補欠者名簿に記載されるが、埒があかない。ヴスターでトップであっても、ケープタウンではそれだけでは足りないのは火を見るよりも明らかだ。

最後の頼みの綱はカトリックの学校、聖ジョゼフ・カレッジだ。聖ジョゼフには補欠者名簿はない。授業

料を払う用意のある者ならだれでも入れる、カトリックでない者は四半期につき十二ポンド払えばいい

彼と母親が痛感するのは、ケープタウンでは異なった階層の者が異なった学校へ行くということだ。聖ジョゼフは最底辺ではないが、下から二番目に低い層を引き受ける。もっと良い学校へ彼を入学させることができなかったことで母親は悔しがるが、彼は気にしない。自分たちがどの階層に属するのか、どこが相応なのかよくわからないのだ。とにかく当座やっていけさえすればそれで満足。アフリカーンスの学校へ入れられ、アフリカーンスの生活をあてがわれる脅威は遠のいた。問題はそこなんだから。彼は緊張感から解放される。もうカトリックであるふりをする必要もない。

本物のイギリス人は聖ジョゼフのような学校へは行かない。彼はロンデボッシュの通りで、自分たちの学校に通う本物のイギリス人を毎日見かけ、ブロンドのストレートヘアと金色に輝く肌、大きすぎも小さすぎもしない服と、その静かな自信をながめて感心する。気さくに相手をひやかす《ジョシュ》（この語はパブリック・スクールものの本を読んで知っている）その調子には、彼が馴染んできた騒々しさやぎこちなさは微塵もない。そこに加わりたいとは思わないが、彼は観察して見習おうとする。

なかでもダイアサーサン・カレッジの少年たちがいちばんイギリス人らしい。わざわざ身を落として聖ジョゼフの生徒とラグビーやクリケットの試合をすることもなく、鉄道線路からはるか遠くの、話には聞くか見たことのないビショップスコート、ファーンウッド、コンスタンシアといった高級住宅地区に住んでいる。彼らにはハーシェルとか聖シプリアンといった学校へ通う姉妹がいて、やさしく見守り保護してやるのだ。ヴスターでは女の子に目を留めることはめったになかった。友達にはいつも兄弟はいても姉妹はいなかったようだ。いま生まれて初めてイギリス人の姉妹たちにちらりと目をやる。きらきら輝く金色の髪、あまりの美しさに、彼女たちがこの世のものとは思えない。

八時半始業の学校に間に合うためには、七時半には家を出なければならない。駅まで半時間歩き、十五分列車に乗り、駅から学校まで五分歩き、遅れた場合を予想して十分の余裕をみる。それでも遅刻してはいけないと七時に家を出るので八時には学校に着く。そうすれば用務員が鍵を開けたばかりの教室で、自分の机について両腕に頭をのせて待つことができる。

彼は悪夢を見る。時計の文字盤を読み違えたり、汽車に乗り遅れたり、曲がる角を間違えたりする悪夢だ。夢を見ながら彼は絶望感に襲われて泣く。

彼より早く登校するのはデ・フレイタス兄弟だけだ。青物商を営む父親が、夜が明けるか明けない時刻に、ソルト・リバーの青物市場へ行く途中で、青いおんぼろトラックから彼らを降ろす。

聖ジョゼフの教師たちはマリスト修道会に属している。彼にとって、厳めしい黒い長衣《カソック》に糊のきいた白いストックタイをした修道士たちは特別な人だ。謎めいた雰囲気に彼は感銘を受ける。どこの出身かという謎、彼らが捨てた名声の謎。クリケットのコーチをするブラザー・オーガスティンが、ふつうの人のように白シャツ、黒ズボン、クリケット・ブーツ姿で練習にやってくるのが気に入らない。ブラザー・オーガスティンに打順がまわり、「ボックス」と呼ばれるプロテクターをズボンの下に滑り込ませるときは、とりわけ気に入らない。

教壇に立っていないとき修道士たちがなにをしているのか、彼は知らない。校舎のなかでも彼らが寝たり食べたり私生活を営んでいる翼棟は立入禁止だ。そこへ潜入したいとは思わない。彼らがそこで禁欲生活を送っていると思いたいのだ。朝四時に起きて、数時間の祈りを捧げ、質素な食事をし、自分のソックスを繕う。見苦しい振る舞いをしたとき彼は必死でそれをかばおうとする。たとえば、無精髭を生やした太ったブラザー・アレクシスがアフリカーンス語のクラスで無様におならをして寝入ってしまったとき、ブラザー・アレクシスは頭の良い人だから自分より劣った人間を教えていることに気づいたのだ、と自分を納得させる。

ブラザー・ジャン＝ピエールが年少の少年たちにしていたことで噂話が飛びかうさなかに中等部寄宿舎の仕事から突然解任されたとき、彼はただその噂話を心の外へ追いやる。修道士たちが性的欲望をもち、それを抑制できないなんて信じられない。

英語を第一言語とする修道士がひどく少ないため、英語のクラスを受け持つカトリックの平信徒が一人雇われている。ミスター・ウィーランはアイルランド人だ。イギリス人を憎み、プロテスタントに対する憎しみを隠そうともしない。またアフリカーンスの名前を正しく発音しようと努力することもなく、口にするときはいかにも不味そうに口をすぼめる。まるでそれが野蛮な異教徒の、意味不明のことばでもあるかのように。

英語の授業時間はおもにシェイクスピアの『ジュリアス・シーザー』をやる。ミスター・ウィーランの教授法は生徒たちに役を振って、台詞を声に出して読ませるものだ。また、文法の教科書にある練習問題をやり、週に一度作文を書く。三十分で作文を書いて提出しなければならない。ミスター・ウィーランは仕事を家に持ち帰りたくないので、残りの十分で作文を採点する。十分間の採点セッションはいまや彼の「十八番《ピエス・ドゥ・レジスタンス》」となり、生徒たちは賞讃の笑みを浮かべてそれに見入る。青い鉛筆を掲げ持ったミスター・ウィーランが、積みあげられた作文を片っ端から流し読みし、一気に混ぜ合わせてからクラス委員に渡す。くぐもった、皮肉っぽい拍手がさざ波のように広がる。

ミスター・ウィーランのファーストネームはテレンスだ。茶色い革のドライブ用ジャケットを着て帽子を被っている。寒いときは室内でも帽子を脱がない。青白い手をしきりに揉んで温めようとする。血の気のない顔は死人のようだ。南アフリカでいったいなにをしているのか、なぜアイルランドに帰らないのか、不明だ。この国が、ここで起きているあらゆることが、気に入らないらしい。

ミスター・ウィーランのもとで「マルクス・アントニウスの性格」について、「ブルータスの性格」について、「街道の安全性」について、「スポーツ」について、「自然」について作文を書く。彼が書く作文はたいてい糞面白くもない、機械的な作業になるが、ときおり、書いているうちにほとばしるような興奮が感じられ、ペンが飛ぶように紙の上を走り出すことがある。ある作文では、街道に出没する騎乗の追い剝ぎが道端でものかげに身をひそめて待っている。馬が低く鼻を鳴らすと、鼻息が夜の冷気に白く煙る。一筋の月光がナイフのように顔面に斜めに射して、男は火薬が湿らないよう、短銃を外套の内側で握りしめる。

騎乗の追い剝ぎはミスター・ウィーランに少しも感銘をあたえない。ミスター・ウィーランの淡青色の目がさっと紙上をよぎり、鉛筆で評価が書き込まれる——6・5。彼の作文はほとんどいつも6・5だ。7以上になることは絶対にない。イギリス人の名前の生徒は7・5か8をもらう。テオ・スタヴロプロスという生徒が、変な名前なのに8をもらうのは、身なりがよく雄弁術のレッスンを受けているからだ。テオはまたマルクス・アントニウスの役をいつも割り振られる。つまり「友よ、ローマ人よ、同郷の人たちよ、耳を貸してくれたまえ」という、この劇でいちばん有名な台詞を読みあげるのだ。

ヴスターでは不安ながらもわくわくしながら学校へ通った。本当に、いつなんどき自分が嘘つきだと暴露され、ひどい結果になるか知れなかった。それでも学校は魅力的だった。その日その日が日常生活の表面下で猛威をふるっていた残虐行為、苦痛、憎悪をめぐる新たな発見をもたらしていたように思う。そこで行われていたことは間違っていたし、起きてはならないことだった、それはわかっていた。おまけに彼はそのときさらされたことに対してあまりに幼く、傷つきやすかった。にもかかわらず、ヴスターですごした日々の熱情と憤怒は彼を捕らえて放さなかった。衝撃を受けはしたが、彼はまた貪欲に、もっと見たい、見るべきものがあるならそのすべてを見たいと思った。

それにくらべて、ケープタウンでは時間を無駄にしていると思う。学校はもはや大いなる熱情が表出される場ではない。学校は縮小した世界で、多かれ少なかれ穏やかな監獄であり、教室で日課をこなすのは籠編みをするのと大差ない。ケープタウンは彼を賢くはせず、愚かにしていく。その自覚が彼の内部でパニックを起こし、ふくれあがる。彼が本当はだれであれ、幼年時代の残灰から生まれ出るべき本当の「ぼく」がだれであれ、それが生まれ出ることを許されず、ちっぽけなまま発育を妨げられている。

ミスター・ウィーランの授業を受けているとき、この思いが絶望的なまでに強まる。自分に書けることは、ミスター・ウィーランが書かせてくれるもののほかにも山のようにある。ミスター・ウィーランのもとで書くのは翼を広げることではない。逆に、ボールのように身をまるめて、できるだけ自分を縮めて彼の気に障らないようにするようなものだ。

スポーツについて（健全な身体に健全な精神が宿らんことを《メーンス・サーナ・イン・コルポレ・サーノ》）、街道の安全性について、そんなもの書きたくもない。退屈すぎて、ことばを無理に絞り出さねばならない。騎乗の追い剝ぎも書きたいわけではない。顔面に射し込む銀色の月光にしても、短銃の台尻を握る白いこぶしにしても、どれほど瞬時の感銘をあたえようと、それは自分のなかで生まれたものではなく、他所からの借りもので、書いたはなからすでに萎れて陳腐になっていく実感がある。自分が書くものは、もしもミスター・ウィーランが読んだりしないなら、それはもっと暗いものに、このペン先からひとたび流れ出したら最後、抑えようにも抑え切れず、こぼれたインクのように、ページいっぱいに広がっていくものになるだろう。こぼれたインクのように、静かな水面をさっと横切る影のように、空に閃く稲妻のように。

ミスター・ウィーランはまた、スタンダード6のカトリックの生徒が教理問答の授業を受けているあいだ、カトリックではない生徒になにかやらせる仕事を割り振られている。ルカによる福音書や使徒言行録を生徒と読むことになっているのだ。ところが生徒は、パーネル・ケースメントとロジャー・ケースメント〔第一次世界大戦中のアイルランドの愛国主義者〕の話やイギリス人の背信行為について、何度もくり返し聞かされる。ときには、その日のケープタイムズを手にして教室にあらわれ、ロシア人が衛星国内で新たに行った暴虐行為に怒りをぶちまける日もある。「学校で彼らは無神論の授業をでっちあげて、子供たちは救世主に唾を吐きかけるよう強制されている」とまくしたてるのだ。「信じられるか？　みずからの信仰に忠実であろうとするあの哀れな子供たちは、かの悪名高いシベリアの捕虜収容所へと送り込まれるんだ。これが共産主義の現実だぞ、破廉恥にも共産主義こそ人類の宗教だなどと呼んだりするんだ」

ウィーランから生徒はロシアのニュースを聞かされ、ブラザー・オットーからは中国のキリスト教徒が受けた迫害について聞かされる。ブラザー・オットーはミスター・ウィーランとは違う。物静かで、すぐに顔を赤らめる人なので、おだてて話をさせなければならない。しかしその話には信憑性がある。実際に中国にいたことがあるからだ。「そうです、わたしはこの目でそれを見たのです」とたどたどしい英語で彼はいう。「人々はひどく狭い監房に閉じ込められて、あまり多くの人が入れられたために息ができなくなって死んだのです。わたしはそれを見たのです」

ブラザー・オットーのことを生徒は陰で「チン・チョン・チャイナマン」と呼んでいる。彼らにとっては、ブラザー・オットーが中国についていうことも、ミスター・ウィーランがロシアについていうことも、ヤン・ファン・リーベックや大移動《グレート・トレック》と同程度の現実味しかもたない。現実には、ヤン・ファン・リーベックやグレート・トレックはスタンダード6の授業内容に入っているが、共産主義は入っていないから、中国やロシアで起きていることは無視してかまわない。中国やロシアはブラザー・オットーやミスター・ウィーランに話をさせるための口実なのだ。

彼としては混乱する。教師たちの話は嘘に違いない、それはわかっている――コミュニストは善人なのだ、そんな残虐なことなどするもんか？　しかし彼にはそれを証明する手立てがない。四人のように座って彼らのいうことを聞いていなければならないことにいきり立ちながらも、慎重な態度を崩さず、抗議したり異議を唱えたりはしない。自分でもケープタイムズを読んでいたから、コミュニストのシンパになにが起きているか知っているのだ。仲間として弾劾されたり、追放されたりするのはいやだ。

ミスター・ウィーランは、カトリックではない生徒に聖書を教えることにあまり熱心とはいえないが、福音書をすべて否定しているわけではない。「汝の頰を打つ者には、いま一つの頰をも向けよ」とルカ伝から彼は引く。「ここでキリストはなにをいっているのか？　自分を守ることを拒むべきだといっているのか？　われわれに女々しいやつになれといっているのか？　もちろん違う。いじめるやつが近づいてきて喧嘩をふっかけてきたら、挑発にのるな、とキリストはいっているのだ。争いを解決するには、殴り合いよりも良い方法があると」

「誰しも持てる者はさらにあたえられ、持たざる者は持てるものをも奪われる。ここでキリストがいいたいことはなにか？　救済を得るための唯一の方法は、われわれが持っているものをすべてなげうつことだというのか？　違う。もしキリストがわれわれにぼろをまとって歩きまわれといいたいなら、はっきりそういうだろう。キリストは譬え話でいっているのだ。キリストは、われわれのうちの真に信仰のある者はその報いとして天国に迎えられるが、信仰のない者は地獄で永劫の罰に苦しむだろう、そう教えているのだ」

ミスター・ウィーランは、カトリックではない生徒にこの教義を説教する前に、修道士たちに、とくに経理部長として授業料を集めているブラザー・オディロに確認しているのだろうか、と彼はいぶかる。半信徒の教師であるミスター・ウィーランは、カトリックではない人間は異教徒であり、呪われていると信じているのは明らかだが、それにくらべて修道士たちのほうはかなり寛容に思える。

ミスター・ウィーランの聖書の授業に対する彼の反発は深まるばかりだ。キリストの譬え話が本当はなにを意味するか、ミスター・ウィーランはなにもわかっていない、と確信する。自分は無神論者だし、これまでもずっとそうだったけれど、ミスター・ウィーランよりはるかにキリストのことを理解していると思う。キリストがとくに好きなわけではないが――キリストはあまりにもすぐかっとなる――我慢する覚悟はできている。少なくともキリストは自分が神であるふりをしない、それに父親になる前に死んでしまった。それがキリストの強みだ。それが力を保持している理由なのだ。

しかし、ルカによる福音書のなかには、耳にしたくない部分が一箇所ある。そこに来たとき、彼は身を固くして耳を塞ぐ。女たちが埋葬所へキリストの身体に聖油を塗ろうとやってくる。キリストがいない。その代わり二人の天使を発見する。「なにゆえ生きにし者を死者のうちに探すのか。彼はここに在らず。甦りたまえり」と天使たちがいう。もしも耳の被いを取ろうものなら、そして、これらのことばが耳から入ってこようものなら、彼は席を立ち、勝ち誇ったように叫び、踊り出してしまいそうだ。それ以後ずっと笑いものになってしまうに違いない。

ミスター・ウィーランが彼の不幸を願っているとは思わない。にもかかわらず、彼がこれまで英語の試験で取った最高点は七十点だ。七十点では英語でトップにはなれない。先生がえこひいきする生徒たちが軽く彼を凌いでいる。歴史と地理も出来が悪いため、以前にも増してこれらの教科にうんざりする。高得点を取れるのは数学とラテン語だけで、かろうじてリストの最上位に自分の名前が記載される。オリヴァー・マターの上に。オリヴァーは彼がやってくるまでクラスでいちばん頭のよかったスイス人の少年だ。

オリヴァーのなかに好敵手を発見したいま、トップの成績をいつも家に持ち帰るという古くからの誓いが、秘かな、名誉にかかわる、妥協の余地なき重大事となる。それについて母親にはなにもいわないが、直面できそうもない日に備えて、母親に二番になってしまったと告げなければならない日に備えて、心の準備だけはしておく。

オリヴァー・マターはおっとりした、にこやかな丸顔の少年で、二番になるのは気にしていないようだ。毎日、彼とオリヴァーはブラザー・ガブリエルがやる速答コンテストで競い合う。この教師は生徒を一列に並ばせ、列に沿って行き来しながら質問を出して、五秒以内に答えられない者を列の最後尾にまわしていく。

コンテスト終了後に列の先頭に立っているのはいつも彼かオリヴァーだ。

それからオリヴァーが学校に来なくなる。なんの説明もないまま一カ月が過ぎて、ブラザー・ガブリィルから発表がある。オリヴァーは入院している、白血病だ、みんな彼のために祈りなさい。頭を垂れて少年たちは祈る。彼は神を信じていないため、祈りのことばは唱えずに口だけ動かす。彼は思う――みんな考えてるんだろうな、ぼくがオリヴァーなんか死ねばいいと思ってるって、そうすればトップになれるって。

オリヴァーは二度と学校へ戻ってこない。彼は病院で死ぬ。カトリックの生徒たちは彼の魂の安らぎのための特別ミサに出席する。

脅威は去った。前より楽に息ができるようになった。だが、トップになるというむかしながらの楽しみが台無しだ。

17

ケープタウンの生活はそれまでのヴスターの生活より変化が少ない。とりわけ週末はリーダーズダイジェストを読むか、ラジオを聴くか、クリケットのボールをノックしまくるか、それ以外することがない。もう自転車には乗らない。プラムステッドには面白そうなところがまったくないのだ。どの方角にも延々と家が建ち並ぶだけで、いずれにしろスミスの自転車を乗るには大きくなりすぎた。自転車が子供用に見えはじめる。

通りを自転車で走りまわること自体がばかばかしく思えてきた。かつて夢中になってやったことも魅力が失せた。メカーノでモデルを組み立てたり、切手を収集したり。なんでそんなことで時間を無駄にしていたのか理解できない。バスルームに何時間もこもり、鏡のなかの自分を細かく観察する。目に入るものが気に入らない。笑うのをやめて、しかめっ面の練習をする。

クリケットに対する情熱だけは衰えることがない。自分ほどクリケットに身も心も打ち込んでいる者はいない、それはわかっている。クリケットは学校でもやるが、それでは絶対に足りない。プラムステッドの家は正面ストゥープの床がスレート張りだ。ここで独りでプレイする。左手にバットを握り、右手でボールを壁に投げつけ、跳ね返るボールを打って、フィールドに出ているつもりになる。何時間でも壁を相手にボールを打ち込む。近所の人がうるさいと母親に文句をいうが、彼は聞く耳をもたない。

上達のためのガイドブックを何冊も熟読したので、さまざまな打法は頭に入っているし、それを正しいフットワークで実行できる。でも、本音をいうと、実際のクリケットよりストゥープでやる単独ゲームのほうがいいと思うようになった。本物のピッチへ出て打つと考えると、ぞくぞくするが不安もつのる。とくに速球投手が怖い。ボールが身体にあたるのが怖い、あの痛みが怖いのだ。本物のクリケットをやるときは尻込みしないよう、臆病者だと思われないよう、全エネルギーを集中しなければならない。

なかなか得点できない。打席に入ってすぐにアウトにならなければ、半時間も無得点のまま打ちつづけることがあり、チームメイトも含め、みんなを苛々させてしまう。どうも受身のトランス状態に入ってしまうらしく、そうなるとボールを軽く受け流すだけで精一杯だ。この失敗を振り返るとき、彼は自分を慰めるために、べたつくウィケットでプレイした国際選手権試合の話を思い出す。その試合ではたった一人、たいがいヨークシャー生まれの選手が、唇を引き結び、根気強く、ストイックに何イニングも打ちつづけて最後まで自分の責任を果たそうとし、そのあいだ彼のまわりでウィケットが倒れつづけるのだ。

ある金曜の午後、パインランズ・アンダー13との試合で初打席につくと、対戦する相手は背の高い、ひょろりとした少年で、仲間にせかされて、がむしゃらな速球を投げてくる。ボールはいたるところへ飛び、ウィケットをはずし、彼をはずし、ウィケットキーパーさえ取りそこねる始末。彼はほとんどバットを使う必要がない。

サード・オーヴァーのときボールがマット外の地面にぶつかって跳ね返り、彼のこめかみを直撃する。「これじゃあんまりだ！」彼はむかつきながら考える。「あいつ、やりすぎだ！」野手たちが怪訝そうにこちを見ているのがわかる。ボールが骨にあたった衝撃がまだ聞こえる。エコーのない鈍い衝突音だ。それから頭のなかが真っ白になって、彼は倒れる。

フィールドの横に彼は寝ている。顔と髪が濡れている。あたりを見まわしてバットを探すが見当らない。

「横になってしばらく休んでいなさい」ブラザー・オーガスティンの声は上機嫌だ。「一発喰らったんだから」

「ぼくは打ちたい」とつぶやいて起きあがる。それがいうべき正しいことばなのだ、そういえば臆病者ではないことが証明できるんだ、わかっている。しかし打席につけない。彼は打順を逃す。彼の代わりにすでにだれかが打席についている。

みんながもう少しなにかするだろうと期待していたのに。危険な投手に断固抗議するのを期待していたのに。でも試合は続行され、味方のチームはなかなか善戦している。「だいじょうぶか？　痛むか？」チームメイトの一人が訊ねるけれど、返事はほとんど聞いていない。彼はバウンダリーに座ってイニングの残りを観戦する。あとから守備につく。頭痛がすればいい、目が見えなくなるとか、気を失うとか、なにかドラマチックなことをやりたいのだ。でも気分は悪くない。こめかみに触ってみる。柔らかな部分がある。そこが腫れあがって青くなればいいと思う。明日にならないうちに、本当にボールがあたったんだと証明するために。

学校では彼もみんなとおなじようにラグビーをしなければならない。ポリオで左腕が萎えているシェパードという名の生徒さえ、やらなければならない。チーム内のポジションがまったくでたらめに割り振られる。彼はアンダー13Bチームのプロップをやれといわれる。プレイするのは土曜の午前中だ。土曜日は決まって雨が降る。寒くて雨が降って悲惨だが、じっとり水を含んだ芝で何度もスクラムを組み、大きな少年たちに小突かれながらドタドタと走りまわる。彼はプロップだから、だれもボールをパスしない、ありがたい、タックルされるのが怖いのだ。とにかく、そのボールがまた、革を保護する馬油が塗ってあってつるつる、つかんでいるのが大変なのだ。

チームはそのとき十四人しかいない、そうでなければ土曜は仮病を使うところだ。ラグビーの試合に出ないのは学校へ行かないよりずっとまずい。

アンダー13Bチームは全試合に負ける。アンダー13Aチームもたいがいいつも負ける。はっきりいって、聖ジョゼフの大部分のチームはたいがいいつも負けるのだ。なぜ学校でラグビーをやるのか、まったく理解できない。修道士たちはオーストリア人かアイルランド人で、もちろんラグビーなんかに興味はない。ごくたまに観戦にきても困惑顔で、なにが行われているのか理解できない。

母親がタンスの抽き出しの最下段に、黒いカバーのかかった本を入れている。タイールは『完全なる結婚』、セックスの本だ。本がそこにあることは何年も前から知っている。ある日こっそり抽き出しから取り出し、学校へ持っていく。級友のあいだで大騒ぎになる。そんな本をもっている両親がいるのは彼だけらしい。

読むとがっかりする本だけれど——器官のスケッチは理科の教科書に出てくる図解のようだし、体位の項にしても興奮するようなものはなにもない（男性器をヴァギナに挿入するなんて浣腸みたいだ）——ほかの少年たちは貪るように見入り、貸してくれといって騒ぎ立てる。

化学の授業のあいだその本を机に入れたまま教室を離れる。戻ると、いつもは陽気なブラザー・ガブリエルが、冷ややかな、非難がましい顔をしている。ブラザー・ガブリエルが彼の机を開けて本を見たのだ、絶対そうだ。心臓をどきどきさせながら、大っぴらになにかいわれる、それで恥ずかしいことになる、と身構える。大っぴらになにかいわれはしないが、ブラザー・ガブリエルの何気ないことばの端々に、カトリックではない者、つまり彼が、学校へ持ち込んだ邪悪なものへの非難が込められているのが聞き取れる。ブラザー・ガブリエルとの関係がすっかり気まずくなってしまった。本を持ち込んだことをひどく後悔する。家に持ち帰り、抽き出しに戻し、もう二度と見ない。

しばらく、彼と級友たちは休み時間になると、セックスのことを話すために運動場の隅に集まりつづける。彼はこのやりとりに例の本から仕入れた知識の断片をあれこれ提供する。しかし、それでは面白さが足りないのは明らかで、じきに年長の少年たちが離れて自分たちだけで話をするようになり、話の途中で急に声を落とし、ひそひそやっているかと思うと、突然はじけたように大笑いする。この話の中心にいるのがビリー・オーエンスだ。彼は十四歳、十六歳の姉がいて、女の子を知っていて、ダンスに行くときに着る革のジャケットをもっていて、それに性交経験があるかもしれない。

彼はテオ・スタヴロプロスと友達になる。テオは「モフィー」だ、ホモだ、という噂があるけれど、そんな噂を信じる気にはなれない。テオのルックスが好きだし、きめ細やかな、血色の良い肌と、非の打ちどころのない髪型と、洗練された服の着こなしが好きだ。ばかげたストライプの制服のブレザーさえ、テオが着ると恰好よく見える。

テオの父親は工場を所有している。工場でなにを製造しているか正確なところはだれも知らないが、魚と関係があるらしい。一家はロンデボッシュの最高級地にある大きな家に住んでいる。有り余るほどお金をもっているのだから、ギリシア人であるという事実さえなければ、男の子なら間違いなくダイアサーサン・カレッジに行くところだ。ギリシア人であり、外国人の名前であるため、聖ジョゼフに通わなければならない。この学校がほかに行きどころのない少年たちの受け皿であることは、彼もいまではわかっている。

一度だけテオの父親を見かけたことがある。サングラスをかけ、優雅に服を着こなす背の高い人だ。母親のほうはもう少し頻繁に見かける。小柄で細身の浅黒い人で、煙草を吸い、ケープタウンに一台しかない——ひょっとすると南アフリカに一台しかない——という噂のオートマチックギアの青いビュイックを運転している。姉が一人いるが、すごい美人で、すごくお金のかかる教育を受け、まさに年ごろなので、テオの友達の目にさらされることなど許されない。

スタヴロプロス家の男の子たちは毎朝、青いビュイックで学校へ送られてくる。運転するのは母親のこともあるが、黒い制服に鍔つき帽を被った運転手のことが多い。堂々たるビュイックが学校の中庭に滑り込み、テオと弟が降りると、ビュイックは滑るように走り去る。テオがなぜこんなことをさせるのか、彼には理解できない。もし自分がテオの立場なら、一ブロック手前で降ろしてくれと頼むだろう。しかしテオは、冗談や冷やかしを平然と受け流す。

ある日の放課後、テオが自分の家に彼を招待する。着いてみると昼食をすることになっている。そこで午後三時に、銀食器と真新しいナプキンがセットされたダイニングテーブルにつき、白い制服の給仕長にアライドポテト添えステーキを給仕される。給仕長は二人が食べているあいだずっとテオの椅子の後ろに立ち、なにか命じられるのを待っている。

彼は驚きを必死で隠そうとする。召使いにかしずかれる人間がいることは知っているが、子供まで召使いを使うとは思わなかったのだ。

それからテオの両親と姉が海外へ行ってしまい——噂では、この姉が英国の准男爵と結婚するため——テオと弟は寄宿生になる。テオがその経験によって潰されるのではないか、ほかの寄宿生の嫉みや恨みによって、貧しい食事によって、プライバシーのない侮辱的待遇によって、と彼は予想する。また、テオが屈して、だれもがやっている髪型にせざるをえなくなるのではないか、と予想する。ところが、とにかくテオは相変わらず優雅なヘアスタイルを保っている。とにかく、その名前にもかかわらず、スポーツが下手であるにもかかわらず、「モフィー」だと思われているにもかかわらず、テオはその上品な笑顔を絶やさず、不平を絶対いわず、誇りを傷つけられることも絶対に許さない。

テオが彼の机にやってきて彼に身体をぴたりと押しつけて座る。すぐ上にかかった絵のなかではキリストが胸を開けて、輝く深紅の心臓を取り出している。歴史の授業の復習をすることになっているが、彼らは小さな文法書を前に置き、それを使ってテオが彼に古典ギリシア語を教えている。現代ギリシア語風に発音される古典ギリシア語。彼はこの突飛さがたまらなく好きだ。「アフトース」「エヴデモニーア」とテオがささやく。「エヴデモニーア」と彼がささやき返す。

ブラザー・ガブリエルが耳をそばだてる。「なにをしているのですか、スタヴロプロス?」と詰問する。

「彼にギリシア語を教えているんです、先生」と穏やかに、自信に満ちた調子でテオはいう。

「自分の席に戻りなさい」

テオは微笑みながら、大股で自分の席に戻る。

修道士たちはテオが好きではない。彼の横柄さに苛つくのだ。彼らは生徒たちとおなじように、テオがあまやかされている、お金がありすぎる、と思っている。その不当な考えが彼を激怒させる。テオのためなら一戦交えることも辞さないぞ、と彼は思う。

18

父親の新しい法律事務所が収益をあげるようになるまで、急場しのぎに母親が教師の仕事に戻る。家計のためにメイドを雇う。がりがりに痩せた、口のなかにほとんど歯のないセリアという女性だ。セリアはときどき妹を連れてくる。ある午後彼が帰宅すると、台所で二人が座ってお茶を飲んでいる。妹が——セリアよりずっと魅力的だ——彼に笑いかける。その笑みにどぎまぎする。どこに視線をやればいいのかわからなくて部屋に引っ込む。彼女たちの笑い声が聞こえる、自分のことを笑っているんだ。

なにかが変わっていく。四六時中ばつの悪い思いがする。視線をどこにやればいいのか、両手はどうすればいいのか、身体をどう構えればいいのか、顔にどんな表情を浮かべればいいのか、わからない。だれもが自分を凝視し、査定し、なにかが足りないと見破っている。甲羅から引っ張り出された蟹のような気分だ。ピンクの、傷だらけの、卑猥な蟹。

むかしはよくいろんなことを思いついた。行きたい場所、話したいこと、やりたいことが山のようにあった。みんなよりいつでも一歩先を行っていたから、彼がリーダーとなり、ほかの者がついてきた。かつては内側からあふれるように感じられたエネルギーがいまはどこかへ行ってしまった。十三歳という年齢で、無愛想に顔をしかめて暗くしている。この新しい、醜い自分が好きになれない。そこから引っ張り出されたいと思うけれど、自分でどうにかできることではない。

父親の新しい事務所がどんなものか、みんなで訪ねていく。事務所はグッドウッドにある。グッドウッドーパーロウーベルヴィルと横に細長く続く、アフリカーンスが住む郊外の一角だ。窓には深緑のペンキが塗られ、緑の上から金色の大文字で「Z・クッツェー」とあり、それを横から挟み込むようにアフリカーンス語と英語で「弁護士」と書いてある。室内は陰気で、馬毛を使った赤い革張りの重厚な家具が置いてある。一九三七年に父親が弁護士業をやめたときから、家族といっしょに南アフリカ中を旅してきた法律書が箱から取り出されて本棚に並んでいる。なんの気なしに、彼は「強姦」の項を見る。黒人《ネイティヴ》はときどき男性器を女性の腿のあいだに、挿入させずに差し込むことがある、と脚注にある。この行為は慣習法の適用を受ける。それは強姦にはあたらない。

法廷ではこんな議論をやっているのだろうか、ペニスがどこまで達したかなんて、と彼は思う。

父親の事務所はどうやら繁盛しているようだ。タイピストのほかにもエクステーンという名の司法修習生を雇っている。エクステーンには財産譲渡や遺言状といった日常的な業務をまかせる。父親はもっぱら「人々の罰を軽くする」感動的な法廷業務に奮闘するのだ。父親は毎日新たに自分が罰を軽くしてやった人たちの話と、その人たちからどれほど感謝されたかという話を持ち帰る。

母親の関心は父親が罰を軽くしてやった人たちよりも、かさむ一方の借金リストに向けられる。ある名前がいつもひときわ目立っている。ル・ルー、車のセールスマンだ。母親が父親に執拗にいう、あなたは弁護士でしょ、だったらもちろんル・ルーに返済させることができるわよね。父親は、ル・ルーは月末には全額返してよこすさ、だいじょうぶ、そう約束したんだから、と答える。ところが月末になると、またしてもル・ルーは返済しない。

ル・ルーは返済もしない、姿をくらますこともない。それどころか父親を飲みに誘い、もっと仕事を斡旋すると約束し、代金未払いの車を回収して金を作る、と調子のいいことをいう。

家庭内の議論は次第に喧嘩腰になり、同時に防御の姿勢も加わる。どうなってるの、と彼は母親に質問する。る。ジャックがル・ルーにお金を貸したままなの、と母親は苦々しげにいう。

それ以上聞く必要はない。父親のことはわかっている。ことの成り行きが手に取るようにわかる。とにもかくにも認められたい父親は、人から好かれるためならどんなことでもするだろう。父親が加わった仲間のあいだで人に好かれる方法は二つ、人に酒をおごるか金を貸すかだ。

子供はバーに入ってはいけないことになっている。ところがフレイザーバーグ街道ホテルのバーの隅のテーブルに、彼と弟は座っていたことがある。そこでオレンジスカッシュを飲みながら、父親が見知らぬ人にブランデーの水割りを何杯もおごるのを見て、父親のもう一つの面を知った。つまり、ブランデーが父親のなかに作り出す、気さくで、開けっ広げな調子を彼は知っているのだ。大ぼら吹きと、名うての道楽者の身振り。

気を滅入らせながらも貪るように、彼は母親がこぼす独白を聞く。父親の使う手管にはもう騙されないが、母親がその手管を見破る力も信用できない。過去に何度となく父親が甘言を弄して母親をなだめすかすのを見てきたからだ。「耳を貸すなよ」と母親に警告する。「いつだって嘘ばかりついてるじゃないか」

ル・ルーとのもめごとか泥沼化する。長い電話。新しい名前が頻繁に登場する――ベンスザン。ベンスザンなら信頼できる、と母親はいう。ベンスザンはユダヤ人で、お酒は飲まない。ベンスザンならジャックを救い出し、正道に引き戻してくれる。

ところが、ル・ルーだけではないことが発覚する。ほかにもいるのだ、ほかにも飲み仲間がいて、父親が金を貸していたのだ。信じられない、理解できない。そんな金、いったいどこから出てくるんだ？　父親にはスーツが一着、靴も一足しかなく、仕事にいくにも列車を使わなければならないのに。人の罰を軽くしてやることで本当にそんな大金を手っ取り早く稼ぐことができるのか？

ル・ルーに会ったことはないけれど、風貌なら容易に想像がつく。金色の口髭を生やした赤ら顔のアフリカーナだ。青いスーツに黒いネクタイを締めて、ちょっと太り気味の大汗かきで、下品なジョークを大声でいうようなやつだ。

ル・ルーがグッドウッドのバーで父親といっしょに座っている。父親が目を離した隙にル・ルーが背中越しに、バーにいるほかの男たちにウィンクして見せる。ル・ルーは父親をカモに選んだのだ。そこまで愚かしい父親が恥ずかしくてたまらない。

父親が貸していた金は、じつは父親が貸せないものだと判明する。ベンスザンが絡んできた理由はそれだ。ベンスザンは弁護士会のために働いている。事態は深刻だ。金は信託口座から引き出されていたのだ。

「信託口座ってなに？」彼が母親に訊く。

「委託されて彼が保管してるお金よ」

「どうしてあんなやつに保管させたりするのさ？」と彼。「正気の沙汰じゃないよ」

母親が首を横に振る。弁護士はみんな信託口座をもっている、と母親はいう。理由は神のみぞ知るだと。

「ジャックはお金のことになると、まるで子供なんだから」

ベンスザンと弁護士会が介入してきたのは、父親を救いたがっている人がいるからだ。父親が「賃貸事業局局長」だったころからの古い仲間。彼らは父親に好意をもち、父親を刑務所に入れたくないと思っている。むかしのよしみもあるし、妻も子もいるのだからと、ある程度は目をつぶり、ある程度は手心を加える。五年かけて返済すればいい。それですべて終了、ことは水に流す。

母親は母親で法律相談にいく。また新たな災禍が襲ってくる前に、自分の所有物を夫の所有物から分離したいと思っている。たとえばダイニングルームのテーブル、鏡のついた整理ダンス、アニーおばさんが母親にくれた臭木材の珈琲テーブル。夫婦はたがいに相手の借財に責任があるとする結婚契約を母親は修正したいのだ。しかし、結婚契約は変えられないことが判明する。もしも父親が落ち目になれば、母親も落ち目になるのだ、彼女と子供たちともども。

エクステーンとタイピストに解雇通告が出され、グッドウッドのオノィスは閉鎖される。金色の文字が書かれた緑色の窓がどうなったか、彼は知る由もない。母親は教師を続ける。父親は仕事を探しはじめる。毎朝きっかり七時に町へ向かう。しかし一、二時間後に——これは秘密だ——みんなが家を出たころ帰宅するのだ。もう一度パジャマに着替え、ケープタイムズのクロスワードパズルと、ポケットサイズのブランデーのビンといっしょにベッドに潜り込む。それから午後二時ころ、妻と子供たちが帰ってくる前に、服を着てクラブへ出かける。

クラブはウィンバーグ・クラブと呼ばれているが、実際にはウィンバーグ・ホテルの一角だ。そこで父親は夕食をとり、夜は酒を飲んですごす。ときどき真夜中すぎに——彼は物音で目が覚める、眠りが浅いのだ——家の前で車が止まり、玄関のドアが開いて父親が家に入り、トイレへ向かう。そして両親の寝室からひとしきり、声は低いが激しい応酬が聞こえてくる。朝、トイレの床と便座に暗黄色のはねがこびりつき、饐えたあまい臭いがする。

彼はトイレに貼り紙をする。「便座を持ちあげてください」貼り紙は無視される。トイレの便座に放尿するのが、自分に背を向けた妻と子供たちに対する父親の最後の抵抗となる。

父親の秘かな生活が暴露されて彼の知るところとなるのは、ある日、病気か仮病で彼が学校を休んでいるときだ。ベッドにいると玄関ドアの鍵穴にキーが差し込まれ、隣室で父親がどさっと腰をおろす音が聞こえてくる。あとから、やましさに憤りながら、二人は廊下ですれちがう。

父親は午後、家を出る前に郵便受けを開け、ある種の手紙類を抜き出すことを怠らない。それを洋服ダンスの底の裏張りの下に隠すのだ。決壊点に達してついにあふれ出たとき、洋服ダンスに隠匿されていたその手紙類に母親はほぞを噛む。グッドウッド時代の請求書、請求の手紙、弁護士の手紙だ。「わかってさえいたら、それなりの心積もりもできたのに。いまとなっては私たちの暮らしは破滅よ」

負債はいたるところに広がっている。夜となく昼となくひっきりなしに客がやってくる。彼が会うことのない訪問客。玄関のドアがノックされるたびに父親は寝室に閉じこもる。母親が低い声で訪問客に応対し、居間に通してドアを閉める。それが終わると、台所で怒り狂った母親が独り言をいっているのが聞こえてくる。

アルコール中毒者更生会の話が出る。父親は自分の誠実さを証明するためアルコール中毒者更生会に行くべきだという話がもちあがる。父親は約束はするが行こうとしない。

裁判所の役人が家財道具などの財産目録を作成しにやってくる。よく晴れた土曜の朝だ。彼は自分の寝室に引きこもって本を読もうとするが、無理だ。役人たちは彼の部屋を含め、すべての部屋を調査しなければならない。彼は裏庭に出る。役人たちはそこにもついてきて、あたりを見まわし、メモをとる。

その間ずっと彼は怒りで煮えくり返っている。あんなやつ、母親に話をするときは父親のことをそう呼ぶ。憤怒がつのって名前で呼ぶ気になれない。なんでぼくたちはあんなやつと関わり合いにならなければいけないのさ？　あんなやつ、刑務所行きになればいいじゃないか？

彼は郵便局に二十五ポンドの預金がある。母親がその二十五ポンドはだれにも手をつけさせないと彼に誓う。

ミスター・ゴールディングなる人物の訪問を受ける。ミスター・ゴールディングはカラードだが、とにかく父親より強い権限をもつ立場にあるのだ。その訪問に対して周到な準備がなされる。ミスター・ゴールディングはほかの客のように表側の部屋で迎えよう。おなじ作法でお茶を出すことにしよう。そんな丁重な扱いを受けたお返しに、ミスター・ゴールディングが告訴しないことを願っているのだ。ミスター・ゴールディングが到着する。彼はダブルのスーツに身を包み、にこりともしない。母親が出したお茶を飲むが、なにも約束はしない。自分の金の返済を望んでいる。

ミスター・ゴールディングが帰ったあと、ティーカップをどうするかという議論がもちあがる。慣習によると、有色人種が飲んだカップはそのあと粉々に砕かねばならないらしい。ほかに信奉することもない母方の家族が、こんなことを信じているのを知って、彼は驚く。しかし結局、母親は漂白剤でカップを洗うだけにする。

土壇場になって、ウィリストンからヒルリーおばさんが駆けつけ、家族の名誉のために救いの手を差し伸べる。お金を貸す代わりに彼女はいくつかの条件を出し、なかにジャックが二度と弁護士の仕事をしないという条件が含まれる。

父親はその条件に同意し、書類に署名することに同意する。ところがいざとなると、ベッドから引っ張り出すのに延々となだめすかさなければならない。やっとあらわれるが、グレーのズボンにパジャマの上着で足は裸足だ。ひと言も発せずに署名すると、また自分のベッドへ引きこもる。

その夜遅く父親は服を着て外出する。どこでその夜をすごすのかだれも知らない。父親は翌日まで帰ってこない。

「署名なんかさせてなんになるのさ?」と彼は母親にこぼす。「ほかの借金だって絶対に払わないんだから、ヒルリーおばさんにだって払うもんか」

「あの人のことは気にしなくていいの。おばさんにはわたしが払うから」と母親は答える。

「どうやって」

「そのためにわたしが働くから」

母親の態度のなかには、彼がもう目をつぶるわけにはいかないもの、なにか尋常ならざるものがある。新たな酷い事態が明らかになるたびに、彼女はより強く、より頑固になっていくようだ。まるで、自分がどれだけ耐えられるかを世間に示すだけのために、みずから災厄を招いているみたいだ。「あの人の借金はわたしが全部払うから。分割払いで払うわよ。わたしが働くから」

母親の蟻のような決意に彼は怒り狂い、殴ってやりたい思いに駆られる。そのことばの裏になにが隠されているかは明々白々。母親は子供たちのために自分を犠牲にしたいのだ。果てしなき犠牲、その精神ならうんざりするほどよく知っている。だが、もしも母親が自分をすべて犠牲にしたら、もしも着ている服も靴も、なにもかも売り払い、足から血を流して歩きまわることになったら、自分はいったいどうなる？　思うだけでも耐えられない。

十二月の休暇がやってくるが父親にはまだ職がない。いまや四人全員が家にいて、ほかに行くところもなく、籠に入れられた鼠のようだ。たがいに避け合いながら、それぞれの部屋に隠れている。弟は漫画に読みふける、「イーグル」と「ビーノ」だ。彼のお気に入りは「ローヴァー」で、アルフ・タッパーの物語が連載されている。マンチェスターの工場で働きながらフィッシュ・アンド・チップスで糊口を凌ぐ一マイル競走のチャンピオンだ。アルフ・タッパーに没頭しようとするが、つい家のなかのひそひそ声や軋り音にいちいち耳をそばだててしまう。

ある朝、家内が妙に静かだ。母親は出かけているが、あたりに漂う、臭いのような、オーラのような重苦しさから、あいつが家にいるのがわかる。まだ眠りつづけているはずはない。ひょっとすると奇跡が起きて、自殺でもしたか？　もしそうなら、もし自殺したなら、気づかないふりをするのがいちばんじゃないか？そうすれば睡眠薬かなにか知らないが、飲んだものが効いてくるまで時間がかせげる。とすると、弟に急報させないためには、どうすればいい？

父親に対して彼がしかけた戦争では、弟から全面支持を取りつけたと確信できたことがない。思い出すかぎり、彼が母親似なのに対して弟は父親そっくり、とみんなからいわれてきた。弟は父親にあまいのではないかとうすうす感じるときがある。青白い、不安そうな顔をして、日蓋の上にチックのある弟は、どうも考えがあまいように思うのだ。

いずれにしても、父親が本当に自殺したなら、あいつの部屋に近づかないのがいちばんだ。もしあとで質問されたら「弟と話をしていました」とか「部屋で本を読んでいました」と答えられるように。でも、彼は好奇心を抑えきれない。爪先立ってドアに近づく。ドアを押し開け、覗き込む。

暑さに向かう夏の朝だ。風は凪いでいる、無風のなかに戸外で雀のさえずりが聞こえ、はばたく音まで聞き取れる。シャッターが下りてカーテンも閉まっている。男の汗の臭いがする。暗がりのなか、父親がベッドに寝ているのがわかる。息をするたびに、咽喉の奥からくぐもった寝息が響いている。

一歩一歩、彼は近づく。目が室内の光に慣れてくる。父親はパジャマズボンに綿のランニングシャツを着ている。髭は剃っていない。喉元にV字形の赤い日焼けの跡がつき、血色の悪い胸へ続いている。ベッド脇にしびんがあり、茶色がかった尿のなかに煙草の吸い殻が浮かんでいる。これほど醜悪なものは、いまだかつて見たことがない。

薬の形跡はない。男は死にかけているわけではなく、眠っているだけだ。ということは、睡眠薬を飲む勇気さえないのだ、外へ出かけて仕事を探す勇気がないのとおなじだ。

父親が兵役から戻ってきた日以来二人は二度目の戦争を戦ってきた。この戦争で父親に勝ち目がなかった理由は、敵にまわした相手がどれほど非情で、どれほど執拗かを予想できなかったからだ。七年のあいだその戦争はじりじりと続き、今日ついに彼は勝利した。ブランデンブルク門の上に立ち、ベルリンの廃墟に向かって赤い旗を振るロシア兵のような気分だ。

でも同時に、ここに来なければよかった、と思う、こんなひどいものを見せられるなんて。不公平だ！　彼は泣きたい、ぼくはまだ子供なんだぞ！　だれか、女の人が、自分を腕のなかに抱きしめて痛いところを撫でさすり、ただの悪い夢よ、といって慰めてくれるといいのに。祖母の頬を思い浮かべる、キスを受けるために差し出された、柔らかく、ひんやりして、絹のようにさらっとした頬。お祖母さんがやってきて全部片づけてくれたらいいのに。

父親の咽喉に痰が絡まる。咳をし、寝返りをうつ。その目が開く。十分に自覚している者の、自分がどこにいるか十分に知っている者の目だ。その目が彼を、彼が立っているのを、いるはずのない場所でスパイしているのをじっと見ている。その目には審判もないが、人のやさしさもない。

のろのろと男の手が這い降りていき、パジャマズボンを直す。

男になにかいってもらいたい、なにかありきたりな、「いま何時だ？」とか、彼のばつの悪さをほぐすことをいってもらいたい。しかし男はなにもいわない。その目が彼を凝視しつづける、穏やかに、冷やかに。やがて目は閉じられ、男はふたたび眠りに落ちる。

彼は自分の部屋に戻り、ドアを閉める。

それに続く日々のなかで、ときおり憂鬱な気分が晴れることがある。空に、いつもは頭上にしっかり居座り、閉じていて、手で触れられるほど近くはないがそれほど遠くもない空に、細い切れ目が生じて、しばしの幕間に彼は世界をありのままに見ることができる。白いシャツの袖をまくり、小さくなってはちきれそうなグレーのズボンをはいた自分が見える。子供ではない、すれちがった人が子供と呼ぶ年齢ではない、そう呼ぶには大きすぎる、そんな口実を使うには大きすぎる、なのにまだ子供のように愚かで殻に閉じこもっている自分が見える。子供っぽくて、ろくに口も利けず、無知で、知能が遅れている自分が見えるのだ。こんな瞬間は、父親と母親の姿も、はるか上方から、怒りを感じずに見ることができる。彼の肩にずっしりのしかかり、夜も昼も彼に惨めな思いをさせようと目論んでいる、二つの灰色の不恰好な錘ではなく、彼ら自身の厄介ごとに満ち満ちた、ぱっとしない人生を送る一人の男と一人の女として見ることができる。空に切れ目が入ると、世界がありのままに見えるのだ。そのうち空が閉じると、また彼自身に戻り、自分でもしぶしぶ認める唯一の物語を、彼自身の物語を生きることになる。

母親が流しの前に立っている。台所のいちばん奥だ。彼のほうに背を向けて、両腕のあちこちに洗剤の泡をつけ、あまり急ぐようすもなく鍋をこすっている。彼のほうは、ぶらぶらしながらなにか話していて、なにをいっているのかわからないが、いつもの烈しい口調で不平をこぼしている。

水仕事の手を止めて母親が振り向き、その視線がちらちら彼に注がれる。熟考した末の視線だ、好感は微塵もない。彼女は彼を見ていない、こんなことは初めてだ。というより、彼が常にそうであった姿を、彼女が幻想に包まれていないとき常に彼を理解していた姿として見ている。母親は彼を見て、彼を評価するが、嬉しそうではない。うんざりしているのだ。

これは彼が恐れていること、彼女から、世界中で自分のことをいちばんよく理解している人間からはされたくない、自分にとって最初の、もっとも無力で、もっとも密やかな歳月のことをすべて知っている圧倒的優位に立つ人間からはされたくないことだ。そんな歳月のことは、どうあがいても、彼自身には思い出せないのだから。詮索好きで独自の情報源をもっている母親のことだ、おそらく、彼の学校生活のくだらない秘密まで嗅ぎ当てているのだろう。母親の審判が恐ろしい。このような瞬間に間違いなくその心をよぎっている冷ややかな考えと、その考えを粉飾する情熱が失せて、彼女の能力が有無をいわさず冴えわたるときが恐ろしい。その瞬間を、まだその瞬間はやってはこないが、彼女がその審判を口にする瞬間を、彼はなにより恐れている。それは稲妻の閃きのようなものになるだろう。耐えられそうもない。そんなものは知りたくない。絶対に知りたくない、と思うあまり頭の内部で一本の手が伸びてきて彼の耳を塞ぎ、目を塞ごうとするのが感じられる。母親が自分のことをどう考えているかわかるくらいなら、目も見えず、口もきけなくなるほうがましだ。いっそ亀のように甲羅のなかで生きていくほうがいい。

というのはこの女性が、彼がそう考えたいように、彼を愛し、保護し、その欲求を満たすためだけにこの世に生まれてきた、というのは真実ではないからだ。むしろ逆に、彼がこの世に存在しないうちから、一つの人生を、彼のことなどこれっぽっちも考えない人生を生きていたのだ。やがて歴史上のある瞬間、彼女が彼を産み落とした。彼を孕んで産み、彼を愛することに決めた。ひょっとすると、産む前から愛すると決めていたのかもしれない。そうはいっても愛することを選んだのだから、それゆえ、もう愛さないと選ぶこともできるのだ。

「自分の子供をもつまで待つことよ」お馴染みの辛辣な調子で母親がいう。「そうすればわかるから」なにがわかるって？　彼女が使う常套句、大むかしからある常套句だ。たぶん、いつの世代も次世代にいうんだろうな、警告として、脅しとして。でも、そんなことは聞きたくもない。子供をもつまで待てだなんて。まったくのナンセンス、まったくの矛盾だ！　どうして子供に子供がもてるんだ？　とにかく、もし彼が父親であれば、もし彼が自分自身の父親であればわかることなんて、それこそ金輪際、彼が知りたくないことなのに。母親が押しつけたがる世界観なんか、分別くさく、落胆した、幻想を捨てた世界観なんか、引き受けるつもりはない。

19

アニーおばさんが死んだ。医者の約束をよそに、転んだあと二度と歩けるようにはならなかった。杖さえ使うことがなかった。国立病院《フォルクスホスピタール》のベッドから、地の果てのような、スティックラントにある老人ホームのベッドに移され、だれも訪ねていく暇がないまま、そこでたった独りで死んだ。そしていま、ヴォルテマーデ墓地三番に埋葬されようとしている。

最初、彼は行くのを断る。お祈りは学校でいやというほど聴かされるから、これ以上耳にしたくない。これから流される涙への嘲りを響かせながら、彼は大声でまくしたてる。アニーおばさんのためにきちんとお葬式をするのは、親類縁者が後腐れないようにするための方法だ。老人ホームの庭に掘った穴に埋めればいいんだ。そのほうがお金がかからない。

本心からそう思っているわけではない。しかし彼はこんなことを母親にいわずにいられない。彼女が傷つき、怒りで顔をこわばらせるのを見ずにいられないのだ。ついに堪忍袋の緒が切れて母親が彼に向き直り黙りなさい、というまであとどれくらい、いいつのらなければならないのか。

死ぬことを考えるのは好きではない。人が歳を取って病気になったら、ただ存在するのをやめて消えてしまえばいいのにと思う。醜く老いた肉体は好きではない。老人が服を脱ぐ場面は考えるだけで身の毛がよだつ。プラムステッドの家の浴槽を使った老人がいませんようにと祈る。

自分自身の死となると話は別だ。どういうわけか彼は自分が死んだあとも必ず存在し、その光景の上方を漂い、その原因を招いておきながら、彼がいまも生きていたらと願う人たちの悲嘆を楽しんでいる。もう手遅れなのに。

ところが最終的には、母親といっしょにアニーおばさんの葬式に行くことになる。母親が懇願したからだ。懇願されるのが彼は好きだ、それがあたえてくれる力の感覚が好きなのだ。それに、葬式というものに出たことがないので、墓はどれだけ深く掘るのか、棺がどのように納められるのか知りたいこともある。

盛大な葬式というにはほど遠い。参列者はたった五人、ほかにオランダ改革派教会のニキビ面の若い牧師《ドミネー》がいるだけだ。五人とはアルバートおじさんと妻と息子、それに彼と母親だ。アルバートおじさんには何年も会っていなかった。杖に被いかぶさるようにして、腰の曲がりきった身体を支えている。淡青色の目から涙をこぼし、衿の先端が両側に突き出ていて、ネクタイはいかにも他人《ひと》の手が結んだ感じだ。

霊柩車が到着する。黒い礼服を着た葬儀屋とその助手は、彼らよりはるかに粋な身なりをしている(スーツがない彼は聖ジョゼフの制服だ)。牧師が故人を偲んでアフリカーンス語で祈りを捧げ、それから霊柩車が後ろ向きになって墓のほうへ移動し、棺が墓穴に渡された横木の上に滑るように載せられる。がっかりするのは棺が墓のなかまで下ろされないことだ。墓地の作業員を待たなければならないらしい。それでも葬儀屋が慎み深く、身振りで、列席者に棺の上に土くれを放ることができると教える。

小雨が降りはじめる。やるべきことはやった。もう立ち去ってもいい、それぞれの人生に戻っていいのだ。門までの、新旧の墓が並ぶ何エーカーもの敷地を抜けて、母親とそのいとこ、アルバートの息子の後ろを歩いていく。二人とも低い声で話している。二人とも似たような重たい歩き方だと気づく。おなじように脚を持ちあげてどさりと下ろす、左そして右、木靴をはいた農民のようだ。ポメラニアのドゥ・ビール家の人たち、田舎から出てきた農民、都会を歩くにはのろくて重たすぎる歩調。ひどく場違い。

アニーおばさんのこしを考える。この雨のなかに、荒涼としたヴォルテマーデに、彼らが捨てたアニーおばさんのことを。病院で看護婦が切ったおばさんの長くて黒い鉤爪、もうだれも切ることのない鉤爪のことを。

「おまえはなんでもよく知っているんだねえ」むかしアニーおばさんは彼にいった。褒めことばではなかった。口元を引き結んで微笑んではいたけれど、同時に首を横に振っていた。「こんなに幼いのに、なんでも知っているんだ。どうやってその頭のなかに、みんなしまっておけるのかねえ」おばさんはそういって身を乗り出して、骨ばった指で彼の頭をこつんとたたいた。

この子は特別だ、とアニーおばさんが母親にいって、母親がそれを彼に伝えた。でも、どう特別なのか？だれも口にしない。

門までやってきた。雨足が強くなっている。列車を二本、ソルト・リバー行きの列車とプラムステッド行きの列車を乗り継ぐ前に、雨のなかをヴォルテマーデ駅までとぼとぼ歩かねばならない。

霊柩車が通りかかる。母親が手をあげてそれを止め、葬儀屋と話をつける。「町まで乗せていってくれるそうよ」

そこで彼は霊柩車に乗り込んで母親と葬儀屋にぎゅっと挟まれて座らなければならず、開拓農民街道《フォールトレッカー》を悠然と走行しながら、そのことで母親を恨みながら、学校の仲間に見つからないようひたすら祈る。

「あのご婦人は、きっと学校の先生だったのでしょうね」と葬儀屋がいう。スコットランド訛りがある。移民だ。こんなやつに南アノリカのなにがわかる、アニーおばさんのような人のなにがわかる？

これほど毛深い人はいまだかつて見たことがない。鼻からも耳からも黒い毛が飛び出ていて、糊のきいた袖口からも房になって突き出ている。

「ええ」と母親がいう。「四十年以上も教えていました」

「では、良い仕事を残されたわけですね。崇高な職業ですから、教職は」と葬儀屋。

「アニーおばさんの本はどうなったの?」あとから二人だけになったとき、母親に訊いてみる。本と彼がいうのは、何冊も残っていた『永遠の癒し』のことだ。

母親は知らない、いや、答えようとしない。腰の骨を折ったアパートから病院へ、さらにスティックラントの老人ホームへ、そしてヴォルテマーデ墓地三番へと移るあいだ、たぶんアニーおばさん以外、だれも本のことなど考えもしなかったのだ、もうだれも読まない本のことなど。そしていまアニーおばさんは雨のなかに横たわり、だれかが埋めにきてくれるのを待っている。考えなければ、と思っているのは彼だけだ。どうやって頭のなかに入れておこう? すべての本を、すべての人たちを、すべての物語を。そして、もし彼がそれを記憶しなければ、いったいだれが?

青年時代　Youth

詩人を理解しようとする者は
詩人の国に行かねばならない。
——ゲーテ

1

鉄道のモーブレイ駅に近いワンルームフラットに彼は住んでいる。部屋代は月に十一ギニーだ。月末最後の平日に列車に乗って街へ向かい、ループ通りまで出かける。そこに不動産屋のA&B・レヴィ兄弟が真鍮のプレートを出し、小さな事務所を構えている。弟のほうのミスター・B・レヴィに部屋代の入った封筒を手渡す。ミスター・レヴィが散らかった机上に中身をぶちまけて金を数える。フムと唸り、大汗をかきながら領収書を書く。「さあ、若人《ヴァラ》よ！」とそれを振りまわして渡してよこす。

彼が家賃の支払いは絶対に遅れまいとするのは、身分を偽ってフラットに住んでいるからだ。賃貸契約書にサインしてA&B・レヴィに敷金を払ったとき、職業の欄に「学生」ではなく「図書館アシスタント」と書き込み、勤務先住所を大学図書館とした。

それは、まったくの嘘というわけではない。月曜から金曜まで夜間閲覧室に勤務するのが彼の仕事だから。山の中腹にあるキャンパスは夜になるとひどく荒涼として人気が絶え、女性が大半を占める常勤司書にはあまりやりたくない仕事だ。裏手のドアの鍵を開けて、真っ暗な通路をメインスイッチまで手探りで進むときは、彼でさえ背筋がぞくっとする。どこかの悪党が書架の背後に身を隠し、五時に職員が帰宅して無人となった事務室をあさり、暗闇で彼を、夜勤アシスタントを待伏せして鍵を奪うことなど造作もないだろう。

夜間開館している図書館を利用する学生はほとんどいない。開館していると気づいている者さえほとんどいない。することはあまりない。一晩に十シリング、濡れ手に粟の稼ぎだ。

ときおり彼は夢想する――白いドレスの美しい少女がふらりと閲覧室へ入ってきて、閉館時間が過ぎても放心したように歩きまわる。彼女に製本の奥深い技術や目録室を見せて、それから連れ立って星明かりの戸外へ出ていくところを夢想するのだ。そんなことは決して起きない。

彼の働き口は図書館だけではない。水曜の午後は数学科一年の個人指導クラスを手伝い（週に三ポンド）、金曜は演劇で卒業論文を書く学生のためにシェイクスピア喜劇をいくつか選んで指導し（二ポンド十シリング）、夕方はロンデボッシュの予備校に雇われて大学入学資格試験模試の指導をする（時給三シリング）。長期休暇のあいだは市役所（公営住宅局）のために働き、世帯調査から統計データを抽出する。あれやこれやで入る金を合算すれば、食うには困らない。家賃と大学の授業料を払い、かつかつだがどうにか暮らし、少し貯金もできる。たかが十九歳とはいえ、自立してだれにも頼らずに生きている。

身体の欲求は単純にだれもが共有する感覚として処理する。日曜ごとに骨髄と豆とセロリを煮込み、大鍋で一週間分のスープを作る。金曜日はソルトリバー市場まで出かけてリンゴ、グアヴァなど季節の果物を箱いっぱい買う。毎朝、牛乳配達が部屋の入り口に一パイント瓶を置いていく。牛乳が余ったら古いナイロンストッキングに入れて、流しの上方に吊してチーズにする。そのほかパンは角の店で買う。それはルソーが、プラトンが、よしとしそうな食事だ。衣類は、講義用に着るちゃんとした上着とズボンがある。それ以外は古着を着つぶす。

彼はあることを証明しようとしている。つまり、人はだれしも一つの島であり、親は不要だということを。夕方、レインコートを着て半ズボンとサンダルばきでメイン通りをとぼとぼ歩いていると、雨に濡れて頭皮にへばりついた髪が、行き交う車のヘッドライトに照らし出され、自分がひどく異様に見えることを実感する。風変わりではなく（風変わりに見えるのは目立つものがあるからだ）ただ異様なだけ。悔しさに歯ぎしりして足を速める。

瘦身で四肢は柔軟だが、それは筋肉に締まりがないということでもある。魅力的でありたいと思うが、そうではないのはわかっている。なにか基本的なものが、容姿を際立たせるなにかが欠けているのだ。赤ん坊じみたところがいまも彼の内部で尾を引いている。いつになったら赤ん坊でなくなるのか？　どうすればこの幼児性が治癒して、一人前の男になれるのか？

彼の治癒を促すもの、かりにそれが訪れるとしたら、それは愛だ。たぶん神は信じていないが、愛と、愛の力は信じている。最愛の女《ひと》なら、運命の女《ひと》なら、彼がいま見せている異様な、冴えない外見に惑わされずに、その内部で燃える炎をたちまち見抜くだろう。当面、冴えない異様な外見は、彼がある日、明るい光のもとへ、愛の光のもとへ、芸術の光のもとへ出て行くために通過しなければならない煉獄の一部なのだ。彼は芸術家になる、はるか以前にそのことは決定済み。もし、いましばらくは無名で滑稽じゃいなければならないなら、それはいつの日か彼が頭角をあらわし、嘲り冷笑する者たちが沈黙するときまで、無名と滑稽を耐え忍ぶことが芸術家の宿命だからだ。

彼のはいているサンダルは一足が二シリング六ペンス。ゴム製でアフリカのどこかで、たぶんニアサランド〔マラウィの独立前の呼称〕で製造されたのだろう。濡れると足の裏に密着しない。ケープ州の冬は雨が何週間も延々と降りつづく。雨の降るメイン通りを歩いていると、滑って脱げたサンダルをはき直すために、ときどき立ち止まらねばならない。その瞬間、通りかかった快適な車のなかでケープタウンの肥満した市民《バーガー》たちがせせら笑うのがわかる。笑うがいい！　と彼は思う。ぼくはすぐにいなくなるんだ！

彼にはポールという親友がいる。彼とおなじ数学を学んでいる。ポールは背が高くて浅黒く、目下、年上の女性と情事の真っ最中だ。エリナー・ローリエという小柄なブロンドの美女で、鳥みたいに直情的ですばやい。ポールはエリナーが気分屋であること、彼女がポールに要求することについて愚痴をいう。それでも彼はポールがうらやましい。もし自分にシガレットホルダーで煙草を吸い、フランス語を話す、美しくも世事に長けた愛人がいたなら、自分は絶対すぐに変身する、容貌も一変する、と彼は思う。

エリナーとその双子の妹はイギリス生まれだ。大戦後、十五歳のときに南アフリカへ連れられてきた。二人の母親は、ポールの話では、つまりエリナーの話では、娘たちをよく競わせたらしい。愛も承認もまず一人にあたえ、次にもう一人に、というふうに娘たちを混乱させて、母親に依存するよう仕向けたという。二人のうち強いほうのエリナーは正気を保ったが、それでも、いまだに睡眠中に泣き叫んだり、衣装ダンスに熊のぬいぐるみを入れたりしている。だが、妹のほうはしばらく正気を失い監禁された。いまもセラピーを受けながら、死んだ女性の幽霊と格闘している。

エリナーは市街の語学学校で教えている。彼女とつきあうようになって、ポールは彼女のグループにどっぷりはまっている。ガーデンズに住む芸術家やインテリのグループ、黒いセーターを着てジーンズにロープサンダルをはき、しぶい赤ワインを飲み、ゴロワーズを吸いながらカミュやガルシア・ロルカを引用し、プログレッシヴ・ジャズを聴く連中だ。なかにはスパニッシュ・ギターを弾いて、みんなにやれといわれればカンテホンド〔アンダルシア流フラメンコスタイルの奏法〕の真似事をするやつもいる。定職がなく、夜明かしをしては昼まで寝ている。国民党員は大嫌いだが政治的ではない。金さえあれば文化の遅れた南アフリカを出てモンマルトルかバレアレス諸島に永住する、といっている。

ポールとエリナーが彼を、クリフトン・ビーチのバンガローで開かれたそんな内輪の集まりに連れていく。客のなかに、精神が不安定と聞かされてきたエリナーの妹がいる。ポールの話によると、彼女がいまつきあっているのはそのバンガローの持ち主で、ケープタイムズに記事を書く血色のいい男だ。

妹の名はジャクリーン。エリナーよりも背が高く、スタイルはそれほどではないが、とにかく美人だ。ぴりぴりしたエネルギーにあふれ、ひっきりなしに煙草を吸い、話すとき大きな身振り手振りが入る。彼はジャクリーンと仲良くなる。エリナーほど辛辣ではないのでほっとする。辛辣な人は彼を不安にする。背を向けているあいだに自分が茶化されているのではないかと勘ぐってしまうのだ。

浜辺へ散歩に行こう、とジャクリーンがそれとなく誘う。手を繋ぎ(どうしてそうなった?)月明かりの浜辺をぶらつく。岩と岩のあいだの人目につかない場所で彼女が振り向き、彼に向って口をすぼめ、唇を差し出す。

彼は応じるが、不安でならない。このあとどうなる? 年上の女性とはまだ寝たことがない。自分が水準に達していなかったら?

行くところまで行く、とわかる。逆らわずに彼は従い、最善をつくし、行為を終えて、最後はわれを忘れたふりまでする。

実際にはわれを忘れたりはしない。砂が気になるだけでなく、その砂がまた、いたるところに入り込んでくるのだが、初めて会ったばかりの自分になぜこの女性が身を委せるのかという疑問が頭から離れない。さりげない会話のなかで、彼の内部で秘かに燃える炎を、彼が芸術家であるしるしの炎を、彼女が嗅ぎあてたと考えていいのだろうか? それとも彼女はただの色情狂か? 彼女が「セラピーを受けている」とポールがいったとき、やんわりと警告していたのはそのことだったのか?

セックスのことはまったく無知なわけではない。男が性交を楽しめなかったら女もまた楽しめなかったはずだ、ということは知っている、それはセックスのルールの一つだ。しかしそのあとどうなる? ゲームに失敗した男と女のあいだは? 顔を合わせるたびに、自分たちの失敗を思い出し、気まずい思いをしなければならないのか?

夜も更け、だんだん寒くなってくる。無言で服を着てバンガローまで戻ると、パーティはお開きになるところだ。ジャクリーンが靴とバッグを取ってくる。「おやすみ」といって彼女はホストの頬に軽くキスする。

「帰るの？」

「ええ、ジョンを家まで乗せていくの」

ホストはまったく狼狽えない。「じゃあ楽しくやって、ご両人」

ジャクリーンは看護婦だ。これまで看護婦とつきあったことはないが、聞きかじった話では、看護婦というのは病人や死にゆく人に混じって働きながら彼らの肉体的要求に対処するため、モラルを冷笑するようになるそうだ。医学生は病院の夜勤時間を楽しみにしている、看護婦はセックスに飢えていて、どこでも、いつでも、ファックするというのだ。

ただし、ジャクリーンはなみの看護婦ではない。さっそく彼女から、自分はガイの看護婦であり、ロンドンのガイ病院〔一七二一年に創立された病院、フローレンス・ナイチンゲール看護学校を併設〕で助産術の研修を受けたと教えられる。赤い肩章つきのチュニックの胸に小さなブロンズのバッジをつけている。「艱難を越えて《ペル・アルドゥア》」という標語にヘルメット形ナース帽と長手袋。彼女が公立病院のフローテ・スキュールではなく私立の病院で働くのは、そのほうが給料がいいからだ。

クリフトン・ビーチの出来事から二日後に彼は看護婦宿舎を訪ねる。ジャクリーンが玄関ホールで待ち受けている。すでに外出着に着替えているのでそそくさと二人は出かける。上階の窓には首を伸ばして見おろす顔がずらりと並び、ほかの看護婦たちも詮索するような目で彼をちらりと見るのがわかる。彼は若すぎる、だれが見ても三十女には若すぎる、ぱっとしない服に車もなし、どう見ても掘り出し物ではない。

一週間もしないうちにジャクリーンが看護婦宿舎を出て彼のフラットへ引っ越してくる。思い返してみても、彼女を誘った覚えはない、たんに逆らい切れなかっただけだ。

彼はこれまでだれかといっしょに住んだことがなく、女性と、愛人となどもちろんない。子どものときでさえ、ドアに鍵のかかる自分の部屋があった。モーブレイのフラットには細長い部屋と、キッチンとバスルームへ続く通路があるだけ。どうやって生き延びるつもりだ？

突然あらわれた新しい伴侶を歓迎しようとする、スペースを捻出しようとする。しかし幾日もたたないうちに、彼は散乱する箱やスーツケース、散らかし放題の衣類、混乱の極みのバスルームに不快感を覚えはじめる。ジャクリーンが日勤から帰ってくる合図のスクーター音にびくつく。まだセックスはするものの、二人のあいだの沈黙は増すばかり。彼は机に向かって読書に没頭するふりをし、彼女は所在なげにうろつき、無視されて、ため息をつき、次から次に煙草を吸う。

そのため息がまた半端ではない。神経症の症状だ。もしそれが神経症であればだが、彼女の場合、ため息をつき、憔悴し、ときどき無言で泣く症状としてあらわれる。初めて会ったときのエネルギーと笑いと大胆さは尻すぼみになって完全消滅。あの夜の浮かれた気分は鬱症状の雲の切れ間にすぎなかったらしく、アルコール効果か、あるいはたんにジャクリーンがひと芝居打っただけかもしれない。

一人用のベッドで彼らは寝ている。ベッドのなかでジャクリーンは彼女を利用した男たちについて、彼女の心を支配して操り人形に変えようとしたセラピストたちについて延々と語りつづける。自分もそういう男の一人なのか、と彼はいぶかる。自分は彼女を利用しているのか？　彼女は彼のことをほかの男に愚痴っているのか？　まだ彼女が話しているうちに寝入ってしまい、朝は憔悴しきって目が覚める。

ジャクリーンはどんな基準に照らしても魅力的な女性だ。相手としては分不相応に魅力的で、洗練され、世慣れている。疑う余地なき真実をいうなら、双子の姉妹としてのライバル意識がなければ、彼女が彼とベッドをともにすることなどありえなかっただろう。彼は二人が目下戦うゲームの歩兵にすぎず、ゲームは彼の登場以前に始まったものだから彼としては幻想は抱かない。とはいえ気に入られたのは彼であり、この幸運は疑うべくもない。いまや自分より十歳も年下の、経験豊かな女性とフラットを共有しているのだ。なにしろガイ病院で勤務していたころ寝た相手には（彼女の話では）イギリス男たち、フランス男たち、イタリア男たち、ペルシア男も一人いるのだ。自分を愛してほしいと求めるのは無理だとしても、現実のエロスの世界で幅広く学ぶチャンスに恵まれたことだけは確かだ。

期待できるのはそんなところだ。しかし病院での十二時間勤務を終えて、カリフラワーのホワイトソースあえの夕食を食べ終え、不機嫌な沈黙が続く夜に、ジャクリーンは惜しみなく自分をあたえる気分になれない。彼を抱くとしてもまったくのおざなり。もしも見ず知らずの二人がこんな狭苦しい、快適とはほど遠い生活空間に閉じこもったのが性的快楽のためでないとしたら、いっしょにいる理由などあるだろうか？

修羅場となるのは、彼の外出中にジャクリーンが彼の日記を探し出し、二人の共同生活について書いたものを読んだときだ。帰宅すると彼女が自分の持ち物を荷造りしている。

「いったいどうしたの？」

彼女は口元を引き結び、机上の日記を指差す。ページが開いている。

彼は激怒する。「ぼくに書くのをやめろなんていわせないぞ！」語気は荒い。話の流れとはまったく無関係だ、それはわかっている。

彼女も怒っているが、怒り方がはるかに冷たく、はるかに深い。「もしもあなたがいうように、わたしがことばにならないほどのお荷物なら、あなたの平穏や私生活や書く才能をだめにしているというなら、わたしからもいわせてもらうけど、あなたと暮らすのはもううんざり、一分たりとも我慢できない、いますぐに解放されたい」

他人のプライベートな文書を読んではいけない、と彼はいうべきだった。本当は日記を隠しておくべきだった、見つかるような場所に放置してはいけなかったのだ。だが、もう手遅れ、あとの祭りだ。

ジャクリーンが荷物を詰めるのをじっと見ている。スクーターの後部座席に鞄をくくりつけるのを手伝う。「あなたの許可をえた上で、鍵は持っていくわよ、残りの荷物を取りにくるまで」そういって彼女はヘルメットをひったくる。「さよなら。あなたには本当にがっかり、ジョン。頭はすごくいいかもしれない、そんなこと、わたしの知ったことじゃないけど、でも、大人になるにはやらなければならないことが山のようにあるわね」彼女はスターターのペダルを踏み込む。エンジンがかからない。もう一度踏み込む、もう一度。ガソリンの臭いが立ちのぼる。キャブレターがあふれている。乾くまで待つしかない。「なかへ入ろう」といってみる。彼女は表情を変えずに拒絶する。「ぼくが悪かったよ。なにもかも」

路地に彼女を残して家に入る。五分後にエンジンがかかり、スクーターは轟音とともに走り去る。

悔やんでいるか？　もちろん、ジャクリーンがあれを読んだことは悔やまれる。しかし問題は、どんな動機であれを書いたかだ。ひょっとして彼女に読ませようとして書いたのか？　本心を書いて、それとなく彼女に見つかるよう放置して、面と向かっては怖くていえないことを遠まわしに伝えようとしたのか？　いずれにしろ自分は本当はどう考えているのか？　ときに、美しい女性と暮らせて幸せであり、恵まれているとさえ感じ、少なくとも孤独ではないと思う日がある。一方でまた、そう思わない日もある。本当のところは、幸福か、不幸か、それとも両者を足して二で割ったものか？

日記にはなにをどこまで記述することが許されるべきで、なにを永遠に被い隠すべきかという問いは、彼の書くものすべての核心に触れることだ。もし彼が卑俗な情念を——自分のフラットが侵入された恨み、愛人として失敗した恥しさを——表現しないよう自己検閲するなら、その情念はどのように変形されて詩へと変わるのか？　詩が彼にとって卑俗なものを高尚なものへ変形させる媒介にならないとしたら、なにゆえ詩について腐心するのか？　おまけに、日記に書いた感情が自分の真の感情だと、だれがいえる？　ペンが動く一瞬一瞬に自分が真に自分自身であると、だれがいえる？　ある瞬間は真に自分自身であるかもしれないが、また別の瞬間は作り話をしているだけかもしれない。どうすれば確信がもてるのか？　なぜ、確実にわかりたいと思うのか？

ものごとが見かけ通りであることはまずない、そうジャクリーンにいえばよかった。しかし、彼女がそれを理解する可能性は？　日記のなかで読んだことは真実ではない、と彼女が考えることなどありえただろうか？　あれは重苦しい沈黙と嘆息の夜々に彼女の伴侶の心中で起きていたことをめぐる卑俗な真実ではなく、むしろフィクションであり、幾通りにも可能なフィクションの一つであり、芸術作品が真実だという意味においてのみ真実なのだ――それ自体にとっての真実、それ自体に内在する目的にとっての真実――と彼女が考えることなどありえただろうか？　卑俗な読みが、この伴侶は自分を愛していないかもしれない、好きでさえないかもしれない、という彼女自身の疑念にぴたり一致したときに。

彼のいうことなどジャクリーンは信じないだろう。理由は簡単、彼が自分を信じていないからだ。彼は自分がなにを信じているのかわからない。ときどきなにも信じていないと思うことさえある。だが、とどのつまりは、女性と暮らす最初の試みは屈辱のうちに失敗に終わった、その事実は残るということだ。彼はまた独り暮らしに戻らねばならず、そこには少なからぬ安堵を感じる。とはいえ、いつまでも独りで暮らすわけにはいかない。愛人をもつことは芸術家の人生の一部なのだ。心に固く誓ったように、結婚という罠は絶対に回避するとしても、女たちと暮らす方法はいずれ見つけなければならない。芸術は喪失という滋養だけで養われはしない、憧れ、孤独だけでは無理だ。親密さ、熱情、愛がなければならないのだ。

ピカソ、偉大な芸術家であり、もっとも偉大な芸術家かもしれないピカソが生きた手本だ。ピカソは女たちと次々と恋に落ちる。次々と女たちが彼と同棲することになり、生活をともにし、彼のモデルになる。新しい愛人との関係で新たに燃えあがる熱情によって、偶然が彼の戸口へ連れてきたドーラたちやピラールたちは不朽の芸術に生まれ変わる。ことはそのように運ぶのだ。彼はどうか？　自分の人生に関わる女たちが、ジャクリーンだけでなくこれから思いがけず出会う女たちのすべてが、同様の運命にあると約束できるのか？　そう信じたいところだが疑念は残る。彼がやがて偉大な芸術家になるかどうかは時だけが裁定する、がしかし、一つだけ確かなのは彼はピカソではないということだ。彼の感受性はピカソのそれとはまったく違う。もっと静かで、もっと暗くて、はるかに北方的だ。彼にはピカソの催眠性の黒い瞳もない。かりに、ある女性の姿を変形させるとしても、ピカソほど残酷な方法で、女性の身体を、燃えたぎる溶鉱炉内の金属のように折り曲げたり捻ったりして変形させるつもりはない。いずれにせよ作家は画家とは違う。もっと執拗で、もっと隠微なのだ。

それが芸術家と関わり合ってしまった女性すべての宿命なのか、彼女たちの最良の部分も最悪の部分も引っ張り出されて、フィクションに仕立てあげられるのが？　彼は『戦争と平和』のエレーヌのことを考える。エレーヌは最初はトルストイの愛人の一人だったのだろうか？　彼女は自分が死んだずっとあとに、彼女に目を留めたことさえない男たちがその美しい剝き出しの肩に欲情するなどと想像しただろうか？

ことはそれほど残酷でなければならないのか？　男と女がともに食事をし、ともに寝て、ともに暮らしながら、個々の内面探求に没頭する同棲のかたちは必ずや存在する。ジャクリーンとの情事が失敗に終わる運命をたどった理由、それはジャクリーンが芸術家ではないため、芸術家が内面の孤独を必要とすることが理解できなかったからか？　かりにジャクリーンが、たとえば彫刻家で、フラットの片隅に大理石を彫る場所を確保し、もう一方の隅で彼が語句や韻と格闘していたなら、二人のあいだの愛は花開いただろうか？　それがジャクリーンと彼自身の物語から得る教訓か？　つまり芸術家にとって、情事の相手は芸術家に限ったほうがいいということか？

2

ジャクリーンとの情事は過去のものとして葬った。数週間の息苦しい親密さのあと、ふたたび自分だけの部屋を取り戻す。隅にジャクリーンの箱やスーツケースを積みあげて、運び去られるのを待つ。なかなかそうならない。それどころかある夜、ジャクリーン本人がまたあらわれる。彼女がいうには、やってきたのはまた同棲するためではなく(「あなたはいっしょに住むのは無理な人だから」)、仲直りするためで(「いさかいは嫌いなの、落ち込むから」)、仲直りにはまず彼とベッドへ行くことが必要で、それからベッドのなかで、彼が彼女について日記でいったことをねちねちと非難する。話は延々と続き、ようやく眠れたのが午前二時だ。

寝過ごしてしまい、八時の講義に間に合わない。ジャクリーンが彼の生活に侵入してきてから欠席した講義はこれが最初ではない。勉学は遅れをとるばかり、どうすれば追いつけるのかわからない。入学後の二年間、彼はクラスではスターの一人だった。すべてが容易で、常に講師より一歩先を行っていた。なのにこのところ、なんだか頭に霧がかかっている。学んでいる数学がよりモダンで抽象的になり、四苦八苦するようになった。黒板に一行一行書き出される詳細な解説にはまだついていけるが、より大きな議論になると半分くらいしか理解できない。授業中突然パニックに襲われた彼はそれを必死で隠そうとする。

奇妙なことに、悩んでいるのは自分だけのようだ。同級生のなかでもこつこつやるタイプでさえ、いつもより困っているわけではない。ひと月またひと月と彼の成績は落ちていくが、彼らの成績は安定している。

スターたちは、本物のスターたちは、彼らが通り過ぎた航跡のなかでもがく彼をただ置き去りにする。これまで、もてる力をすべて発揮する必要に迫られたことはなかった。そこまでしなくてもいつだって上手くやれた。いまや生き延びるために必死で闘わねばならない。全力を注ぎ込まなければ沈没してしまいそうだ。

だが日々はすべて、憔悴の、灰色の霧に包まれたままますぎていく。これほど高くつく情事の泥沼にふたたび足を取られた自分をひたすら呪う。もしこれが愛人をもつことに必然的に伴うものであるなら、ピカノたちはどうやって切り抜けているのか？　講義から講義へ、仕事から仕事へ走りまわる一日が終わるとエネルギーが尽きてしまうのだ。上機嫌かと思うと深刻な鬱症状に入り込み、人生の恨みつらみに執拗にこだわりながら七転八倒する女性に心を向ける余力はない。

形式上いっしょに住んでいないとはいえ、ジャクリーンは昼夜を問わずいつでも彼のところへやってきて構わないと思っている。彼がうっかり漏らしたことばの意味がいまごろやっとわかった、といって彼を非難しにくることもある。ひたすら気分が沈むので元気づけてもらいたくてやってくることもある。最悪なのはセラピーの翌日で、カウンセリングルームであったことをくり返し再現しながら、セラピストの些細な身振りが暗示する意味まで事細かにあげつらうのだ。ため息をつき、涙を流し、ワインを何杯もがぶ飲みし、セックスの途中で虚脱する。

「あなたもセラピーを受けたらいいわ」煙草の煙を吐きながら彼女がいう。

「考えてみるよ」と彼は答える。いまや、いやというほどわかっている、逆らわないほうがいいのだ。

セラピーに通おうなどとはゆめゆめ思わない。セラピーの目標は人を幸福にすることだ。そんなことになんの意味がある？　幸福な人たちは面白くない。不幸の重荷を受けとめ、それを価値あるものに、詩や音楽や絵画に変えるほうがずっといい。それが彼の信条だ。

にもかかわらず、彼はジャクリーンのいうことにできるかぎり耳を傾ける。彼は男で、彼女は女だ。彼は彼女から快楽を得たのだから、いまはその代価を払わなければいけない。情事とはそういうものらしい。

夜な夜な睡魔で朦朧とした彼の耳に、重複し矛盾する筋書きで語られるのは、虐待者によって彼女が本当の自己を奪われてしまったという物語だ。虐待者はときに専制的な母親、逃亡した父親、ときにサディスティックな愛人、メフィストフェレスみたいなセラピストに変わる。彼女によれば、彼が腕に抱いているのは彼女の本当の自己の抜け殻にすぎず、自己を取り戻したとき初めて彼女は愛する力を取り戻せるそうだ。

聞いてはいるが信じない。もしそのセラピストが彼女に下心を抱いていると感じるなら、会いにいかなければいいじゃないか。もしお姉さんがばかにして見下すなら、会わなければいいじゃないか。彼については、ジャクリーンが彼を愛人というより親友として扱うようになってきたとすれば、それは彼が十分満足のいく愛人ではないからか、十分熱烈か情熱的な愛人ではないからか？　彼がもっと愛人らしければ、ジャクリーンは失った自己と、失った欲望をすぐに取り戻すことになるのだろうか？

なぜ彼女がノックするドアを開けつづけるのか？　それが芸術家のしなければならないことだから？　徹夜して、憔悴し切って、自らの人生を混乱させることが？　それとも、いろいろあるにせよ、彼が凝視するなか、なんの恥じらいもなく裸でフラットを歩きまわる、艶やかな、紛れもなく美しい顔立ちのこの女性に完全に心を奪われているから？

彼のいる前でなぜジャクリーンはこれほど自由なのか？　彼を愚弄するためか（彼女は自分に注がれる視線を感じているはずだし、彼にもそれはわかる）、それとも看護婦は親密になればみんなこんなふうに振舞うものなのか？　衣服をするりと脱ぎ、身体をかきむしり、事もなげに排泄物のことを口にし、男がバーでいうような下卑たジョークをいう？　がしかし、ジャクリーンがあらゆる抑制から本当に自己を解放しているなら、なぜ彼女のセックスはあれほど放心状態で、おざなりで、期待はずれなのか？

情事を始めようと思いついたのは彼ではないし、続けようと思ったのも彼ではない。しかしいまや彼はその渦中にあって逃れるエネルギーさえないのだ。諦念が彼を完全に制圧してしまった。ジャクリーンとの生活が一種の病気であるなら、治るまで経過を見るしかない。

彼とポールは紳士だから、たがいの愛人について情報交換などしない。それでもジャクリーン・ロリエが姉に彼のことをあれこれ話し、それを姉がポールに報告しているのではないかと疑う。彼の私生活で起きていることをポールが知るなんてばつが悪すぎる。二人のうち、女性の扱いはポールのほうが断然上手い、間違いない。

ジャクリーンが病院の夜勤についているある夜、彼はポールのフラットへふらりと立ち寄る。ポールはセント・ジェームズにある母親の家へ、週末をすごしにいく準備をしている。いっしょに来いよ、とポールがいう。土曜日だけでもどう?

彼らはタッチの差で終電に乗り遅れる。それでもセント・ジェームズへ行きたければ、十二マイルの道程すべてを歩かねばならない。天気のいい夜だ。歩こうか?

ポールの荷物はリュックサックとヴァイオリンだ。ヴァイオリンを持っていくのは、隣家が接近していないセント・ジェームズのほうが練習しやすいからだという。

ポールは子どものころからヴァイオリンを習っているが、飛び抜けて上手いわけではない。おなじジーグやメヌエットの小曲を十年一日のように弾いて満足しているようだ。音楽家としての野心は彼のほうがはるかに大きい。自分のフラットに、十五歳のときピアノのレッスンを受けたいと母親にせがんで買ってもらったピアノがある。レッスンは成果があがらなかった。ゆっくりと一歩一歩進む教師のメソッドには我慢できなかった。それでも、いつの日か必ず、と彼の決意は固い。ベートーヴェンの作品一一一番を、いかに下手であろうと、とにかく弾けるようになり、そのあとはブゾーニが編曲したバッハの二短調のシャコンヌを弾くと決意している。この目標に到達するためにツェルニーやモーツァルトなど、お決まりの回り道はしない。代わりにこの二曲を、ひたすらそれだけを辛抱強く練習するのだ。まず音符をゆっくり、非常にゆっくり弾きながら暗譜し、それから一日また一日とテンポを速め、必要な速さに達する。それが彼独自の、彼自身の発明によるピアノ習得メソッドだ。揺るぎない心でそのスケジュールに従いさえすれば上手くいかないわけがない、と彼は考える。

残念ながら、やってみて思い知るのは、ゆっくり、非常にゆっくり弾くことから、ただゆっくり弾くことへ進もうとすると、手首が緊張して動かず、指の関節が強ばり、やがてまったく弾けなくなってしまうことだ。そこで頭にきてこぶしを鍵盤にたたきつけ、やけっぱちの怒声を発する。

真夜中をすぎているが、彼とポールはまだウィンバーグ近辺だ。通る車は途絶え、メイン通りには箒をかけている掃除人の姿しかない。

ディープ・リヴァーで馬に荷車を牽かせたミルクマンとすれちがう。立ち止まって見ていると、ミルクマンが手綱を引いて馬を止め、庭の小道を大股で進み、牛乳の入った瓶を二本下ろし、空の瓶を回収し、瓶を振ってコインを取り出し、また大股で荷車まで戻ってくる。

「一パイント売ってくれない？」といってポールが四ペンス硬貨を手渡す。笑顔でミルクマンは彼らが飲むのを見ている。ミルクマンは若くてハンサムで、あふれんばかりのエネルギーに満ちている。蹄足にふさふさと毛の生えた大きな白い馬さえ、真夜中まで起きているのが気にならないらしい。

彼は驚嘆する。まったく知らなかった。白人たちが眠っているあいだにこんな仕事が行われているとは——通りが箒で掃かれ、牛乳が玄関口まで配達されるのか！　でも一つ解せないことがある。牛乳はなぜ盗まれないのか？　なぜミルクマンのあとをつけ、彼が置いていく瓶を盗む泥棒がいないのか？　財産が犯罪である土地で、いかなる物もすべて盗まれる可能性のある土地で、牛乳を対象外にするものとは？　盗むなんて簡単すぎるということか？　泥棒にも行動規範があるのか？　それとも泥棒はミルクマンに、たいてい若くて、黒人で、非力なミルクマンに同情するのか？

この最後の解釈を彼は信じたい。黒人に対しては、同情がたっぷりあると信じたい、彼らをまっとうに処遇し、法律の残酷さと彼らの運命の悲惨さを埋め合わせたいと願う気持ちがたっぷりあると信じたい。だが、そうではないことを彼は知っている。黒人と白人のあいだには定められた溝がある。同情よりも深く、まっとうな処遇よりも深く、善意よりもさらに深く、溝のいずれの側でも気づいているのは、ポールや彼自身のような人間がピアノやヴァイオリンを所有しながら、いまこの大地に、この南アフリカという土地に、限りなく疑わしい口実のもとで存在することだ。この若いミルクマンだって、一年前はトランスカイの奥地で家畜の群れを追うほんの少年だったはずの彼だって、間違いなくそれを知っている。それどころかひしひしと感じるのは、たいていはアフリカ人からだが、カラードの人たちからも滲み出てくる好奇に満ちた、面白がるような気遣いだ——まっすぐな視線とまっとうな処遇を基本にすればなんとかやっていけると思っているとしたら、そいつは間違いなくぼんくらで保護が必要なやつだ、そいつの足の下の地面にはたっぷりと血が染み込み、はるかむかしに遡る歴史が怒りの叫びを響かせているのに。そうでなければなぜこの若者は、その日初めて吹く風がその指を馬のたてがみに触れるとき、こんなに柔和な微笑みを浮かべて、二人が自分のあたえた牛乳を飲んでいるのを見ていられるのか？

夜が明けるころ二人はセント・ジェームズの家に着く。彼がソファの上で即刻眠りに落ちて昼まで寝ていると、ポールの母親が二人を起こして、サンポーチで朝食を出してくれる。フォールス湾の全景を見渡せるポーチだ。

ポールと母親のあいだで淀みない会話が行き交い、彼もすんなり仲間に入ることができる。母親は写真家で自分のスタジオをもっている。小柄な美人で服のセンスも良く、喫煙家らしいハスキーな声をした、じっとしていられない感じの人だ。二人が食べ終えると、失礼するわね、仕事があるから、といって姿を消す。

彼とポールはビーチまで歩いていって泳ぎ、戻ってきてチェスをする。それから彼は列車に乗って家に帰る。ポールの実家での生活を見たのはそれが初めてで、羨ましくてたまらない。なぜ自分は母親とごくふつうの、いい関係でいられないのだろう? 自分の母親がポールの母親みたいだったらいいのに、狭苦しい家族関係の外に自分の生活をもっているといいのにと思う。

彼が家を出たのは家族の圧迫感から逃れるためだ。いまでは両親とめったに会わない。歩いてすぐのところに住んでいるのに訪ねていかない。ポールを家に連れていき両親に会わせたことはない、ほかの友達もない、ジャクリーンはいうにおよばず。いまでは自分の収入があるので、自立していることを盾に両親を彼の生活から締め出している。彼の冷たさに母親が落ち込んでいることも、その冷たさでこれまでずっと母親の愛情に応えてきたことも、わかっている。これまでずっと母親は彼をあまやかして育てたがったが、彼のほうはそれにひたすら抵抗してきた。だいじょうぶだと彼がどれほど言い張っても、生活費が十分足りていることが母親には信じられない。会うたびに彼のポケットにポンド札を一枚、二枚と滑り込ませようとする。「ちょっとだけ足しに」といって。チャンスさえあれば彼のフラットのカーテンを縫い、彼の洗濯物を持ち帰るだろう。母親には心を鬼にしなければならない。まだガードを緩めるときではない。

3

『エズラ・パウンドの手紙』を読んでいる。エズラ・パウンドはある女性を自室に入れたため、インディアナ州ウォバッシュ・カレッジの職を解任された。ど田舎《プロヴィンシャル》のそんな狭量さに激怒して、パウンドはアメリカを去った。ロンドンで美しいドロシー・シェイクスピアと出会って結婚し、イタリアへ行って住んだ。第一次世界大戦後、ファシストを助け、教唆したかどで告訴された。死刑を免れるために精神異常を申し立て、精神病院に収監された。

一九五九年に自由の身となったパウンドはイタリアへ戻り、いまもライフワークである『キャントーズ』を書きつづけている。これまで出版された『キャントーズ』は全巻ケープタウン大学図書館にあり、フェイバー社から出たその版では優雅な黒い書体の詩行が並ぶなか、ときおりゴングが打ち鳴らされるように巨大な漢字が挟み込まれる。彼は夢中になって『キャントーズ』を読む。ヒュー・ケナーがパウンドについて書いた本を読書ガイドにして、くり返し、くり返し（気が咎めながらも退屈な「ヴァン・ビューレン詩篇」と「マラテスタ詩篇」は飛ばして）読む。T・S・エリオットは高潔にもパウンドをイル・ミグリオル・ファブロ、より優れた職人と呼んだ。彼はエリオット自身の作品も大いに賞賛しながら、エリオットは正しいと考える。

エズラ・パウンドの人生は受難の人生といっていい。亡命に追い込まれ、投獄され、その後ふたたび母国から追放された。それでも、狂人というレッテルを貼られながらも、パウンドは自分が偉大な詩人であることを立証した。もしかするとウォルト・ホイットマンに匹敵する偉大さかもしれない。みずからの守護神に従い、パウンドは芸術にその身を捧げてきたのだ。エリオットもそうだが、エリオットの苦しみはもっと私的な性質のものだ。エリオットやパウンドは悲しみの人生を、ときには屈辱の人生を生きてきた。そこには学ぶべきものがあり、彼らの詩はどのページを読んでも納得がいく。エリオットの詩と初めて出会って圧倒されたのはまだ高校生のころだ。そしていまはパウンド。パウンドやエリオットのように、人生が彼のために溜め込んできたすべてに、たとえ亡命であろうと、地味な労働であろうと、悪評であろうと耐える覚悟をしなければならない。そしてもしも彼が芸術のもっとも高度な試練に失敗したなら、つまるところ彼には天賦の才がないと判明したなら、そのことにもまた——歴史による疑問の余地なき審判に、現在および未来にわたる苦悩にもかかわらず二流であることの宿命に——耐える覚悟をしなければならない。天の呼びかけを受けるものは多いが、選ばれるものはわずかだ。どんな大詩人の周辺にも、一頭のライオンのまわりを飛び交う羽虫のように、群小詩人がいるものだ。

　パウンドへの情熱を分かち合える友人はノルベルトだけだ。ノルベルトはチェコスロヴァキア生まれで戦後南アフリカへやってきたので、微かにドイツ語訛りの英語を話す。父親のようなエンジニアになる勉強をしている。ヨーロッパ風に優雅でフォーマルな服を身につけ、ある良家の美女と週に一度散歩に出かけるという極端に礼儀正しい交際をしている。彼とノルベルトは山の斜面にあるティールームで落ち合い、それぞれの新作詩に感想を言い合い、パウンドの詩からいちばん好きなものを朗読する。

　彼はふと思う、エンジニアになろうとするノルベルトと数学者になろうとする彼がエズラ・パウンドの信奉者だなんて面白いじゃないか。彼が知っているほかの学生詩人たち、文学を学び大学の文芸誌を出している学生たちは、ジェラード・マンリー・ホプキンスを追いかけているのに。彼も高校ではいっときホプキンスにかぶれたことがあり、このときは強勢の置ける単音節の語を自作詩にやたら詰め込み、ロマンス語起源の語はひたすら避けた。だが、そのうち彼のホプキンス好みは薄れた。ちょうどいまシェイクスピア好みが薄れてきたように。ホプキンスの詩は子音を詰め込みすぎだし、シェイクスピアはメタファーを詰め込みすぎだ。ホプキンスもシェイクスピアも耳慣れないことば、とりわけ古英語のことばを重視しすぎる。たとえばmaw、reck、pelf。理解できない、なぜ韻文は常に芝居がかったピッチで上り詰めなければならないのか、なぜふだん話している声の変化に従うことで満足できないのか。つまり、なぜ韻文は散文とそれほど差異がなければいけないのか。

シェイクスピアよりポープが、ポープよりスウィフトがいいと思いはじめる。ポープの語法が非情なほど明晰なところはよしとするが、ポープが手慣れたようすでペチコートやかつらを扱うのに対し、スウィフトは野人のまま、孤高の人だ。

チョーサーも好きだ。中世は退屈。純潔に取り憑かれ、聖職者に制圧されている。中世の詩人はたいがい臆病で、ラテンの父祖たちを手本にしようとする。しかしチョーサーは権威者たちからすばらしく冷やかな距離を保っている。それにシェイクスピアとは違い、いきり立って大声でくだくだしい長広告を始めたりしない。

ほかのイギリス詩人についてパウンドに教えられたのは、ロマン派詩人やヴィクトリア朝詩人が耽る安易な感情を察知する嗅覚で、彼らの弛緩した韻文詩法についてはいうまでもない。パウンドとエリオットはアングロ・アメリカ詩を、フランス詩の渋みを取り戻すことでもう一度活性化しようとしているのだ。まったくもってそのとおり。なんでまた、キーツにひどく惑わされて、自分でも理解できないキーツ風ソネットを書こうなどと思ったのだろう。キーツは西瓜みたいだ、柔らかくてめまい深紅色。だが詩というのは硬質で、炎のように透明であるべきなのだ。キーツの詩を五、六ページ読むのは誘惑に屈するのに似ている。

フランス語が実際に読めたら、パウンドの信奉者としてもっと自信がもてるはずだ。たが独学の努力むなしく、少しも上達しない。自分にはこの言語に対するセンスがない。さあ始めるぞと豪語する声も尻つぼみになって終わるばかり。だからパウンドやエリオットを頭から信用してボードレールとネルヴァルが、コルビエールとラフォルグが指示する方向に従うしかない。

彼の計画は、大学に入ったら数学者としての資格を取得し、それから海外へ出て芸術に身を捧げることだった。それが計画であるかぎり、しなければならないことであるかぎり、これまでのところ逸脱はない。詩を書く技術を海外で磨きながら、地味ながらそれなりの仕事をして生活の糧を得るつもりだ。偉大な芸術家というのはしばらくは世に認められない運命なのだから、修業時代は数年、奥の部屋で謙虚に数字の列を合算する事務員でもやろう。ボヘミアンにはもちろんならない、いうなればそれは、酔っぱらいの居候の浮浪者になることだから。

数学に惹かれる理由は、数学が用いる神秘的な記号もあるが、その純粋性だ。大学に純粋思想という学科があれば、彼はたぶん純粋思想も受講しただろう。だが学問が提供できる形式の世界としては純粋数学がもっともそれに近いアプローチであるように思われる。

しかし彼の学習計画を妨げるものが一つある。学則が、ほかのものをすべて除外して純粋数学だけを学ぶことを許さないのだ。クラスの学生は大部分が純粋数学、応用数学、物理学を合わせて受講している。そんな方針はとても追随できない。子どものころはロケット工学や核分裂に漫然と興味を抱いたこともあったが、彼にはいわゆる現実世界に対する勘が働かず、物理学的になぜ事物がかくあるのか理解できない。たとえば、なぜ跳ねるボールがいずれは跳ねることをやめるのか？　仲間の学生たちはその質問に少しも難しさを感じない。なぜなら弾性係数が1より小さいからだ、と彼らはいう。しかし、なぜそうでなければならないのか、と彼は疑問を出す。なぜ弾性係数はきっかり1ではありえないのか、あるいは、1以上ではないのか？　彼らは肩をすくめる。われわれは現実世界に生きている、現実世界では弾性係数は常に1より小さい、と彼らはいう。それが彼には答えとして聞こえないのだ。

現実世界に親しみを感じられそうもないので、科学を避けてカリキュラム表の空白部分を英語英文学、哲学、古典研究で埋める。自分は数学を学ぶ学生であり、たまたま芸術科目も受講していると思いたいが、理系の学生のあいだでは、無念にも、彼はアウトサイダーだと思われている。数学の講義を受けにやってきて、それから姿を消すディレッタント、どこへ消えるかは神のみぞ知る。

数学者になろうとするのだから当然、大部分の時間を数学研究に費やさねばならない。ところが数学は簡単なのにラテン語はそうはいかない。ラテン語がもっとも苦手な科目だ。カトリックの学校で何年も演習したため彼のなかにはラテン語シンタックスの論法が埋め込まれている。だからキケロ風の文章ならこつこつとではあれ正確に書けるが、ウェルギリウスやホラティウスとなると、彼らの場当たり的な語順と虫の好かない語彙にいつまでもまごつく。

ラテン語個別指導グループに入るが、そこの学生は大部分がギリシア語も受講している。ギリシア語を知っている彼らにはラテン語は簡単だ。物笑いの種にならぬよう、なんとかついていかねばならない。ギリシア語を教える学校へ通っていればよかった、とつくづく思う。

数学の秘かな魅力の一つはギリシア文字を使うことだ。ギリシア語で彼が知っている語はhubris〔フブリス、神々に対する人間の傲慢〕、aretē〔アレテ、徳性〕、eleutheria〔エレウテリア、ギリシア連合軍がペルシア軍に勝利したことを祝う祭〕だけだが、何時間もかけてギリシア文字を完璧に書けるように練習し、ボドニ書体の特徴を出すためにペン先を下におろすときは筆圧を強める。

ギリシア語と純粋数学が彼の目には大学で学べるもっとも高尚な科目と映る。遠目にギリシア語講師陣を崇敬する——パピルス古文書学者アントン・パープ、ソフォクレスの訳者モーリス・ポープ、ヘラクレイトスの注釈者マウリッツ・ヘームストラ——だが彼らの授業は受講できない。純粋数学の教授ダグラス・シアーズともども彼らは高貴な世界の住人である。

必死に努力するが、ラテン語の成績が芳しくない。毎回足を引っ張るのがローマ史だ。ローマ史の講義を担当する講師は血色の悪い、浮かない顔の若いイギリス人で、本当は『ディゲニス・アクリタス』〔ビザンティン帝国期の英雄叙事詩〕に関心がある。ラテン語必修の法学部生が講師の弱点を嗅ぎつけていじめる。遅れてやってきては早々に教室を出ていったり、紙飛行機を飛ばしたり、講師が話しているのに大声で私語し、講師が冴えない洒落をいうと騒々しい笑い声をあげて足を踏み鳴らしていつまでもやめない。

じつは彼もまた法学部生とおなじように、コンモドゥス〔第十七代ローマ皇帝〕の治世時代の小麦価格の変動にはうんざりしている。ひょっとすると講師だってうんざりしているのかもしれない。事実なきところに歴史なし、彼は事実が得意だったことがない。試験になり、ローマ帝国後期においてなにがなんの原因となったか、考えを述べよ、といわれても惨めに白いページをにらむばかりだ。

彼らは翻訳でタキトゥスを読む。皇帝たちが犯した愚行と不謹慎な行為を淡々と詳述する文章では、次々と畳み掛けてくる文の、わけのわからない性急さに皮肉が嗅ぎ取れるだけだ。もし彼が詩人になるつもりなら、愛の詩人カトゥルスから、個別指導を受けながら彼らがその詩を訳しているカトゥルスからこそ学ぶべきなのだろうが、彼の心を捕えて放さないのは、ラテン語原典では難解でついていけない歴史家タキトゥスのほうだ。

パウンドの薦めに従ってフロベールを読んだ。まず『ボヴァリー夫人』、次に『サランボー』、フロベールが古代カルタゴを舞台にして書いた小説だ。ヴィクトル・ユゴーを読むのはきっぱりと控える。ユゴーは無駄口たたきだが、フロベールは詩のもつ硬質な、宝石職人的技巧を散文作品にもたらした、とパウンドはいう。フロベールの系譜としてあらわれるのがまずヘンリー・ジェイムズで、次がコンラッドとフォード・マドックス・フォードだ。

彼はフロベールが好きだ。とりわけエンマ・ボヴァリー、その暗い瞳、身の置き所なく肉欲にふけり、あっけなく身をまかすところにすっかりいかれる。エンマと同衾したい、彼女が服を脱ぐときベルトが蛇のようにシュッと音をたてるのを聞いてみたい。でも、パウンドが承服するかな？　エンマに会いたいと焦れることがフロベールを賞賛する十分正当な理由になるのか、どうも自信がない。自分の感性のなかにはまだなにか腐敗したものが、キーツ的なものがあるのではないかと思う。

もちろんエンマ・ボヴァリーはフィクション上の創造物だから、通りで出くわすことなど絶対にありえない。しかしエンマは無から創造されたわけではない。著者の生身の経験に起源があり、経験がのちに芸術という変形する炎の対象となったのだ。もしエンマに一人の原型あるいは幾人かの原型があるとするなら、エンマのような女性やエンマの原型となった女性が現実世界に存在したわけだ。たとえそうでないとしても、現実世界にエンマのような女性が存在しないとしても、『ボヴァリー夫人』を読んで強い感化を受けた女性はたくさんいるはずで、とすると彼女たちはエンマの魅力の虜になり、彼女のような人間に変身しているに違いない。彼女たちは本物のエンマではないかもしれないが、ある意味、エンマの生きた化身になっているのだ。

彼の野心は海外へ出る前に読むべき価値のあるものを完全読破することだ。そうすればヨーロッパに山出《プロヴィ》しの田舎者《ンシャル》として到着せずに済む。読書指南と仰ぐのはエリオットとパウンドだ。彼らの権威を盾にスコット、ディケンズ、サッカリー、トロロープ、メレディスと居並ぶ書棚には目もくれない。同様にして十九世紀ドイツ、イタリア、スペイン、スカンジナヴィア出身者もすべて無視する。ロシアは幾人かの興味深い怪物を生み出しはしたが、芸術家としてのロシア人が教えてくれるものは皆無だ。十八世紀以降の文明社会の知的洗練はアングロ・フレンチの独壇場なのだ。

一方、遠く古《いにしえ》に高度な文明社会が忽然とあらわれたことは否定できない。アテネやローマはいうにおよばず、ヴァルター・フォン・デア・フォーゲルヴァイデのドイツ、アルノー・ダニエルのプロヴァンス、ダンテとグイド・カヴァルカンティのフィレンツェ、唐代の中国、ムガール朝のインド、そしてムラービト朝のスペイン。となると中国語やペルシア語やアラビア語を学ばなければ、あるいは、少なくとも虎の巻を手にそういった古典を読める程度に諸言語を学ばなければ野蛮人と大差ないということか。いったいどこでそんな時間を見つければいいんだ？

英語の授業では最初からつまづいた。文学の指導教官はミスター・ジョーンズという若いウェールズ人だった。ミスター・ジョーンズは南アフリカに来たばかりで、正規の仕事についたのはこれが初めてだ。英語はラテン語同様たんに必須科目だから受講している法学部の学生たちが、彼の煮え切らない態度をたちまち嗅ぎつけた。教官の面前であくびをし、ふざけ、その話し方を茶化し、ついに彼までときどき目に見えて捨て鉢になった。

最初の課題はアンドリュー・マーヴェルが書いた一篇の詩を批判的に分析せよというものだった。批判的分析が厳密にどういうものかはよくわからなかったが、彼としてはやれるだけやった。ミスター・ジョーンズは彼にガンマをつけた。ガンマとは評価段階のなかでは最低ではないにしろ——さらにガンマ・マイナスがあり、いうまでもなくデルタもろもろもあり——好成績ではなかった。法学部の学生も含めて多くの者がベータをもらった。アルファ・マイナスをもらった学生も一人いた。詩には無関心なはずのこのクラスメートたちが知っていて、彼が知らないことがあったのだ。だがそれはなんだ？　英語で好成績をあげるにはどうすればよかったのか？

ミスター・ジョーンズ、ミスター・ブライアント、ミス・ウィルキンスン、教官は全員が若く、彼の目にはふがいなく、法学部学生の迫害に苦しみながら手も足も出ずに、黙々と、学生が飽きて静かにならないかと見込みのない希望を抱きつづけているように見えた。彼としては教官たちの窮状に、ほとんど共感を覚えなかった。教官たちに期待したのは権威であり、打たれやすさの露見ではなかった。ミスター・ジョーンズから始まる三年、英語の成績はゆっくり上昇してきた。しかしクラスのトップになったことはなく、なんらかの意味で、四苦八苦はいまも続き、文学研究とはどうあるべきか確信がもてなかった。文学批評にくらべれば、英語研究の文献学的側面は息抜きになった。少なくとも古英語の動詞活用とか中英語の音変化なら自分がどこにいるかわかる。

いま四年目に入り、ガイ・ハワース教授が教える初期英語散文作家の授業に登録したところだ。受講者は彼一人。ハワースはドライでペダンティックだという噂だが、そんなことは気にならない。ペダンティストに対して彼はなんら反感を抱いていない。受けを狙う者よりずっといい。

週に一度、ハワースの研究室で顔を合わせる。ハワースが大きな声で講義用のテクストを読み、彼がノートを取る。何度か講義をするうちにハワースは家に持ち帰って読むように、と彼にテクストを手渡すだけになる。

講義用テクストは黄ばみはじめたぱりぱりの紙に色のかすんだリボンでタイプされ、それが取り出されるキャビネットには全英語作家のファイルが、頭文字AのオースティンからYのイェーツまでそろっているようだ。英文学の教授になるためにしなければならないのはこれか？　正典とされる作家を読んで各作家の講義用テクストを書く？　そのために、いったい人生の何年分が潰れてしまうのだろう？　そして、それが精神にもたらす影響は？

ハワースはオーストラリア人で、どうやら彼のことを気に入っているらしいが、理由はわからない。彼としては、ハワースが好きとまではいえないにしろ、彼の不器用さやその妄想を見ると守ってやらなければと感じる。ガスコイン〔十六世紀イギリスの詩人〕やリリー〔十六世紀イギリスの劇作家、小説家〕、さらにはシェイクスピアに対する自分の意見を、南アフリカの学生たちは露ほども気に留めないと思い込んでいる彼の妄想を。

学期の最終日、最後の授業が終わったとき、ハワースは彼を招待したいと切り出す。「明晩、一杯やりに家に来たまえ」

彼はそれに従うが、心は沈み切っている。エリザベス朝時代の散文作家についてあれこれ述べ合うこと以外、ハワースに対していうことが見つからない。おまけに彼は酒が好きではない。ワインでさえ一口飲んだあとは酸っぱく感じる。酸っぱくて、しつこくて、まずい。人がなぜあんなものを飲んで楽しいふりするのか、彼には理解できない。

ガーデンズにあるハワースの家の、薄暗い、天井の高い居間に彼らは座っている。招かれたのはどうやら彼だけのようだ。ハワースがオーストラリアの詩について、ケネス・スレッサーやA・D・ホープ〔いずれも二十世紀オーストラリアの詩人〕について話す。ミセス・ハワースが不意にあらわれて不意に姿を消す。彼のことが気に入らないのが勘でわかる。この人は潔癖性で「生きる喜び《ジョワ・ドゥ・ヴィーヴル》」を欠き、機知に富んだ会話ができないと見破ったのだ。リリアン・ハワースはハワースの二人目の妻だ。若いころはきっと美人だったにしても、いまでは華奢な脚に厚化粧の、ずんぐりした小柄な女性にすぎない。話によれば大酒飲みでもあり、酔っぱらうと醜態を演じるとか。

招待には理由があったとわかってくる。ハワース一家は六カ月間、海外へ出かける予定だ。彼らの家に住んで留守番をしてくれないか？　家賃はいらない、金は払わなくていい、やらなければならないことはわずかだ。

彼は即座に引き受ける。依頼されたことが嬉しい、たとえその理由が、冴えないが頼りになると思われたからだとしても。それに、モーブレイのフラットを引き払えば、イギリスへ行く船賃がそれだけ早く貯まる。おまけにその家は山の斜面の裾にまとまりなく増築された巨大な塊で、暗い廊下と黴臭い、使わない部屋がいくつもあって、独特な魅力がある。

落とし穴が一つ。最初の一カ月はハワース家の客であるニュージーランド出身の女と彼女の三歳の娘と同居しなければならない。

ニュージーランド出身の女がまた酒飲みだとわかる。彼が引っ越して間もなく、真夜中にふらりと彼の部屋へやってきてベッドに入り込んできたのだ。女は彼を抱きしめ、身体を押しつけ、濃厚なキスをする。彼はどうしていいかわからない。彼女が好きではない、欲望も感じない。彼の口を探す弛んだ唇には吐き気がする。最初は全身にぶるぶる悪寒が走り、それからパニックになる。「ノー!」と大声で叫ぶ。「出てけ!」そしてボールのように身をまるめる。

よろける足で女はベッドから這い出す。「できそこない!」と吐き捨てて去る。

その月の終わりまで彼らは大きな家で同居を続けながら、たがいに避け合い、床が軋む音に耳をそばだて、鉢合わせしたときは目をそらせる。彼らはばかをやったわけだ。だが曲がりなりにも彼女は向こう見ずなばかをやったので大目に見ることはできるが、彼ときたらかまととぶった頓馬だった。

酔ったことはただの一度もない。酒に酔うのは心底嫌いだ。パーティを早々に引きあげるのは、飲みすぎた者たちが切れ切れに発する意味のない話から逃れるためだ。酒酔い運転は刑罰を半減させるのではなく、倍加すべきだというのが彼の意見だ。ところが南アフリカでは、酒の勢いでなされた不品行はどれも大目に見られる。農場主たちは酒を飲んで酩酊しているかぎり、労働者を鞭で死ぬまで打つことができる。醜男が女に無理強いしたり、醜女が男に言い寄ったりすることができる。抵抗すれば、それは堂々と受けて立たないことになるのだ。

彼はヘンリー・ミラーを読んだ。もしも泥酔した女がヘンリー・ミラーのベッドに入ってきたら、おそらくファックと飲酒が夜を徹して続くのだろう。ヘンリー・ミラーがただの好色漢で、嗜好に見境のないただの怪物なら無視することもできる。しかしヘンリー・ミラーは芸術家だ。彼の物語は常軌を逸しているかもしれない、おそらく嘘に満ち満ちているのだろう、それでも芸術家の人生をめぐる物語なのだ。ヘンリー・ミラーは一九三〇年代のパリについて、芸術家と、芸術家を愛する女たちの街について書く。女たちがヘンリー・ミラーにその身を投げ出したとするなら、個々の違い《ムタティス・ムタンディス》は考慮するにしろ、彼女たちはエズラ・パウンド、フォード・マドックス・フォード、アーネスト・ヘミングウェイなど、あの時代パリに住んだ偉大な芸術家にその身を投げ出したに違いない、もちろんパブロ・ピカソに対しても。彼ならどうするだろう? パリやロンドンにいるとしたら? 受けて立たないことにこだわりつづけるつもりか?

酒に酔うことへの強い嫌悪のほか、彼には身体的醜悪さに対する強烈な嫌悪がある。ヴィヨンの『遺言詩集』を読んでも、「美しき兜職人の妻《ベル・オミエール》」が皺くちゃで、不潔で、卑猥なことばを口走るなんて、およそ醜悪な響きしか聞こえてこない。芸術家になろうとすれば、女たちを見境なく愛さねばならないのか? 芸術家の人生とは必然的にだれかれかまわず寝ることを意味するのか、人生の名において? セックスについて好みがうるさければ、人生を拒絶することとなるのか?

いま一つの疑問――ニュージーランド出身のマリーが、彼のベッドに入り込む価値があると判断した理由はなにか? たんに彼がそこにいたから? それともハワースから彼が詩人であると、詩人になると聞いていたから? 女たちが芸術家を愛するのは、芸術家が内なる炎を燃やしているからだ。その炎は彼が手を触れたものすべてを焼きつくし逆説的に蘇生させるのだ。彼のベッドに潜り込んだときマリーは、ひょっとすると芸術の炎に舐められて、いうにいわれぬエクスタシーを経験すると思ったのかもしれない。ところがそうはならず、パニックに陥った小僧に押しのけられてしまった。きっと、彼女はあれこれ報復をしかけてくるだろう。きっと、その友人であるハワース夫妻は彼女からの次の手紙でことの顚末を聞かされるぞ、そこでは彼はさぞや頓馬な姿をさらすことになるだろうな。

醜いという理由で女を責めることが道義的に卑劣であることはわかっている。しかし幸いにも、芸術家は必ずしも道義的に立派な人間である必要はない。重要なのは偉大な芸術を創造することだ。もしも彼の芸術が彼自身の、もっと下劣な面に端を発するものであるなら、それはそれでいいのだ。花々は糞塊にこそもっとも美しく咲く、とシェイクスピアが飽くことなく語るように。ヘンリー・ミラーだって、姿形やサイズとは無関係にどんな女とでも寝るような猪突猛進型の人物として自分を売り込みながら、たぶん用心深く隠している暗い面をもっているのだ。

正常な人間が悪人でいるのは難しい。正常な人間は自分の内部に悪意が燃えあがるのを感じたとき、酒を飲み、誓いを立て、暴力に走る。悪意は彼らにとって熱病のようなもので、その熱病をシステムの外に出してしまいたい、正常に戻りたい、と思うのだ。だが芸術家はおのれの熱病とともに生きねばならない。その熱病がいかなる性質のものであれ、善であれ悪であれ。熱病こそが彼らを芸術家にするのだから、熱病は活かしておかねばならない。芸術家が世界に完全に身をさらすことができない理由はそこだ。一方の目を常に内面に向けていなければならないのだ。群れをなして芸術家を追いかける女たちを全面的に信用するわけにはいかない。なぜなら、芸術家の精神が炎であり熱病であるのとおなじように、炎の舌で舐められたいと願う女は同時に必死でその熱をさまし、通俗的な場へ芸術家を引き下ろそうとするからだ。従って女たちは愛されているときでさえ、抵抗を受けざるをえない。彼女たちを炎が摘み取れるほど近づかせてはならない。

4

完璧な世界でなら完璧な女とだけ彼は寝るだろう。完璧な女性的特質をもちながら、その核に彼自身の暗さに感応する暗さを併せもつような女たちと。だが、そんな女を彼は知らない。ジャクリーンは——その核に暗さがあったにしろ彼にはそれを探りあてられなかった——前触れもなくふっつりと姿を見せなくなったが、その理由を詮索しない良識は彼にもあった。というわけで、つきあいはほかの女たちとせざるをえない——実際は、まだ女とはいえない、これといって確かな核などもっていいそうにない女の子たちと。女の子がしぶしぶ男と寝る理由が、強引に押し切られたから、友だちがやっているので遅れを取りたくないから、それがボーイフレンドとの関係を維持する唯一の方法だから、といった女の子たちとだ。

そんな一人を妊娠させてしまう。電話で寝耳に水の話を聞かされ、驚愕のあまりへたり込む。妊娠させるなんて、どうしてそんなことをしてしまったのか？　どのようにしてかは、ある意味、正確に知っている。事故だ。軽率、狼狽、自分が読む小説には絶対に出てこない滅茶苦茶な混乱。なのにいまだに信じられない。心の奥では自分はせいぜい八歳、背伸びしても十歳としか思えない。子どもが父親になれるのか？

ひょっとすると本当じゃないかもしれない、と自分にいってみる。ひょっとするとこれは、絶対にしくじったと思っていたのに結果を見ると、それほど悪くなかった試験のようなものかもしれない。

だが、そんな虫のいい話にはなっていかない。また電話がかかってくる。医者に診てもらった、と事務的な口調でその子は報告する。しばし沈黙、次に口を開くのは自分だと察するには十分な長さだ。「力になるよ」といえたかもしれない。「ぼくにまかせて」といえたかもしれない。でも力になることが現実にこれからなにを意味するか、いやな予感ではちきれそうなときに、やみくもに受話器を放り出して逃亡したい衝撃に駆られているときに、どうしてそんなことがいえる？

ついに沈黙が破られる。調べたの、と彼女は続ける、この手の厄介事を処理する人の名前は調べたのだと。それで翌日の予約も入れた。予約した場所へ彼女を車で連れていき、終わったら連れて帰ってくれる気はあるか？　終わったあとは、とても車を運転できる状態ではなくなるといわれたから。

彼女の名まえはサラ。友だちはサリーと呼んでいるが、その呼び方が彼は好きではない。「柳《サリー》の庭にいらっしゃい」〔W・B・イェーツの詩を少し変えている〕を思い出すのだ。柳《サリー》の庭っていったいなんだ？　彼女はヨハネスブルグの出身だ。日曜日には馬に乗って駆け足で地所をまわりながら「ごきげんよう！」と声を掛け合っていると、白い手袋をはめた黒人の召使いが飲み物を運んでくる、そんな郊外の出身だ。馬に乗って駆け足で地所をまわり落馬して怪我をしても泣かない子供時代が、彼女を頼もしい人に仕立てあげた。ヨハネスブルグのお仲間たちが「サルってほんとに頼もしい人」というのが彼の耳にも聞こえてきそうだ。美人ではない。骨太の体軀、それにしてはこざっぱりした顔。しかし健康そのものだ。それに彼女はふりをしない。こうして災禍に見舞われても、素知らぬふりをしながら、どこも悪くないといって部屋に逃げ込んだりはしない。それどころか調べるべきこと——どうすればケープタウンで中絶を受けられるか——をきちんと調べ、必要な手配を済ませている。はっきりいって彼など足元にもおよばない。

彼女の小さな車でウッドストックまで行き、似たような小さな二軒長屋が建ち並ぶ家並みの前で車を停める。彼女が車から降りて一軒のドアをたたく。ドアを開ける人の姿は見えないが、堕胎医以外にありえない。彼が想像する堕胎医とは髪を染めて濃い化粧をした赤ら顔の下品な女で、指の爪もおよそ清潔とはいいがたい。訪ねてきた女の子にグラス一杯のジンをストレートで飲ませ、仰向けに寝かせて、それから針金を使って彼女の内部に、口にするのもおぞましい手技を、引っ掛けて引きずり出すようななにかを施す。彼は車内に座ったままぞっと身震いする。こんなありふれた家のなかで、紫陽花の花が咲く庭に石膏のノーム人形まである家で、そんなおぞましいことが起きているなんて、だれが思うだろう！

半時間がすぎる。緊張感がいや増していく。これからやらなければならないことを、はたして自分はやれるだろうか？

やがてサラがあらわれ、背後でドアが閉まる。ゆっくりと、力を集中させるようにして、車へ向かって歩いてくる。近づいてきた彼女の、血の気の失せた顔に汗がにじんでいるのがわかる。ひと言も発しない。

彼女を車に乗せてハワースの大きな家まで行き、テーブル湾と港を見渡す寝室に寝かせる。お茶はどう、スープはどう、と訊いてみるが、なにもいらないという。彼女はスーツケースを持参している、自分のタオルやシーツを持ってきたのだ。なにもかも考え抜いている。彼はただ、なにかまずいことが起きたときに備えて付き添うだけだ。それほど期待されていないのだ。

温かいタオルが欲しい、と彼女がいう。彼はタオルを一枚、電気オーヴンに入れる。取り出すと焦げ臭い。二階へ運ぶころには、かろうじて温かいか、という程度になってしまう。それでも、腹部にタオルをあてて目を閉じた彼女は少し楽になったように見える。

数時間おきに一錠、彼女は女がくれた錠剤を飲み、それから水をグラスに何杯も飲む。あとは目を閉じて痛みに耐えている。彼がいやな気分になるだろうと気を配り、自分の身体のなかで起きていることを示す証拠物を——血のついたパッドやその他もろもろを——彼の視界から隠してしまう。

「具合はどう？」と彼が訊く。

「いいわ」と彼女はつぶやく。

いいわ、でなくなったらどうするか、見当もつかない。中絶は違法だ、だが、どう違法なのか？　もし医者を呼んだら、医者は彼らのことを警察に通報するのか？

彼はベッド脇のマットレスの上で寝る。看護人としては無能、いや、無能以下だ。彼がしていることはとても看護とは呼べない。たんなる罪滅ぼしだ。愚かしくも役立たずの罪滅ぼし。

三日目の朝、階下の書斎の入り口に彼女があらわれる。血の気の失せた顔で足取りもふらついているが、服はしっかり着込んでいる。もう家に帰れる、という。

スーツケースと、たぶん血のついたタオルやシーツの詰まっている洗濯物の袋ともども、車で彼女を下宿まで送っていく。「しばらくいっしょにいようか？」と訊いてみる。彼女は首を振って「わたしなら、だいじょうぶ」という。彼女の頬にキスして歩いて家に帰る。

彼女は非難がましいことを一切いわず、要求もしない。中絶費用まで自分で払った。要するに彼女は彼にどのように振る舞うべきかを教えたのだ。彼はといえば、恥ずべき姿をさらしてしまい、それは否定のしようがない。彼が彼女にした手助けは意気地のないもので、さらに悪いことに役立たずだった。この話を彼女が口外しないことをひたすら祈る。

思考は彼女の内部で破壊されたものへ向かいつづける。あの肉の小片、あのゴム状の小さな人形《ひとがた》。彼の目に浮かんでくるのは、ウッドストックの家のトイレで水に押し流された小さな生き物が、下水管の迷宮を通り抜け、最後は浅瀬へと放り出されて、突然の陽光にたじろぎながら、湾のなかへ運び去ろうとする大波にあらがうようすだ。彼はそれに生きてほしくなかったが、いまは死んでほしくない。とはいえ、かりに自分が海岸へ駆けつけ、それを見つけて海から救出したとして、それをどうする？　家に持ち帰り、温かい綿毛にくるんで成長させる？　まだ子どもの彼に子どもが育てられるとでも？

足の立たない深みだ。この世界の水面にやっと首を出したばかりだというのに、すでに身の丈を越える深みにはまって窒息寸前。いったい、通りで見かける男たちの幾人が、首からベビーシューズをぶら下げるように、死んだ子どもの影をまとっているのか？

サラにはもうあまり会いたくない。自分一人なら、なんとか立ち直って、以前の自分に戻れるかもしれない。だが、いま彼女を捨てるのはあまりにさもしい。そこで毎日、彼女の部屋に立ち寄り、腰をおろし、しかるべき時間その手を握っている。いうことがないとしたら、それは彼に勇気がないからだ。なにが起きているか、彼女にとって、彼女の内部で、それを訊ねる勇気がないからだ。病気のようなものだろうかと自問してみる、いま彼女は病気から回復しているところなのか、それとも、あれは切断手術のようなもので回復不能なのか？　中絶と流産との違いは？　本に出てくる子どもを失うこととの違いは？　本のなかでは、子どもを失った女は社会から身を引いて喪に服す。サラもまた喪に服すべきか？　そして自分は？　自分もまた喪に服すべきか？　喪に服すとしたら、どれくらいの期間？　喪はあけるのか、喪に服したあとも人は以前とおなじか？　それとも人は永遠に喪に服すものなのか？　ウッドストックの波のなかを浮き沈みしながら流れていった小さなもののために、船べりから海へ落下しても惜しまれもしなかったキャビンボーイのようなもののために。「泣いてよ！　泣いてよ！」と叫びつづけるキャビンボーイが、水に沈もうとせず、鎮まろうとしない。

さらに収入を得るため、午後の数学科での個人指導をもうひとこま増やす。個人指導の授業を受けにくる一年生は、応用数学でも純粋数学でも自由に質問できることになっている。応用数学では補習を受ける学生より一年先を進んでいるだけだから、毎週、準備のために何時間か費やさねばならない。

秘かに抱いている不安を包み隠してはいるものの、国が彼のまわりで騒乱状態にあることはいやでもわかる。アフリカ人を、アフリカ人だけを対象とするパス法がさらに厳格化されようとしているため、いたるところで抗議行動が勃発しているのだ。トランスヴァール州で警官が群衆に向かって発砲し、さらに狂ったように警官が逃げ惑う者たちの背中に向かって、男も、女も、子どもまでも銃撃する。これには徹頭徹尾、吐き気がする。法律そのものに、威張り散らす警官に、執拗に人殺しを擁護して公然と死者を非難する政府に。おまけに報道機関までが恐怖におびえ、目さえついていればだれにだってわかる真実を、思い切って伝えようとしない。

シャープヴィルの大虐殺のあとはなにもかもこれまで通りではなくなる。温和なケープ州でさえ、スーライキやデモ行進が起きている。デモ行進のあるところはどこでも、銃を持った警官がぎりぎりまで近づき、銃撃する口実を手ぐすね引いて待ち構える。

それがある午後、一気に頂点に達する。個人指導をしているときだ。個人指導の教室は静かだ。彼は机から机へと見てまわり、出された問題と取り組む学生たちを監督し、苦戦する学生を手伝おうとしている。突然、ドアがばたんと開く。ずかずかと入ってきた上級講師が机をバンッとたたく。「お知らせする！」と叫ぶ。声が緊張で掠れている。顔が真っ赤だ。「ペンを置いて、聴いてくれ！　たったいま、デ・ヴァール・ドライヴ沿いに労働者たちのデモが始まった。安全上の理由から、伝えてくれとのことだ、次の指示があるまでだれもキャンパスを離れてはならない。くり返す、だれもこの場を離れてはならない。警察からの命令だ。質問は？」

質問なら少なくとも一つある。穏やかに数学の個人指導ができないとしたら、この国はどうなるのか！　だが、それを声に出していうべきときではない。警察の命令については、まさか警察が学生のためにキャンパスを封鎖するなどとは一瞬たりとも思わない。警察がキャンパスを封鎖するのは、悪名高いこの左翼の温床から学生がデモに加わらないようにするためであり、それ以外ありえない。

数学の個人指導はもう続けられそうにない。室内ではがやがやと話し声が起きて、すでに学生たちは荷物をまとめはじめ、興奮気味で、なにが起きているか見たくてうずうずしている。

大勢の人間のあとについてデ・ヴァール・ドライヴを見おろす土手まで行く。交通は全面停止だ。デモ隊がウールサック通りを太い蛇のようにうねりながら近づいてくる。十人、二十人と横並びで、北へ折れて高速道路へ向かっている。男たちだ、そのほとんどが暗褐色の服を着ている。オーバーオール、軍の放出したコート、毛糸の帽子。棒を手にしている者もいて、全員が早足で黙々と歩いている。列の後尾は見えない。もしも彼が警官だったら恐怖に身がすくんだだろう。

「PAC〔パンアフリカニスト会議〕だ」近くにいるカラードの学生がいう。目をきらきらさせて一心に見入っている。彼のいうことは正しいのか？　どうしてわかるんだ？　識別可能なしるしでもあるのか？　PACはANC〔アフリカ民族会議〕とは違う。ずっと不穏だ。アフリカ人のためのアフリカ！　とPACはいう。白人は海へ追い詰めろ！

何千という男たちの列が蛇行しながら丘を登ってくる。軍隊のようには見えないが、見ての通り、召集されてケープフラッツの荒地から突如としてあらわれた大きな群衆だ。市街《シティ》へ到着したら、なにをするのだろう？　なんであれ、この土地には彼らを阻止できる数の警官はいない、彼らを殺す銃弾だって十分にはない。

十二歳のとき、ほかの生徒たちといっしょに一台のバスに詰め込まれてアダレー通りへ連れていかれたことがある。そこでオレンジ、白、青の紙の旗を持たされ、通りを進むパレードの山車《だし》に向かって旗を振るよう命じられた（山車に乗っていたのはヤン・ファン・リーベックとオランダ系植民者の地味な服を着たその妻、マスケット銃を持った開拓農民《フォールトレッカー》たち、ふとっちょのポール・クルーガーの扮装者だ）。三百年の歴史、アフリカ南端をキリスト教によって文明化した三百年の歳月、と政治家たちは演説した。神に感謝を捧げよう。そしていま彼の目の前で、神は庇護の手を引こうとしている。山の陰で彼は歴史が本来の姿を取り戻すのを目撃しているのだ。

押し黙る周囲の静けさのなかにも、ロンデボッシュ男子高校とダイアサーサン・カレッジ出の、こざっぱりした上質の服に身を包んだ学生たちのあいだにも、半時間前まではベクトルの角度計算に余念がなく土木技師になることを夢みていた若者たちのなかにも、同様の衝撃が感じ取れる。彼らはショーを見物し、ガーデンボーイの行進をひやかすつもりでいたのに、こんな容赦ない演者を目にするとは。彼らのせいで午後が台無し、とにかくいまは家に帰り、コカコーラにサンドイッチでも食べて、起きたことは忘れてしまいたいのだ。

そして彼は？　彼にしても大差ない。明日も船団はまだ航海を続けているだろうか？　思い浮かぶのはそれだけだ。手遅れにならないうちに出国しなければ！

翌日、すべてが終わって行進者たちが家に帰ったとき、新聞がそれについて語る方法を見つける。「鬱積した怒りの発散」と新聞はそれを呼ぶ。「シャープヴィル事件の結果、国中で起きた抗議行動の一つ」と彼らはいう。「警察の（今回に限る）良識と行進指導者との協力によって鎮静化される。政府は姿勢をただして注目するのが賢明だろう」と彼らはいう。こんなふうに事件は骨抜きにされ、実際に起きたことが過小評価されるのだ。彼は騙されない。笛のひと吹きで、ケープフラッツの粗末な掘建て小屋から、おなじような男たちの群衆がわらわらと、以前よりさらに強化され増員されてあふれ出てくるだろう。中国製の銃で武装して。戦って守るべきものを信じていないとき、彼らに立ち向かうことにどんな希望がある？

国防軍のこともある。高校を卒業したとき、軍事教練のため徴兵される白人男子は三人に一人だけだった。彼は幸運にも無差別抽出の候補者名簿に登録されなかった。これからはすべてが変わっていく。新しい法律ができたのだ。いつなんどき召集令状が郵便受けに届くか知れない。しかるべき日の午前九時に陸軍本部《カッスル》へ出頭せよ。洗面用具一式のみ持参のこと。フォールトレッカーホーフテは、トランスヴァール州のどこかにある訓練キャンプで、彼もさんざん耳にしてきた。ケープ州から徴兵された者が故郷からはるか遠くへ送り込まれ、たたきのめされる場所だ。一週間後にはフォールトレッカーホーフテの鉄条網のなかにいて、殺し屋みたいなアフリカーナたちと一つテントに入れられ、缶詰牛肉を缶からじかに喰らい、スプリングボック・ラジオの流すジョニー・レイを聞かされることになるのだ。そんなことには耐えられない、そうなったら手首を切る。残された道は一つしかない、逃亡だ。しかし学士号を取らずに、どうやって逃亡する？ それでは長い旅に、一生かかる長旅に、なにも持たずに出発するようなものじゃないか、服も、金も、武器さえ（この喩えはあまり気が進まないが）持たずに。

5

時刻は遅い、真夜中すぎだ。南アフリカから持ってきた色あせた青い寝袋に入り、ベルサイズ・パークにある友人ポールのワンルームアパートでソファに横になっている。部屋の反対側では本物のベッドでポールがいびきをかきはじめた。カーテンのすきまからナトリウム・オレンジに紫が混じった夜空がぎらりと光る。クッションをのせても足はまだ氷のように冷たい。どうってことはない、ロンドンにいるんだから。

世界には二つ、あるいは三つ、最大級の強度で人生を生きられる場所がある。ロンドン、パリ、たぶんウィーンも。パリがトップだ、愛の都、芸術の都だから。だがパリに住むにはフランス語を教える、いわゆる上層階級の学校へ通っていなければだめだ。ウィーンといえばこれはもうユダヤ人のためにあり、彼らが戻って生得権を再請求すべき場所である。論理実証主義、十二音技法の音楽、精神分析学。残るはロンドン、ここなら南アフリカ人は書類携帯の必要がなく、人々は英語を話す。ロンドンは石が多くて迷宮のようでおまけに寒い、だが近寄りがたい壁の内側では、働く男女が本を書き、絵を描き、作曲をしている。そんな彼らと毎日通りで、そうと知らずにすれちがっているのは、名高く賞賛すべき英国式慎み深さゆえだ。

一部屋にガスコンロと冷水の出る流しのついたワンルームアパート（二階の浴室とトイレは共用）をシェアするため、ポールに週に二ポンド払う。蓄えの総額、南アフリカから持参した金は八十四ポンドだ。すぐに仕事を見つけなければならない。

ロンドン郡庁の役所を訪ねて補助教員の名簿に登録する。教師が急に教えられなくなったとき穴埋めをする仕事だ。ノーザンラインの北のはずれにあるバーネットのセカンダリー・モダンスクール〔一九四四年にできた中等学校、六五年に閉校〕へ面接を受けに行けといわれる。彼の学位は数学と英語だ。校長は彼に社会科を教えてほしい、それから週に二度、午後に水泳を指導してほしいという。

「でもぼくは泳げません」彼は異議を唱える。

「では、ぜひ泳ぎを習得してください」校長はいう。

彼は社会科の教科書を小脇に抱えて学校の敷地を出る。週末は最初の授業の準備か。駅に到着するころには、その仕事を引き受けた自分に悪態をついている。だが、ひどく小心者の彼は、戻って、気が変わったといえない。ベルサイズ・パークの郵便局から教科書を返送する。「不測の事態により義務を果たすことが不可能になりました。誠に申し訳ありません」と短い手紙を添えて。

ガーディアン紙の広告を見てローザムステッドまで出かける。そこはロンドン郊外の農業試験場で、彼の大学でも教科書に使っていた『統計的実験のデザイン』の著者ハルステッドとマッキンタイヤがかつて働いていたところだ。試験場の畑や温室を案内されてから受けた面接は上首尾に終わる。申し込んだ職は下級実験員だ。仕事の中身は試験植物のための対照表を準備し、それぞれ異なる生育法によって得られた結果を記録し、さらにそのデータを研究所のコンピュータで分析すること、これをすべて上級実験員の指導のもとに行う。実際の農作業は農業実験員の監督下で庭師がやるため、自分の手を泥で汚すことはない。

数日後、年収六〇〇ポンドで彼がその職に就くことを承認する手紙が届く。彼は喜びを抑えきれない。やった！　ローザムステッドで働くんだ！　南アフリカの人たちには信じられないだろうな！

気になることが一つ。手紙の結びに「住宅は村のなかか、郡の公営住宅団地に手配できます」とある。彼は返事を書く――申し出は受けるが、できればこのままロンドンに住みたい、ローザムステッドへは通勤する、と。

折り返し人事部から電話がかかってきて、通勤するのは無理だろうといわれる。彼が就くことになるのは勤務時間の決まったデスクワークではない。非常に朝早く仕事を始めなければならないこともあれば、遅くまでやることも、ときには週末までかかることもある。だからすべての実験員とおなじように試験場の近くに住んでいただかなければならない。そちらの事情を再考して、最終決定を連絡していただけないだろうか。

勝利の喜びが粉々になる。都市部から何マイルも離れた住宅団地に寝泊まりし、豆植物の丈を測定するため夜明け前に起きるなんて、ケープタウンからロンドンまではるばるやってきた意味がないじゃないか？ローザムステッドの職に就きたいけれど、何年も苦労して学んだ数学の利用法を見つけたいとは思うけれど、詩の朗読会にも行きたいし、作家や画家にも会いたいし、恋愛もしたい。どうしたらローザムステッドの人たちに――ツイードのジャケットを着てパイプをくゆらせる男たちや、よれよれの髪にフクロウみたいなまるい眼鏡をかけた女たちに――それを理解してもらえる？　どうしたら彼らの前で愛とか詩とか、そんなことばを持ち出せる？

しかし、はたしてこの申し出を断ることができるのか？　本物の仕事に手が届く寸前なのだ、それもイギリスで。はい、とひと言いえばいいのだ。そうすれば母親に、待ちかねているニュースを書き、息子がいっぱしのことをやって高給を取っていると知らせることができる。そうすれば次に母親は彼の父親の姉妹たちに電話して、「ジョンはイギリスで科学者として働いているのよ」といえるのだ。となれば彼女たちの筋違いの文句やあてこすりに止めを刺せる。科学者――これ以上堅実なものがあるだろうか？

堅実さは常に彼に欠けているもの。堅実さは彼のアキレス腱だ。村山さなら十分あるが（母親が思っているほどではなく、かつて自分が思っていたほどでもないが）、彼は堅実であったためしがない。ローザムステッドがあたえてくれるのは、堅実さではないにせよ、即座ではないがそれでも一応の肩書きであり、仕事場であり、殻《シェル》だ。下級実験員からそのうち実験員になり、いずれ上級実験員になる――これほど突出して立派な盾であればきっとその背後で、内密に、秘密裡に、経験を芸術に変形させる仕事を、そのために彼がこの世に生まれてきた仕事を続けることができる。

それは農業試験場の仕事を受けるときの話である。難点は農業試験場がロンドンに、ロマンスの都にないことだ。

ローザムステッドに手紙を書く——再三熟考の末、あらゆることを考慮した結果、ご辞退するのが最良かと考えます。

新聞はコンピュータ・プログラマーの求人広告であふれている。理系の学位があることは望ましいが、必須ではない。コンピュータ・プログラミングについて聞いたことはあっても、それがどんなものか想像がつかない。彼は漫画以外でコンピュータを見たことがないのだ。漫画に出てくるコンピュータはロール紙を吐き出す箱のようなモノに見える。南アフリカには彼が知るかぎりコンピュータは一台もない。

ＩＢＭの広告に応募してみる。ＩＢＭは最大手で最良だから。ケープタウンを発つ前に購入した黒いスーツを着て面接に行く。ＩＢＭの面接者は三十代の男性で、彼も黒いスーツを着ているが、カットがはるかにスマートですっきりしている。

面接者がまず知りたがったのは彼が南アフリカを永久に出たかどうかだ。

出ました、と彼は答える。

なぜ？　と面接者は質問する。

「あの国は革命へ突き進んでいるからです」

沈黙が流れる。革命——不適切なことばだっただろうか、ひょっとしたら、ＩＢＭの社屋内で用いるには。

「では、いつこの革命は起きると思いますか？」面接者が訊く。

答えは用意してある。「五年以内に」シャープヴィル事件が起きてから、南アフリカではだれもがいっていることだ。シャープヴィルは、白人政権が終わることの予兆だ、日に日に自暴自棄になっていく白人政権が終焉に向かいはじめた兆しだと。

面接のあとIQテストを受ける。IQテストならお手の物で、いつも高得点をあげてきた。概して、テスト、クイズ、試験のほうが実生活より上手くいく。

数日のうちにIBMがプログラマー研修員にならないかといってくる。研修コースで好成績をあげ、さらに試用期間を経て、まず正規のプログラマーになり、いつの日か上級プログラマーになる。ニューマン通りのIBMデータ処理機関で自分のキャリアを磨きはじめるのだ、ウエスト・エンドのどまんなか、オクスフォード通りを少しはずれたところで。労働時間は九時から五時まで。初任給は年収七百ポンドになるだろう。

彼はためらうことなく契約条件を受け入れる。

おなじ日にロンドンの地下鉄に貼られたビラの前を通りかかる。求人広告だ。駅の職場主任見習いを募集していて、年収七百ポンドとある。必要とされる最終学歴は高卒以上。年齢は二十一歳以上。イギリスではあらゆる職業に同額の給料が支払われるのか？　もしそうなら、学位をもっていたって意味ないじゃないか？

プログラミングの研修を受ける者がほかにも二人いる。ニュージーランドからきたまあまあ魅力的な女性と、ニキビ面の若いロンドン育ち。IBMの顧客であるビジネスマンも十数人ほどいっしょだ。本来なら全員のなかで彼が、彼とたぶんニュージーランドからきた女性が——彼女も数学の学位をもっているから——もっとも良い成績をあげるはずのところだ。ところがやってみると、彼は事態を理解するのに四苦八苦、紙上の課題も上手くこなせない。第一週の終わりに筆記試験を受けるが、すれすれの成績でどうにかパスする。指導官は彼の成績に満足できず、遠慮なく不満を口にする。実業界にいるのだ。実業界で人は丁重である必要はないことを学ぶ。

プログラミングには面喰らわせるものがあるが、研修を受けるビジネスマンは少しも困っていない。彼は世間知らずにも、コンピュータ・プログラミングとは記号による論理を翻訳する方法であり、理論をディジタルコード化することだと思っていた。ところが話に出てくるのは、在庫品と流出量について、顧客Aと顧客Bについてばかり。在庫品と流出量とはいったいなに？　それが数学とどんな関係があるんだ？　これではカードを束に仕分けする事務員とおなじじゃないか、駅の職場主任見習いとおなじじゃないか。

第三週目の終わりに最終筆記試験を受けて、ぱっとしない成績でパスし、研修終了となってニューマン通りへ進み、そこで机をあてがわれて九人の若いプログラマーと同室になる。オフィス内の家具はすべて灰色だ。机の抽き出しには紙と定規、鉛筆、鉛筆削り、そして黒いビニールカバーの小さなスケジュール表が入っている。カバーにはがっちりした大文字で「ＴＨＩＮＫ」という語が書かれている。メインオフィスのはずれに上司のブースがあり、その机に「ＴＨＩＮＫ」と書いた立札がある。「ＴＨＩＮＫ」がＩＢＭのモットーだ。ＩＢＭの特色は、考えることに情け容赦なく専心することだと思い知らされる。四六時中考えるかどうか、つまりはＩＢＭの創設者トマス・Ｊ・ワトスンの理念に従って行動するかどうか、それは従業員次第だ。考えない従業員はＩＢＭにいる資格はない、ＩＢＭは事務機器世界の貴族なのだ。ニューヨークのホワイト・プレーンズにあるＩＢＭ本社には実験室がいくつかあり、そこでは最先端のコンピュータ・サイエンスの研究が進み、これは全世界の大学を合わせたものよりはるか先を行っている。ホワイト・プレーンズの科学者たちは大学教授よりも高給で、欲しいと思うものはなんでもあたえられる。その見返りに要求されるのが考えることなのだ。

ニューマン通りの職場に勤務する時間は九時から五時までだが、すぐに、男性従業員は五時きっかりに社屋を出ると顰蹙を買うとわかる。世話をしなければならない家族持ちの女性従業員は気兼ねなく五時に退社できるが、男性は最低六時まで働くものとされる。緊急業務があれば、ときには軽い食事をとりにパブへ行く短い休憩をはさんで徹夜で働かねばならない。彼はパブが嫌いなので、ひたすら仕事を続ける。十時前に帰宅することはまれだ。

　彼はイギリスにいる、ロンドンにいる、仕事もある、たんなる教職よりはるかに恵まれた正規の仕事で給料も支払われている。彼は南アフリカから逃げてきた。すべてが上手く運び、第一のゴールは達成し、幸せであるはずだ。実際には数週間ほど経つうちに彼は惨めになるばかりだ。何度もパニックに襲われ、やっとの思いでそれを抑える。職場では、目をやって気を紛らすものがなにもない。あるのは平らな金属の表面だけだ。ぎらつくネオンの影のないまばゆさのなかで、彼は自分の魂そのものが攻撃を受けていると感じる。ビルが、コンクリートとガラスでできたのっぺりとした塊が、無臭無色のガスを発しているようで、それが彼の血液に入り込み、彼を麻痺させる。IBMは絶対に彼を殺そうとしている、ゾンビにしようとしている。

　それでも彼は諦めない。バーネット・ヒルのセカンダリー・モダンスクール、ローザムステッド、IBM。三度目はしくじるわけにはいかない。しくじるなんて、まるで父親みたいじゃないか。IBMという陰鬱で冷酷な媒介者によって、現実世界が彼を試しているのだ。気を引き締めて耐え抜かなければ。

6

ＩＢＭから逃避する方法は映画だ。ハムステッドのエヴリマンシネマで彼の目は世界中の映画に大きく見開かれる。監督は耳新しい名前ばかりだ。ミケランジェロ・アントニオーニ監督の全作品を連続上映で観る。『太陽はひとりぼっち』〔原題は「蝕」〕という映画では、一人の女が太陽の照りつける人気のない街の通りをぶらぶら歩いていく。女は心乱れ、苦悩している。なぜ苦悩しているかまでははっきりしない。女の顔はなにも明かさない。

女はモニカ・ヴィッティ。完璧な脚、官能的な唇、なにかに心奪われている顔、モニカ・ヴィッティが脳裏から消えない。彼女に恋してしまった。彼は夢想する、世界中のすべての男がそうしたように自分が選び出されて彼女を慰め、その苦悩を鎮めるところを。部屋のドアがノックされる。目の前にモニカ・ヴィッティが立っている、指をその唇にあてて声を出すなと合図している。彼は前へ踏み出して両腕で彼女を抱く。時が止まり、彼とモニカ・ヴィッティが一つになる。

しかし、モニカ・ヴィッティが求める恋人は本当に彼か？　彼女の映画に出てくる男たちより上手く彼女の苦悩を鎮められるのか？　自信はない。たとえ二人のために部屋を見つけたとして、どこか静かな、ロンドンの、濃霧に閉ざされた地区に秘密の隠れ家を見つけたとして、それでも午前三時に彼女はベッドから抜け出し、テーブルに向かい、ぽつりと灯るランプの光のなかで、苦悩に取り憑かれて物思いに耽るのではないのか。

モニカ・ヴィッティやアントニオーニ作品に登場するほかの人物が背負う苦悩に彼はまったく馴染みがない。いや、それは苦悩ではなく、もっと深遠なにかだ――苦悶。彼は苦悶を味わってみたい、それがどんなものか知りたい。だが、どうあがいても自分の心の内に苦悶らしきものを認めることができない。どうやら苦悶とはヨーロッパ大陸のもの、ヨーロッパ大陸固有のものらしい。イギリスにはまだ上陸していないのだから、イギリスの植民地など論外だ。

オブザーヴァー紙の記事では、ヨーロッパ映画に見られる苦悶は核による人類絶滅の恐怖が原因であり、また、神亡きあとの不確かさによるものと解釈されている。彼には納得がいかない。涼しいホテルの室内に留まり男とセックスしていればいいときに、赤い火玉となった太陽が照りつけるパレルモの通りへモニカ・ヴィッティを追いやるものが水素爆弾だとか、神が彼女に語りかけないからだとは思えない。なんであれ真相はそれよりもっと複雑であるはずだ。

苦悶はイングマール・ベルイマン作品の登場人物をも苛む。彼らの治癒不能の孤独の原因だからだ。ところがオブザーヴァーはベルイマンの苦悶について、あまり生真面目に受け取らないことを推奨する。あれはもったいぶった臭気ふんぷん、北欧の長い冬と過度の飲酒や宿酔と切り離せない感情だとオブザーヴァーはいうのだ。

ガーディアンやオブザーヴァーなどリベラルと思われている新聞でさえ、知的生活に対して冷淡なことが彼にも次第にわかってくる。深遠かつ真剣なものに直面するとすばやくそれを嘲笑し、洒落のめして片づけてしまうのだ。ＢＢＣラジオの第三プログラムのような孤高の小集団だけが新芸術、つまりアメリカ詩、電子音楽、抽象表現主義を真剣に扱っている。現代のイギリスが無教養な国であると判明するにつれて彼の心は掻き乱される。Ｗ・Ｅ・ヘンリー〔十九世紀末の詩人〕のイギリスや、一九一二年にパウンドが列火のごとく非難していた「威風堂々」行進曲〔エドワード・エルガー作曲〕のイギリスとほとんど変わらないのだ。

ではいったいイギリスで彼はなにをしている？　ここへやってきたのは大きな間違いだったのか？　いまから移り住むのは手遅れか？　芸術の都パリなら、なんとかフランス語をものにすれば、もっと人と心が通じ合えるのか？　いっそストックホルムはどうだろう？　ストックホルムなら精神的にくつろげるだろうか、と彼は考える。しかしスウェーデン人はどうだろう？　それに、どうやって生活の糧を稼ぐ？

ＩＢＭではモニカ・ヴィッティへの妄想のことは秘密にしておかなければならない、ほかの芸術家気取りについてもだ。同僚のビル・ブリッグズというプログラマーに、理由は判然としないが仲間として受け入れられる。ビル・ブリッグズは背が低く、あばた顔だ。シンシアというガールフレンドがいて結婚するつもりでいる。ウィンブルドンにテラスハウスを買うための頭金が貯まるのを楽しみにしている。ほかのプログラマーたちがどこぞのグラマースクール訛りでしゃべり、一日の仕事始めにテレグラフの金融欄をめくって株価をチェックするのに対し、ビル・ブリッグズはロンドン訛りが目立ち、金は住宅金融組合の口座に貯めている。

社会的出自を除けばビル・ブリッグズがＩＢＭで出世しない理由はない。ＩＢＭはアメリカ企業であり、英国の階級的ヒエラルキーが我慢ならない。それがＩＢＭの強みだ、要するに、あらゆる種類の人間がトップになれる、なぜならＩＢＭにとって重要なのは忠誠心と骨惜しみせずに一心に働くことだから。ビル・ブリッグズは骨惜しみせずに働き、ＩＢＭへの忠誠心は文句のつけようがない。おまけにビル・ブリッグズはＩＢＭとニューマン通りのデータ処理センターに関する、より大きな目標を把握しているらしく、その点にかけては彼の比ではない。

ＩＢＭ被雇用者には冊子になったランチ用クーポンが支給される。三シリング六ペンスのクーポンがあればかなりまともな食事ができる。彼が通いたいと思う店はトテナムコート・ロードのリオンというブラッスリで、そこではサラダバーで何度でもお代わりができる。だがＩＢＭプログラマーたちが足しげく通う店はシャーロット通りのシュミッツだ。そこで彼はビル・ブリッグズとシュミッツへ行き、子牛肉のカツレツか野兎の赤ワイン煮込みを食べる。気分を変えたいときはグッジ通りのアテナへムサカを食べにいく。ランチのあと、雨が降らなければ仕事に戻る前に少し街を散策する。

ビル・ブリッグズと彼の会話では、話題にしないと暗々裡に了解する事項があまりに広範囲におよび、話すことがなにも残らないことに驚く。野心や大きな願望については話し合わない。個人的生活についても、それぞれの家族のことや生い立ち、政治や宗教、芸術についても口にしない。フットボールなら話題にできただろう、彼がイギリスのチームについてなにも知らないということさえなければ。となると残るは天気、鉄道ストライキ、家の値段、IBMくらいだ——IBMの今後の計画、IBMの顧客と顧客プラン、IBMでだれがなにをいったか。

これでは退屈な会話になるばかりだが、明るい面だってある。わずか二カ月前、彼はサウサンプトン埠頭の霧雨のなかに降り立った無知な田舎者《プロヴィンシャル》だった。それがいまやロンドンという街のどまんなかにいて、黒いユニフォーム姿でロンドンのほかの会社員と見分けがつかない。日々の話題について生粋のロンドン子と意見を交わし、会話上の礼儀作法を首尾よくこなしている。そのうち、もし着実に進歩して、母音の発音に気をつけていれば、だれも彼の異質さに気づかなくなるだろう。群衆に紛れてしまえばロンドン子として通るようになり、ひょっとすると、順調にことが運べば、イギリス人として通るようになるかもしれない。

いまでは収入を確保し、ロンドン北部のアーチウェイ通り近くに自分で部屋を借りられるようになった。部屋は三階で窓から貯水池が見える。ガスヒーターがあり、食料や瀬戸物を収納する棚とガスコンロのついた小さなスペースがある。隅にはメーターがあり、一シリング投入すると一シリング分のガスが使える仕組みだ。

食事はいつもおなじ。りんご、オート麦のポリッジ、パンとチーズ、それにチポラータと呼ばれる味つきソーセージで、これをガスコンロで炒める。本物のソーセージよりチポラータのほうが好きなのは冷蔵する必要がないからだ。炒めても油が滲み出ない。挽肉といっしょにジャガ芋の粉がたっぷり入っているのではないかと思う。でもジャガ芋の粉は身体に悪くはない。

朝早く出かけて帰宅も遅いため、ほかの住人を見かけることはめったにない。すぐに判で押したような日課ができあがる。土曜は書店、ギャラリー、博物館、映画館ですごす。日曜は部屋でオブザーヴァーを読み、それから映画に行くか、ヒースを散歩する。

土曜と日曜の夕方が最悪だ。ふだんは水際で塞き止めている淋しさがひたひたと彼を被う。ロンドンの陰鬱な灰色の湿気った天候と見分けのつかない淋しさ、舗道の鉄のように固い冷たさと区別できない淋しさ。声を出さずにいると顔が硬直し麻痺するのが感じられる。ＩＢＭとそこでの紋切り型のやりとりですら、この沈黙よりはましだ。

彼の願望は、彼自身その渦中にあって移動中の無表情の群衆から一人の女があらわれて、彼の視線に応え、無言でそばへやってきて、いっしょに（まだ無言だ——最初に交わすことばはなにか？——想像もつかない）彼のワンルームアパートへ帰り、セックスをし、暗闇に消え、次の夜もまたあらわれて（座って本を読んでいると、ドアがノックされ）、ふたたび彼を抱擁し、ふたたび真夜中きっかりに姿を消す、というふうにことは進み、その結果、彼の生活は一変し、溜まり狂った詩句が一気に解き放たれて、リルケの『オルフェウスへのソネット』のような詩形になることだ。

ケープタウン大学から一通の手紙が届く。試験成績が優秀だったため、大学院へ進むなら二百ポンドの奨学金が授与されるとある。

小額すぎる、この額では英国の大学へ入学するにはとても足りない。とはいえ、こうして仕事を見つけたのだし、それを放棄するなんて考えられない。奨学金を辞退しないなら、残る選択肢は一つ、ケープタウン大学の修士課程に「不在」学生として登録することだ。登録様式に彼は書き込む。「重点研究領域」の欄には熟考の末に「文学」と書く。「数学」と書けたらいいのだが、数学を続けるほど頭が良くない、それが事実だ。文学は数学ほど高潔ではないかもしれないが、少なくとも文学には彼を畏縮させるものがない。研究課題としてはエズラ・パウンドの『キャントーズ』にしようかと漫然と考えるが、最終的にはフォード・マドックス・フォードの小説をやることにする。フォードなら少なくとも中国語を覚える必要はない。

フォードは、本名がヘファー、画家のフォード・マドックス・ブラウンの孫として生まれ、一八九一年に十八歳で最初の自著を出版した。それ以来、一九三九年に死ぬまで文学の仕事だけで生計を立てた。パウンドは彼を当時もっとも偉大な名文家と呼び、彼を無視したイギリス人大衆を烈しく非難した。彼自身はこれまでフォードの小説を五冊読み――『良き兵士』と四冊から成る『パレードの終わり』――その結果、パウンドは正しいと確信する。フォードが用いるプロットの複雑かつ揺れ動く年代叙述とその手際の良さは目が眩む。それとなく挿入されて何気なく反復されるメモが、数章先で、主要なモチーフとして立ちあらわれるのだ。クリストファー・ティーチェンスと、ぐんと年下のヴァレンタイン・ワノップとの恋愛にも感動する。ヴァレンタインがその気になっているのに、ティーチェンスは自制して最後の一線を越えない。理由は（ティーチェンスがいうには）男たるもの処女を奪ったりしないものだから。ティーチェンスの寡黙で陳腐な礼儀正しさという気質《エートス》が彼にはまったくもってあっぱれな、まさにイギリス人であることの神髄に思える。

フォードが五冊のこんな傑作を書くことができたなら、きっとほかにも傑作があるに違いない、と自分に言い聞かせる。目録が作成されたばかりの未整理の全著作物のなかには未確認の傑作が埋もれていて、自分はそれを世に出す一助になれるかもしれない。即座にフォード作品の読破に着手し、土曜は終日英国博物館の読書室ですごし〔当時、図書館は博物館内にあった〕、週に二晩、読書室が遅くまで開いている夜も通いつめる。初期作品は落胆するものであると判明するが、まだ技巧を学んでいる時期だから、とフォードの肩をもちながら先へ進む。

ある土曜日、隣の机で読書中の人物と会話が始まり、博物館のティールームでいっしょにお茶を飲む。彼女の名前はアンナ、ポーランド系でまだ微かに訛りがある。研究職として働いていて、読書室へ来るのはその仕事の一部だという。目下、ナイル河の源流を発見したジョン・スピーク〔十九世紀イギリスの探検家〕の生涯について資料を調べているそうだ。彼のほうはフォードや、フォードとジョゼフ・コンラッドの共作のことを述べる。彼らはコンラッドがアフリカですごした時期のこと、ポーランドですごした幼少期のこと、のちにイギリス人名士になりたがった彼の願望のことを話す。

話しながらふと思う——英国博物館の読書室でF・M・フォードを研究する学生である彼がコンラッドの生国の女性と出会うのはなにかの予兆か？　アンナが彼の「運命の女《ひと》」か？　彼女は美人ではない、それは確かだ。彼より年上で、顔は骨張っていて、やつれ顔だし、実用本意のフラットシューズに着崩れした灰色のスカート。しかし彼のほうが見栄えがいいなんてだれにいえる？

いっしょに出かけないかともう少しでいいそうになる、たぶん映画に。しかしそこで彼の勇気はしぼむ。思い切って口にしても、ぱっと良い反応が返ってこなかったら？　屈辱的な気持ちにならずにどうやって切り抜ける？

読書室にはほかにも彼のような孤独な常連がいるのではないか。たとえばあばた顔の、腫れ物と古い包帯の臭気を発するインド人。彼がトイレに立つたびに、どうもそのインド人はあとを追ってきて、いまにも話しかけようとしながら、それができない。

ついにある日、便器に向かって並んで立ちながらその男が口を切る。キングズ・カレッジの学生ですか？　男はしゃちこばった調子で訊く。いや、ケープタウン大学です、と彼は答える。お茶でも飲みませんか、と男が誘う。

彼らはティールームでいっしょに腰をおろす。男は自分の研究について長々と語りはじめ、グローブ座における聴衆の社会構成をめぐる話になる。彼はとくに関心があるわけではないが、注意を払うよう最善をつくす。

精神生活、と彼は内心考える――われわれがひたむきに打ち込んできたのはそれか、英国博物館の奥深く入り込んだ者が、自分とここにいる孤独な放浪者たちが打ち込んできたものとは？　いつの日かわれわれは報われることがあるのだろうか？　この孤独が晴れることがあるのだろうか、それとも精神生活そのものがその報いなのか？

7

土曜の午後三時。開館時刻からずっと読書室にいて、フォード・マドックス・フォードの『ミスター・ハンプティ・ダンプティ』を読んでいる。あまりに長々しい退屈な小説で眠気と必死で戦わねばならない。もうすぐ読書室が閉まる時刻になり、大きな博物館全体が閉館する。日曜は読書室は開館しない、いまから次の土曜まで、読書には夜に一時間ほど捻出できるかどうかだ。あくびに襲われながら閉館時間まで粘るべきだろうか？　一体全体こんな計画になんの意味がある？　コンピュータ・プログラマーにとって、もしもコンピュータ・プログラミングが彼の人生であるなら、英文学で修士を取得してなんになる？　それに発掘しようとしている未確認の傑作はどこにあるんだ？　『ミスター・ハンプティ・ダンプティ』がその一つではないことは明白だ。彼は本を閉じて荷物をまとめる。

屋外ではすでに光が翳りはじめている。グレートラッセル通りからトテナムコート・ロードまでとぼとぼ歩き、そこからチャリングクロスへ向かって南下する。舗道の雑踏はその大半が若者だ。正しくいえば彼と同年代だが、全然そうは思えない。自分が中年のように感じる、成熟前に老いてしまった中年男。血色が悪く、生え際が後退し、疲れ切って、軽く触れただけで皮膚が剥落しそうな学者の一人。もっと深刻なのは、彼がいまだに子供であり、世界における自分の位置に無知で、おびえ、優柔不断なことだ。この巨大で寒々しい都会で、彼はいったいなにをしている？　生きているだけでも四六時中しっかりつかまり転落せずにいなければならない場所で。

チャリングクロスの書店は六時まで開いている。六時までは行くところがある。それ以後は土曜の夜になにか面白いことを探し歩く連中に混じって、あてもなく歩くことになる。しばらくは流れに沿って、彼もまたなにか面白いことを探すふりをして、どこか行く予定や、だれかに会う予定があるふりをして歩くことはできるが、ついにそれも諦めて電車に乗り、アーチウェイ駅と自室の孤独へ戻らなければならない。

フォイルズ、はるかケープタウンまでその名が知れ渡る書店は、行ってみるとがっかりだった。フォイルズには出版された全書籍が揃っているというふれこみは真っ赤な嘘で、とにかく書店員はたいてい彼より若く、在庫の在処がわかっていない。ディロンズのほうが彼は好きだ、本の並びはでたらめかもしれないが。ディロンズには週に一度は寄って新刊をチェックするようにしている。

ディロンズに並んだ雑誌のなかに偶然「アフリカン・コミュニスト」を発見する。「アフリカン・コミュニスト」のことは耳にしていたが、実際に目にしたことはなかった。南アフリカでは出版禁止だからだ。驚いたことに寄稿者の何人かはケープタウン出身の同期生ではないか。昼間は寝ていて夕方になるとパーティに出かけて酔っぱらい、両親にさんざん金をたかり、試験に失敗し、三年で取得する単位に五年もかかったようなやつらだ。なのにここでは偉そうな調子で移民労働の経済について、トランスカイの田舎で起きた蜂起について記事を書いている。踊ったり飲んだり放蕩の限りをつくしながら、こんなことを学ぶ時間がとこにあったのだろう?

しかし彼がディロンズにやってきた本当の目的は詩の雑誌だ。正面ドアの背後の床に無造作に山積みされている「アムビット」「アジェンダ」「ポーン」といった雑誌や、キールなどという辺鄙な土地から送られてきた謄写版刷りの冊子だ。号数も不揃いで、発行後かなり経つ、アメリカ人の批評が載っているものだ。それぞれ一冊ずつ買って自室にひと山持ち帰り、じっくり読んで、だれがなにを書いているか、もしも自作を発表しようとするならどれが適しているか、見当をつけようとする。

英国の雑誌で主流をなしているのは日々の雑感や経験を扱った愕然とするほど地味でつまらない詩で、こんなものには半世紀前だってだれも驚かないだろう。ここ英国の詩人たちの野心はいったいどうなっているのか？　エドワード・トマスと彼の世界はとうのむかしに終わりを告げたことが理解できないのか？　パウンドやエリオットからなにも学ばず、ボードレールやランボー、ギリシアの風刺詩人、中国の詩人など引き合いに出すまでもないのか？

　だが、ひょっとすると彼は英国人のことをせっかちに決めつけすぎているのかもしれない。お門違いの雑誌を読んでいるのかもしれない。あるいは、もっとほかに大胆な出版物があってもディロンズには置いてもらえないのかもしれない。それとも、創造精神に富んだサークルがあっても、主流の傾向にひどく悲観的で、自作を発表した雑誌をディロンズのような書店に送ったりしないのだろうか。たとえば「ボッテーゲ・オスクーレ」〔一九四八〜六〇年までローマで発行された雑誌〕。「ボッテーゲ・オスクーレ」はどこで買える？　そういう啓発されたサークルがあるとしたら、どうすれば発見できるのか、どうすれば彼らと知り合えるのか？

　自分の書いたもの、かりに明日死ぬとしたら残していきたいもの、それはわずかばかりの詩だ。ある無欲の学者によって編集され、こぎれいな十二折判の冊子に印刷したもので、読んだ人は首を振りながら「あんなに有望だったのに！　こんな無駄遣いをして！」と小声でつぶやくことになるのだろう。それが彼の願いだ。しかし、じつをいうと彼の書く詩はどんどん短くなっていくばかりか——そんな気がしてならない——実質性を欠いていく。もう十七歳や十八歳のころ書いていたような詩を書く気にはなれない。あれはときに何ページにもおよぶ、散漫かつ不器用な部分を残しながらも大胆で斬新さに満ちた詩だった。あのころの詩は、いや、あのころの詩の大部分は、恋をする苦悩から生まれた、と同時に、当時の怒濤のような読書体験から生まれたものだ。あれから四年がすぎていまも苦悩はしているものの、その苦悩は習性となり、むしろ慢性となり、消えない頭痛のようなものになってしまった。彼の書く詩はひねくれた短いもので、あらゆる意味でマイナーだ。名目上のテーマがなんであれ、その中心にいるのは、罠にはまり、孤独で、惨めな、彼自身だ。とはいえ紛うことなく見えてしまうのは、新しい詩がエネルギーを欠き、精神の袋小路を真摯に表出したいという欲望すら失われていることだ。

実際、彼はいつも疲れ切っている。大きなＩＢＭのオフィスで灰色の机に向かいながら、突発的に襲ってくる大あくびを必死で嚙み殺そうとする。英国博物館では目の前のことばが泳いでいる。突っ伏して腕を枕に寝てしまいたい、思うのはそればかりだ。

しかし、このロンドンで送る生活が計画や意味を欠いたものであることを受け入れるわけにはいかない。一世紀前なら詩人たちは阿片やアルコールでみずからを錯乱させ、狂気の一瞬によって幻視体験について報告することができた。そういった手段でみずからを予見者へ、未来の預言者へと変身させたのだ。阿片やアルコールは彼の方法ではない、健康におよぼす影響が恐ろしすぎる。しかし極度の疲労と惨めさには、おなじ効果をおよぼす力があるのではないか。精神衰弱すれすれで生きるのは狂気の縁で生きるのと大差ないではないか。どうして、「左岸」の屋根裏部屋に身を隠して家賃を払わないとか、髭面で風呂も入らず悪臭を放ちながらカフェからカフェへ渡り歩き友達に酒をたかることが、黒いスーツを着て魂を破壊する事務仕事をしながら、死に至る孤独や欲望のないセックスを甘受することより大きな犠牲的行為となり、大きな個性消滅となるのか。どう考えてもアブサンとボロボロの衣服はいまや流行遅れだ。それに大家から家賃を騙しとることの、どこが英雄的なんだ？

Ｔ・Ｓ・エリオットは銀行で働いていた。ウォレス・スティーヴンスやフランツ・カフカは保険会社で働いていた。エリオットもスティーヴンスもカフカも、それぞれのやり方でポーやランボーに負けず劣らず苦しんだ。エリオットやスティーヴンスやカフカのあとに続くという選択は、なんら不名誉なことではない。彼が選んだ道は彼らがしたように黒いスーツに身を包み、「燃えるシャツ」のようにそれを着て、だれも搾取せず、だれも騙さず、経済的に自立することだ。ロマン派の時代、芸術家は途轍もない狂気をめざした。狂気が彼らから何連もの譫妄的な詩句や偉大な絵筆の滴りを引き出した。そんな時代は終わったのだ。もしも狂気に苦しむことが彼の宿命であるなら、彼自身の狂気はもっと違った、静かで、控えめなものになるだろう。片隅に腰をおろして背をまるめ、身を固くし、デューラーのエッチングに描かれた長衣の男のように、辛抱強く地獄の季節が過ぎるのを待つ。それが過ぎれば、それを耐え抜いたことで、彼はよりいっそう強くなるのだ。

そんなところが気分の良い日に自分に言い聞かせる物語だ。そうではない日、つまり気分の冴えない日は、こんな単調な感情がはたして偉大な詩を燃え立たせることがあるのかと思う。彼の内部の音楽的衝動は、かつてあれほど強力だったにもかかわらず衰退の一途だ。こうして詩的衝動を喪失するのか？　詩から散文へ追いやられるのか？　それが散文の秘かな存在理由なのか？　つまり第二の選択肢、衰えゆく創造的精神が最後の頼みの綱とするもの？

ここ一年で書いた詩のうち、気に入っているのはたった五行だけだ。

伊勢エビ漁師の妻たちが
目覚めると独り、に慣れたのは、
幾々世紀も暁に夫が漁に出てきたからで、
彼女たちの眠りにはぼくのような悩みもない。
きみが旅に出たのなら、
　ポルトガルの伊勢エビ漁師を訪ねなさい。

「ポルトガルの伊勢エビ漁師」――こんな世俗的なフレーズを一篇の詩に忍び込ませたことで彼は秘かにほくそ笑む。たとえその詩が、よく見れば見るほど意味が薄れていくにしてもだ。彼は溜め込んだことばや語句のリストをいくつも作成し、世俗的なもの難解なもの、それぞれしっくりおさまる場所が見つかるのを待っている。たとえば「perfervid（灼熱の）」という語――いつの日かこの語を一篇のエピグラムのなかに嵌め込もう。一つのブローチが一個の宝石にとってぴたりとおさまる台座になるように、一語がぴたりとおさまる台座として書かれた秘史をもつ詩だ。一見、愛のことを、絶望のことを書いているようで、それでいて、ある一つの愛らしい音をもつ語から、彼ですらその意味するところをまだ完璧につかみ切れていない語から、ぱっと開花するような詩。

詩の世界でキャリアを積むためにエピグラムははたして適切だろうか。形式としてはエピグラムに悪いところはない。ギリシア人がくり返し立証したように、一つの感情世界をわずか一行の詩句に圧縮することができる。しかし彼のエピグラムがいつもギリシア詩のような圧縮に成功するわけではない。あまりにしばしば感情を欠落させ、あまりにしばしば机上のことば遊びにすぎなくなる。

「詩は感情を解き放つことではなく、感情からの逃避なのだ」彼が日記に書き写してきたエリオットのことばにはそうある。「詩は個性を表現することではなく、個性から逃避することだ」といったあとでエリオットは苦々しく思い直して付け加える――「しかし個性と感情をもつ者だけが、そこから逃避したいとはどういう意味かを知っているのだ」

紙上にただ感情をぶちまけるのは身の毛がよだつほど嫌いだ。いったん漏れ出したら止める手段がなさそうだ。動脈を切って生命源たる血が噴き出すのをじっと見ているようなものだ。散文は、幸いなことに感情を要求しない、そのことはわきまえておかなければ。散文とは、暇をみてジグザグに船を進めてパターンを作ることのできる、平らで穏やかな水面のようだ。

散文を書く初めての試みに一週間を振り当てる。試みから、試みなんてものがあるとして、そこから出てきた物語には現実的プロットがない。重要なことはすべて語り手の心の内部で起きる。彼自身にひどくよく似た無名の若い男が無名の女の子を人気のないビーチへ連れていき、彼女が泳ぐのを見ている。彼女のちょっとした動作から、ある無意識の身振りから、彼は突然、彼女が浮気したことを確信する。さらに、彼が知っていることを彼女も見抜いていると気づいて、どうでもいいかと彼は思う。それで終わり。作品はそんな終わり方をする。それが成果。

この物語、書きはしたものの、どうしていいかわからない。だれかに見せたいという切実さは感じない。モデルとなった少女はひょっとしたら別か。しかし彼女とは連絡が途絶えている。いずれにしろ、彼女だってそれが自分だというヒントがなければ気づかないだろう。

物語は南アフリカが舞台だ。いまだに南アフリカについて書いていることに動揺する。南アフリカを置き去りにしたとき南アフリカ的自己をも置き去りにしたかった。南アフリカは悪しき出発地点、ハンディキャップだ。ぱっとしない田舎の家族、劣悪な学校教育、アフリカーンス語——ハンディキャップを構成するこういったすべてのものから、多かれ少なかれ、彼は逃げ出してきた。いま彼はより広い世界で自分で生活の糧を稼ぎながら、なんとか、少なくとも傍目には失敗せずにやっている。南アフリカのことを思い出す必要はないのだ。かりに明日、高波が大西洋から押し寄せて、アフリカ大陸の南端を押し流したとしても、彼は一滴の涙もこぼさないだろう。自分は救出された者のなかにいるのだから。

彼が書いた物語は取るに足りないものではあるが（それは疑うべくもない）、それほど悪くはない。とはいえ、それを発表しようとしても無駄だ。イギリス人には理解できないだろう。物語に出てくるビーチから彼らはイギリス風ビーチを、さざ波に洗われる数個の小石を思い浮かべるだろう。イギリス人には、切り立つ岩壁の裾に荒波がぶつかって白く泡立つ砂地と、頭上を風に抗って鷗や鵜が飛び交うまばゆい空間が見えはしまい。

散文が詩のようにいかない点はどうやらほかにもありそうだ。詩ではアクションが起きるのはどこでもないあらゆる場所、つまり、漁師の孤独な妻が住んでいるのはカーク湾だろうと、ポルトガルだろうと、ハインだろうとかまわない。それに対して散文は個別の舞台設定が執拗に要求されるらしい。

イギリスを散文で扱えるほど彼はまだイギリスのことを十分知らない。ロンドンの馴染んだ部分だって扱えるかどうか心もとない。それは重い足取りで職場へ向かう群衆のロンドン、寒くて雨の多い、カーテンのない窓と四十ワット電球のワンルームアパートのロンドンだ。試みたとしてもその結果は、ほかの独身の事務職員のロンドンとなんら変わらないのではないか。自分自身のヴィジョンを抱いているとしても、独自性のかけらもないヴィジョンだ。もしも一定の強度があるとするなら、それは狭量さゆえで、狭量であるのはその外部のすべてに無知だからだ。彼はまだロンドンを制覇していない。もし制覇が進行するとすれば、それはロンドンが彼を制覇するのだ。

8

初めて試みた散文の企てが人生の方向を変える前触れなのだろうか？　詩を断念しようとしているのだろうか？　自分でもよくわからない。しかし、もし散文を書くなら徹底的にジェイムズ流を極めなければならないかもしれない。ヘンリー・ジェイムズはたんなる国民性を超越する方法を示している。つまりジェイムズの作品はロンドン、パリ、ニューヨークのどこが舞台なのか必ずしも明確ではない。日常生活のメカニズムを究極的に超越するのがジェイムズなのだ。ジェイムズの登場人物たちは家賃を払う必要がないし、もちろん職に就いている必要もない。彼らに求められるのは過度に微細な会話だけで、会話の効果が力関係の些細な変化をもたらし、その変化がまた経験を積んだ者の目にしか見えない微細さである。そんな変化が起きたとき物語に登場する人物間の力関係が（一気に《ヴァラ》！）あらわになり、突然、不可逆的に変化したことがわかる。それだけの話で、物語は山場を越えて終局を迎えることができる。

　彼はジェイムズ流の文体で書く練習をみずからに課す。ところがジェイムズ流作法は思っていたほど容易に習得できるものではない。彼が思いつく登場人物に過度に微細な会話をさせるのは哺乳動物に空を飛べというようなものだ。一、二瞬、両腕をばたつかせながら宙に身体を浮かせる。そして墜落だ。

　ヘンリー・ジェイムズの感受性は彼よりずっと繊細だ、それは疑うべくもない。しかし、それで彼の失敗がすべて説明できるわけでもない。ジェイムズはとにかく会話が、ことばのやりとりが重要だと信じさせたいのだ。それは信条として受け入れるつもりでも、具体的にそれに倣うことができない。このロンドンでは、その容赦ない歯車が彼を破壊しつつある都市では無理だ、この都市から書くことを学ばなければならないのに、でなければ、いったいなぜここにいるのか？

かつては、まだ無心な子供だったころは、頭の良さが唯一の決定的な物差しであり、頭が良ければ欲しいものはなんでも手に入ると信じていた。大学へ通って身の程を思い知らされた。大学は彼がいちばん頭の良い人間ではない、全然違う、と教えてくれた。そしていま現実生活に直面して、ここには頼りとなる試験さえない。現実生活で、これなら上手くできると思うのは惨めでいることのようだ。惨めさではいまもクラスのトップだ。彼が引き寄せて耐え抜くことのできる惨めさには限界がないらしい。このよそよそしい都市の寒い通りをとぼとぼと歩きまわり、自分を疲労困憊させれば自室に帰ったときどうにか眠りにつけるだろうと、あてもなく、ひたすら歩いているうちは、惨めさの重圧に押し潰されそうな気配を自分の内部に感じることはまったくない。惨めさは彼の基本要素なのだ。惨めさのなかにいれば水中の魚のように気持ちが落ち着く。もしも惨めさが撲滅すべきものであるとするなら、彼は自分をどうすればいいのかわからない。

幸福は人になにも教えない、と自分に言い聞かせる。一方、惨めさは将来にそなえて人を鍛えあげる。惨めさは魂のための学校だ。惨めさの水から抜け出して対岸へ渡るとき、人は浄化され、強化され、芸術生活の挑戦をふたたび受けて立つ準備ができているのだ。

そうはいっても惨めさには浄化の湯浴みのような感じはない。それどころか汚水溜めをくぐるようだ。新たに、ひとしきり惨めさをくぐり抜けると、より賢く強くなるのではなく、頭が鈍くなり気力も萎えている。どうすれば惨めさにあるはずの浄化の効能が上手く働くのか？　彼はまだ十分深く泳いでいないのか？　たんなる惨めさを超えてメランコリアや狂気の内部まで泳ぎ進まなければいけないのか？　明らかに狂人といわれる人間にはまだ会ったことはないが、ジャクリーンのことを忘れたわけではない。彼女は自分でもいうように「セラピー中」で、その彼女と断続的ではあれ六カ月も同棲した。ジャクリーンが創造性を奮い起こす聖なる炎を焚きつけることは一度もなかった。それどころか、彼女は自分のことで頭がいっぱい、どう出るか予測不能、いっしょにいるとひどく疲れた。芸術家になるにはここまで身を落とさなければならないという類いの人物なのか、あれは？　とにかく、狂っていようが惨めであろうが、疲労が手袋をはめた手みたいに脳髄をつかんで締めつけるとき、どうすれば書けるというのだ？　それとも彼が疲労と呼びたがるものはじつは試練、偽装した試練、またしてもしくじる試練なのか？　疲労のあとにさらなる試練がやってくるのか？　周期的に襲ってくるのか、ダンテの『地獄篇』のように？　疲労とはヘルダーリンやブレイク、パウンドやエリオットのような、偉大な文豪が通過しなければならなかった試練の手始めにすぎないのか？

この身にそれが訪れて、ありありとこれがそうかと感じたい、ほんの一分、一秒でいい、芸術の聖なる炎に焼かれるとはどういうことか、彼は知りたい、切実に。

苦悩、狂気、セックス、それが聖なる炎を呼び寄せる三つの方法だ。苦悩の底辺なら訪ねた、狂気にも触れたが、セックスのなにを知っている？　セックスと創造性は同期する、とだれもがいう。それは彼も疑わない。芸術家は創造者であるがゆえに愛の秘密を駆使できるのだ。芸術家の内部で燃える炎を女たちは、直感という能力によって見抜く。女たち自身には聖なる炎がない（例外はある、サッポーとエミリ・ブロンテだ）。女たちが芸術家を追い求めてみずからを投げあたえるのは、自分に欠けている炎を、愛の炎を求めるからだ。セックスによって芸術家とその愛人はしばし、焦らしからかいながら神々の生活を経験する。そんなセックスから芸術家は豊かになり、力を得て自分の仕事へ戻り、女たちは変身をとげてその生活へ帰っていく。

では、彼はどうか？　もしも女がだれ一人、彼のぶざまさと、かたくなな厳格さの奥にちらりと揺れる聖なる炎を見抜かないとしたら、もしも女がだれ一人、強烈な良心の呵責なしには彼に身を委ねたりしそうにないなら、もしも彼が馴染んできたセックスが、女のほうも彼自身もおなじように、不安だったり、退屈だったり、あるいは不安で退屈だったりしたら、それは彼が本物の芸術家ではないということか、それとも、彼にはまだまだ苦悩が足りないということか？　煉獄ですごす時間が、あらかじめ課せられた何度かの情熱のないセックスも含めて、十分ではないということか？

ヘンリー・ジェイムズはたんなる生活に対する高尚なる無頓着さによって彼を強力に惹きつける。しかし、試みることはできるだろうが、ジェイムズの見えざる手が伸びてきて彼の額に触れ、祝福するとは思えない。ジェイムズは過去の人だ。彼自身が生まれたときジェイムズは死後二十年も経っていた。ジェイムズ・ジョイスはまだかろうじて生きていた。彼はジョイスを賞讃し、『ユリシーズ』の数節を暗唱することもできる。しかしジョイスは彼の殿堂に入るにはアイルランドとアイルランド的諸事に堅く結びつきすぎている。エズラ・パウンドとT・S・エリオットはたぶんおぼつかない足取りながら、神話に包まれながら、かたやフッパロで、かたやこのロンドンでまだ生きている。だが彼が詩を放棄する（それとも詩が彼を放棄する）なら、パウンドやエリオットがこれ以上どんな手本を見せてくれる？

現代の偉大な人物で残るはただ一人、D・H・ローレンスだ。ローレンスもまた彼が生まれる前に死んでしまったが、それは事故と見なせる。ローレンスは若死にしたのだから。ローレンスを初めて読んだのはまだ中学生のときで、当時は発禁書のなかでも『チャタレイ夫人の恋人』がもっとも悪名高かった。大学の三年までに習作時代のもの以外ローレンスの全作品を読破した。ローレンスには学生仲間も夢中だった。ローレンスから学生たちが学んでいたのは礼儀正しさという因襲の脆い殻を粉砕し、存在の秘かな内奥をあらわにすることだった。女の子たちはふわりと垂れるドレスを着て雨のなかで踊り、彼女たちの暗い内奥へ導くと約束する男たちに身をまかせた。男たちがそこへ導くことに失敗したら、女たちはもどかしそうに彼らを捨てた。

彼は自分がローレンスの熱狂的信者にならないよう慎重だった。ローレンスの本に出てくる女たちは彼を不安にした。蜘蛛やカマキリみたいな残忍な昆虫の雌を思わせたのだ。大学で色白の、黒い衣装の、意味ありげな目つきの、信者集団の巫女に凝視されると、自分が神経質で、ちょこまか走る独り身の雄の小昆虫になったような気がした。なかには寝てもいいなと思う子もいて、それは否定できないが——結局は、女をその暗い内奥へ連れていくことで男は初めて自分の暗い内奥へ到達できるのだから——しかし、彼はあまりに恐ろしかった。彼女たちのエクスタシーは火山のようで、それを生き延びるには彼はあまりに微弱すぎた。

おまけに、ローレンスに倣う女たちは独自の貞操規範をもっていた。長期に渡る氷河期に入り込むと、その期間は独りか姉妹だけでいたがり、この期間は自分の身体を差し出すと考えるのは規範に背くことになるらしかった。その氷のような眠りから彼女たちを目覚めさせることができるのは、暗い、雄自身からの傲慢な呼びかけのみだ。彼は暗くも傲慢でもなかったし、少なくとも彼の本質的暗さと傲慢さはまだ表面にあらわれてはいなかった。そんなわけで彼はほかの女の子と、まだ女になりきっていない、決して女になりそうもない女の子たちとつきあった。彼女たちには暗い内奥も、いうべきものもなかったから。心の奥ではそうすることを望んでいないその女の子たちとおなじように、彼もまた心の奥の奥ではそうすることを望んでいるとはいいがたいまま。

ケープタウンを経つ数週間前にキャロラインという名の女の子とつきあいはじめた。舞台に立ちたいと思っている演劇科の学生だ。二人で芝居を観にいき、夜通しサルトルよりもやっぱりアヌイだ、ベケットよりもイヨネスコだと議論し、いっしょに寝た。ベケットは彼の好きな作家だったが、キャロラインはそうではなかった。ベケットは憂鬱すぎると彼女はいった。本当の理由はベケットが女性パートを書かなかったからではないかと彼は思った。彼女にそそのかされて劇作にまで手を染めて、『ドン・キホーテ』をめぐる詩劇を書いた。しかし、すぐに行き詰まった。むかしのスペイン人の心はあまりに遠く、そこに自分の考えを入り込ませることができず、そこで諦めた。

あれから数カ月が経ち、キャロラインがロンドンにあらわれて連絡してくる。ハイドパークで会う。彼女にはまだ南半球の日焼けが残り、活力にあふれ、ロンドンにいることで大喜び、彼と会ったことで大喜びだ。公園をぶらつく。春がやってきて、夕方が日増しに長くなり、樹木に若葉が芽生えてきた。彼らはバスに乗って彼女の住むケンジントンへ戻る。

彼女に、彼女のエネルギーと活動力に、彼は感銘を受ける。ロンドンに来てわずか数週間ですでに本領を発揮しているのだ。職も見つけた。履歴書は演劇関係のすべてのエージェントに送付済みだ。洒落た地区にフラットまで借りて、三人のイギリス人女性とシェアしている。フラットを共有する相手をどうやって見つけたの、と彼は訊く。友達の友達よ、と彼女は答える。

情事を再開するが、はなから困難をきわめる。彼女が見つけた仕事はウェストエンドにあるナイトクラブのウェイトレスで、勤務時間が決まっていない。彼とは自分のフラットで会いたい、クラブには迎えにくるなという。見ず知らずの者が部屋の合鍵をもつことにほかの女の子たちが反対しているため、彼は屋外の通りで待たねばならない。そこで仕事のある日は終業後電車に乗ってアーチウェイ通りへ戻り、自室でパンとソーセージの夕食を食べ、一、二時間本を読むかラジオを聴き、それからケンジントン行きの最終バスに飛び乗り、そして待つ。キャロラインは真夜中ころ早々とクラブから戻ることもあれば、午前四時になることもある。いっしょにすごして眠りにつく。七時に目覚まし時計が鳴る。友達が起き出す前に彼はフラットから出なければならないのだ。ハイゲイトまで戻るバスに乗り、朝食を食べ、黒い制服を着込んでオフィスへ出かける。

それはすぐに決まった日課になる。少し立ち止まり振り返ってみると、驚異的な日課だ。情事のルールを、女が、女だけが設定しつづける、そんな情事を彼はやっているのだ。情熱が男にすることとはこれか、男のプライドを剝奪することか？　キャロラインにぞっこんなのか？　そんなふうには思ってもみなかった。離れているときは彼女のことはほとんど考えなかった。では、なぜ彼のほうが、こんなに従順で、こんなに卑屈なのか？　不幸にしてもらいたいのか？　彼にとって不幸はそういうものになったのか？　それなしでは生きていけない麻薬に？

彼女がとうとう帰宅しなかった夜は最悪だ。何時間も何時間も舗道を行ったり来たりするか、雨が降れば戸口で身をまるめている。本当に遅くまで働いているのだろうか、と彼は絶望的に考える。ベイズウォーターにあるクラブなんて大嘘で、この瞬間だれかほかのやつとベッドにいるんじゃないのか？

じかに彼女を咎めても、あやふやな言い訳が返ってくるだけだ。今夜はクラブがすごく忙しかった、店が明け方までオープンしていた、あるいは、タクシーに乗る現金の持ち合わせがなかった、でなければ、客と一杯飲みに行かなければならなかった。芝居の世界では、コネがすっごく重要なのよ、彼女はぴしゃりと念を押す。コネがなければ彼女のキャリアは始まらないのだ。

まだセックスはするが、もう以前のようではない。キャロラインの心はここにあらず。もっと悪いのは、彼の憂鬱と彼女の不機嫌で、彼が早々と彼女の重荷になりつつあるのが感じられることだ。分別があれば即座にこんな関係に終止符を打ち、精算するところだ。なのに彼はそうしない。キャロラインは、彼がそのためにヨーロッパにやってきた、謎めいた、暗い目をした恋人ではないかもしれない、彼女は彼とおなじようにケープタウン出身の月並みな経歴をもった女の子にすぎないかもしれない、それでも彼には、差し当たり、彼女しかいない。

9

イギリスで女の子たちが彼に目もくれないのは、風貌にまだ植民地の無粋さが残っているからだろうか、あるいはただ服装がちゃんとしていないからだろうか。何着かあるIBM用のスーツで正装しないときは、ケープタウンで買った灰色の綿シャツに緑色のスポーツジャケットしか着るものがない。それにひきかえ、電車のなかや通りで見かける若い男たちは、黒い細身のズボンに先の尖った靴をはき、たくさんボタンのついたタイトな箱型のジャケットを着ている。おまけに長い髪を額や耳の上から垂らしているが、彼の髪はいまだに後ろも横も短く、子供時代に田舎の床屋で押しつけられ、IBMでも承認された几帳面な分け方だ。電車に乗ると女の子たちの視線はそれとなく彼を避けるか、軽蔑の色合いを帯びる。

こんな状態はなんだかフェアじゃない、不服申し立てをしたいくらいだ、どこのだれにいえばいいかわかればだが。ライバルたちは、好き勝手な服が着用できるなんて、どんな仕事に就いているんだ？　それに、なんで意に反してまで流行を追いかけなくちゃいけない？　内面の性質など眼中にないのか？

妥当な策としては彼らのような服を一式買い込み、週末はそれを着ることだ。だがそんな服で――自分の個性には不似合いなだけでなく、イギリス風というよりラテン風の服で――めかし込んだ自分を想像すると、猛烈に抵抗を感じる。とてもじゃないが無理だ、信念を曲げて茶番を演じるようなものじゃないか。

ロンドンにはきれいな女の子がたくさんいる。オペア〔家事手伝いをして宿泊、食費を出してもらう留学生〕として、語学学生として、ただの旅行者として世界中から集まってくるのだ。髪を頬骨のあたりでふわりとカールさせ、目元には暗色のシャドーを入れ、もの柔らかな神秘性を漂わせている。なかでも飛び抜けて美しいのは、背が高く、蜂蜜色の肌をしたスウェーデン人。でもイタリア人のアーモンド形の目をした小柄な女性にも独特な魅力がある。イタリア式セックスは熱烈で刺激的、スウェーデン式とはずいぶん違うだろうな、と彼は想像をふくらませる。スウェーデン式にはにやりとさせる気怠さがありそうだ。しかし真相を知るチャンスがはたしてあるのか？あの美しい外国人たちの一人に声をかける勇気を奮い起こしたとして、ではなんといえばいい？ただのコンピュータ・プログラマーではなく数学者だと自己紹介したら嘘になるかな？数学者のほうがヨーロッパ出身の女の子に受けがいいのか、それとも、見かけは冴えないけれど、詩人なんだと告げるほうがいいのか？

彼はどこへ行くにもポケットに詩集を入れて持ち歩く。あるときはヘルダーリン、あるときはリルケ、あるときはバジェホだ。電車のなかで彼はこれ見よがしに本を取り出し、読みふける。それは試練だ。断然優れた女の子だけが彼の読んでいるものに興味を示し、彼のなかに断然優れた精神を認めるだろう。しかし車内の女の子はだれ一人注目しない。イギリスにやってきた女の子たちがまず身につけることの一つ、それは男たちからの合図を無視することのようだ。

われわれが美と呼ぶものは恐怖の最初の暗示にすぎない、とリルケが教える。われわれは美の前にひれ伏し、美がわれわれを破壊することを潔しとしないことに感謝するのだと。もし彼が危険を冒して近寄りすぎると、別世界からやってきたこの美しい生き物たち、この天使たちは彼を破壊するだろうか、それとも彼にはそんな価値すらないと無視してかかるだろうか。

詩の雑誌に――「アムビット」か、それとも「アジェンダ」かに――若い、作品がまだ出版されていない詩人のために毎週「詩歌協会」が主催するワークショップの告知を見つける。彼は黒いスーツ姿で、掲載された時刻にその場所へ出かける。入口の女性が怪訝そうに彼を見て年齢を訊ねる。「二十一歳です」という。

嘘だ、二十二歳だ。

革張りの肘掛け椅子に座っていると、おなじような詩人たちがじろじろと彼を見て、遠くから会釈してくる。みんな顔見知りらしい。新人りは彼だけだ。みんな彼より若く、十代なかばか後半だ。一人だけ覇気のない中年男がいる、詩歌協会の人だろう。彼らは代わる代わる最新作を読みあげる。彼自身が読んだ詩は「ぼくの禁欲不能の荒れ狂う波／the furious waves of my incontinence」という語句で終わる。例の覇気のない男が、彼のことばの選択は不適切だと意見をいう。「incontinence（禁欲不能）」は病院で働いている者にとっては尿失禁か、さらに悪いものを意味するというのだ。

翌週も出かけていって、集まりが終わったあと、自動車事故で死んだ友人をめぐる詩を読んだ女の子と珈琲を飲む。それなりに良い詩だ、静かで、もったいぶっていない。詩を書いていないときはロンドンのキングズ・カレッジの学生だそうだ。暗色のシャツに黒いストッキングという、なかなか渋い服装をしている。また会う約束をする。

土曜の午後、レスター・スクエアで落ち合う。映画にでも行こうかという話になっていたが、彼らには詩人として人生を極める仕事があるため、方針を変えてガウアー通りの彼女の部屋へ行き、そこで彼女の服を脱がせることになる。彼女のみごとな裸体とアイボリーがかった白い肌に驚嘆する。イギリス女ってみんな服を脱ぐとこんなに美しいのか。

裸になってたがいの腕のなかに身を横たえるが、二人のあいだには温もりが少しもない。そして温もりは生まれてきそうもないことが明らかになる。ついに女の子は身を引き、両腕を胸のところで交差させて彼の手を押しのけ、押し黙ったまま首を振る。

彼女を説得し、誘導し、その気にさせることはできた、首尾よくことを運ぶことだってできたかもしれない。しかし彼にはその気力がない。なにしろただの女ではないのだ、鋭い直観があるばかりか芸術家でもあるのだから。無理に彼女を引き込もうとしても、それが本心ではないことを絶対に見抜くだろう。黙って彼らは服を着る。「ごめんなさい」と彼女がいう。彼は肩をすくめる。怒ってはいない。彼女を責めてはいない。彼にしても直観がないわけではないのだ。彼女が下した判断は彼の判断でもあるだろう。

このことがあってからは詩歌協会へ行くのをやめた。どのみち歓迎されていると思ったことは一度もなかった。

それ以上イギリス人の女の子たちと運良くつきあうチャンスはやってこない。IBMには秘書やパンチオペレーターなど、イギリス人の女の子が大勢いるので、おしゃべりをする機会はある。しかし彼女たちから、彼はある確かな抵抗を感じる。まるで彼が何者か、動機はなんなのか、彼女たちの国でなにをしているのか、よくわからないといわれているような気がするのだ。ほかの男たちといるときの彼女たちを観察する。男たちは楽しげな、口車に乗せるようなイギリス流儀で、彼女たちに話しかける。男たちのそんな誘いに彼女たちが嬉々として応じているのがわかる、花のように開くのだ。だが、下心を匂わせるような軽いことばの応酬は彼が習得しなかったもの。容認する自信さえない。いずれにしても、IBMの女の子たちに自分が詩人だと知られるわけにはいかないのだ。物笑いの種にされて、話は会社中に広まってしまうだろう。

究極の憧れは、イギリス人のガールフレンドより、スウェーデン人やイタリア人よりもっと強い憧れは、フランス人のガールフレンドをもつことだ。もしもフランス人の女の子と熱烈な情事をすれば、フランス語という言語の恩恵により、フランス的思考の繊細さに感化されて、自分の能力は必ず伸びるはずだ。しかしなんでフランス人の女の子が、イギリス人の女の子だってしないのに、恐れ多くも彼に話しかけてくれる？どっちにしたってロンドンではフランス人の女の子はあまり見かけないじゃないか。フランス人にはフランスがあるんだ、世界でもっとも美しい国が。なんでこんな薄ら寒いイギリスへやってきて、この土地で生まれた赤ん坊の世話なんかする？

フランス人は世界でもっとも文明化された人たちだ。彼が信奉する作家はすべてフランス文化にどっぷりと染まり、たいていがフランスを精神的故郷と見なしている――フランスと、そこそこイタリアを。イタリアは厳しい時代を経験してはいるけれど。十五歳のときに五ポンド十シリングの郵便為替をペルマン協会へ送って文法書と練習問題を一セット受け取り、それを仕上げて協会へ返送し添削してもらいながら、彼はずっとフランス語を学ぼうとしてきた。トランクにはケープタウンからはるばる持参した五百枚のカードまで入っている。カード一枚にフランス語の基本単語を一語一語書き込み、それを持ち歩いて記憶するのだ。心のなかで早口で慣用語法をくり返しながら――je viens de（わたしは……したばかり）、il me faut（わたしは……ねばならない）。

しかしこの努力が実を結ぶことはなかった。フランス語では勘が働かないのだ。フランス語のレコードを聴いても、ほとんどの場合、どこで一語が終わり次の語が始まるか聞き取れない。簡単な散文は読めるが、心の耳でそれがどんな音かは聞こえてこない。この言語が彼を阻み、締め出すのだ。彼のほうは入口を見つけられない。

理論上は彼にとってフランス語は簡単なはずだ。ラテン語を知っているのだから。楽しみのためときどきラテン語のパッセージを音読することさえあるのに――黄金時代や白銀時代のラテン語ではなくウルガタ聖書のラテン語で、これは古典的な語順を露骨に無視しているけれど。スペイン語は簡単にこつを呑み込む。二言語併記テクストでセサル・バジェホ〔十九世紀末にペルーで生まれた前衛詩人。パリで客死〕を読み、ニコラス・ギジェン〔二十世紀キューバの国民的詩人〕を読み、パブロ・ネルーダを読む。スペイン語は粗野な音をもつ語にあふれていて意味は見当もつかないが、そんなことはいい。とにかく曲がりなりにもどの文字も、二重のr音にいたるまで発音されるから。

しかし、彼がこれならいけると思った言語はドイツ語だ。ケルンからの放送なら聞き取れるし、あまり冗長でなければ東ベルリンからの放送もほぼ理解できる。ドイツ語の詩を読んでも十分ついていける。ドイツ語ではどの音節にもしかるべき重さがかかるのがいい。まだ亡霊のように耳に残っているアフリカーンス語のおかげでシンタックスにはすっと入り込める。じつはドイツ語の文章は長いところが楽しいのだ、文末で動詞が複雑に積み重なるところがいい。ドイツ語を読んでいると、それが外国語だということを忘れることさえある。

インゲボルク・バッハマンをくり返し読む。ベルトルト・ブレヒトを読み、ハンス・マグヌス・エンツェンスベルガーを読む。ドイツ語には彼を魅了する冷笑的な暗い流れがあるのだが、なぜそれが存在するかまできちんと把握しているかとなると心もとない。じつをいうと自分の想像にすぎないのではと思うことさえある。訊いてみればいいのだが、ドイツ語の詩を読める知人がいない、フランス語のできる知人がまったくいないのとおなじだ。

とはいえこの巨大な都会にはドイツ文学に打ち込んでいる者が何千人もいるはずだし、ロシア語やハンガリー語やギリシア語やイタリア語の詩を読んでいる者もゆうに数千人を超えるはずだ。それを読み、翻訳し、はたまた書いているかもしれない。亡命詩人として、男は長髪に鼈甲縁の眼鏡をかけ、女は異国風の鋭い顔立ちに情熱的な厚い唇をして。ディロンズで買う雑誌のなかに彼らが確かに存在する証拠を見つける、彼らの手仕事に違いない翻訳を。しかしどうすれば彼らに会える？　彼らは、こういった貴重な人たちは、読んだり書いたり翻訳したりしていないとき、なにをしている？　自分は知らず知らず彼らに混じってエヴリマンシネマで腰をおろし、彼らに混じってハムステッド・ヒースを歩いているのだろうか？

衝動的に、ヒースでそれらしきカップルの後ろをぶらぶら歩いていく。男は背が高く、髭を生やし、女は長いブロンドの髪を無造作に背中に垂らしている。絶対にロシア人だと彼は思う。ところが会話が耳に入る距離まで近づくとイギリス人だとわかる。会話の中身はヒールズで扱う家具の値段のことだ。

残るはオランダ。曲がりなりにもオランダ語の内部情報には通じている、それがせめても彼の優位点だ。

ロンドンのあらゆるサークルのなかにオランダ詩人のサークルがあるだろうか？　もしあるとするなら、この言語を知っていることが入会資格になるだろうか？

　オランダの詩はなんだか退屈だとずっと思ってきたが、詩の雑誌にはシモン・フィンケノーホという名前がくり返し登場する。フィンケノーホは国際的な舞台で頭角をあらわしてきたオランダ詩人のようだ。英国博物館にあるフィンケノーホの書いたものをすべて読むが、励みにならない。フィンケノーホの作品は耳ざわりで、粗野で、神秘性のかけらもない。もしオランダにはフィンケノーホしかいないとするなら、最悪の疑念が的中したことになる。つまり、並みいる民族のなかでオランダ人はもっとも冴えない、もっとも反詩的な民族なのだ。オランダから受け継いだ遺産もこれまで。いっそモノリンガルでいるほうがましだ。


　ときおりキャロラインが彼の職場に電話してきて会う約束を取りつける。ところが顔を合わせると彼への苛立を隠そうともしない。なんでロンドンくんだりまでやってきて毎日マシンで数の集計なんかやってられるの、という。考えてもみてよ、ロンドンって目新しいこと、楽しいこと、面白いことがいっぱいじゃない。なんで自分の殻から出て、楽しもうとしないの？

「楽しみに向いていない人間ってのもいるのさ」彼は答える。彼女はつまらない冗談と受け流して理解しようとしない。

　キャロラインはケンジントンのフラットの家賃や、あらわれるたびに真新しくなる服の金を、どうやって得ているか説明したことがない。南アフリカにいる義理の父親は自動車業界で仕事をしている。自動車業界というのはロンドンにいる義理の娘の遊蕩生活に資金援助できるほど儲かるのか？　キャロラインは夜の時間をすごすクラブで本当はなにをしているのだろう？　飲み物をトレーにのせて運ぶ？　それともクラブで働くというのはなにかほかのことを遠回しにいう方法なのか？

クラブで知り合った人物のなかにローレンス・オリヴィエがいる、と彼女から聞かされる。ローレンス・オリヴィエが彼女の女優としてのキャリアに興味をもっている、そのうちなにか芝居の役をまわすと約束し、田舎の別荘にも招いてくれたそうだ。

この情報をどう解釈しろというのか？　なにか芝居の役というのは嘘くさい。だが、ローレンス・オリヴィエがキャロラインに嘘をついているのか、キャロラインが彼に嘘をついているのか？　ローレンス・オリヴィエはいまや義歯を入れた老人のはずだ。もしも田舎の別荘に彼女を招いたという男が本物のローレンス・オリヴィエだとするなら、キャロラインはオリヴィエに対して自分の身を守ることができるのか？　あの年齢の男というのは快楽のために若い女となにをするのか？　たぶん勃起することがもはや不能の男に嫉妬するのは正しいことか？　いや、むしろ嫉妬というのは時代遅れの感情なのか、一九六二年におけるこのロンドンでは？

もしもローレンス・オリヴィエが本物だとすれば、十中八九、田舎の別荘で彼女を手厚くもてなすだろう、駅まで車で迎えにくる運転手とディナーテーブルで給仕する執事つきで。それからボルドー産クラレットで彼女が泥酔したらベッドへ連れていってもてあそぶ、彼女はそうさせる、儀礼から、その夜のお礼に、自分のキャリアのために。仲睦まじく顔を寄せ合いながら、じつは自分にはもう一人男がいるの、と彼女がわざわざ口にするだろうか？　計算機会社で働く事務員で、アーチウェイ通りの部屋に住んでいて、ときどき詩を書いている、なんて？

キャロラインがなぜ彼と、事務員のボーイフレンドと別れないのか、理解できない。彼女と夜をすごしたあと、早朝のまだ暗い時刻にこそこそ家に帰るときなど、もう連絡してこなければいいのにと思うばかりだ。そして本当に一週間ほどなにもいってこなかったりする。それでこの情事は過去のものになったと思いはじめた矢先に電話してきて、またぞろいつものくり返しに戻るのだ。

熱烈なセックスとその変身力を彼は信じている。だが経験からいうと、恋愛関係が時間を奪い、消耗させ、仕事の足を引っ張っている。自分は女たちを愛するようにできていないのか、本当は同性愛者なのか、そういうことか？　もしも同性愛者なら、この悲哀は徹頭徹尾、腑に落ちる。だが十六歳になってからというもの、ずっと女性の美しさに、彼女たちの神秘的な、どうあがいても到達不能なようすに魅了されてきたのだ。学生時代はひっきりなしに恋の熱病に取り憑かれた。いまはこの娘《こ》、次はまた別の娘《こ》、ときには同時に一人の娘《こ》に。どの詩人を読んでも彼の熱病は煽られるばかり。セックスの目くるめくエクスタシーを通して人は比較を絶する聡明さへ、沈黙の核心へと運ばれ、宇宙の基本的な力と一体化するのだと詩人たちはいう。いまのところ比較を絶する聡明さが彼に訪れることはないが、彼は詩人たちが正しいことを一瞬たりとも疑わない。

ある夜、通りで声をかけられて話に乗る、男からだ。彼より年上で、実際、世代がまるで違う。タクシーでスローン・スクエアへ向かう。そこに男は住んでいる、どうやら独りらしい、フラットにはいくつもタッセル織りのクッションと仄暗いテーブルランプがならんでいる。

彼らはほとんどしゃべらない。男が服の上から彼の全身に触れてくる。彼は反応を返さない。男がオルガスムに達すると、彼は慎重に対処する。終わったあと、外へ出て家に帰る。

あれが同性愛？　あれがそうなのか？　かりにあれ以上のことがあっても、女性とのセックスにくらべてずいぶんつまらない行為のような気がする。あっけなくて、放心状態で、畏怖の念もなければ魅惑のかけらもない。真剣勝負という感じがしない、失うものもなければ勝ち取るものもない。強者のリーグを恐れる者たちのゲーム、敗者のゲームだ。

10

イギリスにやってきたとき彼が心に抱いていた計画では、計画なんてものがあればだが、仕事を見つけて金を貯めることだった。十分な金が貯まれば仕事を辞めて書くことに専念する。貯金がなくなれば新しい仕事を見つける、云々。

そんな計画がいかにあまかったかはすぐに気づく。ＩＢＭでの給料は控除前で月額六十ポンド、貯金にまわせるのはそのうち十ポンドだ。一年間働いて二カ月分の自由が稼ぎ出せるが、その自由時間の相当量が次の仕事を探すのに食われてしまう。南アフリカからの奨学金は学費を払えばほぼ消える。

さらに追い打ちをかけるように、自由に職場を変えるのは不可能だと知る。イギリス在住外国人を管理する新法には、雇用者を変えるには内務省の認可を受けねばならないと明記されている。自由気ままな移動は不可、つまり、もしもＩＢＭを辞職するなら即刻ほかの仕事を見つけるか、でなければ出国しなければならない。

ＩＢＭで働き出してかなり経ち、いまでは作業の手順にも慣れた。それでもなかなか一日が終わらない。彼や同僚のプログラマーたちは会議で、業務通達で、自分たちはデータ処理の仕事で最先端を切っているとを思い出せと絶えず駆り立てられるが、彼は自分がディケンズの作品に出てくる、椅子に腰かけてうんざりしながら黴臭い書類を筆写する事務員みたいだと思う。

一日の単調さを破るものが一つだけある。十一時と三時半にお茶汲みレディがワゴンを押してあらわれ、強いイングリッシュ・ティーのカップを目の前にどんと置いていくのだ（「はい、いつものですよ」）。五時のひと騒ぎが終わり――秘書とパンチオペレーターが残業することは想定外で、彼女たちは定刻に帰る――夜が更けてようやく自由に机を離れ、歩きまわったり一息入れたりできる。マシンのある階下の部屋は巨大な７０９０のメモリ・キャビネットが占領し、たいがい無人なので、そこでは小型の１４０１コンピュータでプログラムを実行し、こっそりゲームまでやれるのだ。

そんなときは自分の仕事が、耐えられるだけでなく楽しいとさえ思う。オフィスで一晩中すごしたってかまわない、自分で考案したプログラムを実行しているうちに睡魔に襲われたら、トイレで歯を磨き、机の下に寝袋を広げたっていい。最終電車に飛び乗り、アーチウェイ通りをとぼとぼ歩いて、淋しい部屋へ帰るよりましだ。だがそんな変則行動にはＩＢＭが眉をしかめるだろう。

パンチオペレーターの一人と仲良くなる。彼女の名前はローダ。脚がちょっと太めだが、人を惹きつけるオリーブ色のなめらかな肌をしている。自分の仕事と生真面目に取り組んでいる。ときどき入口に立ったまま彼女がキーボードに向かって身を屈める姿にじっと見入る。彼が見ていることに彼女も気づいているが、気にしていないようだ。

ローダとは仕事以外の話をするチャンスがない。彼女の英語は三重母音と声門の途切れが混じり、聞き取るのに骨が折れる。グラマースクール出身の同僚プログラマーたちとは少し違うネイティヴなのだ。仕事以外で彼女が送る生活は彼にとってはまったくの謎だ。

この国に足を踏み入れたとき彼は英国人気質として名高い冷酷さを覚悟していた。ところがＩＢＭの女の子たちは全然そうではない。彼女たちには、特有の馴れ合いに似た官能性、いうなれば湯気の立ち込めたおなじ巣で育てられた動物の官能性があり、たがいの身体的性癖に馴染んでいるのだ。スウェーデン人やイタリア人の妖艶な魅力には太刀打ちできないが、このイギリスの女の子たちに、むら気のない気質とユーモアには魅力を感じる。ローダともっと親しくなりたいと思う。だが、どうやって？　彼女は異族に属している。その部族的求愛行動の慣習はもとより、突破しなければならない数々のバリアが彼を当惑させ、意気消沈させる。

ニューマン通りのオペレーションの効率は７０９０がどれだけ利用されるかで計算される。７０９０は支社の心臓、その存在理由だ。７０９０が動いていないときはアイドルタイムと呼ばれる。アイドルタイムは非効率的であり、非効率は罪である。支社の究極目標は７０９０を昼夜を問わず動かしつづけることで、７０９０を何時間も継続して動かす顧客がもっとも高く評価される。そういう顧客はシニア・プログラマーの管轄領域で、彼にはまったく関係がない。

ところがある日、そんな重要な顧客の一人がデータカードのことで厄介な問題にぶつかり、彼に救援の仕事がまわってくる。顧客はミスター・ポムフレットという、皺くちゃのスーツに眼鏡をかけた小柄な男だ。木曜ごとにイギリス北部のいずこからか、パンチカードの入った箱を山のように抱えてロンドンへやってくる。７０９０を定期的に六時間予約して、真夜中に作業を開始する。オフィス内の噂から、彼はそのカードに英国空軍のために開発された新型爆撃機ＴＳＲ－２の風洞データが記されていることを知る。

ミスター・ポムフレットの問題、そして北部にいるミスター・ポムフレットの同僚が直面する問題は、ここ二週間の作業の結果に異常が見られることだ。辻褄が合わないのだ。テストデータが不完全か、あるいは機体のデザインになにか誤りがあるのか。彼に課された任務はミスター・ポムフレットのカードを補助マシン１４０１で再読し、ミスパンチされたカードがないかチェックして明らかにすることだ。

真夜中すぎまで働く。ひと束ひと束、ミスター・ポムフレットのカードをカードリーダーにかけていく。最終的にパンチングにはまったく問題ないと報告することになる。結果は確かに異常だった。問題は実在する。

問題は実在する。極めて偶然、極めて些細なかたちではあれ、彼はTSR－2のプロジェクトに加わり、英国の防衛活動の一翼を担い、英国がモスクワを爆撃する計画に手を貸したのだ。そんなことのためにイギリスへやってきたのか？　悪行に加担するために、なんら報酬のない悪行に、これっぽっちの架空の報酬さえなく？　カードの詰まったスーツケースを抱えた、もの柔らかな、どこか頼りなさそうな航空機設計士のミスター・ポムフレットが、北へ向かう朝一番の電車に乗って金曜午前の会議までに研究所へ帰り着けるよう、一晩中徹夜することのどこにロマンスがあるのだ？

母親への手紙にTSR－2の風洞データの仕事をしたと書くが、TSR－2がいったいなにか母親にはさっぱりわからない。

風洞テストは終了。ミスター・ポムフレットのロンドン訪問は打ち切られる。TSR－2についてもっとニュースが出ないかと注意して新聞を見るが、なにも載らない。TSR－2は忘却の彼方へ葬られたようだ。いまや手遅れだが、TSR－2のカードが手中にあるうちに秘かにそのデータを改変したらどうなったか、と彼は考える。爆撃機計画全体が混乱に陥っただろうか、それとも彼が干渉したことを北部のエンジニアが突き止めただろうか？　一方で彼は、爆撃からロシアを救出するため一役買いたいと思う。もう一方では、英国人のホスピタリティを享受しながら英国空軍への破壊工作をするモラル上の権利が自分にあるのかとも思う。それに、いったい全体どうやってロシア人が知るというのだ――ロンドンのIBMオフィスにいる怪しげなシンパが、冷戦中にロシア人が思考するための猶予時間をわずか数日作り出したことを？

英国人がロシア人にどんな反感を抱いているのかがどうにも理解できない。英国人とロシア人は一八五四年〔クリミア戦争で英国がロシアに宣戦布告した年〕のあと彼が知るすべての戦争でおなじ側に立ってきた。ロシア人が英国を侵略すると脅したことは一度もない。ならば、なぜ英国人はアメリカ人の側につくのか？　ヨーロッパで、世界中で、ならず者みたいに振る舞うアメリカ人の？　英国人がアメリカ人を本気で好きなわけでもあるまいに。新聞の漫画はいつもアメリカ人旅行者をあてこすり、葉巻をくわえた太鼓腹にアロハシャツを着て、握ったこぶしのなかのドル札を見せびらかす姿を描く。彼の意見は、英国人はフランス人を手本にしてＮＡＴＯから脱退し、アメリカと彼らの新たなお仲間である西ドイツにはロシアへの怨恨を勝手に追求させておけばいいというものだ。

新聞は核軍縮キャンペーンの記事であふれている。新聞が載せる、鼠の尻尾のような髪をした不細工な女たちと貧相な男たちがプラカードを掲げてスローガンを叫ぶ写真のせいで彼はどうもこのキャンペーンが好きになれない。一方で、フルシチョフが戦術上みごとな手腕を発揮したばかり、キューバにロシアのミサイルを配備して、ロシアを取り囲むアメリカのミサイルに対抗したのだ。いまやケネディが、キューバからロシアのミサイルを撤去しなければロシアを爆撃すると威嚇している。核軍縮キャンペーンがやり玉にあげているのはこれ、英国内のアメリカ軍基地から参戦する核攻撃に対してなのだ。その立場には彼も賛成せずにはいられない。

アメリカの偵察機が、大西洋を渡ってキューバへ向かうロシアの貨物機の写真を撮影する。その貨物機がミサイルをさらに運ぼうとしているとアメリカ人たちはいう。写真では、ミサイルとされる、防水シートの下にあるぼやけた形のものが白い円で囲まれている。彼が思うに、その形は救命ボートといえなくもない。新聞がアメリカ人の作り話に疑義を唱えないことにひどく驚く。

目を覚ませ！　と核軍縮キャンペーンは叫ぶ——われわれは核兵器による絶滅の危機に瀕している！　本当にそうなるのだろうか？　だれもが死滅するのか、彼自身も含めて？

トラファルガー広場で開かれた核軍縮キャンペーンの大きな集会に出かける。自分が傍観者にすぎないことを示す方法として、注意深く周縁にいるようにする。彼にとって初めて参加する大きな集会だ。こぶしを振りあげてスローガンを叫び、熱っぽく煽るところが不快でならない。手加減を加えることなく全力で没頭する価値があるのは、彼の考えでは、愛と芸術だけだ。

集会は核軍縮キャンペーンの熱烈な支持者たちによって、一週間前に英国の核兵器基地オールダマスーン郊外からスタートし、五十マイルにおよぶ行進となって最高潮に達する。何日もガーディアン紙がびしょぬれの路上の行進者たちの写真を掲載しつづけていた。いま、トラファルガー広場の雰囲気は暗い。スピーチを聞いていると、ここにいる人たちが、あるいはその幾人かが、発言の内容をまともに信じているのがはっきりわかる。彼らはロンドンが爆撃されると信じている。彼らは自分たち全員が死ぬことになると信じているのだ。

それは正しいか？　正しいなら、途轍もなく不公平に思える。ロシア人にとって不公平で、ロンドンの住人にとって不公平で、とりわけ彼にとって不公平だ、喧嘩っ早いアメリカ人のせいで焼却されなければならないなんて。

彼はアウステルリッツの戦場にいる若きニコライ・ロストフ〔『戦争と平和』の登場人物〕のことを考える。フランス軍擲弾兵が恐ろしい銃剣とともに自分に向かって突撃してくるのを、驚愕のあまり身動きできない兎のように凝視していたニコライ・ロストフ。「どうして彼らはぼくを殺したいんだ」とニコライは独り異を唱える——「ぼくを、だれからも好かれているこのぼくを？」

一難去ってまた一難か！　なんという皮肉！　彼を軍へ強制徴募しようとするアフリカーナと、海へたたき込もうとする黒人から逃げて、ようやくやってきた島がもうすぐ灰燼に帰すとは！　いったいこれはどういう世界だ？　どこへ行ったら政治の狂暴さから自由になれる？　スウェーデンだけが争いごとを超越しているようだ。すべてを投げ出して次のストックホルム行きの船に乗り込むか？　スウェーデンに入国するにはスウェーデン語が話せなければならないだろうか？　スウェーデンはコンピュータ・プログラマーを必要としているだろうか？　そもそもスウェーデンにコンピュータはあるのか？

集会が終わる。彼は自室へ帰る。『黄金の盃』〔ヘンリー・ジェイムズの小説〕を読まなければ、あるいは詩作に励まなければ、でもそれがなんになる？　なにもかも、どんな意味がある？

それから数日後に突然、危機は去る。ケネディの威嚇の前にフルシチョフが降伏するのだ。貨物機は引き返すよう命じられる。キューバに配置されたミサイルが武装解除される。ロシア人は彼らの行動を説明する一連のことばを捻出するが、屈辱を感じているのは明らかだ。この歴史的エピソードからキューバ人の株だけがあがる。勇敢にもキューバ人は、ミサイルがあろうがなかろうが、彼らの革命を最後の血の一滴を賭してでも守り抜くと明言する。キューバ人は正しい、フィデル・カストロは正しい、と彼は考える。少なくともフィデルは臆病者ではない。

テイトギャラリーで観光客だと思った女の子となりゆきで話をする。不器量な、眼鏡をかけて、頑丈な脚をした、およそ興味の湧かない女の子だが、たぶん彼と同類だ。名前はアストリッドだと教えられる。オーストリアの出身、クラーゲンフルト出身で、ウィーンではない。

アストリッドは観光客ではなくオペアだ。次の日、彼女を映画に連れていく。二人の好みには類似性がまったくない、それはすぐわかる。にもかかわらず、彼女の働いている家に寄っていかないかという誘いを彼は断らない。彼女の部屋をちらりと見る。青いギンガムのカーテンとそれによく合うベッドカバー、枕元にはテディベア、そんな屋根裏部屋だ。

階下で彼女と、彼女の雇主といっしょにお茶を飲む。イギリス人女性の冷やかな視線が彼の人となりを見て、彼に欠落しているものを見抜く。ここはヨーロッパ人の家よ、とその視線は告げている——粗野な植民地人は不要なの、ましてボーア人なんか。

イギリスで南アフリカ人でいるにはなんとも間の悪い時期だ。南アフリカは大げさで独善的なショーを演じて共和国であることを宣言し、即座に英連邦から除名されたばかりだ。その除名に込められたメッセージは間違いようがない。英国人たちはボーア人とボーア人主導の南アフリカにうんざりしている。あの植民地はそれなりに骨を折る価値があったが、もう限界を超した。南アフリカが黙って地平線の彼方に消えてしまえば彼らは満足するのだ。むろん、親を探し求める孤児のように、哀れな南アフリカ白人が彼らの戸口で騒ぎ立てるのを望んではいない。きっとアストリッドはこのお上品ぶったイギリス人女性から、あの男は望ましくないと遠回しにいわれることだろう。

見るからに淋しそうにしているせいか、あるいは英語の下手な、不運で魅力に欠けるこの外国人への哀れみもあったのか、彼はアストリッドをまた誘い出す。そのあとで、はっきりした理由もなく、彼女を説得して自分の部屋へ連れ帰る。彼女はまだ十八にもなっていない、まだふっくらとした子供の体つきをしている。こんなに若い子は初めてだ——子供なんだ、本当は。服を脱がせると彼女の肌は冷たく湿っている。彼は間違いをし、そのことにすでに気づいている。欲望を感じないのだ。アストリッドはどうかといえば、女たちと彼女たちの欲求のことはいつもながら彼には謎だとしても、彼女も欲望は感じていないことが見て取れる。だが、引き返すには二人とも遠くまで来すぎた、だから最後まで行く。

それから数週間、彼らは何度か夜をともにする。しかし常に時間が問題だ。アストリッドは雇主の子供たちを寝かしつけてからでなければ外出できない。いっしょにいるのはケンジントンへ戻る電車がなくなる前のせわしない一時間ほどだ。一度、彼女は勇敢にも泊まっていく。彼女がいるのが嬉しいふりをするが、本当は嬉しくない。独りのほうがよく眠れる。隣にだれかが寝ていると、一晩中、緊張で身体が強ばってしまい、憔悴し切って目が覚めるのだ。

11

ずいぶん前だが、彼がまだ、なんとかふつうであろうと努力する家族の子供だったころ、両親は土曜になるとよくダンスにでかけた。身支度する両親をじっと観察したものだ。夜更けまで起きていれば、母親からその夜の顚末を聞き出すことができた。しかしヴスターという町のマソニック・ホテルのダンスルームで現実になにが起きていたか、じかに見る機会はなかった――両親はどんな種類のダンスをしたのか、踊りながら相手の目をじっと見つめ合うふりをしたのか、両親だけで踊ったのか、それともアメリカ映画みたいに見知らぬ男が女の肩に手を置いてパートナーから連れ去ってもいいとされ、その結果パートナーは別の相手を見つけねばならず、そうしなければ隅に立ってむっつり煙草を吸うことになったのか？

結婚してる人がなんでわざわざドレスアップして、ホテルへでかけてダンスしなくちゃならないんだ、居間でラジオに合わせてやればいいじゃないか、彼は理解に苦しんだ。でも母親にとってマソニック・ホテルでの土曜の夜は、自由に馬を乗りまわしたり、馬が手近になければ自転車に乗ったりするのとおなじくらい重要らしかった。ダンスと乗馬は結婚前の、まだ自分のものだった人生の――彼女なりのライフストーリーによれば――彼女が囚人となる前の人生の象徴だったのだ（「わたしはこの家の囚人になんかならないわよ！」）。

彼女の不屈の精神は実を結ばなかった。土曜の夜のダンスに車で連れていってくれる父親の会社の人が引っ越したか、行くのをやめたのだ。銀色のピンがついたきらきらの青いドレス、白い手袋、頭の横に留める滑稽で小さな帽子はクローゼットと抽き出しのなかに消えて、それで終わり。

彼としては、口には出さなかったが、ダンスが終わりになって嬉しかった。母親が外出するのは好きではなかったし、翌日母親の顔に浮かぶ、ぼんやりした雰囲気が好きではなかった。とにかくダンスそのものにまったく興味が湧かなかった。ダンスシーンが出てくる映画は避けた。登場人物が見せる、ばかげたセンチメンタルな表情が不快でならなかったのだ。

「ダンスはいい運動になるのよ。リズムとバランスを教えてくれるし」母親は譲らなかった。彼は納得しなかった。運動が必要なら、柔軟体操をやったり、バーベルを持ちあげたり、屋外の通りを走ればいいじゃないか。

ヴスターを去ってから数年、彼はダンスに対する考えを頑として変えなかった。大学生になったとき、パーティに出かけてダンスの仕方を知らないのはあまりにばつが悪いため、ダンススクールに申し込み、白腹を切ってひととおりレッスンを受けた。クイックステップ、ワルツ、ツイスト、チャチャチャ。上手くいかなかった。数カ月もすると全部忘れた。意図したうえでの忘却だ。なぜそうなったかは完璧に理解している。一瞬たりとも、レッスンの最中でさえも、心底ダンスに没頭することがなかったのだ。足はパターンを追いかけるものの、心の奥は抵抗感でがちがち。それはいまもおなじだ――もっとも深いレベルで、なぜ人が踊る必要があるのか理由がわからない。

ダンスがなにかほかのもの、表立って認めたくないものの代わりだと解釈するなら納得できる。そのなにかほかのものが本物であり、ダンスはそのカバーにすぎない。女の子をダンスに誘うのは、性交へ誘う代わりだ。誘いを受けることは性交への同意をあらわしている。だからダンスは性交の演技であり、その前触れにあたる。この照応は明々白々なのだから、なんでわざわざダンスなどするのか不思議でならない。なんでドレスアップして、決まりきった動きで、大袈裟ないんちきをやるのか？

田舎臭いリズムの、流行遅れのダンスミュージック、このマソニック・ホテルの音楽にはずっとうんざりしてきた。同年代の者が踊るアメリカ製の下卑た音楽のほうは、好みのうるさい彼としては嫌悪しか感じない。

南アフリカにいたころ、ラジオから流れる歌はすべてアメリカ製だった。新聞はアメリカの映画スターのばか騒ぎを憑かれたように追いかけ、フラフープのようなアメリカの大流行が盲目的に模倣された。なぜか？ なぜ、なんでもアメリカにばかり目をやる？ オランダに縁を切られ、いまや英国にも縁切りされて、南アフリカ人は偽アメリカ人になると決意したのか？ たいていの人間は本物のアメリカ人をじかに見たことさえなかったのに？

英国へ行けばアメリカから遠ざかれる、アメリカの音楽から、アメリカ熱から遠ざかれると思った。ところが残念ながら英国人もまた、負けず劣らずアメリカの猿真似に余念がない。大衆紙はコンサートで黄色い声をあげる女の子たちの写真を載せる。髪を肩まで垂らした男たちが偽アメリカ風アクセントで叫び、哀れな鼻声を出し、やおらギターをたたきつけて破砕する。完全に彼の理解を超えている。

英国での救いはなんといっても第三プログラムだ。IBMで一日働いたあと楽しみにしているものがあるとすれば、家に帰って部屋の静けさのなかでラジオのスイッチを入れると、これまで聞いたことのない音楽か、冷静で知的な話が流れてくることだ。毎晩毎晩、はずれなしに、お金もかからず、触れるだけで扉が開く。

第三プログラムは長波でしか放送されない。もし第三プログラムが短波だったらケープタウンでも聞くことができたかもしれない。とすれば、わざわざロンドンまでやってくる必要があったろうか？

「詩人と詩」シリーズのなかでヨシフ・ブロツキイという名のロシア人が話題になる。ヨシフ・ブロツキイは社会的寄生者だと非難され、極寒の北部アルハンゲリスク半島のキャンプで五年も強制労働をする刑を言い渡された。刑はまだ続いている。彼がのうのうとロンドンの暖かい室内で、座って珈琲をすすりレーズンとナッツのデザートをかじっているとき、自分とおなじ年齢の男が、彼のような詩人が、終日鋸で丸太を挽き、凍傷にかかった指をかばいながら、長靴の穴にボロを詰めながら、魚の頭とキャベツのスープで生き延びているのだ。

「一本の針の内部のように暗い」とブロツキイはある詩のなかで書いている。その一行が彼の脳裏から離れない。もしも彼が集中すれば、本気で集中すれば、毎夜毎夜、完璧な注意力でがむしゃらにインスピレーションの祝福が降臨するようにすれば、それに匹敵するなにかを彼もまた思いつけるかもしれない。というのは彼のなかにはそれがあり、自分の想像力がブロツキイのものと同色であることを知っているからだ。それにしても、どうすればアルハンゲリスクまでそれを伝えられる？

頼りはラジオで聞いた詩だけでほかはなにもない、だが彼はブロツキイのことを知っている、知りつくしている。それこそ詩が可能にすることだ。詩は真実なのだ。しかしブロツキイはロンドンにいる彼のことを知るよしもない。凍える男に、彼がともにあることを、来る日も来る日もそのかたわらにいることをどう伝えればいい？

ヨシフ・ブロツキイ、イングボルク・バッハマン、ズビグニェフ・ヘルベルト〔二十世紀半ばのポーランドの詩人・劇作家〕──ヨーロッパの暗い海に投げ捨てられた筏から彼らは空中にことばを放出し、そのことばが放送波に乗り彼の部屋まで疾駆して、彼と同時代を生きる詩人のことばが、詩になにが可能かを伝え、それゆえ彼になにが可能かを伝え、彼らとおなじ地球に存在する喜びで彼を満たす。「シグナルはロンドンまで届いた──どうか伝えつづけて」それが、できることなら詩人たちに、彼が送りたいメッセージだ。

シェーンベルクとベルクの曲は南アフリカでも一、二曲聞いたことがある。「浄夜」と「ヴァイオリン協奏曲」だ。いま彼は生まれて初めてアントン・フォン・ヴェーベルンの音楽を聞く。ヴェーベルンは評判が良くない。ヴェーベルンはやりすぎた、ヴェーベルンが書くものはもはや音楽ではなく、ランダムな音にすぎない、と読んだことがある。ラジオに被いかぶさるようにして彼は聴く。まず一音、そして一音、さらに一音、氷のかけらのように冷たく、天空の星のように並べられた音たち。この忘我状態が一分か二分、そして曲は終わる。

ヴェーベルンは一九四五年、アメリカ兵によって射殺された。誤解だ、戦争にまつわる事故だ、といわれた。あの音を、あの沈黙を、あの音と沈黙の配置を描いた頭脳は消滅したのだ、永遠に。

テイトギャラリーでやっている抽象表現主義者の展覧会に出かける。二十五分ほどジャクソン・ポロックの作品の前にたたずみ、作品が深い感銘で自分を貫くかどうかを試し、お上品なロンドン人がこの無知な田舎者に目をつけて面白がる場合に備えて、いかにも鑑賞眼があるところを装う。上手くいかない。その絵画はなにも訴えてこない。彼の理解がおよばないものがある。

次の部屋には壁いっぱいの高さの巨大な絵画がある、白い背景に長く引き延ばされた黒いしみとしかいいようがないもので構成されている。ロバート・マザーウェル作「スペイン共和国へのエレジー24」というのがキャプションだ。彼はその場に立ちすくむ。威嚇的かつ神秘的、その黒い形が彼を圧倒する。ゴングのような音がそこから立ちのぼり、衝撃のあまり膝の力が抜けるほどだ。

どこからこんな力が生まれるのか？ スペインとも、なにかほかのものとも似ても似つかないこのアモルフな形状《シェイプ》が、彼の内部に湧きあがるような暗い感情をかきたてる。美しくはない、だが美しいもののように、有無をいわさぬ力で語りかけてくる。なぜマザーウェルにこの力があり、ポロックには、あるいはファン・ゴッホやレンブラントにはないのか？ それはある女性を目にすると彼の心臓がびくっとなり、ある女性ではそうならない、それとおなじ力か？「スペイン共和国へのエレジー」は彼の魂のなかに住みついている幻影《シェイプ》のようなものと照応するのか？ 彼の運命となるべき女性はどうなんだ？ その影はすでに彼の内なる暗さのなかに埋め込まれているのか？　いつになったら彼女は姿をあらわす？　姿をあらわしたときの心構えが自分にはできているか？

なにが答えか彼にはわからない。しかし、もし彼女と出会えるとすれば、対等に、彼女と、運命の女《ひと》と出会えるとすれば、そのとき彼らのセックスは先例のないものとなり、死と境界を接するほどのエクスタシーに至るのは必至で、それが終わって正気に戻ったとき、新たな存在として変容を遂げているだろう。両極が接触するような、双子が結合するような、一閃の消滅。そして緩やかな再生。その準備ができていなければならない。準備なら完璧だ。

エヴリマンシネマでサタジット・レイ〔二十世紀のインドの映像作家〕の特集をやっている。連夜立てつづけに「アプー三部作」を没我状態で観る。身動きが取れず、つらそうな母親や、愛想はいいが無責任な父親のなかに、強い自責の念に駆られながら、自分の両親の姿を見て取る。だが、彼をとらえて放さないのはなんといっても音楽で、ドラムと弦楽器の目くるめく複雑な絡まり合いと、笛が奏でる長いアリアの音階や旋法が――きちんと理解できるほど音楽理論に精通してはいないものの――彼の心をとらえ、官能的メランコリーに浸らせ、映画が終わったあとも長い余韻を残す。

それまでは西洋音楽に、とりわけバッハに、自分の必要とするものすべてを見出してきた。いま彼はバッハにはないなにかと遭遇している。仄めかしではあるが、理論づけて理解する精神を放棄し、嬉々として指のダンスへ身をまかせるがいいという暗示だ。

何軒かレコード店を見てまわるうちに、その一軒でウスタッド・ヴィラヤット・カーンというシタール奏者のLPを見つける。写真から判断すると弟らしき人物がヴィーナを弾き、名前はわからないがもう一人がタブラをたたいている。レコードプレイヤーはもっていないが、最初の十分だけなら店内で試聴できる。すべてがある――一繋がりの音調をホヴァリングしながら探り、震える情動をかきたて、エクスタシーが急襲する。彼は自分の幸運が信じられない。まさに新大陸、そのすべてがたった九シリングとは！　レコードを自室に持ち帰り、ボール紙のジャケットに収め、再度それを聴ける日が訪れるのを待つ。

階下にインド人カップルが住んでいる。彼らには赤ん坊がいて、ときどき微かに泣き声が聞こえる。男性とは階段ですれちがったとき会釈を交わす。女性はめったに姿を見せない。

ある夜、彼の部屋がノックされる。そのインド人だ。食事にいらっしゃいませんか？

招待には応じるが、懸念もある。強いスパイスに慣れていないのだ。咳き込んで口中のものを飛ばし、笑いものにならずに食事ができるだろうか？　だがすぐにほっとする。一家は南インドの出身でヴェジタリアンだ。招待者は説明する。辛いスパイスはインド料理本来のものではなく、あれは腐りかけた肉の味を隠すために取り入れられただけであり、南インドの食べ物は舌にとても優しいのだと。そして事実その通りだ。目の前に出されたのは、カルダモンとクローヴで味付けされたココナッツスープ、オムレツ、確かにこれはすばらしくミルキーな味だ。

招待者はエンジニアだ。彼とその妻はイギリスに住んで数年になる。ここにいられるのは幸運だという。いまの住居設備等はこれまで彼らが住んだうちでは最良。部屋は広いし、家は静かできちんとしている。もちろんイギリスの気候は好きではないが。でも――ここで彼は肩をすくめていう――まあ、人生苦もあれば楽もありますから。

妻は会話にほとんど口を挟まない。自分は食べずに給仕をし、赤ん坊が寝ている隅のベビーベッドへと引き下がる。夫がいう、英語が上手くないんです。

エンジニアのこの隣人は西洋の科学とテクノロジーを賞讃し、インドは遅れていると不満をこぼす。マシンへの讃歌にはたいていうんざりするが、彼は異論を唱えない。イギリスで初めて彼らの家に招いてくれた人たちなのだ。それ以上に、有色の人であり、彼が南アフリカ人であることに気づいていながら手を差し伸べてくれたのだ。ありがたいと思う。

問題はその感謝の気持ちをあらわすためにどうすればいいか？　自室に彼らを招待するなんて考えられない、夫と妻と、きっと泣きやまない赤ん坊を、最上階のこの部屋に招待し、箱入りのインスタントスープと、次に、チポラータはやめるとして、マカロニのチーズソースを出すなんて。しかし、では、どうやって温かいもてなしの返礼をすればいいのか？

一週間がすぎても彼はなにもせず、二週間目もすぎていく。困惑は次第に高まっていく。そのうち朝はドアのところで聞き耳を立て、エンジニアが仕事に出かけるのを待って、それから踊り場へ出ていくようになる。

なにかしなければ、なにか簡単な返礼のジェスチャーをしなければ、と思いながらそれが見つからない、あるいは、見つけるつもりがないのか、そのうちあっという間に時機を逸してしまう。彼のどこがおかしいのか？　ごくふつうのことが、なぜこんなに難しくなるのか？　その答えが彼のもって生まれた気質のせいだとするなら、そんな気質のどこがいいのか？　いっそ自分の気質を変えてはどうか？

だが、それは生来の気質なのか？　どうにも怪しい。彼にはそれが気質とは思えない、なんだか病気のようだ、モラル上の病気だ——さもしさ、精神の貧困、女たちへの冷たさと本質的になんら変わりはない。そんな病気から人は芸術を生み出すことができるのか？　もしできるとしたら、芸術についてそれはなにを語っているのか？

ハムステッドの新聞販売店の屋外掲示板で、ある広告を見かける——スイス・コテージにあるフラット、四人目の同居人求む。個室、キッチンは共同。

共同使用は好きではない。自分だけで住みたい。しかし自分だけで住んでいるかぎり、この孤立状態を自分から打ち破ることは絶対にしないだろう。彼は電話して会う約束を取りつける。

フラットを見せてくれた男は彼より二、三歳年上だ。髭を生やし、前面に金色のボタンのついた青いネルージャケットを着ている。名前はミクロシュ、ハンガリー出身だ。フラット自体は清潔で広々としていて、彼が使うはずの部屋は現在借りている部屋より大きく、よりモダンでもある。「ここを借ります」ためらうことなく彼はミクロシュにいう。「手付金を打ちましょうか?」

ところがそう簡単にはいかない。「名前と電話番号を教えてください、リストに書き込んでおきますから」とミクロシュがいう。

三日間、待つ。四日目に彼から電話する。ミクロシュはいません、と電話に出た女の子がいう。部屋? あら、部屋は塞がりました、数日前に。

その声にはハスキーな、微かな外国訛りがある。きっと彼女はきれいで、インテリで、洗練されている。彼女もハンガリー人かどうかは訊かない。しかし、もしも彼があの部屋を借りていたら、彼女とフラットを共有することになったのだ。彼女はだれ? 名前は? 彼の運命の女《ひと》だったのか、運命を逃してしまったのか? 彼のものとなるはずだったあの部屋と未来を獲得した幸運者はいったいだれだ?

フラットを訪ねたとき、ミクロシュがおざなりに案内してまわっている印象はあった。家賃の四分の一を分担するだけでなく、もっと世帯全体を豊かにするだれか、快活さやスタイル、ロマンスをも同時にもたらすだれかを探していたと考えるしかない。彼を一瞥して値踏みしたミクロシュは、快活さもスタイルもロマンスも期待できないことを見て取って却下したのだ。

先手を打つべきだった。「ぼくは見かけとは違います」というべきだった。「事務員のように見えますが、本当は詩人なんです、詩人の卵ですが。それに、ぼくは自分の部屋代をきちんと払います、それはたいていの詩人がすることよりはるかに上等です」と。しかし彼は率直にいわなかったし、いかに卑屈であろうと、自分について、自分の天職について弁護しなかった。いまとなってはもう手遅れだ。

なんでハンガリー人が当世風のスイス・コテージでフラットを差配し、最新流行の服を着て、だらだらと朝遅くハスキーヴォイスの、たぶんきれいな女の子のかたわらで目を覚まし、彼のほうはＩＢＭで終日奴隷仕事をしてアーチウェイ通りのはずれのわびしい部屋に住んでいるのか？ どうしてロンドンの歓楽を紐解く鍵がミクロシュの手に入ることになったのだろう？ どこであいうやつらは安楽な生活を送る資金を手に入れるのだろう？

ルールに従わない人たちが好きだったことはない。もしルールが無視されるなら、人生はもう道理に合わない。イヴァン・カラマーゾフのように、チケットを返して身を引いたほうがましだということになる。とはいえロンドンはルールを無視し、知らんぷりを決め込む人たちでいっぱいのようだ。愚かしくもルールに従ってプレイするのは彼だけらしい。彼と、電車のなかで見かけるダークスーツに眼鏡姿で先を急ぐ者たちだけだ。ではいったいどうすればいい？ 彼もイヴァンに倣うか？ ミクロシュに倣うか？ どちらに倣っても勝ち目はなさそうだ。彼には嘘をついたり騙したりルールを曲げたりする才能がないのだから、歓楽や流行の服について才能がないのとおなじように。彼の唯一の才能は惨めさのため、冴えない、ばか正直な惨めさのためにあるのだ。もしもこの都会が惨めさになんの報いもあたえないなら、いったい彼はここでなにをしている？

12

毎週、母親から手紙が届く。几帳面な大文字のブロック体で宛名が書かれた空色の航空書簡だ。憤懣やるかたなく彼はこの、息子への変わらぬ愛の証しを受け取る。ケープタウンを発ったときに過去との繫がりを断ち切ったことを、母親は理解するつもりがないのだろうか？　自分をいまと違う人間に変えようと十五歳のときに開始されたプロセスは、冷酷にも、彼が置き去りにした家族や故国のあらゆる記憶が消滅しないかぎり達成されないことを、母親にどうやって認めさせるか？　彼が成長し、赤の他人と変わらないほど母親から遠く離れたことを、いつになったら理解するのか？

手紙のなかで母親は家族のニュースを伝え、最近の仕事の割り当てについて伝える（病気で職場を離れる教師の補助教員として学校を転々としているのだ）。手紙はいつも、彼の健康状態が良好であること、暖かい服を着るよう気をつけること、ヨーロッパ中で猛威を奮っているというインフルエンザに罹らないことを願っていると結ばれる。南アフリカの事情について書いてこないのは、興味がない、ときっぱり伝えてあるからだ。

彼が列車に手袋を置き忘れたことを書く。失敗だ。たちまち航空便の包みが届く。シープスキンのミトンだ。切手代がミトン代金より高い。

母親は日曜の夜に手紙を書き、月曜の朝の集荷時間までに投函する。目にありありと浮かぶのは、母親、父親、弟が、ロンデボッシュの家を売り払わざるをえなくなって引っ越したフラットの情景だ。夕食は済んだ。母親がテーブルを片づけ、眼鏡をかけ、灯りを手もとに引き寄せる。「なにをしてるんだい？」と訊く父親は日曜の夜がいやでならない。アーガス紙を隅から隅まで読んでしまい、することがないのだ！「ジョンに手紙を書かなくちゃいけないの」母親はそう答え、唇をきっと引き結び、父親を黙らせて、最愛のジョン、、、、、、へ、と書きはじめる。

母親は、頑固で優雅さとはほど遠いこの女性は、手紙によってなにを達成したがっているのだろう？どれほど執拗に粘ろうと、彼女の忠誠の証しが息子を後悔させ、帰還させることは不可能だと悟ることはないのか？彼はふつうではないと認めることはないのか？その愛を弟に集中し、彼のことは忘れるはうがいいのだ。弟はもっと単純で、もっと無垢な人間だから。弟は思いやりがある。母親を愛する重責は弟にまかせよう。これからは弟が彼女の最初の子供であり、最愛の子だといわれればいい。そうすれば彼は、新たに忘れられた者は、自分の人生を勝手に歩んでいける。

母親は毎週書いてくるが、彼は返事を毎週は書かない。書けば途方もない気遣いの応酬になる。ごくたまに書く返事も、そっけなく、余計なことは一切書かず、手紙が書かれる事実によって彼がまだこの世に生きていることを伝えるだけだ。

それは最悪の部分。母親が仕掛けた罠、まだ彼が抜け出す方法を見出せずにいる罠だ。もし彼があらゆる結びつきを断ち切るとしたら、まったく返事を書かないとしたら、母親は最悪の、可能なかぎり悪い結論を引き出すだろう。その瞬間に母親を刺し貫く深い悲しみを思うだけで彼は目と耳を塞ぎたくなる。母親が生きているかぎり彼は死ねない、それゆえ、母親が生きているかぎり彼の人生は彼のものではない。無茶は許されないのだ。自分自身をことのほか愛しているわけではないが、母親のために、自分の健康には気をつけねばならず、暖かい服を身につけ、きちんと食事をし、ヴィタミンCを摂取しなければならない。自殺など、もってのほかだ。

南アフリカに関するニュースはBBCとマンチェスター・ガーディアンから入手する。ガーディアンを読んでぞっとする。農場主が労働者の一人を木に縛りつけ、鞭打ち、死なせる。警察が群衆に向かって無差別に発砲する。独房で囚人が死んで発見され、毛布を細く裂いたもので首を吊り、顔があざと血だらけだ。次々と身の毛のよだつこと、残虐行為が息つく暇なく起きつづけている。

母親の意見はわかっている。南アフリカは世界から誤解されていると思っているのだ。南アフリカの黒人はアフリカのどこよりずっと良い暮らしをしている。ストライキや抗議行動は共産主義の扇動者によって助長されているのだ。賃金がミーリーミールで支払われる農場労働者は冬の寒さを防ぐために子供に麻袋を着せねばならない、これはさすがに恥さらしだと母親も認める。でもそんなことが起きているのはトランスヴァール州だけ。この国の悪評を招いているのはトランスヴァール州のアフリカーナ、不機嫌な憎しみを抱く心ないアフリカーナなのだと。

彼自身の意見、あえて母親に伝えるのも辞さない意見は、ソ連は国連で次から次へ演説する代わりに、さっさと南アフリカに武力侵攻すべきだというものだ。ロシア人が落下傘部隊でプレトリアに上陸し、フェルヴールトとその仲間を捕え、壁の前で一列に並ばせて撃ち殺せばいい。

ロシア人がフェルヴールトを撃ち殺したあと次になにをすべきかはいわない、そこまで考えていないのだ。正義は行われなければならない、問題はそこだ。それ以外のことは政治であり、彼は政治に関心がない。覚えているかぎり、アフリカーナが人を踏みにじってきたのはかつて自分たちが踏みにじられたからだ、そう彼らは主張する。さあ、運命の輪よまわれ、力の報復はより大きな力で、ということか。そんなものから外れて本当によかった。

南アフリカはいわば彼の首に巻きついたアホウドリだ。引きむしりたい、どんな手段でもいい、そうすれば息ができるようになる。

どうしてもマンチェスター・ガーディアンを買わねばならぬわけではない。お気楽な新聞はほかにもある。たとえばタイムズ、あるいはデイリー・テレグラフ。しかしマンチェスター・ガーディアンは南アフリカで起きている出来事を見落とさないためには頼りになる、彼の内部で魂が縮みあがりそうな出来事を。マンチェスター・ガーディアンを読んでいれば、曲がりなりにも最悪の事態を知っていると確信できる。

アストリッドに何週間も連絡していない。すると彼女から電話がかかってくる。イギリス滞在の期間が終わり、オーストリアに帰国するという。「もう会えなくなると思う。だからさよならをいうために電話したの」

感情を表に出すまいとしているが、その声には泣きそうな気配が聞き取れる。彼はやましさから、会おうかという。いっしょに珈琲を飲み、彼女が彼の部屋までついてきて夜をともにし（「私たちの最後の夜」と呼んで）、彼にしがみつき、しくしくと泣く。翌朝早く（日曜日だ）彼女がベッドを抜け出し、忍び足で踊り場のバスルームまで行って身支度する音が聞こえる。戻ってきても彼は眠ったふりをしている。わずかなきっかけをあたえるだけで彼女は留まるのがわかる。もし彼女に注意を向ける前に彼がやりたいこと——新聞を読むとか——があれば、彼女はそのあいだ隅に座ってじっと待つ。女の子はそうするものだとクラーゲンフルトでは教えられているらしい——なにも要求せず、男の準備ができるまで待ち、それから男に仕える。

アストリッドにはもっと優しくしたい、こんなに若く、大都会でこんなにひとりぼっちなんだから。彼女の涙を拭って微笑ませてやりたい。自分の心は見かけほど冷酷ではないところを見せてやりたい、彼女の善意に彼自身の善意で応えられるところを見せてやりたい、彼女が抱き締めてほしいと思うままに抱き締めて、故郷にいる彼女の母親や兄弟の話に耳を傾けてやりたい。しかし用心しなければ。あまり優しい態度を見せると、彼女は帰国用チケットをキャンセルし、ロンドンに留まると決め、彼のところへ転がり込んでくるかもしれない。二人の挫折者が、相手の腕のなかをシェルターにして慰め合う——目に浮かぶ光景はあまりに屈辱的だ。彼らが、彼とアストリッドが結婚することになったりすれば、残りの人生を傷病兵のようにいたわり合うことになりかねない。だから彼はきっかけをあたえず、目をしっかりつぶって横たわり、階段の軋る音がして玄関のドアがカチッと鳴るのを待つ。

十二月、天候が厳しさを増してきた。雪が降り、その雪がぬかるみに変わり、ぬかるみが凍りつき、舗道では登山者のように足場から足場へ用心して進まねばならない。霧が街をすっぽり包む。炭塵と硫黄の混じった濃い霧だ。停電して電車が止まり、老人たちが自宅で凍え死ぬ。今世紀最悪の冬だ、と新聞は伝える。アーチウェイ通りまで氷上で滑ったり躓いたりしながら苦労して歩く。顔にスカーフをあてて息をこらえようとする。服は硫黄の臭いがし、口中にいやな味が残り、咳をすると黒い痰が出る。南アフリカは夏だ。いまごろはストランドフォンテインのビーチに出かければ、真っ青な空の下に何マイルも続く白い砂の上を走ることだってできるのに。

夜間、彼の室内で水道管が破裂する。水が床にあふれる。目が覚めるとあたり一面に氷の膜が張っている。また大空襲に襲われたようだ、と新聞は書く。女性たちの援助団体が運営するホームレスのためのスープキッチンの話や、夜通し労を惜しまず働く修理隊の話が掲載される。危機はロンドン人のなかから最良の部分を引き出している、逆境に対して彼らは静かな底力と咄嗟の名言で立ち向かうのだと。

彼としては、ロンドン人のような身なりをし、ロンドン人のようにてくてく歩いて職場へ通い、ロンドン人のように寒さに苦しめられてはいても、咄嗟の名言の持ち合わせはない。千載一遇の好機があろうと、ロンドン人は彼を本物とは見なさないだろう。それどころかロンドン人は即座に、愚かしくも身勝手な理由から自分の属さない場所にあえて住んでいる外国人だと考えるだろう。

本物になった、イギリス人になった、そう認められるまでに、どれくらいイギリスに住みつづけなければならないのか？　英国のパスポートを取得するだけでは不十分か、それとも変な発音の名字のせいで永遠に門前払いを食らうのか？　それに「イギリス人になる」っていったいどういう意味だ？　イギリスは二つの集団《ネーション》の故郷だ。この二つの集団から彼は選択しなければならないだろう。中産階級のイギリス人か、労働者階級のイギリス人か。すでに選択はされているようだ。彼は中産階級の制服を身に着け、中産階級の新聞を読み、中産階級の話し方を真似ている。しかし、そんな外見的なものは、仲間入りをはたすためには不十分、とてもそれでは足りないのだ。中産階級への仲間入りは――一年のうちの数日、一日のうちの数時間だけ有効な暫定的チケットではなくて完全な仲間入りは――彼の知るかぎり、何年も前に、何世代も前に決められていて、それを決定するルールは彼にとって永遠に解けない謎だ。

では労働者階級はどうかといえば、彼らとはリクリエーションを共有せず、会話がほとんど理解できず、歓迎の意を示されたと感じたことは皆無だ。ＩＢＭの女の子たちには自分たち労働者階級のボーイフレンドがいて、結婚や赤ん坊や公営住宅のことで頭がいっぱい、誘いをかけても冷やかな応答が返ってくる。イギリスに住んではいるが、イギリスの労働者階級から歓迎されていないのは確かだ。

ロンドンにはほかにも南アフリカ人はいる、報道を真に受ければ、何千人もいる。カナダ人も、オーストラリア人も、ニュージーランド人もいるし、アメリカ人だっている。しかし彼らは移民ではない、ここに定住してイギリス人になるつもりはない。楽しむため、勉学のため、ヨーロッパ周遊旅行に出る前に少し金を稼ぐためにやってきたのだ。旧世界に飽きれば国に帰り、本来の生活を始めるのだろう。

ロンドンにはヨーロッパ人もいる。語学学生のみならず東欧圏からの難民もいるし、古くはナチス時代のドイツからやってきた者もいる。しかし彼とは状況が違う。彼は難民ではない。というか、難民だと彼が主張しても内務省では取り合ってもらえないだろう。だれに抑圧されているのか？　と内務省の役人はいうだろう。なにから逃亡してきたのか？ うんざりするものから、と彼は答える。俗物根性から。モラルの頽廃から。恥から。そんな嘆願をしていったいどうなる？

それにパディントンだ。メイダ・ヴェールやキルバーン・ハイロードに沿って夕方六時ころ歩いていくと、ぼんやり灯るオレンジ灯の下に大勢の西インド諸島出身者が防寒着に身を包み、とぼとぼ歩いて住まいへ帰る光景を目にする。前かがみになり、手をポケットに深く突っ込み、皮膚は灰色っぽく粉を吹いたような色だ。寒さが通りの石畳から這いあがってくるこの冷酷な都会へ、ジャマイカやトリニダードから彼らを引き寄せるものはなにか？ 陽の光が射す時間は骨折り仕事に精を出し、夜は壁紙が剥がれ出し家具が傾いだ借間のガスストーヴのうえに身を屈める都会へ？ 全員が詩人として名を成すためにここにいるわけではないのは確かだ。

職場の人間は礼儀正しく、外国人訪問客への意見は述べない。それでも、その沈黙から、間違いなく彼はこの国で望まれていないことが、積極的には望まれていないことが伝わってくる。西インド諸島人のこともまた、彼らは黙して語らない。それでもその警告は読み取れる。「ニガー・ゴー・ホーム」と壁の落書きがスローガンを叫ぶ。「有色人種お断り」と下宿屋の窓には警告が出る。毎月、毎月、政府は移民法を引き締めていく。西インド諸島人がリヴァプールの埠頭で足止めを喰らい、絶望するまで拘禁され、それからもといた土地へ船で送り返されている。もし彼が西インド諸島人のように、あからさまに歓迎されていないと思い知らされないとしたら、それはもっぱら保護色——モス・ブラザーズのスーツと青白い皮膚のおかげなのだ。

13

「入念に考慮したのち達した結論により、わたしは……」

「十分省察した末に至った結論により、わたしは……」

ＩＢＭでの仕事も一年あまりになる。冬、春、夏、秋、再度の冬、そしていま再度の春を迎えようとしている。ニューマン通りの、窓を閉め切った箱のようなビル内の職場にいてさえ、空気の心地良い変化が感じられる。このままやっていくのは無理だ。これ以上、自分の人生を犠牲にして、人はパンのために惨めな労働をやらねばならぬという原則に従うのは無理だ、どこで仕入れたか見当もつかないのに執着しているらしい原則に。自力で堅実な生活を送っているから心配はいらない、とケープタウンの母親に永遠に証明しつづけることはできない。ふだんでも自分の心がわからない、自分の心がわかっているかどうか気にかけてもいない。思うに、自分の心がわかりすぎると創造的な閃きは死滅するのだ。だが今回はいつもの優柔不断の靄のなかでうろついている余裕はない。ＩＢＭは辞めなければならない。外へ出なければならない、どれほど大きな屈辱を招くことになろうとも。

この一年、彼の筆跡は小さくなるばかり、どうしようもなく、より小さく、よりこそこそしたものになってきた。いま机に向かって腰をおろし、辞職願いとなる文章を書きながら、彼は意識的に文字を大きく書こうとする。まるくなるところを十分ふくらませ、より自信ありげに見えるように。

「長いあいだ熟慮した末に」ついに彼は書く。「わたしの未来はＩＢＭにはないという結論に達しました。

そのため契約書にもとづき、一カ月の猶予をもって辞職願いを提出いたします」

その手紙に署名し、封をし、宛名にプログラミング事業部部長、ドクター・B・L・マッキーヴァーと書き込み、「入」と書かれたトレーにさりげなく入れる。職場で彼を見ている者はいない。彼はまた席に着く。

三時まで、次に書類が集められる時刻まで、まだ考え直す時間はある、トレーから手紙を抜き出して破り捨てる時間はある。だが、手紙がいったん届けられたら、骰子《さい》は投げられるのだ。明日までにニュースは社内中に広まるだろう。マッキーヴァーの配下の者が、三階のプログラマーが、南アフリカ人が、辞職するそうだ。だれも彼と話すところを見られたがらないだろう。彼は村八分にされる。それがＩＢＭだ。余計な感情は絡ませない。彼は根性なし、敗者、不適格者と烙印を捺されるのだ。

三時に女性が郵便物を集めにくる。彼は処理中の書類の上に屈み込むが、心臓がどきどきしている。

半時間後、マッキーヴァーの部屋へ呼び出される。マッキーヴァーは冷静を装ってはいるが激昂している。

「これはなんだ？」そういって机上に広げられた手紙を指差す。

「退社することにしました」

「なぜだ？」

マッキーヴァーが憤慨するだろうと予想はついていた。この仕事に就くとき面接をしたのはマッキーヴァーだ。彼を受け入れて入社を認め、コンピュータ職でキャリアを磨こうと植民地から出てきたごくありきたりのやつという話を鵜呑みにしたのはマッキーヴァーだ。マッキーヴァーにはマッキーヴァーのボスがいて、へまをした説明をしなければならない。

マッキーヴァーは背が高い。スマートに服を着こなし、オクスフォード仕込みのアクセントで話す。科学としてであれ、技術、技能、なんであれ、プログラミングに興味はない。管理職にすぎない。それが得意なのだ。社員に仕事を割り振り、勤務時間を管理し、彼らを駆り立て、そこから自分の取り分を引き出す。

「なぜだ?」とまたマッキーヴァーがいう。苛立っている。

「IBMで働くことで人間としての大きな満足感が得られないからです。十分な満足感が得られません」

「それで」

「もっとほかのことを期待していました」

「それはどんなものかな?」

「友情を期待していました」

「雰囲気が友好的ではないと?」

「いいえ、友好的ではないということではありません、違います。みんなとても親切でした。でも、友好的であることは友情とおなじではありません」

辞職願いを出して、それで終わりにしてもらいたいと思っていた。しかしそんな考えはあますぎた。彼らがそれを戦闘開始の最初の一撃と受け取ることを心得ておくべきだった。

「ほかには? ほかになにか気になることがあれば、ここではっきり述べるべきだな」

「ほかにはありません」

「ほかにはないか。そうか。きみは友情が欲しいわけだ。友達ができなかったと」

「はい、そうです。だれも責める気持ちはありません。原因はおそらくぼく自身にあるのでしょう」

「そのためにきみは辞職したいと」

「はい」

いまや口にされることばが愚かしく聞こえ、事実、愚かしい。巧みに操られて愚かしいことをいわされている。だが、当然それは予期すべきだった。それが会社のやり方であり、彼が会社を、あたえられた仕事を、IBMでの仕事を、マーケティング指導者という仕事を拒否する償いをさせるやり方なのだ。チェスの初心者のようにコーナーに追い詰められ、十手で、八手で、七手でチェックメート。支配と服従のレッスン。ならば、やらせておこう。彼らにその手を打たせておいて、彼は愚かしくも、あっけなく先を見越され、あっけなく先手を読まれ、後手後手を打つことにしておけば、そのうち彼らはゲームに飽きて彼を立ち去らせるだろう。

唐突な身振りでマッキーヴァーは面接を終了する。差し当たりは、それだけ。机に戻っていいといわれる。さあこれで夜遅くまで仕事をする義務はなくなった。五時にはビルから出られる、夜は自分のものだ。

翌朝、マッキーヴァーの秘書を通して――マッキーヴァー自身はさっと通り過ぎて、挨拶も返さない――直ちにシティにあるＩＢＭ本部へ、人事部へ行って報告するよう命じられる。

彼のケースを担当する人事部の男が、ＩＢＭがあたえ損なった友情に関する彼の不服を再度、明確に述べろという。目前の机には一冊のフォルダーが開かれ、尋問が進行するなか、要点が確認される。この仕事に就いてどれくらい不幸だったか？　その不幸についてどの時期かで上司と話し合ったか？　話し合わなかったなら、なぜそうしなかったか？　ニューマン通りの同僚はあからさまに非友好的だったのか？　違う？　それではその不満をより詳しく述べてくれないか？

友達、友情、友好的といった語が口にされればされるほど奇妙な響きを帯びていく。いまにもその男が、友達を求めているならクラブに入るとか、スキットルズ〔ボウリングの原型ゲーム〕をやるとか、模型飛行機を飛ばすとか、切手を集めるとかしたらどうか、といいそうな気配だ。なぜ雇用者であるＩＢＭに、インターナショナル・ビジネス・マシンに、電気計算機およびコンピュータ製造会社に、友情をあたえろと期待するのか？

そしてもちろん、その男は正しい。彼に不満を述べるどんな権利があるのか？　よりによって、だれもが他人に対してかくも冷淡なこの国で？　イギリスに彼が憧れていたのはそのためではなかったか？　彼らの感情的自制心のためではなかったか？　自由時間に、イギリス人の口数の少なさを称揚する、半分ドイツ人のフォード・マドックス・フォードの作品について論文を書いているのは、そのためではないのか？

混乱し口ごもりながら、彼は不満を詳述する。詳述は人事部の男に対しても曖昧だし、不満そのものとしても曖昧だ。思い違い――男がひねり出したことばだ。被雇用者は思い違いをしていた――それなら的確な系統的表現になる。だが彼は相手を助ける気になれない。勝手に分類整理させておこう。

その男がやっきになって明らかにしようとするのは、彼が次になにをするかだ。友情の欠如に関する彼の話はたんに事務機器業界におけるＩＢＭの競争相手へ移るための隠れ蓑にすぎないのでは？　約束があるのか、勧誘されたのか？

これ以上ない誠実さで彼はそれを否定する。まだ次の仕事は決まっていない、ライバルであろうとなかろうと。面接を受けたことはない。ＩＢＭを辞めるのはただＩＢＭから出たいからだ。自由になりたい、それだけだ。

話をすればするほどばかばかしく聞こえ、ビジネス界ではひどく場違いに聞こえる。しかし少なくとも「ＩＢＭを辞めるのは詩人になるためだ」とはいっていない。その秘密は曲がりなりにも、まだ彼のものだ。

この騒ぎのさなか、突然キャロラインから電話がかかってくる。南の海岸バグナー・リージスでヴァカンス中で、することがなく手持ち無沙汰なのだ。電車に飛び乗ってこない？　土曜をいっしょにすごさない？

駅まで彼女が迎えにくる。メイン通りの店で彼らは自転車を借りる。やがて若い小麦畑のまんなかの、だれもいない田舎道を自転車で走ることになる。季節外れの暖かさだ。彼は汗が吹き出てくる。服がまったく場違いなのだ――フランネルのグレーのズボンにジャケット。キャロラインは短いトマト色のチュニックにサンダルばき。彼女のブロンドの髪がきらきらして、ペダルをこぐたびに長い脚が微かに光り、女神のようだ。

バグナー・リージスでいったいなにをしてるの？　と彼は訊ねる。おばさんといっしょにいるの、長いこと音信不通だったイギリス人のおばさん。彼はそれ以上は訊かない。

道ばたに自転車を停めてフェンスを横切る。キャロラインがサンドイッチを持ってきている。栗の木蔭に場所を見つけてピクニックをする。食べ終えると、キャロラインがセックスをしてもかまわないと思っているのを彼は察する。でも不安だ、こんな屋外で、いつなんどき農場主とか、巡査がぬっとあらわれて、どういうつもりなんだと詰問されかねない場所で。

「ＩＢＭを辞めたよ」

「あら、よかったじゃない。次はなにをするの？」

「わからない。しばらくぶらぶらしようかと思って」

その続きを、プランを聞こうと彼女は待っている。だが彼にはそれ以上いうことがない。プランも、アイデアもない。なんて自分は間抜けなんだ！　キャロラインみたいな女の子が、なんでわざわざ彼を従者にしておくか？　イギリスという新天地に順応し、上手く生活し、日々彼を置いてきぼりにしてきた女の子が？　一つだけ言い訳が思い浮かぶ——彼女はまだ彼をケープタウンにいたころの彼だと思っているのだ。自分は詩人になるといえたころの、まだ、いまのようになっていないころの。ＩＢＭが彼を変えてしまった、ふぬけ男に、雄蜂に、職場に遅れまいとして八時十七分の電車に飛び乗る心配性の男子に。

英国ではどこでも、職場を辞める者には餞別が出る。金時計とはいかないまでも、一応、休憩時間にちょっとした懇親会と、スピーチと、まるく輪になって拍手と励ましを送る、心からであろうとなかろうと。そのことを知る程度には長くこの国に住んできた。ところがＩＢＭではそれがない。ＩＢＭは英国ではないのだ。ＩＢＭはニューウェイヴであり、ニューウェイなのだ。ＩＢＭが英国で競争相手を尻目に一気に伸びたのはそのためである。競争相手はまだ、古くてゆるい英国方式に捕われている。ＩＢＭはそれどころか無駄がなく、厳しく、容赦ない。というわけで最後の日にも餞別はない。彼は黙って机を片づけ、同僚のプログラマーたちにさよならをいう。「なにをするつもり？」と用心深く一人が訊く。全員がすでに友情の話を聞いているのは明らかだ。それで彼らはよそよそしく、気まずいのだ。「まあ、どうなるか、ようす見かな」と彼は答える。

翌朝目を覚ましても、どこかへ行くあてがないのは奇妙な感覚だ。いい天気だ。レスター・スクエア行きの電車に乗り、チャリングクロス・ロードの書店をひとめぐりする。剃っていない髭が一日分伸びている。髭を生やそうと決心する。髭を生やせば、ひょっとすると、語学学校からあふれ出てきて地下鉄に乗る優雅な若い男や美しい女たちのあいだに混じっていても、場違いに見えないかもしれない。それでチャンスが訪れるかやってみよう。

これからはなんでも偶然にまかせてみよう。小説には偶然の出会いがロマンスに――ロマンスか悲劇に――発展する例があふれているじゃないか。ロマンスと出会う準備はできている、悲劇だって覚悟している、なんだって来いだ、実際、それによって彼が焼きつくされ、再生されるなら。そのためにこそロンドンにいるのだから――古い自分から抜け出し、新しい、本当の、情熱的な自分となって姿をあらわす。そしていま、彼の冒険の旅を妨げるものはなにもない。

日々がすぎ、彼はただやりたいことをやる。厳密にいえば、彼の身分は違法だ。パスポートにクリップしてある労働許可証が英国内に留まることを許可してはいるが、いま彼は仕事をしていないのだから許可証は失効している。しかし身を低くしていれば――当局は、警察は、だれであれ責任者は――彼を見逃してくれるだろう。

先行きの問題として金のことがある。蓄えが無限に続くわけではない。売れるような金目の物はなにもない。倹約のため、本を買うのを諦める。天気が良ければ電車に乗らずに歩くことにする。パンとチーズとりんごで生き延びるのだ。

偶然はその恵みをなにも彼にもたらさない。しかし偶然は予測不能だから、時を待つしかない。偶然がついに微笑みかけてくる日に備えて、ひたすら待つしかないのだ。

14

好きなことができる自由を使い、フォードの書いたまとまりのない作品全体をすぐに読破する。評価を下すときが迫っている。なんといおうか？　科学なら、仮説の裏づけに失敗した、と否定的な結果報告も許される。芸術はどうか？　フォードについて目新しいことがなにもいえないなら、正しく、あっぱれな行動は、間違いましたと告白し、学生の身分を放棄し、奨学金を返還することか？　それとも、学位論文の代わりにレポートを書き、彼が主題としたものがいかに期待はずれだったか、英雄だと思った者にどれほど落胆したかを報告することは許されるだろうか？

書類鞄を手にふらりと英国博物館から出て、グレイト・ラッセル通りで道行く群衆の一人となる。何千という人間のうち、だれ一人フォード・マドックス・フォードだろうがなんだろうが、彼が考えていることなど歯牙にもかけていない。ロンドンに初めてやってきたときは通行人の顔を大胆に覗き込み、各人固有の資質を見抜こうとしたものだ。「ほら、ぼくはきみを見ているぞ！」というつもりで。ところが大胆な凝視など都会ではなんの役にも立たない、それはすぐに気づいた、都会では男も女も彼の視線に目を合わせるどころか、逆に冷淡に目をそらせるのだ。

視線を避けられるたびにナイフでちくりと刺される気分だった。何度も何度も値踏みされ、なにか足りないとされ、拒絶された。やがて彼は気後れを感じはじめ、断られる前に尻込みするようになった。女たちには秘かに目をやるほうが簡単だとわかった。盗み見る。つまりロンドンでは、見るとはそのようにするものらしかった。だが盗み見ることにはどこか狡猾な、不純なものがある、そんな感じを払拭できなかった。いっそ、なにも見ないほうがいい。隣人などに興味をもたず、無関心でいるほうがいいのだ。

ここへやってきてから彼はずいぶん変わった。良いほうへ変わったかどうか確信はもてない。冬のあいだに何度か、寒さと惨めさと淋しさで死んでしまうと思ったことがあった。だが曲がりなりにも彼は生き延びた。次の冬が到来するころには、寒さと惨めさにそれほどやられることもないだろう。そうすれば正規のロンドン人になる道を歩み、石のように固くなるのだろう。石に変わることは彼の目標ではなかったが、そこに落ち着く以外ないのかもしれない。

とにかくロンドンは人を恐ろしく鍛えるところだ。すでに彼の野心は以前より質素に、ぐんと質素になっている。ロンドン人の野心のなさに最初は落胆した。いま彼はその仲間に加わる道を進もうとしている。日々この都会は彼を鍛え、厳しく罰し、彼は鞭打たれる犬のように学習している。

フォードについてなにがいいたいのか、なにかあるとして、それがわからないまま、ぐずぐずベッドにいる午前中の時間は長くなる一方だ。ようやく机に向かっても集中できない。夏だというのもその混乱の背中を押す。彼の知っているロンドンは冬の都会で、人は日々こつこつと働き、ひたすら夕暮れと寝る時刻と忘却を待ち望む。この香しい夏の日々、それは安楽と快楽のためにあるらしく、試練は続く。自分のなにが試練を受けているのか、もう判然としない。ときにはただ試練のための試練を受けているのか、その試練に耐えられるかどうか試されているのか、と思うことさえある。

IBMを辞めたことに悔いはない。しかし話をする相手がいまや皆無、ビル・ブリッグズさえいない。来る日も来る日も彼の唇から、ことばがひと言も出ない日が続く。そんな日、彼は日記に「S」と書き込みはじめる――沈黙（silence）の日。

地下鉄の駅を出たところで迂闊にも新聞売りの小柄な老人とぶつかってしまう。「ごめん！」と彼。「ちゃんと前を見て歩け！」と男は怒鳴る。「ごめん！」と彼はくり返す。

ごめんという語が彼の口から出るときの重苦しさは、石のようだ。文法上の分類さえ不明確な一語だけで話をしたことになるのか？　彼とその老人のあいだで起きたことは人間的触れ合いの事例なのか、たんなる社会的相互作用といったほうが適切か、蟻と蟻が触覚で触れ合うような？　老人にとっては、もちろんどうってことはないのだ。終日、新聞の束を抱えてあそこに立ち、腹立ち紛れに独り言をつぶやいて、いつだって通行人に当たり散らすチャンスを待っているのだから。がしかし一方、彼の場合はそのたった一語の記憶が何週間もしつこく尾を引き、ひょっとすると生涯ずっと消えないかもしれない。人とぶつかって「ごめん」といい、罵倒される――策略、無理に会話を引き出す安っぽい方法。いかにして孤独を紛らすか。

彼は試練の谷間にあるが、ことは首尾よく運はない。とはいえ、試練を受けているのは彼だけではないのだ。試練の谷間をくぐり抜けて彼岸へ到達した人たちがいるはずだ。試練などひらりと身をかわしてそっくり逃れた人たちがいるはずだ。彼もまた、その気になれば、ひらりと身をかわして試練を逃れられるかもしれない。たとえばケープタウンに逃げ帰り、二度と戻ってこないとか。だが、それは彼のやりたいことか？

もちろん違う、まだ違う。

とはいえ彼が留まりつづけて試練にしくじり、屈辱的失敗に終わったら？　自室でたった独りで、泣き出して止まらなくなったら？　ある朝、起きる気力が失せて、ベッドで終日すごすほうが楽だと思うようになったら？　その日も、その次の日も、そして次の日も、薄汚くなるばかりのシーツにくるまって？　そんな人間はどうなる？　試練に立ち向かえなくなり、気が変になった者は？

答えはわかっている。どこかへ送られてケアを受けるのだ――病院とか、ホームとか、施設とか。彼の場合はただ南アフリカに送還されるだろう。イギリス人は自分たちでケアしければならない人間を大勢抱えている、試練に失敗した人間を大勢抱えているのだ。なんで外国人までケアしなければいけない？

ソーホーのグリーク通りのドア口の前で彼は躊躇する。呼び鈴の上のカードには「ジャッキー／モデル」とある。彼は人間的交渉を必要としている――性交ほど人間的なものがあるだろうか？　有史以前から芸術家は頻繁に売春婦を買い、それで悪びれもしないことは彼もこれまでの読書から知っている。事実、芸術家と売春婦は社会的戦線のおなじ側にいるのだ。しかし「ジャッキー／モデル」とは、この国ではモデルは常に売春婦なのか？　それとも自分を売るビジネスには等級があるのか、だれも教えてくれなかった等級が？グリーク通りのモデルというのはなにかとても専門的なものを意味するのか？　専門的な嗜好――たとえば、裸体でポーズをとる女にライトをあてて、それをぐるり取り囲むレインコート姿の男たちが影のなかから彼女を狡猾な目でながめやり、色目を使うとか？　ひとたび彼がベルを鳴らすと、なにか尋問の形式があり、値踏みされて、それからすっぽり呑み込まれるのか？　ジャッキーが老女で、太っていて、醜かったらどうする？　それに作法は？　ジャッキーのような者を訪ねるのはこれでいいのか――予告なしで、それとも前もって電話して予約するものか？　どれくらい払うのか？　ロンドンでは男はだれもが、彼以外のだれもが知っている相場があるのか？　野暮天だ、とろいやつだとすぐに見抜かれ、ふっかけられたらどうする？

彼はひるみ、引き下がる。

通りでダークスーツの男とすれちがう。彼のことを知っているらしく、どうやら立ち止まって話しかけようとしている。ＩＢＭにいた上級プログラマーだ。やりとりはあまりなかったが、ずっと彼に好意を抱いてくれた人だ。彼はためらい、それから困ったようにうなずいて急いで通り過ぎる。

「最近どうしてるんだい――遊蕩生活を送ってるわけ？」男は穏やかに微笑みながらいいそうだ。それに対してどう答える？　働いてばかりいられませんよね、人生は短いんです、快楽はできるときに味わっておかなければ、とか？　なんという冗談、それに、なんという醜聞！　頑固一徹に、つましくも、彼の先祖たちがカルーの暑熱と土埃のなかで暗色の服を着て汗みずくで暮らした結果がこれか――若い男が外国の都会をぶらつき、蓄えを食いつくし、娼婦を買い、芸術家を気取る！ かくも軽々しく彼らを裏切りながら、復讐を狙う亡霊からどうして逃げ切れると思うのか？ 陽気に楽しむことはあの男女の気質にはなかったし、彼の気質にもない。彼は彼ら彼女らの子供であり、生まれつき陰気で悩み多いと運命づけられているのだ。でなければ、詩はどのようにして生まれる？ 石から血が絞り出されるように、苦悩から生まれるのでなければ？

南アフリカは彼の内部にある傷だ。その傷が血を流さなくなるには、あとどれくらいかかるのか？ 「むかしぼくは南アフリカに住んでいたが、いまはイギリスに住んでいる」といえるようになるまで、あとどれくらい歯を食いしばり、耐えなければならないのか？

ときおり、ほんの一瞬、自分を外部から見る瞬間が訪れる——ささやくように話す心配性の少年／男、あまりに愚鈍で凡庸なため、わざわざ人が振り向いたりしそうもないやつ。ちかちかと訪れるそれら啓示の瞬間が彼にはわずらわしく、しっかり捕えるよりもむしろその瞬間を闇に葬り、忘れ去ろうとする。そんな瞬間に垣間見える自分はたんなる彼の外見か、それとも本当の彼なのか？ オスカー・ワイルドが正しかったらどうする？ 見かけより深い真実などないとしたら？ 愚鈍で凡庸であることが、表層に留まらずその人間の最深部にまで達していながら、それでも人は芸術家であることは可能か？ たとえば、T・S・エリオットはじつは徹頭徹尾愚鈍であり、芸術家の性格はその作品とは無関係だというエリオットの主張は、彼自身の愚鈍さを隠蔽するための策略にほかならなかったとしたら？

ひょっとするとそうかもしれない、だが彼は信じない。ワイルドを信じるか、エリオットを信じるか、二者択一を迫られたなら彼はあえてエリオットを信じる。エリオットが愚鈍に見えるよう選んだとしても、スーツを着て、銀行で働き、みずからをJ・アルフレッド・プルーフロックと呼ぶことを選んだとしても、それは偽装であり、現代の芸術家に必要とされる狡猾さの一部に違いないのだ。

街の通りを歩きまわって一息入れるため、ときどき彼はハムステッド・ヒースへ逃げ込む。そこは空気が心地良い暖かさで、小径には乳母車を押したり、子供たちがじゃれて遊んでいるあいだにおしゃべりをする若い母親たちがあふれている。なんと穏やかな心の安らぎ！　かつては花の蕾やそよ吹く微風を詠う詩には我慢ならなかった。いま、そういった詩が書かれた土地にいて、太陽がふたたび戻ってくることがどれほど大きな喜びであるか、彼は理解しはじめる。

ある土曜の午後、疲れ切った彼は上着をたたんで枕代わりにして、芝生の上に寝ころがり、うとうとまどろむ。意識は失われないまま宙を漂いつづける。これまで経験したことのない状態、彼の血の内部で地球が確かに回転するのが感じられる。遠くに子供たちの叫び声が、鳥の歌が、ブーンと唸る虫たちが、勢いを集めて一つにまとまり歓喜の歌を歌っている。彼の心が一気にふくらむ。ついに！　と彼は考える。ついにやってきた、万物と一体となる恍惚の瞬間が！　その瞬間が消えてしまうのが怖くて、彼は思考のざわめきを締め出し、ひたすら、名づけられない偉大な宇宙の力への導管であろうとする。

時計の時間でいうなら、それは、この画期的出来事は、ほんの数秒にすぎない。だが、起きあがって上着の埃を払ったとき、彼は元気を取り戻し、気分が一新している。すさまじく暗い都会を旅し、試練を受け、変身し、そしてここで、この柔らかな春の日差しが降りそそぐ緑の芝生の上で、前進の知らせが意表をついてやってきたのだ。完全に変身してはいないとしても、少なくとも、彼はこの大地に属していると暗示する手がかりに恵まれたのだ。

15

節約の方法を見つけなければならない。出費のなかでは部屋代が群抜けて大きい。ハムステッドの地方紙に広告を出す。「留守番引き受けます、信頼できるプロの男性、短期長期いずれも可」かかってきた二本の電話に職場はＩＢＭだと告げて詳しく調査されないことを祈る。彼が印象づけようとしたのは四角四面の礼儀正しさだ。それが功を奏して、六月いっぱいスイス・コテージにあるフラットの世話をまかされる。

だが、残念ながら、フラットを独り占めできない。フラットは離婚した女性と幼い娘の所有物だ。その女性がギリシアへ行っているあいだ、子供とその子の乳母が彼の保護下に置かれる。仕事は簡単。郵便物を処理し、請求書の支払いをし、なにかあればすぐ対応すること。一部屋あたえられてキッチンも利用できる。

条件のなかには前夫も登場する。日曜日に前夫がやってきて娘を外出させるのだ。「ちょっと短気です」と彼の雇用者つまり顧客は説明し、前夫には「いかなるものも持ち出させない」ようにという。具体的になにを前夫は持ち出そうとするのだろうか？　と彼が訊ねる。子供を一晩中返さない、フラットを物色する、ものを持ち出す、といわれる。なにがあろうと、前夫がどんな作り話をしようと——といって彼女は意味ありげな視線で彼を見る——彼がものを取ることがあってはならない。

というわけでなぜ必要とされているか、彼も理解しはじめる。乳母はマラウィ出身、南アフリカからあまり遠くない土地からきた人で、フラットの掃除、買い物、子供に食事をさせること、学校への送り迎えなどは完璧にこなせる。請求書の支払いだってたぶんできるだろう。彼女がこなせないのは、つい最近まで彼女の雇用者であった男、いまもご主人と呼んでいる男に抵抗することだ。彼がやることになった仕事はじつは警備員の仕事で、フラットとその内容物を、ごく最近までここに住んでいた男から守ることなのだ。

六月の最初の日、タクシーを雇って引っ越す。トランクとスーツケースを抱えて、アーチウェイ通りのむさ苦しい環境からハムステッドの控え目な優雅さへ移る。

フラットは大きく広々として風通しもいい。窓からは陽の光が射し込み、柔らかな白いカーペットが敷かれて、書架には見るからに期待できそうな書物がぎっしり詰まっている。これまでロンドンで見てきたものとはかなり違っている。この幸運が信じられない。

荷物を解いていると、小さな女の子が、保護をまかされたばかりの子が部屋のドア口に立って、彼の一挙手一投足をじっと見ている。これまで子供の世話をするはめになったことはない。彼はある意味若いから、子供たちと自然の絆で結ばれている？　ゆっくりと、穏やかに、相手を安心させるような微笑みを浮かべながら、女の子の前でドアを閉める。一瞬のうちに彼女はドアを押し開け、容易ならぬ表情で彼を視察しつづける。わたしの家よ、といっているらしい。わたしの家でなにをしてるの？

女の子の名前はフィオナだ。五歳。その日あとから彼はその子と仲良くなろうと努力する。居間で、彼女が遊んでいるところで、彼は床に膝をついて猫の背中を撫でる。巨大で、いかにも無精な、去勢された雄だ。猫は黙って背中を撫でられ、かまわれることをすべて我慢している、そんな感じだ。

「猫ちゃんはミルクが欲しいかな？」と彼は訊く。「ミルクをちょっとあげようか？」

子供は動こうとしない。彼のいうことに耳を貸す気配はない。

冷蔵庫まで行き、猫用の皿にミルクを注いで持ちかえり、猫の前に置く。猫はふんふんと冷たいミルクの臭いを嗅ぐが飲まない。

子供は自分の人形たちに紐を巻きつけ、洗濯物用の袋に詰め込み、また引っ張り出す。それがゲームなら、彼には意味が解読できないゲームだ。

「人形たちはなんて名前?」と訊いてみる。

返事はない。

「そのゴリウォーグ〔十九世紀イギリス児童文学に出てくる真っ黒な顔に真っ赤な口をした人形〕の名前はなんていうの? ゴリーかな?」

「ゴリウォーグじゃない」と子供がいう。

お手上げだ。「やらなくちゃならないことがあるから」と彼は撤退する。

乳母のことはシオドラと呼ぶようにいわれている。シオドラはまだ彼をどう呼ぶつもりか明かさない。もちろんご主人ではない。彼女が使っているのは廊下の突き当たりの部屋、子供部屋の隣だ。この二部屋と洗濯室が彼女の領分。居間は中立的領域だ。

シオドラは四十代だろうか、と彼は推測する。メリントン一家がしばらくマラウィにいたときから彼らのところで働きはじめた。短気な前夫は人類学者だ。メリントン一家がシオドラの国へ出かけたのは現地調査のため、民族音楽の録音と楽器収集のためだ。シオドラは、ミセス・メリントンのことばを借りるなら「たんなる家政婦ではなく友達」になった。子供とのあいだに作りあげた結びつきのため、ロンドンへ連れられてきた。毎月、彼女が故郷へ仕送りする金が彼女自身の子供の食費、衣服、学費にあてられるのだ。

そしていま、藪から棒に、この重宝な人材の半分ほどの年齢の、見知らぬ者が彼女の領域に置かれたのだ。シオドラはその態度で、その沈黙で、彼の存在が不快でならないことを彼に知らせる。

彼女を責める気はない。問題は彼女の憤りのなかに、プライドを傷つけられただけでなく、もっと陰に隠れたものがあるかどうかだ。彼がイギリス人ではないと彼女は知っているはずだ。南アフリカ人で、白人で、アフリカーナであることに憤慨しているのか? アフリカーナがどういうものか、彼女は間違いなく知っている。アフリカーナは——太鼓腹に短パンをはき赤鼻に帽子を被った男たちと、無粋な服のずんぐりした女たちは——アフリカ中にいる。ローデシアに、アンゴラに、ケニアに、そしてもちろんマラウィにも。彼がそんなやつらの仲間ではないことを、南アフリカを出てきたことを、永遠に南アフリカを置き去りにする決意をしていることを、彼女に理解してもらうためにできるのは？　アフリカはあなた方に属する、あなた方の好きなようにすればいい——もしも唐突に、キッチンテーブル越しに彼女にそういったら、彼に対する考えを変えるだろうか？

アフリカはあなた方のものだ。あの大陸を自分では故郷と呼びながらそれまで完璧に自然に思えていたことが、ヨーロッパからながめるとどんどん本末転倒に思えてくる。一握りのオランダ人がウッドストック海岸に上陸し、これまで目にしたことすらない未知の領土の所有権を主張したことも、さらにその子孫がいまその領土を生得の権利として自分のものと見なしていることも。二重に不合理だ、最初の上陸隊がその命令を誤解したにしろ、あえて誤解することにしたにしろ。その命令とは菜園の土を掘り、東インド会社の船隊のためにホウレンソウとタマネギを育てることだった。二エーカー、三エーカー、多くて五エーカー、必要だったのはそんなものだ。アフリカの最良の部分を盗む意図などなかった。もしも彼らがただ命令に従っていたなら、彼はいまここにいないし、シオドラもいなかった。シオドラはマラウィの空の下で上機嫌でミレットを粉に挽いていただろうし、彼は彼で——どうなっていた？　雨のしょぼつくロッテルダムの事務所で机に向かい、台帳の数字を計算していただろう。

シオドラは太った女性だ。ぽっちゃりした頰からむくんだ踝まで、どこを見ても太っている。歩くときは左右に身体が揺れ、難儀そうに喘ぐ。屋内では室内ばきをはく。朝、子供を学校へ送っていくときはテニスシューズに足を押し込み、黒いロングコートを着てニット帽を被る。週に六日働く。日曜は教会へ行くが、そのほかの時間は家で休んでいる。決して電話を使わない。人づきあいはしないようだ。独りでいるときなにをしているのか、彼には想像もつかない。彼女の部屋や子供部屋は、彼女たちがフラットから出かけたときでも、あえてのぞかない。その代わり彼女たちも彼の部屋のなかをうろつかないでほしいと思う。

メリントン家の書物のなかに中国の明清時代のポルノ写真の一葉がある。奇妙な形の帽子を被った男たちが長衣の前をはだけ、異様に膨張したペニスを小柄な女たちの性器に押し込もうとし、女たちはそれに合わせて両脚を持ちあげ開いている。色白で軟弱な女たちは蜜蜂の幼虫みたいだ。弱々しい脚がかろうじて腹部に糊付けされているように見える。中国人の女たちは服を脱ぐといまもこんなふうに見えるのだろうか　彼は考える、それとも再教育と農作業によって本来の身体と、本来の脚になっているのだろうか？　それを確かめる機会が彼にあるだろうか？

信頼できるプロであると偽って無料で滞在場所を確保しているため、働いているふりを続けなければならない。朝早く起きる。かつてなく早く起きる、シオドラと子供が動き出す前に朝食を済ませるためだ。それから部屋にこもる。シオドラが子供を学校へ送りとどけて戻ってくると、いかにも仕事に出かけるふりをしてフラットを出る。最初は黒いスーツまで着込むが、すぐにその部分のまやかしは緩める。五時に帰宅するが、ときどき四時に帰ることもある。

夏で良かった。行き先を英国博物館や書店、映画館に限定されず、公園を歩きまわれる。これは程度の差こそあれ、彼の父親が長い失業期間中にやっていたことだったに違いない。仕事用の服を着て街をうろつくか、時計の針に目をやりながらバーに座って、帰宅にふさわしい時刻になるのを待つ。とどのつまり、彼はあの父親の息子になろうとしているのか？　どれほど深く彼のなかにその血が、無能の血が流れているのか？　彼もまた結局は飲んだくれになって終わるのか？　飲んだくれになるには一定の気質があればいいのか？

父親が飲んだのはブランデーだ。一度だけ彼もブランデーを試してみたが、不快で金属的な後味が残っただけだ。イギリスではみんなビールを飲むが、あの酸っぱさが彼は苦手だ。酒類が好きでなければ安全か？

抗体があるから飲んだくれにならずに済むのか？　ほかにも予期せぬかたちで、これからも父親が彼の人生にしゃしゃり出てくるのだろうか？

前夫があらわれるまで長くはかからない。日曜の朝のこと、大きな心地良いベッドでうつらうつらしていると、突然ドアベルが鳴り、引っかくようにキーをまわす音がする。悪態をつきながらベッドから飛び起きる。「やあ、フィオナ、シオドラ！」と声がする。あわてて歩く音、ぱたぱたと走る音。やがて彼の部屋をノックする音がするやドアが大きく開け放たれて、男とその腕に抱えられた子供が彼を検分している。彼はかろうじてズボンをはいたところだ。「やあ」と男はいう。「これはいったいなんだ？」

それはイギリス人が使う表現の一つだ、たとえばイギリスの警官が、犯罪を犯そうとする者を取り押さえるときに。フィオナは、これがいったいなんなのか説明できたはずだが、あえてやらない。その代わり、父親の腕を止まり木にして、あからさまな冷たい視線で彼を見おろしている。父の娘か——そっくりな冷めた目つき、そっくりな眉。

「ミセス・メリントンの不在中にフラットの世話をしています」

「ああ、そうか」と男はいう。「南アフリカ人ね。忘れていた。自己紹介させてもらおうか、リチャード・メリントンだ。かつてのこの家の主さ。きみのほうは上手く行ってるかな？　落ち着いた？」

「はい、だいじょうぶです」

「それはよかった」

シオドラが子供のコートとブーツを持ってあらわれる。男は抱いていた娘を下におろす。「ほら、車に乗る前におしっこをしておいで」と娘にいう。

シオドラと子供がその場を離れる。取り残されるのは彼と、ハンサムで身なりの良い、彼がつい先ほどまで寝ていたベッドの持ち主だ。

「どれくらいここにいるつもり？」男が訊ねる。

「月末までです」

「いや、ぼくがいうのは、この国にってこと」

「あ、ずっとです。南アフリカを出てきましたから」

「あっちはずいぶん大変だろ？」

「はい」

「白人にとっても？」

こんな質問にどう答えればいいんだ？　人は恥ずかしさのあまり死なないために国を出ると？　いまにも起きそうな大変動を逃れるために出ると？　大仰なことばがなぜこの国ではこれほど場違いに聞こえるんだろう？

「ええ。とにかくぼくはそう思います」

「それで思い出した」と男はいう。部屋を横切り、レコード棚へ向かい、ぱらぱらとあさってから一枚、二枚、三枚と抜き出す。

これこそ、彼が見張るようにいわれたこと、これこそ、そうさせないようにしろといわれたことだ。「失礼ですが、ミセス・メリントンがぼくに依頼したのは、はっきりいってダイアナはなにをきみに依頼した？」

男はすっくと立ちあがって彼と向き合う。「はっきりいって……」

「なにもフラットから持ち出されることがないようにと」

「ばかばかしい。これはぼくのレコードだ、彼女には無用のものさ」涼しい顔で男は探し物に戻り、さらにレコードを引き出す。「ぼくのいうことを信じないなら、彼女に電話しなさい」

子供が重たいブーツをはいて部屋にどかどかと入ってくる。「用意できたかな、ダーリン？」と男はいう。「さよなら。上手く行くことを祈るよ。じゃあ、シオドラ。心配いらないよ、お風呂の時間までには帰ってくるから」そして娘とレコードを抱えて男は行ってしまった。

16

母親から手紙が届く。弟が車を買い、そのMGが事故を起こしたとある。勉学はそっちのけで車の修理にかかりきり、なんとか車を走らせようとしている。新しい友人もできたが母親には紹介しない。一人は中国人のようだ。ガレージにたむろして煙草を吸っている。友人たちが酒類を持ち込んでいるのではないかと母親は疑っている。心配だ。弟は悪の道へ迷い込もうとしている、どうやって助けたらいいか？

彼としては大いに好奇心がそそられる。そうか、ついに弟も母親の抱擁から自由になろうとしているな！　それにしてもなんと突拍子もない手段を選んだものか、車の修理とは！　あいつは車の修理法など本当に知っているのか？　どこで学んだ？　二人のうち器用なのは、機械について勘が働くのは自分だとずっと思っていたが。これまで勘違いしていたのか、弟にはほかにも秘かに隠しもつ才能があるのか？

手紙にはさらなるニュースがある。いとこのイルザが友人とまもなくイギリスに着く、スイスへキャンプ旅行に行く途中だ。ロンドンを案内してやってくれないか？　母親は彼女たちが泊まるアールズコートのホステルの住所を書いてよこす。

驚きだ、ようするに自分はこれまで母親に、彼が南アフリカ人と会いたがっている、それも父方の家族にはとくに会いたがっている、と彼女が考えるようなことをいってきたのか。子供のころ以来イルザとは会っていない。どんな共通点がある？　どこか知らない山奥の学校に通い、ヨーロッパ休暇に——どうせ両親から金を出してもらう休暇だろう——居心地の良い《ゲミュートリッヒェ》スイスを、偉大な芸術家を一人も生み出していない国を、徒歩旅行することしか思いつかない女の子と?

とはいえイルザという名が登場してから彼女のことが頭から離れない。長いブロンドの髪をお下げにし、ひょろりとした、足の速い女の子だったな。いまでは十八歳にはなっているはず。どんなふうになったんだろう? ああいう戸外の暮らしによって、たとえ束の間であれ、美人になっていたらどうする? というのは彼が農場の子供たちについて数多く目にしてきたのは、身体的完璧さを見せる青春期がすぎると、粗雑になり、図太くなり、やがて両親のコピーに変貌するところだったからだ。背の高いアーリア人女狩人と肩を並べてロンドンの通りを歩くなど絶対やめたほうがいいだろうか?

自分が抱くファンタジーのなかに、ぞくっとくるエロティックな刺激があるのは確かだ。いとこのことを思い浮かべるだけで、彼の内部に欲望がかきたてられるのはどういうことか? たんに禁断の木の実だから? タブーとはそのように作用するものなのか——禁じることによって欲望をかきたてる? それとも彼の欲望の生成過程はあまり抽象的ではないということか? つまり取っ組み合いの記憶が、女子と男子の、身体と身体の、子供時代に蓄えられた記憶が一気に情動となって、いま解き放たれるのか? であるなら、ひょっとするとそれは肉体的解放の、気楽さの約束かもしれない——最初の一語が口にされる前からの、共通の歴史、国、家族、血縁をもつ二人の人間。紹介は不要、ぎこちなく口ごもることもない。

アールズコートの住所にメッセージを残しておく。数日後、電話がかかってくる。イルザからではなく連れの友人からだ。下手な英語を話し、isとareの区別もおぼつかない。悪いニュースだ。イルザは病気、インフルエンザが肺炎になってしまった。ベイズウォーターの病院に入院している。彼女が良くなるまで旅のプランはおあずけだ。

病院へイルザの見舞いに行く。希望はことごとく粉砕される。彼女は美人ではなく、背も高くなく、ただの月並みな丸顔に灰色がかった茶色の髪をした女の子で、話すとき喘ぐように息をする。彼は感染を恐れてキスなしで挨拶する。

その友人も病室にいる。名前はマリアン。小柄でぽっちゃりしている。コーデュロイのズボンにブーツをはき、健康そのもの。しばらく英語で話をするが、そのうち気の毒になって彼が家族の言語へ、アフリカーンス語へ切り替える。アフリカーンス語を話すのは数年ぶりだが、まるで温かい風呂の湯に滑り込むようにすぐにリラックスできる。

てっきりロンドンについての知識を見せびらかせると彼は思っていた。ところがイルザとマリアンが見たがっているロンドンは彼の知っているロンドンではない。マダム・タッソー館、ロンドン塔、セントポール大聖堂など一度も訪れたことがないので、なにも教えられない。ストラトフォード・オン・エイヴォンへどうやって行くか見当もつかない。彼が教えられるのは、どの映画館が外国映画をやっているか、どの書店がどういう本に強いかで、彼女たちにとってはどうでもいいことだ。

イルザは抗生物質を投与されていて、回復に数日かかる。とりあえずマリアンにはすることがない。リームズ河岸を散歩しようかといってみる。ハイキングブーツをはき、無粋なヘアカットの、フィクスブルグ出身のマリアンはおしゃれなロンドンの女の子たちに混じると場違いだが、本人は気にする気配もない。アフリカーンス語を話すのを人に聞かれるのも平気だ。彼のほうは彼女がもう少し低い声で話せばいいのにと思う。この国でアフリカーンス語を話すのはナチスの言語を話すようなものだといってやりたくなる、もしそんなものがあればだが。

彼女たちの年齢について彼は計算違いをしていた。もう子供ではない、イルザは二十歳、マリアンは二十一歳。オレンジ・フリーステート大学の最終学年に在籍中で、二人とも社会福祉を学んでいる。声には出していわないが、社会福祉など——高齢の女性が買い物するのを助けるなんて——正規の大学が教える科目ではない、というのが彼の意見だ。

マリアンはコンピュータ・プログラミングのことなど聞いたことがなく、興味もない。ところが彼女は、いつ帰ってくるのか、と訊くのだ、彼女のいう故郷《タイス》へ。

わからない、二度と帰らないかも、と彼は答える。南アフリカが進もうとしている方角が心配ではないのか？

彼女は思い切り乱暴に首を振る。南アフリカは英語の新聞が書くほど悪くはない、というのだ。黒人と白人は放っておいてもらえれば上手くやっていくわよ。いずれにしても彼女は政治には関心がない。

エブリマンシネマで映画を観ようと彼女を誘う。ゴダールの『はなればなれに』だ。すでに観ているが何度観てもいいと思うのは、主演がアンナ・カリーナだから。一年前、モニカ・ヴィッティにぞっこんだったのに負けず劣らず、いま彼が惚れ込んでいる女優だ。ハイブローな映画ではないから、というか一見そうは見えないし、無能なギャングの話、素人っぽい犯罪の話だから、これならマリアンが楽しめなくもないか、と彼は考える。

マリアンは文句はいわないが、映画のあいだずっと隣席でもじもじしているのがわかる。ちらっと目をやると指の爪をほじっている、スクリーンを見ていない。気に入らなかった？　と上映後に訊いてみる。なんのことだかさっぱりわからなかった、と彼女は答える。字幕付きの映画など観たことがなかったのだ。

彼のフラットへ、いや、いまのところ彼のフラットへ、珈琲を飲もうといって彼女を連れ帰る。十一時近い。シオドラはもう寝ている。彼らは居間の分厚いパイル地のカーペットに胡座をかいて座り、ドアを閉め、低い声で話す。彼女はいとこではなく、いとこの友人で、同郷の出身で、全身に、そそるような違法の雰囲気を漂わせている。彼女にキスする。キスされるのはかまわないらしい。じっと見つめあったままカーペットに横になる。ボタンを外し、服を脱がせ、ジッパーをおろしていく。南へ向かう終電は十一時半だ。彼女は間違いなく乗り遅れるだろう。

マリアンは処女だ。大きなダブルベッドでついに裸にしたとき、それがわかる。いまだかつて処女とは寝たことがなく、処女が肉体的にどういう状態なのか考えたこともなかった。いま彼はそれを学ぶ。セックスの最中にマリアンが出血し、終わったあとも出血が続く。メイドを起こしてしまうのを覚悟のうえで、彼女は忍び足でバスルームまで身体を洗いにいかざるをえない。そのあいだに彼は灯りを点ける。シーツに血がついている、彼の身体も血だらけだ。いままで彼らは——不快感とともに目に浮かぶ光景——血のなかをのたうちまわっていたのだ、豚のように。

バスタオルを身体に巻きつけて彼女が戻ってきて「帰らなくちゃ」という。「終電は出ちゃったよ。ここに泊まっていけば？」と彼は答える。

出血が止まらない。マリアンはタオルをあてて眠りに落ちるが、股間のタオルに血が染み込んでぐっしょりとなっていく。眠気に見放されて隣に横たわり、思い悩む。救急車を呼んだほうがいいか？　シオドフを起こさずにそれができるか？　マリアンは心配しているようには見えない、だが見せかけだったら、彼のためのの？　彼女が無知で、彼を信頼し切っていて、なにが起きているのか判断できないとしたら？

とても眠れそうにない、と思いながら眠ってしまう。声がして、水の流れる音がして、目が覚める。五時だ。すでに樹々では鳥のさえずりが聞こえる。ふらつきながら起きあがり、ドアの向こうに耳を澄ます。シオドラの声、それからマリアンの声がする。なにをいっているのかは聞こえないが、彼をめぐる好い噂ではないことは確かだ。

彼はベッドクロスを引き剝がす。血はマットレスまで染み込み、むらのある巨大な汚れを残している。自責と怒りに駆られながら、彼はマットレスを持ちあげる。汚れが発見されるのは時間の問題だ。それまでに姿をくらまさなければ、絶対にそうしなければ。

浴室から戻ってきたマリアンが着ているバスローブは彼女のものではない。彼のだんまりに、不機嫌なようすに、彼女がまごつく。「いってくれなかったじゃない、話しちゃいけないって。なんで彼女に話しかけちゃいけないの？　いいおばちゃんじゃない、いい乳母《アイア》よ」

電話をかけてタクシーを呼び、それから彼女が服を着ているあいだ、あてつけるように玄関のドアのところに立って待つ。タクシーがやってくると彼女の抱擁を避け、その手に一ポンド札を握らせる。彼女が困惑顔でそれを見つめる。「お金ならあるのに」と彼女。彼は肩をすくめ、彼女のためにタクシーのドアを開ける。

留守を預かる残りの日々、彼はシオドラを避ける。朝早く家を出て、夜遅く帰宅する。メッセージがあっても無視する。フラットを預かったとき約束したのはフラットを夫から守ることで、それはまあまあ守備範囲内だ。引き受けた仕事に一度は失敗し、また失敗するだろうが、そんなことはもういい。人騒がせなセックス、ひそひそ声の女たち、血だらけのシーツ、汚れたマットレス――恥ずかしいことはまるごと置き去りにして、ドアを閉めてしまいたい。

声を押し殺しながらアールズコートのホステルに電話して、いとこを呼び出す。その人と友達はもう発ったと告げられる。受話器を置いてほっとする。遠ざかった、これで安全だ、もう二度と顔を合わせなくて済む。

残る問題はこの出来事をどう解釈するか、彼の人生の物語にどう嵌め込んで自分を納得させるかだ。彼は破廉恥な振る舞いをした、それは異論の余地がない、下種《げす》の振る舞いだ。古くさいことばだが、まさにぴったり。顔に平手打ちを喰らって当然だ、唾棄されても仕方がない。平手打ちを実行する者がいないなら、自分でわが身を苛むことになるのは必至。良心の呵責か。ならばそれを自分の契約に、神々との契約にしよう――みずからを罰して、その見返りにおのれの下種の振る舞いが漏れないよう祈ろう。

とはいえ話が漏れてしまったからといって、結局それがどうだというのだ？　彼が属している二つの世界はそれぞれきっちりと封印されているではないか。彼は南アフリカという世界ではただの亡霊、あっけなく薄れるひと吹きの煙にすぎず、もうじき永久消滅を完了する。ロンドンでは無名に等しい。新しい下宿探しはすでに開始した。部屋を見つけたら、シオドラやメリントン一家との繋がりを断ち、無名の海のなかに姿を消そう。

だが、この情けない事件にはたんなる恥として済まされないものがある。彼がロンドンへやってきたのは、南アフリカでは不可能なことをするため、つまり深淵を探るためだ。深淵へ降りなければ芸術家にはなれないのだから。しかし深淵とはいったいなにか？　孤独に心を麻痺させ、凍てつく通りをとぼとぼ歩く、それが深淵だと考えたこともあった。しかしひょっとすると本物の深淵はそれとは異なり、たとえば、早朝に一人の少女に対して燃えあがる淫らな情動として不意に襲ってくるものかもしれない。あるいは彼が深く掘り下げたいと思ってきた深淵は、じつはずっと彼の内部に、この胸のなかに封じ込められてきたもの——迷轍もない冷酷さ、無神経さ、卑劣さの極致——かもしれない。強烈な嗜好や悪徳に身を委ねてから、事後的に、彼がいまやっているように身を苛むことが、芸術家である要件を満たす一助になるのか？　現時点では見極めがつかない。

とにもかくにもこのエピソードは幕、幕が引かれて過去に追いやられ、記憶のなかに封印される。ところが、そうは問屋が卸さない。一通の手紙が届く、消印はルツェルン。迷わず開封して読みはじめる。アフリカーンス語だ。「ジョンへ、わたしはだいじょうぶと伝えたほうがいいと思いました。マリアンもだいじょうぶです。最初、彼女はなぜあなたから電話がかかってこないのか理解できなかったけれど、しばらくすると気を取り直して、それからは二人で旅を楽しんでいます。彼女が手紙を書きたがらないので、とにかくわたしが書いて、あなたがつきあう女の子をみんなあんなふうに扱わないでほしい、たとえロンドンでも——とあなたに伝えようと思いました。マリアンは特別な人です、あんな扱いを受けていい人ではありません。あなたはいま自分が送っている人生についてよく考えたほうがいいと思います。あなたのいとこ、イルザより」

たとえロンドンでも。どういう意味だ？　つまり彼はロンドンの倫理規範に照らしても恥さらしな行動をしたというのか？　イルザとその友達に、オレンジ・フリーステートの荒れ地からやってきた者に、ロンドンとその倫理規範のなにがわかる？　ロンドンはどんどん堕ちているんだ、と彼はいいたい。カウベルや牧場へ逃げ帰らずにしばらく滞在してみれば、身をもってそれがわかるさ。しかし落ち度はロンドンにあるなどと彼は本気で考えているわけではない。ヘンリー・ジェイムズはすでに読んだ。悪に染まることがいかに容易かはわかっている、悪が頭をもたげるには気を緩めさえすればいいのだ。

　手紙のなかでいちばんぐさりとくるのは最初と最後だ。「Beste John」という書き出しは家族や親族には使わない、他人に使うことばだ。それに「あなたのいとこ、イルザより」、田舎娘にこんな辛辣な書き方ができるなんて、まったくもって予想外！

　何日も、何週間も、手紙をくしゃくしゃにして捨てたあとも、いとこの手紙が彼につきまとって離れない。文面にあった具体的なことばではない。ことばはすぐになんとか消し去る、だがスイスの切手と子供じみたまるい書き文字に気づきながら封を切って読んだその瞬間の記憶が消えないのだ。なんてばかな！　いったい自分はなにを期待していた？　アポロンに捧げる感謝の歌か？

　悪いニュースは好きではない。とくに自分に関する悪いニュースは好きではない。自分には十分厳しいんだからと彼は独語する、他人の助けは要らない。それは批判に対して耳を塞ぎたいとき、再三再四彼が拠り所とする、詭弁を弄したトリックだ。これは使える、と学んだのはジャクリーンが三十歳の女性の視点から愛人としての彼について意見を述べたときだった。いまでは情事が活気を失いはじめるとすぐに身を引く。へどが出るほどいやなのは修羅場、怒りの爆発、胸にこたえる真実で（「あなたは自分の真実を知りたくないの？」）、あらんかぎりの力をつくして彼はそれを忌避する。真実とはいったいなにか？　自分にとって自分が謎であるなら、他者に謎でないわけがないだろう？　彼は自分の人生に関わる女たちに、ある協定を申し出るつもりでいる——もし自分を謎と見なすなら、彼は彼女たちを不可解な存在と見なす。その上で初めて交際は可能だと。

彼はばかではない。愛人としての彼の記録はぱっとしない、それはわかっている。これまで彼は一度たりとも女の心中に偉大な情熱と呼べそうなものをかきたてたことがない。つまり、振り返ってみると自分は情熱の対象になったことがない、程度はどうあれ、真の情熱の対象になった記憶がないのだ。それは彼について確実になにかを物語っている。セックス自体は、狭義に理解すれば、彼があたえるものはむしろ貧弱かもしれず、その見返りに受け取るものも貧弱なのだろう。だれかに落ち度があるとすれば、それは彼にある。彼が心情を欠落させたまま本音を出さないかぎり、女だって本音を出すわけがない。

セックスがあらゆることの基準なのか？　セックスに失敗したら、人生のすべての試練に失敗したことになるのか？　でないとすれば、ことはもっと容易に運ぶはずだ。しかし周囲を見ると、セックスの神を恐れない者はいない、たぶん時代遅れの、ヴィクトリア朝時代の遺物であるほんの数例を除いて。ヘンリー・ジェイムズでさえ、表向きはかくも上品に、かくもヴィクトリア朝風を装いながら、暗に脅すように、あらゆることが最終的にはセックスだと仄めかしながら書いている。

模範とするすべての作家のなかで彼はパウンドに最大の信を置く。パウンドには情熱があふれている。焦れるような憧憬、焼きつくす火。しかしそれは荒ぶることなき情熱だ、さらに暗い面はない。パウンドのいう運命の甘受へいたる鍵とはなにか？　ヘブライの神よりギリシアの神々を崇敬する者として、自責の念を受けつけないということか？　それともパウンドは偉大な詩想に身も心も浸るあまり、彼の肉体としての存在がその情動と調和し、その調和が即座に女たちに伝わり、女たちの心を彼に向かって開かせるのか？　それとも逆に、パウンドの秘密は人生の指標とするある種の素っ気なさにすぎないのか？　その素っ気なさは神々や詩想に由来するよりむしろアメリカで育ったことによるもので、それがあるサインとして女たちから歓迎されるのか――この男は自分がなにを望んでいるかわかっていて、きっぱりと、しかも優しく、彼と彼女がこれから赴くところに責任を負うはずだというサインとして？　それが女たちの望むことか？　つまり、責任を負ってもらいたいのか、リードされたいのか？　ダンスを踊る者が礼儀作法に倣い、男がリードし、女が従うのはそういう理由からか？

恋愛が不首尾に終わるのは彼の理屈によれば、いまや陳腐すぎて信憑性が薄れるばかりの理屈によれば、彼がまだしかるべき女性に出会っていないためだ。しかるべき女性なら、彼が世に見せている不透明な表層の下に奥深い内部があることを見抜くだろう。しかるべき女性なら、彼の内部に隠された強烈な情熱を解き放つだろう。そんな女性があらわれるまで、運命のその日まで、彼は時間つぶしをしているにすぎない。だからマリアンは無視していいのだ。

ある疑問がいつまでも執拗に彼を悩ませ、脳裏から消えない。彼の内部に蓄えられた情熱を解き放つ女性はまた、かりにそんな女性がいるとして、塞き止められている詩情の奔流をも解き放ってくれるだろうか？それとも逆に、みずからを詩人に変貌させて彼女の愛に値すると立証することは彼にかかっているのか？最初の方が真実であるならいいが、そうではなさそうだ。疑念は晴れない。さしずめ一方でインゲボルク・バッハマンと遠目ながらも恋に落ち、もう一方でアンナ・カリーナとも恋に落ちたように、伴侶となるべき女性は彼をその作品によって知り、その芸術作品とまず恋に落ちなければならないのだろうか、愚かしくも彼と恋に落ちてしまう前に。

17

ケープタウンのガイ・ハワース教授から手紙を受け取る。彼の論文の指導教官ハワースが学術研究上のある雑事を頼んできた。ハワースは十七世紀の劇作家ジョン・ウェブスターの伝記を執筆中で、英国博物館が所蔵する手書き原稿コレクションのなかの、ウェブスターが若いころ書いたと思われる詩篇をコピーして送ってほしいという。さらに、作業中に「I・W」と署名された詩篇原稿でウェブスターによって書かれたかもしれないと思われるものに出くわしたなら、それも全部コピーして送れという。

彼が見つけて読んだ詩篇はとくに優れたものではないが、仕事をまかされたことで彼は上機嫌だ。それは暗に、彼なら『モルフィ公爵夫人』の著者を文体だけで識別できるといっているからだ。エリオットから批評家としての眼識は微妙な差異を見分ける識別能力にあると学んだ。パウンドからは批評家とはたんなる戯言のあいまに真の文豪の声を聞き取る能力がなければならないことを学んだ。たとえピアノは弾けなくしも、ラジオのスイッチを入れたとき彼はバッハとテレマンの違いならわかる、ハイドンとモーツァルト、ベートーヴェンとシュポア、ブルックナーとマーラーを識別できる。ものが書けなくても、エリオットとパウンドが認めてくれそうな耳はもっているのだ。

問題はフォード・マドックス・フォードが、これほど時間を注ぎ込んでいるフォードが、真の文豪ではなかったら？　ということだ。パウンドはフォードのことをヘンリー・ジェイムズとフロベールの、イギリスにおける唯一の後継者だと推奨した。しかしパウンドがフォードの全作品を読んでいたら、はたしてそう確信じただろうか？　フォードが非常に巧みな作家であるなら、なぜ優れた五つの小説に混じってこれほど多くの駄作があるのか？

フォードのフィクションについて書くことになっているが、彼の二流小説はフランスのことを書いた本より面白くない。フォードにとって最大の幸福はフランス南部の陽のあたる家で、いい女をかたわらにして日々をすごすことだ、裏手にはオリーブの木がありワインセラーには良質のヴァン・ドゥ・ペイが貯蔵されている家で。フォードによれば、プロヴァンスはヨーロッパ文明における優雅でリリカルで人間的なあらゆるものの揺籃であり、プロヴァンスの女たちは、その情熱的な気質とかぎ鼻の美貌で北の女たちを恥じ入らせるばかりだという。

フォードを信じていいのか？　彼もプロヴァンスを見にいこうか？　情熱的なプロファンスの女たちは彼に注目などするだろうか？　情熱の炎をみごとなまでに欠いた彼に？

フォードはプロヴァンスの文明が軽やかで優雅なのは魚、オリーブオイル、ニンニクを食べるせいだという。ハイゲイトの新しい下宿で、フォードへの敬意から彼はソーセージの代わりにフィッシュフィンガーを買い、バターではなくオリーブオイルで揚げてガーリックソールトを振りかける。

彼が書いている論文はフォードについてなんら新しいことを論じることにはならないだろう、それは明らかだ。とはいえ断念はしたくない。企てを諦めるのは父親のやり方だ。父親のようになるつもりはない。そこで数百ページにおよぶ細かな手書きノートを関連づけて、一枚の網のような散文にする仕事に取りかかる。

日々、巨大なドーム型の読書室に座り、疲労困憊するか飽きてしまい、それ以上書けなくなると、古い時代の南アフリカについて書かれた書物に贅沢に浸ることにする。大きな図書館にしかないような書物、オランダ、ドイツ、イギリスで二世紀も前に出版されたダッペル、コルベ、スパールマン、バロウ、バーチェルなどケープ植民地を訪問した者の回想記だ。

ロンドンに腰をおろして、ヴァールストラート、バイテングラフト、バイテンシンゲルといった通りのことを読んでいると、ある不気味な感覚に襲われる——こういった通りは彼だけが、周囲で本に顔を埋めている者全員のなかで彼だけが歩いたことのある通りなのだ。だが古いケープタウンの記述よりはるかに心をとらえて放さないのは、危険を冒して内陸へ入り、牛車でグレイトカルーの砂漠を偵察した物語で、そこでは旅人がトレックするあいだ何日も、だれ一人見かけなかったとある。スヴァルトベルグ、レーウリフィール、ドワイカ——彼がいま読んでいるのは彼の国、彼の心の国のことなのだ。

愛国心。彼を悩ませはじめたのはそれか？　国がなければ生きていけないことを彼みずからが立証することになるのか？　酷薄ないまの南アフリカの土埃を足元から振り払っておきながら、楽園がまだ信じられていたころの、かつての南アフリカへのノスタルジーに浸っているわけか？　周囲にいるこのイギリス人たちは、書物のなかにライダル・マウントやベイカー通りへの言及があると、おなじように心の琴線に触れるものを感じるだろうか？　それはどうかな？　この国は、この都会は、いまや何世紀も経たことばの澱に被覆されている。イギリス人はチョーサーやトム・ジョーンズの足跡をたどってもなんら奇妙な感覚など覚えはしないのだ。

南アフリカは違う。この数冊の本がなければ、断定はしきれないが、彼が古《いにしえ》のカルーを夢想することはなかっただろう。というわけで彼はとりわけバーチェルに没頭し、二巻からなる分厚い旅行記を熟読する。バーチェルはフロベールやジェイムズのような文豪ではないかもしれないが、バーチェルが書いているのは実際に起きたことだ。本物の雄牛が彼と植物採集箱をグレイトカルーの停留場から停留場へ運んだのだ。本物の星が彼と部下たちが眠る頭上できらめいていたのだ。考えただけでくらくらする。バーチェルと部下たちは死んだかもしれない、そして彼らの牛車は消滅したが、彼らは現実に生きていた、彼らの旅は現実の旅だった。その証拠がいま彼の手中にある書物、略して『バーチェルの旅行記』といわれ、こうして英国博物館に所蔵されている書物なのだ。

バーチェルの旅が現実にあったことが『バーチェルの旅行記』によって証明されるとするなら、なぜ、ほかの旅がほかの旅行記によって現実にあったと裏づけられず、いまだ仮想の旅とされるのか？　この論理はもちろん誤りだ。にもかかわらず、彼はそれをやりたい、つまり、バーチェルの本に匹敵するほど説得力のある本を書き、それをこの、すべての図書館を定義づける図書館に所蔵させたいと思う。彼の本に説得力をもたせるために、もし、牛車がカルーの石ころにぶちあたってがたがた揺れて進むとき、床下にグリースの壺をぶら下げる必要があるなら、グリースの壺を書き込もう。もし、正午に彼らが停まった場所が蟬の鳴く木の下でなければならないなら、蟬を書き込もう。グリースの壺が軋る音、蟬の鳴き声、それなら彼は上手くやれる、自信はある。難しいのは全体に真実というオーラをあたえることだ、書架に置かれ、その結果、世界の歴史に含められるオーラを。

構想を練っているのは偽造文書ではない。その手法はすでに使用済みだ——とある田舎の屋根裏部屋の大型収納箱のなかで、時を経て黄色く変色し、湿気で染みがついた旅日誌を発見したふりをして、タタール地方の砂漠横断やムガール帝国領域まで分け入る冒険の旅を記述する。その種のぺてんに興味はない。彼が挑戦したいのは純粋な文学作品だ。知識の範囲としてはバーチェルの時代、つまり一八二〇年代と重なるだろうが、周囲の世界への応答がバーチェルには不可能だった活力をもつ本。バーチェルはエネルギー、知性、好奇心、平静さはあっぱれだが、あくまで異国のなかのイギリス人であり、心の半分はペンブルックシャーとあとに残してきた姉妹たちのことでいっぱいだった。

一八二〇年代のことを書くためには自力で学ばなければならないだろう。やり遂げるには、いまの知識を幾分手放す必要があるだろうし、ものを忘れる必要があるだろう。だが、忘却を可能にするには、まずなにを忘却すべきかを知る必要がある。知識を減らす前に、もっと知識を増やさねばならないのだ。必要な知識がなにか、それをどこで知る？　歴史家としての教育は受けていない。いずれにしろ手本とすべきものは歴史書にはない。なぜならその本は現実世界に、人が息をするようにありふれた現実世界に属するものだから。過ぎ去った世界のありふれた知識はどこで見つかる？　あまりに些細な、はたして知識といえるかどうかわからない知識は？

18

次に起きることがさっそく起きる。廊下のテーブルに置かれた郵便物のあいまから、公文書を示す紙質の封筒がちらりと見える、彼宛だ。自室へ持ち帰り、気落ちしながら開封する。二十一日以内に労働許可証を更新すること、更新を怠れば連合王国内の居住許可が取り消される、と手紙にはある。許可証の更新手続きには本人がみずから出頭し、パスポート、雇用者証明付書類（様式I－48）を持参のうえ、ホロウェイ通りの内務省窓口へ申請すること、受付時間は平日の午前九時から十二時半、午後一時半から四時まで。

ということはIBMが漏らしたのだ。彼が離職したことをIBMが内務省に通報したのだ。

どうするか？　南アフリカまでの片道切符を買う金はある。しかし負け犬よろしく尻尾を両脚の下に挟み込み、挫折して、すごすごとケープタウンに舞い戻るなど論外。戻ったところでケープタウンでなにがやれる？　大学でまた個人指導の教師をやるか？　そんなこと、どれだけ続けられる？　もう奨学金を申請するには年齢を食いすぎ、もっと成績の良い若い学生と競争することになる。つまり、いま南アフリカへ帰ると二度と逃げ出せないということだ。夜ごとクリフトン・ビーチに集まってワインを飲み、イビサを訪れたむかし話にうつつをぬかす者と同類になってしまう。

イギリスに留まりたいなら残された道は二つ。歯を食いしばってもう一度教職に就く努力をするか、さもなくばコンピュータ・プログラミングの仕事に戻るか。

あくまで可能性としてだが、第三の道もある。現住所から姿をくらまし、群衆に紛れ込む。ケントでホップ摘みをやるか（これには正規書類は不要）、建設現場で働くか。ユースホステルや納屋で眠ることも可能だ。しかしどれもやるつもりはない、わかっている。彼は法の目を逃れて暮らすにはあまりに無能で、あまりに几帳面で、逮捕される恐怖が強すぎる。

新聞の求人欄にはコンピュータ・プログラマーを求める広告があふれている。イギリスではプログラマーが不足しているらしい。求人の大半は給与支払部門のためだ。それは無視して、コンピュータ会社に絞り込んで応募する。大小さまざまな、IBMのライバル会社だ。数日後にインターナショナル・コンピューターズの面接を受け、躊躇なくその申し出を承諾する。彼は大得意だ。また職に就いた、もう安全だ、この国から出国を命じられることはない。

落とし穴が一つ。インターナショナル・コンピューターズの本社はロンドンにあるが、会社が彼に望んでいる職場はバークシャーの田舎で、まずウォータールー駅まで行き、そこから列車で一時間、さらにバスに乗ってやっと到着する。ロンドンに住みつづけることは不可能だ。またしてもローザムステッドの二の舞か。

インターナショナル・コンピューターズは新規雇用者のために、そこそこ手ごろな住宅を購入する頭金の貸し付けを準備している。言い換えるなら、一筆ペンを走らせれば彼は家の所有者になれて（彼が！　家の所有者に！）、その一筆によって今後十年から十五年、彼をこの仕事に縛りつける住宅ローンの支払いを確約することになるのだ。十五年もすればもう老人だ。たった一度の性急な決定で人生を譲り渡し、芸術家になる機会を完全放棄することになるだろう。赤煉瓦の家並みのなかに彼もまた小さな家を所有し、英国のミドルクラスに跡形もなく吸収されてしまうのだ。それに愛妻がいて白家用車があればイメージは完璧。

住宅ローンにサインしない言い訳を見つける。代わりに町外れの家の最上階にあるフラットを借りる契約を結ぶ。家主は元陸軍将校でいまは株屋、アークライト少佐と呼んでくれという人物だ。アークライト少佐に彼はコンピュータがどんなものか、コンピュータ・プログラミングがなんなのか、それがいかに確実な収入をもたらす職業であるかを説明する（「大々的拡張が見込める業界です」）。アークライト少佐は冗談めかして彼をオタク科学者《ボフィン》と呼ぶが（「これまでボフィンに上階のフラットを貸したことはなかったな」）、彼はつべこべいわずにその呼称を受け入れる。

　インターナショナル・コンピューターズで働くのはIBMで働くのとはずいぶん違う。なによりまず黒いスーツの出番がない。自分のオフィスがもらえる。それはクォンセット・ハット〔かまぼこ型のプレハブ建築〕内のブースで、インターナショナル・コンピューターズがコンピュータ用ラボとして用意した家の裏庭にある。「マナーハウス」と呼ばれるその家は、ブラックネルから二マイル外へ出た枯れ葉の散らばる私道の行き止まりにある、不規則に建て増しされた古い建物だ。由緒ある建物らしいが、その歴史を知る者はいない。

「コンピュータ用ラボ」という呼び名にもかかわらず、敷地内に本物のコンピュータがあるわけではない。彼が雇われて書き込むプログラムをテストするには、ケンブリッジ大学まで出かけなければならない。大学はアトラス・コンピュータ三台のうちの一台を所有している。この世に存在するアトラスは三台のみで、それぞれ微妙に異なる。アトラス・コンピュータは、出勤した初日の朝、彼の目の前に置かれていた概要書によれば、IBMに対する英国の反撃だ。インターナショナル・コンピューターズのエンジニアとプログラマーがひとたびこのプロトタイプを起動させれば、アトラスが世界最大のコンピュータとなるか、少なくとも一般市場で購入可能なコンピュータとしては最大となる（アメリカ軍は独自の、人知れぬパワーのコンピュータをもっているし、おそらくロシア軍も同様だ）。アトラスは英国コンピュータ産業を一気に躍進させるものとなり、IBMがそれに追いつくには数年を要するだろう。火急の課題はそこにある。インターナショナル・コンピューターズが優秀な若いプログラマーによるチームを、いま彼がその一員となったチームを、こんな人里離れた田舎に集めた理由はそこにあるのだ。

　アトラスを特別なものにし、世界のコンピュータのなかでもユニークな存在にしているのは、アトラスがある種の自意識をもっていることだ。周期的に規則正しく――十秒ごとに、一秒ごとにでも――みずから応答指令信号を発して、現在どのようなタスクを実行しているか、最適な効率でそれを実行しているか自問するのだ。効率よく処理されていない場合は、タスクをより適切な、異なる順序で実行するよう配列し直し、その結果、時間を、つまり金を節約する。

磁気テープの各回転の末尾に、マシンが従うルーティンを書き込むのが彼のタスクになるだろう。マシンが自問しなければならないのは、テープをもう一回転読み取るかどうか？　むしろ中断してパンチカードや穿孔テープを読み取るか？　ほかの磁気テープに蓄積されたアウトプットを書き込むか、それとも一気に計算に移るか？　こういった質問への解答は効率を最優先した原理に基づいて出されることになる。彼は必要なだけ時間をかけて（だが六カ月以内が望ましい、なぜならインターナショナル・コンピューターズは時間との競争を迫られているから）質問と解答を、マシンにとって読み取り可能なコードに変換し、それが最適に公式化されているかどうかをテストする。同僚のプログラマーたちはそれぞれ同様のタスクを、似通ったスケジュールで受け持つ。と同時に、マンチェスター大学ではエンジニアが電子機器を完成させるべく日夜働くことになる。すべてが計画通り進むなら、アトラスは一九六五年には生産が開始されるだろう。

時間との競争。アメリカ人との競争。それなら彼にも理解できる、それなら。ＩＢＭのどこまでも多くの金を稼ぎ出すというゴールより、もっと真剣に取り組むことができる。それにプログラミングそのものが面白い。知的な創意工夫が要求される。首尾よく処理しようとするなら、アトラスの二階層内部言語を名人芸的に駆使する能力が要求されるのだ。朝、彼は自分を待ち受けているタスクを楽しみにしながら仕事につく。頭を覚醒させておくため、立てつづけに珈琲を飲む。心臓が早鐘を打ち、脳髄が沸き立つ。時間の過ぎるのを忘れ、声をかけられなければランチタイムさえ気づかない。夕方はアークライト少佐家の部屋へ書類を持ち帰り、夜中まで働く。

こういうことか、と彼は思う。自分では気づかぬうちに、準備を重ねてきたのはこのためだったのか！　つまり数学とはこういう場所へ人を導くものなのか！

秋が冬に変わる。彼はほとんど気づかない。もう詩は読まない。代わりにチェスの本を読み、グランドマスターのゲームを追いかけ、オブザーヴァーのチェスの問題をやる。よく眠れない。ときどきプログラミングの夢を見る。自分の内部で進行するものを他人事のようにじっと観察している。自分は就寝中に頭脳が問題を解くような科学者になっていくのだろうか？

気づくことはほかにもある。彼は切望することをやめた。彼の内部の情熱を解き放つ、謎めいた、美しい、未知の人を探し求めることが彼の心を奪うことはもうない。確かに、ブラックネルにはロンドンのように目の前をそぞろ歩く女の子たちに匹敵するものがないこともある。しかし彼は、切望の終わりと詩の終わりの関連性を認めないわけにはいかない。要するに、大人になりつつあるということか？　結局、大人になるとはそういうことか？　切望から、情熱から、魂のあらゆる苛烈さから卒業するということか？

いっしょに働いている人たち——例外なく男——はIBMの人たちよりずっと面白い。ずっと生き生きしていて、たぶん頭もいい、彼の理解できる意味で、学校で頭がいいというのに似た意味で。彼らはマナーハウスの食堂でいっしょにランチを食べる。出される食物は極めて質素、フィッシュ・アンド・チップス、ソーセージとマッシュポテト、衣をつけて揚げたソーセージ、刻んだキャベツとジャガ芋と肉の炒め物、ルバーブ・タルトのアイスクリーム添え。彼はその食物が好きで、できたらお代わりもし、それを一日の主要な食事にする。夕方、家《ホーム》では（もしもアークライト家の部屋が家《ホーム》だとすればだが）、わざわざ料理はせずにパンとチーズをチェスボードに屈み込んで食べるだけだ。

いっしょに働く仲間にガナパディという名のインド人がいる。ガナパディはよく遅刻する。まったく姿を見せない日もある。やってきても熱心に仕事をしているようには見えない。自分のブースで机に足をのせて座り、夢でも見ているようだ。欠勤してもごくおざなりな言い訳しかしない（「調子が良くなかった」）。にもかかわらず、小言をいわれることがない。ガナパディはインターナショナル・コンピューターズにとって特別な、貴重な新戦力なのだ。アメリカで学び、コンピュータ・サイエンスでアメリカの学位を取得している。

彼とガナパディはグループ内の二人の外国人だ。天気が許せば昼食後いっしょにマナーハウスの敷地をぶらつく。ガナパディはインターナショナル・コンピューターズとアトラス計画全体をけなしつづける。イギリスに戻ってきたのは彼としては間違いだったという。イギリス人は大胆な考え方を知らない。ずっとアメリカにいればよかった。南アフリカで暮らすのはどう？　南アフリカへ行けば展望が開けるかな？

南アフリカはやめたほうがいい、とガナパディに忠告する。南アフリカはものすごく遅れていてコンピュータさえない、と伝える。白人でなければ外部の者は歓迎されないことまでは伝えない。

悪天候が到来し、来る日も来る日も雨と風が荒れ狂う。ガナパディは全然仕事にやってこない。だれも理由を訊かないので、彼がようすを見にいくことにする。彼のようにガナパディもまた持ち家契約を避けていた。公団住宅の四階のフラットに住んでいる。ノックをしても長いあいだ応答がない。それからガナパディがドアを開ける。パジャマの上にガウンをはおり、サンダルばきだ。室内から湿った生温かい腐臭がどっと流れ出てくる。「さあさあ、なかに入って！」とガナパディ。「そんな寒いところにいないで！」

居間に家具はなく、あるのはテレビとその前に置かれた肘掛け椅子、それに白熱した二本の電熱ヒーターだけだ。ドアの後ろに黒いゴミ袋が積みあげてある。悪臭の原因はそれだ。ドアを閉めると、臭いは吐き気がしそうなくらいだ。「なんで袋を外に出さないの？」と彼が訊く。ガナパディは要領を得ない。なぜ仕事に来ないかさえいわない。はっきりいって、話をしたいとさえ思っていないようだ。

ガナパディはガールフレンドとベッドにいるんじゃないかと彼は思っていた。地元の女の子で、不動産屋で顔を合わせた小粋なかわいいタイピストとかアシスタントをバスで見かけて。いや、ひょっとしたらインドド人の女の子かも。ガナパディがこんなに休む理由はそれかもしれない、美しいインド人の女の子といっしょに住んでいて、彼女とセックスしているほうがいい、タントラを実行して何時間もオルガスムを切りなく延ばしつづけているほうがアトラスのマシンコードを書くよりずっといいと思っているからじゃないのか。

ところが彼が帰ろうとすると、ガナパディが首を振るのだ。「水でも飲んでいかないか？」

ガナパディが蛇口の水を差し出すのは、お茶も珈琲も切らしているからだ。食料も切らしている。バナナ以外食料は買わない、理由は料理をしないからだとわかる。料理が嫌いで、料理の仕方を知らないのだ。ゴミ袋に詰まっているのは大部分がバナナの皮。それで生きているのだ、バナナ、チョコレート、切らしていなければお茶。こんな暮らし方、彼ならごめんだ。インドでは実家に住み、母親や姉妹が世話してくれた。アメリカでは、オハイオ州コロンバスでは、彼がいう寄宿舎に住んでいたから、一定の時間がくると食べ物がテーブルに出てきた。食事と食事のあいだに腹が空けば、外へ出てハンバーガーを買えばよかった。寄宿舎の外の通りには二十四時間営業のハンバーガー屋があった。アメリカはいつも開けっぴろげで、イギリスとは大違い。イギリスになんか戻ってこなければよかった。将来性のない国だ、暖房さえちゃんと作動しない。

病気なのかとガナパディに彼は訊く。ガナパディは彼の心配を無視する——ガウンを着ているのは寒いからで、それだけだといって。しかし彼は納得がいかない。バナナのことを知ったいまはガナパディを新たな目で見る。ガナパディは雀みたいに小柄で、肉らしい肉がついていない。顔がやつれている。病気ではないにせよ、餓死寸前であることだけは確かだ。なんと、ブラックネルで、ホームカウンティー〔ロンドンとその首都圏〕のどまんなかで、一人の男が自力で食べる能力がないために餓死寸前なのだ。

彼はガナパディを翌日のランチに招待し、アークライト少佐の家までの道順を懇切丁寧に教える。それから外へ出て、土曜の午後に開店している店を探し、食事に出すものを買い込む、ビニール袋入りのパン、コールドミート、冷凍のグリンピース。翌日正午、食事を並べて待つ。ガナパディはあらわれない。ガナパディは電話をもっていないので、ガナパディのフフットへ食事を運ぶ以外に打つ手がない。ばかげているが、ひょっとしたらガナパディはそうしてほしいのかもしれない、食べ物を運んでほしいのだ。彼同様に、ガナパディもあまやかされた頭の良い子なんだ。彼同様に、ガナパディも母親と彼女が差し出す窒息しそうな居心地の良さから逃亡してきたんだ。だがガナパティの場合、逃亡にエネルギーを使い果たしてしまったらしい。いまや救出されるのを待つばかり。母親か、母親のような人がやってきて彼を救い出してほしいと思っている。そうしなければ、あのゴミだらけのフラットで衰弱死することになるだろう。

インターナショナル・コンピューターズにこのことを伝えなければ。ガナパディは鍵となるタスクを、ジョブ・スケジューリングのルーティンを管理するロジックをまかされている。もしガナパディが倒れたら、アトラス計画全体に遅延が生じる。しかし、インターナショナル・コンピューターズにガナパディの窮状をどうやって理解させる？　だれであれイギリス人に、遠い地球の隅からやってきた人間を雨の多い惨めったらしい島で、その人間が嫌悪し、なんの繋がりももたない島で、死に追いやるものがなんであるか、どうやって理解させる？

翌日ガナパディはいつも通り仕事をしている。約束をすっぽかしたことへの釈明は一切ない。ランチタイムには食堂で上機嫌、浮き浮きしているくらいだ。モリス・ミニがあたるくじを始めた、と彼はいう。百枚買ったとか——インターナショナル・コンピューターズが彼に払っている高額の給料で　ほかにいったいなにを買っているやら。くじがあたれば列車に乗らずに車でケンブリッジまでいっしょに行って、プログラムのテストができるじゃないか。それとも仕事が終わったらロンドンまでドライブしようか。

彼には理解しそこねたものがあるのか、インド的ななにかが？　ガナパディは西洋人とおなじテーブルで食べることがタブーであるカーストに属しているのか？　もしそうなら、マナーハウスの食堂でなにゆえタラとチップスの一皿料理で済ませているのか？　ランチへの招待はもっとフォーマルに書面で確認すべきだったのか？　姿を見せないことでガナパディは心優しくも彼のために、衝動的に招きはしたが本心から望んではいない客を玄関口で迎える困惑を省いてくれたわけか？　ガナパディを招待したとき彼は、こうして示しているのは本物の、具体的な招待ではなく、招待を伝えるジェスチャーにすぎないとなぜか印象づけてしまったのか？　それゆえガナパディ側の真の礼儀とは、そのジェスチャーの裏の意味を察して、招待者にわざわざ食事を出す手間をかけないことにこそあるのか？　ともに食べるはずだった架空の食事（コールドミートと茹でた冷凍グリンピースのバター炒め）は、彼とガナパディ間のトランザクション《やりとり》では、実際に出されて食されたコールドミートと茹でた冷凍グリンピースと等価になるのか？　彼とガナパディの関係はすべてこれまで通りか、それとも、これまでより好くなるのか悪くなるのか？

　ガナパディはいう――サタジット・レイってのは聞いたことがあるけど映画は一本も観てないな。ああいう映画に興味をもつのはインド人でもごく少数で、たいていのインド人は観るならアメリカ映画のほうが好きさ、インド映画はまだ非常にプリミティヴなんだ。

　ガナパディは彼にとってはたんなる知人以上の知り合いになった最初のインド人だ。これが知り合いといえるならばだが――チェスゲーム、アメリカと比較してイギリスをこきおろす会話、そして一度だけガナパディのフラットをいきなり訪問して驚かせたこと。もしガナパディがただ頭がいいだけでなくインテリだったら、きっと会話はもう少しましなものになっただろう。コンピュータ業界にいる人たちのことで愕然とするのは、これほど頭のいい人たちが、車や家の値段以外に外部社会に対する関心をもたずにいられることだ。それはイギリス中産階級の悪名高き俗物根性のあらわれにすぎないと思ってきたが、ガナパディも大差ない。

　世界に対するこの無関心はマシンと交わりすぎた結果なのか、それが思考法に出てしまうのか？　いつの日か彼がコンピュータ業界と手を切って文明社会に復帰するとしたら、どうやって生きていく？　マシンとのゲームにこれほど長期間、最良のエネルギーを費やしたあと、引けを取らずに人と会話ができるだろうか？　コンピュータに注ぎ込む歳月からはたして得るものがあるだろうか？　せめて論理的に思考する術を身につけることにならないだろうか？　それまでに論理が彼の第二の天性になっていないだろうか？

そう考えたいが、無理だ。コンピュータの回路に組み込むことが可能な思考バージョンにはどれも最終的に敬意を払う気になれない。コンピュータのことに深く関われば関わるほど、それがチェスのように思えてくる。すでに完成したルールによって定義される窮屈な小世界。それは、ある種の多感な気質をもつ少年におもねり、その頭を半分狂わせてしまう世界なのだ、彼の頭が半分狂っているように、その結果、彼らはずっと自分がゲームで遊んでいると錯覚しているが、実際に彼らで遊んでいるのはゲームのほうなのだ。

その世界から逃げ出すことは可能だ、まだ遅くはない。そうせずに和解することも可能だ。ちょうど周囲の若者たちがやっているように、一人また一人、結婚して身を固め、家と車をもち、人生があたえてくれるものは現実的にはこんなところかと妥協して、そのエネルギーを仕事のなかに埋没させる。現実原則がいかに巧みに機能するかを目のあたりにすると彼は無念でならない。孤独に小突かれ追い立てられて、あばた顔の少年がくすんだ髪の太い脚の女の子と落ち着くところに落ち着き、みんなそれぞれ、どれほどありそうにないと思えても、最後には伴侶を見つけることになるのが無念でならない。それが彼の問題なのか、ことはそれほど単純なのか？　なんのことはない、彼はいつでも自分の市場価値を高く見積もりすぎて、自分は女性彫刻家や女優にこそふさわしいと自分を騙してきたのか、本当は公団住宅に住む幼稚園の先生か靴屋の見習いマネージャーがふさわしいのに。

結婚――彼が結婚に、どれほど微かであれ惹かれるものを感じるなんて、いったいだれが考えただろう！　屈するつもりはないぞ、まだだ。しかしそれはまた長い冬の夜々に、それもありかと戯れに思い浮かべる選択肢ではあるのだ。アークライト少佐家のガスストーブの前で、パンとソーセージを食べながら、窓打つ雨音に包まれて、ラジオに耳を傾けながら。

19

雨が降っている。食堂にいるのは彼とガナパディの二人だけだ、ガナパディの携帯セットでスピードチェスをやっている。勝っているのはガナパディだ、いつもながら。

「アメリカに行くべきだよ」とガナパディがいう。「こんなところできみは時間を無駄にしている。ぼくたちはみんな時間を無駄にしているんだ」

彼は首を振り「そんなの現実的じゃない」と答える。

アメリカで職探しを試みることは一度ならず考えてみたが、やっぱりやめようと思ったのだ。分別臭いが的確な決定だ。プログラマーとしての彼にこれといった才能はない。アトラスのチームで働く仲間は高い学位はないものの頭脳は彼よりぐんと冴えているし、コンピュータに関する問題の把握力はどうあがいても彼よりずっと敏速で鋭い。議論になると彼は自説を維持するのが精いっぱい。いつだってじつは理解していないことをあたかも理解しているような顔をしなければならず、あとからどういうことか独力で解明しなければならない。アメリカの業界が彼のような人材を望むわけがない。アメリカはイギリスではない。アメリカは厳しくて冷酷だ。かりに奇跡でも起きて、はったりで職にありついたとしても、すぐに正体がばれてしまう。それに彼はアレン・ギンズバーグを読み、ウィリアム・バロウズを読んだ。アメリカが芸術家に対してなにをするかはわかっている。芸術家たちを狂気に追いやり、監禁し、排除するのだ。

「大学の奨学金を取得すればいいんだよ」とガナパディ。「ぼくだってもらったんだから、きみも問題なくもらえるさ」

彼はまじまじと見る。ガナパティって本当にこんなに無邪気なやつなのか？　冷戦の真っ最中なんだぞ。アメリカとロシアはインド人、イラク人、ナイジェリア人の心情をつかもうと躍起になって競争しているんだ。大学の奨学金なんて彼らが用いる誘引策の一つさ。白人の心情をつかむことなどこれっぽっちも関心はないし、アフリカで場違いに感じる少数白人の心情なんてもちろん眼中にないのに。

「考えてみるよ」といって彼は話題を変える。考えてみるつもりなどさらさらない。


ガーディアンのフロントページにアメリカ風の制服を着たヴェトナム人兵士が一人なすすべもなく炎の海を凝視している。見出しには「奇襲部隊が米軍基地を大規模破壊」とある。ヴェトコンの工兵部隊がプレイクーの米空軍基地周辺に張りめぐらされた有刺鉄線を切断して侵入し、二十四機の戦闘機を爆破し、燃料備蓄タンクに火を放ったのだ。その作戦のために彼らは生命を落とした。

ガナパディが彼に新聞を見せながら、やけに得意そうだ。彼としても擁護したい思いがこみあげる。彼がイギリスにやってきてからというもの、英国の新聞やBBCは、ヴェトコンは何千人も殺されたが一方のアメリカ人は無傷で逃げおおせた、というアメリカ軍の手柄話を報道しつづけている。アメリカに対する批判があっても、きわめて抑えた調子のものだ。戦争記事はまともに読む気になれない、どうにも吐き気がする。今回はヴェトコンが紛れもなく、ヒロイックな報復をしたのだ。

彼とガナパディはヴェトナムについて議論したことがなかった。彼の思い込みのせいだ。ガナパディはアメリカで学んだのだからアメリカ人を支持するか、インターナショナル・コンピューターズの連中同様、戦争には無関心と決めつけていたのだ。いま、突然、ガナパディの微笑みに、その目の輝きに、ガナパディの秘かな相貌を彼は認める。アメリカ的効率の良さを賞讃しながら、アメリカ製ハンバーガーが懐かしいといういながら、ガナパディはヴェトナム人の味方なのだ、アジア人としての同胞ゆえに。

それだけだ。話はそれで終わり。彼らのあいだで戦争についてそれ以上ことばが交わされることはない。

それにしてもガナパディはイギリスで、ホームカウンティで、自分ではまったく評価しないプロジェクトに携わることで、いったいなにをしているのかという疑問はさらにつのる。いっそアジアに戻ってアメリカ人と戦うほうがいいんじゃないか？　おしゃべりついでに、そういってやったほうがいいのかな？

で、彼自身はどうなんだ？　もしガナパディの運命がアジアにあるとすれば、彼の運命はどこにある？ヴェトコンは出自を無視して彼の従軍を受け入れてくれるだろうか？　兵士や自爆攻撃要員は無理でも、せめてポーターなら？　それが無理なら、ヴェトコンの友人で同盟者である中国人はどうなんだ？

彼は在ロンドン中国大使館に手紙を書く。思うに中国にはコンピュータがないかもしれないので、コンピュータ・プログラミングのことには一切触れない。世界闘争への貢献として、中国へ行って英語を教える心づもりがある、給与の額は重要ではない、と書く。

手紙を郵送して返事を待つ。その間、『中国語独習書《ティーチ・ユアセルフ・チャイニーズ》』を買い込み、中国語の馴染みのない、歯を噛み締めて出す音を練習する。

日々は過ぎるが、中国大使館から返事は来ない。英国の諜報機関が彼の手紙を開封して破棄したのか？彼らは大使館宛の手紙をすべて開封して破棄するのか？　そうだとしたら、ロンドンに中国大使館を開設させてどんな意味があるんだ？　それとも彼の手紙を開封して、諜報機関がそれを内務省へ転送したのか、ブラックネルのインターナショナル・コンピューターズで働いている南アフリカ人には共産主義的傾向があると判明、というメモを添付して？　彼は職を失い、政治活動をした理由でイギリスから国外追放されることになるのか？　もしそうなったら、それに逆らうつもりはない。運命が語ることになるのだ、運命の裁きを甘受する覚悟ならできている。

ロンドンへの旅のあいまにいまも映画を観にいくが、その愉しみは視力低下のせいで損なわれる一方だ。字幕を読むには最前列に座らなければならないし、それでも思い切り目を細めなければ読み取れない。

眼科を訪ねて、黒い鼈甲縁の眼鏡をあつらえる。鏡を見ると、アークライト少佐のいうボフィンにぐんと近づいた感じだ。それでいて窓から外をながめると、樹々の葉が鮮明に一枚一枚くっきり見えるのを発見して驚嘆する。覚えているかぎり樹木はこれまでぼやけた緑色にしか見えなかった。もっと早くから眼鏡をかけるべきだったのか？　クリケットがあんなに下手だったのは、いつもボールがいきなり目の前に飛び出してくるように見えたのは、このせいだったのか？

われわれは最終的には理想の自己像に近づく、とボードレールはいう。生まれついた顔はこうありたいとわれわれが望む顔によって、秘かに夢想する顔によって、ゆっくりと被いつくされる。鏡に映る顔が彼の夢想する顔なのか、哀れなるかな、この長い顔が？　軟弱な口に、いまや眼鏡の奥に隠れて見えない目をした、この顔が？

新しい眼鏡をかけて最初に観る映画はパゾリーニの『奇跡の丘』〔原題は「マタイによる福音書」〕だ。ひどく心を動揺させる経験だ。五年間通ったカトリックの学校を卒業して、これで永久にキリスト教のメッセージの圏外へ出られると思った。ところがそうはいかないのだ。映画のなかの青白い、痩せさらばえたキリストが、触れようとする他者の手にたじろぎながら、裸足で前へ進み出て預言と苛烈な叱責を述べるところは、かつて見た血を流すキリストの心臓にはないリアリティがある。釘がキリストの手に打ちつけられるときは、思わず顔をしかめてしまう。墓の中身が消え、悲嘆にくれる女たちに天使が「ここにはいない、彼は甦った」と告げ、怒濤のごとく「ミサ・ルバ」が響き渡り、その土地の民衆が、蹇《あしなえ》びと、不具者、侮蔑されし者、遺棄されし者が走り寄り、足を引きずり、その顔を喜びに輝かせて良き知らせを分かち合おうとするときなど、彼の心臓

までは ち切れそうになり、われながら理解できない歓喜の涙が頬に流れて、その涙を現実世界へ戻る前にここそと拭わねばならない。

あるときまた街へ出かけて、チャリングクロス・ロードの古本屋のウィンドウで表紙が菫色の、小ぶりだが分厚い『ワット』が目に留まる。サミュエル・ベケット著、オリンピア・プレス刊。悪名高きオリンピア・プレスか、パリという安全地帯からイギリスとアメリカの予約購読者向けに英語のポルノグラフィーを出しているところだ。しかし副業的に、より大胆かつ前衛的な作品、たとえばウラジーミル・ナボコフの『ロリータ』も出している。サミュエル・ベケットが、あの『ゴドーを待ちながら』と『勝負の終わり』の著者が、ポルノグラフィーを書いているなんてことはまずありえない。だとしたら『ワット』とは、いったいどんな本だ？

ぱらぱらとページをめくる。活字はパウンドの『選詩集』とおなじ髭のついた肉太の書体だ。彼にとっては深く馴染んだ手応え確かな活字である。そこでその本を買い、アークライト少佐の家へ持ち帰る。最初のページからなにか途轍もないものにぶちあたったことがわかる。ベッドに寝ころび、窓から降り注ぐ光のなかで、彼はひたすら読みふける。

『ワット』はベケットの戯曲とは似ても似つかない。衝突もなければ口論もなく、ある物語を語る声の流れだけがあり、その流れは絶えず疑念とためらいによって精査され、そのペースが彼自身の心の動きにぴたりと一致するのだ。それに『ワット』はおかしい、あまりおかしいので彼は笑いころげる。最後まで読むとまた最初から読みはじめる。

なぜみんなはベケットが小説を書いていたことを教えてくれなかった？　なんで自分はフォード風に書きたいと思ったんだろう、いつだってベケットがいたのに？　フォードにはいつも、好きになれないお高く止まったところがあったが、彼はそれを認めるのを躊躇してきた。それは、ウェストエンドではどこで最上級のドライブ用手袋が買えるかとか、メドックとボーヌをどこで見分けるかとか、そういったことを知るためフォードが重んじる価値観にまつわるなにかだ。一方、ベケットは無階級というか階級の外にいて、彼自身もできたらそうありたい。

彼らが書き込むプログラムはケンブリッジにあるアトラスマシンでテストしなければならない、それも、夜間このマシンを最優先して使える数学者が寝ているあいだに。そこで二週間ないし三週間ごとに彼は書類と、パンチされた何巻ものテープと、パジャマと歯ブラシを入れた小型の鞄を持って、ケンブリッジ行きの列車に乗り込む。ケンブリッジではロイヤルホテルにインターナショナル・コンピューターズの経費で宿泊する。夕方六時から朝の六時までアトラスで作業する。早朝、ホテルに戻り、朝食を食べ、床につく 午後は自由に街を歩きまわるか、映画を観る。それから数学実験棟に戻る時間になり、アトラスが設置された、巨大な、航空機格納庫のような建物で夜勤をする。

完璧なほど自分に適した日常業務だ。彼は列車の旅が好き、ホテルの部屋の特性のなさが好き、ベーコン、ソーセージ、卵、トースト、マーマレード、珈琲のたっぷりした英国式朝食が好きだ。スーツを着なくていいので、通りでは難なく学生に混じることができるし、学生の一人に見えなくもない。そして巨大なアトラスマシンと一晩中いっしょにすごし、夜勤のエンジニアを除けば彼一人で、彼が書き込んだコンピュータ・コードが高速でテープ読み取り機にかけられるのを見守り、磁気テープのディスクが回転を始めてコンソール上のライトが彼の指令によって点滅を開始するのを注視する、そういったことが彼に、子供じみているのは重々承知で、だれにも見られずに安心して耽れる権力意識をあたえる。

ときには数学実験棟に午前中まで居残り、数学科のメンバーと協議しなければならないこともある。アトラスのソフトウェアに関する真に刷新的なことはどれもインターナショナル・コンピューターズの考案ではなく、ケンブリッジの一握りの数学者が考案したものである。ある観点からすれば、彼はケンブリッジ大学数学科がそのアイデアを実行するために雇ったコンピュータ会社の専門プログラマーチームの一人にすぎない。おなじ観点からすれば、インターナショナル・コンピューターズはマンチェスター大学によって、そのデザインに従ってコンピュータを組み立てるため雇われたエンジニアの会社にすぎない。そんな観点からすれば、彼自身は大学が費用負担する技術労働者にすぎず、この才気縦横の若い科学者たちと対等の立場で話をする資格をもった共同研究者ではない。

　彼らの才気縦横はまったくもってすごい。現に起きていることが信じられず、彼は首を横に振ることがある。ここでこうして、植民地の二流大学を出たぱっとしない人間が、数学の博士号をもつ男たちを、ひとたび話し出すや彼を眩暈のなかに置き去りにする男たちを、ファーストネームで呼ぶことが許されているなんて。何週間も彼がのろのろ格闘した問題を、彼らは一瞬のうちに解決する。たいていは彼が問題だと考えたことの奥に、彼らはなにが真の問題であるかを見抜いて、それを彼もまた見抜いていたふりをしてくれるのだ、彼のために。

　この男たちはコンピュータに関するロジックの、より高度な適用範囲に没頭しすぎて、彼がいかに愚かであるか見抜けないのだろうか、それとも——なにか彼には見当もつかない理由で、彼らにとって自分などものの数にも入らないはずだから——心優しくも、彼らの目前で彼の面目が失われないよう配慮してくれているのだろうか？　それが文明なのか——だれも、どれほど取るに足りない者であろうと、だれも面目を失ってはならないと無言のうちに了解されることが？　日本のことであれば信じられるが、イギリスにもそれはあてはまるのか？　いずれにしろ、じつに賞讃すべきことではないか！

　彼はケンブリッジという由緒ある大学の構内にいて、すごい人たちと打ち解けた会話をしている。数学実験棟に入る鍵まで預かっている。横のドアから自由に出入りできる鍵だ。これ以上なにを望む？　だが、図に乗りすぎてはいけない、慢心しすぎてはいけないのだ。彼がここにいるのは幸運なだけだ。ケンブリッジで彼が学べたはずがない、奨学金を獲得できるほど優秀ではなかった。自分は雇われた者であるとわきまえていなければならない――そうしなければペテン師になってしまう、オクスフォードの夢見る尖塔のあいだでジュード・フォーリー〔トマス・ハーディ『日陰者ジュード』の主人公〕が詐欺師になってしまったように。そのうちいつか、もうじき、彼のタスクは完了し、彼は鍵を返して、ケンブリッジ訪問は終わりを告げる。だが、せめて、この訪問を楽しめるうちは楽しんでおこう。

20

イギリスの夏もこれで三度目だ。ランチのあとマナーハウスの裏手の芝生で、彼とプログラマーたちが掃除用具置場で見つけたテニスボールと古いバットでクリケットをやることになる。クリケットは学校を卒業してからやったことがない。卒業のとき縁を切ったのだ。理由は、チームスポーツは詩人や知識人の人生とは相容れないからだ。やってみると意外にもゲームはいまも大いに楽しめる。楽しめるだけでなく上手くやれる。子供のころ必死でマスターしようとしたストロークがすべて自然に甦ってくる。それも難なく、易々と。こんなことは初めてだ。腕力がついたからだ、柔らかいボールを恐れる必要がないということもある。バッツマンとしてもボウラーとしても彼は同僚プレイヤーよりも上手い、はるかに上手い。この若きイギリス男たちは、いったいどんな学校生活を送ったのだろうと彼は自問する。植民地育ちの自分が、彼らに、もとはといえば彼らのゲームを教えなければならないなんて。

チェスに対するオブセッションが次第に弱まり、読書を再開する。ブラックネル図書館は小規模で蔵書は不十分だが、彼の希望する本はなんでも司書たちが地域のネットワークから取り寄せてくれる。彼は論理の歴史を読んで、ある直観を突き詰めようとする。それは、論理とは人間の発明物であって存在様式の網の目の一部ではない、従って（ここには多くの中間段階が存在するが、それを埋めるのはひとまず置いて）コンピュータは少年たちが少年たちの娯楽のために（チャールズ・バベッジの指導によって）発明した玩具にすぎないという直観である。ほかにも多くの論理があり（だが、いくつ?）、その個々の論理が「あれかこれか」の二者択一の論理と同程度に優れていると彼は確信する。自分が生活の糧としている玩具の脅威とは、それを玩具以上のものにしてしまう脅威とは、ユーザーの頭脳内に二者択一の選択肢を焼きつけてしまい、その結果、ユーザーを二元論に閉じ込めて後戻りできなくしてしまうことなのだ。

　アリストテレスを熟読し、ペトルス・ラムス〔十六世紀フランスの数学者、人文主義者〕を熟読し、ルドルフ・カルナップ〔二十世紀初頭ドイツの哲学者〕を読みふける。読んでいる中身の大半は理解できないが、理解できないことには慣れている。彼が現時点で探し求めているのは「いずれか一方」が選ばれ、「両方またはいずれか一方」が放棄された歴史上の瞬間だ。

　仕事のない夜は書物とプロジェクト（完成間近のフォードの修論、論理の解体）に打ち込み、昼間はクリケットをやり、隔週でロイヤルホテルでの短い休憩を挟んで世界最強のアトラス・コンピュータを独占する贅沢な夜々をすごす。独身生活も、独身生活なんてものがあればだが、悪くないじゃないか。

　一つだけ気になることがある。最後の詩行を書いてからすでに一年がすぎた。いったいどうした？　芸術は惨めさからしか生まれないというのは真実か？　詩を書くにはまた惨めな状態に戻らねばならないのか？　エクスタシーの詩というのは存在しないのか？　エクスタシーの様式としての昼休みのクリケットの詩は？　詩は詩であるための起動力をどこに見出すか、問題はそれか？

　アトラスはテクスト素材を扱うために作られたマシンではないが、彼は深夜の時間を使って数千行におよぶパブロ・ネルーダ風の詩を印刷する。用語集として、ナサニエル・ターン訳「マチュピチュの頂」からもっともパワフルな語句を集めたリストを使う。分厚い紙の束をロイヤルホテルに持ち帰り、読みふける。「ティーポットのノスタルジア」「鎧戸の熱情」「激怒した騎士」差し当たり心からほとばしり出る詩が書けないなら、心が独自の詩を生み出すのに適した状態にないなら、マシンによって生成されたフレーズを繋ぎ合わせ、曲がりなりにも詩のようなものを作ることはできないか？　その結果、書くという動作を続けることでまた書けるようになるのではないか？　書くためにマシンの助けを借りるのは、ほかの詩人に対して、いまは亡き巨匠に対して、はたしてフェアか？　シュールレアリストたちは紙片にことばを書きつけて、帽子に入れて混ぜ合わせ、でたらめに引っぱり出して詩行を作った。ウィリアム・バロウズはページを引きちぎり、シャッフルして細片を組み合わせた。彼もそれとおなじことをしている？　あるいはこの膨大な素材が――イギリスに住むほかの詩人でいったいだれがこの規模のマシンを使いこなして――量を質へ変える？さらにコンピュータの発明が、作者と作者の心情の関連性を無化することで、芸術の本質を変えたと論じられることはありえないのか？　彼はBBCの第三プログラムでケルンのラジオ局が流す音楽を聞いたばかりだ。電子音特有のワーンという音や破裂音、通りの騒音、古い録音がたてるパチパチという音、会話の断片を継ぎ合わせた音楽だ。いまこそ詩が音楽に追いつくときではないのか？

ネルーダの詩を寄せ集めた幾篇かをケープタウンの友人に送ると、その友人が、編集に携わる雑誌にそれを掲載する。国内の新聞がそのコンピュータ・ポエムの一つを再掲載して嘲るようなコメントをつける。一日ないし二日間、遠いケープタウンで、彼がシェイクスピアをマシンに置き換えたがっている野蛮人だという悪評がたつ。

ケンブリッジとマンチェスターのアトラスコンピュータのほかに、三台目のアトラスがある。それはブラックウェルからそれほど遠くないオールダマストン郊外の国防省の原子力兵器研究所に設置されている。アトラスを動かすソフトウェアがケンブリッジでテストされて問題なしとされれば、オールダマストンのマシンにもインストールされることになっているのだ。インストールはそれを書いたプログラマーの仕事である。だが、そのプログラマーはまずセキュリティ・チェックに合格しなければならない。家族、個人的履歴、職歴について書き込む長い質問表が各人に渡される。個人の家にまで男たちがやってくる。警察の者だと自己紹介するが、軍の諜報部員というほうがあたっているようだ。

英国人プログラマーは全員、当局から許可を受けてカードを受け取り、出向するときはそれを首にかける。顔写真つきのカードだ。オールダマストンの入り口へ行き、コンピュータ棟まで案内されれば、あとはたいがい自由に動きまわれる。

しかしガナパディと彼は当局から許可が出ることは最初から問題外。外国人だから、あるいは、ガナパディがいうように、非アメリカ人の外国人だからだ。そこで彼ら二人には構内に入る門のところでそれぞれ担当警備員がつく。警備員は彼ら二人をあちこち誘導し、常時そばに立って監視し、話しかけても会話にのってこない。二人がトイレに行くときはそれぞれの担当警備員が仕切りのドアの前に立ち、食事中も背後に警備員がそれぞれ立つ。二人はインターナショナル・コンピューターズの職員と話すことは許されるが、それ以外の者との会話は禁じられる。

ＩＢＭ時代のミスター・ポンフレットとの関わり、爆撃機ＴＳＲ－２開発を推進する彼の役割など、いま思えばあまりにささやか、むしろ滑稽にすら思えて、良心の疼きは難なくおさまる。オールダマストンはそれとはくらべものにならない。彼は実質十日間をそこですごす。期間にして数週間。彼の仕事が終わるころ、テープ・スケジューリングのルーティンがケンブリッジとおなじように動くようになる。彼のタスクは終わった。もちろん、だれかほかの人間にもルーティンをインストールすることは可能だっただろう。だが、それを書き、すみずみまで熟知している彼ほど上手くはやれなかったはずだ。その仕事はほかの人間にもやれたかもしれないが、やったのはほかの人間ではない。言い訳をして免除を申し立てることもできた（たとえば、ポーカーフェイスの警備員に自分の行動を常時見張られるという異常な事態に注意を促し、それが彼の心理状態におよぼす影響を指摘することもできた）がしかし、彼はそんな申し立てはしなかった。ミスター・ポンフレットは冗談めいた話にできても、オールダマストンを冗談に見せかけることはできない。

オールダマストンのような場所は初めてだ。雰囲気がケンブリッジとはまるで違う。彼が仕事をするブースは、ほかのブースもすべて、その内部にあるものはどれも安っぽく、機能本意で、醜悪だ。低い煉瓦の建物が散在する造りの基地全体が醜悪、人が目に留めない、目に留めたくないことを知っている醜悪さだ。あるいは、戦争が起きれば、この地上から木っ端みじんに吹き飛ばされてしまう、それを知っている場所のもつ醜悪さかもしれない。

なるほどここには頭のいい人たちがいる、ケンブリッジの数学者かそれに近い人たちだ。もちろん廊下でちらりと見かける人たち、つまりオペレーション管理責任者、研究官、一級技術官、二級技術官、三級技術官、シニア技術官など、彼が会話を禁じられている人たちのなかにはケンブリッジ卒業生がいる。自分がインストールしているルーティンは彼が書いたものだが、その背後の計画立案をやったのはケンブリッジの人間であり、数学実験棟のマシンの不吉な姉妹がオールダマストンにいる事実を知らないはずがない人たちだ。ケンブリッジの人間の手が彼自身の手よりはるかにきれいなわけではない。とはいえ、彼はここの門を通り抜けることで、ここの空気を吸うことで、軍拡競争に手を貸し、冷戦の共犯者となった。それも誤った側の。

もはや試練は公正な警告を伴ってやってくることはないらしく、かつてのように、学校へ通っていたころのように、それが試練だと公表されることさえないらしい。だが今回は、準備不足を言い訳にすることはできない。最初に「オールダマストン」という語が口にされた瞬間から、オールダマストンが試練になること、それに自分がパスしないこと、パスするために必要なものを欠いていることはわかっていた。オールダマストンで働くことで彼は悪に手を貸した。ある見方からすれば、イギリス人の同僚よりずっと非難されるべき手の貸し方だ。彼らがもしこの仕事への協力を拒めば、キャリアを危うくする度合いは彼よりずっと深刻になっていたはずだ。かたや米英、かたやロシアのこの争いに対して、渡り労働者でアウトサイダーの彼より、はるかに。

経験。それは彼が自分に自己弁護するとき拠り所にしたがることばだ。芸術家は高貴なものから卑賤なものまで、あらゆる経験を味わわねばならない。至高の創造的歓喜を経験するのが芸術家の運命であるように、彼には全生涯にわたり、悲惨なこと、卑しいこと、恥ずべきことを引き受ける覚悟がなければならない。彼がロンドンを堪え忍んだのも、すべて経験の名においてだった——ＩＢＭでの無感覚な日々、一九六二年の凍てつく冬、屈辱的な情事の数々、すべては彼の魂を試す、詩人の生涯における諸段階なのだ。同様にノールダマストンは——プラスチックの家具つきの粗末なブースで、目をあげれば暖房器の裏側が見え、背後には武装した男が立つ、そんな状態で働くことは経験にすぎない、深淵へ到達するためのさらなる段階だと見なすことは可能かもしれない。

　それは一瞬たりとも、とうてい納得できない正当化だ。そんなものは詭弁、侮蔑に値する詭弁にすぎない。もし彼がさらに、テディベアを抱えるアストリッドと寝ることは道徳的な卑しさを知るためであるとか　自己弁護の嘘をつくのは知的な卑しさをじかに知ることであるなどと主張するなら、詭弁はさらなる侮蔑に値するだけだろう。それについては弁明の余地がない。しかも、容赦なく正直にいうと、それについて弁明の余地がないとすること自体に弁明の余地はないのだ。容赦ない正直さについていうなら、容赦ない正直さは習得しがたい策術ではない。逆に、容赦ない正直さはこの世でもっとも安易なことである。毒をもつトキガエルが自分自身には無毒なように、人は自分自身の正直さに対してすぐに分厚い皮膜を発達させる。理屈も言い訳も無用！　肝心なのは正しいことをすることなのだ、理由が正しかろうが間違っていようが、理由などまったくなかろうが。

　なすべき正しいことを見極めるのは難しくはない。なにが正しいかを知るため長々と考えあぐねる必要もない。彼は、その気になれば、ほぼ絶対的精確さで正しいことができる。彼をためらわせるのは、正しいことをしながら彼がなお詩人でありつづけることが可能か、という問題なのだ。何度も何度もくり返し正しいことをすることからどんな詩が生まれるか、想像しようとするが、そこには空白しか見えない。正しいことは退屈だ。ここで彼は行き詰まる――退屈であるよりは悪くありたい、退屈であるより悪くありたいという人間に敬意はもてない、自分のジレンマをこぎれいに言語化するような巧緻にも敬意はもてない。

クリケットと書物にもかかわらず、朗らかな小鳥のさえずりが彼の部屋の下にある林檎の木から日の出を告げるにもかかわらず、週末はやりすごすのに苦労する。とりわけ日曜がつらい。日曜の朝は目覚めるのがひどく不安だ。日曜をやりすごすための定番はいくつかある。まず外出して新聞を買い、ソファでそれを読み、チェスの問題を切り抜く。だが新聞はせいぜい午前十一時までしかもたない。いずれにしろ日曜特集ページを読むなんて、あまりに見え透いた暇つぶしだ。

彼は暇つぶしをしているのだ。月曜が早く来るよう日曜はひたすら暇つぶし。月曜になれば仕事に戻ってほっとできる。しかし、より広い意味でいうなら仕事もまた暇つぶしなのだ。サウサンプトンの海岸に上陸してからやってきたことはすべて、自分の運命の女神が訪れるのを待つ暇つぶしだった。運命の女神は南アフリカでは彼のもとへ訪れることはない、と自分に言い聞かせた。運命の女神が（花嫁のように！）訪れる場所はロンドン、パリ、あるいはウィーンかもしれない、なぜなら、ヨーロッパの大都市にのみ運命の女神は住んでいるから。二年近く彼はロンドンで待ち、苦しんだが、運命の女神はいまだに姿を見せない。ロンドンに耐え抜くほど強靱ではない彼はいま、やむなく田舎へと退却した。戦略上の退却だ。運命の女神が田舎まで訪ねてくれるかどうかは定かではない。たとえイギリスの田舎であろうと、ウォータールー駅から列車でわずか一時間のところであろうと。

もちろん心の内ではわかっているのだ。彼がそう促さないかぎり、運命の女神が彼のもとを訪れることはない。腰をおろして書く、それしか道はないのだ。だが、正しい瞬間が訪れるまでは書きはじめることができない、どれほど周到に準備をしても、テーブルをきれいに拭き、ランプを置き、空白ページの脇に定規で線を引き、腰をおろして目を閉じ、心を空《から》にして待っても、そんなことをしたところでことばは浮かんでこない。いや、むしろことばはたくさん浮かんできそうだが、それは正しいことばではない。文はその重みから、その安定とバランスから、訪れるべくして訪れたものであると彼には直ちにわかるのだから。

この、空白ページと向き合うことを彼は嫌悪する。嫌悪するあまり向き合うことを避けようとしはじめる。実りなき苦行の果てに降りかかる絶望の重みに。また失敗したということを認めることに、彼は耐えられない。こんなふうに何度も何度も自分を傷めつけないほうがいい。運命の女神がやってきたとき、その呼びかけに応えられなくなるかもしれない、あまりにも衰弱し、あまりにも卑屈になって。

作家としての失敗と恋人としての失敗はほぼ平行して密接な関係にあり、ほぼ同一であることは自分でもよくわかっている。彼は男であり、詩人であり、ものを作る人間であり、行動の源であるから、男は女が近づいてくるのを待つものではないのだ。むしろ男を待つのが女とされる。女は王子のキスによって眠りから醒めるもの、女は陽光の愛撫のもとで花開く蕾なのだ。彼自身が行動する意志をもたないかぎり、愛においても芸術においても、なにも起きはしない。ところが彼は意志を信用しない。みずからの意志で書けず、外部からなにか力による助けを、かつてミューズと呼ばれた力を待たなければならないように、彼は一人の女性にみずからの意志で近づくことができない、それが彼の運命の女神だという暗示がないうちは（どこからの？――彼女から？　彼の内部から？　天上から？）できないのだ。ほかの精の姿をした女性に近づくと、結果はアストリッドのときのような惨めったらしい腐れ縁に、ほとんど始まる前から逃げ出したくなるような腐れ縁になってしまう。

おなじことをもっと残酷なことばでいうこともできる。実際には何百通りもの表現がある。それをいちいち挙げていくと残りの人生すべてを費やすことになるくらいだ。だが、もっとも残酷な言い方は、彼は怖がっている、書くのが怖い、女性が怖い、というものだ。彼が「アムビット」や「アジェンダ」で読んだ詩篇に顔をしかめようが、少なくともその詩篇は印刷されてそこに発表されている。それらの詩篇を書いた人物が空白ページを前にして彼がやったように、几帳面に何年も煩悶しなかったとどうしてわかる？　煩悶はしたが、ついに自力で立ち直り、書かなければならなかったことを最善をつくして書き、それを郵送し、拒絶の屈辱に耐えるか、あるいは、自分から流出したものが冷徹な活字として印刷され、ひどく貧相なものになって目の前にあるという、拒絶と同程度の屈辱を味わったのだ。おなじようにそんな男たちなら地下鉄できれいな女の子に、どれほどぎこちなくとも話しかけるきっかけを見つけ、もしも彼女がそっぽを向くか友人にイタリア語で冷笑的なことばをいったらそのときは黙って肘鉄に耐える術を学び、翌日また別の女の子を試すかもしれないじゃないか。ことはそのように運ぶのだ、世界はそのように動くのだ。そしてある日、この男たちに、この詩人たちに、この恋人たちに、幸運がやってくる。女の子が、いかに気高く美しくとも返事を返すかもしれず、それをきっかけに彼らの人生が、二人の人生が変貌して、めでたしめでたしとなるかもしれない。恋人として、作家として、なにより必要なのはある種、愚かしくも鈍感なまでの根気強さか？　それと何度失敗しても懲りない覚悟か？

上手くいかないのは、彼に失敗する覚悟がないからだ。どの試みにも「A」か「α」か百点が欲しいのだ。余白に大きく「大変よくできました！」と書いてもらいたいのだ。なんと滑稽な！　なんと子供じみた！　人にいわれるまでもなく、自分でもそれはわかっている。にもかかわらず。それにもかかわらず、それができない。今日はできない。ひょっとして明日になれば。明日になればその気になって、勇気が出るかもしれない。

もし彼がもっと温かい人間なら、ことははるかに容易だろう、人生も、恋愛も、詩も。だが温かさは彼のもって生まれた性質にはない。いずれにしろ詩は温かさで書けるものではない。ランボーは温かくなかった。ボードレールは温かくなかった。熱い、そう、熱いのだ、必要なときは——人生において熱く、恋愛においいて熱かった――だが温かくはなかった。彼もまた熱くなることはできる、その信念を捨てたことはない。だが差し当たり、いつまでかは不明だが、差し当たり彼は冷たい。冷たくて、凍っている。

この熱量不足が、心情不足が、もたらす結果とは？　その結果とは、日曜の午後、バークシャーの片田舎の奥深く、一軒の家の階上の部屋にたった独りで腰をおろしていることだ。畑で雌牛が鳴き、頭上に灰色の霧が垂れ込め、独りチェスをやって年齢を重ねながら待っているのは、やましさに苛まれることなく夕食のソーセージとパンを揚げることのできる夕べの訪れ。十八歳のとき彼は詩人だったかもしれない。いまは詩人ではない、作家でもない、芸術家でもない。彼はコンピュータ・プログラマーだ、三十歳のコンピュータ・プログラマーなどありえない世界の、二十四歳のコンピュータ・プログラマーだ。三十一歳はプログラマーとしては年齢を食いすぎている。なにかほかの職――ある種のビジネスマン――に転職するか、でなければピストル自殺だ。彼は若いから、脳内のニューロンがまだ多少なりとも確実に閃くから、かろうじて英国のコンピュータ業界のなかで、英国社会で、英国そのものの内部で足場を保っていられる。彼とガナパディは一枚のコインの裏表なのだ。ガナパディが飢えて死にそうなのは、母なるインドから切り離されたためではなく食物をきちんと摂取しないせいで、コンピュータ・サイエンスで理学修士号を取得しながらビタミン、ミネラル、アミノ酸について知識がないからだ。先細りする終盤戦のなかに閉じ込められて、単独プレイをしながら、動くたびに隅へ追いやられて負けが込んでいく。そのうちある日、救急隊員がガナパディのフラットへやってきて、その顔に白い布をかけてストレッチャーで運び出すことになるのだろう。彼らがガナパディを連れ去るときは、どうせなら彼も連れ去ったほうがいいんじゃないのか。

サマータイム

Summertime

ノートブック　一九七二－七五年

一九七二年八月二十二日

昨日のサンデータイムズに載った、ボツワナのフランシスタウンからの報道。先週のあるとき、真夜中に、一台の車が、白いアメリカ車が、住宅地区の一軒の家に乗りつけた。バラクラヴァ帽を被った男たちが跳び降り、表のドアを蹴破って銃撃を開始した。銃撃を終えたあと彼らは家に火を放ち、車で走り去った。焼け跡から近隣者が七人の黒焦げの死体を引きずり出した。男が二人、女が三人、子供が二人。

殺人者は一見、黒人のようだったが、近隣者は彼らがアフリカーンス語で話すのを耳にし、黒い顔をした白人だと確信した。死んだのは南アフリカ人難民で、わずか数週間前にその家に引っ越してきたばかりだった。

コメントを求められ、南アフリカ外相はスポークスマンを通じて、その記事には「裏づけがない」とし、死亡者が確かに南アフリカ市民であったかどうかを明らかにするために調査がなされるだろう、と述べる。軍については匿名の情報筋が、南アフリカ国軍は事件になんら関与していない、と否定する。殺害はおそらくANC内部での、派閥間の「緊張の高まり」を反映するものだろう、とスポークスマンは仄めかす。

こうして毎週毎週、この種の話が国境地帯から暴露され、謀殺事件と白々しい否認が続く。記事を読んで彼は汚《けが》された気分になる。つまり、こういうものへ自分は舞い戻ってきたのだ！　しかしこの世界のいったいどこに、汚された気分にならずに身を隠せる場所がある？　スウェーデンの雪のなかなら多少は清浄な気分でいられるのか、自国民とその最近の悪ふざけについて、距離を置いて読んでいれば？

どうすれば汚辱から逃れられるか――これは新しい問いではない。どこまでもつきまとい、化膿して不快な傷を残す、古くて忌々しい問いである。

「国軍がまたいつもの策謀を企てているな」彼は父親にいってみる。「ボツワナだよ、今度は」しかし父親はひどく警戒し、そんな餌には食いつかない。父親は新聞を取りあげても用心深く、まっすぐスポーツ欄のページを開き、政治欄は――政治と殺害事件は――飛ばす。

父親がこの大陸の、自分たちより北側に抱いているのは侮蔑感だけだ。アフリカの国々の指導者を「下衆野郎」のひと言で片づける――かろうじて自分の名前が書けるだけのけちな暴君、運転手つきのロールスロイスで晩餐会を渡り歩き、ルリタニア風〔アンソニー・ホープの小説に出てくる架空の王国〕の制服に、自分で自分に授与したメダルを花綱にしてひけらかすやつら。アフリカなんて、飢えた大衆と、彼らに威張り散らす人殺しの下衆野郎のいるところだ。

「彼らがフランシスタウンの家に押し入って皆殺しにした」めげずに彼はたたみかける。「処刑したんだ。子供まで。ほら。記事を読んで。第一面に載ってるよ」

父親は肩をすくめる。かたや無防備な女子供を虐殺する残忍な暴漢たち、かたや国境を越えた避難地から戦争をしかけてくるテロリストたち、この両者への嫌悪感を含み込むような表現を父親は思いつけない。そこでもっぱら、クリケットのスコアに没頭することで問題を解決する。モラル上のジレンマに対する応答としては薄弱だが、はたして彼自身の、発作的に激怒し絶望する応答のほうがましだといえるのか？

はるかむかしには彼もよく、南アフリカなりの公共秩序を夢想した男たちは、労働力予備軍と国内通行証とサテライトとしてのタウンシップ〔大都市周辺の非白人居住区〕からなる巨大システムを生み出した男たちは、歴史の悲劇的誤読の上にそのヴィジョンを築いたと考えたものだった。歴史を誤読したのは、彼らが内陸部の農場や小さな町で生まれ、ほかの世界では使われていない言語の内部に隔離され、一九四五年以降、旧態然とした植民地世界に広がりつつある勢力の規模を認識しそこねたからだと考えた。だが、彼らが歴史を誤読したと述べることと自体が誤解を招く。彼らは歴史などまったく読んでいなかった。逆に歴史に背を向け、そんなものは誹謗中傷の塊だとして念頭から消し去ったのだ。アフリカーナを軽蔑し、黒人によってアフリカーナが女子供まで皆殺しにされても、素知らぬふりをする外国人が組み立てた誹謗中傷の塊だといって。遠隔の、敵意に満ちた大陸の先端で、孤独に、友人もないまま、彼らは要塞国家を設立してその壁の背後に引きこもった。そうやって、世界がついに分別を取り戻すまで、西欧キリスト教文明の火を絶やさずにいるつもりなのだ。

　彼ら国民党と治安国家を運営する男たちの語り口は多かれ少なかれそんな調子だったから、本心からそう語っているのだと彼は長いあいだ考えていた。しかしもうそうではない。いまはむしろ、文明を救済するという彼らの語りはこけおどし以外のなにものでもなかったと考えている。こうしている瞬間も、彼らは愛国主義の煙幕の後ろにどっかと座り、あとどれくらい彼らのショー（鉱山、工場）を続行できるか計算している。荷物をまとめ、有罪を暴露する書類をすべてシュレッダーにかけ、チューリッヒ、モナコ、サンディエゴへ逃亡する必要に迫られるまで、あとどれくらい時間が稼げるかをはじき出しているのだ。逃亡先では、アルグロ貿易とかハンドファースト警備会社といった名の持株会社を隠れ蓑に、最後の審判の日（かの日こそは怒りの日《ディエス・イラエ、ディエス・イラ》）に備えて何年も前に別荘やアパートを購入済みだ。

　この修正された新しい考え方によると、殺人部隊にフランシスタウンへ行けと命じた男たちは誤解に基づく歴史的ヴィジョンなど抱いてはいない、悲劇的ヴィジョンなど論外だ。いかなる類いのヴィジョンでも受け入れる愚かな国民のことを、彼らは十中八九、腹のなかでせせら笑っている。アフリカにおけるキリスト教文明の運命など、彼らは歯牙にもかけてはいない。そしてこんな——こんな！——汚らわしいやつらの圧政下で自分は生きていくのか！

さらに発展させるべきは——時代に対する父親の応答に彼自身の応答を比較すること、その相違点、その（決定的な）類似点について。

一九七二年九月一日

彼が父親と住んでいる家は一九二〇年代に建ったものだ。壁は日干し煉瓦の部分もあるが、おもに泥と藁でできていて、いまでは地面から這いあがった湿気でひどく傷み、崩落が始まっている。湿気を遮断するのは到底無理な仕事だ。最善策は不浸透性のコンクリート皮膜で家の表面を被い、徐々に乾燥するのを待つことである。

家の補修ガイドから彼はコンクリート一メートルにつき砂が三袋、小石が五袋、セメントが一袋必要だと知る。家を包む厚さ十センチの皮膜を作るには、彼が計算したところ、砂が三十袋、小石が五十袋、セメントが十袋必要だ。つまり工務店の資材置き場まで行き、一トントラックに荷を満載して六往復だ。

作業初日のなかばで悲惨な計算違いに気づく。ガイドブックを読み違えたか、計算するとき立方メートルと平方メートルを混同したか。九十六平方メートルのコンクリを敷くのに必要なセメントは十袋をゆうに超え、砂も小石ももっと必要だ。工務店まで六往復では足りず、諦めなければならない週末も、ほんの数回などでは済みそうもない。

毎週毎週シャベルと手押し車を使って、砂、小石、セメントに水を混ぜる。一ブロック一ブロック、液状のコンクリを流し込んで平らに均す。腰は痛み、腕と手首がこわばり、ペンを持つのもやっとだ。なによりこの労働に飽きてくる。とはいえ不幸なわけではない。彼がいまやっているのは、彼のような人間が一六五二年〔オランダ東インド会社が喜望峰に補給基地を設立した年〕以来ずっとやらなければならなかったこと、つまり、自分の手を汚す仕事なのだ。事実、自分が費やしている時間のことさえ忘れてしまえば、仕事そのものが独自の快楽へと変貌しはじめる。だれの目にもきれいに均されているとわかるスラブというものがある。彼が敷いているスラブは家の貸借期間より長く持続するだろうし、彼がこの世ですごす短い一時《いっとき》さえ凌駕するかもしれず、いずれにしろある意味、彼は死を欺いたことになる。残りの人生を、スラブを敷き、まっとうな骨折り仕事で疲労困憊し、夜ごと泥のように眠ってすごすのも悪くはないか。

通りですれちがうぼろを着た労働者のうちいったい何人が、彼らの一生より長く残る作品——道路、壁、塔門——の秘かな作者なのだろう？　ある種の不死性、限定つきの不死性を達成するのは、結局それほど困難ではないのだ。であるなら、なにゆえ彼は紙の上に記録を残すことに執着するのか、まだ生まれてもいない者たちが、その記号をわざわざ読み解くことに微かな願望を抱きながら？

さらに発展させるべきは——生半可なプロジェクトに没頭する彼の迅速さについて、創造的仕事から非頭脳労働へすんなり後退する機敏さについて。

一九七三年四月十六日

サンデータイムズが、田舎町で起きた教師と女子生徒の熱烈な恋愛沙汰を暴露し、若手女優が端切れさながらのビキニ姿で唇を尖らせる写真を載せるそのおなじ紙上で、治安警察が犯した残虐行為がおおっぴらに摘発され、病気の両親を訪ねるブライテン・ブライテンバッハに生地へ帰還するヴィザを内務大臣が発給したことが報道される。温情ヴィザとそれは呼ばれ、ブライテンバッハがその妻といっしょに大きな記事になっている。

数年前にブライテンバッハは国を出てパリへ移り住んだが、その後、ヴェトナム人女性と結婚してチャンスをぶち壊した。非白人との、アジア人との結婚だからだ。結婚したのみならず、ブライテンは、彼女を詠った詩が事実だとすれば、彼女に熱烈に惚れ込んでいる。サンデータイムズの記事によれば、それにもかかわらず、温情厚き大臣はこのカップルに三十日の訪問を許可し、その間、いわゆるミセス・ブライテンバッハは白人として待遇されるという、暫定的白人、名誉白人として。

南アフリカに到着する瞬間からこの二人、つまり浅黒く日焼けしたハンサムなブライテンと繊細な美しさを見せるヨランドは、報道陣に執拗につきまとわれる。友人たちとピクニックに出かけ、渓流で遊ぶ彼らのプライベートな瞬間をズームレンズがあますところなく捕える。

ブライテンバッハ夫妻がケープタウンで開かれた文学会議に姿を見せる。ホールは、ひと目見ようとやってきた人たちであふれんばかりだ。ブライテンはスピーチのなかでアフリカーナをろくでなし《バスタード》民族と呼ぶ。その理由は、彼らが私生児《バスタード》であり、そのことを恥じて強制的人種隔離などという、ありえない夢のまた夢《クラウド＝クックー》の計画をでっちあげたからだと述べる。

スピーチは大きな拍手喝采を浴びる。その後まもなく彼とヨランドは空路パリの自宅へ帰り、新聞の日曜版はふたたび淫らなニンフェット、配偶者の不倫、国家による謀殺へと戻る。

さらに探求すべきは——南アフリカ白人（男たち）がブライテンバッハに感じた羨望について。世界を自由に闊歩できて、美しくエキゾチックなセックスの相手に無制限に近づける彼への羨望について。

一九七三年九月二日

ミューゼンバーグのエンパイア映画館で昨夜、黒澤明の初期作品『生きる』を観る。一人の古風な官僚がガンになり、余命数カ月であることを知る。愕然とし、なすすべもなく、なにを頼りとすればいいのか。秘書を、陽気だが浅薄な若い女を、お茶へ連れ出す。彼女が帰ろうとすると、男は女の腕をつかんで引き留める。「きみのようになれたら！　だがどうすればそうなれるんだ！」あからさまな訴えに女は嫌悪感を隠さない。

問い——父親にそんなふうに腕をつかまれたら、自分はどんな反応をするだろう？

一九七三年九月十三日

登録してきた職業紹介所から電話がかかってくる。依頼人は言語上の問題について専門家の助言を求めている、報酬は時間払いだが、興味はあるか？　どんな種類の言語上の問題か？　と彼は訊く。紹介所は答えられない。

教えられた番号に電話をかけ、シーポイントの住所へ出向く約束をする。依頼人は六十代の女性で未亡人だ。夫が少なからぬ額の財産の大部分を、彼の弟が管理する信託に委ねて他界した。憤慨した未亡人は断固、遺言に異議を申し立てる決意をした。だが、相談した弁護士は全員、やめたほうがいいと助言した。遺言には一分の隙もない、と彼らはいう。それでもなお彼女は諦めない。弁護士たちは遺言の文言を誤読していると信じて疑わない。そこで弁護士には見切りをつけて、代わりに専門家から言語上の助言を引き出そうというのだ。

　彼はティーカップをかたわらに、故人が残した遺言状を精読する。意味するところは非の打ちどころなく明白だ。未亡人はシーポイントのフラットと幾ばくかの金額を相続する。残りの財産は以前の結婚によって生まれた子供たちの利益のために信託に委ねる。

「お役に立てないと思います」と彼はいう。「文言に曖昧なところはありません。読解の方法は一つしかありません」

「ここはどう？」と彼女がいう。彼の肩越しに身を乗り出し、文面を指でつつく。その手は小さく、皮膚にはしみが浮き、中指にはこれみよがしのダイヤモンドがはまっている。「前述のことにもかかわらず《ノットウィズスタンディング》とあるところよ」

「もしもあなたが財政難を立証できるなら、信託に支援を要請する資格を有する、といっています」

「にもかかわらず《ノットウィズスタンディング》はどう？」

「それは、この節で述べられていることは前述された内容に対する例外でありそれに優先する、という意味です」

「でもそれはまた、信託がわたしの申し立てに逆らえない《キャンノット・ウィズスタンド》という意味でしょ。そういう意味でないとしたら、逆らう《ウィズスタンド》はどういう意味なの？」

「逆らう《ウィズスタンド》がどういう意味かという問題ではありません。前述のことにもかかわらず《ノットウィズスタンディング》がどういう意味かという問題です。成句は全体として理解しなければなりません」

彼女はじれったそうに鼻を鳴らす。「あなたに報酬を支払うのは、英語のエキスパートの仕事に対してであって、弁護士の仕事に対してではないの」と彼女。「遺言は英語で書かれているでしょ、英語のことばで。このことばはどういう意味？　ハットウィズスタンディングはどういう意味なの？」

いかいかい気が狂ってる、と彼は思う。どうやってここから抜け出そうか？　しかし、もちろん彼女は狂ってなどいない。憤怒と強欲に駆られているだけだ。彼女の意のままにならなかった夫への憤怒、金銭への強欲。

「この節をわたしなりに理解すると、もしもわたしが申し立てをするなら、そのときは何人《なんぴと》も、義理の弟も含めて、それに逆らえない、となるのよ。理由はそれがハット・ウィズスタンドの意味だから――つまり彼はわたしに逆らえない。でなければ、このことばを使う狙いはなに？　わたしのいっていることがわかる？」

「おっしゃることはわかります」

彼はポケットに十ランドの小切手を入れてその家を出る。報告書を、専門家としての報告書を届けたとき、謝礼の残り三十ランドを受け取るのだ。報告書には、彼がハット・ウィズスタンドを含む英語の語義を解説する専門家であることを示す卒業証明書のコピーを、宣誓管理官による証明を受けて添付することになっている。

彼は報告書を届けない。支払われるはずの金はなかったことにする。

未亡人が、どうなっているのかと電話してきたとき、彼は黙って受話器を置く。

この話から浮上する彼の性格の特徴――（a）誠実（依頼人が望んだように遺言を読むことを断る）、（b）愚直さ《ナイヴテ》（咽喉から手が出るほど欲しい金を稼ぐチャンスをみすみす逃す）。

一九七五年五月三十一日

南アフリカは正式には戦争状態ではないが、それと似たようなものだ。抵抗運動が大きくなるにつれて、法の支配が少しずつゆるんできた。警察も、警察を指揮する人間も（ハンターが猟犬の群れを率いるように）、いまでは程度の差はあれ勝手放題。ラジオやテレビはニュースの名のもとに、政府の流す嘘を中継している。しかし嘆かわしい、血なまぐさいショー全体に腐敗した空気が立ち込める。旧態然としたスローガン――白人のキリスト教文明を守れ！　父祖たちの犠牲を讃えよ！――はすっかり力を失った。チェスのプレイヤーたちがついに大詰めを迎えていることを、だれもが知っているのだ。

とはいえゲームがゆっくり幕を閉じようとするあいだに、人間の生命はいまも貪り喰われている――貪り喰われて、放《ひ》り出されている。戦争によって殺されるのを運命づけられた世代があるように、政治によって虐げられるのが現世代の運命のようだ。

もしイエス・キリストが身を落として政治を司ったなら、古代ローマ時代のユダヤ属州における重要人物に、大物になっていただろう。彼は政治に無関心で、おのれの無関心を明らかにしたため、それゆえに粛正された。どうすれば政治の外で生きられるか、そして死ねるか――彼が信奉者たちに示した手本はそれだ。

イエス・キリストを手本と見なすとは妙な話だ。しかしどこを探せば、もっと良い手本が見つかるというのか？

注意――イエス・キリストへの関心を深めすぎて、求道をめぐる語りにしてしまわないこと。

一九七五年六月二日

通りをはさんだ向かいの家の持ち主が変わる。彼とほぼ同年代のカップルで、幼い子供がいてBMWをもっている。彼はまったく注意を払っていなかったが、ある日ドアがノックされる。「こんにちは、デイヴィッド・トラスコットといいます。最近近くに引っ越してきた者ですが、鍵を置き忘れて家に入れなくて。電話を借してもらえませんか？」そして思い出したようにいう——ひょっとしてきみのこと知ってるかな？

ぼんやり記憶が戻ってくる。たしかに彼らは知り合いだ。一九五二年、デイヴィッド・トラスコットとはおなじクラスだった、聖ジョゼフ・カレッジ、スタンダード6〔中学二年に相当〕のときだ。残りのハイスクール時代をデイヴィッド・トラスコットとは肩をならべて進むはずだったが、デイヴィッドがスタンダード6からの進級にしくじって遅れた。デイヴィッドがなぜしくじったかは容易にわかった。スタンダード6から代数が加わり、この代数がデイヴィッドには初歩からとんと理解できなかったのだ。x、y、zといった初歩は、算数の退屈さからの解放のためにこそあったのに。ラテン語でもデイヴィッドは飲み込みが異常に悪かった。たとえば仮定法。幼いころからデイヴィッドは、学校外なら、ラテン語や代数から遠く離れた実社会でなら、銀行で札を数えあげようと、靴を売ろうと、明らかに上手くやっていけそうだった。

ところが、飲み込みが悪いせいで定期的に鞭打ちの罰を受けたにもかかわらず——罰は悟りきったように受けはするが、ときおり涙で眼鏡を曇らせながら——デイヴィッド・トラスコットがしぶとく学業を続けたのは、おそらく背後に両親の強い圧力があったからだ。とにかく四苦八苦の末にスタンダード6を修了し、スタンダード7へ、そしてスタンダード10まで漕ぎつけた。それから二十年後、彼はいまここにいて、こざっぱりとして快活で羽振りもよく、どうやら、仕事上の問題に気を取られて朝、仕事場へ向かうときに鍵を持つのを忘れ——妻が子供を連れてパーティへ出かけているため——自分の家に入れないらしい。

「どんな仕事をしてるの？」彼はデイヴィッドに、好奇心の塊になって訊ねる。

「マーケティング。ウールワース・グループで働いているんだ。きみは？」

「あ、ぼくは求職中。以前は合州国の大学で教えていたんだけど、いまはここで職探しだよ」

「じゃあ、いっしょに一杯やらなくちゃな。家に来いよ、情報交換だ。子供はいるのか？」

「ぼくが子供。つまり父と暮らしてるってこと。父も年々歳を取っていくし。世話をする人間が必要だろ。とにかくなかに入って。電話はあっちだ」


というわけで、xとyが理解できなかったデイヴィッド・トラスコットは景気のいいマーケッターかマーケッティアかで、一方、xとyばかりかほかのことも難なく理解できた彼は失業中のインテリだ。それは世の中のメカニズムについてなにを示唆しているか？　どうやらもっとも明白に示唆しているのは、ラテン語や代数へ通じる道は物質的成功へ通じる道ではないらしいということだ。しかしそれ以上に示唆しているのは、物事を理解するのは時間の無駄だということかもしれない。世の中で成功して、幸福な家族、上等な家、BMWをもちたければ、物事を理解しようとせずにただ数値を足すか、ボタンを押すか、なんであれマーケッターが見返りに高い報酬を得ることをすればいいのだ。

結局、デイヴィッド・トラスコットと彼は、約束した一杯をやりに集うことも、約束した情報交換をすることもない。夕方たまたま彼が家の前で熊手で枯れ葉を集めているときデイヴィッド・トラスコットが仕事から帰ってきたら、通りをはさんで手を振ったりうなずいたりして隣人同士の挨拶はするが、それだけのこと。むしろ頻繁に見かけるのはミセス・トラスコットのほうだ。色白の小柄な人物で、四六時中子供たちを駆り立て、二台目の車に乗せたり降ろしたりしている。しかし彼は、彼女に紹介されることはなく、彼女と話す機会もない。トカイ通りは交通量の多い幹線道路で、子供たちには危険だ。トラスコット家の人たちが道を横切ってまで彼の側に来る理由はなく、彼としても彼らの家まで出かける理由はない。

一九七五年六月三日

彼やトラスコット家の人間が住む場所から南方へ一キロほどゆっくり歩くと突きあたるのがポルスモアだ。ポルスモア——わざわざポルスモア刑務所という者はいない——は高い壁と有刺鉄線に囲まれた幽閉のための場所だ。それはかつて低木の生えた砂地にぽつねんと立っていた。ところが年が経つにつれ、最初はおずおずと、やがてもっと自信をもって、這うように郊外開発が進み、いまや周辺を取り囲むように整然と並ぶ家からは、毎朝、高潔なる市民が国家経済においてその役割をはたすべくお出ましになる。その結果、風景のなかで異様に見えるのはポルスモアのほうになってしまった。

南アフリカのグーラグ〔旧ソ連の矯正労働収容所〕が郊外の白人住宅地のなかで、かくも忌まわしく突出しているのは、もちろんアイロニーだ。彼やトラスコット家の人間が吸い込む空気は、無法者や犯罪者の肺を通過してきたものかもしれない。しかし野蛮人にとっては、ズビグニェフ・ヘルベルトが指摘したように、アイロニーはまさに塩のようなものなのだ。歯と歯のあいだで噛み砕き、一瞬の香りを楽しむが、香りが失われれば厳然たる事実が目前に残る。とするなら——ひとたびアイロニーが使いつくされたとき、人はポルスモアの厳然たる事実をどうするつもりか？

続編——裁判所からの復路にトカイ通りを走る刑務所のヴァン。ちらりと見える顔、窓の鉄格子を握りしめる指。反抗的なもの、寄る辺ないもの、あの手や顔について説明するため、トラスコットは子供たちにどんな物語を語るのだろう。

ジュリア

ドクター・フランクル、お送りしたジョン・クッツェーのノートブックからの抜粋をお読みになられたと思いますが、この一九七二－七五年という年代はおおよそ、あなたが彼と親しかった時期ですね。お話をうかがうきっかけとして、まずそこに書かれていることへの感想をお聞かせいただけませんか。あなたがご存知の男性があのなかに確かにいると思いますか？　彼が描いている国と時代について、確かにそうだと？

ええ、南アフリカのことは覚えています。トカイ通りも、囚人を詰め込んでポルスモア刑務所へ向かうヴァンのことも覚えています。すべてはっきりと思い出せます。

なるほどネルソン・マンデラはポルスモアに収監されていましたね。マンデラがごく近くにいたことにクッツェーが触れていないことは意外ですか？

マンデラがポルスモアへ移されたのはずっとあとのことです。一九七五年はまだロベン島にいました。

そうでした、そこは忘れていました。父親とクッツェーの関係はどうだったでしょう？　彼は母親の死後しばらく父親といっしょに暮らしていました。彼の父親には会いましたか？

幾度か。

息子のなかに父親の姿を見ましたか？

ジョンが父親似だったかという意味ですか？　姿形でいうなら、ノーです。彼の父親はもっと背が低くて痩せていました。こざっぱりした小柄な人で、それなりにハンサムでしたが、見るからに具合が悪そうでした。こっそり酒を飲み、煙草を吸い、まあ自分で自分の面倒を見切れない感じの人でしたが、ジョンのほうは煙草も酒も絶対にやらない、徹底した節制家でした。

ほかの点ではいかがですか？　ほかの点で似ているところは？

二人とも一匹狼でした。社会性がありませんでした。広義の意味で、心理的に抑圧されていました。

ジョン・クッツェーと知り合ったきっかけは？

すぐにお話しますが、その前にあなたが送ってくださった彼の日記のなかでわたしには理解できないところがあります。この強調体の注記——さらに発展させるべきは云々——はだれが書いたのですか？　あなたですか？

いいえ、クッツェー自身が書いたものです。あれは自分のためのメモです。一九九九年か二〇〇〇年に書いたものので、そのころ日記を書き直して本にしようと考えていたのです。のちに彼はその案を捨てました。

わかりました。わたしがジョンに会ったいきさつですね。最初はスーパーマーケットで鉢合わせしたんです。一九七二年の夏、私たちがウェスタン・ケープに引っ越してきて間もないころでした。当時わたしはずいぶん長い時間をスーパーマーケットですごしたもので、私たちが必要とする品は——わたしと子供が必要とする品のことですが——ごくシンプルなものでしたのに。ショッピングに出かけたのは、退屈で、家から逃げ出したかったからで、でも主な理由は、スーパーマーケットにいると気分が安らぎ楽しかったからです——広々としていて、真っ白で、清潔で、BGMがあって、ショッピングカートが立てる微かな音がして。そこへ行けばいろいろ選べました——あのスパゲッティ・ソースではなくこのソースがいいとか、あの歯磨きではなくこの歯磨きがいいとか、いくらでも選べました。それで心が落ち着くことがわかりました。精神的効能があった。テニスをしたりヨーガをしたりする女性もいましたが、わたしはショッピングでした。

一九七〇年代というのはアパルトヘイトが大手を振っていた時代で、スーパーマーケットでは白人以外あまり見かけませんでした、もちろんスタッフは別です。男性客もあまり見かけなかった。それもまた楽しみの一つでした。演じる必要がなかったからです。ありのままの自分でいられそうで。

男性客は多くありませんでしたが、「ピック・アン・ペイ」のトカイ支店ではときどき一人見かけることに気づきました。わたしは彼に気づいていたけれど、彼はわたしのことなど眼中になく自分のショッピングのことで頭がいっぱいでした。それがいいなと思いました。彼の容貌は多くの人が魅力的と考えるものではありませんでした。がりがりに痩せて、髭を生やし、鼈甲縁の眼鏡にサンダルばき。なんだか場違いな、鳥みたいな感じで、あの飛べない鳥の仲間、というか、実験室から手違いでさまよい出てきた、心ここにあらずの科学者みたいでした。なんだかみすぼらしい感じ、落伍者みたいな感じもしました。彼の生活には女性がいないな、というわたしの勘はあたりました。だれの目にも、彼には世話を焼いてくれる人が必要だとわかりました、ビーズをじゃらつかせ、脇毛を剃らないノーメークの老練ヒッピーなら、買い物、料理、掃除、洗濯をして、ドラッグもまわしてくれたかもしれません。近づいて確かめたわけではありませんが、彼の足の爪は絶対に伸び放題だと思いました。

あのころは男がわたしをじっと見ていると必ず気がつきました。プレッシャーを手足や胸に感じましたから。雄の視線のプレッシャーは、それとなくということもあれば、そうではないこともありました。わたしがなにをいっているのかあなたには理解できないでしょうが、女ならだれもが心あたりのあることです。この男からはそういうプレッシャーがまったく感じられなかった。微塵も。

そしてある日それが変わりました。わたしはステーショナリーの棚の前に立っていました。もうすぐクリスマスだったので、ラッピング・ペーパーを選んでいたのです――クリスマスらしい、キャンドルとか、樅の木とか、トナカイとか、きれいなモチーフの紙。わたしはうっかり巻き紙を一ロール落としてしまい、それを拾おうと身をかがめているうちにまた別のロールを落としてしまったんです。後ろで男の声がしました――「ぼくが拾います」それがほかならぬあなたのジョン・クッツェーでした。彼は二つのロールを拾いあげ、それがまたひどく長くて、メートルはあったかしら、それをわたしに戻しながら、故意だったのかどうか、いまだにはっきりしませんが、それをわたしの胸に押しつけました。一秒か二秒、巻いた紙を通してですが、彼は実質的にわたしの胸をつついたわけです。

ひどく侮辱的なことでした、もちろん。でも同時に、それほど深い意味はなかった。わたしは自分の反応を顔に出すまいとしました――目を伏せたり顔を赤らめたりせず、もちろん、にこりともしませんでした。抑制をきかせた声で「ありがとう」といって視線をそらし、買い物を続けました。

とはいえそれは親密な行為であり、そうではないふりをしても無駄で。それが少しずつ消えていって、ほかの親密な瞬間に紛れてしまうかどうかは時が経ってみなければわかりません。でも、あの内密な、予期せぬ軽い突きはそう簡単に意識から消えませんでした。実際、家に帰るとわたしはブラをはずして、その胸の部分を調べたほどです。痕跡はもちろんなかった。あるのはただの乳房、若い女の無防備な乳房だけでした。

それから数日後、車を運転して家に帰るとき彼の姿を見かけました。「ミスター・ひと突き」がショッピングバッグをぶら下げてトカイ通りをとぼとぼ歩いていたのです。ためらうことなく車を止めて、送りましょうかと申し出ました（あなたは若いからご存じないでしょうが、あのころはまだそういう申し出をしたものなんです）。

一九七〇年代のトカイは、いわゆる社会的上昇志向の強い人間が住みつく郊外の新興住宅地でした。土地は安くはなかったけれど、さかんに新築工事が行われていました。でも、ジョンが住んでいた家は古い時代のものでした。トカイがまだ農場だったころに農場労働者を住まわせたコテージの一つです。電気と水道はあとから敷設されましたが、家としては必要最低限のものしかなかった。正面の門の前で彼を降ろすと、寄っていきませんかと誘われることはありませんでした。

時が過ぎました。ある日たまたま彼の家の前を通りかかると、その家が面していたトカイ通りは幹線道路でしたから、彼の姿が目に入りました。ピックアップトラックの荷台に立って、シャベルで砂を手押し車に投げ入れていたのです。短パン姿でした。肌は青白く、とりわけ頑強にも見えず、それでもなんとかこなしているようでした。

その光景が奇異だったのは、あのころ白人男性が肉体労働をするなんて尋常ではなかったからです。そういった非熟練労働はカフィール〔黒人に対する蔑称〕の仕事、広くそう呼ばれていて、だれかにお金を払ってやらせる仕事でした。シャベルで砂をすくうところを見られるのは恥ずかしいことではなかったにしろ、もちろん仲間の期待を裏切ることではありましたね、わたしのいっていることがわかっていただけるかしら。あなたからの依頼は、当時のジョンがどんなふうだったかをお話することですが、でも、背景なしで彼の像だけを描いて見せることはできません、でなければ、あなたが理解しそこねることが出てきてしまいますので。

わかります。つまり、おっしゃるとおりです。

先ほどいったように、わたしは車で通り過ぎました。スピードを落とすことも、手を振ることもしませんでした。話はそれで終わりになったかもしれません、関係もそれで終わり、とすればあなたがこうしてわたしの話を聴くためここにいることもなかったでしょうね。だれかほかの女性のとりとめのない話を聴くために別の国にいたかもしれません。でもあいにく、わたしは考え直して、引き返しました。

「こんにちは、なにをしてるんですか?」大きな声で訊きました。

「ごらんのとおり——砂をシャベルですくっています」と彼。

「でも、なんのために?」

「建築工事。見学しますか?」そういって彼はピックアップから這い降りました。

「いまは結構」とわたし。「また別の日にでも。そのピックアップはあなたの?」

「そう」

「じゃあ、お店まで歩いていくことはないわね。車で行けるから」

「そう」といってから「この辺に住んでるんですか?」と彼が訊きました。

「もっと奥ですよ」答えてから「コンスタンシアバーグの向こう。ブッシュのなか」とわたしはいいました。

それはジョーク、あの当時、南アフリカの白人同士が言い合った他愛ないジョークの一種です。だってもちろん、わたしがブッシュのなかに住んでいるなんて事実じゃありませんでしたから。ブッシュに、本物のブッシュに住んでいるのは黒人だけ。彼に伝えるつもりだったのは、わたしが、ケープ半島に大むかしからあるブッシュを削って区画割りした新規造成地区に住んでいるということでした。

「あら、長いことお邪魔しちゃ悪いかしら。でも、なにを建てているの？」

「建てているんじゃなくて、ただコンクリを打ってるだけです」と彼はいいました。「建物を建てるほど有能《クレヴァー》じゃないから」わたしの他愛ないジョークに対する彼なりの他愛ないジョークだと受け取りました。というのは、お金持ちでも器用でも魅力的でもないとすれば——彼はそのどれでもなかったのですが、おまけに有能でなければ取り柄はなし。でも、もちろん有能だったはずです。有能そうに見えました。顕微鏡に屈み込む科学者が有能に見えるような、鼈甲縁の眼鏡についてまわるような、狭量で近視眼的な有能さでしたが。こんな男と火遊びする気など、これはことばどおりに受け取っていただいてかまいませんが、まったく——これっぽっちも！——思い浮かびませんでした。だって彼にはセクシュアルな存在感がかけらもなかった。いうなれば彼は全身中性的存在、頭のてっぺんから爪先まで中性化スプレー、去勢スプレーを吹きつけられたようでしたから。もちろん、クリスマス用のペーパーをわたしの胸に押しつけた非は彼にあります——わたしは忘れていませんでした、胸がその感覚を覚えていました。でも十中八九、あれは不器用なアクシデント、いまとなればわかりますが、シュレミール〔十九世紀イディッシュ語作家、A・シャミッソーの『ペーター・シュレミール』のとんまな主人公〕のやったことにすぎませんでした。

　とすると、なぜ、わたしは考え直したか？　なぜ戻っていったのか？　その質問には容易に答えが出せません。かりに人と打ち解けるなんてことがあるとしても、わたしがジョンと打ち解けたかどうか、長いあいだ確信がもてませんでした。ジョンはすぐに打ち解けるタイプじゃありませんでした。そうするためには、世界に対する姿勢全体があまりに慎重で、身構えすぎていました。彼の母親はもちろん、幼いころの彼しは打ち解けたでしょうし、愛したはずです、母親はそのために存在するわけですから。でも、ほかの人がどうするところは想像しにくかったですね。

いささかざっくばらんな話をしても気にならない？　では背景も含めて全体像を描いてみましょうか。当時わたしは二十六歳、肉体関係をもった男性は二人しかいませんでした。二人です。最初は十五歳のときに知り合った少年。何年間も、彼が軍隊に召集されるまで、双子みたいにいつもいっしょでした。彼がいなくなったあと、しばらくふさぎ込み、自分の殻に閉じこもりましたが、やがて新しいボーイフレンドを見つけました。学生時代はずっと、その新しいボーイフレンドと双子みたいにいつもいっしょ。卒業するとすぐに、両方の家族から祝福されて結婚しました。どちらの場合も「オール・オア・ナッシング」でした。ずっとそういう性格できました、「オール・オア・ナッシング」というわけで、二十六歳という年齢でわたしは多くの点で世間知らずでした。たとえば、どうすれば男を誘惑できるかなんてまったく知らなかった。

誤解しないでください。過度に保護された生活をしていたわけではないんです。私たちが、つまり夫とわたしが参入した業界の人間関係では、過度に保護された生活など不可能でしたから。一度ならずカクテルパーティで、どこかの男が、たいていは夫の仕事上の知り合いでしたが、ことば巧みにわたしを口車に乗せて隅に追い詰め、被いかぶさるように身を寄せてきて、低い声で訊くんです——あんな郊外で、マークが長時間家を離れていて淋しくないですか、来週にでも昼飯を食いに出てきませんかって。もちろん、そんな誘いには乗りませんでしたが、これが婚外交渉の入口か、という察しはつきました。よく知らない男にランチに連れられていき、ランチのあとで、たまたまキーを持っているからと友人の海辺のコテージまでドライブするか、街中のホテルに車を乗りつけ、そこで取引上のセクシャル・パートが実行に移される。翌日、男は電話をかけてきて、きみといっしょの時間をどれほど愉しんだか、次の火曜も会わないか、という。そんな風にことは進行し、火曜日ごとに、人目につかないランチとベッドでのやりとりが続き、そのうち男が電話をかけてこなくなるか女が電話に出なくなる。この一連の合計が不倫をすること、と呼ばれていたわけです。ビジネスの世界では、夫とそのビジネスについてはすぐに詳しくお伝えしますが、男たちにはプレッシャーがかかっていましたね、少なくとも当時はそうでした、人前に出しても恥ずかしくない妻をもつというプレッシャー、従って妻のほうには人前に出ても恥ずかしくないよう身なりを整えなければというプレッシャーがかかりました。身なりを整え、人あたりもよく、それもあくまで度を超さない程度に、です。そんなわけで、夫に、あなたの同僚がわたしに誘いをかけてきたわよと伝えても、夫は内心穏やかならざるものを感じながら、それでもその同僚とは友好関係を維持しました。憤怒を顔に出さず、殴り合ったりもせず、暁の決闘もなく、ときおり家という境界内でひとしきり不機嫌に黙々と煙草を吹かすだけ。

その閉じられた狭い世界でだれがだれと寝ているかという問題全体が、いまにして思えば、だれもがあえて認めようとするよりずっと腹黒いものに思えます。腹黒くて、ひどく邪悪。男たちはそれを、自分の女房がほかの男に言い寄られるのを、歓喜しながら嫌悪していた。びくびくしながら興奮していたのです。そして女たちは、妻はどうかといえば、これまた興奮していた、わたしはそんなことは知らんぷりしているべきだったのでしょう。どこもかしこも興奮だらけ、肉欲の興奮にすっぽり包まれて。そこからわたしは意図的に自分を切り離しました。パーティでは必要な程度に身なりは整えましたが、人あたりは決してよくありませんでした。

その結果、奥さま連中に友達ができなかった。そこで彼女たちは雁首そろえて、わたしを冷たい生意気なやつだと決めつけました。あろうことか、その判断が人づてにわたしの耳に入るよう画策までしたのです。わたしのほうは、そんなこと全然気にしなかったといいたいところですが、そういうと嘘になりますね、わたしは若かったし自分に自信がなかったので。

マークはわたしがほかの男と寝るなんてもってのほかだと思っていました。それでいて彼がどんな女と結婚したかをほかの男たちが知って羨望することを望んでもいた。彼の友人や同僚にしても似たり寄ったりだったはずです。つまり自分は他人の妻たちを口説いて屈服させたいくせに、自分の妻には貞操を守らせたい、貞操を守りながら蠱惑的であってほしいと思った。これは論理的に筋が通りません。社会的マイクロシステムとして、それは持続不能でした。しかしそれがビジネスマン、フランス人が実業家《メンノブ・アフェアズ》と呼ぶものであり、目先のきく、巧妙《クレヴァー》な（clever という語のまた別の意味で）男たちの、システムについて知っている男たちの、つまり、どのシステムが持続可能でありどのシステムが持続不能かを熟知している男たちの実態でした。だからこそ、彼ら全員が加担していた合法的不法システムは、彼らがあえて認めようとする以上に邪悪だったとわたしはいいます。そのシステムが機能しつづけたのは、これはわたしの意見ですが、彼らがそれ相応の精神的代価を支払うときにのみ、それも彼らが一定程度知っていたはずのことを断固認めないかぎりにおいて、でした。

マークとわたしは結婚生活の最初のころ、つまりこの関係を揺るがすものはありえないと二人して相手を堅く信じていたころですが、たがいに隠し事はしないと約束しました。わたしとしてはその約束を、こうしてあなたにお話ししている時期にはまだ守っていました。マークになにも隠したりしていなかった。隠すことがなかったからです。マークのほうは一度だけ約束を破ったことがありました。約束を破ってそれを告白し、その結果に彼は動揺しました。そんな精神的ショックがあってから、本当のことをいうより嘘をつくほうが都合がいいと彼は心ひそかに結論を出したのです。

マークが働いていたのは金融サーヴィス業界です。彼の会社は顧客のために投資のチャンスを見分けてその出資金を管理することでした。顧客の大部分は、この国が内破する（そんなことばを彼らは使いました）か爆裂する（この語のほうがいいとわたしは思いました）前に自分たちの資金を国外へ移そうとする南アフリカの富裕層でした。わたしにはまったくわからない理由で——あのころだって電話というものがあったわけですから——彼は仕事で週に一度、ダーバン支店へ出張しなければならなかった。彼のいう打ち合せのために。日数や時間を計算すると、家ですごした時間とダーバンですごした時間はおなじくらいでした。

マークがダーバン支店で打ち合せをしなければならない同僚の一人にイヴェットという女性がいました。彼より年上のアフリカーンスで、離婚歴あり。最初マークは気軽に彼女のことを口にしました。彼女は家に電話までしてきましたが、仕事の話だ、とマークはいいました。それからイヴェットの話がぱたりと途絶えた。「イヴェットとなにか問題ありなの？」「いや」「彼女って魅力的だと思う？」「それほどでもないな」

話を避けているな、なにかある、とピンときました。わたしは些細なことにも気を配りはじめました——なぜか彼に伝わらなかったメッセージ、乗り遅れたフライト、そういったことに。

ある日、彼が長期出張から帰宅したときわたしは真っ向から問いただしました。「昨夜ホテルに連絡したけどいなかったわね。イヴェットといっしょだったの？」

「うん」

「彼女と寝たの？」

「ああ」（ごめん、でも嘘はつけない、、、、、、、）と彼は答えました。

「なぜ？」

彼は肩をすくめました。

「なぜ？」もう一度わたしは訊きました。

「なぜって」

「そんな、ちっくしょう」というなりわたしは彼に背を向け、バスルームに閉じこもりましたが、でも泣きはしなかった——泣くなんてもってのほか——むしろ復讐心で咽喉を詰まらせながら歯磨きチューブをぎゅっとひねり、ヘアムースのチューブをぎゅっとひねり、それを洗面台に押し出し、熱湯をがんがん入れしヘアブラシで思いっきりかき混ぜて、栓を抜いて一気に流しました。

それが背景です。その悶着のあと、告白しても期待した承認が得られなかった彼は嘘をつくようになりました。「まだイヴェットと会ってるの?」べつの出張から帰ってきた彼に訊きました。

「イヴェットとは会わなきゃならないんだ。しょうがないだろ、同僚なんだから」と彼は答えました。

「でも、まだ彼女とそういうふうに会ってるの?」

「そういうふうにときみがいうのは終わった。一回きりだ」と彼。

「一回、それとも二回」とわたし。

「一回」彼はまたいい、嘘を補強しました。

「本当に、出来心で一回だけね」わざとわたしはいってみました。

「そのとおり。出来心で一回だけ」それをもってマークとわたしのことばのやりとりがぴたりとやんで ことばもほかのことも全部、夜のやりとりも。

嘘をつくたびにマークは決まってわたしの目をまっすぐ見つめました。ジュリアと腹を割って話す――そう考えてのことだったはずです。彼のこの腹蔵のない視線から――間違いなく――嘘をついていることが嗅ぎ取れました。マークの嘘の下手なことといったら信じられないほどで、男というのはたいがい嘘が下手ね。自分には嘘をつくネタがないのがひどく残念と思いました。マークにちょっと教えてあげたかったくらい、こうやるのよって。

年齢的にはマークのほうが上でしたが、わたしはそうは思っていませんでした。家族内ではわたしが最年長、その次がマークで十三歳くらい、その後ろを私たちの娘クリスティーナが追いかけている、そうわたしは考えていました。クリスティーナは誕生日を迎えると二歳になるところでした。人間としての成熟という点では、夫はわたしよりも子供に近い存在だったんです。

ミスター・プロッド《ひと突き》というかミスター・ナッジ《軽い突き》というか、トラックの荷台からシャベルで砂をすくっていた男に話を戻すと、彼が何歳なのかは見当がつきませんでした。わたしにわかっていたのは、彼もまた十三歳かもしれないということだけです。それともじつは、語るも不思議な大人《ミラビレ・ディクトゥ》だったのかもしれません。少しようすを見る必要があるみたいでした。

「間違えた、六倍だった」と彼はいっていました（あるいは十六倍だったかも、わたしは話半分で聴いていましたから）。「砂一トンではなく、砂六（あるいは十六）トンだ。砂利一・五トンではなく、砂利十トンだった。まったくどうかしてたな」

「どうかしてたって」といって時間をかせぎ、わたしは話に追いつきました。

「こんな誤算をするなんて」

「数字ってしょっちゅうわたしも間違えるわ。変なところに小数点を打ってしまって」

「へえ、でも六倍も計算違いするのと小数点を打ち間違えるのとはちょっと違うな。シュメール人でもないかぎり。とにかく疑問に対する解答をいうと、それには延々と時間がかかるということだ」

どんな疑問、わたしは自問しました。それにこのそれには延々と時間がかかるってなに？

「もう行かなくちゃ。お昼ごはんを待ちわびてる子供がいるの」

「子供がいるの？」

「ええ、一人。わたしはれっきとした大人の女よ、夫がいて、ごはんを食べさせなければいけない子供がいてもおかしくないでしょ。どうしてそんなに驚くの？　でなければ、ピック・アン・ペイにあんなに長時間いなければいけない理由などないでしょ？」

「音楽のためとか？」それが彼のいったこと。

「あなたは？　家族はいないの？」

「父がいて、ぼくといっしょに暮らしている。ぼくがいっしょに暮らしているというか。しかしごくふつうの意味の家族はいない。ぼくの家族は飛散してしまった」

「奥さんは？　子供は？」

「女房も子供もいない。帰ってきて息子をやってるってところさ」

常々わたしが面白いと思ってきたのはこういう人と人のやりとりで、口にすることばが、次々と心をよぎる思いとはまったく無関係なことね。たとえば、彼と話しているあいだにわたしの頭にありありと浮かんできたのは初対面のひどくむかつく男のイメージだった。耳の孔やシャツのトップボタンの上から太い黒毛をはみ出させて、つい最近バーベキューパーティのとき、わたしがサラダを盛ろうとして立ちあがると、ぬけぬけと片手をわたしのお尻にあてた男——撫でるとか、つまむのではなく、大きな手でお尻をすっぽり包んだのよ。そんなイメージがわたしの心に浮かんでいるあいだに、この、もう一人の、それほど毛むくじゃらではない男の心には、いったいなにが浮かんでいたのかしら？　本当に良かったと心を撫でおろしたくなるのは、大部分の人が、嘘をつき通すのが下手な人も、少なくとも心中で起きていることを顔に出さない能力をもっていることとね、声の揺らぎも瞳孔の拡大もまったく見せずに！

「じゃあ、さよなら」わたしはいいました。

「さよなら」と彼。

家に帰り、通いのメイドに支払いをして、クリッシーにお昼を食べさせてからお昼寝をさせ、それからプレート二枚分のチョコレートクッキーを焼きました。クッキーがまだ温かいうちにトカイ通りまで車を飛ばしました。それは風のない美しい日。あなたの男は（覚えていてくださいね、その時点でわたしはまだ彼の名前を知らなかった）まだ庭で木材とハンマーと釘でなにかやっていました。上半身裸で、太陽に照りつけられた肩のところが真っ赤でした。

「こんにちは。シャツを着たほうがいいみたいね。直射日光は身体に良くないわ。ほら、クッキーを少し持ってきたの、あなたとお父さんのために。ピック・アン・ペイで買うのより美味しいわよ」

怪訝そうな顔で、内心苛々してるんだという表情で、彼は道具を脇に置いて包みを受け取りました。「家に寄って、とはいえないな、ひどい状態で」と彼はいいました。わたしが歓迎されていないのは明らかでした。

「気にしないで。どうせ長居はできないから、子供のところへ帰らなければいけないし。ご近所づきあいのご挨拶よ。そのうちお父さんといっしょに晩ご飯にいらっしゃらない？　お近づきのしるしに、どうかしら？」

彼はにやっと笑いました。わたしに見せた初めての笑顔。魅力的なとはいいがたい、口元を強く引き結んだ笑顔でした。自分の歯のことを気にしていたのね、歯並びが悪いことを。「ありがとう、でも父にまず相談しなければ。父は夜遅いのがだめなんだ」

「あら、夜遅くではなくと伝えて」とわたしはいいました。「食事が終わり次第お帰りになればいいのよ。気を悪くなどしませんから。どうせ私たち三人だけですし。夫は出張中だから」

だんだん心配になってきましたね、ミスター・ヴィンセント。どうしてこんなことになってしまったのか？　そう自問しているのでしょ。どうしてこの女性は三十年、いや四十年もむかしの、月並みな会話をいちいち再現して見せるんだろう？　いつになったら肝心なところに踏み込むんだろう？　では、率直にいわせていただくわ。会話部分はわたしの創作です、成り行き上の。まあそれもありかなと思って、だって私たちは作家のことを話してるわけでしょ。わたしのいうことは一字一句そのとおりではないにしろ、その場の気分には忠実ですから、どうぞご心配なく。先を続けてもかまいませんか？

（沈黙）

クッキーの箱に電話番号を走り書きしておいたんです。「わたしの名前を伝えておくわね、念のため。ジュリアっていうの」

「ジュリア。かくもあまやかにその衣装より流れ出づるもの〔十七世紀イギリスの詩人ロバート・ヘリック「ジュリアの衣装」からの引用〕」

「あらそう」といったものの、流れ出づるものなんて、彼、なにがいいたかったのかしら？

約束どおり次の日の夜、彼はやってきましたが父親の姿はありませんでした。「父は具合が良くなくて。アスピリンを飲んで寝てしまった」

食事はキッチンテーブルでしました、私たち二人で、クリッシーをわたしの膝に乗せて。「おじちゃんにご挨拶なさい」といったのに、クリッシーは知らない人とはまったくの没交渉。子供ってなにかあるしきは鋭い勘がはたらくもので。雰囲気でわかるのね。

実際、クリスティーナはそのときもそれからも、絶対にジョンになつきませんでした。幼いころのあの子は色白金髪に青い目、父親そっくりで、わたしにはちっとも似ていなかった。あとで写真をお見せします。ときどき思ったものですよ、わたしに似ていないからなつかないのだろうかって。変よね。家のなかでは育児とか世話はすべてわたしがやっていたのに、マークとくらべるとわたしは侵入者、悪者、仲間はずれだったんです。

おじさん《アンクル》。クリッシーの前ではジョンをそう呼びました。あとになって後悔しましたね。愛人を家族の一員といって騙そうとするなんて、さもしい話ですから。

とにかく私たちは食事をして、おしゃべりをしました。でも浮き浮き気分というか興奮が冷めはじめて、ふくらんだ高揚感はぺしゃんこ。スーパーマーケットでのラッピング・ペーパーの一件を別にすれば、わたしがそれを深読みしたのかしなかったのか、とにかく誘いをかけたのは完全にこちら、夕食に招待したのもこちら。もう十分、ここまでだわ、と内心つぶやきました。このあと行動を起こして先へ進むか進まないか、それを決めるのは彼のほうよ。そういうこと。

じつをいうと、わたしは誘惑する女なんて柄じゃなかったんです。誘惑する女ということばも、レースの下着やフランス香水といったニュアンスがつきまとって好きじゃなかった。あえてドレスアップしなかったのは、いま目前にしているこのチャンスのために、誘惑者の役まわりを演じるはめに陥らないためでした。いつもの白い綿ブラウスに緑色の混紡スラックス（そう、ポリエステル入りの混紡ですよ）、あの朝スーパーマーケットにはいていったのとおなじもの。見た目で騙せるものじゃないし。

笑わないで。いまから思えば、本に出てくる人物みたいに振る舞っていたことはよくわかっていますから。ヘンリー・ジェイムズが描いたあの若く気高い女たち、ほら、優れた直感力にもかかわらず、難しいモダンなことをやるんだと決意していた女たちみたいよね。とりわけ仲間が、マークの同僚の奥さん連中が、ヘンリー・ジェイムズやジョージ・エリオットではなく、もっぱら「ヴォーグ」「マリ・クレール」「フェア・レディ」をお手本にしていたとなるとなおさら。でも、本が私たちの人生を変えるためにあるのでなければ、いったいなんのためにあるの？　本が大切だと思わなければ、あなたがはるばるオンタリオくんだりまで、わたしの話を聞きにやってくることもなかったわけでしょ？

ええ。なかったと思います。

まさにそれ。ジョンの着こなしがまた、まさにぴしっと決めるのとはほど遠くてね。上質のズボンが一本、シンプルな白いシャツが三枚、靴が一足――大不況時代の子供そのもの。でも話を本筋に戻しましょう。

その夜の食事はシンプルなラザニアにしました。豆のスープ、ラザニア、アイスクリーム、それがメニュー。二歳児向けの、刺激の乏しいメニューよね。ラザニアはリコッタチーズの代わりにカッテージチーズを使ったせいでひどく水っぽかった。リコッタを買いにお店までもうひとっ走りすべきだったのに、主義に従ってそうしなかった。おめかししない主義とおなじ。

食事中なにを話したかって？　たいしたことは話さなかったわ。クリッシーに食べさせるのに気を取られて。無視されているとあの子が感じるのはいやでしたから。それでご存知のはずですが、ジョンもひどく饒舌というわけではありませんでしたし。

知らないんです。実物に会ったことがなかったものですから。

会ったことがなかった？　驚きだわね。

こちらからあえて探し出さなかったんです。手紙のやりとりもしませんでした。彼に対して義務感のようなものを感じないほうがいいと思って。そのほうが自分の書きたいことが書けますから。

でもわたしを探し出したじゃありませんか。あなたの本は彼についてのものになるのに、彼にはあえて会わなかったわけですね。あなたの本はわたしについてのものではないのに、わたしに会いたいと申し入れた。これはどういうことですか？

それはあなたが彼の人生に登場した人物だからです。彼にとってあなたは大切な人だった。

どうしてわかるんですか？

彼がいったことをくり返しているだけです。わたしに対して述べられたのではなく、多くの人に対して述べられたことです。

彼の人生でわたしが大切な人物だったと彼がいったの？　それは驚き。嬉しいわね。嬉しいというのは彼がそう思ったからではなく——彼の人生にわたしがインパクトをあたえたことは、わたしも認めますが——むしろ彼がほかの人たちにそういったということがです。

本音をいわせていただこうかしら。最初に連絡をいただいたとき、お断りしよう、あなたにはお話することはない、そう思ったのよ。またどこかのおせっかいが、しつこく嗅ぎまわる学者が、ジョンの女性関係、つまり彼が口説き落とした女を洗い出して一覧表を作り、上から順に名前をマーカーでチェックしながら、彼を中傷しにやってきたのかと思ったんです。

学界の研究者をあまり高く評価していらっしゃらないんですね。

ええ、評価しません。わたしが彼に口説き落とされた女の一人ではないことを、あなたにきっちり伝える努力をしてきたのはそのためです。いってみれば、口説き落としたのはわたしのほうですから。でも、教えて、興味津々なの、いったいだれに、わたしが大切だったと彼はいったの？

いろんな人たちにです。手紙のなかで。あなたの名前をあげてはいませんが、すぐにあなたのことだとわかります。それに、彼はあなたの写真を一枚もっていました。彼の書類のなかで発見しました。

写真！　見せていただける？　いまお持ちですか？

コピーしてお送りします。

そう、もちろん、わたしは彼にとって大切でした。彼はわたしに恋していましたから、彼なりに。でもね、大切だということには重要なあり方もあれば、重要ではないあり方もある。それでわたしとしては、自分が重要なレベルで大切であったとはちょっと思えない。つまり、彼はわたしのことを書いたことがありません。彼の作品に登場しない。そこが、彼の内部でわたしが十全に開花しなかった、十全に結像しなかったことを暗示しているように思えるのです。

（沈黙）

ノーコメントですか？　彼の作品をお読みになったでしょ。どこかにわたしの姿が認められますか？

それはわたしには答えられません。あなたのことをそこまで熟知していませんので。彼の描いた人物のなかにご自分の姿を認めることはありませんか？

いいえ。

もっと拡散したかたちで彼の作品内に存在するのかもしれません。すぐにこれとわかるようにではなく。

そうかもしれません。でも、そうだと確信がもてるにはいま一つですね。続けましょうか？　どこまでお話したかしら？

夕食です。ラザニアのところ。

そう。ラザニア。口説き落とし。彼にラザニアを出し、それから彼を落とす仕上げをしました。どこまで暴露すればいいのかしら？　彼は死んでしまったのだから、わたしが思慮分別をかなぐり捨てても彼にとってはどうってことないわね。夫婦のベッドを、私たちは使いました。結婚生活を冒瀆するならとことんやったほうがいいと思ったの。それにソファや床よりもベッドのほうが気持ちがいいし。

その経験自体についていうなら、つまり不貞という経験のことですが、それはなにを置いても、わたしにとってそういう経験だったので、それは思ったよりずっと意外な感じ、その意外さに馴染まないうちにことは終わってしまいました。でもすごく興奮しました、それは疑いようがありません、初めから終わりまで。心臓がどきどきしっぱなしでした。いまでも忘れられない、絶対に。先ほど述べたヘンリー・ジェイムズですが、ジェイムズには裏切りがたくさん出てくるけれど、行為のさなかとなると、官能的興奮のことも、高揚する自己認識のことも、さっぱり思い出せない——行為というのは裏切りのことよ。ジェイムズは自分が大いなる裏切り者であるというイメージをアピールしたがっているけれど、はたして彼には実物を、現実の、肉体的不貞行為を経験したことがあったのか？　疑問ですね。

　第一印象ですか？　この新しい、わたしの愛人は夫より痩せていて、体重も軽かった。ちゃんと食べていないのかしら、と思ったのを覚えています。彼と父親がそろってトカイ通りに面したあのみすぼらしい小さなコテージで、やもめ男と独身息子が、二人の無能者が、二人の敗残者が、ボローニアソーセージとビスケットとお茶の夕食をちびちび食べているのか。彼がこの家へ父親を連れてくるのをいやがったとすると、これから滋養に富んだ食料をバスケットに入れて、わたしが折々訪ねるようにしなければいけないってことかしら？

　イメージとして残っているのは、彼が目を閉じてわたしの上に屈み込み、わたしの身体を愛撫し、まるで感覚だけでわたしを記憶しようとするかのように、眉間に皺を寄せて意識を集中させていたことです。上へ下へ、前へ後ろへ、彼の手がまさぐる。わたしはその間、自分の体形をとても自慢に感じていました。ジョギング、柔軟体操、ダイエット。男のために脱ぐときにその見返り《ペイオフ》がないとしたら、いったい見返りはいつになるの？　わたしは美人ではなかったかもしれないけれど、手で玩んで楽しめるものではあったはずです。みごとに引き締まった、上質な女の肉片。

　この手の話に気分を害されるようでしたら、そういってください、自制しますから。ごく内密なことに関わる職業に就いているため、あけすけな話はべつにいやじゃないの、あなたが迷惑だと思わなければですが。ご迷惑？　だいじょうぶ？　続けますか？

　それが初回でした、私たちの。興味深い、一つの興味深い経験ではあったけれど、根底から揺さぶられるほどではなかった。でもそのときは、彼とは、根底から揺さぶられることなどまったく期待していませんでした。

絶対に避けようと思っていたのは感情的なもつれです。軽い火遊びと恋愛感情とはまったくの別物ですから。

自分の考えははっきりしていました。見ず知らずといってもいい男に心を奪われたりする気は毛頭なし。でも彼のほうは？　私たちのあいだで交わされたことをくよくよ考え、実際にあったこと以上に大げさなものにしてしまうタイプかも？　油断は禁物、とわたしは自分に言い聞かせました。

日々は過ぎていくのに彼はなにもいってこない。トカイ通りの家の前を車で通り過ぎるたびに、速度を落としてのぞいて見るのですが、彼の姿はありません。スーパーマーケットにもいない。考えられる結論は一つ——彼はわたしを避けている。ある意味それは良いサインでした。なのにわたしはむかついた。じつをいうと傷ついていたんです。だから手紙を書きました、時代遅れの手紙を書いて、切手を貼ってポストに投函しました。「わたしを避けてるの？」と書きました。「私たちが良い友人でいたいだけだとあなたを納得させるにはどうすればいいの？」返事はなし。

手紙で触れなかったのは、次に会ったときももちろん口にするつもりがなかったのは、彼が家にきた直後の週末をわたしがどんなふうにすごしたかです。マークとわたしは、たがいに兎みたいになってセックスしたの、ベッドで、床上で、シャワールームで、ところかまわず、なにも知らない哀れなクリッシーがベビーベッドのなかでぱっちり目を覚まし、ぐずり、わたしを呼んでいるときでさえ。

わたしがどうしてそんな激しい欲情に駆られているか、マークはマークなりに理由を想像しました。帰宅した彼にダーバンのガールフレンドの臭いを嗅ぎつけたわたしが、自分のほうがどれほど上手いか——なんていったらいいのかしら？——行為がどれほど上手いかを彼に証明したがっていると彼は考えたんです。くだんの週末が明けた月曜日はダーバン行きの飛行機を予約していたのに、彼ったらそれを延期したのよ——フライトをキャンセルして、会社に電話して仮病を使ったの。それから彼とわたしはまたベッドに戻ったわけ。

彼はわたしを飽くことなく貪りました。ブルジョワ階級の結婚制度と、それが一人の男に家庭の内外で野放図に発情しても差しつかえない好機に、まったくもって陶然となっていた。

わたしのほうは――ここは慎重にことばを選びますが――わたしは二人の男をこれほど接近させていることに、たまらない興奮を覚えました。自分に対し、いくぶん衝撃的な口調でいったものです――あなた、まるで娼婦みたいに振る舞ってるわよ！　それがあなたの正体なの？　でも心の底では断然、自分が誇らしかったし、これから得られる手応えに慢心していた。あの週末はエロティシズムの世界には限りなき成熟の可能性があることを初めて垣間見たときでした。それまでのわたしが性愛の世界に抱いていたのは、いかにも陳腐なイメージでしたから――思春期になり、プールの縁でためらうように一、二年、まあ三年ほどすごし、どぼんと飛び込んで周囲にしぶきをかけまくり、やっと自分を満足させる相手を見つけたらそれでおしまい、冒険の旅は一巻の終わりね。その週末におぼろげながら気づきはじめたのは、二十六歳という年齢で、自分のエロティックな人生はまだ始まったばかりなのだということでした。

そしてついに、出した手紙に応答がありました。ジョンから電話がかかってきたんです。まず慎重に探りを入れて――わたしが独りか、夫は留守か？　それから招待――夕食に来ない？　早めの夕食に、子供も連れてこない？

クリッシーをベビーカーに乗せて家に着きました。玄関で待っていたジョンは肉屋のような青と白のエプロン姿。「なかへ入って裏庭に出て」と彼はいいました。「ブラーイをしようと思って」

そこで初めて彼の父親に会いました。父親が背中をまるめて焚き火の上から屈み込んでいたのです、まるで寒いみたいに。夜とはいえまだかなり暖かい時期だったのに。身体のどこかを軋ませるようにして彼は立ちあがり、わたしを出迎えました。弱々しそうに見えましたが、まだ六十代だとのこと。「お目にかかれて嬉しいです」といって、わたしににっこり笑いかけました。彼とは最初からとてもうまが合いました。「それじゃこれがクリッシーかな？　こんにちは、お嬢ちゃん！　わざわざ訪ねてくれたんだね？」

息子と違って、彼にはアフリカーンス語の強い訛りがありました。でもその英語は完璧に理解可能。カルーの農場で、大勢の兄弟姉妹に囲まれて育ったことを知りました。英語は家庭教師から学んだそうです。近くに学校がなかったため、本国からやってきたミス・ジョーンズとかミス・スミスから学んだとか。

マークとわたしが暮らしていた高い壁に囲まれた住宅地では、それぞれ家の裏庭に作り付けのバーベキュー設備がありました。ここトカイ通りにはそんな設備はもちろんなくて、焚き火のまわりに数個の煉瓦が置いてあるだけです。子供が来るというのに、とくにクリッシーみたいな、まだ足元もおぼつかない子供が行くというのに安全策を講じない焚き火なんて、どう見ても信じがたいほど愚かしかった。わたしはグリッドに手を触れるふりをし、痛みに大声を出すふりをし、その手を振って口で吸いました。「アチチッ！」とクリッシーにいったのです。「気をつけて！　触っちゃだめよ！」

こんな細かなことをなぜ覚えているか？　吸うという動作のためです。ジョンの視線がわたしに注がれているのに気づいていたので、それでわざとその瞬間を長引かせたんです。わたしはね、ちょっと自慢させてもらいますが、あのころのわたしはなかなかの唇をしていたのよ、思わずキスしたくなる唇。わたしの姓はキシュ（Kiš）といって、この変な分音符号などだれも知らない南アフリカでは、キシュがKISと表記されました。「キス・キス」って、学校でわたしをからかうときに女生徒たちはこの耳障りな音をたてたものです。「キス・キス」といってはくすくす笑い、唾で湿らせた唇をピチュッと破裂させる。あんなに気にしなければよかった。キスしたくなるような唇のどこが悪いの、と思いました。余談はこれくらいにします。あなたが聞きたいのはジョンの話ですものね、わたしの話やわたしの学校生活じゃなくて。

グリルされたソーセージとベイクドポテト。それがこの二人の男たちがめいっぱい想像力を働かせて思いついたメニューでした。ソーセージには瓶からトマトソースをかけ、ポテトにはマーガリンをつける。ソーセージの製造工程でいかなる臓物や屑肉が混入したかは神のみぞ知るです。幸い、わたしは子供のためにハインツの離乳食用小瓶をいくつか持参していました。

わたしはいかにもレディ風に、あまりお腹がすいていないので、と自分の皿にソーセージを一本のせただけでした。マークがしょっちゅう出張していたせいか、だんだん肉を食べることが少なくなって。でもこの二人の男たちが食べるのは肉とポテトだけ、ほかのものは一切なし。食べ方はおなじ、二人とも黙々と、かき込むように食べました。さっさと片づけてしまうといわんばかりに。孤食の人たち。

「コンクリートの作業はどうなったの？」とわたしは訊きました。

「あとひと月ほどで完成かな、上手く行けばだけどね」とジョン。

「これで家がずいぶん住みやすくなるな」と父親がいいました。「間違いない。これまであった湿気がぐんと減る。だが大仕事だっただろ、ジョン？」

その口調に、ピンときました。自分の子供について自慢したい親の口調です。なんだか気の毒でしたね。三十代の息子で、話の種にできることがコンクリートを敷くことくらいしかないなんて！　息子にしてもひどくきつい話、プレッシャーですよね、自慢の子でなければいけないという親からのプレッシャー！　わたしがなにを置いても学校では成績優秀でいた理由は、この馴染みのない国でひどく孤独に暮らす両親に、自慢できるものをあげたかったからなんです。

彼の英語は、父親のほうのですが、先ほどいったように完璧に理解可能でしたが、母語ではないことは一目瞭然。間違いないといったイディオムを持ち出すとき、ちょっとわざとらしい感じがして、褒めてもらうのを期待しているみたいでした。

なにをしているのかと訊いてみました。（していると、とはまた、なんとも空疎な語ですが、どういう意味かは伝わりました。）帳簿をつける仕事をしている、職場は市内だ、とのこと。「ここから市内へ出るのは大変でしょう。もっとお近くに住んだほうがいいんじゃないんですか？」

彼はなにやらもぐもぐと返事をしましたが、わたしには聞き取れませんでした。そして沈黙。明らかにわたしは痛い所を突いてしまった。話題を変えましたが、効果はありませんでした。

その夕べにはさほど期待していなかったとはいえ、単調な会話、長い沈黙、おまけにあたりに漂う彼ら二人の不和か不機嫌といったものは、わたしが我慢しようと心づもりしていた限度をはるかに超えていました。食べ物はまずくなり、炭は燃えつきて灰になり、わたしは寒さを感じはじめ、あたりは薄暗くなってきて、クリッシーは蚊の攻撃を受けはじめました。もう雑草の生い茂るこの裏庭に座っていなければならない理由はなかったし、ほとんど知らない人たちの家族内の緊張関係に参加する義務もなかった。たとえ厳密な意味で、その片方がわたしの愛人であり、かつて愛人であったにせよです。だからわたしはクリッシーを抱きあげ、ベビーカーに乗せました。

「まだ帰らないで」とジョンはいいました。「珈琲を淹れるから」

「帰らなければ。子供の寝る時間はとうに過ぎてるわ」

門のところで彼はわたしにキスしようとしましたが、とてもそんな気分ではありませんでした。

その夕べのあとに自分に語ったストーリー、こういうことなんだと自分で納得したのは、わたしは夫の不貞行為に挑発されて、夫を罰するために、おのれの自尊心《アムール・プロプル》を救出するために、みずから短命な不貞行為に走ったのだ、というものでした。いまやその不貞行為が大きな誤ちだったことは明々白々、少なくとも共犯者の選択を誤ったことは明らかで、すると夫の不貞行為が新たな視点から見えてきて、おそらくあれも誤ちなんだ、だからそれほど狼狽えることはないと思ったのです。

夫が家にいる週末については、ここでは慎ましくヴェールに包んでおくことにします。すでに十分お話しましたから。ただ覚えておいていただきたいのは、その週末という背景があったからこそ、ジョンとのリィークデイの関係がくり返されたことです。もしもジョンがわたしにちょっと興味をそそられるのを通り越して夢中になっていたとしたら、それは彼がわたしのなかに、女としての精力がピークに達した者、つまり性生活の絶頂期を生きている女を発見していたからであり、生活そのものは彼にはまったく関係なかったのです。

ミスター・ヴィンセント、あなたが聞きたいのはジョンのことで、わたしのことではないのは重々承知しています。しかしジョンに関してわたしがお話しできる物語、あるいはお話するつもりの物語はこれしかないのです、つまりそれはわたしの人生であり、彼が部分的に関与したわたしの人生であり、彼の人生の物語とは、そこにわたしが部分的に関与した彼の物語とは、まったく異なるものです。わたしの物語は、わたしについての物語は、ジョンが登場するはるか前から始まっていたのであって、彼が退場してからも何年も続きました。今日あなたにこうしてわたしが話している時期は、マークとわたしが主要な登場人物であっし、ジョンとダーバンの女は脇役なんです。従ってあなたは選ばなければなりません。わたしが提供するものを受け取りますか？　わたしのリサイタル、続けましょうか、それともいまここで終わりにしたほうがいいかしら？

続けてください。

本当？　というのは、さらに申しあげておきたいことがあるからです。こういうことです。物語は二つある、つまりあなたが聞きたい物語とわたしからあなたが受け取る物語、その相違について、それがたんなる視点の相違にすぎないと考えるなら、あなたはとんでもない誤りを犯すことになります。つまり、わたしから見れば、ジョンの物語はわたしの結婚生活という長い物語を彩るエピソードの一つにすぎないのですが、にもかかわらず、ひとひねりして、巧妙な操作ですっと視点を変えて、さらに狡猾な編集者の手が加われば、それをジョンについての物語のなかに、彼の人生を通過した女たちの一人をめぐる物語として編入させることができてしまう。そうではないのです。それは違います。誠心誠意、警告しておきますが、もしもあなたが自分のテクストを、この語を削ってあの語を足してといったふうにいじりはじめたら、すべてが台無しになりますよ。あくまでわたしが主役。ジョンはあくまで端役にすぎません。あなたの職業についてレクチャーしているようでしたらごめんなさい、でも最終的にはあなたもわたしに感謝することになるはずです。おわかりになりますか？

おっしゃることはうかがっておきます。必ずしもわたしが同意する必要はないと思いますが、うかがいます。

では、わたしが警告しなかったといわないでいただきますよ。

先ほど申しあげたように、あれはわたしにとってすばらしい日々でした、第二のハネムーン、一度目よりはるかに甘美ではるかに長く続いて。でなければこんなによく覚えているわけがないでしょ？　本当に、真の自分に目覚めているんだ！　と思いました。女はここまで変われる、女はここまでできるって！

ショッキングですか？　そんなことはないわね。あなたはショックなど受けない世代の方だから。でもわたしの母なら受けるでしょうね。あなたにわたしがこうして吐露していることを、もしも母が生きて耳にしていたら。こんなことをわたしが見ず知らずの人に話すなんて、ゆめゆめ思わなかったでしょうから。

シンガポールに出張したマークがビデオカメラの初期モデルを持って帰ってきました。彼ったらそれを寝室にセットアップして、私たちがセックスするのを撮影したんですよ。記録のためといって。それに興奮剤いにと。わたしはかまわなかった。彼がやりたいようにさせました。おそらく彼はまだそのフィルムをもっているはずです。むかしのことが懐かしくなったとき観たりしているのかもしれません。あるいは屋根裏の物置にしまい込まれ、忘れられて、彼の死後に発見されるのかもしれません。私たちがあとに残していくもの！　彼の孫たちが、若かりしころのおじいちゃんがベッドで彼ら彼女らの知らない妻と浮かれ騒ぐ姿を、目をぱちくりさせて見るところを想像してみてください。

あなたの夫……

マークとわたしは一九八八年に離婚したんです。彼は再婚しました、反動で。その後釜に会ったことはありません。彼らはバハマ諸島に住んでいると思いますが、それとも、バーミューダだったかしら。そろそろお開きにしましょうか？　たっぷりお聞きになったでしょ、それに大変な一日でしたし。

でもこれで物語が終わったわけではありませんよね、どう考えても。

おあいにくさま、物語はこれで終わりです。少なくとも主要部分は。

しかしあなたとクッツェーは会いつづけました。何年ものあいだ手紙のやり取りもした。ということは、物語はそこで終わったとしても、あなたの観点からすればですが——すみません、あなたにしって大切な物語の一部がそこで終わりだとしても——それにはまだまだ続きがある、長々とした必然的な結末が。その結末にいたった事情を少しお話いただけませんか？

結末はごく短いもので、さほど長くはありません。お話しますけれど、今日はだめ。ほかに所用があります。来週またいらして。受付の者と日程を調整してください。

来週はもうここにいないのです。明日お会いできませんか？

明日はとても無理です。木曜。木曜なら三十分ほど時間を割いてもかまいませんよ、最後のアポイントメントのあとに。

そう、結末にいたった事情でしたね。どこから始めましょうか？　ジョンの父親の話からにしましょうか。ある朝、あの不味いバーベキューからあまり日が経たないころ、トカイ通りを車で走っていると、バス停にぽつんと立っている人影に気づきました。老クッツェーでした。急いでいたのですが、走り抜けるのはあまりに失礼でしたから、車を停めて、送りましょうかと申し出ました。

クリッシーは元気かと彼は訊きました。あの子は父親を恋しがってますすよ、しょっちゅう出張しているので、とわたしは答えました。こちらからはジョンとコンクリート作業のことを訊ねました。返ってきたのは生返事。

どちらもじつは話などする気分ではなかったのですが、わたしはなんとかことばをひねり出しました。よかったら聞かせていただきたいのですが、奥様が亡くなってからどれくらいですか？　彼は話してくれました。妻との生活を、幸せだったかそうではなかったか、妻がいなくなって淋しいか淋しくないか、でも、自分からはなにもいいません。

「それでお子さんはジョンだけですか？」とわたしは訊きました。

「いやいや、弟がいます」わたしが知らないので驚いたようでした。

「あら不思議。だってジョンは一人っ子みたいな感じですよね」批判を込めたつもりでした。つまりジョンは自分のことしか眼中になく、周囲の人たちのことを斟酌する余裕がないという意味です。

父親からの返答はなく――質問も、たとえば、一人っ子ってのはどんな感じのものなのか、と訊くこともありませんでした。

もう一人の息子について、どこに住んでいるのかと訊ねました。何年も前に南アフリカを出ていき、それっきり戻ってこないと。イングランド、とミスター・Cは答えました。「お淋しいですねえ」というわたしのことばに彼は肩をすくめました。無言で肩をすくめる、彼特有の応答です。

ついでにいってしまうと、この人には最初から、どこかやりきれないほど惨めな感じがつきまとっていました。車内でわたしのすぐ隣に座り、ダークスーツを着て安っぽいデオドラントの臭いを漂わせる姿は、一見、清廉潔白の権化みたいに見えたかもしれないけれど、でも、彼がいきなり泣き出したとしてもわたしは少しも驚きませんでしたね。あの冷血動物みたいな、感情を顔に出さない息子以外に身寄りはなく、毎朝、重たい足をひきずるようにして、魂がぼろぼろになりそうな仕事に出かけていき、夜になれば沈黙の支配する家に戻ってくる。ささやかな哀れみ以上のものを感じましたね。

「まあ、人はやけに淋しがるものさ」返事はないものと諦めた途端、彼からことばが返ってきました。ささやくような声で、まっすぐ前を凝視して。

ウィンバーグの駅近くで彼を降ろしました。「送ってくれてありがとう、ジュリア。ご親切に」

わたしの名前を彼が口にしたのはそれが初めてでした。いついつか、また近いうちにお会いしましょうね、ということもできました。ジョンといっしょに食事にでもいらして、ということもできました。でもいいませんでした。

手を振っただけでわたしは車を発進させました。
いいい、なんて意地悪な！　と自分を咎めました。なんていいい、なんて薄情な！　あの二人に対して、わたしはどうしてこんなに冷たいんだろう？

本当にどうしてだったのか、どうしていまもジョンに対してこんなに批判的になってしまうのか？　少なくとも彼は父親の面倒を見ていたのに。上手くいっていなかったにしても、少なくとも、父親には頼れる者がいたわけですから。わたしの立場からすればとてもそんなことはいえなかった。わたしの父は——あなたにはおそらく興味はないでしょうが、そうよね？——でもとにかくいわせて——わたしの父はそのころポートエリザベス郊外にある私設の療養所に入っていたんです。衣服はしまい込まれて鍵がかけられ、着る物がない彼は、昼も夜も、パジャマとガウンとスリッパ。精神安定剤をめいっぱい投与されていました。なぜか？　たんに看護スタッフの都合に合わせるために、彼を扱いやすくしておくために。薬を飲み忘れると父は興奮して叫び出したからです。

（沈黙）

ジョンは父親を愛していたと思いますか？

男の子は父親ではなく母親を愛するものです。フロイトを読んだことはありませんか？　男の子は父親を嫌悪して、父親に取って代わり母親の愛情を独占したいと思うものなんです。いいえ、ジョンはもちろん父親を愛していなかったし、だれも愛していなかった、愛するよう生まれついていなかったのよ。でも父親のことでは後ろめたさを感じていた。後ろめたさを感じたがゆえに律儀に振る舞っていた。いくつかの過失と空白のあとに。

わたしの父についてお話していたんでしたね。父は一九〇五年生まれでしたから、こうしてお話している時期には七十歳になるところで、認知症が進んでいました。自分がだれかわからなくなり、南アフリカに来てから覚えた初歩的英語も忘れてしまった。看護婦にドイツ語やマジャール語で話しかけたりするものですから、彼女たちはちんぷんかんぷん。父は自分はマダガスカルにいると思い込んでいました。捕虜収容所です。ナチがマダガスカルを占領して、ユダヤ人のための流刑地《シュトラフコロニ》にしたと考えたんです。わたしのことも、だれなのか必ずしもいつも思い出せたわけではなかった。訪ねていくと、妹のトゥルディ、わたしの叔母だと思い込んだこともありました。わたしはその叔母に会ったことはありませんが、どこか似ていたのでしょう。父はわたしに収容所の司令官のところへ行って、自分の代わりに嘆願してくれといいました。「わたしは《イッヒ・ビン・デア》長《エルスト》子《ゲボルネ》だ」と何度もいうのです。もし長子《エルストゲボルネ》が働きにいけないとなれば（父の職業は宝石商、ダイヤモンド研磨工でした）、家族はどうやって食べていけばいいのか？

それが、こうしてここにわたしがいる理由です。それがセラピストになった理由なんです。あの療養所で見たことのため、あそこで父が受けた治療を人が受けずに済むようにするためです。

父を療養所に入れておく費用は、兄が、彼の息子が負担しました。兄は毎週父を訪ねる真面目な人でした、父は彼が息子だとわかったり、わからなかったりでしたが。そのような状況で唯一重要な意味で、父のケアという重責を引き受けたのは兄でした。唯一重要な意味で、父を遺棄したのはわたしです。おまけにわたしは父のお気に入りでした——わたし、父がこよなく愛したユリシュカ、あんなにきれいで、あんなにかしこく、あんなにかわいらしい子が！

なにを置いてもわたしが希望することがなんだかわかりますか？　死後、私たちに、すべての人にチャンスがあたえられることです。私たちが不当に扱った人に、ごめんなさいといえるチャンスが。いわなければならないごめんなさいが、わたしには山のようにあるのよ、本当に。

父のことはもういいでしょ。ジュリアの物語に、彼女の不義密通の関係《ディーリング》に戻りましょう、あなたがはるばるここまで聞きにやってきた物語のほうへ。

ある日、夫から海外の取引先の人との会議のために香港へ出張すると告げられました。

「何日くらい出かけることになるの？」

「一週間。会議が上手く運べば、もう一日、二日延びるかもしれない」

それ以上わたしは考えませんでしたが、出発の間際になって彼の同僚の奥さんから電話がかかってきて、こんなことを訊かれたのです——香港旅行の荷物にイヴニングドレスを入れたほうがいい？　香港に行くのはマークだけで、わたしはいっしょに行きませんから、と答えました。あら、妻も全員招待されているんだと思ったわ、と彼女はいいました。

マークが帰宅したときその件に触れました。「ジューンから電話があったの。アリステアといっしょに香港に行くそうよ。奥さんも全員招待されているって」

「招待はされているが会社が費用をもつわけじゃない」とマークはいいました。「本気で、香港まで出かけて会社の女房連中とホテルで束になって座って、天気にいちゃもんつけていたい？　香港はこの時期、蒸し風呂みたいな季節なんだぜ。それにクリッシーはどうする？　クリッシーもいっしょに連れていくかい？」

「香港へ行って泣きわめく子供といっしょにホテルにいたいとは全然思わないけれど、どういうことかはわかっていたいわね。友達が電話してきたとき屈辱的な思いをしないで済むように」

「じゃあ、これでどういうことかわかっただろ」

彼は間違っていました。わたしにはわかっていなかった。でも察しはつきました。はっきりいうと、ダーバンのガールフレンドも香港に行くのだろうと察したわけです。その瞬間からわたしはマークにとことん冷酷になった。その償いは支払ってもらうわよ、くそっ、どんなことを思いつこうとあんたの不倫行為はわたしを興奮させるだけなんだから！　と思ったんです。

「香港のことはもういいのか？」と彼がいったのは、メッセージがようやく伝わりはじめたときでした。

「香港に行きたいなら、頼むからはっきりいえよ、消化不良の虎が家のまわりをうろつくみたいなのはやめてくれ」

「それ、どういうこと？　いっしょに来てって頼んでるの？　いやよ、あなたにくっついて香港くんだりまで行くなんて。あなたがいうとおり退屈するだけだもの、男たちが忙しくどこかで世界の将来を決定しているあいだ、奥さん連中と愚痴を言い合ってるなんて。この自分の居場所にいて、あなたの子供の世話をしているほうがいいわ」

　マークが出発した日、私たちのあいだはそんなふうでした。

ちょっと待ってください、混乱してきました。それはいつごろの話ですか？　香港出張というのはいつのことですか？

　一九七三年のいつか、一九七三年初めくらいだったはずですが、日付までは思い出せません。

ということはあなたとジョン・クッツェーが逢瀬を重ねていたころ……

　いいえ。彼とわたしは逢瀬を重ねてなどいませんでした。あなたは最初、わたしがどんなふうにジョンと出会ったかと訊いたので、それはお話ししましたよね。それが話の頭です。いまお話ししているのは話の尻尾の部分、つまり、私たちの関係がどんなふうに移ろい、終わりを迎えたか。

でも話の本体《ボディ》はどこにあるのかと質問するかしら？　本体はなし。胴体はないのでそれを提供することはできない。これは主要部《ボディ》のない話なんです。

話をマークに、彼が香港へ向けて経った運命の日に戻しましょう。彼が出発するやわたしは車に飛び乗り、トカイ通りへ急行し、玄関のドアの下にメモを押し込みました――「今日の午後、よかったらちょっと立ち寄って、二時過ぎに」

二時が近づくにつれて、自分のなかで熱狂的な感情が昂まっていくのを感じました。子供までそれを感じ取って、落ち着きがなくなり、泣き叫び、わたしにしがみつき、寝ようとしません。熱情、でも、どういう熱情なのか、とわたしは自問しました。狂気の熱情？　憤激の熱情？

待てど暮らせどジョンは来ません、二時になっても、三時になっても。彼があらわれたのは五時半で、そのころにはわたしはソファで、肩のところに火照った身体をべたつかせるクリッシーを抱きかかえて、ぐっすり寝込んでいました。ドアベルが鳴ったので目が覚めました。ドアを開けたときはまだ足がふらつき、頭も混乱していました。

「ごめん、これ以上早く来るのは無理だった、午後は授業があるので」

もちろん、もう遅すぎました。クリッシーが目を覚まし、彼女なりのやり方で焼きもちをやきました。

あとからジョンは戻ってきて、そういう話になっていたのね、私たちはその夜をともにすごしました。事実、マークが香港に出かけているあいだ、ジョンは毎夜わたしのベッドですごし、夜が開けるか開けないころに帰っていきました。通いのメイドと鉢合わせしないように。わたしは睡眠不足を午睡で補いました。彼の睡眠不足がどう補われたかは知りません。彼が教えていた生徒たち――ポルトガル語を話す女の子たち――ご存知ですよね、旧ポルトガル帝国からのディアスポラのことは？　知らない？　あとで教えてあげますからそういってください。たぶん彼が教えていた女生徒たちは、さぞや、彼の夜ごとのご乱行の割りを食っていたことでしょうね。

マークとすごした朱夏の季節は、わたしに、セックスについてまったく新しい概念をあたえてくれました。競技としてのセックス、対抗者を自分のエロティックな意志に従わせるためベストをつくす一種のレスリングです。失点を重ねたけれど、マークはセックスのレスラーとしては非常に有能でした。わたしほど巧妙、というか冷徹ではなかったけれど。それにくらべてジョンに対するわたしの評価は、さあ、ここでついに、ついにあなたが待ちに待った瞬間がやってきますが、ミスター伝記作家さん、ジョン・クッツェーに対するわたしの評価は、七夜にわたる試験の結果、彼はわたしにはとても太刀打できないということでした、当時のわたしに、という意味ですよ。

ジョンには性交の流儀というようなものがあって、服を脱ぐといつもその流儀のなかにさっと入り込みました。その性交の流儀のなかで、彼は男の役まわりを完璧に、的確に演じることができました。的確に、有能に、でも、わたしの好みからすると、あまりに没個性的でしたが。彼がわたしと、現実に存在するこのわたしといっしょにいるという気が一度もしなかった。むしろ彼は、なんというか、彼の頭のなかの、わたしというエロティックなイメージと関わり合っているようで、あるいは大文字で始まる「女」のイメージとだったのかもしれません。

あのときはただ落胆しただけです。いまはもっと踏み込んだことがいえます。彼のセックスには自閉的性質があったのだと思います。これは批判としてではなく診断としていっているのです。あなたに興味があればですが。自閉症的タイプは他者を自動人形、ミステリアスな自動人形として扱います。その見返りに自分もまたミステリアスな自動人形として扱われることを期待します。つまり自閉症の場合、恋に落ちることが他者を自分の欲望の不可解な対象物にすることに転移されます。さらに相互的には、愛されることは他者の欲望の不可解な対象物として扱われることに転移されます。二つの不可解な自動人形が相互の肉体を用いて不可解な性的交渉《コマース》を行う、それがジョンとベッドをともにしたときの印象でした。二つの個別の企《エンタープライズ》てが進行している、彼の企てとわたしの企てです。彼の企てがなんだったかはいえません、不可解きわまりなかった。要するに、彼とのセックスにはまったくスリルがなかったんです。

診療医として臨床的に、自閉症を分類できるほど多くの症例を診てきたわけではありません。それでも患者の性生活を見るかぎり、わたしの推測では、彼らはマスターベーションのほうが実際のセックスよりも満足感が高いと思っているようです。

すでに申しあげたと思いますが、ジョンはわたしが体験した三人目の男性でした。三人の男たち、彼らは全員セックスという点では遠い過去になりました。悲しい話ですが。その三人の男たちのあと、わたしは南アフリカ白人、つまり南アフリカ白人男性に興味を失いました。彼らにはどこか、はっきりこれと指摘できないながらも、ある共通する性質があって、でもそれはマークの同僚たちが国の将来について語るとき、その目にきらりと浮かぶ捕えがたい光と関係がありそうでした。それはまるで、きたるべき将来などありえないところに、まやかしの、騙し絵《トロンプルイユ》的な将来をでっちあげようとする共謀に全員で加担しているみたいな感じ。カメラのシャッターが切られる瞬間、彼らの存在の核にある不誠実さが一瞬、ぱっと暴き出される、そんな感じでした。

もちろんわたしも南アフリカ人でしたし、紛れもない白人でした。白人として生まれ、白人のなかで育てられ、白人のなかで暮らしていました。でも、わたしには拠り所になる第二の自己があった——ユリア・キシュ、いや、ソンバトヘイのキシュ・ユリアといったほうがいいでしょう。わたしがユリア・キシュを放棄しないかぎり、ユリア・キシュがわたしを放棄しないかぎり、ほかの白人たちには見えないものがわたしには見えたのです。

たとえば、当時の南アフリカ白人はみずからをアフリカのユダヤ人、あるいは少なくともアフリカのイスラエル人だと考えたがった——狡猾で、悪辣で、立ち直りが早く、世事に長けている。彼らに威張り散らされた連中が彼らを憎み、妬んでいると。すべて誤りです。すべてナンセンス。ユダヤ人を知るにはユダヤ人に訊けです。男を知るには女に訊けというように。あの人たちはタフではなかったし、狡猾でもなかった、というか十分狡猾ではなかった。それに、もちろん彼らはユダヤ人ではなかった。森のなかの赤ん坊にすぎなかった。いまではそう思います——奴隷に面倒を見てもらっていた赤ん坊の巨大な一族ですよ。

ジョンは眠りながらよく寝返りを打ちました。あまりひどくてわたしはまんじりともできなかった。もう耐えられないと思ったときは彼を揺すったものです。「悪い夢でも見てるのね」というと、彼は「夢なんか見てないよ」ともぐもぐいうなりすぐまた寝入ってしまう。そしてまたもやぴくっとなったり、ぐいっと動いたり。我慢が限界に達したしきなど、早くマークがベッドに戻ってくるといいと思いはじめたくらい。少なくともマークは完全熟睡型でしたから。

もう十分ですね。イメージはつかめたはずです。官能的でロマンチックな物語ではありませんね。かけ離れています。ほかは？　ほかになにが知りたいのですか？

ちょっと質問させてください。あなたはユダヤ人ですが、ジョンはそうではない。そのための緊張というのはありましたか？

緊張？　どうして緊張があるんですか？　緊張って、どちらの側に？　わたしはジョンと結婚するつもりなど毛頭ありませんでした。いいえ。その点ではジョンとわたしは完璧に上手くいきました。彼が上手くつきあえなかったのは北の生まれの人間、とりわけイギリス人です。イギリス人は息苦しい、あの行儀の良さ、育ちの良さからくる控え目なところが、と彼はいっていました。あっけらかんと自分をさらけ出す人たちのほうが好みで、そのときは彼もときどき勇気を奮い起こして、お返しに少しだけ自分を開いて見せたものです。

締めくくる前にほかになにか質問は？

ありません。

ある朝（話をはしょりますよ、これで終わりにしたいので）ジョンが玄関にあらわれました。「長居はできないんだ。でもこれ、きみの気に入るかなと思って」といって彼は一冊の本を差し出しました。表紙にJ・M・クッツェー著『ダスクランド』とありました。

もう完全に不意をつかれて、わたしは口にしました。「あなたがこれを書いたの？」彼が書いていることは知っていましたが、でもあのころは、大勢の人が書いていたので、まさか彼がそれほど真剣だとはゆめにも思わなかったんです。

「きみにあげる。見本刷りだよ。今日、郵便で見本刷りを二冊受け取ったんだ」

その本をぱらぱらとめくってみました。だれかが妻について不満を述べている。だれかが牛車で旅をしている。「これはなに？　フィクション？」

「まあ、そんなところかな」

そんなところ。「ありがとう。読むのが楽しみだわ。たっぷりお金になりそう？　これで教職は辞められる？」

それが彼にはひどくおかしかったみたいで。とてもご機嫌でしたね、本のせいで。彼のそういう面を目にするのはめずらしかった。

「あなたのお父さんが歴史家だなんて知らなかったわ」次に会ったときわたしは感想を述べました。例の著書のまえがきのことをいっていたのですが、そこで作者は、作家は、つまり目の前にいるこの男は、父親が、帳簿係の仕事のために毎朝街へ出かける小男が、じつは足しげく文書館に通って古文書を掘り出す歴史家でもあると述べていたからです。

「まえがきのこと？」と彼。「ああ、あれは全部でっちあげだよ」

「あなたのお父さん、そのことをどう思ってるの？　自分をめぐる虚偽の記述とか、本の登場人物にされていることを？」

ジョンは居心地が悪そうでした。彼が明かしたくなかったこと、あとからわかったのですが、それは彼の父親が『ダスクランド』に目を通していなかったことだったのです。

「それにヤコブス・クッツェーは？」とわたし。「賞讃すべき先祖ヤコブス・クッツェーもでっちあげなの？」

「いや、ヤコブス・クッツェーは実在した」と彼はいいました。「少なくとも、紙とインクによる記録文書は実在するし、それが口頭による証言記録であると明言する者がヤコブス・クッツェーという名をあげている。文書の裾のところにあるXはこのクッツェーの手で記されたもので、筆記者の証明もついている。なぜXかというと彼が文盲だったからだ。その意味では、ぼくがでっちあげたわけではない」

「文盲にしては、あなたのヤコブスはひどく文学的じゃない、驚きだわ。たとえば、彼はニーチェを引用している」

「まあ、驚くべきやつらだったんだよ、あの十八世紀のフロンティア開拓者たちってのは。次になにをやらかすか、まったくもって想像もつかない」

『ダスクランド』が好きだとはとてもいえません。時代遅れって感じですものね。わたしが好きなのはヒーローやヒロインがいる本、キャラクターがすばらしいと思えるような本です。物語を書いたことはないし、その方面に野心を抱いたこともありませんが、でも、良いキャラクターを創作するより悪いキャラクター——信じるに足りないキャラクター、卑劣なキャラクター——を創作するほうがはるかに容易ではないかと思います。それがわたしの意見、いわせてもらえればですが。

それをクッツェーにおっしゃったのですか？

彼が安易な道を選ぼうとしている、というわたしの考えを彼に伝えたか？　いいえ。わたしはただ間欠的なこの愛人に、このアマチュア修理人でありパートタイムの学校教師に、一冊の本になるほど長いものを書く才能があったことに驚いただけです。おまけにそれを出してくれる出版社を、ジョハネスバーグではあれ、とにかく見つけたんですから。驚きましたよ、彼のために嬉しかったし、いささか自慢でもあった。他人ごとながら栄誉に思いました。学生時代、わたしのまわりには、自分は作家になると公言する人は大勢いましたが、だれ一人実際に本を出版した者はいませんでした。

お訊きしませんでしたが、なにを学ばれたんですか？　心理学？

いいえ、まったく違います。学んだのはドイツ文学でした。主婦になり母になる準備のために、なんとノヴァーリスとゴットフリート・ベンを読んだんですよ。学位は文学で取得しました。それから二十年間、クリスティーナが成長して家を離れるまでのわたしは、なんというか、知的冬眠状態でした。それからカレッジに再入学したんです。モントリオールで。基礎科学を一から学び直して、医学へ進み、さらにセラピストになるための教育を受けました。長い道のりでした。

最初に文学ではなく心理学を学んでいたとしたら、クッツェーとの関係は多少違ったものになっていたと思いますか？

なんて奇妙な質問！　答えはノーです。一九六〇年代の南アフリカで心理学を学んでいたとしたら、きっとネズミやタコの神経学的プロセスなんてものにどっぷり浸かっていたでしょうし、それにジョンはネズミでもタコでもなかったわね。

彼はどんな種類の動物でしたか？

これはまた奇妙きてれつな質問ですね！　彼はどんな種類の動物でもありませんでした。それには非常に特殊な理由があります——彼のメンタルな能力、とりわけ観念的才能が肥大化したため、動物としての自己が犠牲になっていたのです。彼は賢い人《ホモ・サピエンス》というよりむしろホモ・サピエンス・サピエンスでした。

そのことに関連して、話を『ダスクランド』に戻しますが。一つの作品として『ダスクランド』を見るとき、情熱が不足しているというつもりはありませんが、その背後にある情熱は曖昧です。わたしはそれを残虐性についての本として、征服の諸形態にまつわる残虐性を暴露する本として読みました。しかしその残虐性の具体的な出所はどこにあったか？　いまとなって見れば、その出所は作者自身に内在するものだったと思えるのです。この本についてわたしに提示できる最良の解釈は、それを書くことが自己管理されたセラピーとなるプロジェクトだったということです。それは私たちの時代、彼とわたしがともに生きた時代に、一定の光を投げかけることになります。

よく理解できないのですが。もう少し話していただけますか？

どこが理解できないのですか？

彼があなたに彼自身の残虐性を向けたということですか？

いいえ、まったく違います。ジョンはわたしにこれ以上ありえない穏やかさ《ジェントルネス》で接しました。優しい人《ジェントル・パーソン》とは、紳士《ジェントルパーソン》とは彼のことだといってもいいくらいでした。それが彼の問題でもあった。彼が人生をかけるプロジェクトは穏やか《ジェントル》であることでした。もう一度おさらいさせてください。『ダスクランド』にはなんと多くの殺害場面が出てくるか思い出してください、人間の殺害のみならず動物を殺す場面もあります。そう、あの本がこの世に出たころ、ジョンはわたしにヴェジタリアンになると宣言しました。彼がどれくらいそれに固執しつづけたかは知りませんが、ヴェジタリアンへの移行は自己改造という、より大きなプロジェクトの一部であるとわたしは解釈しました。彼は自分の生活のあらゆる場で残虐かつ暴力的な衝動を封じ込めると強く決意したのです――彼の愛情生活も含めて、といえるかもしれませんが――封じ込めた暴力的な衝動を、書くことのなかに投入した、その結果、彼にとって書くことは終わりなき、カタルシスを求める修行となっていきました。

当時どの程度それがあなたの目に見えていたのでしょう、また、セラピストとしてのちに得た洞察にどの程度負っているのでしょう？

すべてわかっていました。表面に出ていたので、掘り下げる必要はありませんでした。でも、そのときはそれを表現することばをわたしはもたなかった。おまけにその男と不倫中でしたし。情事の真っ最中に分析力をはたらかせるのは難しいでしょ。

情事ですか。これまで使われなかった表現ですね。

では修正させてください。エロティックなもつれ。だって、あのころのわたしは若くて自己中心的だったので、人を愛することは、本当に愛することは難しかったのかもしれません、ジョンみたいな根っから不完全な人を愛することは難しかった。こういうことです――わたしは二人の男とエロティックなもつれのまっただなかにあった。一人は膨大な投資をした相手で――結婚していて、わたしの子供の父親でもあったわけで――もう一人は一銭も投資していない相手です。

なぜジョンにはさらなる投資をしなかったか、いまとなって見れば、それは彼のプロジェクト、先ほどわたしが説明した、ジェントルな男に自分を改造するプロジェクトに関係があったのではないかと薄々ながら感じます。いうなれば、口のきけない動物にも、女にも危害を加えない男です。彼に対してわたしは思ったことをもっとはっきりいえばよかった、いまはそう思いますね。わたしはこういうべきだったかもしれません――もしもなんらかの理由であなたが自分を抑制しているとしたら、そんなことしないで、その必要はないから。もしも彼にそういっていたら、もしもそれを彼が真剣に受けとめていたら、もしも彼が自分に対して、もう少し性急になってもいい、もう少し傲慢になってもいい、もう少し思慮深さを緩めてもいいんだと言い聞かせていたら、当時すでにわたしにとって悪化し、その後さらに悪化の一途をたどった結婚生活から、彼はわたしを引っ張り出してくれたかもしれない。彼は実際にわたしを救い出してくれたかもしれないし、わたしにとって人生の最良の歳月を救ってくれたかもしれない。その歳月は、どう見ても無駄になってしまったわけですから。

(沈黙)

話の筋を見失ったわ。なんのことを話していたのかしら？

『ダスクランド』です。

そう、『ダスクランド』(黄昏の国々)、要注意な語だわね。あの本は彼がわたしに会う前に書き終えたものです。年譜を調べてみてください。私たち二人のこととしてあれを読もうとしてはだめですよ。

そんなふうに思ったことは一度もありませんが。

ジョンに質問したことを思い出したわ、『ダスクランド』のあと、次はどんなものを書くつもりかって。はっきりしない答えでした。「いつもあれこれなにか書いているよ」と彼はいいました。「もし書きたくないという誘惑に負けたら、ぼくはどうなるんだろ？　なんのために生きていくんだろ？　自分を撃ち殺さなければならないかも」

　驚きましたね、彼の書かねばならないという欲求のことですが。彼の習癖とか、どんなふうにすごしているかとか、ほとんど知りませんでしたが、ひたむきな仕事人という印象はまったく受けませんでした。

「ということは？」とわたしは訊きました。

「書いていないと落ち込むんだ」というのが彼の返事でした。

「じゃあどうして延々と家の修理なんかしてるの？　だれかにお金を払って修理させて、それで浮いた時間を書くことにあてればいいじゃない」

「きみは理解していない。建築業者を雇える金があったとしても、ないけれどね、ぼくは一日一定時間、庭を掘り返したり、石を取り除いたり、コンクリを混ぜたりしなければならないと思うんだ」そういって彼は肉体労働に関するタブーを破る必要性について、またしても滔々と論じはじめたのです。

　なんとなくわたし自身への批判が込められていないかと勘ぐったものです。だって、わたしは雇った黒人メイドの賃金労働のおかげで、いうなれば、のうのうと見知らぬ男たちと浮気なんかしていられたわけですから。でもそれはそれとして。「あら、あなたは経済のことをまるきり理解していないわ。経済の第一原則が、私たち全員が自分で糸を紡ぎ、雌牛の乳搾りをしなければならず、他者を雇ってそれを代わりにやらせてはいけないと主張することであるなら、だれも永遠に石器時代から出られないじゃない。交換経済を考案した理由はそこにあるのであって、その流れで物質的進歩の長い歴史が可能になったわけでしょ。あなたがだれかにコンクリを打つ仕事を頼んで賃金を支払えば、その見返りにあなたは自分の余暇を正当化して自分の人生に意味をあたえる本を書く時間ができる。それは、あなたの代わりにコンクリを打つ労働者の人生にだって意味をあたえるかもしれない。というわけで私たちみんなが繁栄する」

「本気でそんなこと考えているのかい？　本がぼくたちの人生に意味をあたえるって？」

「ええ」とわたしはいいました。「一冊の本は私たちの内部にある凍った海を割る一本の斧かもしれないでしょ。でなければなんのために本なんてあるの?」

「時間に立ち向かう拒否の身振り。不死性を求める一つの試み」

「不死のものなどない。本だっていずれ死ぬ。私たちがいるこの地球全体だってそのうち太陽に呑み込まれて灰燼と帰すの。そうなれば宇宙そのものが内破してブラックホールとして消滅する。なにも生き残らない、わたしも、あなたも、そして少数の人間しか関心をもたない十八世紀南アフリカの想像上のフロンティア開拓者についての本なんてものも当然」

「ぼくのいう不死性は時間の外に存在するという意味じゃない。人の肉体的消滅を超えて生き残るという意味だ」

「あなたが死んだあとも、あなたの本が読まれてほしいのね?」

「そんなかすかな期待を手放さないでいるのは慰めにはなるだろ」

「自分でそれを目撃することがなくても?」

「自分でそれを目撃することがなくても」

「でも、あなたが書いた本を未来の人間がわざわざ読んだりするかしら、もしもその本が彼らに語りかけなければ、もしも彼らが自分の人生に意味を見出す助けにならなければ?」

「あるいはよく書けている本なら、まだ読みたいと思われるかもしれない」

「ばかばかしい。それって、もしもわたしが上質のラジオ付きレコードプレイヤーを組み立てたら、二十五世紀になっても使われるかもしれないってのとおなじよ。でも、そんなことありえない。だってラジオ付きプレイヤーなんて、どれほど精巧な造りであろうと、そのときは時代遅れになっている。二十五世紀の人たちに語りかけたりしないのよ」

「あるいは二十五世紀になってもまだ、少数ながら、二十世紀末のラジオ付きプレイヤーが出す音を聴きたがる人がいるかもしれないじゃないか」

「コレクターね。趣味人。そのために自分の人生を費やそうっていうの、あなた？　机に向かって座り、骨董品として保存されるかされないか不確かなモノを手づくりするために？」

彼は肩をすくめた。「もっといい考えがあるかい？」

わたしが自己顕示していると考えているんですね。わかりますよ。どれほど自分が切れ者かを示すために会話をでっちあげていると思っているのが。でも、あのころのジョンとわたしの会話はそんな感じだったんです。おかしかった。面白かったわ。あとで、彼と会わなくなってから恋しくなったのはそれ。私たちの会話、本当にいちばん恋しくなったのはそれでした。彼はわたしの知るかぎり、正直に議論してわたしに論破される唯一の男性でしたから。自分が論破されそうになると、怒鳴り散らしたり、話をはぐらかしたり、むっとなって逃げたりしない唯一の男性でした。それに、いつも論破したのはわたし、ほとんどいつもかな。

理由は簡単。彼に論争能力がなかったわけではないの。でも彼は自分の原則に従って生きていた。それに対して、わたしはいつだって実用主義者《プラグマティスト》だった。プラグマティズムは原則主義を打ち負かす。そういうものですから。宇宙は動き、私たちの足元の大地は変化し、原則は常に遅れをとる。原則はコメディの種にはなります。コメディというのは、原則が現実にぶつかったときに起きるものですから。彼は気難しいという噂があることはわたしも知っていますが、ジョン・クッツェーは実際に会ってみるととてもおかしかった。コメディに登場する人物。気難しいコメディです。そのことを漠然とながら彼は知っていて、受け入れてさえいた。彼のことを振り返るといまだに愛着を感じる理由はそこですね。あなたがお知りになりたければですが。

（沈黙）

わたしはいつも議論が得意でした。学校では周囲の人間だれもがぴりぴりしていました、教師まで。ナイフのような舌ね、と母はなかば咎めるようにいったものです。女はそんなふうに議論してはいけないの、女はもっとソフトでなければ。でも母は、おまえみたいな女は弁護士になるといいわ、というときもありました。わたしが自慢だったのね、わたしの精神が、わたしの切れのいい弁舌が自慢だったんです。母は、娘というのは父親の家から夫の家か義父の家へ、まっすぐ嫁ぐものとされた世代に属していました。

それはともかく、ジョンは「もっといい考えがあるかい？」といいました――「本を書くことに人生をあてるよりもっといい考えが？」

「ないわ。でも、あなたに活を入れて、その人生に方向性をあたえる助けになりそうなアイデアはある」

「なに、それ？」

「いい女《ひと》を見つけて結婚すること」

彼は変な顔をしてわたしをじっと見ました。「ぼくにプロポーズしているの？」

わたしは爆笑。「違うわよ。わたしはもう結婚してるじゃない、おあいにくさま。もっとあなたにふさわしい、あなたを自分の殻から引っ張り出してくれそうな女の人を見つけなさい」

わたしはもう結婚しているじゃない、だからあなたと結婚すると重婚になる――それが語られなかった部分。でも、考えてみると重婚のどこが悪いの、法律違反だということを別にすれば？　不義密通が道徳的罪やリクリエーションであるのに、重婚が法的犯罪である理由は？　わたしはすでに不義密通を犯した者ですから、重婚男というか重婚女になってはいけないこともないでしょ？　つまるところ、ここはアフリカなんだから。二人の妻をもっているからといってアフリカ人男性が裁判所へ引っ張り出されることがないのなら、わたしが配偶者を二人もってもいいじゃないですか、一人は公的に、もう一人はプライベートにね？「そうじゃないの、全然、プロポーズなんかじゃない」とわたしは念を押すようにいいました。「でもたんなる仮定だけれど、もしわたしが自由の身だったら、わたしと結婚してくれる？」

軽い質問、つい口から出てしまった質問にすぎません。にもかかわらず、彼はなにもいわずにその腕にわたしを抱き締めて、息ができないほど強く抱き締めたんです。わたしが思い出せる彼の行為のなかで、それは初めて心からストレートに出てきたものに思えました。もちろん彼が動物的欲望に従って行動するのをこの目で見てきたのですが――アリストテレスについて議論しながらベッドのなかにいたわけではないので――でも、それまで感情に支配された彼を見たことがなかった。あら、この冷血動物にもやっぱり感情があったんだ、とわたしは驚きながら心のなかでつぶやきました。

「どうしたのよ？」彼の抱擁から身をほどきながらいいました。「わたしになにかいいたいことがあるの？」彼はなにもいいませんでした。泣いているのかな？　ベッドサイドのランプを点けて彼のようすを押りました。涙はなかった、でも傷ついた、悲しそうな表情をしていた。「どうしたのかいってくれなければ、助けてあげられないじゃないの」

あとで彼が平静に戻ったとき、私たち、二人してその瞬間のことを、たいした意味などなかったことにしてしまったんです。「ふさわしい女性のためなら、あなたは第一《プリマ》の大になるわよ。勤勉で。聡明で。かなりの掘り出し物であることも事実。ベッドでも悪くないし」とはいったものの、厳密にいえばそれは本当ではありませんでした。「情愛が細やかで」とあとから思いついて言い足したけれど、それもまた本当ではなかった。

「それに芸術家だし」と彼はいいました。「それも忘れずに加えなければ」

「それに芸術家だしね。ことばの芸術家」

（沈黙）

それで？

それで終わりです。二人のあいだの難しいやりとり、それを私たちは上手く切り抜けたわけ。彼がわたしに抱く好感がかなり深いことをうっすら感じたのはそれが初めてでした。

なにとくらべて深いと？

近隣の魅力的な奥さんにだれもが抱きそうな好感よりも深い、という意味です。あるいは近所にいる雄牛や驢馬に対するよりも。

彼があなたに恋していたという意味ですか？

恋していた……わたしに恋していたか、あるいはわたしというイデアに恋していたか？　わたしにはわかりません。わかっているのは、彼がわたしに感謝してもいい理由です。彼にとってことを容易にしてあげたわけですから。女に上手く言い寄れない男がいるものです。彼らは自分の欲望を表に出すのが、本心を打ち明けて肘鉄を喰らうのが怖いのね。そういう不安の背景には幼年期からの個人史があることが多いものです。わたしはジョンに本心を打ち明けることを強要したりしませんでした。言い寄ったのはわたし。誘いをかけたのはわたし。情事の諸条件を手際よく処理したのもわたし。いつ終止符を打つかを決定したのもわたしです。だから、彼が恋していたか？　というあなたの質問に、彼は感謝していた、と答えておきます。

（沈黙）

あとになって何度も思ったものでした、彼のいったことを受け流したりせずに、彼の感情の昂まりにわたしも感情の昂まりで応えていたら、もしもそのとき思い切ってマークと離婚していたら、十三年も十四年もときを待たずにジョンに乗り換えていたら、どうなっていただろうって。もっと良い人生を送っていたかしら？　あるいはそうかもしれないし、そうではないかもしれない。でも、とすると、あなたにこうしてお話ししているのは元愛人ではなく、悲嘆に暮れる寡婦ということになっていましたね。

問題はクリッシー、それが足を引っ張りました。クリッシーは父親になついていて、扱いがどんどん難しくなっていました。もう赤ん坊ではなかったし——もうすぐ二歳で——心配になるほど話し出すのが遅かったけれど（でも心配は無用で、あとで一気に追いつきました）、動きは日に日に活発になっていました、活発で怖いもの知らずに。ベビーベッドから這い出すことを覚えました。便利屋を雇って階段の最上段に、彼女が転げ落ちないよう柵をつけてもらったほどです。

思い出すのは、ある夜クリッシーが前触れもなく、ふいにわたしのベッドサイドにあらわれたことです、目をこすり、ぐずり、困惑顔で。そのときのわたしにはさっと抱きあげて、母親の隣に寝ているのがダディではないとあの子の心に刻まれないうちに、部屋に連れ戻す冷静沈着さがありました。でも、次がこれほどラッキーでなければどうなる？

母親の二重生活が意識下で子供にどのような影響をおよぼすか、必ずしもわたしは明確に理解していたわけではありません。一方で、自分が肉体的に満たされ、自分自身に心穏やかでいるかぎり、そこから滲み出る有益な影響は子供にも伝わるもの、と自分を納得させていました。なんとも虫のいい理屈だと驚くかもしれませんが、あの当時、つまり一九七〇年代は、進歩的な物の見方、独りよがりの改革派《ビアン＝パンサン》の見解では、セックスはどんな装いを凝らそうと、どんなパートナーとであろうと、心身を健全に保つための糧だと考えられていたのです。とはいえ他方では、クリッシーにとっては明らかに、ダディとジョンおじさんが家のなかで入れ替わることが腑に落ちなくなっていた。この子がことばをしゃべるようになったらどうなるか？　二人のことがこんがらかって、父親をジョンおじさんと呼んだらどうなるか？　そうなると大変なことになる。

　どちらかというとわたしはずっと、シグムント・フロイトはペテンだと考えてきました。オイディプス・コンプレックスに始まり、さらに彼の患者だったミドルクラスの家庭内で子供が日常的に受けていた性的虐待を無視するにいたったところが。そうはいっても、子供たちがとても早い時期から、家庭における自分の位置の不可解さを解き明かそうと多大な時間を費やすことは、そのとおりです。クリッシーの場合、家庭はそれまでは単純なものでした。彼女自身が宇宙の中心にある太陽で、そのまわりにマミーとダディが彼女に仕える惑星として存在した。朝の八時にあらわれてお昼に姿を消すマリアは家族の一員ではないのだと教えるために、わたしはそれなりに気を遣いました。マリアがいるところで「マリアはもうお家に帰らなければいけないの」といったものです。「マリアにバイバイって。マリアには小さな女の子がいてね、御飯を食べさせて世話をしなければいけないからね」（ことを複雑にしないために、マリアの小さな女の子、と単数にしました。マリアには食べ物や服をあてがわなければいけない子供が七人もいることは十分承知していましたが。そのうち五人が自分の子で、二人が結核で死んだ姉から託された子供だってことも。）

　クリッシーを取り巻く家族としては、わたしの側の祖母は彼女が生まれる前に他界していましたし、祖父はすでに申しあげたように療養所に収容されていました。マークの両親はイースタン・ケープの田舎で、電流の流れる高さ二メートルのフェンスに囲まれた農場の屋敷に住んでいました。農場から物が略奪され、家畜が追い散らされることを怖れて、一晩たりとも家を空けることはないので、ほとんど刑務所に入っているようなものでした。マークの姉は遠くシアトルに住んでいました。わたしの兄は決してウェスタン・ケープを訪ねてきませんでした。そんなわけでクリッシーにとって家族はこれ以上ないくらい単純なものでした。ただ一つ事態を複雑にするもの、それが真夜中に裏のドアからマミーのベッドへ忍び込むおじさんだったのです。どんなふうにこのおじさんはそこに溶け込んでいたか？　家族の一員だったのか？　あるいは逆に、家族の主要部を食い荒らす厄介な害虫だったのか？

そしてマリア——マリアはどこまで知っていたか？　わたしにはついにわかりませんでした。あのころの南アフリカでは出稼ぎ労働はごく一般的でしたから、夫が妻と子供を置いて大都市へ職探しに出かけるのはマリアには見慣れた情景だったはずです。でもマリアが、夫の不在中に妻が遊びまわるのをよしとしたかどうかはまったく別の問題。マリアが実際にわたしの夜の訪問客に会うことはなかったにしろ、彼女を騙しおおせたとは到底思えない。その手の客というのはじつに多くの痕跡を残すものですから。

あら、いやだ？　もう六時？　こんなに遅いとは思わなかったわ。終わりにしなければ。明日もう一度いらっしゃらない？

残念ながら明日は帰国することになっていまして。ここからトロントへ飛び、トロントからロンドンへ飛びます。まいったな、もしも……

わかりました、続けましょう。もうそれほど残っていませんから。手短に。

ある夜、ジョンがいつになく興奮してやってきました。小型のカセットプレイヤーを持ち込んでテープをかけたのです。シューベルトの弦楽五重奏曲でした。わたしとしてはセクシーな音楽には思えないし、とくにそんな気分ではなかったのに彼はセックスをしたがって、具体的にいうと——きわどい表現になってごめんなさい——彼は私たちの動きを、音楽に、そのスローテンポの楽章と連動させたがったのです。で、そのスローテンポの楽章はとても美しいものだったかもしれないけれど、わたしは欲情が全然そそられない。それに加えてテープの入った箱のイメージが念頭から消えない——フランツ・シューベルトが、音楽の神どころか、早くやれと急かされたウィーンの風邪引き官吏みたいだったのね。

あのスローテンポの楽章をあなたが知っているかどうか、あの曲には長いヴァイオリンのアリアがあって、ヴィオラが短く切るように低音部を演奏するんですが、ジョンはそれに合わせようとしているのがわかりました。そのすべてが無理強いに感じられて、ばかばかしいったらなかった。そのうち、わたしのしらけぶりがジョンに伝わった。「心をからっぽにして！」と彼は歯のすきまから絞り出すようにいったのよ。「音楽を通して感じて！」

もう、こう感じろって強制されるほど頭にくることはないでしょ。わたしは彼から身を引き離しました。性欲をかきたてるためのささやかな実験は一気に瓦解です。

あとになって彼は説明を試みました。感覚の歴史に関して、あることを論証したかった、というのです。感覚にはそれ自体、博物学的歴史がある。感覚は時間という枠のなかで存在を開始して、いっとき開花して頂点に達し、あるいは開花しそこねて、やがて徐々に消滅するか、完全に消滅する。シューベルトの時代に開花したいくつかの感覚はいまやそのほとんどが消滅してしまった。それを追体験するために残された方法は、その時代の音楽を介すること、それしかない。なぜなら音楽は感覚の痕跡であり、刻印だから。

オーケー、でもなぜ音楽を聴きながらファックしなければいけないの？　とわたしはいいました。

だって、偶然とはいえ五重奏曲のスローテンポの楽章はファックすることについてのものだから、というのが彼の答えでした。もしもわたしが抵抗せずに、音楽をわたしの内部に流れ込ませて自分を欲情させていたら、じつに尋常ならざるものが明滅するのを経験していたかもしれません——ポスト・ボナパルトのメーストリアでファックするとはどんな感じだったかを。「ポスト・ボナパルトの男にとって、あるいはポスト・ボナパルトの女にとっては、どんな感じだったのかしらね?」とわたしはいいました。「ミスター・シューベルトとかミセス・シューベルトにとって?」

それが彼をものすごく苛立たせました。後生大事にしていた自分の理論をからかわれたのがいやだったのです。

「音楽はファックすることじゃないのよ」わたしは続けました。「あなたはそこをはき違えている。音楽は前戯。求愛行動なの。乙女のために歌を歌うのは、彼女のベッドに入るのを許される前であって、彼女といっしょにベッドにいるときではないの。歌を歌うのは乙女を口説くため、彼女の心を射止めるためなの。ベッドでわたしと上手くいかないと感じているなら、それはあなたがわたしの心を射止めていないからよ」その時点で終わりにすることもできたけれど、わたしはそうせずに、さらにいいつのった。「私たち二人が犯した間違いはその前戯をはしょったことね。あなたを責めているわけじゃないわ、わたしの誤りでもあるわけだから。でも、とにかくそれは誤りだった。セックスはそれにいたる前に十分な長い求愛行動があるほうがずっといいものになる。感情的な満足感がはるかに高まる。性的満足感も大きい。私たちのセックスライフをもっといいものにしようとするなら、わたしに音楽に合わせたセックスを強要しても上手くいかないわ」

彼が反論するのを、音楽的セックスを擁護するのを期待してのことでした。ところが彼はその餌に食いつかなかった。その代わり、ふくれっ面をして、しょぼくれた顔で、わたしに背を向けてしまったんです。最初にいったこととわれながら矛盾しているのはわかっています。彼のことをさっぱりとした遊び相手、負けて悪びれない人だといいましたが、今回ばかりはどうやら彼の急所を突いてしまったようです。

私たちはとにかくそこまで突っ走ってしまった。わたしはすっかり攻撃体勢に入っていて後退できなかった。「家に帰って求愛行動の練習をすれば。そうしなさい。帰って。あなたのシューベルトといっしょに。もっと上達したらまたいらっしゃい」

残酷なことをしました。でもしかたがないわね、彼は反撃しなかったのだから。

「わかった、帰るよ」むっとした声で彼はいいました。「どうせやることがあるし」そういって服を着はじめたのです。

やることって！　わたしはいちばん手近にあったモノをつかむと、それは偶然とてもすてきな焼成粘土の、黄色い縁取りをした茶色の小皿で、マークとわたしがスワジランドで買ってきた六枚セットの一枚でした。束の間わたしにはまだそのコミカルな面が見えていた——黒い巻き毛の、胸をはだけた情婦が、怒り狂って中欧風な気質をあられもなく剝き出しにして、罵り叫び、瀬戸物を投げるところが。それからわたしは皿を投げた。

皿は彼の首に命中して床に落ちたけれど壊れなかった。彼は肩をまるめて困惑顔でわたしを見たわ。これまで皿を投げつけられたことなどなかったのね、きっと。「出てって！」わたしは叫びました、金切り声になっていたかもしれません、とにかく彼を追い払った。クリッシーが目を覚まして泣き出しました。

奇妙なことに、まったく後悔していなかった。むしろ興奮して怒り狂い、自分が誇らしかった。心からストレートに出てきたものよ！　そう自分にいったんです。わたしの一枚目の皿！

（沈黙）

ほかにもあったんですか?

ほかの皿? たっぷりと。

それで終わりだったのですか? あなたと彼のあいだが?

すべて終わりではなかったわ。コーダがあるのよ。コーダについてお話しますね、それで話は終わり。終止符を打つことになったのはコンドーム、首を結んだ、精液のたっぷり入ったコンドーム。マークがベッドの下からそれを引っ張り出したの。もうびっくり仰天でした。どうして見落としたのかしら? これではまるで、見つけてくれといわんばかり、自分の不貞行為を大声でいいふらしてるみたいでしたから。

マークとわたしはコンドームを使ったことがなかったんです。だから嘘をつく余地はなし。「いつからだ?」と彼は詰問しました。「十二月から」とわたし。「この売女《ばいた》、二枚舌の売女め! おまえを信用したんだぞ!」

彼は猛り狂って部屋から飛び出そうとし、それから考え直したように振り向いて——残念ですが、それから起きたことにはヴェールをかけることにします、ここでくり返すにはあまりに下品で、あまりに恥ずべきものですから。ただ、わたしは驚愕し、衝撃を受け、なにより激怒したことだけはいっておきます。「こんなこと、マーク、わたし、絶対に許さない」自分を取り戻したときわたしはそういいました。「一線ってものがあるのよ、あなたはその一線を超えた。わたしは出ていく。クリッシーの面倒はあなたが見ればいい」

わたしは出ていく、クリッシーの面倒をあなたが見ればいい、と口にした瞬間わたしには、自分は家を出ていくから午後はあの子の面倒を見ろといったつもりで他意はなかった。ところが玄関のドアまで五歩も行かないうちに目がくらむような閃きが走り、これぞまさしく解放の瞬間か、満たされない結婚生活から抜け出して二度と戻らないという瞬間か、と思ったんです。頭上に垂れ込めた雲が、頭のなかでもやついていた雲が、軽くなって雲散霧消。考えるな！ そう自分にいいました。とにかく行動する！ 確固たる足取りで向きを変え、大股で二階へあがり、下着を少しキャリングバッグに詰めて、また階下に駆けおりました。

マークが行く手に立ちはだかりました。「どこへ行くつもりだ？ そいつのところへ行くのか？」と詰問しました。

「余計なお世話よ」押しのけて進もうとしましたが、彼に腕をつかまれました。

「放しなさい！」とわたし。

金切り声も怒声もなく、ただ、簡潔な短い命令、それだけだったのに、まるで空から王冠と帝王の衣装がわたしに舞い降りたよう。彼はなにもいわずに手を放したんです。わたしが車で走り去るとき、彼はまだ玄関のところで口もきけずに立っていました。

なんて簡単！ わたしは狂喜しました。なんて簡単！ どうしてもっと早く実行しなかったのか？

その瞬間のことで不可解なのは――それは事実わたしの人生において非常に重要な瞬間だったのですが――そのとき不可解に思い、今日にいたっても不可解に思っているのはこういうことです。かりにわたしの内部のある力が――それを無意識と呼ぶことにしましょうか、そのほうが簡単ですから、でも古典的無意識についてはわたしは懐疑的ですが――それが働いてベッドの下を自分でチェックしなかったとするなら――それが紛れもないこの実物による危機を引き起こすようわたしに働きかけていたとするなら――いったいなぜマリアがその有罪の証拠を放置したのか――絶対にわたしの無意識の一部ではありえないマリアが、きれいにするのを、きれいに片づけるのを仕事とするマリアが、なぜ？ マリアはわざとコンドームを見落としたのか？ それを目にした彼女が立ちあがって背筋をぴんと伸ばし、自分にこういったのだろうか――これはやりすぎ！　わたしは夫婦のベッドの神聖さを守るか、それとも、あきれ果てる情事の共犯者になるか！

ときどき南アフリカに飛んで帰るところを想像するんですよ。新しい、待ちに待った、民主的な南アフリカへ。目的はただ一つ、マリアを探し出して、まだ生きていればですが、彼女からそのことを訊き出し、いまも心悩ますこの疑問の答えを出すことなんです。

で、もちろん、嫉妬に狂ったマークのいったそいつのところへ駆け込むつもりはなかったけれど、わたしはいったいどこへ行くつもりだったのか？　ケープタウンに友達はいなかった、マークの友人ではないことが先決、それでいてわたしの友人であるような人は皆無でした。

車でウィンバーグを通り過ぎているときある建物が目に入りました。不規則に建て増しされた古い建物で、表に「カンタベリー・ホテル／ホテル式アパート／食事付き可／週単位でも月極でも」という看板が出ていました。そのカンタベリーに泊まってみることにしました。

ええ、一部屋だけ空いています、ご宿泊は一週間ですか、それとも長期ですか？　とフロントの女性はいいました。とりあえず一週間で、と答えておきました。

お部屋は一階です――ご辛抱ください、きちんと手入れされていますので。ゆったりとしたお部屋で、小さくておしゃれなバスルームとコンパクトな冷蔵庫とフランス式ドアがあって、そこから木蔭を作る葡萄棚付きのヴェランダに出られます。「とてもすてき。そこにします」わたしはいいました。

「お荷物は？」とフロント係。

「荷物はあとから届きます」そういうと彼女は納得しました。カンタベリー・ホテルの入口に到着した逃亡妻はわたしが最初ではなかったと思います。間違いなく、従業員たちは、むかっ腹を立てて駆け込んでくる少なからざる配偶者たちに嬉々としていたはずです。彼らにしてみれば、ちょっとしたボーナスですからね。一週間分のホテル代を払って一晩泊まり、じきに悔い改めるか消耗するかホームシックになり、翌朝チェックアウトしていく客は。

でもわたしは悔い改めたりはしなかったし、もちろんホームシックにもならなかった。子育てが負担になってマークが講和を求めてくるまで、カンタベリーを本拠にする覚悟はできていました。

セキュリティに関するうんざりするような手続きはほぼ無視しました――ドアに鍵をかける、門に鍵をかける――さらに駐車上の規則、訪問客への規則、これの規則、あれの規則。訪ねてくる客はいないと思いますから、とフロントの女性に告げました。

その夜はカンタベリーの哀れをそそる食堂《サラマンジェ》で夕食をとり、初めて、自分が泊まり合わせた宿泊客を一瞥しました。ウィリアム・トレヴァーやミュリエル・スパークの本からそのまま抜け出してきたような人たち。でもわたしだって彼らの目にはきっと似たり寄ったりに見えていたでしょうね――気まずくなった結婚生活から一瞬頭に血がのぼって逃げ出してきたやつかと。わたしは早々とベッドに入ってぐっすり眠りました。

新たに見つけた孤独を自分は楽しむだろうと思っていました。車で街に出てショッピングをして、ナショナル・ギャラリーで展覧会を観て、ガーデンズでランチを食べました。でも二日目の夜、くたっとしたサラダに舌平目のベシャメルソース煮という思いきり惨めな食事を終えて、部屋で一人になると急に淋しさに襲われ、淋しさより始末の悪い自己憐憫に陥ったのです。ロビーにある公衆電話からジョンに電話して、低い声で(受付係が盗み聞きしていましたから)現況を伝えました。

「そっちへ行ったほうがいい?」と彼はいいました。「映画のレイトショーに間に合うかもしれない」「ええ。そう、そうね、そうよね」とわたし。

ここで断固くり返しておきますが、夫と子供から逃げ出したのはジョンと駆け落ちするためではありません。あれはそういう情事ではなかった。実際、それはほとんど情事でさえなく、いささか進んだ友情、婚外の友情に性的要素が加わったものであり、重要なのはあくまで、わたしにとっての象徴であり実質を伴わないことでした。ジョンと寝ることは自尊心を保つ手段だった。そこは理解してくださいね。

にもかかわらず、にもかかわらず、カンタベリーに彼が到着して数分もしないうちに彼とわたしはベッドのなかにいて、そして——おまけに——私たちの性交は、今回ばかりは、まことに特筆すべきものだった。終わるころにはもう涙が出てきたくらい。「なぜ自分が泣いているのかわからないわ」すすり泣きながらわたしはいいました。「すごく良かった」

「昨夜、眠ってないからだよ」わたしを慰めなければと思って彼はそういったんです。「神経が昂っているからさ」

まじまじと彼を見ましたね。神経が昂っているからさ——本気でそう思っているようでした。まさに絶句、この人はなんでこんなにばかなの、なんでこんなに無神経なの。でもそんな勘違い頭でとはいえ、おそらく彼は正しかった。というのは、わが自由の日は忍び寄るある記憶にひたひたと浸されていたからです。ゲークとのあの屈辱的な修羅場の記憶のせいで、わたしは不貞を犯した妻というより尻をひっぱたかれた子供みたいな気分になっていた。それがなければ、おそらくジョンに電話などしなかっただろうし、ということは、彼とベッドをともにすることもなかったはず。だから、そう——わたしはすっかり狼狽していたのね、だってそうでしょ？ 自分の世界がひっくり返ってしまったわけですから。

動揺した理由はほかにもありました。そっちのほうが直視するのが難しかった——ばれてしまった恥ずかしさです。だって実際、その状況を冷めた目で注視するなら、コンスタンシアバーグで腹いせに、さもしいちゃちな情事をするわたしは、ダーバンでこれまたさもしいちゃちな密通をするマークと、素行において大差なかったからです。

モラル上ぎりぎりのところにわたしは来ていた、それが事実です。家を出たときの発作的多幸感は消え去り、激しい怒りも潰えて、独りの生活もその魅力はまたたくまに色褪せていきました。でもどうやってこのダメージを修復すればいいのか？　マークのところへ負け犬よろしく、しおしお戻って講和を求め、罰せられた妻と母としての義務を再開するなんてとてもできない。おまけにそんな精神的混乱のただなかで、こんな刺すようにあまい性交までして！　わたしの肉体はいったいなにを教えようとしていたのか？　防御をはずしたとき、官能への扉は開くものか？　不義密通には夫婦のベッドは不適切な場所であり、ホテルのほうがいいということか？　ジョンがどう感じたか、わたしにはわかりませんでした。彼は進んで自分の気持ちを語る人ではなかったけれど、わたしには自分が経験したばかりのその半時間が間違いなく、長く、わたしのエロティックな生活におけるランドマークとなっていくことがわかりました。そして、そうなりました。今日にいたるまで。でなければ、こうしてしゃべっているわけがないでしょ？

（沈黙）

あなたにこの話をしてよかったわ。シューベルトのことでもう自責の念をあまり感じなくてもよさそうだから。

（沈黙）

とにかく、ジョンの腕のなかでわたしはぐっすり眠ってしまったんです。目が覚めると暗くて、自分がどこにいるのかさっぱりわからなかった。クリッシー、と思った――クリッシーのごはんのことをすっかり忘れていたわ！　手探りでランプのスイッチを見つけようとしました――いつもと場所が違う――それですべてを思い出しました。わたしは独り（ジョンは影も形もなし）、朝の六時でした。

ロビーからマークに電話しました。「もしもし、わたし」できるだけ淡々と、穏やかな声でいいました。

「こんな朝早くに電話してごめんなさい、でもクリッシーはどうしてる？」

彼のほうは、マークのほうは、和解の気分ではまったくなかった。「どこにいる？」と彼は訊いてきました。

「ウィンバーグからかけてる。ホテルにいるの。お互いに平静になれるまでちょっと間をあけたほうがいいと思って。クリッシーはどうしてる？　今週はどんな予定？　ダーバンに行くの？」

「俺が自分の時間をどうしようと、おまえに関係ないだろ。家を空けていたければ、空けていろよ」

電話の声から、彼がまだ怒っているのがわかりました。マークは腹を立てると破裂音が強くなるんです──おまえに関係ないだろ《ナンノブ・ユア・ビジネス》、「b」の破裂音が極端に強くなって、顔をしかめたくなるほど。それで思い切り、彼の大嫌いなところがどっと思い出されて。「ばかなこといわないで、マーク。子供の世話の仕方なんか全然知らないくせに」とわたしはいいました。

「おまえもだろ、汚らわしい売女め！」といって彼はガシャリと電話を切りました。

その日のお昼近く買い物に出かけると、わたしの銀行口座が凍結されていました。

車を走らせてコンスタンシアバーグへ戻りました。表戸は持っていた鍵で開いたけれど、ドアはダブルロックされていた。何度もドアをたたきました。返事はなかった。マリアがいる気配もありません。家の周囲をぐるっとまわってみました。マークの車はなく、家の窓も閉まっていました。

彼の会社に電話しました。「ダーバン支社にお出かけです」と交換台の女性がいいました。

「家で緊急事態が起きています。ダーバンに連絡してメッセージを残していただけませんか？　できるだけ早く、妻に、次の番号に電話するよう伝えてください。大至急だと」そういってホテルの電話番号を伝えました。

何時間も待ちました。電話はかかってきません。

クリッシーはどこ？　とにもかくにも知りたかったのはそのことです。マークがダーバンに子連れで出かけたとはとても思えなかった。でも、でなければ、彼はあの子をどうしたのか？」

ダーバンに直接電話しました。いいえ、と秘書はいいました。ダーバンには来ていない、今週来る予定はない、ケープタウンのオフィスに連絡してみたか、というのです。

いまや半狂乱になったわたしはジョンに電話しました。「夫が子供を連れて家を引き払ったわ、影も形もないの。わたし、お金がない。どうしたらいいか、わからない。なにかいい方法はない？」

ロビーには年配のカップルが、訪問客がいて、わたしの声は全員に筒抜け。でも自分の厄介事が他人に知られるのをはばかる気持ちはもうなかった。泣きたかったけれど確か、笑ったのよ、わたし。「彼があの子を連れて逃亡した、なんで？」とわたし。「これは」——周囲に対してわたしはジェスチャーをし、つまりカンタベリー・ホテル（ホテル式アパート）内に対してですが——「これはわたしへの罰ってこと？」といって、本当に泣き出しました。

数マイル離れているジョンにわたしのジェスチャーが見えたはずがないので、ということは（あとから気づいたんですが）これという語にまったく違う意味が付加されてしまったようで。わたしが彼との情事のことをいっていると——それほど大騒ぎすることではないとわたしが見くびってきたと思われたのね、きっと。

「ぼくが警察に行ったほうがいい？」

「ばかなこといわないで。夫のところから逃げ出しておいて、帰ってみたら、夫に子供をさらわれたと訴えるなんて無理よ」

「きみを連れ出しにそっちへ行こうか？」彼の声のなかに警戒する気配が聞き取れました。同情できたわね。彼の立場なら、わたしもまた、電話口のヒステリックな女には慎重になったでしょうから。でも慎重さなんか欲しくなかった、わたしが欲しかったのは子供を取り戻すこと。わたしは「いいえ、連れ出しにきてなんていってない」とにべもない返事をしました。

「食べるものはあるの？」と彼。

「なにも食べたくない。こんなばかげた会話はもうたくさん。ごめんなさい、なぜ電話したのかわからない。さよなら」そういって電話を切りました。

なにも食べたくなかったけれど、なにか飲んでもいいかとは思いました——たとえば、ウィスキーを生で飲んで死んだように眠るとか。

部屋でばたりと寝転んで顔を枕に埋めたまさにそのとき、フランスドアをこつこつしたたく音がしました。ジョンでした。そこで交わされたことばをここで再現するつもりはありません。手短にいうと、彼はわたしをトカイへ連れて戻り、彼の部屋のベッドに寝かせました。彼のほうはリビングのソファで寝て。夜中に彼がわたしのところへ来るのをなかば期待していたのに、彼は来ませんでした。

ぼそぼそと話す声で目が覚めました。日は昇っていました。正面のドアが閉まる音がして。長い静寂。この見知らぬ家にわたしは独りでした。

バスルームは旧式で、トイレは清潔とはいいがたかった。男の汗と湿気ったタオルの不快な臭いが立ち込めていました。ジョンはどこに行ったのか、いつ戻ってくるのか、さっぱりわからない。自分で珈琲を淹れて、家のなかを見てまわりました。部屋から部屋へ、天井もひどく低くて息が詰まりそう。そうか、ここは農場のコテージなんだ、それにしても、なんでこんなに小人向きに建てられてるのよ、とわたしは思いました。

老クッツェーの部屋をのぞいてみました。明かりが点けっぱなし、ほの暗い電球が一個、傘もなく天井からぶらさがっていました。ベッドは乱れたまま。ベッドサイドのテーブルには、クロスワードパズルを上にして折り畳まれた新聞が載っていました。壁にはケープダッチ式の白い水漆喰の農家を描いた、いかにもアマチュア風の絵と、きつい目をした女性の額入り写真がかかっていました。窓は小さく、鉄格子がはまり、窓が面するストゥープにはキャンバス地のデッキチェアが一組と、萎れたシダの鉢が一列ならんでいるだけ。

ジョンの部屋は、ここで一晩わたしは寝たわけですが、それより大きく照明も明るかった。書架には——辞書と事典類、外国語慣用句集、あれやこれやの独習本。ベケット。カフカ。テーブルにはごちゃごちゃの紙類。ファイルキャビネット。なんの気なしにわたしは抽き出しを開けました。いちばん下の抽き出しに写真の入った箱があったので、掘り返すように探してみました。なにを探していたのか？　自分でもわかりませんでした。それが見つかって初めてこれだとわかるようなものだったのでしょう。でも、それはそこにはなかった。写真の大部分は彼の学校時代のもので、スポーツのチーム写真、クラス写真でした。

家の正面で音がしたので外へ出ました。空がすばらしく青い、美しい一日。ジョンがトラックから屋根にふくトタン板を降ろしていました。「置いてきぼりにしたなら、ごめん」と彼はいいました。「これを取りに行かなければならなくて、きみを起こしたくなかったし」

デッキチェアを日向に移動させて、目を閉じて淡い白昼夢に浸りました。子供を見捨てるつもりはなかった。結婚生活を放棄するつもりもなかった。しかし、もしそうしたら？　マークとクリッシーのことを忘れて、この醜悪な狭い家に住み着き、クッツェー一家の三人目のメンバーとして添え物になり、二人の小人のための白雪姫になり、料理をし、掃除をし、洗濯をし、たぶん屋根の修理も手伝うとしたら？　どれだけ時間が経てば、この傷が癒えるのだろう？　どれだけ時間が経てば、わたしの本当のプリンスが、わたしの夢のプリンスがやってきて、わたしの真の姿を認め、彼の白い種馬にわたしを乗せて、夕陽のなかに消えることになるのか？

というのはジョン・クッツェーはわたしのプリンスではありませんでしたから。さあ、ようやく肝心かなめのポイントへきましたね。それが、キングストンまでやってきたときあなたが心に抱いていた疑問——この人がジョン・クッツェーを心ひそかにプリンスだと誤解した女たちの一人か？　であるなら、これで答えは見つかったわね。ジョンはわたしのプリンスではありませんでした。そればかりか、あなたが注意深く耳を傾けてきたならこれで理解できたはずですが、彼がプリンスであったかもしれない、十人並みのプリンスであったかもしれないなんて、いかなる乙女にとっても、いかに的外れであるかが。

賛成できない？　そうは思わないと？　落ち度はわたしにあり、彼にはない？　落ち度というか、欠陥というか？　では、彼が書いた作品を思い起こしてください。どの作品にもくり返し立ちあらわれる、あるテーマとはなにか？　女が男と恋に落ちないことです。男は女を愛したり愛さなかったり、でも、女は男を決して愛さない。そのテーマはなにを反映していると思いますか？　わたしの考えでは、確かな情報にもとづくわたしの推察では、それは彼の人生経験を反映しているということです。女たちは彼に惚れ込んだりはしなかった――良識のある女たちは。彼女たちは彼を検分し、ふんふんと嗅ぎ、たぶん試食はしてみたかもしれない。そして次へ移ったのです。

彼女たちはわたしがしたように次へ移った。先ほどいったように、わたしはトカイに留まることもできました、白雪姫の役どころで。考えるだけなら魅力がないわけじゃなかった。でも結局わたしはそうしなかった。ジョンはわたしが人生で直面した短い難局における友人であり、ときどきもたれかかる支柱でしたが、一度もわたしの恋人になることはなかった、ことば本来の意味での恋人になることはね。というのは真の恋愛には二人の人間がまるごと必要であり、その二人がぴったり適合する、つまり相手に自分を適合させる必要があるからなんです。陰と陽。電気のソケットとプラグ。雄と雌。彼とわたしは適合しなかったんです。

信頼してください、ジョンや彼のようなタイプについては長年にわたり考え抜いてきたんです。これからわたしが申しあげることはしかるべき熟考を重ねた上のことであり、アニムス〔女性の無意識内にある男性的なもの〕なしであることを願っています。なぜなら先ほど申しあげたように、わたしにとってジョンは大切だから。彼はわたしに多くを教えてくれました。友人でしたし、男女の関係が終わったあとも友人でいてくれました。憂鬱になるといつも彼に頼ることができました。彼は冗談をいってわたしの気分を引き立ててくれました。一度など予期せぬエロティックな昂揚感を経験させてもくれたし——残念ながら、たった一度でしたが！　でも事実として、ジョンは恋愛向きではなかった、そんなふうにできていなかった——ぴたり適合し適合されるようにはできていなかった。球体というか。ガラス球というか。彼と気持ちを通じ合わせるための手がかりがなかった。それがわたしの結論、熟慮の末に得た結論です。

あなたにはとくに驚くようなことではないかもしれませんね。おそらくあなたは、それは芸術家に、男性芸術家におおむねあてはまることだと考えている——恋愛とわたしが呼ぶものに向いていないという事実、彼らがみずからを全身全霊あたえることができないのは理由があって、それは自分の芸術のために内面に秘めておかなければならないエッセンスがあるからだと。違いますか？　そうあなたは考えているのでは？

芸術家が恋愛に向いていないとわたしが考えているか？　いいえ。必ずしもそうは思いません。この問題については先入観を抱かずにいようと思います。

あら、漠然と先入観を抱かずにいるなんてことは不可能ですよ、自分で本を書くつもりならなおさら。考えてみて。私たちが問題にしている男は、もっとも親密な人間関係のなかでさえ気持ちを通じ合うことができないか、できたとしてもごく短時間、間欠的にのみ気持ちを通じ合うことができる男です。なのに彼はどうやって生計を立てたか？　レポートを書いて生計を立てた、内密な人間の経験について専門家のレポートを書いて。なぜならそれが小説の領分だから——でしょ？——内密な経験をあつかうのが。詩や絵画の対極にある小説。それってひどく奇妙な感じがしません？

（沈黙）

ミスター・ヴィンセント、あなたにはとても率直にお話してきました。たとえばシューベルトのこととか――このことは、これまでだれにも話したことがありませんでした。なぜか？　理由は、その話がジョンにとても愚かしい光をあてることになると思ったからです。よほどの薄のろでもないかぎり、自分に恋しているはずの女性に性交のレッスンとして、古色騒然たるどこかの作曲家に、ウィーンの小曲作曲家《バガテレンマイスター》なんかに学べなんて命令したりします？　恋愛関係にある男と女は自分たちでみずから音楽を創造するのであって、それは本能的に訪れるものであって、レッスンは要らないの。でもわれらが友人ジョンはどうするか？　彼は三つ目の存在を寝室に持ち込むわけ。フランツ・シューベルトが第一《ナンバーワン》の存在になって愛のマスターになり、ジョンは第二《ナンバーツー》の存在になってマスターの弟子となり演奏者となり、そしてわたしは第三《ナンバースリー》の存在としてセックス・ミュージックが演奏されるための楽器となる。それって――わたしにしてみれば――あなたがジョン・クッツェーについて知るべきことのすべてを物語っていますね。自分の恋人をヴァイオリンと取り違えた男。たぶん彼の人生においてすべての女性におなじことをした男――女をヴァイオリン、ファゴット、ティンパニーといった楽器と取り違えた男。あまりに愚かしく、あまりに現実から自分を切り離してしまったために、女で奏でることと女を愛することを区別できなくなった男。ナンバーによって愛した男。こうなるともう笑うべきか泣くべきか、わからないわね！

　それが、彼がわたしのチャーミング王子ではなかった理由。それが、彼にわたしを抱きあげさせて白い種馬に乗せさせなかった理由。なぜなら彼はプリンスではなく蛙だったから。なぜなら彼は人間ではなかったから、ことば本来の意味においてそうではなかった。

わたしは嘘偽りなく申しあげるといいましたし、その約束は守ってきました。もう一つだけ嘘偽りなく申しあげましょう、一つだけ、それで終わりにします、それですべて終わり。それはあなたにわたしが説明しようとした夜のこと、カンタベリー・ホテルでの夜のことです。あのとき、私たちのあらゆる試みの結果、私たち二人はついに完全にしっくりといった、まさにぴったり結合したんです。どのようにそれを達成したか、あなたはそう訊くかもしれませんね——わたしだって訊きたいところですから——もしもジョンが蛙でプリンスではなかったとしたら？

あの決定的な一夜をわたしがいまどう見ているか話させてください。わたしは、申しあげたように、傷つき混乱し、おまけに不安で気が狂いそうだった。ジョンはわたしを見てわたしの内部でなにが起きているのかを推測し、そのときだけは心を開いたんです、ふだんは鎧で被われている彼の心を。心が開かれ、彼の心とわたしの心が開かれて、私たちは一体となった。彼にとっては、初めて心を開いたことが途轍もない変貌をもたらす可能性を秘めていた、つまり、私たち二人が新しい人生をともに歩みはじめることです。ところがなにが起きたか？　真夜中にジョンが目を覚まして、かたわらに見たのは、紛うことなく平穏な、いや至福の歓びを顔に浮かべて眠っているわたしでした。至福の歓びはこの世で得られないことはないのだといったふうに。彼はわたしを見て——そのときのわたしを見て——ぎょっとなり、大急ぎで心に鎧を着せて、ひもを結び、チェーンと二重の南京錠をかけ、こそこそと夜陰に紛れて去ってしまったのです。

そんなことをした彼を簡単に許すことができると思いますか？　どう？

あなたは彼に対していささか厳しすぎますね、そういわせていただければですが。

いいえ、そんなことはありません。わたしはあなたに真実を述べているだけです。真実がなければ、それがどれほど厳しくても、癒しは訪れませんから。そういうことです。あなたの本のために申しあげることは以上です。ほら、もう八時になってしまうわ。お帰りいただく時間です。明朝の飛行機に乗るのでしょ。

もう一つだけ質問させてください、短い質問です。

だめです、絶対にだめ、もう質問はなし。もう十分時間は割きました。終わり。幕切《ファン》れです。お帰りください。

二〇〇八年五月、オンタリオ州キングストンで

マルゴ

まず現在の状況について説明させてください、ミセス・ヨンカー、去年十二月にお会いしてからわたしが行った作業についてです。イングランドへ戻ってから、お話をうかがったテープを文字に起こしました。南アフリカ出身の同僚に依頼して、アフリカーンス語をちゃんと聞き取っているかどうかすべてチェックしてもらいました。それから、ご了承いただけたらと思うのですが、かなり過激なことをしました。会話のあい間に入っているわたしのことばをカットしたのです。ヒントや質問をカットして、あなたご自身の声で途切れずに語られる物語として文章を書きあげました。

お願いしたいのはその新しいテクストをいっしょに読んで、コメントをいただくことです。いかがでしょうか?

いいですよ。

さらにもう一点。お話いただいたストーリーは冗長で、予想よりはるかに長かったので、ところどころ思い切って物語仕立てにして変化をつけました。さまざまな人たちに自身の声で語らせてみたのです。それがどういうことか、これから読んでいくとご理解いただけると思います。

わかりました。

それではははじめます。

むかしはクリスマスになると一族の農場で大がかりな集まりがあったものだ。はるか遠くから、ゲリット・クッツェーとレニー・クッツェーの息子や娘たちが、伴侶や子供たちを連れてフォーエルフォンテインへ集ったものだった。年を追うごとに子供の数は増えて、一週間にわたって大笑いし、ジョークを飛ばし、むかし話に花を咲かせたが、とにかくよく食べた。男連中にとっては狩猟の季節でもあった――獲物は鳥やアンテロープだ。

しかし一九七〇年代には、そんな一族の集まりは哀れなほどこじんまりとなっている。ゲリット・クッツェーはとうのむかしに墓のなか、レニーはザ・ストランドの養護ホームで足をひきずるように歩いている。十二人の息子と娘のうち、長子はすでに群れなす霊に加わり、心の奥で秘かに……

群れなす霊？

仰々しすぎますか？　変えましょう。十二人の息子と娘のうち、長子はすでにこの世を去った。生存者たちは心の奥で秘かにみずからの最期を予感し、身を震わせる。

だめ、そんなのいやだわ。

身を震わせるところですか？　だいじょうぶです。カットしましょう。すでにこの世を去っていた。まだ生きている者のあいだではジョークはより控え目に、思い出話はより物悲しく、食事も節度あるものになっていた。狩猟にはもうだれも出かけない——老骨は弱り果て、いずれにせよ、たび重なる旱魃で平原《フェルト》にはめぼしい獲物は残っていない。

第三世代にあたる、息子と娘の息子や娘は、その多くがいまや自分たちのことにすっかりかまけるか、さもなければ、一族全体のことにはとんと無頓着。その世代から今年出席したのはわずか四人——農場を相続した彼女のいとこのミヒール、ケープタウンからやってきたいとこのジョン、妹キャロル、そして彼女自身、つまりマルゴだ。この四人のうち彼女だけが、むかしの日々をふりかえって懐かしさを感じているのではないか、と彼女は思う。

よくわからないのですが。なぜわたしを「彼女」と呼ぶんですか？

この四人のうちマルゴだけが、むかしの日々をふりかえって懐かしさを感じているのではないか、とマルゴは思う……ほら、なんだかぎこちないでしょう。すっきりしない。わたしが使う「彼女」は「わたし」のようなものですが「わたし」ではない。そんなにおいやですか？

頭が混乱してくるわ。でもあなたのほうがよくご存じなんでしょうね。先を続けてください。

農場にジョンがいることが困惑の種である。海外で何年もすごしたあと——あまりに長期におよんだので、もう帰ってこないものと思われていたのに——突然また、なにやら怪しげな、不面目なものをまとって彼らのもとへあらわれた。噂ではアメリカの刑務所に入っていたらしい。

どんな態度で彼に接すればいいのか、一族の者にはまるで見当がつかない。身内から犯罪者を――かりに彼がそういうもの、つまり犯罪者だったとしてだが――出したことなどなかった。破産なら、そう、破産ならあった。彼女の叔母のマリーが結婚した男、これが大法螺吹きの飲んだくれで、一族は最初からその結婚に不賛成だった。その男は負債の返済を免れるため自己破産を宣言し、以来、ちっとも働かずに家でのらくら、妻の稼ぎで暮らしたのだ。しかし破産は、いやな後味を残すにしろ犯罪ではないが、かたや刑務所行きは刑務所行きだ。

彼女は内心、さまよえる羊が歓迎されていると感じられるよう、クッツェー家の人間はもっと努力すべきだと思う。かねてから彼女はジョンにはついついあまくなるのだ。幼いころ、二人は大きくなったら結婚するんだとおおっぴらに口にしたものだった。当然それが許されると思って――なんでためなの？　彼らには、なぜ大人たちが微笑むのか、微笑むばかりで理由をいおうとしないのか、理解できなかった。

そんなこと本当にわたし、いいました？

いいましたよ。それもカットしろと？　わたしは好きですよ。いい話ですから。

わかりました。そのままでいいわ（笑）。続けてください。

妹のキャロルは考え方がまるで違う。キャロルの結婚相手はドイツ人のエンジニアで、二人して南アフリカを出て合州国へ行こうと数年前から画策している。キャロルは自分のアメリカ関連書類に、血縁者が法に、彼らの法に――厳密な意味で犯罪者であるかないかに関わりなく――なんらかのかたちで抵触したと書かれたくない、とはっきり口にしていた。だがジョンに対するキャロルの敵意はそれよりもっと根深い。やけに気取って横柄になったと思っているのだ。キャロルは、ジョンは自分がエンゲルセの（イギリス風の）教育を受けたもんだから、クッツェー一族を見くだしているのよ、一人残らず、という。クリスマスの季節に、なんでわざわざお越しになるのか理解に苦しむわ。

彼女は、マルゴは、妹のそんな態度に心を痛めている。結婚して夫のサークルに入ってからどんどん冷淡になってきた、と考えている。ドイツ人とスイス人の国外居住者サークル、一九六〇年代に手っ取り早く金を儲けるため南アフリカへやってはきたものの、この国が怒濤の季節へ突入しようとするいま、船を見捨てる準備をしている人たちだ。

わからないわ。あなたにそんな言い方をさせていいのか、わたしにはわからない。

では、どう決心なさるにしろ、あなたのおっしゃるとおりにします。しかしこれは一字一句あなたがいったことですよ。忘れないでください、この本の場合、妹さんはイギリスの学術出版社が出す地味な本など手に取らないだろうというのとは違いますから。妹さんはいまどこにお住まいですか？

フロリダです。彼女とクラウスはセント・ピーターズバーグという町に住んでいます。わたしは一度も行ったことがありません。妹の友達があなたの書いた本を偶然見つけて妹に送るかもしれませんね——それはだれにもわからない。でもそれが重要なわけではないんです。昨年お話ししたときは、あなたが私たちの会話を文字に起こすのだという印象を受けました。すっかりリライトするとは思ってもみませんでした。

それはいささか偏見です。中身までリライトしたのではなく、ナラティヴとして書き直しただけで、異なる形式にしたのです。新しい形式にすることは内容には影響しません。わたしが内容に勝手に手を加えていると思われるなら話は別ですが。勝手に手を加えすぎていると思われますか？

わかりません。なにか違和感があるのに、それがなんなのか、これだと指摘できないのです。わたしにいえるのは、あなたが書き直したものはわたしが話したこととは違って聞こえるということです。でももう口を閉じます。最後まで待って、それから決めることにします。どうぞ先を続けてください。

わかりました。

キャロルが冷たすぎるなら、彼女は優しすぎるのだ、それは彼女も認める。生まれたばかりの子猫を溺死させねばならないとなると大声で泣き、屠られる子羊が恐怖にめえめえ、めえめえ鳴きつづけると両耳をふさぐような人間だから。幼いころは小馬鹿にされるのを気にしたものだが、三十代なかばのいまとなっては、情にもろいことが後ろめたいことなのかどうか、よくわからない。

キャロルはなぜジョンが一族の集まりに参加するのか理解できないと言い切るが、彼女にとっては理由は明らか。父親を若いころ馴染んだ場所へ連れ帰ったのだ。六十歳をそれほど過ぎていないのに老人然として近々寿命かとさえ思える父親が、心機一転、元気になれるように、あるいは心機一転とはいかないまでも、せめてみんなに別れの挨拶ができるように。それは子供の義務であり、諸手をあげて賛同できる行為だ、と彼女は思う。

納屋の裏でジョンを見つける。自分の車と格闘しているのか、そのふりをしているのか。

「車、どうかしたの？」

「オーバーヒートしてる。デュ・トイの峠でエンジンを冷ますために二度も停車しなければならなかった」

「ミヒールに頼んで見てもらうといいのに。車のことならすごく詳しいから」

「ミヒールはお客さんで忙しいだろ。自分で修理するよ」

彼女の推測では、ミヒールは待ってましたと、それを口実に客から逃げ出すはずだが、彼女は自分の言い分を通そうとはしない。男の依怙地さは十分すぎるほど知っているから、男というのはほかの男に助けを求める屈辱を味わうくらいなら、自分で際限なく問題と格闘するものなのだ。

「これでケープタウンを走ってるの?」と彼女は訊く。これでとはこのダットサンの一トン型ピックアップのことだ。農場主や建設業者が使いそうな軽トラック。「なんでトラックが要るの?」

「役に立つ」ぶっきらぼうに彼は答える。どう役に立つのか、説明はない。

彼がこのトラックのハンドルを握って農場に到着したとき、彼女は笑わずにはいられなかった。髭を生やし、ろくに櫛を入れない髪にロイド眼鏡をかけた彼と、その隣にばつの悪さにミイラのように身を固くした父親が乗っていたのだ。写真に撮っておけばよかったと彼女は思う。ジョンと髪型について冷静に話ができるといいのにとも思う。でも、まだ鎧が取れていない、親しい会話をするのはまだ早い。

「とにかく」と彼女。「お茶だから呼んでこいっていわれて、お茶とジョイおばさんが焼いたメルクテルト〔カスタードのタルト〕があるって」

「すぐ行く」

二人はアフリカーンス語で話している。彼のアフリカーンス語はたどたどしい。自分の英語のほうが彼のアフリカーンス語よりまだましではないかと思うほどだが、彼女にしてもこんな田舎《プラッテラント》に住んでいると英語を話すことはめったにない。しかし彼らは子供のころからアフリカーンス語で話してきたのだ。切り替えようともちかけて彼を困惑させたりはしない。

彼のアフリカーンス語が下手になったのはずっとむかしに引っ越したせいだ。まずケープタウンへ出て「英語の」学校へ通い、「英語の」大学へ進み、それから海外へ、アフリカーンス語をまったく耳にしない土地へ出ていったせいだ。「すぐに」という意味で彼は「アン・ア・ミヌート（In 'n minuut）」という〔英語のin a minuteを逐語的にアフリカーンス語に置き換えたもの。アフリカーンス語の「すぐに」は別表現〕。キャロルなら、すかさず物笑いにしそうな言い間違い。『一分のうちに閣下は《アン・ア・ミヌート・ハル・メネーア・サイ・テー・コム・ゲニート》お茶を召しあがりにいらっしゃいますわ』と茶化されそう。キャロルから彼を守ってあげなければ。キャロルに、せめてここ数日だけは大目に見てあげてと頼まなければ。

夕飯の席で彼女はしっかり彼の隣に座るよう気を配る。夕食といっても一日の正餐である昼食の残り物があれこれ並ぶだけだが――冷たいマトン、温めたライス、ヴィネガー風味のサヤインゲン。肉の大皿を彼が手をつけずにまわそうとしている、自分の皿に取り分けていない、と彼女は気づく。「マトンは食べないの、ジョン？」キャロルがテーブルの向かい側から大きな声でいう。さも思いやりを込めてといった口調で。

「今夜はいらない、ありがとう」とジョンは答える。「お昼ごはんにたらふく詰め込んだから《エク・ヘット・マイ・ノアンミットダッハ・ディク・ゲフレート》」

「そう、ヴェジタリアンじゃないのね。海外にいるあいだにヴェジタリアンになったんじゃなかったの」

「厳格なヴェジタリアンじゃないよ。それは好きなことばじゃないな《ディス・ニ・ア・ヴォールト・ヴァールファン・ユク・ハウ・ニ》。もしもそんなにたくさん肉を良べないことにしたら《アス・ア・メンス・フェルキース・オム・ニ・ソ・ヴェール・フライス・テ・エート・ニ》……」

「へえ？」とキャロル。「もしもそうするとしたら《アス・ア・メンス・ソ・フェルキース》、それで《ダン》……？」――なに？

いまやだれもが彼をじっと見ている。彼の顔が赤らみはじめた。明らかに、同席者の悪意のない好奇心をどうそらしていいかわからないのだ。かくあるべき善き南アフリカ人より彼が青白く痩せこけているとしたら、それはたんに北米の雪中でぐずぐずしていたからではなく、死ぬほど食べたかったカルーの美味しいマトンが食べられなかったせいだ、とでも言い訳する気かしら？　もしそうするとしたら《アス・ア・メンス・フェルキース》……、彼は次になにをいうつもりだろう？

　彼の赤面は手のつけようがなくなる。大の男が小娘みたいに顔を赤らめている！　口を挟むときだ。彼女は安堵させるためにその手を彼の腕に添える。「私たちにはみんなそれぞれに好みがあるっていいたいのよ《ヤイ・ヴィル・セケル・セー、ジョン、オンス・ヘット・アルマル・オンス・》ね、ジョン《フォールキューレ》」

「われわれの好み《オンス・フォールキューレ》、愚かしくも些細なこだわりさ《オンス・フィーミス》」といって、彼はインゲンにフォークを突き刺して口に放り込む。

　十二月だ。十二月は九時過ぎまで暗くならない。九時が過ぎても――高原の空気は澄み渡り――月や星が煌々と足元を照らす。そこで夕食後二人は散歩に出かける。農場労働者の小屋が密集するあたりは避けて、大きな弧を描きながら歩く。

「夕食の席で助け船を出してくれてありがとう」

「わかってるでしょ、キャロルのこと、いつだって目くじら立てる。目くじら立てて毒舌吐くのよ。お父さんはどう？」

「元気ないな。もうわかってると思うけれど、父と母の結婚生活は最高に幸せとはいいがたかったし。かりにそうだったとしても、母が死んでからは下降の一途だ――ふさぎ込んで、自分をもてあましているよ。あの世代の男たちは程度の差こそあれ自分じゃなにもできないよう育てられた。料理をして面倒を見てくれる女がそばにいないとあっさり消滅さ。ぼくがいっしょに住もうといわなければ飢え死にしていたかもしれない」

「まだ働いているの？」

「ああ、自動車部品の販売会社の仕事をしているが、そろそろ引き時じゃないかっていわれているみたいだ。でもスポーツへの熱意はまだ衰えていないよ」

「クリケットの審判なのよね？」

「むかしはね。でももうやってない。視力がひどく衰えてしまったから」

「で、あなたは？　あなたもクリケットをやってたんじゃないの？」

「ああ。まだ日曜リーグでプレイしてる。レベルはまったくのアマチュアだけどね、ぼくにはちょうどいい。変な話さ――父とぼくが、二人のアフリカーナが、たいして上手くもないのにイギリス人のゲームに熱をあげて。それってどういうことなんだろ」

二人のアフリカーナ。彼は自分のことをアフリカーナだと本気で思っているのだろうか？　生粋《エヘテ》のアフリカーナのなかで彼を部族の一員として受け入れる者はそれほど多いとは思えない。父親ですら厳格な審査には通らないかもしれない。近年、アフリカーナとして認められるには少なくとも国民党に投票して日曜は教会へ行かなければ。いとこがスーツを着てネクタイを締め、教会へ出かけて行くところなど想像もできない。父親にしてもそうだ。

貯水池へ着いた。貯水池はかつて風力ポンプで水が汲まれていたが、ミヒールが好景気にあやかりディーゼル駆動ポンプを設置して、古い風力ポンプを錆びるにまかせてしまった。だれもがそうしたからだ。いまや原油価格の高騰は天井知らずで、ミヒールは考え直さなければいけないかもしれない。結局は、神の風《いき》に頼らざるをえなくなるかも。

「覚えてる？」と彼女。「子供のころ、よくここに来て……」

「ざるでオタマジャクシをつかまえた」と彼が話を引き継ぐ。「水を入れたバケツに放して家に持って帰ったけれど、次の朝になると全部死んでしまってて、それがなぜなのかどうしてもわからなかった」

「それにイナゴ。イナゴもつかまえたね」

イナゴのことを口にしてから、いわなければよかったと彼女は思った。思い出したのだ、イナゴたち、というか、一匹のイナゴの断末魔を。閉じ込めておいた瓶からジョンがイナゴを取り出して、彼女が見ているところで、長い後肢を一本、胴体から抜けるまで引っ張りつづけたのだ。汁は出なかった。血とか、血に代わるものは、イナゴにはなかった。それから彼が放したイナゴを二人して観察した。イナゴは飛び立とうとするたびに片側へつんのめり、土埃のなかで羽をばたつかせ、残った後肢をむなしく突き動かした。殺して！ と彼女は彼に向かって叫んだ。でも彼は殺さず、ただ歩き去った、むかつくというような顔をして。

「覚えてる？」と彼女。「むかしイナゴの肢《あし》を引き抜いて、それをわたしに殺させたでしょ。すごく腹が立ったんだから」

「思い出してるさ、毎日、一生涯。毎日、哀れなやつに、許してくれっていってるよ。ほんの子供だったんだ、無知な子供、ろくにものを知らない子供だったんだ、カッヘン、許してくれって」

「カッヘン？」

「カッヘン。カマキリ、神であるカマキリ。イナゴじゃないかもしれないけど、イナゴにだってわかる。死後の世界では言語の問題はなくなるから。すべてがまたエデンのようになる」

神であるカマキリ。彼は彼女を煙に巻いた。

作動しない風力ポンプの翼板を夜風が吹き抜け、悲しげな音を立てる。彼女は寒さでぞくっとする。「もう帰らなくちゃ」

「一分のうちに。ユジーン・マレーの本を読んだことある？ ウォーターバーグでヒヒの群れを観察した一年のことを書いた本。マレーがいうには、群れは夜になると食物採集をやめて腰をおろし、夕陽が沈むのをじっと見入るんだ。ヒヒたちの目のなかに、いや、少なくとも老いたヒヒたちの目のなかに、彼はメランコリーが微かに揺れるのを感知したそうだ。みずからの死ぬべき運命に初めて気づいた意識の芽生えを」

「それが夕陽を見てあなたが考えたことなの――死ぬべき運命が？」

「いや。でも、どうしても思い出さずにいられないのは、きみとぼくが初めてした会話だな、初めての人事な会話。たしか六歳だった。具体的なことばは思い出せないが、あのときぼくはきみにすっかり心を開いて、自分のことをなんでもしゃべった、希望とか憧れとか全部。そのときぼくは同時に考えていたんだ——そうか、これが恋をするってことか！　だって——白状すると——あのころぼくはきみに恋してたからね。それ以来、女性に恋するってのは、心に浮かぶことをなんでも話せるって意味になってしまった」

「心に浮かぶことをなんでも……それがユジーン・マレーとどんな関係があるの？」

「夕陽が沈むのを見ながら老いた雄ヒヒが考えたことが理解できるってことさ。群れのリーダー、マレーが最接近していたヒヒだ。二度目はない、とやつは考えた——一度きりの生、二度目はない。決して、決して、決して。それはカルーがぼくに対してすることでもある。メランコリーでぼくを満たす。一生涯ぼくの足を引っ張る」

カルーと、あるいは彼らの子供時代と、ヒヒがどんな関係があるのか、まだ彼女には理解できないが、それを口にするつもりはない。

「この土地はぼくの心をねじる。子供のころ心をねじられたんで、それ以来ぼくはずっとすっきりしない」

心をねじられたなんて。そんなこと思ってもみなかった。むかしは、と彼女は秘かに思う、他人の心のなかで起きていることが、いわれなくてもわかったものだ。彼女だけの特殊能力——共感《メーゲフル》。でも、もうない、嗚呼、もうないの！　彼女は大人になった、大人になるにつれて硬化してしまった。一度もダンスに誘われない女のように、土曜の夜を教会のベンチでむなしく待っているうちに、どこかの男がふと礼儀を思い出し、手を差し出すころにはすっかり興が醒めて、ひたすら家に帰りたいと思う女のように。なんてショック！　なんて意外な！　このいとこが子供のころ彼女に恋していた記憶を心のなかで温めてきたなんて！　ずっと何年も温めてきたなんて！

（唸る）本当にわたし、そんなこといいました？

（笑）おっしゃいました。

なんて軽率な！（笑）気にしないで、続けてください。


「キャロルには漏らしちゃだめだよ」と彼は――いとこのジョンは――いう。「彼女にはいわないで、あの口の悪いキャロルには、ぼくがカルーのことをどう思っているか。いったら最後、延々とひやかされることになるから」

「あなたとヒヒたちのことね。キャロルにだって心はあるのよ、まさかと思うかもしれないけれど。でも、あなたの秘密はいわない。寒くなってきたわね。もう帰らない？」

彼らは農場労働者の居住区を、適切な距離を置きながら周回する。闇の向こうに、料理の炭火が赤く、鋭い穂先となって燃えあがる。

「いつまでいる予定？」と彼女が訊く。「お正月までいたら？」新年《ニューヴェヤール》――赤字で記される国民《フォルク》の祝日、この日のためにクリスマスがかすんでしまう。

「いや、そう長くはいられないな。ケープタウンでやらなきゃならないことがあるから」

「それじゃ、お父さんを残していって、あとで迎えにくればいいじゃない？ お父さんに骨休めして力をつける時間をあげたらいいのに。具合が良くないみたいだし」

「あとに残ったりしないよ。父は落ち着けない性分だから。どこにいようと、そこじゃないどこかにいたいんだ。年齢を取るにつれてだんだんひどくなってきた。疼くみたいに。じっとしていられない。それに、仕事もあるから戻らなければならないし。自分の仕事をすごく真剣に考えているから」

農場の家は静まり返っている。彼らは裏手のドアから忍び込む。「おやすみ。ぐっすり眠って」と彼女はいう。

部屋に入ると急いでベッドに潜り込む。妹と義理の弟が部屋に入ってくる前に寝てしまいたい、いや少なくとも寝たふりができるようにしたい。ジョンとの散歩はどうだったかと質問されるのは避けたい。ちらりと糸口をつかむや、キャロルは強引に聞き出そうとするだろう。六歳のときぼくはきみに恋をしていた、きみはほかの女性に対するぼくの愛のパターンを決定した。あんなことといって！　本当は、ひどいお世辞！　でも彼女自身は？　六歳の彼の心のなかであんな早熟な情熱が生まれていたとき、彼女の心のなかでなにが起きていたか？　彼女は彼と結婚することを承諾した、それは確かだけれど、でも二人が恋をしていたというのは？　かりにそうだとしても、そんな記憶はない。そしていまはどうか——彼に対してどんな感情を抱いているのか？　彼の告白を聞いてもちろん胸がいっぱいになった。なんておかしな性格かしら、このいとこときたら！　彼の変人ぶりはクッツェー家の血から来るものじゃないわね、それは断言できる、彼女にしたって半分はクッツェー家の血筋なんだから、きっと彼の母親の血筋によるものだ、メイヤーとかなんとかいう一家、イースタン・ケープ州出身のメイヤー家。メイヤー、メイエル、メイランだったか。

そして彼女は眠りに落ちる。

「思いあがってるのよ」とキャロルはいう。「自信過剰。凡人と話すレベルに自分を引き下げるのが耐えられない。車とじゃれあってないときは隅に座って本を読んでる。それにどうして髪を切らないの？　彼を目にするたびにあの頭上からバシッとプディング用ボウルを被せて、あの醜悪な脂ぎった髪をちょん切ってやりたくなる」
「彼の髪は脂ぎってなんかいないわ」彼女は抗議する。「長すぎるだけ。ハンドソープで洗うんだと思う。だからやたらつんつんして。それに彼はシャイなのよ、思いあがってなんかいない。自分の殻に閉じこもってるのはそのせいよ。チャンスをあげて、面白い人なんだから」
「あなたといちゃいちゃしてるじゃない。だれにだってわかるわよ。図に乗ってあなたまでいちゃいちゃ。彼のいとこでしょ！　恥を知りなさい。なんで彼は結婚しないの？　ホモ？　そう？　モフィー〔女々しい男の意、蔑称〕か？」

キャロルがなにをいいたいのか、彼女にはつかめない。挑発したいだけなのか？　こんな農場にいるときでさえ、流行りの白いスラックスにローカットのブラウス、ヒールの高いサンダルに重苦しいブレスレットという出で立ちだ。服は夫の商用旅行でフランクフルトに行ったときに買うそうだ。キャロルのせいでほかの者たちは間違いなく、野暮で、すごく地味で、いかにも田舎の親戚っぽく見えてしまう。彼女とクラウスはサントン地区の、十二部屋もあるマンションに住んでいる。アングロ・アメリカン社の所有だ。賃貸料なし、厩舎とポロ用ポニーと飼育係までついているが、馬の乗り方など彼らは知らない。子供はまだいないが、そのうち、ちゃんと落ち着いたら子供はもつ、とキャロルはいう。ちゃんと落ち着くとはアメリカに住むことだ。

クラウスといっしょに引っ越したサントンでは、すごく先を行ったことが流行ってるの、とかつてキャロルはこっそり打ち明けたことがある。その、先を行ったことがなんなのか詳細はいわなかったし、彼女も、つまりマルゴも、訊いてみたいと思わなかったが、どうやらセックスに絡んだことらしい。

そんなこと書くのはだめ。キャロルについて、そんなことを書いちゃいけないわ。

あなたが話してくれたことですが。

ええ、でもわたしがいったことばを逐一書き出して公表したりしないでください。そんなこと承諾しませんでしたよ。キャロルはわたしと二度と口をきいてくれなくなります。

わかりました。削除ないし表現を和らげることをお約束します。とにかく最後まで聞いてください。先に進んでいいですか？

どうぞ。

キャロルは自分のルーツを完全に切断した。かつての田舎娘《プラッテラントセ・メイスィ》の雰囲気はどこにもない。あえていうなら見かけはドイツ風か。ブロンズの肌に、金髪を美容院帰りみたいにして、アイライナーもくっきり。堂々として、大きな胸をして、三十になったはかり。フラウ・ドクター・ミュラー。もしもフラウ・ドクター・ミュラーがいとこのジョンとサントン流儀でいちゃつくと決めたら、ジョンが屈服するのも時間の問題だろうか？　愛というのは愛する人に心を開くこと、とジョンはいう。キャロルならなんていうだろう？　愛について、いとこにあれこれ教示するだろうか、きっとそうだ——とにかく、ぐんと先端を行くかたちの愛について。

ジョンはモ、フ、ィ、ーじゃない——彼女だってそれくらい男のことは知っている。でも彼にはどこかクールというか、冷たいところがある。中性そのものとはいわないまでも、どっちつかずな感じ、幼い子供が性別となるとどっちつかずなのに似ている。南アフリカではないにせよアメリカで、女性経験があったことは間違いない、彼はひと言もいわないけれど。つきあったアメリカ人女性たちは彼の心の奥をのぞくことができたのだろうか？　もしも彼が実際にそうするとしたら、つまり心を開くとしたら、それはふつうではない——男にとって、彼女の経験からして、それほど難しいことはないのだ。

　彼女は結婚して十年になる。十年前にカルナフォンにさよならした。そこで法律事務所の秘書をしていたが、結婚して新郎の農場へ引っ越した。農場はロッゲフェルト山脈のミッデルポスの東にあって、運が良ければ、神が彼女に微笑みかければ、そこで残りの人生をすごすのだろう。

　農場は二人にとっての故郷《ホーム》だ。ホームでありハイムだが、彼女は思うようにくつろげ《アットホーム》ない。資金が底をついて羊牧場をやっていけないのだ。土地がやせ、旱魃に悩まされるロッゲフェルトでは無理だ。やりくりのためにまた仕事に戻らねばならなかった。今回はカルヴィニアにあるホテルの帳簿係として。週のうち四晩、月曜から木曜までホテルですごす。金曜に夫が農場から車で迎えにきて、月曜は夜明けとともにまたカルヴィニアに送り届けてくれる。

　週ごとのこんな別離にもかかわらず——別離で心は痛むし、ホテルの陰鬱な部屋は大嫌いだし、ときには涙をこらえ切れずに、両腕に顔を埋めてすすり泣くこともあるけれど——ルカスとはそれなりに幸せな結婚生活を送っていると彼女は思う。幸せ以上だ——幸運で、祝福されているのだから。良き夫、幸せな結婚、でも子供がいない。もたないのではなく、できないのだ——彼女の運命、彼女のせいだ。二人の姉妹のうち、一人は不妊、一人はまだ落ち着かない。

　良き夫だが感情を外に出さない。鎧をつけた心、それが男というものの苦悩の種なのか、それとも南アフリカの男にかぎったことなのか？　ドイツ人は——たとえばキャロルの夫は——多少ましだろうか？　こうするいまもクラウスは結婚によって得たクッツェー家の親族に混じってストゥープに腰をおろし、両切り葉巻を吹かして（彼はその葉巻を周囲の者に気軽に勧めるが、彼の煙草《ロークフーー》はクッツェー家の人間には奇妙きてれつで馴染みがない）、幼児レベルのアフリカーンス語でジョークを飛ばし、それが恥ずかしいとはゆめゆめ思わず、キャロルとツェルマットへスキーに行った話でみんなを楽しませている。クラウスはサントンの自宅で二人だけになれば、あの如才ない、気安い、自信満々のヨーロッパ風流儀で、たまにはキャロルに心を開いて見せるのだろうか？　どうかな。人に見せる心がはたしてクラウスにはあるのだろうか。そんな形跡は微塵もない。かたやクッツェー家の人間には、とにもかくにもいえることは、心があるということだ。男にしろ女にしろ。なかには心がありすぎる者さえいる。

「いいえ、モフィートじゃないわ。彼と話してみればわかるわよ」

「今日の午後、ドライブに行かないか？」ジョンが誘う。「農場一周の旅に出るのはどう、きみとぼくだけで」

「なんに乗って？　あなたのダットサンで？」

「ああ、ぼくのダットサンで。修理は済んだ」

「荒野のまっただなかで故障しないよう修理されてる？」

もちろんジョークだ。フフーエルフォンテインはすでに荒野のまっただなかなのだから。でもたんなるジョークではない。この農場がどれほど大きいか、何平方マイルあるのか想像もつかないが、端から端まで、終日歩いても、必死で歩き通さないかぎり行き着けないことは彼女も知っている。

「故障しないって」と彼。「でも、いざというときのために予備の水を持っていくよ」

フューエルフォンテインはクープ地区のまんなかにあって、クープ地区には過去二年間、雨が一滴も降らない。クッツェーおじいちゃんはなにを物好きにこんな土地を買ったのか？　農場主は例外なく、家畜を生かしておくため悪戦苦闘しているこんな土地を？

「クープ（Koup）ってどういうことば？」彼女が訊く。「英語？　だれも対処《コープ》できない土地？」

「コイ語だよ」と彼。「ホッテントット語。クープってのは乾いた土地。名詞だ、動詞じゃない。語尾のpでわかる」

「どこで学んだの、それ？」

「本で。古い時代の伝道者たちがまとめた文法からさ。コイの諸言語を話す人はもう残っていない、南アフリカにはいない。これらの言語は事実上、死滅した。南西アフリカにはまだナマ語を話す一握りの老人たちがいるが。それが総数。残された者のすべてだ」

「じゃあコサ語は？　コサ語は話せる？」

彼は首を横にふる。「われわれが失ったものに興味があるんだ、まだ失われていないものじゃなくて。どうしてぼくがコサ語を話さなきゃならないの？　話せる人が前から大勢いるじゃないか。ぼくなんか必要とされていないよ」

「言語というのはたがいに意思を通じ合うためにあるんだと思っていたわ」と彼女。「ほかに話す人がいないのに、ホッテントット語を話してなんになるの？」

彼の顔に、あの秘密めいた、微かな笑みだと思わせるものが浮かぶ。その質問に対する答えはあるが、きみは頭が悪すぎて理解できないから口にするのは時間の無駄といわんばかりの笑み。キャロルを怒り狂わせるのは、ほかでもない、この「もの知り博士」然とした微笑みなのだ。

「古い文法の本からホッテントット語を学んだとして、だれと話すの？」彼女は追い討ちをかける。

「ぼくにいわせたい？」と彼。微かな笑みがなにか別のものに変わっていた。きつい、好感のもてないものに。

「ええ、いって。答えて」

「死者たち。死者たちと話ができる。そうしなければ」――ここで彼は口ごもる、彼女にも、彼にとってさえも、いいすぎになるか、とでもいうように――「そうしなければ永遠の沈黙のなかに見捨てられる者たちと」

答えを望んだがゆえに彼女は答えを一つ得た。口を閉じるにはそれで十分すぎた。

半時間ほど車を走らせて農場の最西端の境界に達する。そこで、驚いたことに彼は門を開いて車を通過させ、通り抜けた門を閉めて、ひと言もいわずに未舗装のでこぼこ道に車を走らせていく。四時半にはメルヴェヴィルの町に到着した。彼女がもう何年も足を踏み入れていない町だ。

アポロカフェの前で彼は車を停める。「ちょっと珈琲でもどう?」

カフェに入る彼らの後ろから素足の子供たちが十人ほどくっついてくる。最年少はまだよちよち歩きだ。カフェの女主人《メフロウ》が点けているラジオからアフリカーンス語のポップミュージックが流れている。彼らは腰をおろして手で蠅を追い払う。子供たちがテーブルのまわりに集まってきて、剝き出しの好奇心で彼らをじっと見ている。「こんにちは《ミットダーハ》、子供たち《ヨンゲンス》」とジョンがいう。「こんにちは《ミットダーハ》、サー《メニーア》」と最年長の子がいう。

彼らは珈琲を注文して珈琲らしきものを受け取る――ロングライフミルク入りの白っぽいネスカフェ。彼女はひと口すすって脇へ押しやる。彼は自分の分を上の空で飲む。

小さな手が伸びてきて彼女の皿から角砂糖をくすねる。「あっち行きなさい《トゥー、ロープ》!」と彼女がいうと、その子はニッと笑い、角砂糖の包みを剝がし、舐める。

白人とカラードのあいだの、古くからのバリアがいかに低くなってきたか、それに気づくのはこれが初めてではない。カルヴィニアよりここのほうが露骨だ。メルヴェヴィルはさびれる一方の小さな町で、そのさびれ方ときたら地図から抹消されそうな危機的状況だ。残っている住人はせいぜい数百人といったところか。

通ってきた家並みの半分は人が住んでいないようだ。ドアの上から漆喰に白い小石を埋め込み「国民銀行《フォルクスカス》」とある建物は、いまでは銀行ではなく溶接作業所だ。午後の最悪の暑さは去ったものの、大通りにいる生き物といえば、花をつけたジャカランダの木陰で身を伸ばす二人の男と一人の女、それにがりがりに痩せた一匹の犬だけだ。

そんなことわたし、全部いいました？　覚えていませんが。

情景を生き生きとするため細部を少し書き加えたかもしれません。言い忘れましたが、メルヴェヴィルはあなたの話のなかでとても重要な位置を占めているので、実際に訪ねて調べてきたのです。

メルヴェヴィルへ行ったんですか？　どんなようすでした？

だいたい話してくださったとおりでした。アポロカフェはもうありませんでしたが。カフェは一軒もなし。

進めていいですか？ジョンが口を切る。「知ってる？　ぼくたちのお祖父さんの最大の業績は、メルヴェヴィルの町長だったってこと？」

「ええ、知ってるわ」彼らの祖父は目いっぱいあれにもこれにも手を出した。彼は――英語が彼女の脳裏に浮かぶ――辣腕家（go-getter）だった、辣腕家がめったにいない土地でやたら――また別の英語が浮かぶ――豪気（spunk）にあふれる男だった、おそらく彼の子供全員からかき集めたものより多くの豪気にあふれていた。しかしあるいはそれこそが――さほど豪気の分け前にあずかれないことこそが――強い父をもった子供の運命なのかもしれない。息子にせよ、娘にせよ——ちょっと控えめすぎるのだ。クッツェー家の女たちは、なんであれ、女の豪気にあたるものにあまり恵まれなかった。

彼女には祖父について微かな記憶しかない——祖父が死んだときはまだほんの子供だったから——猫背で、気難しく、剛毛のあご髭を生やした老人。お昼の正餐のあと、家中がしんと静まり返っていたことを覚えている——お祖父ちゃんがお昼寝していたからだ。年端のいかない彼女にさえ、大の大人たちが老人への怖れから鼠のようにこそこそ歩きまわるのは驚きだった。しかしその老人がいなければ彼女はここにいないし、ジョンもいない——この世にいないばかりか、こうしてカルーにも、フューエルノォンテインにも、メルヴェヴィルにもいないのだ。もしも彼女の人生が、揺籃から墓場まで、羊毛とマトンの相場の浮き沈みに、これまでも、いまも決定されているとするなら、それは祖父のやったことゆえなのだ。手はじめに行商人《スマウス》となり、綿プリントや鍋釜や売薬を田舎の人たちに売り歩き、資金が貯まるとホテルの共同所有者になり、さらにそのホテルを売って土地を貰い、なんと、よりによって、ジェントルマンとして、馬と羊の畜産農場主として落ち着いたのだ。

「このメルヴェヴィルでぼくたちがなにをしようとしているか訊かないんだね」とジョンがいう。

「そうね、じゃあ、メルヴェヴィルでなにをしようというの？」

「ちょっと見せたいものがあるんだ。家を買おうと思ってさ」

われながら耳を疑う。「あなた、家を買いたいの？　メルヴェヴィルに住みたいの？　メルヴェヴィルに？　あなたも町長になりたいわけ？」

「いや、ここに住むんじゃなくて、ちょっとすごすだけ。ケープタウンに住んで、週末や休暇はここへ来る。不可能じゃない。ケープタウンからノンストップで車を飛ばせば七時間でメルヴェヴィルだ。千ランドで一軒家が買える——四部屋の家に半モルゲンの土地つき、桃やアプリコットの木があってオレンジの木まである。こんな掘り出し物がほかで見つかる?」

「で、お父さんは? あなたのこのプランをお父さんはどう思ってるの?」

「老人ホームよりいい」

「わからないわ。なにが老人ホームよりいいの?」

「メルヴェヴィルに住むことが。父はここにずっといられる、永住できる。ぼくはケープタウンを拠点にして暮らすけれど、父が上手くやってるかどうか定期的に見にくる」

「それであなたのお父さんはなにをするの? 独りでここにいるあいだ? ストゥープに腰をおろして、一日に一台、通るか通らない車を待つわけ? あなたがはした金でメルヴェヴィルに家を買える単純な理由はね、ジョン——だれもここに住みたくないからよ。あなたのいうことが理解できない。なんでまた急にメルヴェヴィルに入れ込むの?」

「カルーにあるから」

カルーは羊のためにあるのよ《ディ・カルー・イス・フィル・スカーブ・ゲスカーブ》! といいそうになるのを彼女は必死でこらえる。彼は本気だ。カルーがまるで楽園みたいな口調だ! すると突然、過ぎしむかしのクリスマスの思い出がどっとよみがえる、野生動物のように自由にフェルトを歩きまわった子供のころが。「どこに埋めてもらいたい?」あるとき彼が訊いた。それから彼女の答えを待たずに、小さな声でいった——「ぼくはここに埋めてもらいたい」「ずっと?」彼女は訊いた。彼女が、子供の彼女が「ずっと埋めてもらいたいの?」と訊くと「また出てくるまでのあいだだけ」と彼は答えた。

また出てくるまでのあいだだけ。彼女はしっかり覚えている、一語一語すべて覚えている。

子供なら説明がなくてもかまわない。いちいち意味を解明しろとせがんだりしない。でも、もしもあのとき彼のことばを不可解に思わなければ、そして心の奥深くで、こうして何年も不可解に思いつづけることがなければ、彼のことばをこんなふうに思い出したりしただろうか？　また出てくるだなんて、このいとこは本当に信じていたのか、本当に信じているのか、墓から人が戻ってくることを？　彼は自分を何様だと思っているのか？　イエス・キリスト？　このカルーを、なんだと思っているのか？　聖地だとでも？

「もしもメルヴェヴィルに居を構えるなら、まずその髪を切らなきゃだめね。この町の善良なる住民は彼らのなかに野人が住みついて、息子や娘を堕落させるのを許さないわよ」

カウンターの裏の女王人《メフロウ》から紛れもないサインが出ている、もう店じまいしたいのだ。彼が支払い、車で出発する。町を出る途中、門に「売り家《テ・コープ》」と標識を掲げた一軒の家の前で彼は車のスピードを落とす。「この家だ、考えてたのは。千ランドと法的処置費用。信じられる？」

家はこれといった特徴のない立方形に波板トタンの屋根を載せたもので、正面の壁沿いに屋根つきの細長いヴェランダがあり、脇に屋根裏に続く急傾斜の木の階段がある。塗装は見るも無惨。家の前の見苦しいロックガーデンでアロエが二つ三つ必死で生き延びようとしている。彼は本気で父親をここに遺棄するつもりなのか？　このみすぼらしい家に、この疲弊しきった小村に？　老人が身を震わせながら、ブリキの食器から食べ、汚れたシーツのあいだで眠るわけか？

「ちょっと見ていかない？　家は鍵がかかっているけど、裏手を歩いてみることはできるよ」

彼女はぞっとする。「またにするわ。今日はそんな気分じゃないから」

今日はどんな気分なのかは自分でもわからない。でも気分のことなどどうでも良くなったのは、メルヴェヴィルをあとにして二十キロほど行き、エンジンが咳き込むような音を立てはじめ、ジョンが顔をしかめてエンジンを切り、止まるまでそのまま惰行させたときだ。運転席にゴムの焼ける臭いが侵入してくる。「またオーヴァーヒートか。すぐに修理する」

彼は荷台から水の入ったジェリー缶を取ってくる。ラジエターのキャップをはずし、吹き出す蒸気をかわして水を補充する。「これで家までもつかな」彼はエンジンをかけ直そうとする。空まわりしてかからない。

男というのはマシンに関する自分の能力を絶対に疑わないのは重々承知している。だから助言はしない。苛々していると思われないよう注意して、ため息もつかない。一時間、彼が配管や締金をいじり、服を汚し、エンジンをかけようと何度も何度も試すあいだ、彼女は徹底して心優しい沈黙を守る。

太陽が地平線を浸して沈みはじめる。奮闘を続ける彼を、濃さを増す闇が包んでいく。

「懐中電灯はもってるの？　わたしが懐中電灯を掲げていようか」

だが、だめだ。彼は懐中電灯を持ってこなかった。おまけに煙草を吸わないのでマッチさえない。ボーイスカウトではなく、ただのシティボーイ、準備不足のシティボーイだ。

「メルヴェヴィルまで戻って助けを呼んでくる」ついに彼は口を開く。「それとも二人で歩くか」

彼女がはいているのは軽いサンダルだ。暗闇のフェルトをサンダルばきで二十キロも蹴つまずきながら歩くつもりはない。

「あなたがメルヴェヴィルに着くのは真夜中になってしまうわよ。知り合いなんていないでしょ。サービステーションだってないし。トラックを修理しにいっしょに来てくれって、だれに頼むつもり？」

「じゃあ、どうすればいいんだよ？」

「ここで待つの。運が良ければ、だれかが車で通りかかるかもしれない。でなければ、朝になってミヒールが探しにくるわ」

「ミヒールはぼくたちがメルヴェヴィルに出かけたことを知らないよ。彼にはいわなかった」

これが最後と彼がエンジンをかけようとする。キーをまわすとカチッと鈍い音がする。バッテリーが切れたのだ。

彼女は車外に出て、適切な距離をおいて膀胱を空《から》にする。微かな凪が起きてきた。寒い、もっと寒くなるだろう。トラックには身体を被うものが皆無だ。防水シートさえない。夜通し待つなら、運転席で身をまるめているしかなさそうだ。それに、農場に帰ったら釈明をしなければならない。

彼女はまだ惨めだとは思っていない。彼らが置かれた状況を他人事のように感じ、予断は許されないが、面白がっている。だがそれもすぐに変わるだろう。食べるものがない、飲めるのは缶の水しかなく、それもガソリン臭い。寒さと空腹感が彼女のはかない上機嫌を蝕んでいくだろう。それに不眠が重なるのだ。

車の窓を閉める。「忘れることにしない？」と彼女。「私たちが男と女だってこと。照れくさがらずに身体を温め合うことにしない？　そうしないと二人とも凍えてしまうから」

三十数年のつきあいで、折に触れて、いとこ同士のキスはしてきた。つまり頰にする軽いキスだ。抱擁だってしてきた。でも今夜はそれとはまったく異なる親密さだって起こり得る。なんとかこの堅い座席で、ギアレバーが邪魔するなかでいっしょに横になるか、寝転ぶかして、相手の身体を温め合うことになるのだ。運良く眠ることができたとしても、いびきをかくか、かかれるか、さらなる屈辱に苛まれることになるかもしれない。なんという試練！　なんという試験！

「明日になれば」と一瞬、彼女の口調がつい辛辣になる。「私たちが文明に帰還したあかつきには、たぶん、あなたはこのトラックをきちんと修理してもらえるわよね。レーウ・ガンカには優秀な修理工がいるから。ミヒールが頼りにしてる人。ちょっとした好意からの助言だけど」

「ごめん。ぼくが悪いんだ。本当はもっと有能な人間の手に委ねるべきときに自分でやろうとするからだ。ぼくたちが住んでるこの国のせいだな」

「私たちが住んでるこの国？　あなたのトラックが壊れてばかりいるのが、どうしてこの国のせいなの？」

「長い歴史のせいさ、自分たちの仕事をほかの人にさせて、ぼくたちは日陰に座って見ているだけだろ」

つまりそれが、こうして寒さと暗闇のなかで、だれかが通りかかって助けてくれるのを待っている理由というわけか。なにかを立証するため、つまり、白人たちは自分の車の修理は自分でやるべきであると。お笑いぐさだわ。

「レーウ・ガンカの修理工は白人よ。なにもあなたの車を黒人《ネイティヴ》のところへ持っていけなんていってやしないわ」もっといいたかった――もしも修理を自分でやりたいなら、お願いだから、まず自動車修理の訓練コースに通ってちょうだい。でも彼女はことばを控えた。その代わり「ほかにどうしてもやりたいことってなんなの？ 車の修理のほかに？」と訊いた。車の修理と詩を書くほかに？

「庭仕事をする。家まわりの修繕もする。いまは排水溝を切り直してる。おかしいと思うかもしれないが、冗談でいってるわけじゃない。ぼくはある身振りをしている。肉体労働に関するタブーを破ろうと思って」

「タブー？」

「そう。ちょうどインドみたいに、あそこは上級カーストが清掃するのはタブーだろ――ほら、なんてったっけ？――人間の糞尿をさ、この国でも白人がつるはしやシャベルに触れたら、そいつはたちまち不浄ってことになる」

「なにばかなこといってるの！ そんな嘘っぱち！ 白人に対する偏見にすぎないわ！」

いってしまってすぐに後悔する。いいすぎだ、彼を追い詰めてしまった。いまやこの人の憤懣にまでつきあわされるのか、退屈と寒さにおまけまでついてしまった。

「でもいってることはわかるわ」と助け舟を出す。どうやら自力で収拾をつけられないようだから。「ある意味であなたは正しいわ――つまり、私たちは自分の手を、この白い手を汚さないことに慣れ切ってしまった。自分の手を汚す覚悟がもっと必要なのよね。それ以上は賛成できそうにないけれど。もうこの話は終わり。眠くなった？ わたしは眠くない。提案があるの。時間つぶしにそれぞれがお話をするってのはどう？」

「きみが話して」強ばった口調で彼がいう。「ぼくはお話なんか知らないから」

「アメリカの話を聞かせてよ。作ればいいじゃない、本当のことじゃなくてもいいの。なんでもいいわよ」

「白い髭の人格的かかかかかか神の時間と空間の外における存在を認めるならば」彼は始める。「その神的無感覚の高みかかかかかから多少の例外を除いてわれわれを深く愛して」

彼は中断する。彼女には彼がなにをいっているのかまったく見当がつかない。

「かかかか」

「降参」と彼女。彼は黙っている。「わたしの番ね。では次に、王女様とエンドゥ豆のお話をするわ。むかしむかしあるところにとても繊細な王女様がいました。羽毛のマットレスを十枚敷いてもエンドウ豆を感じとることができます。いちばん下のマットレスの下に乾燥させたあの小さな固い豆があるのがわかるのです。王女様は夜中じゅういらいら――そこにお豆を入れたのはだれ？　なぜ？――と焦れて、一睡もできません。朝になって王女様は朝ご飯を食べに降りてきますが、げっそりとやつれています。ご両親の王様とお妃様に『眠れなかったの、あのいまわしいエンドウ豆のせいで！』と不平をいいます。王様は召使いの女に、行って豆を取り除くようにいいつけます。召使いが探せど探せど豆は見つかりません。

王様は『もう豆の話は聞きたくないぞ』と娘にいいます。『豆などないんだ。おまえが頭のなかで作りあげたものにすぎない』

その夜、王女様は山と積まれた羽毛のマットレスによじのぼります。眠ろうとしてもなかなか眠れません。エンドウ豆のせいです。豆がいちばん下に敷いたマットレスの下にあろうと、王女様の頭のなかにあろうと、どっちにしても結果はおなじ。夜が開けるころに王女様はすっかり憔悴し切って、朝ご飯を食べる気にさえなれません。『みんなエンドゥ豆のせいだわ！』と王女様は嘆きます。

業を煮やした王様は召使いの女たちを総動員してエンドウ豆を探させます。女たちが戻ってきて、豆は見つかりませんでした、と報告すると、王様は女たちの首を刎ねてしまいます。『これで満足か?』と王様は娘に大声でわめきます。『これで眠れるか?』」

彼女はここでひと息つく。このおとぎ話の続きをどうするか、名案が思い浮かばないのだ。王女様が眠れるようになってめでたしめでたしとするか、その逆か、でも不思議と、口を開けばいうべきことばが出てくる自信はある。

でも、ことばはもう不要。彼は眠ってしまった。子供みたいに、この怒りっぽい、言い出したら聞かない、無能で、滑稽ないとこが、彼女の肩に頭をあずけて眠っている。どう見ても熟睡、彼の身体がぴくっと動くのを感じる。彼の下にはエンドウ豆はないのだ。

そして彼女は? だれが彼女に眠りの国へ誘う物語をしてくれるのか? これほど目が冴えわたったことはない。こうして一夜を明かさなければならないのか?——もううんざり、と苛立ちながら、しどけなく眠る男の体重に耐えて?

白人が肉体労働をするのはタブーだと彼は主張するけれど、でも異性のいとこ同士がいっしょに夜をすごすのはタブーじゃないのか? 農場に帰ったらクッツェー家の者たちはなんというだろう? 本音をいうと、ジョンに対していわゆる肉体的な欲望を彼女は感じない、女としてそそられる感覚がまるでないのだ。赦免されるにはそれで十分だろうか? なぜ彼には雄のオーラがないんだろう? 非は彼にある? それとも彼女に? 心底タブーと一体化して彼を男と思えない彼女にあるのだろうか? もしも彼に女がいないとしたら、それは彼が女に感じないせいだろうか? だから女のほうも、彼女も含めて、彼になにも感じないのだろうか? このいとこ、モフィーじゃないとしたら、去勢男なのかな?

運転席の空気が淀んでくる。彼を起こさないよう気をつけながら窓を細く開ける。彼らを取り巻いているものを——ブッシュ、木々、あるいは動物も——視覚ではなく皮膚感覚で彼女は探る。どこかからコオロギの鳴き声が聞こえる、一四だ。今夜はいっしょにいてね、と彼女はそのコオロギにそっとささやく。

でもこういう男に魅力を感じるタイプの女だっているかもしれない。男が自分の意見をひけらかすあいだ、異を唱えずに嬉しそうに耳をかたむけ、たとえ明々白々なほど愚かしい意見であろうと、やがて自分の意見にしてしまう女。男の愚かしさに無関心で、セックスにも無関心で、ただただ男を自分のそばに置いて世話を焼き、世界から保護してあげようとする女。家まわりの粗雑な仕事にも我慢し、大切なのは窓が閉まり鍵がかかることではなく、男が彼自身の理想を実現させる場があるかどうかだと考えるような女。そしてあとから黙って助っ人を頼み、手先の器用な者を雇って、あれやこれやを修理させる女。

そんな女にとっては結婚生活は情熱を欠いたものかもしれないけれど、だからといって子なしである必要はない。彼女はわんさと子供を産む。そして夕べには全員でテーブルを囲み、主人である夫が上座の、その伴侶が下座の席を占め、両側に健康で行儀の良い子供たちがずらりと居並び、スープを前に主人が神聖な労働について滔々と説教する。わたしの夫はなんとすばらしい男だろう！　と妻は独語する。なんと気高い道義心の人だろう！

なぜジョンにこれほど辛辣な感情を抱き、彼にあてがうべく薄い空気のなかででっちあげた妻にはさらに辛辣な感情を抱くのだろう？　答えは簡単——彼の虚栄心と不器用のせいでメルヴェヴィルの路上で立ち往生してしまったからだ。でも夜は長い。壮大なる仮説を立てて、その仮説に長所があるかどうか精査する時間はたっぷりある。壮大なる答え——これがなんとも苦々しい。だって、いとこには大いに期待していたから、彼がその期待を裏切ったからだ。

では、彼になにを期待していたのか？

彼がクッツェー家の男たちの欠点を償うことだ。

なぜ彼女はクッツェー家の男たちの償いを強く望んだか？

それはクッツェー家の男たちはあまりにスラップガット〔ケツの穴がゆるいやつ〕だから。

よりによってなぜジョンに希望を託したのか？

それはクッツェー家の男たちのなかで彼がいちばんチャンスに恵まれていたから。彼はチャンスを手にしたのにそれを生かさなかった。

スラップガット、これは彼女と妹が気楽にしょっちゅう使っていたことばだけれど、それはたぶん子供のころ気楽にしょっちゅう使われるのを耳にしていたからだ。その語が引き起こす衝撃にはたと気づいたのは家を離れてからで、それ以来、もっと用心して使うようになった。ゆるい穴《スラップガット》――直腸、肛門、を完璧にコントロールしきれない。ゆえにスラップガットとは、軟弱なやつ、根性なし、の意となる。

彼女のおじたちがスラップガットだったのは、彼らの両親が、つまり彼女の祖父母がそんなふうに育てたからだ。父親が雷を落とし、怒声を張りあげ、彼らをびくつかせているあいだ、母親は鼠のように忍び足で歩きまわった。その結果、彼らは強さを欠いたまま世界に出ていくことになった。気骨がなく、自信がなく、勇気もなく。彼らが自分で選んだ人生行路は例外なく安易なもので、もっとも障害の少ないものだった。用心深く時勢を見計らい、その流れに便乗した。

クッツェー家の者たちをこれほどお気楽者にし、その結果、これほどゲセリフに、つまり和気あいあいにしたのは、もっとも安易に手に入る道を彼らが好んだからにほかならない。そして彼らの「和気あいあい気質《ゲセリフハイト》」こそが、クリスマスの集まりをあれほど楽しくしていたものにほかならないのだ。彼らは身内では絶対にけんかをしなかったし、絶対に言い争いをしなかったし、一人残らず非常に仲が良かった。彼らのお気楽さの代償を支払うはめになったのは次世代、つまり彼女の世代だ。世界とは、もう一つのゆるく《スラップ》て、和気あいあい《ゲセリフ》の場所、フューエルフォンテインを大規模にしたもの、と思い込んで出ていったところ、おっと、そうではなかったのだ！

彼女自身に子供はいない。できないから。でも、もし子供に恵まれたなら、まず最初にやらねばと思うのはクッツェー家の血を取り去ることだ。ゆるい血《スラップ》を取り去る方法など即座に思いつかないけれど、病院へ連れていってポンプで血を抜き取り、精力的なドナーの血に入れ替えるしかないだろうか、いや、たぶんできるだけ早期に自己主張のための厳しいトレーニングを開始するほうが功を奏するだろう。これからの子供が成長期に放り出される世界について、少なくとも彼女にわかっているのは、そこにはスラップである余地などまったくないことだ。

フューエルフォンテインやカルーもかつてのフューエルフォンテインやカルーではない。アポロカフェの子供たちを見るといい。いとこのミヒールのところで働いている集団を見るといい。もちろん彼らは昔日の農場労働者《プラースフォルク》ではない。一般に白人に対するカラードの態度には見慣れない、こちらを不安にする硬さがある。若者は冷たい目で人を見るし、「旦那様《バース》」とか「奥様《ミーシス》」と呼ぶのを拒否する。居住区《ロカシー》から居住区《ロカシー》へ見知らぬ者が土地を渡り歩いても、彼らのことを、かつてのように警察に通報する者はいない。警察は信頼できる情報をつかむのがいっそう難しくなっている。もう警察と話しているところを人に見られたくないため、情報源が枯渇してしまったのだ。農場経営者には、コマンド部隊への兵役召集がより頻繁にかかり、期間もより長くなった。そのことでルカスはいつも愚痴をこぼしている。ロッゲフェルトがそんなふうだから、もちろんこのクープ地区だってそうに違いない。

ビジネス界も様変わりしている。ビジネスをやっていくには、もう、分け隔てなくいろんな人と友好を深め、便宜を図ってやり、その見返りを期待するだけでは足りないのだ。だめだ、いまや非情かつ冷酷でなければ。そんな世界でスラップガットな男にいったいどんなチャンスがある？　クッツェー家のおじたちの羽振りが悪いのも無理はない——朽ちかけた田舎《ブラッテラント》の町で長年のらくらしてきた銀行支店長、出世階段の途中で失速した公務員、貧窮する農場経営者、ジョンの父親の場合だって不名誉にも法的活動を禁止された弁護士だ。

もし自分に子供がいたら、極力、彼らがクッツェー家から受け継ぐものを一掃する努力をするだけでなく、キャロルがいまやろうとしていることを真剣に考えるだろう。つまり、子供たちをこの国から連れ出し、アメリカ、オーストラリア、ニュージーランドといった、しかるべき未来に期待できる土地で再出発させること。しかし子供のいない女はそんな決断を迫られることはない。彼女には彼女の役割がある。夫と農場のために献身的に働くこと、時代が許すかぎりまっとうな生活を送ること、まっとうで、公平で、公正な。

ルカスと彼女の前にぱっくり口をあけた不毛な未来――これが新たな苦労の種なのではない、違う、それはくり返し歯痛のように襲ってきて、いまでは飽き飽きしはじめたくらいだ。そんなものは追い払って少し眠りたい。なのにこのいとこときたらどう、なぜか身体は痩せているくせに柔らかで寒さなど平気らしく、むしろ最適体重より明らかに数キロオーバーの彼女のほうが寒さで震えはじめるなんてどういうこと？　寒い夜、彼女と夫はしっかり身を寄せて身体を温め合って眠る。このいとこの身体はなぜ彼女を温めてくれないのか？　彼女を温めないばかりか、彼女の身体の温もりを吸い取っているみたいだ。生まれつきの冷温動物で、セックスレス？

本物の怒りがさざ波のようにこみあげてくる。するとそれを感知したみたいにかたわらの男が身動きする。身を起こして「ごめん」とつぶやく。

「ごめんって、なにが？」

「筋を見失った」

なにをいっているのか、見当もつかないので訊かないことにする。彼はがくりと首を前に垂れて、またすぐ寝入ってしまう。

神はいったいどこにいるの？　父なる神とやり取りするのは困難になる一方だ。かつて神と神の摂理のなかに彼女が見ていた信仰もいまはもうない。神への不信――それはきっと罪深いクッツェー家の人びとから受け継いだものだ。神について考えるとき浮かんでくるのは、響き渡る声と堂々たる態度の、あご髭を生やした人物で、丘のてっぺんの邸宅に住み、不安気に走りまわる大勢の召使いにかしずかれているところだ。善きクッツェーのように、願わくばその手の人たちは回避したい。クッツェー家の人間はお高くとまった者に不信感を隠さない。ひそひそ声《ソット・ヴォーチェ》でギャグを飛ばすのだ。彼女は一族のなかで冗談が得意なほうではないけれど、神はちょっと厄介で、ちょっと難物だといまでは思う。

それはないでしょう。やりすぎです。そんなこと、わたしはひと言もいっていません。あなたはわたしの口に勝手に自分のことばを詰め込んでいます。

申し訳ありません。つい、図に乗りすぎたようです。修正します。表現を和らげます。
ひそひそ声《ソット・ヴォーチェ》でギャグを飛ばしている。とはいえ神は、はたしてその無限大の知恵のもとに、彼女とルカスのためにプランを練っているのか？ ロッゲフェルトのために？ 南アフリカのために？ いまや大混乱としか思えない事態が、大混乱かつ無目的としか思えない事態が、いつの日か、広大かつ慈悲深いデザインの一部だったと明らかになる日が来るのだろうか？ たとえば――なぜ一人の女がその女ざかりに週に四日も、カルヴィニアのグランドホテルの、わびしい三階の部屋で、毎月毎月、ひょっとすると毎年毎年、先行き不明のまま独り寝をしなければならないのか？ それをより広い見地から弁明できるのか？ さらに、なぜ天性の農民である夫が多大な時間を費やし、他人の家畜をトラックでパールやメイトランドの食肉処理工場へ輸送しなければならないのか？ 魂をぼろぼろにするこの仕事で得られる収入がなければ農場が破綻する、という以上の弁明があるのか？ そしてなぜ、夫婦してあくせく働いて、どうにか維持し破綻を免れている農場が、時満ちて、彼らの血を分けた息子ではなく、夫の側の、無知な甥あたりに渡ってしまうことになるのか、より広い見地からの弁明があるのか？　それも銀行に没収されなければの話だけれど。もしも、神の絶大かつ慈悲深いデザインにおいて、世界のこの部分が――ロッゲフェルト山脈とカルーが――耕されて収益があがるように意図されなかったとしたなら、神の意図とはいったいなんなのか？　先住民《フォルク》の手に返せというのか？　となると彼らははるかむかしのように、まとまりのない群れに分かれて土地から土地へ、牧草地を求めて、フェンスを踏みつぶして渡り歩き、一方、彼女やその夫のような者たちは何処とも知れぬ片隅で、相続権もなく、息絶えることになるのか？

　そんな問いをクッツェー家の者にしても詮ないこと。農夫が耕し《ディ・ブーア・サーイ、》、神が刈り取る《ゴット・マーイ、》、それじゃオウムが隠れ《マール・ヴァール・スカイル・ディ・》る場所《パペガーイ》は？　といってクッツェーたちは甲高い笑い声をあげるのだから。ナンセンスなことば。ナンセンスな家族、浮ついていて芯がない。一握りの羽根《ア・ハント・フォル・フェーレ》。彼女が微かな希望を抱いた一人、かたわらにいる者は蹴つまずいて夢の国へあっけなく逆戻り、けちな小物だったのか。広い世界へ逃亡を果たしたものの、屈辱にまみれてこそこそと狭い世界へ舞い戻ってきた。失敗した逃亡者、おまけに失敗した自動車修理工で、その失敗のせいで彼女はいまこんな難儀に耐えなければならない。息子としても失格だ。メルヴェヴィルの、あんなわびしい埃だらけの古家に腰をおろして、太陽が照りつける無人の通りをながめながら、歯のあいだで鉛筆をカタカタいわせて詩句をひねり出そうとするなんて。おお、渇いた土地よ《オー・ドロエ・ラント・》、おお、不毛な崖よ《オー・バッレ・クランセ》）……それで次は？　ヴェームートかなにかについて、きっとそうだ――メランコリー。

　目が醒めると、鹿毛色と橙色の曙光が空に広がりはじめている。眠っているあいだに身体をねじ曲げてシートにぐったり身をまかせていたらしく、そのため眠りから覚めやらぬいとこが彼女の肩ではなく臀部にもたれる恰好になっている。むかっときた彼女は身を引き離す。両目は粘つき、骨は軋み、ひりつくような咽喉の渇きを覚える。ドアを開けて外へ滑り出る。

空気は冷たく、動きがない。目を凝らすと、茨の茂みと草むらが、曙光を浴びて唐突に姿をあらわす。まるで創造の初日に立ち会っているよう。なんという、と彼女はつぶやく。ひざまずきたい衝動に駆られる。

かさかさと近くで音がする。レイヨウの暗色の瞳とじかに目が合う。小さなスタインボックだ、わずか二十歩ほど先から彼女の目をまっすぐ見返してくる、油断なく、だがおびえてはいない、まだだ。おちびさん《マイ・クライリキ》！無性に抱き締めたくなり、急にこみあげてきた愛をその額に注ぎたくなる。だが彼女が一歩踏み出そうとする瞬間、おちびさんは宙を舞って一目散に走り去った。百ヤードほど走って止まり、振り向いて、もう一度こちらをうかがってから、ややゆるやかな歩調で平地を駆けて、渇いた川床へ降りていく。

「あれ、なに？」いとこの声だ。ようやく起きてきた。トラックから這い出して、あくびをしながら身を伸ばしている。

「スタインボックの子」そっけなく彼女はいう。「これからどうするの？」

「ぼくはメルヴェヴィルへ引き返す。きみはここで待ってて。十時には、遅くても十一時までには戻ってくるから」

「もし車が通りかかって乗せてくれるといったら、わたし、そうするわよ。どっちの方角へ行く車だろうと、そうする」

彼のようすときたら混乱の極み。髪はぐしゃぐしゃ、あご髭はあらぬ方角へぴんぴん伸びて。毎朝ベッドで、あなたのそばで目覚めずに済んで本当によかった、と彼女は思う。一人前の男未満だ。本物の男はこれよりずっとましだもの、まったく《ソヴァール》！

太陽が地平線上に姿を見せはじめた。肌にその温もりが感じられる。世界は神のものかもしれないけれど、カルーはなにを置いてもまず太陽のものだ。「出発したほうがいいわ。暑い一日になりそうだから」といって彼女はとぼとぼ歩き去る彼と、その肩に揺れるジェリー缶をじっと見送る。

冒険——たぶん、そう考えるのが最良かもしれない。この地の果てみたいな奥地で彼女とジョンは冒険をしている。これから何年もクッツェー家の人たちはそれを思い出しては話の種にするのだろう。覚えてる？　マルゴとジョンがあの人里離れたメルヴェヴィルの道路で立ち往生したときのこと？　ところで、冒険の終わりを待つあいだ気晴らしになりそうなものは？　ぼろぼろになったダットサンのマニュアルがあるだけだ。詩はなし。タイヤの位置交換。バッテリーの修理。燃料節約のためのヒント。

トラックは昇る太陽と真正面から向き合っているので、暑くなって息が詰まる。日陰のほうへ避難する。

遠く道のはずれに、ぼんやりと物影が浮かぶ——照りつける暑気のなかにまず男の上半身があらわれ、それから次第にロバと、そのロバの牽く荷車が見えてくる。風にのって、蹄が立てるコツコツという音も聞こえる。

輪郭がはっきりしてくる。フューエルフォンテインのヘンドリック、彼の後ろに、荷車に座っているのは彼女のいとこだ。

笑い声と挨拶。「ヘンドリックがメルヴェヴィルへ娘さんを訪ねていたところで」とジョンが説明する。「農場までぼくたちを乗せていってくれるって、彼のロバがいいっていえばだけれどね。ダットサンを荷車に繋いで牽引させることもできるって」

ヘンドリックが仰天していう。「ノー・サー《ネー・メニーエル》！」

「冗談だよ《エク・ヨク・マール・ネット》」といとこが言う。

ヘンドリックは中年男だ。白内障の下手な手術のせいで片方の視力を失った。肺も悪く、ちょっと奮闘するだけでぜいぜい喘ぐ。農場の労働力としてはあまり役に立たないが、いとこのミヒールは彼を雇いつづけている。ここでは物事はそういうふうだから。

ヘンドリックには娘がいて、メルヴェヴィルの町外れに夫や子供と住んでいる。町で仕事に就いていた夫は失業中らしい。その娘はメイドをしている。ヘンドリックはその住居を夜明け前に出発したに違いない。微かに、あまいワインの臭いがする。荷車から降り立つときよろけるのが彼女にはわかる。朝からご酩酊とは——なんという人生！

彼女の考えをいとこは読み取る。「ここに水がある」そういって満タンのジェリー缶を差し出す。「きれいだ。ぼくが風力ポンプで汲んだんだから」

というわけで農場をめざして出発だ。ジョンがヘンドリックの隣に座り、彼女は後部で古い麻袋を頭上にかざして直射日光を避ける。一台の車がもくもくと土埃をあげて通り過ぎ、メルヴェヴィルをめざしていく。タイミング良くその車を見かけていたら、車に向かって大声で叫んでいたはず——メルヴェヴィルまで乗せてもらって、そこからミヒールに電話して迎えにきてもらっていただろう。でもこうして、道は凹凸が激しく乗り心地は悪いものの、ヘンドリックのロバが牽く荷車で農場に帰り着くのも悪くはないか、悪くないどころか、とてもいいじゃないか、と彼女は思い、だんだんそれが気に入ってくる——クッツェー家の人たちは午後のお茶のためにストゥープに集まり、ヘンドリックが挨拶のために帽子を取って、ジャックのさまよえる息子を、汚れて、陽に焼け、罰を受けた息子を連れ戻すのだ。彼らは「すごく心配したんだよ！《オンス・ヴァス・ソー・ベコメルト》」といって、悪さをした者をやんわりしかるだろう。「いったいどこにいたの？《ヴァール・ヴァス・ユレ・ダン》ミヒールが警察に連絡しようとしていたところなのよ！《ミヒール・ヴォウ・セルフス・ディ・ポリスィ・ベル》」彼から返ってくるのは、ぶつぶつ、もぐもぐ。それだけ。「かわいそうなマルギー！《ディ・アルメ・マルギー》それでトラックはどうしたの？《エン・ヴァット・ヘット・ファン・ディ・バーキー・ゲヴォルト》」

道がひどい急勾配になると荷車から降りて歩かねばならない。それ以外は小さなロバが奮闘する。ときおり、だれが主人かを思い出させるため、尻に軽く鞭をあてさえすればいい。なんて華奢な体つき、なんて繊細な蹄、なのに、すばらしい堅実さ、すばらしい忍耐力だ！　イエス・キリストがロバを気に入るわけだわ。

フューエルフォンテインの境界内に入り、貯水池で一息入れる。ロバが水を飲んでいるあいだ、彼女はヘンドリックとおしゃべりをする。まずメルヴェヴィルにいる娘のこと、それからボーフォート・ウェストの老人ホームの台所で働いているもう一人の娘のこと。ヘンドリックの最後の妻のことは遠慮して訊かずにおく。その若妻はまだ子供の年齢で嫁ぎ、逃げ出せる最初のチャンス到来と見るや、すかさず、レーウ・ガンカの鉄道キャンプからきた男と逃げたのだ。

　ヘンドリックには、いとこよりも彼女のほうが話しやすい、彼女にはそれがわかる。彼女とはおなじ言語で話せるけれど、ジョンのアフリカーンス語は不自然で堅苦しい。ジョンのいうことの半分はおそらくヘンドリックの耳を素通りしている。ヘンドリック、昇る太陽と沈む太陽では、どっちがより詩的だと思う？ 山羊と羊ではどっちだい？

「娘さんのカトラインは私たちのためにお弁当を用意してくれなかったの《ヘット・カトライン・ダン・ニ・フィル・パットコス・ゲソルフ・ニ》？」彼女はヘンドリックをからかう。

　ヘンドリックの動きがぎこちなくなり、視線をそらしてもじもじしている。「いやあそりゃあ《ヤーネー》、奥様《ミス》」あえぐようにいう。旧時代に属する「農場ホッテントット《プラースホットノット》」なのだ。

やがてヘンドリックの娘が本当に弁当《パットコス》を作っていたことがわかる。ヘンドリックは上着のポケットから、ハトロン紙に包んだチキンの脚と、バターを塗った二枚の白パンを取り出すが、羞恥心ゆえ彼らとそれを分け合うことも、彼らの目前で貪り食うこともできない。

「お願いだから食べてしまって《アン・ゴッツナーム・エート、マン》！」彼女は命令する。「私たちはお腹はすいてないから《オンス・イス・グラット・ニ・ホンゲル・ニ》、どっちみちもうすぐ家だし《オンス・イス・オーク・ビンネコルト・タイス》」そういって彼女はジョンを引き連れ、ヘンドリックが彼らに背を向けて大急ぎで食事を飲み下せるように、貯水池のまわりを一周する。

　私たちはお腹はすいてないから《オンス・イス・グラット・ニ・ホンゲル・ニ》——もちろん大嘘だ。腹ぺこなのだから。コールドチキンの匂いを嗅いだだけで生唾が出る。

「運転席の隣に座ったらいい」ジョンの提案だ。「われらが勝利の凱旋のために」というわけで彼女はそうする。近づいていくと了期したとおりクッツェー家の人たちがストゥープに集まっているので、彼女は顔にしっかり笑みを浮かべ、王室もどきに手までふってみせる。それに応えてぱらぱらと軽い拍手が彼女を迎える。彼女が降り立ち「ダンキ《ありがとう》、ヘンドリック、心から感謝するわ《エール・ラック・ダンキ》」という。ヘンドリックが「奥様《ミス》」という。あとから彼女が彼の家まで出むいて幾ばくかの金を渡すのだろう――カトラインに、子供たちの服代にといって、それが酒代に消えるのを承知の上で。

「それで?《エン・トゥ》」みんなの前でキャロルがいう。「教えてよ《セー・フェル・オンス》、どこにいたの?《ヴァール・ヴァァ・ユレ》」

一瞬しんとなる。その一瞬のなかに彼女は、表向きは話を面白くする辛口の軽い応答を引き出そうとしているようでいて、その実、この質問には重要な意味合いが含まれていることに気づく。クッツェー家の人たちは彼女とジョンがどこにいたのか本気で知りたがっている、嘘偽りなくスキャンダラスなことは起きていないと知って安堵したがっている。彼女は思わず息をのむ、このえげつなさ。長いあいだ彼女を知り、愛してきた人たちが姦通の可能性を疑うなんて！「ジョンに訊いて《フラ・フィル・ジョン》」素っ気なく答えて彼女は大股で家に入る。

半時間後にふたたび彼らに加わるが、空気はまだなごんではいない。

「ジョンはどこへいったの?」彼女が訊く。

ジョンとミヒールはいましがたミヒールのピックアップで、ダッーサンを回収しに出かけたようだ。レーウ・ガンカまで牽引して、きちんと修理してくれる修理工に頼むためだ。

「昨夜はみんな遅くまで起きていたのよ」ベスおばさんがいう。「ずっと待っていたの。それから、あなたとジョンはボーフォートへいったんだ、きっと、国道はこの時期はひどく危険だからそこに泊まってるはずだって思ったの。でも電話をかけてこなかったでしょ、だからみんな心配したのよ。今朝、ミヒールがボーフォートのホテルに電話したら、見かけなかったっていうじゃない。フレイザーバーグにも電話したのよ。まさかメルヴェヴィルに行ったとは思わなかったねえ。メルヴェヴィルでいったいなにをしてたの？」

本当にメルヴェヴィルでなにをしていたんだろう？　彼女はジョンの父親のほうを向く。「ジョンは、おじさんと二人でメルヴェヴィルに家を買うことを考えてるっていうんだけれど、ジャックおじさん、それ本当？」

衝撃にみんな一瞬声を失う。

「本当なの、ジャックおじさん？」彼女は問い詰める。「おじさんがケープタウンからメルヴェヴィルへ引っ越すって本当？」

「そんなふうに訊かれると」いまやジャックは、クッツェー家特有の茶化す調子はどこかへ消えて、用心深さの塊となっている。「いや、メルヴェヴィルへ引っ越す者はいないな。ジョンが考えているのは——どこまで現実的な話かわからないが——そういう放置された家の一軒を買って修繕して休暇用の家にすることかな。話だけならしたことはあるよ」

メルヴェヴィルに休暇用の家！　そんなこと聞いたことがない！　よりによってメルヴェヴィルに、住人は詮索好きだし、教会執事《ディアーケン》がわざわざ家を訪問して教会に来いと執拗に促すところなのに！　血気盛んなころは、一族のなかでいちばん人騒がせで、いちばん不敬虔だったジャックが、メルヴェヴィルに引っ越す計画だなんて信じられる？

「クーへナープをまず試してみるべきだよ、ジャック」弟のアランがいう。「でなければポファダーだな。ポファダー最大の年中行事ってのは、アピントンから歯医者が歯を抜きにくる日で、ザ・グレイト・トレック《ディ・フロート・トレック》って呼ばれてるしな」

気楽さに影が差すと、クッツェー家の人間はすかさず冗談にしてしまう。世界とその脅威を寄せつけないため、がっちりと小さな円陣《ラーガー》を組む一族。でも、あとどれくらいそんな冗談が彼らの魔法でありつづけるだろう？　近いうちに大いなる敵がやってきて扉をたたくのに、黒いマントの死神が大鎌の刃を研ぎながら、大声で一人ひとり呼びつけることになるというのに。そんなとき彼らの冗談にいったいどんな力があるたろう？

「ジョンがいうには、おじさんがメルヴェヴィルに引っ越して、彼はケープタウンに住むそうよ」なおも彼女はいいつのる。「ジャックおじさん、独りでやっていける？　だいじょうぶ？　車もないのに？」

真面目な質問だ。クッツェー家の人間は真面目な質問が好きではない。「マルギーったらちょっと手厳しくなってるな《マルギー・ヴォルト・アビーキ・フリム》」彼らだけならそう言い合うところだ。あなたの息子はあなたをカルーに追いやって遺棄しようとしているのよ——と彼女は内心問いつづける——もしもそんな企てがあるなら、なぜはっきり抗議の声をあげないの？

「いや、いや」ジャックは答える。「あんたがいうようなことじゃない。メルヴェヴィルは息抜きするための静かな場所というだけさ。実現すればの話だが。思いつきにすぎないよ、ジョンの思いつき。まだなにも決まったわけじゃない」

「父親を厄介払いする計画だ」妹のキャロルはいう。「カルーのどまんなかに放り出して、自分は手を切るつもりで。となると彼の面倒はミヒールが見るのか。ミヒールがいちばん近くに住むことになるから」

「ジョンがかわいそう！」彼女は答える。「ジョンのこと、いつでもいちばん悪く取るのね。彼が本当のことをいってるとしたら？　メルヴェヴィルを週末ごとに訪ねるつもりよ、学校が休みのときも。よくわからないところは善意に解釈してあげてもいいんじゃない？」

「わたしには彼のいうことなんて全然信じられない。計画が全部まゆつばに聞こえるし。あの人は父親と上手くいったためしがないし」

「ケープタウンで父親の面倒を見てるわ」

「父親といっしょに住んではいるけれど、それはたんにお金がないからでしょ。三十何歳にもなって将来の展望さえない。南アフリカから逃げ出したのは徴兵逃れ。それでアメリカからは法律を破ったせいで放り出された。お高くとまりすぎてて職さえ見つからない。二人して、父親が屑鉄置き場で働いて得る雀の涙みたいな給料で暮らしてる」

「それは違う！」彼女は抗議する。キャロルは彼女より年下だ。以前はキャロルがあとを追いかけるほうで、マルゴがリーダーだった。いまでは、ずんずん先を行くのはキャロルで、心配しながらあとを追いかけるのが彼女。なんでこうなってしまったんだろ？「ジョンはハイスクールで教えている。自分でちゃんと収入を得ている」彼女はいう。

「それはわたしが聞いた話とは違うわね。彼は落ちこぼれたちに大学入試の指導をしてるって話で、賃金は時給。つまりパートタイム、学生が小遣い稼ぎにやる仕事よ。じかに訊いてみたらいい。なんという学校で教えているのか。稼ぎはどれくらいか」

「給料の多さだけが問題じゃないでしょ」

「給料だけの問題じゃないの。本音をいうってのが大切なんだから。メルヴェヴィルに家を買いたい理由について本音を聞き出したらいいじゃない。だれがお金を出すのか、彼か、父親か、あなたが聞き出せばいい。将来の計画を聞き出したらいい」彼女がぽかんとすると、キャロルがたたみかける。「彼、あなたにいわなかった？　彼の計画のこと、いわなかった？」

「彼には計画なんてない。彼はクッツェー家の人間だから、クッツェー家の人間に計画はない、野心もない、あるのはつまらない憧れだけ。彼はカルーに住みたいっていう、つまらない憧れを抱いてる」

「彼の野心は詩人になることよ、フルタイムの詩人に。その話、聞いたことない？　このメルヴェヴィル計画は父親に楽な生活をさせることとはまったく無関係。カルーのどこかに、都合のいいときにやってくる場所が欲しいだけよ、ほおづえついて夕陽をじっと見ながら詩を書ける場所が」

またまたジョンと詩のことか！　こらえきれずに彼女は鼻を鳴らして笑ってしまう。ジョンがあの醜悪な小さな家のストゥープに腰をおろして詩をひねり出す！　きっと頭にはベレーをのせて、かたわらには一杯のグラスワイン。そこへ小さなカラードの子供たちがやってきて取り囲み、質問攻めにして彼を悩ます。おじさん、なにしてるんですか？《ヴァット・マーク・オーム》――あれ、おじさんが詩を書いてる《ネー、オーム・マーク・ゲディヒテ》。ちっちゃなバンジョーのことを詩《オプ・サイ・アウ・ラムキキ・マーク・》に書いてる《オーム・ゲディヒテ》。この世界はわれわれの住処ではないため《ディ・ヴェレルト・イス・オンス・ヴォナン・ニ》……

「訊いてみるわ」まだ笑いながら彼女はいう。「書いた詩を見せてって頼んでみる」

翌朝、彼女がジョンを見かけたとき、彼はまた散歩に出かけようとしている。「いっしょに行ってもいいかな。ちょっと待って、ちゃんとした靴をはいてくるから」

二人は農場の屋敷から東へ向かう小径をたどり、草が伸びすぎた川床の土手を貯水池に向かって歩く。貯水池の壁は一九四三年の洪水で決壊し、修理されないままだ。浅い水のなかに三羽のホワイトグースが静かに浮かんでいる。まだ涼しく、霞はかかっていない。はるかニューヴェフェルト山脈の山並みが見える。

「まあ、なんてきれいな《ゴット、ディス・ダレム・モーイ》。心に染みるわね《ディットラーク・ヤウ・シーラーン》、ほら《ネー》、この風景は《ディ・アウ・ヴェーレルト》」

彼らは少数派だ。ちっぽけな少数派、彼ら二人、この広大な荒涼とした空間に心震わせる者は。長年にわたって二人を繋いできたものがあるとするなら、これだ。この風景、この土地《コントレイ》――それが彼女の心をとらえて放さない。死んで埋められたら彼女はこの大地にすんなり溶けて、まるで人間だったことなどなかったみたいに消えてしまうだろう。

「あなたがまだ詩を書いてるってキャロルがいってたけれど、本当？　見せてくれない？」

「キャロルをがっかりさせて悪いが」口調がすっかり強ばっている。「詩はもう書いてない、十代のとき以来」

彼女は口にしたことを後悔する。忘れていた——男に詩を見せてくれなんて頼んじゃいけないのだ、南アフリカではだめだ。見せても笑われたりしない、だいじょうぶだと、あらかじめ安心させてからでなければ。なんという国、詩が男らしい行為ではなく、子供と未婚者たち《アウヨンヌーイエンス》の——両性の未婚者たちの、お遊びにすぎない国とは！ トティウス・ラーイポルト、いやルイス・ラーイポルト〔トティウスとルイスの二つの名を使ってアフリカーンス語で書いた詩人〕はどんなふうに切り抜けたのだろう、彼女には想像もつかない。ジョンが詩を書くのをキャロルが槍玉にあげるのも無理はない、人の弱みにやたら鼻がきくキャロルのことだ。

「そんなに前にやめたなら、なぜキャロルはあなたがまだ書いていると思ったのかな？」

「知るもんか。ひょっとしてぼくが学生の作文を添削してるのを見て早合点したんじゃないのか」

それを真に受ける気にはなれないものの、それ以上は問い詰めない。はぐらかそうというなら、そうさせておこう。詩が彼の生活の一部であったとしても、臆して話す気になれないか恥ずかしいのだ、ならば放っておこう。

ジョンがモフィーだとは思わないが、女がいないのはどうしても解せない。男が一人、とりわけクッツェー家の男が一人でいるのは、オールも舵も帆もない船のように見える。そしていま彼ら二人が、クッツェー家の男二人がカップルのように暮らしているのだ！ ジャックも畏怖すべきヴェラという後ろ盾があるうちは、多少なりともまっすぐ舵を切れたが、彼女が逝ってしまったいまはすっかり途方に暮れているようだ。ジャックとヴェラの息子のほうは、冷静沈着な誘導があればどうにかやっていけるだろう。それにしても、分別のある女性が幸薄きジョンのために献身を買って出たりするだろうか？

ジョンは有望株ではないとキャロルは踏んでいる。クッツェー一族の善き心根の面々にしてもたぶん同意見だろう。マルゴ一人がことあるごとに心揺らぎながらもジョンへの信頼を抱きつづけているのは、じつに奇妙だけれど、彼と父親のあいだの相手に対する態度ゆえ――彼らは愛情をもって、というと言い過ぎになるが、敬意をもって相手に接しているからだ。

　以前はこの二人、最悪の敵同士だったのだ。ジャックとその長男の敵愾心は大いなる頭痛の種だった。息子が海外へ姿をくらましたとき、両親はできるかぎり体面を取り繕った。あの子は科学者としてキャリアを積みにいったの、と母親は言い張った。ジョンはイギリスで科学者として働いているのだと、何年も、執拗にいいつづけた。どこで働いているのか、どんな職についているのか、彼女がまったく知らないことが明らかになったときでさえも。ほら、ジョンってのはあれだろ、と父親は口癖のようにいった――いつだってひどく自立心《インデペンデント》が強いから。インデペンデント――どんな意味だったのか？　クッツェー家の人たちが彼は自分の国、自分の家族、自分の両親と縁を切ったという意味に理解したのも無理からぬことだ。

　それからジャックとヴェラは新たな物語を流布しはじめた――ジョンはもうイギリスにはいない、アメリカでもっと高い資格を取ろうとしている。そして時がすぎ、確かな情報がないまま、ジョンと彼がやっていることへの関心は薄れていった。彼と彼の弟は兵役を逃れるために、困惑しきった家族をあとに残して国を出ていった大勢の白人青年の二人にすぎなくなった。彼のことが一族の集団的記憶から消えかかったとき、突如、彼が合州国から追放されたというスキャンダルが彼らを見舞った。

　あのひどい戦争、と父親はいった――なにもかも戦争のせいだ、アメリカの若者がアジア人のために命を犠牲にしても、アジア人はこれっぽっちもありがたいとは思わないらしいあの戦争のせいだ。アメリカの一般人が反乱を起こすのも無理はない。街頭へくり出すのも無理はない。ジョンは街頭の抗議行動で行き当たりばったりに逮捕されたんだ、それに続いて起きたことはひどい誤解にすぎない、という話になっていった。

　息子は面汚しだったのだろうか？　その結果、父親は虚偽を述べたてねばならず、それがジャックを、病身の、早々と老け込んだ老人にしたのだろうか？　そんなこと、訊けるわけがない。

「カルーがまた見られてよかったでしょ」彼女はジョンにいう。「アメリカに定住しないことにして、ほっとした？」

「わからない」彼は答える。「もちろん、このなかにいれば」――身振りはないが、それでも彼のいわんとすることはわかる――この空、この空間、彼らを取り巻く広大な静寂――「ぼくは恵まれてると思うよ。数少ない幸運な人間さ。でも現実的な話として、この国でぼくにどんな未来がある？　上手く適応できたためしがないこの国で？　きっぱり縁を切ったほうがよかったのかもしれないよ、やっぱり。愛するものから自分を切り離して自由になり、その傷が癒えるのを待つ」

率直な答えだ。ありがたいことに。

「昨日あなたのおとうさんとちょっと話したの、あなたとミヒールが出かけているときに。冗談じゃなくて、お父さんがあなたの計画をちゃんと理解しているとは思えないわ。メルヴェヴィルのことだけど。おとうさん、もう若くはないし、体調も良くないでしょ。住んだことのない町に放り出して独り暮らしさせるのは無理。それに、まずいことが起きたときに一族の人間が立ち寄って面倒を見てくれると期待するのも無理。それだけ。わたしがいいたいのは」

彼は答えない。手に、拾いあげた古いフェンス用のワイアを握っている。そのワイアをむかっ腹を立てたように右に左に大きく振って、揺れる草の頭を跳ね飛ばしながら、壁が崩れた貯水池の斜面を降りていく。

「そんな態度とらないでよ！」大声で叫びながら彼女は小走りであとを追う。「話をして、お願いだから！　わたしが間違ってるっていって！　間違ったことをいったって！」

彼は急に立ち止まって向き直り、刺々しく冷たい視線で彼女を見る。「父の状態をちゃんと説明しようか。父には貯蓄がない、一銭もない、保険もない。あるのはこれからもらう国の年金だけだ――この前ぼくが調べたかぎり、月に四十三ランド。だからあの年齢で健康を害していても、仕事を続けなければならない。ぼくたち二人の稼ぎを合わせても、月々、車のセールスマンが一人で稼ぐ週給にしかならない。都会より生活費が安い場所に引っ越さないかぎり父は仕事を辞められないんだ」

「でも、なんで引っ越さなければいけないの？　それになぜメルヴェヴィルなの、あんな崩壊寸前の廃屋へ？」

「どういうわけか父とぼくはいっしょには住めないんだ、マルギー。二人ともひどく惨めになってしまう。不自然だしさ。そもそも父と息子は一軒の家を共有するようにはできていない」

「あなたのおとうさん、いっしょに住むには難しい人とは思えないけど」

「そうかもしれない、でもぼくはいっしょに住むには難しい人間だ。ぼくの難しさはほかの人と空間を共有したくないってのが理由だから」

「それでこのメルヴェヴィルの件がもちあがったわけだ——あなたが一人で住みたいから？」

「そう。そうであり、そうじゃない。ぼくは一人になりたいと思ったときに一人になれるようにしたい」

クッツェー家の人間が全員ストゥープに集まって、朝のお茶を飲みながらおしゃべりに花を咲かせ、ミヒールの三人の幼い息子たちが広庭《ヴィルフ》でクリケットをして遊ぶのをぼんやりながめている。

遠い地平線に土埃があがって、あたりにも漂う。

「あれはルカスだろ」視力のいいミヒールがいう。「マルギー、ルカスだよ！」

やっぱりルカスだった。明け方から車を走らせてきたのだ。疲れてはいるが上機嫌で活力に充ちている。妻や一族への挨拶もそこそこに、少年たちにせがまれてゲームに加わる。クリケットはあまり得意ではなさそうだが、子供たちといっしょにいるのが大好きで、子供たちにも大人気だ。善い父親になる人なのに——

彼が子供をもたずに終わるかもしれないと思うと心が傷む。

ジョンもゲームに加わる。クリケットではルカスより上手い、熟練の度合いが違うのは一目瞭然、しかし子供たちは彼に懐かない。犬でさえ、と彼女は気づく。ルカスと違って父になるよう生まれついていないのだ。一匹狼《アレーンローパー》、動物の雄にときたま見かける、はぐれもの。ひょっとしたら結婚しなかったのは正解かも。

ルカスとは似ても似つかない、でも、ジョンとは共有できてもルカスとは共有できないものがある。なぜ？　ともにすごした子供時代のせいだ、もっとも貴重な時期《とき》、たがいに心を開き合ったとき、大人になってからは絶対できないようなやり方で、夫にさえ、この世のどんな宝より愛している夫にさえもできないようなやり方で。

愛するものから自分を切り離すのがベスト、散歩のあいだに彼はいった――愛するものから自分を切り離して自由になり、その傷が癒えるのを待つ。彼のいうことが彼女にはぴたりと理解できる。なにをおいても彼と共有できるのはそれだ――この農場への、この土地《コントレイ》への、このカルーへの愛にとどまらず、愛についてあてはまる理解にも、愛が過剰になりうることへの理解にも。彼にしろ彼女にしろ、聖なる空間で子供時代の夏をすごしたことは紛れもない事実。あの栄光は二度と取り戻すことはできない。懐かしい場所をうろついて永遠に失われたものを嘆きながら立ち去ったりしないのがいちばんだ。

愛しすぎることへの不安はルカスには理解できない。ルカスにとって愛は単純、心から、なのだ。ルカスは誠心誠意、脇目もふらずに彼女のことを思い、彼女もまたそれに誠心誠意応えている。この肉体をもってあなたを敬愛する〔結婚式で花婿が花嫁の指に指輪をはめるときのことば〕。夫はその愛を通して彼女のなかから最良のものを引き出している――こうして座ってお茶を飲みながら、クリケットに興じる夫を見ているときでさえ、彼に対してこの身体が温かくなるのを感じる。愛とはどんなものか、彼女はルカスから学んだ。なのに、いとことときたら……このいとこが脇目もふらずに心からだれかを思うなんて、とても想像できない。いつでも一定量の抑制と、手控えるところがある。犬でなくても勘でわかる。

ルカスが休みを取れたらいいのに、このフューエルフォンテインで一晩か二晩いっしょにすごせるといいのに。でもだめ、明日は月曜日だ、夜までにミッデルポスに戻っていなければ。だから昼食がすんだら彼らはおばさんおじさんにさよならをいう。ジョンの番がきたので彼を抱き締め、彼女の身体に押しつけられて緊張した彼の身体をしっかりと感じる。「さよなら《トツィンス》」彼女がいう。「手紙を書くわ、あなたも返事を書いてね」「さよなら」彼がいう。「安全運転を」

その夜、彼女はガウンをはおり室内ばきで、自分の家の台所でテーブルに向かい、約束した手紙を書きはじめる。嫁いだ家のこの台所がいまでは彼女のお気に入りだ。古めかしい大きな暖炉があって、常時涼しい、窓のない食料室の棚には、彼女が昨秋ならべたジャムや砂糖漬けの瓶がまだどっさり並んでいる。

ジョンへ、と彼女は書く、メルヴェヴィルの道路で立ち往生したとき、わたしはあなたにとても意地悪でした——はっきり態度に出しすぎていたら、ごめんなさい。あのときのいやな気分はいまではすっかり消えて、もうかけらも残っていません。人をきちんと知るにはその人と一晩いっしょにすごさなければ、ということのようです。あなたと一晩すごす機会があって良かったと思います。眠っていると仮面が剝がれ、本当の姿を見せるのですね。

聖書は獅子が子羊とともに横たわる日が来ることを望んでいますね。その日が来ればもう私たちは怖れおののく原因がないので、警戒する必要がなくなる。（どうぞご安心を、あなたが獅子だということではないし、わたしが子羊だということでもないので。）

メルヴェヴィルのことをもう一度だけ書きます。

私たちはみんないつか歳を取ります。そしてきっと、自分の両親に対したように私たちもまた扱われることになるのです。因果応報っていいますよね。おとうさんといっしょに住むのが難しいのは、あなたがずっと、人で住むことに馴染んできたためだと思いますが、でもメルヴェヴィルは正しい解決法ではありません。困ってるのはあなただけではないのよ、ジョン。キャロルとわたしも、母のことでおなじような問題を抱えています。キャロルとクラウスがアメリカに行ってしまったら、その責任はルカスとわたしに一気に降りかかってくるのです。

あなたが信仰をもたないことは知っているので、導きを求めて祈ることを奨めるつもりはありません。わたしもたいした信仰心があるわけじゃないけれど、でも祈りは役に立ちます。天で耳を傾けてくれる人がいなくても、ことばを口にするのは、少なくとも瓶に閉じ込めておくよりはましですから。

私たち、話をする時間がもっとあればよかったですね。子供のころよく話をしたの、覚えてますか？　わたしにとって、あのころの思い出はとても大切なものです。私たちが死ぬときがきたら、私たちの物語も、あなたとわたしの物語も滅びてしまうのがとても悲しい。

この瞬間わたしがあなたに感じている優しさを、上手くことばにできません。あなたはずっとわたしのいちばん好きないとこでしたが、いまはそれ以上です。この世界からあなたを保護してあげたい、おそらくあなたは（わたしの推測ですが）保護など必要としていないかもしれませんが。こんな感情をどう扱えばいいのかわかりません。いとこ同士って、ひどく時代遅れの関係になったと思いませんか？　いとこ、またいとこ、はとこのあいだで、だれがだれと結婚できるか心得なければいけなかった規則、そんなものはたんに文化人類学上のものになってしまうのでしょう。

それでも、私たちが子供時代の約束を（覚えてる？）実行して結婚しなくて良かったと思っています。あなたもきっとそう思っているでしょう。私たちは絶望的なカップルになっていたでしょうから。

ジョン、あなたには伴侶が必要です、だれかあなたのことを気遣ってくれる人が。あなたが選んだその人が必ずしも一生涯愛せる人でなかったとしても、結婚生活はいまあなたが送っている暮らしよりはいいはず、おとうさんとあなただけの暮らしよりは。毎夜毎夜、独りで寝るのは良くないわ。こんなことといってごめんなさい、でも、自分の苦い経験からいっているの。

この手紙、破り捨てたほうがいいかもしれません、人をひどく当惑させるから、でもわたしは破りません。私たちはずっとむかしから相手をよく知っているから、わたしが踏み込んではいけない場所に踏み込んだとしても、きっとあなたは許してくれるって自分に言い聞かせることにします。

ルカスとわたしは考えられるすべての面で幸せにやっています。彼と出会ったことを、毎晩ひざまずいて（喩えですが）神に感謝しています。あなたにもおなじように幸せになってほしいの！

まるで呼び出されたかのように、ルカスが台所にあらわれ、彼女の上に屈み込み、唇を彼女の頭に押しつけ、両手をガウンの下に差し入れて彼女の乳房をつかむ。「わたしの宝《マイ・スカット》」と彼がいう。

そんなことだめですよ。だめ。あなた、勝手にでっちあげてるわ。

そこはカットします。唇を彼女の頭に押しつける。「わたしの宝《マイ・スカット》」と彼がいう。「いつベッドに来るんだい？」「いますぐよ」といって彼女はペンを置く。「いますぐよ」

スカット（宝）――愛のことば、彼の口から聞く日まで好きになれなかったことば。こんなふうにささやかれると彼女はとろけそう。この男の宝、彼がそこから好きなときにいつでも快楽を汲める宝。

たがいの腕のなかに身を横たえる。ベッドが軋む、でも彼女はあまり気にしない、家にいるんだもの、好きなだけベッドを軋ませていいのだ。

またそんな!

約束しますよ、最終稿を仕上げたら原稿全体をお渡ししますから、好きなだけカットしてください。

「あの手紙、ジョンに書いてたの?」とルカスがいう。

「ええ。彼があんまり不幸そうだから」

「たぶん、気質だな。ふさぎ込むタイプなのさ」

「でも以前はそうじゃなかった。むかしはそりゃあ愉快な人だったんだから。あの状態から彼を引っ張り出してくれそうな人が見つかるといいのに!」

でもルカスはもう眠っている。それが彼の気質、彼のタイプ——あっというまに寝入ってしまうのだ、無心な子供みたいに。

その仲間に彼女も加わりたいが、眠りはなかなか訪れない。いとこの幽霊があたりをうろつきながら、暗い台所へ戻って書いていた手紙を仕上げろとせがんでいるみたいだ。わたしを信じて、と彼女はささやく。必ず戻るって約束するから、いい、いい、いい?

でも目が覚めると月曜日、書きものをする時間はない、情を交わす暇さえない、すぐにカルヴィニアに向かって出発しなければならない。彼女はホテルへ、ルカスは輸送用倉庫へ。受付の後ろの、窓のない小さな事務室で、彼女はひたすら未処理の請求書と格闘する。夕方には疲労困憊、書きかけた手紙の続きなど書く気になれない、どのみち気持ちがすっかり離れてしまった。あなたのことを思っています、と末尾に書くが、それだって本当ではない、その日ジョンのことは一度も考えなかったし、そんな暇もなかった。愛を込めて、マルギー、と書く。封筒に宛名を書いて封をする。よし。これで終わり。

愛を込めて、でも正確にはどれくらい？　ジョンを苦境から救うのに十分だろうか？　彼を殻から引き出し、ああいうタイプのメランコリーから引っ張り出すのに十分か？　怪しいな。それに彼自身が出たくないと思っていたら？　彼の壮大な計画が、週末をメルヴェヴィルのあの家のストゥープですごし、太陽がじりじりトタン屋根に照りつけ、奥の部屋で父親が咳き込むなかで詩を書くことだとしたら、あたうるかぎりのメランコリーを呼び寄せる必要があるのかもしれない。

それはふと疑念に襲われる最初の瞬間だ。二度目の疑念は手紙を投函しかけたときに訪れる。細長い投函口で封筒が震えている。このまま投函するとして、はたして彼女が書いたことが、いしこが読む運命にあるものが、彼女が差し出せる最良のものか、本当にそうか？　あなたには伴侶が必要よ。そんなことをいわれて、どんな助けになる？　愛を込めて、なんて。

でもそこで彼女は考える、彼は大人よ、彼を救うことがなんでわたしの務めなの？　彼女は封筒をぐいっと押し込む。

翌週の金曜日に返事が来るまで、十日間、彼女は待つ。

マルゴへ、

お手紙ありがとう。フューエルフォンテインから帰ると手紙が届いていました。結婚について、実行不可能とはいえ良きアドヴァイスをありがとう。

フューエルフォンテインから帰るドライブでは事故は皆無。ミヒールの友人修理工の仕事は第一級です。きみに野宿させてしまったことを、もう一度お詫びします。

メルヴェヴィルのことですが、きみが書いているとおりです。ぼくたちの計画は考え抜かれたものでけなかったし、こうしてケープタウンに戻ってみると、いささか突拍子ないものにさえ思えてきます。海辺に週末用の小屋を一軒買うのとは違い、夏休みを暑いカルーの町ですごしたいと正気で思う者はいないですね。農場がすべて上手くいくと信じます。父がルカスときみにくれぐれもよろしくといっています。ぼくからも愛を込めて。

ジョン

これだけ？　型にはまった冷淡な返事に彼女は衝撃を受け、怒りで頬が赤らみはじめる。

「なんなの？」とルカスが訊く。

彼女は肩をすくめ「なんでもない」といって手紙を渡す。「ジョンからの手紙」

彼がさっと読み終える。「それじゃ、メルヴェヴィルの計画はなしってことだな。ほっとしたよ。なんでそんなにむくれてるの？」

「べつに。手紙の調子よ」

彼らは郵便局の正面に停めた車のなかにいる。それが金曜の午後にすること、自分たちで生み出した日課の一部になっているのだ——買い物を済ませて車で農場へ向かう直前に、一週間分の郵便物を受け取って、トラックの運転席に並んで座り、ざっと目を通す。郵便物ならいつでも受け取りにいけるが、彼女はそうしない。ルカスといっしょにやる。おなじようにほかのことも、いっしょにできることはできるだけいっしょにやる。

ルカスが土地銀行《ランド・バンク》からの手紙にしばらく気を取られている、長い添付書類に延々と数字が並んでいる。たんなる家族の手紙よりずっと重要なものだ。「急がなくていいから、ちょっとぶらぶらしてくる」彼女は車を降り、通りを渡る。

郵便局は新築されたばかりの、ずんぐりした重苦しい建物だ。窓の代わりにガラス煉瓦がはめられ、ドアは頑丈な鉄格子つき。それが彼女は嫌いだ。彼女の目には警察署のように見える。新築のために取り壊された古い郵便局のほうがずっと良かったのにと思いにふける、かつてはトゥルーター〔一九世紀の地方行政官の名〕の屋敷だった建物だ。

人生なかばに差しかかる前から、もうむかしを偲んだりして！

それはメルヴェヴィルの問題にかぎらなかった。ジョンと父親の問題、だれがどこに住むことになるか、都会か田舎か、たんにそういう問題でさえなかった。われわれはここでなにをしているのか？——ずっと口にされずにきた問い。彼にはわかっていた、彼女にもわかっていた。彼女自身の手紙には、おずおずとではあれ、その問いへの暗示が含まれていた——**よりによって世界のこの不毛な地域でわれわれはなにをしているのか？　人びとがここに住むと意図されていなかったなら、なにゆえ、うんざりするような労苦に一生を費やしつづけるのか？　そもそもこの土地を文明化《ヒューマナイズ》する計画全体が最初から誤りであったというのなら？**

よりによって世界のこの地域で。この地域というのはメルヴェヴィルやカルヴィニアだけではなく、カルー全体のことをいっているのだ、あるいはこの国全体かもしれない。道路や鉄道を敷いたのはだれの考えだった？　町を建設し、人間を入植させてこの土地に縛りつけたのは？　鋲で心臓まで突き刺して縛りつけ、逃げられないようしたのは？　**自分を切り離して自由にし、その傷が癒えるのを待つほうがいい、**フェルトを散歩しながら彼はそういった。でもそんな鋲をどうやって抜けばいいの？

終業時間はとうにすぎていた。郵便局は閉まり、店はどこも閉店し、通りには人影がない。メイェロヴィッツ宝石店。ベイブズ・イン・ザ・ウッズ子供服店——分割払い可。コスモス・カフェ。フォッシー・モード店。

メイェロヴィッツ（「ダイヤモンドは永遠に」）は彼女には思い出せないほどむかしからある。ベイブズ・イン・ザ・ウッズは以前はヤン・ハルムス食肉店だった。コスモス・カフェはコスモス・ミルクバーだった。

フォッシニ・モードはヴィンテルベルグ雑貨店だった。すっかり変わってしまった。なんてめまぐるしい！ なんて悲しい土地《オ・ドゥルーヴィヘ・ラント》！ フォッシニ・モードはカルヴィニアに新店舗を出すほど自信があるのだ。移民に失敗した彼女のいとこが、メランコリーの詩人が、この土地の未来について、フォッシニが知らないなにを知っているというのか？ あのいとこときたら、ヒヒまでが遠いフェルトにじっと目をやり、ヴェームート《メランコリー》に浸ると信じているのだから。

ルカスは政治的和解がなされると信じている。ジョンは自分がリベラルだと主張するかもしれないが、ルカスは実践的な意味でジョンよりずっとリベラルだし、ずっと勇気もある。ルカスと彼女がそうすると決意すれば、農夫《ブール》と農婦《ブールフラウ》が、男と女が、その農場をやりくりし、なんとか生計を立てていくことは可能だ。彼らはベルトの穴を一つ二つ、いや三つほど締め直さなければならないかもしれないが、それでも生き延びるだろう。ルカスがあえてクープ地区のトラック輸送をやると決め、彼女がホテルで帳簿をつけているのは、彼女とルカスが農場を先細りする事業と見なさず、労働者に適切な家をあてがい、しかるべき賃金を払い、子供たちをきちんと学校へ通わせ、その労働者が老齢になり弱ったときは支援すると、はるかむかしに決心したからだ。人間としてなすべき、そういった行為や支援にはお金がかかる、農場経営によってあがる収入、いや、今後あがりつづける収入よりはるかに余計にかかるからだ。

農場はビジネスではない――その大前提を彼女とルカスが認め合ったのはずいぶん前だ。ミッデルポス農場は、生まれない子の影を背負った彼ら二人の住処《ホーム》であるだけでなく、ほかにも十三人の人間がここを住処《ホーム》としている。小さな地域社会全体を維持する収入を得るため、ルカスは何日か立てつづけに路上ですごさねばならず、彼女はカルヴィニアで独り夜をすごさねばならない。ルカスがリベラルだと彼女がいうのはそういう意味だ――彼は寛容な心、リベラルな心をもっている、そのルカスから、彼女もまたリベラルな心をもつことを学んだのだ。

そのどこが悪いの、生き方として？　あの小利口ないとこに彼女は訊きたい。まず南アフリカから逃げ出し、いま自分を切り離して自由になることを語るいとこに。自分を白由にするって、いったいなにから？　愛から？　義務から？　父がくれぐれもよろしくといっています。ぼくからも愛を込めて。このなまぬるい愛ってなに？　ジョンとは血が繋がっているかもしれないけれど、彼が彼女に感じているものがなんであれ、それは愛ではない。彼は父親だって愛していない、本当は。自分自身さえ愛していない。とにかく、あらゆる人とあらゆるものから自分を切り離して自由になって、それでいったいどうするの？　その自由をどうするつもり？　愛は家庭から、故郷からはじまるって英語のことわざになかった？　永遠に逃亡を続ける代わりに、彼はしかるべき女性を見つけ、その目をまっすぐ見つめてこういうべきよ——ぼくと結婚してくれないか？　ぼくと結婚して老いた親をぼくたちの家に住まわせて、死ぬまで誠実に面倒を見てくれないか？　その責任を引き受けてくれるなら、ぼくはきみを愛し、きみに誠実であり、ちゃんとした仕事を見つけて一生懸命働き、お金を家に入れ、朗らかでいるよう努力し、悲しき平原《ドゥルーヴィヘ・フラクテス》のことを愚痴るのはやめると約束する。この瞬間、彼がここカルヴィニアのケルクストラートにいればいいのに。そうすれば彼にがんがんいって《ラース》やれるのに——自分はご機嫌ななめだって。

口笛がする。彼女は振り向く。ルカスだ、車窓から首を出している。ダーリン《スカッティ》、なに一人でぶつぶついっ《ノー・モン・ペル・ヤイ・》てるの《ダン・ナウ》？　と大声でいいながら笑っている。

いとことの手紙のやりとりはそれで終わり。彼と彼の問題はやがて彼女の念頭から消えた。もっと切迫した問題が起きたのだ。クラウスとキャロルに待望のヴィザがおりた、約束の地へ向かうヴィザだ。彼らは即刻てきぱきと移転の準備に取りかかる。まず最初のステップ、それは同居してきた彼女の母親を農場へ連れていくこと、デュッセルドルフに申し分なく健康な、自分の母親のいるクラウスも「マー」と呼ぶ、彼女の母親を農場に戻すことだ。

ヨハネスブルグから一六〇〇キロの道のりを、十二時間かけ、彼らは交替でBMWを運転してやってくる。この離れ業をやってのけてクラウスはご満悦だ。彼とキャロルは上級運転コースを修了して免許証を取得し、ここぞとばかりにその腕前を見せる。彼らはアメリカで車を運転するのが待ち通しい。あそこは南アフリカより道路がはるかに整備されている、むろんドイツのアウトバーンにはおよばないが。

マーはひどく具合が悪い——彼女、つまりマルゴは後部座席から母親を助けおろそうとしてすぐに気がつく。顔がむくんで息が苦しそうだ。脚が腫れて痛いと母親は訴える。つまるところ問題は心臓なの、とキャロルは説明する——ヨハネスブルグでは専門医にかかっていて、新しい処方箋による薬を一日に三回、欠かさず飲まなければいけないのだ。

クラウスとキャロルは農場に一晩泊まり、また都会へ戻っていく。「マーの具合が良くなったらすぐに、絶対に、ルカスといっしょに彼女を連れてアメリカを訪ねてきてね、飛行機代は援助するから」とキャロル。クラウスが彼女を抱き締め、ほおにキスする（「なんと心優しいこと」）。ルカスとは握手だ。

ルカスは義理の弟が大嫌いだ。ルカスがアメリカまで彼らを訪ねるなんて間違ってもありえない。クラウスはといえば、南アフリカに対する意見を臆面もなく口にする。「美しい国だ」と彼はいう。「美しい風景、豊かな資源、しかし問題が山積み。どうやって解決するんだろうな、見当もつかない。ぼくが思うに、事態は好転するよりむしろ悪化するだろうよ。まあ、私見にすぎないけどね」

彼女は彼の目につばを吐きかけてやりたいと思うが、そうはしない。

彼女とルカスの不在中、農場に母親を一人にしておくわけにはいかない、それは問題外だ。そこでホテルの部屋にもう一つベッドを入れる手配をする。ひどい不自由、プライバシーが完全に失われるが、選択肢はほかにない。母親は小鳥がついばむほどしか食べないのに、食費は三食分しっかり請求される。

この新体制になって二週目、がらんとしたホテルのラウンジでカウチに倒れ込んでいる母親を清掃員が発見する。意識を失い、顔が真っ青だ。地域の病院へ急送され、人工呼吸で蘇生する。担当医が首を振って、心拍がとても弱い、もっと緊急対応できる、もっと専門的なケアが必要だ、カルヴィニアでは限界がある。選択肢としてはまずアピントン、そこならちゃんとした病院があるが、できればケープタウンに行くほうがいい。

一時間後に彼女は、マルゴは、仕事を切りあげてケープタウンへ向かっている。救急車後部の座席に腰をおろして母親の手を握っている。そばにアレッタという若いカラードの看護婦がついている。ぱりっと糊のきいた制服と朗らかな調子にはほっとする。

アレッタが生まれた場所はそれほど遠くないことがわかる。シーダバーグ地方のヴッパタルで、両親はまだそこに住んでいる。ケープタウンには数え切れないほど何度も行った。つい先週もルリスフォンテインからフローテ・スキュール病院まで、男の人を緊急輸送しなければならなかった。帯鋸の事故で切り落とした三本の指を詰めた氷入りのアイスボックスといっしょに。

「おかあさん、元気になられますよ」とアレッタはいう。「フローテ・スキュールなら——一流ですから」

クランウィリアムで給油のために停車する。救急車の運転手はアレッタより若く、珈琲入りの魔法瓶を持参している。彼女に、マルゴに、一杯どうかとすすめるが彼女は辞退する。「珈琲はあまり飲まないの。眠れなくなるから」(嘘だ)

カフェでこの二人に珈琲をごちそうできたらいいのに、ごくふつうの友達みたいにいっしょに腰をおろせるといいのに、と思うが、もちろんそんなことをすれば大騒ぎになる。そういうときがすぐに来ますように、神さま、と彼女は心のなかで祈る、アパルトヘイトなんてこんなナンセンスが葬り去られ、忘れ去られるときが来ますように。

救急車に戻ってそれぞれの席につく。母親は眠っている。顔色が良くなり、酸素マスクをつけて呼吸にも乱れはない。

「本当に感謝しているわ、あなたとヨハネスがいまこうして私たちのためにしてくれることに」彼女はアレッタにいう。アレッタは最大級の親しみを込めてにっこり微笑む。皮肉っぽさなどかけらもない。彼女は自分のことばがもっとも広義の意味で伝わってほしいと、口に出せない恥ずかしさもすべて含めて理解されたらいいのにと思う——わたしがいわなければいけないのは、あなたとあなたの若い同僚が一人の老いた白人女とその娘のためにしてくれることにどれほど感謝しているかよ。あなたのためにこれまでなにもしなかったばかりか、逆に、あなたの生地で、来る日も来る日も来る日も、屈辱をあたえることに加担してきた見ず知らずの二人の女たちのために、あなたがしてくれること、その行動を通して教えられることにどれほど感謝しているか、そこに感じられるのは、とりわけそのすてきな微笑みに感じられるのは、人間としての優しさだけなのだから。

ケープタウン市内に到着したのは午後のラッシュアワーが頂点に達するころだ。厳密にいえばおよそ緊急とはいえないのに、ヨハネスはサイレンを鳴らし、渋滞を縫って冷静に車を走らせる。病院で車椅子に乗せられて救急外来へ運ばれる母親のあとに従う。アレッタとヨハネスにお礼をいいに戻ると、彼らはすでにノーザン・ケープ州に向かって帰路についたあとだ。

戻ったら必ず！　と彼女は自分に約束する、カルヴィニアに戻ったら、必ず彼ら一人ひとりにお礼をしよう！そして、戻ったらわたしは善き人になろう、絶対に！　と思いながら——ルリスフォンテインで三本指をなくした人ってだれかしら？　とも思う。救急車で病院へ、それも一流の病院へ急送されるのは私たち白人だけなのか？　訓練された外科医が指を縫合したり、ときには新しい心臓まで移植してくれる病院へ、それも無料で？そうではありませんように、神さま、そうではありませんように！

再会したとき母親は病室に独り、目を覚ましている。清潔な白いベッドに、マルゴが機転を利かせて母親のために詰めた寝間着を着て横たわっている。病的な紅潮はおさまり、酸素マスクをはずしてひと言ふた言つぶやくことさえできる――「大騒ぎして！」

彼女は母親の繊細な手――じつをいうと赤子のような手――を取り、自分の口元に押しあてる。「なにいってるの。さあ、マーは休まなくちゃ。わたしはここにいるから、マーが必要なときのために」

彼女は母親のベッド脇で夜を明かすつもりだが、担当医がそれを思いとどまらせる。母親は危険な状態ではない、と医師はいう。病状は看護スタッフが常にモニターしているし、睡眠薬が出るので朝まで眠るだろう。彼女は、マルゴは、誠実な娘は、やるべきことは十分やったのだから、自分もぐっすり眠るほうがいい。どこか泊まるところはあるのか？

ケープタウンにはいとこがいるので、そこに泊まれる、と彼女は答える。

医師は彼女より年上で、無精髭を生やし、はれぼったい暗色の目をしている。名前を告げられたが聞き取れなかった。ユダヤ人かもしれないが、そうではなさそうな感じも強い。煙草臭く、胸ポケットから青い箱が突き出ている。母親は危険な状態ではないという彼のことばを信じていいのか？　そう、信じていいのだ。でも彼女はいつだって医師を信頼し切る傾向がある、たとえそれが医師の推測であるとわかっていても、そのことばを信じる傾向が。だから彼女は自分の信頼をあてにしない。

「確かですか、絶対に危険はありませんか、先生？」

疲れたようすで彼はうなずく。絶対に！　人間界で絶対にとはなんだろう？　「おかあさんの看護《ケア》をするには、まずご自身のケアをしなければ」と医師はいう。

彼女は涙があふれそうになる、自己憐憫もこみあげてくる。**二人ともいっしょに面倒みて！**　と訴えたくなる。いっそこの見知らぬ人の腕のなかに身を投げ出して、慰めてもらいたい。「ありがとうございます、先生」

ルカスはノーザン・ケープ州のどこか路上にいるので連絡がつかない。彼女は公衆電話からいとこのジョンに電話する。「すぐ迎えにいく」とジョン。「好きなだけぼくたちのところにいたらいい」

最後にケープタウンにきたのは何年も前のことだ。トカイには行ったことがない。彼と父親が住んでいる郊外。彼らの家は、湿った腐敗物とエンジンオイルが強烈に臭う高い木製フェンスの奥にある。門に照明がないので通路が真っ暗。彼が腕を取って案内する。「気をつけて、ちょっと散らかってるから」

正面のドアのところでおじさんが待っている。取り乱したように挨拶する。クッツェー家の人間にお馴染みの動揺ぶりだ。口早でまくしたてながらしきりと髪に指を走らせる。「マーはだいじょうぶ」彼女がなだめる。「ちょっと症状が強く出ただけで」でも彼はなだめられるより、むしろ大仰な気分でいたいようだ。

ジョンが家のなかをひとわたり案内する。家は狭く、照明が暗く、息が詰まりそうだ。湿った新聞紙とベーコンを炒めた臭いがする。もし彼女にまかせるといわれたら、陰気なカーテンを引き剝がし、もっと軽やかな明るい色に取り替えるのに。だが、もちろん男たちのこの世界に彼女の出番はない。

彼女が泊まることになる部屋を彼が見せてくれる。気が沈む。カーペットには油染みらしき汚れがまだらについている。壁側に低いシングルベッドがあり、そばの机には本や紙類がごちゃごちゃと積みあげられている。天井からまぶしい光を放っているのは、ホテルの事務室でむかし使っていたネオンランプ、彼女が取り外したのとおなじ型だ。

なにもかもがおなじ色調、茶色に見える。一方がくすんだ黄色、もう一方が黒ずんだ灰色に近い。この家は掃除したことがあるのかしら、ここ何年かにちゃんと掃除したことがあるのかしら、怪しいものだ。

ここはいつもはぼくの寝室で、と彼は説明する。ベッドのシーツは変えたし、抽き出しを二つ彼女のために空けてある。廊下の向こうが所要の設備だ。

所要の設備を彼女は調べる。浴室は垢染みて、トイレは汚れ、古い尿の臭いがする。

カルヴィニアを出てからチョコレートバーしか食べていない。腹ぺこだ。ジョンが、フレンチトーストなるものを作ってくれる。白パンを卵に浸して揚げたものだ。彼女はそれを三枚食べる。お茶とミルクも出してくれるが、ミルクは酸っぱくなってしまう（とにかく飲む）。

おじさんがにじり足で台所に入ってくる。パジャマをはおり、下はズボンのままだ。「おやすみをいいにきたよ、マルギー。よく眠って。蚤に食われないで」という。息子にはおやすみをいわない。彼のいるところでは極端におずおずしている。けんかでもしているのかな？

「眠れそうもないわ」彼女はジョンにいう。「散歩に行かない？　一日中救急車の後部に閉じ込められていたから」

彼に連れられて郊外のトカイ地区を、ちゃんと照明された通りを散歩する。道々見かける家はどれも彼の家より大きくて立派だ。「ここが農場だったのはそんなにむかしじゃない」彼は説明する。「それから区分けされて分譲に出された。ぼくたちの家は以前は農場労働者のコテージだった。だから建て方があんなに粗雑なんだ。屋根も壁も、どこもかしこも雨が漏る。ぼくはその修理に自由時間をすべて注ぎ込んでいる。まるで堤防に指を突っ込んだ少年みたいだ」

「そうね、メルヴェヴィルの魅力がわかってきたわ。少なくともメルヴェヴィルじゃ雨は降らない。でも、このケープ地方にもっといい家を買えば？　本を書きなさい。ベストセラーを書く。たくさんお金を稼いで」

冗談にすぎない、だが彼はあえてそれを真に受ける。「ベストセラーなんてどうやって書けばいいかわかりたくもない。人のことはよくわからないし、どんなファンタジーを生きているかも知らない。とにかく、そういう運命にぼくは生まれついてないいな」

「どんな運命？」

「成功して裕福な作家になる運命」

「じゃあ、どんな運命に生まれついたの?」

「いまここにこうしている運命さ。年老いた片親と、郊外の白人専用の住宅地区で、雨漏りのする家に住んでる」

「それはまたばかばかしい、気の弱い《スラップ》話だわねえ。それって、いかにもクッツェー家の血筋っていう話ぶり。自分の運命なんて、その気になりさえすれば明日にでも自分で変えることができるのに」

近隣の犬たちは、見知らぬ者が夜中に彼らの通りを歩きまわり議論するのを快く受け入れたりはしない。あちこちで吠え出し、次第に騒々しさを増していく。

「自分がなにをいってるかよく考えたてみたら、ジョン」彼女はさらに突っ込む。「ホントにばかげてる！自分のことをちゃんと理解しないと、苦虫嚙み潰して、ほっといてくれって依怙地に言い張るがちがちの人間になってしまうわよ。もう戻りましょう。朝早く起きなくちゃいけないから」


寝心地の悪い硬いマットレスで安眠は無理だ。彼女は曙光が射す前に起き出し、三人分の珈琲を淹れ、トーストを焼く。七時にはダットサンの運転席にぎゅう詰めになってフローテ・スキュール病院に向かっている。

待合室にジャックとその息子を残し、母親を探してみるが、居場所がわからない。彼女の母親は夜中に発作を起こして集中治療室へ戻された、とナースステーションで知らされる。彼女は、マルゴは、待合室へ戻っていてくれ、医師から説明があると思うので、といわれる。

ジャックやジョンとまた合流する。待合室はすでに人があふれている。見知らぬ女性が真向かいの椅子にへたり込んでいる。頭に、血糊のついた毛糸のプルオーバーを片目を被うようにして結んでいる。短いスカートにゴムのサンダルをはき、黴臭い下着とあまいワインの臭いをさせて、小声でぶつぶつ愚痴をこぼしている。

できるだけ見ないように心がけるが、女のほうはけんかをふっかけたくてうずうずしているようだ。「なに見てるのよ?《ヴァールナ・ルール・ヤイ》」とねめつけてくる。「くそあま《ヤウ・ムール》!」

彼女は目を落とし、黙りこくる。

母親は、生き延びれば、来月で六十八歳だ。非の打ちどころない六十八年、非の打ちどころなく満足して。善良な女、全体として見れば——良い母であり、いささか取り乱しておろおろするが良い妻だ。保護を必要としているのがありありとわかるゆえに男が愛しやすいタイプの女。そしていま、この悪名高い場所に投げ込まれて!「くそあま《ヤウ・ムール》!」——なんて下衆な。できるだけ早く母親を連れ出さなければ、私立の病院へ移さなければ、どれほど費用がかかろうと。

ぼくのちっちゃな小鳥さん、と父親は彼女を呼んでいた——「ぼくのちっちゃなキジバトさん《マイ・トルテルダイフィ》」と。檻から出たがらない小鳥のタイプ。成長しながら彼女は、マルゴは、母親のそばにいると自分が大きく不恰好に思えた。いったいだれがわたしを愛してくれるだろう? と自問したものだ。いったいだれがわたしをちっちゃな鳩なんて呼ぶだろう?

だれかが肩をたたいている。「ミセス・ヨンカー?」溌剌とした若い看護婦だ。「おかあさんが目を覚ましました、あなたに会いたがっています」

「来て」と彼女。ジャックとジョンがあとに続く。

母親は意識が戻り、落ち着いている。落ち着きすぎて、なんだかよそよそしい。酸素マスクが、鼻から差し込むチューブに代わっている。目は色を失い、平らな灰色の小石のよう。「マルギー?」母親が小声でいう。

彼女は唇を母親の額に押しあてる。「ここにいるわ、マー」

医師が入ってくる。前とおなじ医師だ。暗い隈のできた目。上着につけたバッジには「キリスタニ」とある。昨日の午後も、今朝も、勤務か。

お母さんは心臓発作を起こしたがいまは安定している、とキリスタニ医師がいう。とても弱っている。心臓に電気的刺激をあたえている。

「母を私立病院へ移したいのですが、もっと静かなところへ」彼女はいってみる。

医師は首を振る。無理だといって、同意を出さない。まあ数日中には、彼女が回復すれば、あるいは。

彼女が後ろへさがる。ジャックが妹の上に屈み込み、ぼそぼそとなにかいっているが聞き取れない。母親の目が見開かれ、唇が動いている、返事をしているようだ。二人の老人、二人のおめでたい、むかしむかしに生まれた人たち、無遠慮な怒りが蔓延するようになったこの国では、場違いになってしまった人たち。

「ジョン?」と彼女。「マーと話をする?」

彼は首を振る。「ぼくのこと、わからないだろうから」

(沈黙)

それで?

それで終わりです。

終わり? でもなぜそこで終わるの?

適切な場所です。「ぼくのこと、わからないだろうから」、いい終わり方だ。

（沈黙）

さあ、あなたのご意見は？

わたしの意見？　まだよくわからないのですが——これがジョンに関する本だというなら、なぜこんなにたくさんわたしのことを入れるんですか？　だれがわたしのことなど読みたがるのですか——わたしとルカスと母のことなど、それにキャロルとクラウスのことも？

あなたはあなたのいとこの一部でした。彼はあなたの一部でした。じつに明快なことです。わたしがお訊きしたいのは、このままでいいかということですが？

だめよ、このままじゃだめです。もう一度読みたいわ。そういう約束でしたよね。

二〇〇七年十二月および二〇〇八年六月、
南アフリカ、サマセット・ウェストで

アドリアーナ

セニョーラ・ナシメント、あなたはブラジル生まれのブラジル人ですが、南アフリカで数年暮らしたことがあります。どのようないきさつがあったのでしょうか？

私たちはアンゴラから南アフリカに行きました。私たち、というのは夫とわたしと二人の娘です。アンゴラで夫は新聞社に勤めていました、わたしはナショナル・バレー団で働いていました。でもそのうち一九七三年に、政府が非常事態宣言を出して、夫の働いている新聞社を閉鎖しました。夫を召集して、なんと陸軍に入隊させようとしたんです——四十五歳以下の男を全員、市民権のない男たちまで召集した。ブラジルには帰国できませんでした、まだ危険すぎましたから、アンゴラには私たちの未来はないと考えてそこを離れ、南アフリカへ向かう船に乗りました。そうしたのは私たちが最初でもないし最後でもありませんでした。

なぜケープタウンに？

なぜケープタウンに？　特別な理由はありません。親戚がいたからです、夫のいとこで青果店をやっていました。到着してから彼の家族のところに身を寄せましたが、在留許可書が出るのを待っているあいだ、三部屋で総勢九人の家族が暮らすのは、それは大変でした。そのうち夫がやっと警備員の職を見つけて、家族だけで暮らせるフラットへ引っ越すことができました。エピングというところです。それから一、二カ月してすべてをぶち壊すひどい災難に見舞われましたが、その直前にもう一度引っ越しをしました。ウィンパーグへ。子供たちの学校に近かったんです。

災難というのはどんな？

夫は埠頭近くの倉庫で夜勤をしていました。警備員は彼一人。そこに強盗が入って――男たちが集団で押し入ったんです。強盗たちは夫に襲いかかり、斧で殴りつけました。もしかすると長刀《マシェーチ》だったかもしれませんが、斧だった可能性が高いですね。夫の顔の片側が撃砕されていましたから。この話をするのは、いまでも容易ではありません。男の顔を斧で砕くなんて、仕事をしているというだけで。わたしには理解できません。

なにが起きたのですか？

脳に損傷が起きました。彼は死にました。長い時間かかって、一年近くも、でも彼は死にました。ひどい話。

お気の毒です。

ええ。しばらく、彼が働いていた会社が賃金を払ってくれました。それから支払いが途絶えました。会社には夫に対する責任はもうない、それは社会福祉局の責任だというんです。社会福祉局！　社会福祉局からはびた一文出ませんでした。上の娘は学校を退学しなければならなかった。スーパーマーケットで品出しの仕事に就いて、それで週に百二十ランド。わたしも仕事を探しましたが、バレエの仕事は見つかりませんでした。わたしのやるバレエには興味がもたれなかったんです。それで、ダンススタジオのクラスで教えなければなりませんでした。ラテンアメリカ風のダンス。あのころ南アフリカではラテンアメリカ風というのが大人気でしたから。マリア・レジーナは学校を続けました。その年の残りと、さらにもう一年学校に行かなければ、大学入学資格試験が受けられなかったんです。マリア・レジーナというのは下の娘です。彼女には学歴を身につけてほしかった。姉のようにスーパーマーケットに就職して、棚に缶詰をならべて残りの人生をすごすなんてことはさせたくなかった。彼女は頭が良かったんです。本が大好きでした。

ルアンダでは、夫とわたしは夕食の席で英語を少し、フランス語も少し話すよう努力しました。娘たちにアンゴラが全世界ではないことを気づかせたかったからですが、それが彼女たちの耳学問として役に立つことはありませんでした。ケープタウンでは英語がマリア・レジーナのいちばん苦手科目になって。そこで英語の課外授業を受けさせました。学校は彼女のような子供のために、つまり新来者向けに、午後の課外授業を設けていたんです。ミスター・クッツェーのことを耳にしたのはそのときでした。あなたが話を聞きたいという方のことですが、あとからわかったのは、彼は正規の教師ではなかったんです、全然そうじゃなくて、彼はこの課外授業のために学校に雇われていたんです。

このミスター・クッツェーという人、名前がアフリカーナみたいだけど、とわたしはマリア・レジーナにいったんです。あなたの学校はきちんとした英語の教師を雇えないのかしら？　きちんとした英語を、ちゃんとしたイギリス人から学んでほしいわ、と。

アフリカーナは好きになれませんでした。アンゴラでも大勢見かけました。鉱山で働く人とか、軍の傭兵とか。彼らは黒人を汚物のように扱いました。わたしはそれが好きではなかった。南アフリカで夫はアノリカーンス語を少し身につけました——そうしなければならなかったので、警備会社はすべてアフリカーナが経営していましたから——でもわたしは、あの言語は耳にするのもいやでした。ありがたいことに、学校が娘たちにアフリカーンス語を強制的に学ばせることはありませんでした。それではあんまりです。

ミスター・クッツェーはアフリカーナじゃない、とマリア・レジーナはいいました。彼は髭を生やしてる。詩を書いてる。

アフリカーナだって髭は生やせるし、詩を書くために髭は要らないわ、とわたしはいいました。このミスター・クッツェーにじかに会ってみたいと思いました。どうも話が芳しくない。このフラットに会いにきてと彼にいってちょうだい。訪ねてもらっていっしょにお茶をして、きちんとした教師だってところを見せてちょうだいって。彼が書く詩ってなんなの？

マリア・レジーナはむくれはじめました。自分の学校生活にあれこれ干渉されたくない年齢でしたから。でもわたしはいったんです、課外授業の授業料を払っているのはわたしなんだから、好きなだけ干渉するって。その人はいったいどんな詩を書いてるの？

知らない、と娘はいいました。詩を朗読させる。暗唱するの。

だれの詩を暗唱しろって？

キーツ、と娘は答えました。

キーツってなによ？（キーツなんて聞いたことがなかったし、そんな古くさいイギリスの作家なんて全然知らなかった、わたしの学生時代にはそんな作家のことは勉強しませんでしたから）。

もの憂い痺れがぼくの感覚を襲う、とマリア・レジーナが朗誦しました、ぼくがあおったヘムロックのように。ヘムロックってのは毒人参のこと。神経系を攻撃するの。

それがミスター・クッツェーとやらがあなたに学ばせてること？

本に出てくる、と娘。試験のために学ばなければいけない詩の一つなの。

娘たちはわたしが厳しすぎるっていつも不平をいっていました。でも絶対にわたしは降参しなかった。鷹のようにあの娘《こ》たちを監視するのが、彼女たちの母国ではないこの見知らぬ国で、来るべきではなかったこの大陸で、彼女たちを面倒なことに巻き込まない唯一の方法だったんです。ジョアンナは難しくなかった。良い子でおとなしかったから。マリア・レジーナはもっと無鉄砲で、もっと反抗的になりそうでした。マリア・レジーナはしっかり手綱を引き締めておかなければ、詩やロマンチックな夢を見がちなマリアは、と思いました。

招待状が問題でした。娘の教師に親の家を訪ねてお茶を飲んでもらうための正式な招待状の書き方。マリオのいとこに訊いてみましたが、まったく役に立ちません。それで結局はダンススタジオの受付係に手紙の代筆を頼まなければならなかった。「ミスター・クッツェー様」と彼女に書いてもらいました。「わたしはマリア・レジーナ・ナシメントの母親です。娘はあなたの英語クラスの生徒です。私たちの家にお茶にご招待いたします」――住所を書いて――「これこれの日のこれこれの時間に。学校からの交通手段は手配いたします。お返事くださいませ。アドリアーナ・テイシェイラ・ナシメント」

交通手段にはマヌエルを、マリオのいとこの最年長の息子を頼むつもりでした。ヴァンで、午後の配達が終わるとマリア・レジーナを学校から家まで送ってくれていましたから。ついでに教師も乗せてくるのは簡単だろうと。

マリオというのはお連れ合いのことですね。

マリオ。わたしの夫、死にました。

どうぞ続けてください。確認しておきたかっただけです。

ミスター・クッツェーは私たちのフラットに招かれた最初の人――マリオの家族をのぞけば最初の人でした。彼は学校教師にすぎません――学校教師には大勢会いました、ルアンダでも、ルアンダの前のサンパウロでも、教師だからといってわたしは特別ちやほやしたりしませんでした――でもマリア・レジーナにとっては、ジョアンナにとってもですが、学校教師というのは神様ですから、あえて娘たちを幻滅させる理由もありませんでした。彼が訪ねてくる日の前夜、娘たちはケーキを焼いてアイシングをかけ、文字まで書きました（娘たちは「ウェルカム・ミスター・クッツェー」と書きたがったんですが、わたしは「聖ボナヴェントゥーラ校、一九七四」と書かせました）。彼女たちは大皿いっぱいの小さなビスケットも、ブラジルでは「ブレヴィダージ」と呼んでいるものも焼きました。

マリア・レジーナは興奮しきっていました。姉に早く帰ってきて、お願い、お願い！　とせがんでいるのが聞こえました。具合が悪いって主任にいって！　でもジョアンナはそんなことをするつもりはなく、休みを取るのはそう簡単なことではないの、といっていました。勤務時間をちゃんとこなさなければ賃金が減らされるんだから、と。

というわけでマヌエルがミスター・クッツェーを私たちのフラットに連れてきましたが、すぐに見て取れたのは、彼がおよそ敬意の対象にはなりえない人物だということです。年齢は三十歳を少し出たとこか、と踏みましたが。服装はひどいし、髪の切り方はなってないし、生やさなくていい髭を生やして、だって髭が薄すぎたんですよ。それにわたしには即座に、なぜかわかりませんが、この人は独り者《セリバテール》だとぴんときました。

結婚していないだけでなく、結婚に不向きだということ、これまでずっと聖職者のような暮らしをしてきたために男らしさを失い、女に対して無能になった男のようでした。それに挙措振る舞いがまた芳しくなかった(わたしの第一印象を話しているんですよ)。居心地悪そうで、逃げ出したくてうずうずしているみたいで。感情を隠す術を習得していなかったんですね、文明人としてまず学ぶべきマナーなのに。

「教師になってどれくらいですか、ミスター・クッツェー?」とわたしは訊きました。

彼はばつが悪そうに座り直し、アメリカのことを、アメリカで教師をしていたことをなにかいいましたが、内容はもう覚えていません。それからいくつか質問をするうちに明らかになったのは、じつは彼は中学高校では教えたことがなく、それに──もっと悪いことに──教員免許さえもっていないことでした。もちろんわたしは驚きました。「免許もないのに、どうしてマリア・レジーナの先生になったんですか? 理解に苦しみますね」

その答えは、これがまた絞り出すのに長い時間がかかったんですが、音楽、バレエ、外国語といった科目のためには、資格がない者、正規の免許をもたない者でも学校は雇うことが許されている、というものでした。そういった無資格者は正規教員のように給料が支払われず、その代わり、わたしのような親から集められたお金を学校から支払われているというんです。

「でも、あなたはイギリス人ではありませんね」とわたしはいいました。それはもう質問ではなく非難でした。ここにいるこの人物は、英語という言語《ことば》を教えるために雇われ、わたしのお金とジョアンナのお金から賃金を支払われている、なのに彼は教師でもなく、おまけにあろうことかアフリカーナで、イギリス人ではなかったんです。

「たしかにぼくはイギリス人の系譜ではありません」と彼はいいました。「しかし幼いころから英語を話してきましたし、大学の試験も英語で受けました。ですから英語は教えられると思います。英語といっても特殊なものではありません。数ある言語の一つにすぎません」

そういったのよ、彼は。英語は数ある言語の一つだって。「娘を、数言語ごちゃまぜに話すオウムみたいにするつもりはないんですよ、ミスター・クッツェー」とわたしはいいました。「きちんとした英語が、きちんとしたアクセントで話せるようになってほしいんです」

彼にとって幸いなことに、そのときジョアンナが帰宅しました。そのころジョアンナはすでに二十歳になっていましたが、男の人がいるとまだ恥ずかしそうにしました。妹にくらべて美人ではないし——ほら、彼女の写真が、ここに、夫と小さな息子たちと撮ったスナップ写真があります、私たちがブラジルに戻ってかなり経ってから撮ったものですが、ごらんのように、美人ではありません、美しさはすべて妹のほうに行ってしまった——でも彼女は良い娘で、良い妻になるだろうとわたしはずっと思っていました。

私たちが腰をおろしているところへジョアンナが、レインコートを着たまま入ってきました（彼女のあの丈の長いレインコートのことはいまでも思い出せます）。「姉です」とマリア・レジーナがいいました。姉を紹介するというより、初対面の人間がだれなのか説明するみたいに。ジョアンナはなにもいわず、恥ずかしそうで、先生のミスター・クッツェーのほうは立ちあがろうとして、あわや珈琲テーブルをひっくり返すところでした。

いったいなぜマリア・レジーナはこのばかな男にのぼせあがっているのか？　彼のなかになにを見ているのか？　疑問がふつふつと湧いてきました。淋しき独り者《セリバテール》がわたしの娘になにを見ているかを推測するのはいとも簡単、娘はまだほんの子供でしたが、いまや黒い瞳の美人に変貌しつつあったからです。それにしてもいったいなんで娘は、この男のために詩を暗唱する気になるのか？　ほかの教師のためならそんなことは絶対にやらなかったのに。ひょっとして、この男は娘の気を引くようなことばをささやいているのだろうか？　そういうことなのか？　二人のあいだでなにかが進行していて、それを娘がわたしに隠しているのか？

この男がジョアンナに興味をもつようになるなら、話はまったく違ってくるのに、とわたしは秘かに考えました。ジョアンナは詩を理解する頭はないけれど、少なくとも地に足がついている。

「ジョアンナは今年はクリックス薬局で働いているんですよ。経験を積むために。来年は経営コースを学ぶ予定です。マネージャーになるために」

ミスター・クッツェーはうなずきはしましたが、心ここにあらず。ジョアンナはだんまりを決め込んでいます。

「コートを脱いだらどう。お茶でも飲んだら」とわたしはいいました。私たちは普段はお茶を飲まずに珈琲を飲みました。なのでお茶はジョアンナが前日この客のために持ち帰ったものです。アールグレイとかいう紅茶で、とっても英国風ですが、味はおよそ美味とはいえず、残った箱の中身をどうしたものかと悩むことになりました。

「ミスター・クッツェーが学校から来てくださったのよ」とわたしはジョアンナに、まるで彼女が知らないみたいにくり返しました。「イギリス人じゃないけれど英語教師だというお話をうかがっていたところなの」

「厳密にいうなら英語教師ではありません」ミスター・クッツェーが不意にことばを挟み、ジョアンナに向かっていいました。「エキストラの英語教師です。つまり、英語で問題を抱えている生徒を助けるために学校によって雇われています。生徒が試験をパスするよう努力します。要するに一種の試験コーチ。それがぼくのやっていることの適切な表現であり、ぼくに対する適切な呼称でしょう」

「学校のことを話さなきゃいけないの?」とマリア・レジーナがいいました。「すっごく退屈」

でも私たちが話していたのは退屈どころではありませんでした。ミスター・クッツェーにとってはたぶん苦痛だったはずで、退屈などではなかった。「お話を続けてください」わたしは娘のことを無視して彼にいいました。

「一生、試験コーチをするつもりはありません。とりあえずやっていることで、たまたまその資格があるので、生活のためにやっていることです。でもそれはぼくの天職ではありません。そうするためにぼくがこの世に呼び出されたものではない」

　この世に呼び出された。ますますわけがわからない。

「もしもぼくの授業哲学を説明しろというなら、説明しますよ。しても簡潔。簡潔かつシンプルです」

「どうぞ続けて」とわたしはいいました。「あなたの簡潔な哲学を聞かせてください」

「ぼくの教える哲学はじつは学びの哲学なのです。プラトンに由来し、修正を加えたものです。真の学びにいたるには、生徒の心のなかに真実に対するある憧れ、ある炎がなければならないと考えます。本気で学ぼうとする者は必死で知りたがります。生徒が教師のなかに認めるのは、あるいは直観的に理解するのは、自分よりも真実に近い者の姿です。教師のなかに体現されている真実を是が非とも知りたいという欲望が強ければ、生徒はそこへ到達するため古い自分を焼きつくす覚悟をします。教師としては、生徒の内なる炎を認識し、奨励し、より強烈な光で燃焼させることでそれに応えます。かくして、一人はより高位の世界へ上昇する。そういうことです」

　ここで彼はことばを切って微笑みました。いうことをいったので少しリラックスしたようでした。なんて変な、うぬぼれた人！　とわたしは思いました。自分を焼きつくす！　なにばかなこといってるの！　危険な戯言！　プラトン由来だなんて！　私たちをからかってるのかしら？　ところが、マリア・レジーナったら身を乗り出して、彼の顔を食い入るように見つめていたんです。マリア・レジーナは彼が冗談をいっているとは思っていませんでした。これはまずい！　と内心わたしは思いました。

「それはわたしには哲学とは思えませんね、ミスター・クッツァー。なにかほかのもののように聞こえますが、それがなにかはいわずにおきます、あなたはお客様ですから。マリア、ケーキを持ってきて。ジョアンナ、手伝ってあげて。ほらレインコートは脱いだほうがいいわ。娘たちが昨晩、あなたの来訪のためにケーキを焼いたんですよ」

娘たちが部屋から出た一瞬のすきに、わたしは話の核心に入りました。彼女たちに聞こえないよう声を低くして。「マリアはまだ子供です、ミスター・クッツェー。わたしがお金を払っているのは彼女に英語を学ばせ、良い学歴を身につけさせるためです。あなたに彼女の感情をもてあそばせるためではありません。おわかりになった？」少女たちがケーキを持って戻ってきました。「おわかりになった？」とわたしはくり返しました。

「われわれは心のもっとも深いところで学びたいと思うことを学ぶものです」と彼は答えました。「マリアは学びたがっています——そうじゃないのかな、マリア？」

マリアは顔を赤らめて腰をおろしました。

「マリアは学びたがっています」と彼はくり返しました。「ですからとても進歩しています。言語感覚がいい。そのうち作家になるかもしれません。これはまたすごいケーキだ！」

「女がケーキを焼けるのはいいことですが、良い英語が話せて、英語の試験成績が良ければもっといいんです」

「朗読が上達すれば、成績もあがります。ご希望は大変良くわかりました」

彼が帰って、娘たちが寝てしまうと、わたしは腰をおろして下手な英語で彼に手紙を書きました。そうせずにはいられなかった。スタジオにいる友人に見せられるような手紙ではありませんでした。こう書いたんです。

拝啓、ミスター・クッツェー様、あなたの訪問中に申しあげたことをくり返します。あなたが雇われているのは、

わたしの娘に英語を教えるためであって、彼女の感情をもてあそぶためではありません。娘は子供で、あなたは大人です。もしも自分の感情を露出したいなら、教室の外で露出してください。

敬具。ATN

それがわたしのいったことです。英語ではそんなふうにはいわないかもしれませんが、ポルトガル語ではそういいます――あなたの通訳は理解するはずです。教室の外で露出してください――それはわたしを追いかけろという誘いではなく、わたしの娘を追いかけるなという警告でした。

封筒に手紙を入れて封印し、表に「ミスター・クッツェー／聖ボナヴェントゥーラ校」と宛名を書き、それを月曜の朝、マリア・レジーナのバッグに入れました。「ミスター・クッツェーにそれを渡して。じかに彼の手にね」

「なにそれ？」とマリア・レジーナが訊きました。

「親から娘の先生への手紙、あなたが見るものじゃない。さあ出かけて、バスに乗り遅れるわ」

もちろん間違いでした。「あなたが見るものじゃない」なんていってはいけなかったんです。もうマリア・レジーナは母親から命令されたら素直に従う年齢ではなかった。そんな年齢ではなかったのに、わたしはまだそれに気づいていなかった。時間に追いついていなかった。

「ミスター・クッツェーに手紙を渡した？」帰宅した娘に訊きました。

「渡した」と彼女はいったきり。こっそりあれを開けて、渡す前に読んだりしなかったわね？　と訊かなければとは思いませんでした。

翌日、驚いたことにマリア・レジーナはその教師からの手紙を持ち帰りました。それは返事ではなく招待状でした――みんなで、彼と彼の父親もいっしょに、ピクニックに行きませんか？　最初は断るつもりでした。「考えてもごらん」とマリア・レジーナにいいました――「学校の友達に、先生のお気に入りだと思われたい？　陰でこそこそ噂されたい？　本気で？」でも娘はまったくおかまいなし、先生のお気に入りになりたかったんです。わたしに招待を受けろ、受けろとしつこくせがみつづけ、ジョアンナまで応援する始末で、とうとう、いいわといってしまった。

家ではもう大騒ぎ、お菓子をあれこれ焼き、ジョアンナもお店からなにか持ち帰り、というわけでミスター・クッツェーが日曜の朝私たちを迎えにくるころには、籠いっぱいのケーキ、ビスケット、お菓子類ができあがっていて、一部隊分まかなえるほどでした。

彼が運転して私たちを迎えにきたのは自家用車ではなく、トラックだった、自家用車をもっていなかったのね、それは後部がオープンの、ブラジルでは「カミヨネーチ」と呼ばれる型でした。ですから娘たちは、よそいきの服を着て、薪といっしょに後部に座らなければならなくて、わたしは前の座席に彼と彼の父親といっしょに座りました。

父親に会ったのはそのときだけです。すっかり歳を取ってよろよろして、手が震えていました。初対面の女性の隣に座ることになって震えているのかもしれないと思いましたが、あとで、その手は四六時中震えているのがわかりました。紹介されたとき「お初にお目にかかります」といって、とてもいい感じで、とても礼儀正しかったけれど、それっきり口をつぐんでしまいました。ドライブしているあいだ中、わたしにも、息子にも話しかけないんです。とても静かで、とても謙虚な人で、あるいは怖かったのかもしれません、なにもかもが。

山へ向かって車を走らせ――途中で車を停めて娘たちにコートを着せなければいけませんでした、寒がってましたから――公園に、もう名前は忘れましたが、そこに着くと松の木と、みんながピクニックする場所があって、もちろん白人専用で――すてきな場所で、ほとんどがら空き、冬でしたから。場所を決めるとミスター・クッツェーがいそいそとトラックから荷をおろして火を熾しました。マリア・レジーナが手伝うのをわたしは期待していたんですが、あの娘ったら探検に行きたいといって、どこかへ逃げ出してしまって。これは良い兆候ではありませんでした。というのは、彼らのあいだの関係が適切《コム・イル・フォ》であるなら、ただの先生と生徒なら、彼女は手伝ったってきまり悪くはないわけです。でもジョアンナが代わりにその役を買って出て、ジョアンナはそういうことはとても上手かったわね、とても具体的で無駄がないんです。

というわけで、わたしは彼の父親と残りました、まるで二人の老人、祖父母みたい！　彼と話をするのは困難極まりなく、前にもいったように、彼はわたしの英語が理解できないし、女性と同席して、恥ずかしかったのかしら、たぶんわたしが何者なのか理解できなかったのかもしれません。

そのうち、火がしっかり熾きないうちに雲が広がり暗くなって、雨が降りはじめました。「通り雨です、すぐにやみますよ」とミスター・クッツェーはいいました。「三人はトラックに乗っていたらいい」そこで娘たちとわたしはトラックで雨宿りをし、彼と父親は一本の木の下にうずくまり、みんなで雨が遠ざかるのを待ちました。でも、もちろんそうはならず、降りつづく雨に娘たちの元気がだんだん萎んでいきました。「今日にかぎってなんで雨が降るのよ？」とマリア・レジーナは鼻を鳴らします、赤ん坊みたいに。「冬だからよ」とわたしはいいました——「冬だから。それに頭の良い人は、地に足がついている人は、真冬にピクニックなんかに出かけたりしないものよ」

ミスター・クッツェーとジョアンナが熾した火は消えてしまいました。いまや薪はどれも湿気って、持参した肉は焼けそうにありません。「あなたが焼いたビスケットを勧めてみたら？」とマリア・レジーナにいいました。だってあの二人のオランダ人ほど惨めな姿を見たことがなかったのよ、木の下で父と息子が肩を寄せ合い、濡れて寒いのを必死で顔に出すまいとしているなんて。惨めな姿だったけれど、おかしかった。「ビスケットを勧めてきたらいい、それでこれから、どうするつもりか訊いてきて。海岸に泳ぎにでもいくつもりですかって」

笑わせるつもりでいったのに、わたしがしたことはどれもマリア・レジーナをさらに不機嫌にしてしまいました。それで結局はジョアンナが雨のなかに出ていって彼らと話をして、雨がやみしだい出発しようという伝言をもってきました。彼らの家に戻り、お茶を淹れてくれるというんです。「だめよ」わたしはジョアンナにいいました。「だめって、ミスター・クッツェーに伝えて、お茶にはうかがえません、まっすぐ私たちのフラットに送ってくださいって、明日は月曜だし、マリア・レジーナにはまだ取りかかってさえいない宿題がありますからって」

もちろんミスター・クッツェーにとってそれは不幸な一日でした。わたしに良い印象をあたえたかったわけだし、父親に自分の友達である三人の魅力的なブラジル人女性を見せびらかしたかったのかもしれないのに、その結果、濡れそぼった人間を詰め込んだトラックで雨のなかをドライブするはめになったのですから。でもマリア・レジーナにそのヒーローが実人生ではどんな感じか、この詩人がろくに火も熾せないとわかったのは、わたしには良かったわね。

それがミスター・クッツェーと山に出かけたお話です。やっとウィンバーグに帰り着いたとき、わたしは彼に、父親の面前で、娘たちの面前で、一日中ずっといいたかったことを口にしました。「お招きくださってありがとうございました、ミスター・クッツェー、とても紳士的に。でもたぶん、先生が教えるクラスで一人だけ、その娘が美しいというだけで贔屓にするのは感心しません。忠告ではなく、熟考をお願いしているだけですが」

わたしが使ったことばは、美しいというだけでというものでした。そんな物言いをしたことにマリア・レジーナは怒り狂いましたが、わたしにしてみれば自分のいうことが理解されればそれで十分でした。

その夜遅く、マリア・レジーナが寝てからジョアンナがわたしの部屋にやってきました。「ママイ、マリアにあんなに厳しくしなきゃいけないの？　なにも悪いことは起きちゃいないでしょ」

「なにも悪いこと？　あなたにいったいなにがわかるの？　悪いことのなにがわかるの？　男がすることのなにがわかる？」とわたしはいいました。

「彼は悪い人じゃないわよ、ママイ。それはわかってると思うけれど」

「彼は弱い男よ。弱い男は悪い男よりたちが悪いの。弱い男はどこでストップしたらいいかわからない。弱い男は自分の衝動を抑えられない、衝動の赴くままに従うのよ」

「ママイ、私たちはみんな弱いのよ」とジョアンナ。

「いいえ、あなたは間違ってる、わたしは弱くない。もしも自分が弱いと認めたら、私たち、あなたとマリア・レジーナとわたしは、どうなる？　さあ寝なさい。マリア・レジーナにはこのことをいっちゃだめよ。ひと言も。理解できないでしょうから」

ミスター・クッツェーのことはそれで終わりになってほしかった。ところが、ところが、一日か二日後に彼から手紙が届いたんです、今回はマリア・レジーナ経由ではなくて、郵便で、タイプされた、ちゃんとした手紙が、封筒もタイプされて。その手紙のなかで彼はまずピクニックが失敗に終わったことを詫びていました。彼はわたしと二人だけでお話したかったが、その機会がなかったと。会いに行ってもいいだろうか？　フラットを訪ねてもいいだろうか？　あるいはどこかほかで会うほうが良ければランチでもいっしょにどうか？　彼にとって大切なのはマリア・レジーナではないと強調したがっていました。マリアは知的な若い女性で心根もいい、彼女を教えるのは名誉なことであり、わたしの信頼を彼は決して、決して裏切らない、わたしは安心していいと。知的で美しい——という表現を悪くとらないでほしい。なぜなら美しさとは、本当の美しさとは、うわべよりはるかに深いもので、肉を通してあらわれる魂であり、そしてマリア・レジーナがその美しさを得たのはほかならぬこのわたしからではないでしょうかと。

（沈黙）

それで？

それだけです。それが中身。わたしだけと会えるだろうかって。もちろんわたしは自問しました、どうして彼はわたしが会いたがるなんて思いついたのかしら、手紙を受け取りたいと思うなんて。だって、彼をそそのかすようなことはまったくいってないんですから。

それで、どうしたのですか？　彼と会ったのですか？

どうしたか？　どうもしませんよ、放っておいてくれたらいいのにと思いました。わたしは服喪中の女でしたから、夫はまだ死んではいませんでしたが、ほかの男の注目など浴びたくなかった、自分の娘の先生からなんて。

その手紙ですが、まだおもちですか？

一通ももっていません。保管しませんでした。南アフリカを去るときフラットをきれいに片づけ、古い手紙や請求書類はすべて捨てました。

それであなたは返事を書かなかった？

書きません。

返事を書かなかったし、それ以上、関係が深まるようなことはしなかったのですね？　あなたとクッツェーとの関係ですが。

どういうこと？　なぜそんな質問をするんですか？　イギリスくんだりからわたしと話しにやってきて、何年も前に偶然わたしの娘の英語教師だった男の伝記を書いているといって、こんな藪から棒にわたしの「関係」について問いただすことが許されると思いますか？　どんな種類の伝記を書いているんですか？　ハリウッド風のゴシップ？　裕福な有名人の秘密みたいな？　この男とわたしの、いわゆる関係について話すのをお断りしたら、それは秘密だとわたしがいったことにするの？　いいえ、ありません、ミスター・クッツェーとは、あなたのいう「関係」など。もっといいましょうか。あんな男に特別な感情を抱くのは、どだい無理な話よ、あんなやわな男に。そう、やわですよ。

彼がホモセクシャルだったと暗におっしゃっているのですか？

暗にいってることなどありません。でも彼には、女が男に求める性質で欠けているものが一つありました。強さ、雄々しさという性質。わたしの夫にはその性質がありました。もとからありましたが、このブラジルで軍事政権《ミリターレス》下で刑務所に入れられたことで、それがいっそう際立つようになり。でも、刑務所に入っていたのはそれほど長くはありませんよ、六カ月だけです。その六カ月が終わってからは、もう人間がほかの人間にすることで驚くことはなにもないと口癖のようにいっていました。クッツェーにはそんな経験は皆無、自分の男らしさを試したり、人生について学ぶといった経験がなかった。彼がやわだったという理由はそこ。一人前の男ではなかった、まだ少年でした。

（沈黙）

ホモセクシャルについていうなら、いいえ、彼がホモセクシャルだとはいいませんが、すでに申しあげたように、彼は独り者《セリバテール》でした——英語でどういうのか知りませんが。

独身者《バチュラー》のタイプでしょうか？　セックスレス？　無性？

いえ、セックスレスではありません。単独者。結婚生活に向いてないのよ。女性といっしょに暮らしていけない。

（沈黙）

さらに手紙が来たということですが。

ええ。返事を書かずにいたらまた手紙が来ました。何通も来ました。ひょっとして、ことばをたくさん書いて送れば、沖から寄せる波が岩を削るように、わたしが根負けするとでも思ったのかしら。手紙は机にしまいました。読まなかったのもあります。でも思ったわね、この男には足りないものがたくさん、たくさん山のようにあるけれど、その一つは愛のレッスンをしてくれる個人教師だわって。だって、もしもある女性に恋をしたなら、じっと座って長ったらしい手紙を次から次にタイプして、何ページにもおよぶ手紙をどれも「敬具」で結ぶようなことはしないものよ。だめ、手紙は手書きしなきゃ、きちんとしたラブレターはそうするの、それを赤いバラの花束といっしょにその女性に届けるようしなきゃ。でもそれからふと思ったわね、ひょっとしてこれが、ここのオランダ人清教徒たちが恋に落ちたときにする流儀なのかしら――用心深く、くどくどしく、情熱もなく、優雅さのかけらもない。きっとベッドでもそんな調子よ、かりにチャンスがあったならですが。

彼からの手紙はさっさとしまって子供たちにはなにもいいませんでした。それが間違いでした。マリア・レジーナにさらっということもできたはずだった。あなたのあのミスター・クッツェーが日曜のことを詫びるために手紙をくれたわよ。あなたの英語が進歩しているのは喜ばしいって。でもわたしは黙っていました。それがひどい面倒を招いてしまった。いまだにマリア・レジーナは忘れていないし、許していないと思います。

こんなこと、あなたには理解できますか、ミスター・ヴィンセント? 結婚してらっしゃる? お子さんはいるの?

はい、結婚しています。子供は一人、男の子です。来月で四歳になります。

男の子は違うわね。男の子のことはわからないわ。でも一つだけ、ここだけの話《アントル・ヌ》ですよ、これはあなたの本に入れては絶対にだめよ。わたしは娘二人を愛していましたが、マリアをジョアンナとは違ったやり方で愛していたんです。愛してはいましたがあの娘が成長するにつれて、彼女に対してとても口やかましくなってしまった。ジョアンナにはやかましくいわなかった。ジョアンナはいつも気取らずに、とてもまっすぐにものをいったし。でもマリアはもっと色っぽい娘で。あの娘には——こういう言い方をするかしら？——男を手玉に取れそうなところがあった。彼女を見れば、わたしのいうことがわかりますよ。

彼女はどうなったんですか？

いまは再婚しました。北米に、シカゴに、アメリカ人の夫といっしょに住んでいます。法律事務所の弁護士です。彼といっしょにハッピーなんだと思いますよ。世界と和解したんだと思います。それまでは個人的問題を抱えていましたから、それについて立ち入るつもりはありません。

マリアさんの写真でわたしの本に使えそうなものはありませんか？

わかりません。探してみます。見ておきます。でも、もう遅いわ。あなたの協力者もさぞやお疲れでしょう。そう、通訳ってどういう感じか、わたしにはよくわかります。はたから見れば簡単そうですが、内実は神経をずっと張りつめていなければいけないので、リラックスできなくて、頭が疲れてしまう。だからここでやめましょう。録音スイッチを切って。

明日もう一度、お話できませんか？

明日は都合が悪いの。水曜ならいいわ。そんなに長い話じゃないし、わたし自身とミスター・クッツェーの話ですが。がっかりなさったらごめんなさい。はるばるやってきて、ダンサーとの大いなる恋物語などないと知ったわけですものね、ほんの短いのぼせあがり、いってみればそういうことね、ほんの短い、なにも実を結ばなかった、一方的なのぼせあがり。水曜日にまたおなじ時刻にいらしてください。お茶を淹れますから。

前回あなたがお訊ねになった写真ですが。探してみたけれど、思ったとおり、やはりケープタウン時代の写真は一枚もありませんでした。でも、これをお見せします。サンパウロに着いた日に空港で、迎えにきたわたしの妹が撮った写真です。ほら、ここにいるのが私たち三人。これがマリア・レジーナ。日付は一九七七年、彼女は十八歳で、もうすぐ十九歳になるところです。ご覧のようにスタイルの良い、とても美しい娘です。そしてこれがジョアンナで、これがわたしです。

とても背が高いですね、娘さんたちですが。お父さんは背が高かったのでしょうか?

ええ、マリオは大男でした。娘たちはそれほど大きくありませんよ、わたしの隣に立つと背が高く見えるんです。

見せてくださってありがとうございました。これをお預かりしてコピーを取らせていただけませんか?

あなたの本のために? だめよ、それは許可できません。もしもマリア・レジーナのことをあなたの本に入れたければ、彼女に直接あたってください。わたしがあの娘の意向を代弁することはできません。

三人がごいっしょに写っている写真として使いたいのですが。

だめ。娘たちの写真を使いたいなら彼女たちに訊いてください。わたしとしては、だめですね、だめということにしました。誤解されそうだから。人はわたしのことを、彼の人生に登場した女の一人だと思うでしょ、そういうことではなかったのだから。

ですが、あなたは彼にとって大切な人でした。彼はあなたに恋していたんですから。

それはあなたの言い分です。でも真実は、彼が恋をしたとすれば、それはわたしにではなく、彼が頭のなかで夢想したファンタジーにわたしの名前を冠したものにです。あなたのご本のなかに彼の愛人としてわたしを入れたいといえばわたしが喜ぶと思った？　とんでもない。わたしにとってこの人は有名作家ではなく、ただの学校教師にすぎなかった、免状さえもっていない学校教師よ。だから、だめです。写真もだめ。ほかには？　なにかほかに話してほしいことは？

前回は、彼があなたに書き送った手紙について話していただきました。すべて読んだわけではないとのことでしたが、それでも、ひょっとしてそこで彼が語っていたことをもう少し思い出せないでしょうか？

一通はフランツ・シューベルトについてでした――シューベルトはご存知ですね、音楽家。彼がいうには、シューベルトを聴いたことで彼は愛の偉大な秘密を一つ学んだそうです——われわれはいかにして愛を昇華させることができるか、化学者がむかし基体を昇華させたように。なぜその手紙のことを記憶しているかというと、昇華（sublime）ということばのせいなの。基体を昇華させる——わたしにはちんぷんかんぷんでした。娘たちに買いあたえた大きな英語の辞書で「sublime」という語を引いてみました。昇華する——なにかを熱してそのエッセンスを抽出すること。ポルトガル語にもおなじような「sublimar」という語がありますが、ふだんはあまり使いませんね。でも、いったいどんな意味だったのかしら？　腰をおろし目を閉じてシューベルトの音楽を聴きながら、心のなかでわたしへの愛を、つまり彼の基体を熱し、より高次のもの、よりスピリチャルなものに変える？　ナンセンスよ、ナンセンスよりもっと悪い。だって、それでわたしが彼を愛するようにはならなかったし、むしろひるみましたから。

愛を昇華させることを学んだのはシューベルトからだと彼はいいました。わたしに会うまで、音楽のなかで動きがなぜ動きと呼ばれるのか理解できなかったと。静けさのなかの動き、動きのなかの静けさ。これがまた頭を悩ませたフレーズでしたね。なにがいいたかったのかしら？　なぜわたしにこんなことを書いてきたのかしら？

すばらしい記憶力ですね。

ええ、わたしの記憶力は鈍っていませんよ。身体となると話は別。腰の関節炎に悩まされていて、杖を使っているのはそのためなの。ダンサーの呪い、そういわれてるわ。痛いんですよ——この痛さときたらもう！　でも南アフリカのことはとてもよく覚えています。ウィンバーグに住んでいたフラットのことも、ミスター・クッツェーがお茶を飲みにきたフラットね。山のことも、テーブルマウンテンも覚えています。フラットはあの山のすぐ麓にあって、だから午後はちっとも陽が射さなかった。ウィンバーグは大嫌いだった。あそこですごした時期は、まず夫が入院して、それから死んだあとまで、まるごと大嫌いだった。とっても淋しかった、どれほど淋しかったか、いまだにことばにならないわ。ルアンダよりも悪かった、独りぼっちだったから。あなたのミスター・クッツェーが私たちに友情を示してくれていたら、あんなにきつく、冷たくしなかったのに。でも愛となると気持ちは動きませんでしたね、まだ夫が身近すぎましたし、まだ夫のことで嘆き悲しんでいたころでした。それに彼は、このミスター・クッツェーはまだほんの少年でした。わたしは大人の女で、彼は少年。彼が少年だったのは、ちょうど聖職者がずっと少年のままでいて、ある日突然、老人になるようなものね。愛の昇華なんて！　彼はわたしに愛について教えてくれようとしていたけれど、あんな少年がわたしになにを教えられたっていうの、人生についてなにも知らない少年が？　ひょっとしたらわたしが彼に教えることはできたかもしれないけれど、でもわたしは興味をそそられなかった。マリア・レジーナに手を出さないで、彼に望んだのはそれだけ。

彼が友情を示してくれていたら話は別だったとおっしゃいました。それはどんな友情のことでしょうか？

どんな友情か？　お教えしましょう。私たちを襲った災難のあと、この災難のことはお話ししましたよね、そのあと長いあいだわたしは官僚制度とたたかいつづけなければならなかった、最初は補償をめぐって、それからジョアンナの書類をめぐって——ジョアンナは私たちが結婚する前に生まれていましたから法的には夫の子供ではなく、継父の養女になる手続きもしていませんでした、退屈でしょうから細かいことは省きます。官僚制度というのはどの国でも迷宮だと心得ていますし、南アフリカが最悪だったというつもりもありませんが、でもあのころはゴム印一つもらうために列にならんで、日がな一日待ったものでした——これにゴム印、あれにゴム印って——それにいつだって、いつだって間違った窓口か、間違った部局か、間違った列だった。

私たちがもしポルトガル人だったら事情は違ったでしょう。あのころ南アフリカにはポルトガル人が大勢、モザンビークから、アンゴラから、マデイラ諸島からもやってきていて、ポルトガル人を援助する組織がありました。でも私たちはブラジル出身で、ブラジル人のための規定がなくて、前例がなくて、だから官僚たちにとって私たちは火星から彼らの国へ到着したようなものだった。

それに夫の問題がありました。あなたはこれに署名できない、あなたの夫が来て署名しなければいけない、彼らは決まってそういいました。夫は署名できません、病院にいますから、とその度にわたしはいいました。では病院へこれを持っていって署名してもらい、それを持ってきてください、と彼らはいった。夫は署名することができません、彼はスティックラントにいるんですよ、スティックラントを知らないんですか？　とわたし。それでは署名欄に×印をつけてもらってください、と彼ら。×印もつけられないんです、息ができないときさえあるんですから。それではわれわれはお役に立てません、と判を押したように彼らは答えた。しかじかの部局へ行って話をしてください——たぶんそこならお役に立てるでしょう。

こういった嘆願やら請願やらをわたし独りで、だれの助けもなく、へたな英語で、学校で本から学んだ英語でやらなければならなかったんです。ブラジルならことは楽に運んだでしょう、ブラジルなら「デスパシャンチ」という便利屋がいますから——彼らは役所にコネがあって、迷路のなかで書類を上手く動かすこつを知っていて、料金を払えば代わりに不愉快な仕事をすべてあっという間に処理してくれます。ケープタウンでわたしが必要としていたのはそれ——便利屋だった、わたしのためにことを楽に運んでくれる人。ミスター・クッツェーはわたしの便利屋になると申し出ることができたはずです。わたしの便利屋になり、わたしの娘たちの支援者になりますって。そうすれば、わたしもほんの一瞬、ほんの一日、自分に対して弱くていい、ごくふつうの弱い女になっていいということもできたのに。でも、いいえ、わたしはあえて緊張を解かなかった、でなければ、わたしも娘たちもどうなっていたことか？

ときには、ほら、あの物騒な、風の強い街の通りを、役所の窓口からまた別の窓口に向かって足をひきずるようにしてよく歩いたもので、そんなとき自分の咽喉からイッイッイッて小さな叫び声が出てくるのがわかったわね、すごく小さいから周囲の人はだれも気づかないような声が。わたしは追い詰められていたの。追い詰められて叫び出す動物みたいだった。

哀れな夫のことを話していいかしら。襲撃された翌朝、倉庫のドアを開けると夫が血まみれで倒れていて、てっきり死んでいると彼らは思った。彼らはまっすぐ死体置き場に運びたがった。ところが夫は死んでいなかった。頑強な男なの、死とたたかいつづけて死を寄せつけようとしなかった。市の病院で、名前は忘れましたが、有名な病院ですよ、そこで彼らは次から次に夫の脳に手術をした。それから先ほどいった病院へ、スティックラントという病院へ夫を移した。街の郊外にあって、汽車で一時間かかるところです。見舞客がスティックラントを訪ねることができたのは日曜日だけで。だから毎週日曜の朝になるとケープタウンから列車に乗って、午後の列車で帰ってきたものです。それが思い出されるもう一つのこと、まるで昨日のことのように——行ったりきたりの悲しい往復の旅。

夫は回復の兆しが見られず、なんの変化もなかった。毎週毎週、わたしが到着すると彼は前回とまったくおなじ姿勢で、目を閉じて両腕を脇に伸ばして横たわっていました。頭はいつも剃りあげられていて、頭皮には縫合した痕がはっきり見えました。それに長いあいだ、顔が、植皮したところがワイアのマスクで被われていました。

スティックラントにいるあいだ、夫は一度も目を開けることがなかったし、わたしを見ることも、わたしの声を聞くこともなかった。彼は生きていて、息はしていましたが、とても深い昏睡状態で、死んだも同然。

正式には未亡人ではなかったかもしれないけれど、わたしとしてはすでに喪中、彼のために、私たちみんなのために、迷い込み、なすすべもないこの残酷な国で、喪に服しているようなものでした。

夫をウィンバーグのフラットへ連れて帰らせてくれと頼みました。そうすれば彼の世話を自分でできるから、でも彼らは退院させてくれませんでした。まだ諦めていないというんです。夫の脳に電流を流せば突然「手品みたいに上手くいく《ドゥ・ザ・トリック》」（彼らはこの通りの言い方をしたのよ）かもしれないと期待していたんです。

だから彼らが、あの医者たちが、夫をスティックランドに入院させておいたのは、夫に彼らのトリックを効かせるためだった。それ以外はなにもしなかった、彼のために、見知らぬ者のために、とっくに死んでいたはずなのにまだ死なない火星からきた者のために、ケアは一切なし。

彼らが電流を流すのを諦めたら夫を連れて帰ろう、とわたしは心に誓いました。そうすれば夫はきちんと死ねる、それが彼の望みだとしたら。というのは意識はありませんでしたが、彼の内部の深いところで自分に起きていることを屈辱だと感じているのがわかったからです。もしも彼がきちんと、安らかに死ぬことが許されるなら、私たちもまた、わたしと娘たちですが、ほっとしたはずです。そのときはこの南アフリカの残忍きわまりない土地に唾を吐きかけて、立ち去ることができるから。でも彼らは絶対に夫を退院させませんでした、最後まで。

だから毎週毎週、日曜日になるとわたしは夫のそばに座りました。もう二度とこのずたずたになった顔を、女が愛しい思いで見ることはないのだから、せめてひるまずに見つめよう、と自分に言い聞かせました。

隣のベッドには、わたしの記憶では（ベッドが六台入る病室に少なくとも一ダースは詰め込まれていました）一人の老人がいて、ひどく痩せて、ひどくやつれて、手首の骨と鼻柱がいまにも皮膚を突き破りそうな感じでした。その人に見舞客はいなかったけれど、わたしが行くといつも目を覚ましていて、青い涙目をぎょろりとこちらに向けたのよ。助けてくれ、お願いだといっているみたいでした、死なせてくれ！　でもそんなこと、わたしにできるわけがなかった。

ありがたいことにマリア・レジーナがこの場所を訪ねることはありませんでした。精神科の病院は子供の行くところじゃありません。最初の日曜日にジョアンナに、いっしょに来て、乗り慣れない列車のことで助けてと頼みました。ジョアンナでさえ行きたがらなかったのは、父親のようすを目にして動揺するからではなく、あの病院へ行けば否応なく目にするもののせいで、あれは女の子が見るものじゃありませんでした。

なぜ夫はここにいなければいけないんですか？　医者に、手品を使うといった医者に、わたしは訊ねました。夫は狂ってはいません――なぜ狂った人たちに混じっていなければいけないんですか？　理由は彼のようなケースのための設備があるからです、と医者はいいました。ここには装置があるからだと。どんな装置なのか訊くべきでしたが、わたしは取り乱していて。あとになって気づいたの。ショック療法の装置のことだったんです、わたしの夫の身体を痙攣させて、手品《ドゥイング・ザ・トリック》みたいに上手くいくことに期待して意識を取り戻させようとしたんです。

あの混雑した病室で日曜日まる一日すごすことを強要されたら、わたしだって絶対に気が狂っていたでしょうね。いつもちょっと休みを入れて、病院の敷地をぶらつきました。あまり人の来ない木の下にお気に入りのベンチがあって。ある日そのベンチへ行ってみると、女の人が赤ちゃんを連れて座っていました。たいていの場所では――公園とか駅のプラットフォームなどでは――ベンチに「白人専用」とか「非白人専用」と書かれていたけれど、そのベンチにはそれがなかった。なんてかわいい赤ちゃんかしらとかなんとか、わたしは話しかけた、親しくなりたくて。すると彼女の顔に怯えが浮かんだ。「ダンキ、ミス」と小さな声でいって、「ありがとうございます」という意味ね、そして赤ちゃんを抱きあげてそそくさと立ち去ったの。

わたしは彼らの仲間じゃないのよ、大声で彼女にいいたかった。もちろんいいませんでしたが。

早く時間が過ぎてほしかったし、過ぎないでほしかった。マリオのそばにいたかったし、離れたい、彼から自由になりたいとも思いました。最初は本を持っていったの、彼のそばに座って読むつもりで。でもそこで本は読めなかった、集中できなかった。編み物を持ってくればよかった。この重苦しい時間が過ぎるのを待つあいだに、ベッドカバーが何枚も編めそうと思ったわ。

若いころは、ブラジルでは、自分がやりたいことをすべてやる時間などあったためしがなかったのに。いまや時間が、過ぎていかない時間が、最悪の敵になってしまった。なにもかも終わりになってほしいとどれほど思ったことか、この生命が、この死が、この生きながらの死が！　南アフリカ行きの船に乗ったのはなんと大きな、取り返しのつかない間違いだったか！

そう。それがマリオの話です。

彼は病院で亡くなったのですか？

そこで死にました。もっと長く生きられたかもしれない、強靭な体格でしたから、雄牛みたいに。ところがトリックが功を奏さないとわかると、彼らは夫にまったく注目しなくなったんです。ひょっとすると栄養もあたえなかったかもしれません、はっきりとはいえませんが、夫はわたしにはいつもおなじように見えていて、痩せていったわけではなかった。でも本当のことをいうと、どっちでもよかったの、私たちは解放されたかった、私たち全員が、彼もわたしも医者たちも。

病院からあまり遠くない墓地に埋葬しましたが、地名は忘れました。だから夫の墓はアフリカにあります。一度も戻っていないけれど、ときどき彼のことを考えるのよ、あそこで独りぼっちで眠っているんだと。

時間は、何時かしら？　急にどっと疲れが出てきたみたい、すごく悲しくって。あのころのことを思い出すと決まって気が滅入るの、わたし。

終わりにしましょうか?

いいえ、先へ進めましょう。もうそんなに残っていませんから。わたしが教えたダンス教室のことをお話しします、だって、彼は、あなたのそのミスター・クッツェーは、そこへ追いかけてきたんですから。そうすればあなたはわたしのためにある質問に答えることができるはずです。それで終わりに。

あのころわたしは正規の仕事が得られなかった。わたしのようなバレエ・フォルクローリコ《民族バレエ》をやった者に、プロフェッショナルな職業の道は開かれていなかった。南アフリカではバレエ団が演じるものといえば「白鳥の湖」か「ジゼル」だけ、自分たちがどれほどヨーロッパ的かを証明するためね。だからお話ししたような仕事を始めて、ダンススタジオでラテンアメリカのダンスを教えたの。生徒はたいていが、いわゆる「カラード」でした。昼はお店やオフィスで働いて、夕方になるとスタジオにやってきて最新のラテンアメリカのステップを学ぶわけ。わたしは彼らが好きでした。すてきな人たち、優しくて、親切で。彼らはラテンアメリカに、とりわけブラジルに、ロマンチックな幻想をもっていました。ヤシの木がたくさん茂っていて、ビーチがたくさんあって。ブラジルでは彼らのような人たちがアットホームに感じていると思っていたのね。彼らを幻滅させるようなことはいいませんでしたよ、わたしは。

月ごとに新たに生徒を募集する、それがそのスタジオのやり方でした。参加者が断られることはなかった。生徒が月謝を払うかぎり、彼らを教えなければなりません。ある日、新規のクラスに入っていくと、生徒のなかに彼がいたんです、名簿に彼の名前があった——クッツェー、ジョン。

さあ、わたしがどれほど狼狽えたか、とてもことばにはできません。人前で演じるダンサーであるなら、ファンに追いかけられるのはある意味しかたのないことです。それには慣れていました。でもいまは違います。ショーに出ているわけではなく、いまはただの教師にすぎませんから、しつこく悩まされたりしない権利がありました。

わたしは彼に挨拶しませんでした。歓迎されていないと即座に理解してほしかったからです。彼はなにを思ったのか——もしも彼がわたしの前でダンスをしたら、わたしの心の氷が解けるとでも？　狂気《クレイジー》の沙汰！　もっと断然クレイジーだったのは、彼にはダンスのセンスが全然なかったこと、全然ダンス向きじゃなかったことね。最初から、歩き方でそれはわかりました。彼は自分の身体をリラックスさせることがなかった。身体の動きがまるで、背中に彼を乗せている馬みたいなの、乗り手が好きじゃなくて抵抗している馬ね。南アフリカだけですよ、そんなふうにしゃちこばって、扱いにくくて、教えにくい人たちに出会ったのは。なんでアフリカになんかやってきたのよ——アフリカに、ダンスの発祥の地に——と思いましたね。オランダにじっとしていれば良かったのに、あの国の堤防の内側の、彼らの会計事務所に座って、冷たい指で金勘定でもしていれば良かったのに。

お金をもらうわけですからクラスは教えましたが、時間になればすぐに裏口からビルの外へ出ました。ミスター・クッツェーと話をしたくなかった。二度と来なければいいと思いました。

ところが次の日の夕方、彼はまたあらわれて、根気づよく指導に従ってステップを踏むんですが、勘の悪さといったら。彼がほかの生徒にも不人気なのが見て取れました。だれも彼とペアを組もうとしないんです。わたしとしては彼がクラスにいるために、教える楽しさにすっかり水をさされて。無視しようとしましたが、彼は無視されまいとして、わたしをじっと見つめるんです、わたしの生命を貪らんばかりに。

クラスが終わるころ彼に声をかけ、あとに残るようにいいました。二人になるとすぐ「お願い、こんなことやめて」といいました。彼ったらじっと見返してきたのよ、抗議もせずに、無言で。その身体から冷たい汗の臭いがしました。なぐってやりたい衝動に駆られたわね、こぶしで顔のまんなかを。「こんなことやめて！　つきまとうのはやめて。二度とあなたの顔など見たくないの。そんなふうに見るのもやめて。あなたに恥をかかせるようなことをわたしにさせないで」

もっということはあったけれど、自分が自制を失い、叫び出すのではないかと不安になって。

あとからスタジオの所有者と話をしました、ミスター・アンダースンという人でした。ある生徒がレッスンを台無しにして、ほかの生徒のためにならない、月謝を払い戻して、もう来ないように伝えてほしい、とわたしはいったの。でもミスター・アンダースンはだめだという。レッスンを混乱させる生徒がいるなら、それをやめさせるのはあなたの責任だというんです。わたしは、その生徒は別に間違ったことをしているわけではなく、ただそこにいるだけでまずいのだ、といいました。そこにいるだけでまずいという理由で生徒を追い出すことはできませんよ、別の解決法を見つけてください、とミスター・アンダースンはいいました。

次の日わたしはもう一度彼に声をかけました。そのための専用スペースなどありませんから、廊下で話をしなければいけませんでした。「これはわたしの仕事なの、あなたはわたしの仕事の邪魔をしている。ここに来ないで。わたしを放っておいて」

彼は返事をせずに、手を伸ばしてきてわたしの頬に触れました。彼がわたしに触れたのはその一度きり。わたしは腹の底からどっと怒りが湧いてきて、彼の手を強く振り払いました。「これは恋愛ゲームじゃないのよ！」と語気を荒げました。「あなたが嫌いなことがわからないの？　放っておいて、わたしも、わたしの子供も、さもないと学校に通告しますよ！」

それは本当でした――もしも彼がわたしの娘の頭を危険なナンセンスでいっぱいにするようなことがなければ、私たちのフラットに呼び出したりすることもなかったし、彼の惨めな追っかけも始まらなかったでしょう。大の男が女子校でいったいなにをやっているのか、聖ボナヴェントゥーラ校は修道女の学校ということだったはずなのに、そこにいるのは修道女だけじゃなかったのか？

彼が嫌いなことも本当でした。ためらわずにそういいました。彼を嫌うように仕向けたのは彼だったんですから。

でもその、嫌うということばをわたしがはっきり口に出すと、彼は当惑した目でじっと見返してきました、まるでいま聞いたことが信じられないみたいに——自分を捧げようとしている相手の女性から本気で拒絶されるなんて。彼はどうしたらいいのかわからなかったんです、ダンスフロアで自分の身体をどうすればいいのかわからなかったのとおなじように。そんな狼狽を、そんな無力さを目にするのはちっとも嬉しくなかった。ダンスの仕方を知らないこの男が裸で踊るのを見せつけられているみたいで。怒鳴りつけてやりたかった。ひっぱたいてやりたかった。もう泣きたかったわね。

（沈黙）

こんな話、聞きたくないでしょ？　あなたは自分の本のためにもっと違った話をしてほしかった。あなたのヒーローと美しい外国人バレリーナとのあいだのロマンスを聞きたかった。でも、わたしは真実を告げているの、ロマンスではなくて。真実が多すぎるかしら。たぶん真実が多すぎて、あなたの本にはそれを容れる余地がないかしら。知らない。どうでもいいわね。

話を進めてください。あなたのお話から浮かんでくるのは、あまり品位あるとはいえないクッツェーの姿ですが、それは否定しませんが、それに手を加えるつもりはありません、お約束します。

品位がない、とおっしゃる。そう、たぶんそれは人が恋に落ちたとき冒す危険よね。自分の品位を落とすという危険。

（沈黙）

とにかく、わたしはもう一度ミスター・アンダースンのところへ行きました。この男をクラスからはずしてください、でなければわたしが辞めます、といったの。なにができるか考えてみましょう、とミスター・アンダースンはいいました。みんな厄介な生徒を抱えているんです、あなただけではありませんよ。わたしはいいました、彼は厄介なわけじゃないんです、狂ってます、と。

彼は狂っていたか？　わたしにはわかりません。でも、彼がわたしに対して固定観念《イデ・フィクス》を抱いていたのは確かね。

翌日わたしは娘の学校へ出かけていって、彼に警告したとおり、校長に会いたいと申し出ました。校長は忙しい、と告げられました。待ちます、とわたしはいった。事務室で一時間待ちました。親切なことばはひと言もありません。お茶でもいかがですか、ミセス・ナシメント？　なんて全然。わたしが帰りそうもないことが明らかになると、ようやく降参して、校長に会わせてくれました。

「娘の英語の授業のことでお話をしにきたんですが」とわたしは校長にいったの。「娘には授業を受けつづけてほしいと思ってはおりますが、正規の資格をもったきちんとした英語教師に教えていただきたいのです。もっとお金が必要ならば払います」

校長はファイルキャビネットからフォルダを取り出しました。「ミスター・クッツェーによれば、マリア・レジーナは英語ですばらしい進歩を見せていますね。それはほかの教師も認めています。とすると、いったいなにが問題なのでしょう？」と校長はいいました。

「なにが問題かを申しあげることはできません。娘の教師を代えていただきたいだけです」

この校長はばかではなかった。なにが問題かいえないとわたしがいったとき、彼女は即座になにが問題かを理解したんです。「ミセス・ナシメント、あなたのおっしゃっていることへのわたくしの理解が正しければ、あなたはとても深刻な不満を述べていらっしゃいます。しかし、そういった不満に基づいて行動することはわたくしにはできません、あなたの不満がもっと具体的に述べられなければ、ということですが。娘さんに対するミスター・クッツェーの振る舞いにご不満がおありですか？　彼の態度にこれまでなにか不適切なことでも？」

彼女はばかではなかったけれど、わたしだってばかではありません。不適切——それはどういう意味か？ミスター・クッツェーを告発したかったのか？　告発して自署して、それから自分が裁判所で裁判官から審問を受けることになりたいのか？　違う。「ミスター・クッツェーに不服を申し立てたくてきたのではありません。ただお願いしているだけです。きちんとした英語の教師がいるならば、マリア・レジーナはその女性からレッスンを受けることはできないものかと」

校長はそれが気に入らなかった。彼女は首を振った。「それは無理です。ミスター・クッツェーは唯一の教師なのです、スタッフのなかで課外授業をこなせるのは彼だけです。マリア・レジーナが移れるクラスはほかにありません。そんな余裕はないのです、ミセス・ナシメント、生徒に自由に選ばせるほどたくさん教師を抱えているわけではないのです。それになにより、おことばを返すようですが、あなたはミスター・クッツェーの教え方を評価する最良の立場におありになるかどうか、そのことを再考していただけますでしょうか？　今日われわれの話し合っていることがたんに彼の教え方の基準についてであるならばですが？」

あなたがイギリス人なのは知っています、ミスター・ヴィンセント、だからこれをあなた個人のことだと取らないでほしいんですが、ある種の英国流儀にはわたしを激怒させるものが、多くの人を激怒させるものがありますね、人を侮辱するのにじつにこぎれいなことばをまぶす、錠剤に砂糖をまぶすみたいに。「デイガウ」〔ラテン系の人を差す侮蔑語〕——そんなことば、ご存知ないでしょ、ミスター・ヴィンセント？　あなたがたポルトガルのデイガウときたら！　と校長はいっていたのよ——なんでのこのこやってきてわたしの学校を批判するの！　出身地のスラムにさっさとお帰り！

「わたしはマリア・レジーナの母親です。娘にとって良いか悪いか、それはわたしだけにいえることです。あなたやミスター・クッツェーやほかのだれかと悶着を起こしたくてやってきたわけではありません、でも、マリア・レジーナがあの人の授業を受けつづけることはありません、それはいまはっきり申しあげておきます。それだけです。わたしが授業料を払うのは、あの娘が良い学校、つまり女子校へ通うためであって、教える教師がきちんとした教師ではないクラスに入れたいとは思いません、彼には資格がありませんし、イギリス人でもありませんし、彼はボーアじゃありませんか」

そのことばを使うべきではなかったのでしょう、たぶん、それじゃ「デイガウ」と大差ないですから、でも、わたしは怒っていました、挑発されて。ボーア——これはあの狭い校長室では爆弾みたいなことばでした。爆弾なみのことば。でも狂ってるよりはましです。もしも、あのわけのわからない詩、それに生徒たちに強烈な光をあてて燃焼させたいなんて、マリア・レジーナの教師は狂ってるといっていたら、そのときあの部屋は本当に吹き飛んでいたかもしれません。

女の顔が強ばりました。「ここでだれが教える資格をもち、だれが教える資格をもたないか、それを決定するのはわたくしと教育委員会の仕事です、ミセス・ナシメント。わたくしの判断および委員会の判断により、大学において英語で卒業資格を得ているミスター・クッツェーは、彼が現在行っている仕事に対する適格な資格があると考えます。そうなさりたいなら彼のクラスから娘さんをやめさせることも可能ですし、なんなら退学させることも可能ですよ、それはあなたの権利です。でも覚えておいていただきたいのは、最終的に損害を受けるのはあなたの娘さんだということです」

「娘にあの男のクラスをやめさせます、学校をやめさせることはありません」とわたしは答えました。「彼女には良い教育を受けさせたいんです。英語の先生は自分で見つけます。会ってくださって、ありがとうございました。あなたはわたしがなにも理解できない哀れな難民の女だと思っていますね。それは違いますから。もしも私たち家族の話を全部お聞かせすることになったら、ご自分がどれほど間違っているかわかりますよ。失礼します」

難民。あの国で彼らはわたしを難民と呼びつづけました、わたしが必死でそれを避けたいと思っているときに。

次の日マリア・レジーナが学校から帰ってきたとき、正真正銘の大嵐がわたしの頭上に襲いかかりました。「どうしてあんなことができたのよ、マイ?」と彼女は叫びました。「わたしに隠れて、どうしてこんなことができたのよ? なんでいつもわたしの人生にしゃしゃり出てくるの?」

何週間も何カ月も、ミスター・クッツェーがあらわれてからというもの、マリア・レジーナとわたしの関係はぴりぴりし通しでした。でもあの娘がそんな言い方をしたのはそれが初めて。わたしは彼女をなだめようとしました。ほかの家族とはわけが違うの。ほかの女の子なら父親が病院にいて、母親が、家事のために指一本あげず、ありがとうもいわない子供に、この課外授業、あの課外授業を受けさせようとして、はした金を稼ぐため恥を忍んで働かなければならないなんてことはないのよ。

それはもちろん本心ではありませんでした。ジョアンナとマリア・レジーナほど良い娘はいませんでしたから、本当に、よく働く娘たちでした。でもときどきちょっときつくすることも必要なんです、愛する人に対してでも。

マリア・レジーナはわたしのいうことなど聞く耳もたずで、怒り狂って、「大っ嫌い！」と叫びました。

「どうしてこんなことするか、わたしにはわからないと思ってるんでしょ！　わたしに嫉妬して、わたしをミスター・クッツェーに会わせたくなくて、彼を独り占めしたいのよね！」

「おまえに嫉妬？　なんてばかな！　この男をなんで独り占めしたいわけ、本物の男じゃないこんな男を？　そう、彼は本物の男じゃないの！　男について、おまえに、ほんの子供に、なにがわかる？　この男がなぜ若い女に混じっていたいか？　それが正常だと思う？　おまえの夢を、おまえのファンタジーを彼が煽る理由がわかる？　ああいう男たちは学校に近づけるべきじゃないの。それをおまえは——わたしがおまえの身の安全を守ってることを感謝すべきところを、おまえは悪態ついてわたしを非難する、おまえの母親であるこのわたしを！」

彼女の唇が音をたてずに動いていました、心の内をいうのにそれ以上ひどい悪態が思いつかないみたいに。それから娘はくるりと向きを変えて部屋から走り出ていった。と思うとすぐに戻ってきて、娘の教師であるこの男がわたしによこした手紙を振りまわしたんです。なんの気なしに机にしまっておいた手紙、もちろん宝物でもなんでもなかった。「彼はあんたにラブレター書いてるじゃない！」と娘は金切り声をあげました。「それにあんたも彼にラブレター書いてるんでしょ！　むかつく！　彼が正常でないなら、なんで彼にラブレター書いたりするのよ？」

もちろん彼女がいっていたことは本当じゃない。ラブレターなど書いていませんから、一通も。でもかわいそうな子供にどうやったら信じてもらえるか？　「なんでそんな！　なんでわたしのプライベートな手紙を黙って見たりするの！」

その瞬間、あんな手紙など焼いてしまえばよかった、とどれほど悔やんだことか、書いてくれと頼んだことなど一度もない手紙を！

マリア・レジーナは泣き出していました。「いうことをきかなければよかった」しゃくりあげながら「ここに彼を招待なんかさせなければよかった。あんたがなにもかもぶち壊したんだからね」というんです。「かわいそうな子！」といってわたしは彼女を腕に抱いて「ミスター・クッツェーには手紙など書いてないから、信じて。そう、彼は手紙をくれたけど、理由はわからない、でも返事は一度も出さなかった。彼に対してそういう気持ちはないの、これっぽっちも。私たちのあいだに彼を入り込ませないようにしようね。わたしはおまえを守ろうとしてるだけなんだから。彼はおまえにふさわしくない。彼は大人で、おまえはまだ子供。別の先生を探してあげる。このフラットに来ておまえの勉強を助けてくれる家庭教師を探してあげる。なんとかなるわよ。家庭教師はそれほど高くないから。ちゃんとした資格があって、おまえに受験勉強の仕方を教えられる人を見つけてあげる。そうすればこの不愉快なごたごたにけりがつくわ」

という話、これが話の全容です。彼の手紙と、その手紙がわたしにもたらした厄介事のすべて。

手紙はもう来ませんでしたか？

一通だけきましたが、開封しませんでした。封筒の表に「差出人へ返送してください」と書いて、玄関口に置いておきました、郵便配達の人が回収できるように。「わかった？」とマリア・レジーナにわたしはいいました。「彼の手紙をどう思っているか、わかった？」

それでダンスのクラスは？

来なくなりました。ミスター・アンダースンが彼と話をしたら、来なくなったんです。たぶん授業料も払い戻したのでしょう、わたしにはわかりませんが。

マリア・レジーナに別の先生は見つかりましたか？

ええ、別の先生を見つけました。退職した女の先生。お金はかかりましたが、子供の将来が危機的なとき、金額など問題ではありません。

では、それで終わりですか、ジョン・クッツェーとあなたの関係は？

ええ。そのとおり。

彼と二度と会わなかったのですね、彼のことも耳にしませんでしたか？

二度と会いませんでした。マリア・レジーナも二度と会わないように手配しました。彼はロマンチックなナンセンスでのぼせあがっていたかもしれない、でも、破天荒になるにはあまりにオランダ的でした。わたしが本気だとわかると、彼と恋愛ごっこをやる気がないと知ると、追いかけるのを諦めました。私たちにはかまわなくなった。彼の偉大なる情熱はそれほど偉大ではなかったわけよね、結局。それとも、ほかに恋する人を見つけたのかもしれない。

そうかもしれません。そうではないかもしれません。たぶん心のなかであなたを生かしておいたのでしょう。あ

るいは、あなたというイデアをというべきか。

なぜそうおっしゃるんですか？

（沈黙）

そうね、ひょっとしたらそうかもしれませんね。彼の生涯を研究していらっしゃるあなたのほうがよくご存知よね。ある人たちにとっては、恋をしているかぎり、だれに恋をしているかは問題ではないのよ。ひょっとしたら彼はそのタイプだったかも。

（沈黙）

振り返ってみて、このエピソート全体をどう思われますか？　彼に対してまだ怒りを感じますか？

怒り？　いいえ。古い哲学者の本を読んで、詩をでっちあげているミスター・クッツェーのような、淋しい、奇妙きてれつな若者がなにゆえマリア・レジーナみたいな、大勢の男の胸を張り裂けんばかりにしてしまう本物の美人に惚れ込んだのか、わたしにはわかりません。マリア・レジーナが彼のなかになにを見ていたのか、それを知るのは容易ではありません。でも、あのころ彼女はまだ若くて感受性が強く、彼は娘を褒めちぎって、ほかの娘たちとは違う、すごい将来が待っていると思い込ませたんですよ。

それから家に連れられてきたら今度はわたしに目をつけた、心変わりしてわたしを彼の本物の恋人にしようと決めたのかもしれない、いまになるとわかります。自分が美人だといっているわけではありませんよ、それにもちろん、わたしはもう若くなかった、でもマリア・レジーナとわたしはおなじタイプでしたから――おなじ骨格、おなじ髪の毛、おなじ黒い瞳。だからより現実的――じゃない？――子供を愛するより成熟した女を愛するほうが。より現実的で、危険が少ない。

彼はわたしになにを望んでいたのか？ 芳しい反応もなく、彼を励ましもしない女から？ わたしと寝たかったのか？ 自分を望んでいない女と寝る男に、いったいどんな快楽がありうるのか？ だって、実際わたしはこの男など欲しくなかったの、少しもぞくっと感じられない男なんか。それにとにかく、もしわたしが娘の先生と懇ろになったりしたらどうなります？ それを秘密にしておけた？ もちろんマリア・レジーナは勘づきます。子供たちの前で恥をさらすことになったでしょう。たとえ彼と二人きりになっても、彼が欲望を感じているのはわたしではなく、マリア・レジーナに対してなんだ、彼女のほうが若くて美しい、でも彼には禁断の木の実だから、と考えつづけたことでしょうね。

でもひょっとすると彼が望んでいたのは私たち二人だったかも、マリア・レジーナとわたし、母と娘――ひょっとするとそれが彼のファンタジーだったのかもしれない、わからないわ、彼の心中までは測りかねますから。

思い出した、わたしがまだ学生のころ、実存主義がファッションで、だれもがみんな実存主義者でなければならなかった。でも実存主義者であると認められるには、まず性道徳の縛りから解放されていることを、急進主義者であることを示す必要があった。いかなる束縛にも服従するな！ 自由になれ！――そんなふうにいわれたわね。でも、自由になれというだれかの命令に服従していて、どうやって自由になるの？ とわたしは自問しましたね。

クッツェーはそんな感じだったと思います。彼は実存主義者でロマンチストで急進主義者であろうと心に決めていたのね。面倒なのは、それが彼自身の内部から発せられたものではなかったことよ、だからやり方が自分でもわからなかった。自由、官能、性愛――すべては彼の頭のなかの観念にすぎなくて、彼の身体に根ざした欲求ではなかった。この点、彼は恵まれなかった。官能的な人じゃなかった。いずれにしても、あの人は秘かに、女性に冷たくよそよそしくされるのが好きだったんじゃないかとわたしは疑ってるの。

最後の手紙は読まないことにしたとのことですが。その決断に後悔はありませんか？

なぜ？　なぜわたしが後悔するの？

クッツェーは作家ですから、彼はことばの使い方を心得ていました。あなたが読まなかったその手紙に、もしもあなたを感動させることばが、彼に対するあなたの感情を変えることばが含まれていたとしたら？

ミスター・ヴィンセント、あなたの目からすればジョン・クッツェーは偉大な作家であり英雄です、それは認めます、そうでなければあなたはここにいることも、この本を書くこともなかった、でしょ？　ひるがえって、わたしにしてみれば――こんなこといってごめんなさい、でも彼は死んでしまったのだから感情を害することもないわね――わたしにとってはどうでもいいの。どうでもいいし、どうでもよかった、ただの苛立ちのもと、困ったさんにすぎなかった。彼はどうでもよかったし彼のことばもそう。彼のことを愚か者みたいにいうので、あなたがご機嫌ななめなのはわかります。でもね、彼はわたしにとって本当におばかさんだったのよ。

手紙についていうなら、女性に手紙を書くのは愛している証拠にはなりません。この男はわたしに恋していたのではなく、わたしというイデアに恋していた、自分の心のなかの、ラテン女性の恋人という幻想に恋していたの。わたしではなくだれかほかの作家を見つけて、幻想作家とでも恋に落ちていればよかったのに。そうすれば二人そろってハッピーになって、たがいに自分のイデアと日がな一日ベッドをともにしていられたはずよ。

こんなふうに話すわたしは残酷だと思ってるのね、でもそうじゃないわよ、わたしが現実的な人間だというだけで。娘の英語の教師が、どこの馬の骨ともわからぬ者がわたしに手紙をくれる、あれやこれや彼の観念《アイディア》について書いた手紙を、音楽のことや化学のことや哲学やら天使やら神々やら、ほかになにがあったか知らないけれど、何枚も何枚も、詩もあったわね、そんなものは読まないし、これからの世代のために暗記もしない、わたしが知りたいのは一つだけ、単純で具体的なこと、それはこの男とまだほんの子供の娘とのあいだでなにが進行しているのか？　なぜって――こんなことといって申し訳ないけれど――上品ぶったことばの裏で男が女に望んでいるのは通常ごく初歩的で、ごく単純なことだからよ。

詩もあったということですが？

わたしには理解できませんでした。詩が好きなのはマリア・レジーナだけでした。

まったく覚えていらっしゃらない？

とてもモダニズム的で、とても知的で、とてもわかりにくいものでした。大きな間違いだったという理由はそこです。彼はわたしのことを、暗闇でベッドに横になって詩について論じるような女だと思ったのね。

でも、お門違いもいいとこよ。わたしは妻であり母であり、それも病院に、監獄といってもいいような、墓地といってもいいような病院に隔離されている男の妻で、二人の少女の母で、彼女たちになんとかこの世界で安全を確保してやらねばならぬ母で、その世界ときたらお金が欲しくなったらそれを盗むために斧を持ってくるようなところなんですから。こんな世間知らずの若い男を、わたしの足元にひれ伏して目の前でかずから恥をかいてみせるような男を、哀れんでる暇はなかった。それに、正直いって、かりに男が欲しかったとすれば、彼のようなタイプの男ではなかったわね。

理由は、念を押しておきますが――遅くまで引き留めてしまって、ごめんなさい――念を押しておきますが、わたしにも感情がなかったわけではないの、それとは大違い。わたしについて間違った印象をもって帰らないでください。わたしは無感覚だったわけじゃないのよ。朝になって、ジョアンナが仕事にでかけ、マリア・レジーナが学校へ行って、陽の光があの小さなフラットに射し込むとき、あそこはいつも暗くて陰鬱だったけれど、ときどきその陽の光のなかに立って、開け放った窓のそばで小鳥の鳴き声を聴きながら、この顔と胸に温もりを感じたりもしたの。そんなときはもう一度、女になりたいと強く思ったりもしたの。まだそれほど歳を取っていなかったし、わたしはひたすら待っていたのよ。そう。これでいいわ。聞いてくださってありがとう。

前回わたしに質問があるとおっしゃいましたが。

そう、忘れていたわ、質問があるの。こういうこと。わたしはふだん人を誤解したりしない。だから教えて、わたしはジョン・クッツェーを誤解してる？　だってわたしには、正直いって彼は特別な人ではなかったから。彼は実質のない人間だった。たぶん書くのは巧みだったのでしょう、たぶんことばに対してはそれなりに才能があったのでしょう、わたしにはわかりませんが、彼の本を読んだことがないし、読んでみたいとも思わなかったので。あとですごく評判になったことは知っていますが、でも、彼は本当に偉大な作家なの？　だってわたし、思うのね、ことばの才能さえあれば偉大な作家になれるのかって。偉大な男でなければだめでしょ。彼は偉大な男じゃなかった。凡人よ、取るに足りない男だった。なぜわたしがそういうか理由を逐一ならべることはできないけれど、でも、それがわたしの受けた印象だった、最初からの、彼を目にした瞬間からの印象だったし、そのあと起きたことでもその印象は変わらなかった。そこであなたにお訊きしたいわ。あなたは彼のことを深く研究して、彼について本を書いていらっしゃる。教えて——彼をどう評価するか？　わたしは誤解してますか？

作家としての彼に対する評価ですか、それとも人間としての彼に対する評価ですか？

人間としてのです。

わかりません。直接会ったことのない人に対する判断を公表するのは、彼であろうと彼女であろうと、わたしは差し控えたいのです。でも思うのですが、あなたに会ったとき彼は、クッツェーは、淋しかった、異常なまでに淋しかった。ひょっとするとそれが彼の、その——なんといったらいいのか——その過度な言動を説明しているかもしれません。

どうしてそれがわかるんですか？

彼が残した記録からです。残されたものから総合的に考え合わせてですが。彼はちょっと淋しかった、そしてちょっと絶望的になっていた。

ええ、でも私たちはみんなちょっと絶望的ですし、それが人生よ。強い人間ならば、絶望は克服します。そこなんです、わたしの質問は——しごく凡庸な人間でありながら偉大な作家になることはできるものか? 内なる炎を秘めていなきゃだめでしょ、通りにいるその辺の男とは違うことが歴然とするような。たぶん彼の書いた本のなかに、読めばその炎が見えるのでしょうね。でも彼といるとき、わたしにはどんな火も感じられなかった。むしろ逆に彼は——どう表現したらいいのかしらね?——熱意に欠けると思えたの。

ある程度まで、そのご意見に賛成です。火というのは彼の書いたものを考えるとき最初に思い浮かぶ語ではありません。しかし彼にはまた別の良さがあり、別の強さがあります。たとえば、彼はぶれるということがなかった。決してぶれることのない視座をもっていた。見かけによって簡単に惑わされたりはしませんでした。

見かけで惑わされない男にしては、いとも簡単に恋に落ちたものだと思いませんか?

(笑)

でもたぶん、恋に落ちたとき彼は惑わされてはいなかった。たぶんほかの人には見えないものを見ていたのでしょう。

女性のなかに？

ええ、女性のなかに。

（沈黙）

あなたは、わたしが彼を遠ざけたあとも、彼がいたことなどすっかり忘れたあとも、彼はわたしに恋していたという。それが、ぶれることがないという意味ですか？　というのは、わたしにはそれは愚かしいとしか思えないのよ。

彼は執拗なほど頑固《ドーギッド》だったのだと思います。とても英語的な表現ですが。ポルトガル語にこれにあたる語があるかどうか知りませんが。ブルドッグがその歯で噛んで放そうとしないような。

そうおっしゃるなら、あなたを信じるしかありませんね。でも犬みたいというのは——英語では望ましいことなの？

（笑）

わたしの職業では、人がいうことに耳をただ傾けるよりは、その動きを、身体の動かし方を見るほうが望ましいの。それが真実にいたる私たちのやり方、それは悪い方法じゃないのよ。あなたのミスター・クッツェーはことばの才能はあったかもしれないけれど、前にもいいましたが、ダンスができなかった。踊れなかった——そうだ、思い出したんですが南アフリカで使われるフレーズにこんなのがあった、マリア・レジーナが教えてくれたものですが——彼はダンスがあまりに下手で、それで命を落とすほど。

（笑）

でも冗談ぬきで、セニョーラ・ナシメント、優れたダンサーでなくても偉人はたくさんいます。優れたダンサーでなければ偉人になれないとすれば、ガンジーは偉人ではなかったし、トルストイは偉人ではなかった。

違います、あなたはわたしのいうことをちゃんと聞いていない。わたしも冗談ぬきです。「魂の肉体からの分離」ということばをご存知？　この人は肉体から魂が分離してたの。彼は自分の肉体と絶縁していた。彼にとって、その肉体は糸で操るあの木偶人形みたいだった。こっちの糸を引っ張ると左腕が動いて、そっちの糸を引っ張ると右足が動くってやつ。それで本当の自分は上のほうに座っているので姿が見えない、まるで人形使いが糸を引っ張ってるみたい。

さてその男がわたしのところへやってくる、ダンスを専門とする女性のところへ。ダンスの仕方を教えてください！　と彼は懇願する。そこでわたしは彼にやってみせる、ダンスではこうやって動くもの。「こうよ」と彼にいう——「足をこう動かして、それからこうして」すると彼はそれを聞いて自分にいう、ああ、赤い糸を引っ張り、次に青い糸を引っ張れといっているのだな！——「肩をこうまわして」とわたしがいう、すると彼は自分に、ああ、緑色の糸を引っ張れといっているのか！

でもそんな踊り方じゃだめ！　そんなのダンスじゃない！　ダンスは魂と肉体が一つ。ダンスってのは、頭のなかに人形使いがいて肉体に指令を出すんじゃなくて、指令を出すのは肉体自身なの、魂をもった肉体、魂／肉体よ。だって肉体は知っているから！　知っているのよ！　肉体が内部でリズムを感じると、もう考える必要はないの。私たちが人間ならばそう。木偶人形が踊れない理由はそれ。木には魂がない。木にはリズムを感じることができない。

そこで質問――このあなたがあつかう人物は、人間ではないのにどうして偉人になれたの？　真面目な質問よ、冗談じゃなくて。女であるわたしが、なぜ彼に応えることができなかったか？　あらゆる手をつくして、まだうら若い、経験の足りない、わたしの娘を彼から遠ざけようとしたのはなぜだと思いますか？　その理由は、ああいう男からは良い結果が得られないからよ。愛――愛についてなにも知らなければ、どうして偉大な作家になれるの？　わたしが女として男がどんな愛人になるか、骨身にしみて知らないとでも？　だから、寒々しさで身震いが起きてしまうのよ、ああいう男と親密になることを考えると。彼が結婚したかどうか知りませんが、結婚したとしても、彼と結婚した女性を思って身震いしますね。

はい。もう遅いですし、長い午後になりました、通訳者ともどもおいとましなければ。ありがとうございました、セニョーラ・ナシメント、寛大にもお時間を割いてくださって。本当に感謝いたします。セニョーラ・グロスがわれわれの会話を起こして翻訳したものを整理してくれますので、それが終わったらあなたにお送りします、変えたい箇所、加えたいこと、カットしたいところなどあるかどうか見ていただきますので。

わかりました。記録を変えたり、加えたり、削ったりできるといってくださってるんですね。でもどれくらい変えられるのかしら？　クッツェーの女の一人だったというラベルを、わたしの首に巻きつけられるラベルを変えられますか？　そのラベルを取らせてくれる？　それを引きちぎらせてくれる？　それは無理よね。だって、それではあなたのご本は台無しですもの、そんなことはさせてくれないわね。
でも我慢しますよ。あなたが送ってくれるものを待つことにします。ひょっとすると——だれにもわからないけれど——お話したことをあなたが真面目に受けとめてくれるかもしれない。それに——じつをいうと——この男の人生に登場するほかの女たちがあなたになにを語ったか、興味があるの、それぞれの首にラベルをつけられたほかの女たちに——彼女たちもまたこの愛人のことを木偶人形だと思ったかしら。だって、ほら、わたしはあなたの本のタイトルを、いっそ『木偶の男』としたらどうかと思うので。

（笑）

でも教えて、真面目なところ、女についてなにも知らないこの男が女たちについて書いたわけ？　それとも彼みたいな執拗なほど頑固な男たちのことについてだけ書いたの？　こんなことを訊くのは、彼の本を読んだことがないからなんだけれど。

彼は男たちについて書きましたし、女たちについても書きました。たとえば——これなら興味をもたれるかもしれませんが——『フォー』という本があって、そこに出てくるヒロインは、乗っていた船が難破して一年間、ブラジル沖の島ですごします。最終的にはイギリス人女性になりましたが、最初の草稿ではそれを「ブラジレイラ」《ブラジル人女性》にしています。

彼が書いたこの「ブラジレイラ」はどんな女性？

なんといったらいいか？　彼女は良い性質をたくさんもっています。魅力的で、機知に富んで、鋼鉄の意志をもっています。彼女は姿を消した年若い娘を見つけるために世界中を探しまわります。それが小説の骨子で——娘を取り戻すための探索がほかのあらゆる出来事に優先する。ぼくには、彼女は賞讃すべきヒロインに思えますね。もしもぼくがそんな登場人物のモデルだとしたら、誇りに思います。

その本を読んで自分で考えてみるわ。もう一度、タイトルを教えていただけない？

『フォー』です、スペルは「FOE」。ポルトガル語に訳されていますが、翻訳版はたぶん品切れでしょう。よろしければ英語版をお送りしますよ。

ぜひ、送って。最後に英語の本を読んでからずいぶんになるけれど、この木偶男がわたしを材料になにをでっちあげたか興味津々だわ。

（笑）

二〇〇七年十二月、
ブラジル、サンパウロで

マーティン

晩年のノートブックのなかで、タッツェーはあなたと初めて会った日について書いています。一九七二年にクープタウン大学の職を得るため、二人が面接を受けたときのことです。ほんの数ページですので──なんならここで読みあげましょうか。三冊目の回想録に入れ込むつもりだったようですが、日の目を見ることはありませんでした。そこでは『少年時代』や『青年時代』で用いられた方法がそのまま使われ、聞くとわかりますが、主語が「わたし」ではなく「彼」となっています。

彼はこう書いています。

「面接のために彼は整髪してもらった。自分で髭を切りそろえた。上着を着てネクタイを締めた。ミスター・堅物とまではいかないが、少なくともボルネオの野人には見えない。

控え室にはほかにも応募者が二人いる。庭を見おろす窓のそばに並んで立ち、低い声でことばを交わしている。知り合いのようだ、いや、知り合ったばかりか」

この三人目がだれだったか、覚えていませんか？

ステレンボッシュ大学を出た人でしたが、名前は覚えていません。

彼はこう続けます──「これは英国方式だ。競争者たちを一つ穴に放り込み、なにが起きるか観察する。またしても彼は英国方式に順応しなければならない、あの残忍なやり方に。狭苦しい船、英国、船べりまでぎっしり詰め込まれて。骨肉相食む世界。犬と犬が歯を剝いて唸り、われ先に敵に喰らいつき、けちな縄張りを死守する。それに対してアメリカ方式は貪り喰う、穏やかに。とはいえアメリカにはもっとスペースがあり、上品さを装う余地がある。

ケープ地方は英国ではないかもしれない、漂流しながら英国から日々遠ざかっているかもしれないが、そのくせ英国方式の残骸があれば必死でしがみつくのだ。救済となるその連繫を失えば、ケープ地方はどうなる？　いずことも知れぬ地へいたる二流の波止場、野蛮と無為の地だ。

ドアにピンで留められた順番表によれば、彼は二番目に面接を受けることになっている。最初の男は、名前が呼ばれると静かに立ちあがり、パイプをたたいて灰を落とし、パイプケースとおぼしきものにそれを収めて入口をくぐる。二十分後にまた姿を見せるが、表情は読み取れない。

彼の番だ。なかへ入ると長いテーブルの末席に座るよう促される。反対側には面接官が座っている、五人、全員男だ。窓が開いていて、部屋が街路に面し、車がその下を頻繁に往来するため、質問内容を聞き取るには注意力を総動員し、返事は声を張りあげなければならない。

丁重なフェイントのあとに、最初の突きが来る——採用されたら、どんな作家について教えたいか？

「広く全般的に教えられます」と彼は答える。「ぼくはスペシャリストではありません。ジェネラリストだと思っています」

答えとしては妥当だ。小さな大学の小さな学部はなんでも屋を喜んで採用するはずだ。ところが、広がる沈黙から推察するに、彼の答えは好ましいものではなかったようだ。質問を字義どおり受け取りすぎた。いつもやってしまう間違い——質問を額面どおりに理解しすぎて、ひどく簡潔に答えてしまう。この人たちは簡潔な答えなど望んではいない。彼らが望んでいるのは、もっと広がりのある答え、目の前にいる人物がどんな人間で、職場でどんな同僚になるか、あたりをつけるための素材なのだ。この困難な時代に一定水準を維持するため、文明の火を灯しつづけるため、最善をつくそうとする辺境《プロヴィンシャル》の大学に、彼が適応するかどうか知る手がかりなのだ。

アメリカでは、職探しを真剣に考え、彼のような者は、質問の裏に隠された意図を読み取る術を知らない者は、あたりさわりなく話して自分を自信ありげに印象づけられない者は――早い話が、人と接するスキルに欠ける者は――養成コースへ通い、質問者の目を直視して、微笑み、質問には手堅く、精いっぱい誠実に答えているよう見せかける技術を学ぶ。自己プレゼンテーション、アメリカではそう呼ぶ、皮肉なしに。

どんな作家を教えたいか？　いまはどんな研究をしているか？　中英語のチュートリアルをする能力はあると思うか？　答えるたびにことばがさらにうつろになる。本音をいうと、こんな職には就きたくない。就きたくない理由は、内心、自分は教師に向いていないのを知っているからだ。その気質がない。熱意がないのだ。

面接が終わり、暗澹たる気持ちで意気消沈して外へ出る。すぐにでもこんな場所から逃げ出したい。ぐずぐずしたくない。だが無理だ、まず書類を書き込まねばならない、交通費をもらうために。

「どうだった？」

話しかけてきたのは最初に面接を受けた、パイプで煙草を吸うやつだ」これはあなたのことですね、わたしの勘違いでなければ。


ええ。でもパイプはやめました。


「彼は肩をすくめる。「わからない」と答える。「だめだな」

「お茶でも飲もうか？」

彼は面喰らう。二人はライバルじゃなかったのか？　ライバルが友達になっていいのか？

午後も遅い時刻で、キャンパスは閑散としている。お茶を飲むために学生会館へ向かう。会館は閉まっている。MJが——あなたのことを彼はそう呼んでいます——パイプを取り出して「ねえ、煙草は吸う？」と訊く。なんと驚いたことに、彼はこのMJなる人物に好感をもちはじめる。ざっくばらんで、単刀直入なこの態度！ 憂鬱な気分がたちまち晴れていく。MJには好感がもてる、それがたんなる自己プレゼンテーションでなければ、彼になんとなく好意をもちはじめているようだ。MJもまた。そして相互の好感が一気にふくらむ！

しかし、それほど驚くようなことか？ なぜ彼ら二人が（あるいは、おぼろげな三人目も入れるなら三人が）選ばれて英文学部講師の面接を受けたか？ もし彼らが同族の人間で、過去に似たような型に嵌める教育《フォーメーション》（「フォーメーション」——英語ではふだん使わない語だ、心しておかなければ）を受けたという理由がなければ、それに両者とも、決定的かつもっとも明白に、南アフリカ人、南アフリカ白人だという理由がなければ？」

断章はここで終わっています。日付はありませんが、一九九九年か二〇〇〇年に書いたものだと、わたしはかなりの確信をもっています。そこで……それに関して二、三、質問があります。一つ目は、面接をパスして講師の職に就いたのはあなたで、クッツェーはパスしませんでした。彼がパスしなかった理由はなんだと思いますか？ 彼がそれを恨んでいた気配はありますか？

まったくありませんね。ぼくは制度内出身であり——当時の植民地的大学制度ということですが——一方、彼は外部出身です。アメリカまで行って大学院を出たということで部外者でした。制度全体の特質からすれば、つまり制度をそっくり再生させるためには、ぼくのほうが有利ということだったんです。彼はそのことを理論的にも現実的にも理解していましたよ。もちろんぼくのせいになどしませんでした。

よくわかりました。別の質問です。彼はあなたのなかに新しい友人を見いだして、あなたと彼に共通する特性まで挙げています。ところが南アフリカ白人であることになると筆が止まり、それ以上は書いていません。彼がそこで筆を止めることになった理由に心当たりはありますか？

なぜ南アフリカ人のアイデンティティのことを持ち出しながら、それを中断したか？　ぼくに説明できるのは二点です。まず、回想録や日記で論じるテーマとしては複雑すぎる——あまりに複雑で、あまりにきわどい。いま一つはもっと単純で、学問的権威者集団内での冒険譚を書くことが彼にはつまらなくなった、物語にする興味が薄れたからです。

どちらの説明がより妥当だと思われますか？

たぶん最初のほうですが、第二の理由も混在します。ジョンは一九六〇年代に南アフリカを離れ、一九七〇年代に帰国して、数十年のあいだ南アフリカとアメリカ合州国を行き来して暮らしましたが、最終的にはオーストラリアへ居を移し、そこで死にました。ぼくは一九七〇年代に南アフリカを離れてから帰っていません。大ざっぱな言い方ですが、彼とぼくは南アフリカに対して共通のスタンスを取っていました。つまり、その地でのわれわれの存在は非正統的なものだった。そこに居る抽象的な権利、つまり生まれながらの権利はあったかもしれないが、その権利の根拠は不当に獲得したものだった。われわれの存在は犯罪にもとづくもの、具体的には植民地支配にもとづくものであり、それがアパルトヘイトによって永続された。「そこで生まれた」とか「ルーツがある」とか反駁がどうあれ、われわれは自分をそう思っていた。自分たちは短期滞在者、一時居住者と考えていたので、その点においてホームはないし、ホームフントもない。ぼくがジョンの考えを誤り伝えているとは思いません。これは彼と徹底的に話し合ったことです。もちろん自分の考えを誤り伝えているわけでもありません。

あなたと彼は同類相哀れむ仲だったと?

「同類相哀れむ」という言い方は間違いです。われわれは自分たちの運命を悲惨なものと考えすぎるきらいがありました。まだ若かったし——当時、ぼくはまだ二十代でしたし、彼にしても少し年長にすぎません——われわれは過去にそれなりの教育を受け、ささやかな資産さえもっていた。さっさと引き払って、この世界の——文明社会の、つまり第一世界の——どこかほかの土地に身を落ち着けていれば、成功して、華やかにやっていけたでしょう。(第三世界となるとそれほど確信はもてませんが。われわれはロビンソン・クルーソーではありませんでしたから、どちらも。)

だから、ノーです。ぼくはわれわれの運命を悲劇的なものとは考えていなかったし、彼もそうだったと思います。あえていうなら、喜劇的でしたね。彼の祖先もぼくの祖先も、何代にもわたってそれなりにあくせく働いて、未開のアフリカのちっぽけな土地を子孫のために開墾して、その労苦の果てに得られたものはなにか?　疑念です、その子孫たちが土地の権利に対して抱く疑念。土地は自分たちに属するのではなく、もとの所有者に不可分なものとして属するという、心穏やかならざる感覚でした。

もしも彼が回想録を書き進めていたなら、途中で放棄しなかったなら、それが彼の述べたことだったと思いますか?

多かれ少なかれ、ね。南アフリカに向き合うときのわれわれのスタンスをもう少し詳しく述べさせてください。われわれはこの国に対して抱く心情に、ある暫定性を養っていて、ぼくより彼のほうがその度合いが強かった。この国に時間や労力を深く注ぎ込むことに乗り気ではなかった。というのは、遅かれ早かれ、われわれの国に対する結びつきは切断されることになり、われわれの働きかけは無効になるだろうと思われたからです。

それで?

それだけです。われわれには共通した、ある考え方の流儀がありました。その出自ゆえの流儀、植民者であり南アフリカ人であるという。つまりは見通しへの共通点ですね。

彼の場合、あなたのいう性癖、つまり心情を暫定的なものとして扱って感情的に深くコミットしない性癖ですが、それが彼の出生地との関係を超えて個人的関係にもおよんでいたと思いますか?

ぼくにわかるわけがないでしょう。あなたは伝記作家です。そういう脈絡で考えていく価値があると思うなら、そうすればいい。

教師としての彼に話を戻していいでしょうか? 自分は教師には向いていないと彼は書いています。そう思いますか?

ぼくにいえるのは、もっとも熟知し、もっとも強い感情を抱いていることを教えるのが最善だということです。ジョンはさまざまな範囲のことをかなりよく知っていましたが、とくにこれといった専門領域がなかった。そこが彼の一失点とはいえるでしょう。第二に、彼には非常に深い関心を寄せる作家群——たとえば十九世紀のロシアの作家たち——がいたのに、その関わりの真の深さが、目に見えるかたちで、彼の授業のなかに出ることはなかった。常になにかが抑え込まれていた。なぜか？　わかりません。ぼくにいえるのは、彼の内部には秘密主義のような気質が、性格の一部として彫り込まれていたらしく、それが彼の授業にも出ていたということだけです。

では、彼は自分の職業生活を、あるいはその大半を、自分には才能がない仕事に費やしたということですか？

それはいささか極論です。ジョンは完璧に有能な学者でした。完璧に有能な学者ではあったけれど、傑出した教師ではなかった。サンスクリット語を教えていたなら話は違ったかもしれません、サンスクリット語とか、慣例的に少しそっけなく無口であることが許されるような科目を教えていれば。図書館司書になればよかったと。その意味がぼくには天職を間違えたといっていたことがありましたよ。図書館司書になればよかったと。その意味がぼくにはよくわかります。

一九七〇年からの講座案内が入手できないのですが——ケープタウン大学はそういった文献を保存していないらしくて——しかし偶然、クッツェーの文書類のなかに、一九七六年にあなたと彼が共同で開いた学内向け講座の受講者募集のビラを見つけました。その講座のことを覚えていますか？

ええ、覚えています。詩の講座でした。あのころぼくはヒュー・マクダーミッド〔二十世紀スコットランドの詩人〕をやっていたので、その機会にマクダーミッドの精読をやりました。ジョンはパブロ・ネルーダの翻訳を学生に読ませていた。ぼくはネルーダは未読だったので、彼の授業に参加しました。

奇妙な選択ですね、そう思いませんか、彼のような人物がネルーダとは？

いや、そんなことはない。ジョンは官能的で開放的な詩が大好きでしたから。ネルーダ、ホイットマン、スティーヴンス。彼は彼なりに一九六〇年代の申し子であることを忘れてはいけないな。

彼なりに──というのはどんな意味ですか？

一定の正しさ、一定の道理の範囲内でということです。彼はディオニュソス的ではなかったが、原理としてのディオニュソス主義を是認していた。自由奔放に振る舞うことをよしとしながら、ぼくが覚えているかぎり、彼自身が自由奔放に振る舞うのは見たことがない──たぶんその方法がわからなかったのだろうな。彼は無意識の力を信じる必要があった、無意識の領域に潜む創造的な力を。そのため、より予言的詩人への傾倒が見られた。

自分の創造の源泉について彼がめったに口にしなかったことはもう気づいていますね。その幾分かは先ほど触れた生得の秘密主義によるものでした。しかしまた幾分かは彼が自分のインスピレーションの源泉を精査したがらなかったことをも暗示しています。まるで自意識過剰が活動を損なうといわんばかりに。

その講座は盛況でしたか？　あなたと彼が共同で教えた講座ですが。

ぼくはかなり学ぶところがありました——たとえば、ラテンアメリカのシュールレアリズムの歴史について学びました。先ほどいったように、ジョンは多くのことについて浅い知識をもっていた。学生たちがそこでなにを学んだかとなると、なんともいえませんね。ぼくの経験からすると、学生たちは講義の中身が講義者にとって重要であるかどうか、すぐに見抜きます。重要であるなら、自分にとってもそれが重要になるのはかまわない、として受け入れます。しかし、もしもそれが重要ではない、と学生たちが正しく、あるいは誤って結論づけたときは、すとんと幕が降りる、講義者はさっさと家に帰ったほうがいい。

ネルーダは彼にとって重要ではなかったと?

いや、そうはいってませんよ。ネルーダは彼にとって大いに重要だったはずです。ネルーダはモデルだったかもしれない——到達不可能なモデル——詩人が不正と抑圧に対してどのように創造的に応答できるかという点で。しかし——ここが重要だと思うのですが——詩人と自分の結びつきを個人的な秘密として、その秘密を絶対明かさないまま対処しようとしたら、おまけに授業態度がなんだか堅苦しくて形式ばったものであったなら、まず、信奉者はあらわれない。

彼には信奉者がいなかったと?

ぼくの知るかぎり皆無だったな。ひょっとしたら後年はもう少しあか抜けしたやり方になったかもしれない。ぼくが知らないだけで。

あなたが彼と出会った一九七二年ころ、彼はまだ高校で教える不安定な地位にありました。実際に大学で定職に就いたのはもう少しあとでした。それでも、二十代なかばから六十代なかばまで、彼はほぼ全職業生活を通して、なんらかの教師として雇われていました。ここで最初のころの質問に戻りますが、教師としての才能に恵まれない人間が教職をキャリアにしていたことは奇妙だと思いませんか？

イエスでもありノーでもありますね。心得ておいていただきたいのは、教職という階層は難民と社会的不適格者にあふれていることです。

彼はどちらですか——難民、それとも、不適格者？

不適格者でした。それに用心深い人間でもあった。毎月きちんと給料が入る安定を確保したかった。

批判めいて聞こえますが。

明白なことを指摘しているだけですよ。学生の文法の誤りを直したり、つまらない会議に出席したりしなければ、もっとたくさん作品を書くことができたかもしれないし、ひょっとするともっと上手く書けたかもしれない。でも彼は子供ではなかった。自分がなにをやっているかは知っていましたよ。彼なりに社会に適応して、その結果を引き受けて生きていたんです。

逆にいうと、彼は教師であることで若い世代と接することができました。世界から身を引いて、書くことに専念していれば、そういう接触はもてなかったはずです。

そのとおりです。

学生のなかでとくに仲の良かった人はいたのでしょうか？

おや、方向転換することにしたんですね。とくに仲の良かったというのは、どういう意味かな？　彼が一線を越えたか、という意味ですか？　かりに知っていたとしても、ぼくは知りませんが、コメントするつもりはありませんね。

しかし、高齢の男性と若い女性というテーマがくり返し彼のフィクションには出てきます。

それはなんというか、非常に無邪気《ナイーヴ》な判断ですね、作品に出てくるテーマが彼の実生活にあったはずだとはまた。

それでは彼の内面生活といったらいいのでしょうか？

彼の内面生活。他人の内面生活についてどうこういえる人がいますか？

なにかほかに彼についていっておきたいと思うことがありますか？　とっておきのストーリーとか？

ストーリー？　いや、あるとは思えないな。ジョンとぼくは職場の同僚だった。友達でもあった。ひどく気が合いましたよ。しかし彼ととりわけ親しかったわけではない。とっておきの話があるかなんて、どうして訊くの？

伝記ではナラティヴとオピニオンのあいだのバランスを上手く両立させなければならないからです。オピニオンには事欠きません——クッツェーについてどう考えるか、考えていたか、みなさん意気込んで話してくれますから——しかし、ライフストーリーに生命を吹き込むには、それ以上のものが必要なんです。

残念ながら、お役に立てませんね。あるいはほかの情報源からなら、もっと期待できるかもしれないが。

ほかにだれと話すつもりですか？

あなたを含めて、五人の名前がリストアップされています。

五人だけ？　それはちょっと危険じゃないかな？　ラッキーなわれわれ五人とはだれですか？　なぜその五人を選んだの？

名前をあげましょう。ここから南アフリカへ行きます——二度目の訪問ですが——クッツェーのいとこのマルゴさんの話を訊きにいきます。彼がとても親しかった方です。それからブラジルへ行って、アドリアーナ・ナシメントという女性に会います。一九七〇年代に数年間ケープタウンに住んでいた方です。それから――まだ日程は決まっていませんが――カナダへ行ってジュリア・フランクルという方に会います。一九七〇年代はジュリア・スミスという名前だった人です。さらにパリでソフィー・ドゥノエルさんにも会うつもりです。

ソフィーなら知っていますが、ほかの人は知らないな。どうやってこういった名前を見つけたのですか？

基本的にクッツェー自身に選択してもらいました。ノートブックに彼が残した手がかりに従いました――当時、つまり一九七〇年代、彼にとってだれが大切な人だったかという手がかりです。

伝記を書くための情報源としては特異な選択に思えますが、もしそういって差し支えなければですが。

あるいはそうかもしれません。加えたいと思った名前はほかにもあるのですが、彼をよく知っていた人とか、でも残念ながら、もう亡くなっています。伝記を書くには特異な方法というのは、そうかもしれません。しかしわたしはクッツェーについて最終判断を下すことには興味がありません。その類いの本を書いているわけではないのです。最終判断は歴史に委ねます。わたしがしているのは、彼の人生のある時期をめぐるストーリーを語ることで、シングルストーリーに行き着けないなら、異なる視点からいくつかのストーリーを語ることなんです。

あなたが選んだ情報源が、それぞれの下心や野心から、クッツェーに対する最終判断を公言することはないのですか？

（沈黙）

質問ですが――ソフィーは別として、いとこも除いて、あなたがあげている女性たちはクッツェーに特別な感情を抱いていたのですか？

はい。二人とも。それぞれに。それについては調査する必要がありますが。

躊躇を感じることはない？　情報源として非常に限定された名簿では、特定の親密だった人物へのバイアスのかかった単一、ないし一連の説明を公表することになり、作家としての具体的業績が犠牲にならない？　さらに悪いことに、あなたの本が――こんな言い方をして申し訳ないが――うっぷん晴らし、個人的な恨みつらみを晴らす以上のものではなくなってしまう危険はない？

なぜですか？　情報提供者が女性だからですか？

情事というものの性質からして、恋人たちがたがいに相手の全体を、安定した状態で見ることはないからですよ。

（沈黙）

くり返しになるけれど、作家の作品を無視したまま伝記をまとめようとするのは、ぼくには奇異に思えるなあ。しかしひょっとすると、ぼくが間違っているのかもしれない。時代遅れなのかもしれない。文学的伝記というのはそういうふうになってしまったということなのかな。ぼくはもう行かなくちゃ。最後に一つ——ぼくの発言を引用するなら、忘れずにまずそのテクストをチェックさせてくれませんか?

もちろんです。

二〇〇七年九月、
イギリス、シェフィールドで

ソフィー

マダム・ドゥノエル、ジョン・クッツェーと知り合った経緯を話していただけますか。

彼とわたしは数年間ケープタウン大学で同僚でした。彼は英文学科、わたしは仏文学科。いっしょにアフリカ文学の講座を担当しました。一九七六年のことです。彼は英語で書く作家を、わたしはフランス語で書く作家を教えました。知り合ったきっかけはそれです。

あなたご自身がケープタウンに来た経緯は？

夫がアリアンス・フランセーズを運営するため派遣されたのです。それまではマダガスカルに住んでいました。ケープタウン時代に結婚が破綻して。夫はフランスに帰りましたが、わたしは残りました。大学で職を得ました。フランス語の講師です。

それと先ほどの共同講座、アフリカ文学の講座を教えたのですね。

ええ。なんだか奇妙ですよね、二人の白人がブラックアフリカ文学の講座をやるなんて、でも、あの当時はそんな感じだったんです。もし私たち二人がやらなければ、講座は開かれなかったでしょう。

大学から黒人が締め出されていたからですか？

いいえ。そのころまでにはもう制度は綻びはじめていました。黒人学生もいましたよ、多くはありませんでしたが。黒人講師も何人かいました。でもアフリカを、広域のアフリカを専門にする人はほとんどいませんでした。それは南アフリカに行って驚いたことの一つです──あの国がいかに孤立していたか。昨年また訪ねたときもそれは変わっていませんでしたね──アフリカの他地域について、ほとんどというか、まったく関心がないんです。アフリカのことを、北の方は暗黒大陸、良くいって未踏だと思っている。

それであなたは？　あなたのアフリカに対する関心はどこから来たのですか？

わたしが受けた教育からです。フランスからね。ほら、フランスはかつて強力な植民地勢力でしたから。植民地時代が公式に終わったあとも、フランスはその影響力を維持するために諸々の手段──経済的手段、文化的手段──を手放さなかった。「フランス語圏《ラ・フランコフォニ》」というのが旧帝国のためにわれわれが創った新しい名前でした。「フランコフォニ」出身の作家が喧伝され、称揚され、研究されたのです。教授資格取得《アグレガシオン》のためにわたしが研究したのはエメ・セゼールでした。

それでクッツェーと共同してあなたが教えた講座ですが、それは成功しましたか？

ええ、成功したと思いますよ。入門講座で、ほんの入口でしたが、学生たちはその存在を知ることができたわけで、英語の表現でいう「アイ・オープナー」つまり「目からうろこ」ね。

白人の学生が？

白人の学生と少数ですが黒人の学生も。もっとラディカルな黒人学生を惹きつけることはなかったけれど。彼らには私たちのアプローチが学究的すぎて、アンガジェ《参加する姿勢》が足りなかったのでしょう。学生にアフリカの他地域の豊かさを垣間見るチャンスを提供するだけで十分、そう私たちは思っていましたから。

そのアプローチについてあなたとクッツェーは意見が完全に一致していましたか？

そう思いますよ。ええ。

あなたはアフリカ文学の専門家ですが、彼は違います。彼が学んだのは本国の、メトロポリスの文学でした。どうして彼はアフリカ文学を教えるようになったのでしょう？

確かにそうね、この分野について彼は正規の教育は受けていなかった。でも、アフリカについての一般的知識は豊富でしたよ。書物による机上の知識で実践的な知識ではなかったことは認めざるをえませんが。彼はアフリカを旅していなかったし。でも書物による知識に価値がないわけではありません——でしょ？　彼は人類学上の文献のことはわたし以上によく知っていましたし、フランス語文献のこともよく知っていました。歴史や政治についてしっかり把握していましたね。英語とフランス語で書く作家で主要な人物のものは読破していました（もちろん当時は、アフリカ文学全体がそれほど大きなものではなかったし——いまとは事情が違います）。彼の知識には欠落している部分もありました——マグレブ、エジプト、などです。それにディアスポラ文学のことは知らなかった、具体的にはカリブ海文学ですが、ここはわたしの十八番《おはこ》でした。

教師として彼はどんなふうでしたか？

いい教師でしたよ。華々しいというわけではなかったけれど有能でした。いつもしっかり準備していて。

学生とは仲良くやっていましたか？

それはなんともいえませんね。あるいは彼が教えていた学生を探し出して質問するほうが、あなたの役に立つかもしれない。

では、あなたご自身は？　彼とくらべて、あなたのほうが学生と仲がよかった？

（笑）わたしになにをいわせたいんですか？　ええ、わたしのほうが人気があったと思いますよ、熱中するたちでしたから。あのころはまだ若かったし、語学の授業がすべて終わったあとで、気分転換に本のことを話すのは楽しかったですね。私たち、いいコンビだったと思います、彼は真面目で、控え目で、わたしはオープンで、派手でしたから。

あなたより彼のほうがかなり年上ですね。

十歳。彼はわたしより十歳年上です。

（沈黙）

この件についてなにか付け加えることはありませんか？　彼のほかの面でなにかコメントしたいこととか？

私たちは愛人関係にありました。もうお気づきだと思いますが。長続きしませんでした。

なぜですか？

持続可能じゃなかったのです。

もう少し話していただけませんか？

あなたの本のためにもう少し話をするの？　どんな本なのか、まだ聞かないうちは無理ですよ。ゴシップの本ですか？　それとも真面目な本？　それを書く許可をあなたは得ていますか？　わたしのほかに、だれの話を訊くつもりですか？

本を書くために許可を得る必要があるのでしょうか？　許可を得ようとするなら、どこにそれを求めればいいのでしょう？　クッツェーの遺言執行者ですか？　わたしはそうは思いません。でも約束しますが、わたしがいま書いている本は真面目なものです。真面目に計画された伝記です。焦点をあてるのは、クッツェーが南アフリカへ帰国した一九七一／七二年から一九七七年に最初に世に認められるまでの歳月です。わたしにはそれが彼の人生における重要な時期だと思えるからです、重要なのに無視されている、彼が作家として本領を発揮しようと手探りしていた時期です。

インタビューをする相手として選んだ人たちについて、率直に状況をお話ししましょう。南アフリカは二度訪ねました。昨年と一昨年です。この二度の旅は期待したほど実り多いものではありませんでした。クッツェーをいちばんよく知っている人たちの多くはすでに故人となっていました。実際、彼が属していた世代全体がまさに絶滅寸前でした。そして、生存している人たちの記憶は必ずしも信頼できるものとはいえなかった。なかには彼とは知り合いだったと言い張る人が、ちょっと突っ込んで訊いてみると、違うクッツェーのことを語っていたりするケースもちらほらありました（ご存じのとおり、クッツェーという名前はあの国ではめずらしくありませんから）。結論として、伝記はほんの数人の友人、同僚へのインタビューをもとにしようと決めたのですが、そこにあなたを含めることができたらと思ったのです。これで納得していただけますか？

いいえ。彼の日記はどうですか？　彼の手紙は？　彼の残したノートブックは？　なぜインタビューにそれほど重きを置くのですか？

マダム・ドゥノエル、目を通せるかぎりの手紙や日記には目を通しました。クッツェーがそこに書いていることはどうも、事実の記録として信頼できないのですよ——嘘をついているということではなくて、彼がフィクション作家だからです。手紙のなかで彼は手紙を出す相手のために自分自身のフィクションを作りあげている。日記のなかで自分自身の目から見て、あるいは後代の目から見て、やはりフィクションを作りあげている。ドキュメントとしてはもちろんそれらは貴重ですが、しかし、真実を知りたければ、真実の全容を知りたければ、それらを脇へ置いて、実物を知っている人たちの、彼の人生に参加した人たちの証言と比較してみる必要があります。

そうですね。でも私たち全員が、あなたがクッツェーをそう呼ぶフィクション作家だったらどうします？ 私たち全員が自分の人生を絶えず作りあげているとしたら？ なぜ、クッツェーについてわたしがあなたに語ることが、彼自身が書くものより、信憑性があるといえるのでしょうか？

もちろん私たちは全員、多かれ少なかれ、フィクション作家です、それは否定しません。しかし、個別の視点から見た個別のレポートをいくつか集めて全体を統合する試みと、彼の作品から成る大きな塊として統一された自己像と——あなたならどちらを取りますか？ どちらが好ましいか、わたしは知っているつもりです。

ええ、おっしゃることはわかります。でも、わたしが提起したもう一つの問題、口を慎むという問題は残ります。わたしはある人が死んだら遠慮なく、なんでもいっていいと考える人間ではありません。わたしとジョン・クッツェーとのあいだに起きたことを、必ずしも世界と共有する心の準備ができているわけではないのです。

おっしゃるとおりです。口を慎むことはあなたの特権であり、権利でもあります。しかしやはり、ちょっと立ち止まって、よく考えてほしいのです。偉大な作家は全世界の財産です。あなたはジョン・クッツェーと親しかった。いずれあなたもまたこの世の人ではなくなります。あなたの記憶があなたといっしょに消えてしまっていいと思いますか？

偉大な作家ですって？　それを聞いたらジョンは大笑いするでしょうねえ！　偉大な作家の時代なんてとうのむかしに過ぎ去った、と彼ならいうでしょう。

予言者としての作家の時代は――そう、そのとおり、過去のものです。しかし、よく知られた作家――と彼を呼ぶことにしましょうか――一般的な文化生活のなかでよく知られた人物は、一定程度、公共の財産であるとは思いませんか？

そのテーマについてわたしに意見を訊くのは筋違いです。重要なのは彼自身がどう考えたかであって、答えは明らかです。私たちのライフストーリーは、現実世界から受ける抑制のもとであれ、それに抗うかたちであれ、自分の好きなように構築できる、彼はそう考えていました――ちょうどあなたが先ほどご自分でそれを認めたように。許可の取得《オーソライゼーション》ということばを使った理由はそこにあります。わたしが想定していたのは、彼の家族や遺言執行者が出す許可ではなく、彼自身の許可のことだったのです。彼が自分の人生のプライベートな面が公表される許可をあなたにあたえていないならば、わたしはもちろんあなたに協力するつもりはありません。

クッツェーがわたしに許可を出せなかった理由は簡単で、彼とわたしは一度も連絡を取り合わなかったからです。

しかし、この点に関して私たちの意見が異なることは認めるとして、先に進みましょう。あなたが話してくれた講座のことに戻りましょう。あなたと彼がいっしょに教えたアフリカ文学の講座ですが、一点、気になるところがあります。あなたと彼は、もっとラディカルなアフリカ人学生たちを惹きつけることはなかったそうですが、それはなぜだったと思いますか？

私たち自身がラディカルではなかったからです、彼らの基準からすればですが。私たちは両者とも、明らかに一九六八年の影響を受けていました。一九六八年にわたしはまだソルボンヌの学生で、デモに参加したりしていました、あの五月の日々です。そのころジョンは合州国にいて、アメリカ当局と悶着を起こしていました。細かなことをすべて記憶しているわけではありませんが、それが彼の人生のターニングポイントになったことは知っています。でも、いっておきますが、私たちはマルクス主義者ではなかったし、二人とも、もちろん毛沢東主義者でもなかった。たぶんわたしのほうが彼より左翼的だったと思いますが、でもそれが可能だったのはフランスの外交的囲いの内部で保護されていたからです。もしもわたしが南アフリカ公安警察と厄介なことになっていたら、さりげなくパリ行きの飛行機に乗せられて、それで話は終わりだったでしょうね。わたしが独房に入れられるなんてことはありえなかった。

一方、クッツェーは……

クッツェーにしても独房に入れられることはなかったはずです。彼は好戦的ではなかった。彼の政治思想はあまりに理想主義的で、ユートピア的でしたから。はっきりいって、まったく政治的ではなかった。政治を見下していました。政治的作家が好きではなかった、政治綱領を信奉する作家のことですが。

でも彼は一九七〇年代に、かなり左翼的傾向の強い論評を書いていますね。たとえばアレックス・ラ・グーマに関するエッセイのことですが。彼はラ・グーマに共感していた、ラ・グーマはコミュニストでしたね。

ラ・グーマは特殊なケースです。彼がラ・グーマに共感したのはラ・グーマがケープタウン出身だからで、コミュニストだからではありません。

クッツェーは政治的ではなかったとのことですが、それは彼が政治嫌いだったということでしょうか? 政治嫌いというのは政治的であることの変種にすぎないという人もいますが。

いえ、政治嫌いではなくて、むしろ、反政治的というべきでしょう。彼は、政治というのは人びとの内部に最悪のものをもたらすと考えていました。人びとの内部に最悪のものをもたらし、社会内の最悪のタイプを浮上させると。彼はそういうものとは関わりになりたくなかったのです。

彼はこの反政治的な政治思想について授業で説教したのですか?

もちろんしませんよ。彼は説教にならないようにすることにかけては細心の注意を払っていました。彼の政治思想は、彼をもっとよく知らなければ見えてきません。

彼の政治思想がユートピア的だというのは、非現実主義的という意味合いですか?

彼は政治や国家が衰退する日を待ち望んでいました。そこがユートピア的だというのです。それでいて、そのユートピア的願望に積極的に力を注いでいたわけではありません。そのためにはカルヴァン主義者でありすぎましたから。

説明してください。

クッツェーの政治学の背景になにがあるかをわたしにいわせたいのですか？　それを知るには彼の本を読むのがベストです。でも、やってみましょうか。

クッツェーの目からすれば、われわれ人間が政治を放棄しない理由は、政治が、われわれの下劣な感情をあおる演劇のように、便利すぎて魅力的すぎるからです。下劣な感情とは憎悪、怨恨、悪意、嫉妬、血に飢えることなどなど。換言すれば、政治とは、ご覧のとおり、われわれの堕落した状態の一つの症状であり、その堕落した状態をあらわしている。

解放の政治学であっても？

もしもあなたが南アフリカの解放闘争の政治学のことをいっているなら、答えはイエスです。解放がネーションの解放を意味するかぎり、南アフリカのブラック・ネーションの解放を意味するかぎり、ジョンはそれに興味がなかった。

では、彼は解放闘争に敵対していたのですか？

彼が敵対していたかって？　いいえ、敵対はしていませんでした。敵対、共感――あなたは伝記作家として、なによりも、人をラベルの貼られた、こぎれいな小箱に押し込んでしまわないよう、厳しく自戒しなければいけませんね。

わたしがクッツェーを箱に押し込んでいなければいいのですが。

なんだか、そんなふうにわたしには聞こえますよ。いいえ、彼は解放闘争に敵対などしていませんでした。もしも運命論者であるなら、彼にその傾向があったように、どれほど残念に思おうと、歴史がたどる道に抗っても意味がないのです。運命論者にとって歴史は運命ですから。

なるほど。それでは彼は解放闘争を残念に思っていたのですか？　解放闘争が取ったかたちが？

解放闘争が正当であることは認めていました。闘争は正当だけれど、新生南アフリカがそれに向かって努力する方向が、彼にとって十分にユートピア的ではなかったのです。

彼にとって十分にユートピア的であるとは？

鉱山は閉山すること。葡萄畑を鋤で耕すこと。武力を解除すること。自動車を廃棄すること。すべての人がヴェジタリアンになること。通りに詩があふれること。そういったことですね。

言い換えるなら、詩と、馬が牽く荷馬車と、ヴェジタリアン、それが戦い取る価値のあるものというわけですか？アパルトヘイトからの解放ではなく？

戦い取る価値のあるものなどないのですよ。あなたは、彼の立場を弁護する役にわたしを追い込んでいます。それも、図らずもわたしが共有していない立場を、です。戦い取る価値のあるものなどないという理由は、戦いというのは、いわれなき攻撃と報復の連鎖を長引かせるだけだからです。わたしはただ、クッツェーが作品のなかで声高に明言していることをくり返しているにすぎませんが、その作品をあなたは読んだとおっしゃいましたね。

彼は教えていた黒人学生と――黒人全般と気軽に接していましたか？

彼がだれかと気軽に接したか？　彼はお気楽《アット＝イーズ》な人間ではなかった（英語風にいうとそうなるかしら）。彼はリラックスすることがありませんでした。わたしはこの目でそれを見たんですから。従って、彼は黒人学生と気軽に接していたか、という質問の答えは、ノー。気楽な感じの人たちに混じると彼は落ち着かなかった。ほかの人たちの気軽さに対して彼は気軽に対応できなかった。このことが彼を誤った方角へ――わたしが思うに――導くことになったのです。

どういう意味ですか？

彼はアフリカをロマンティックな霞を通して見ていました。アフリカ人を、ある意味ヨーロッパではとうのむかしに失われたものを体現するものと見なしていた。どういう意味か？　説明させてください。アフリカでは肉体と魂は不可分だった、肉体が魂なんだ、と彼はよくいっていました。彼は肉体について、音楽とダンスについて、まとまった哲学をもっていて、ここでそれを再現することはできませんが、でも、わたしにはそれが当時でさえ——なんといったらいいのかしら——無用の長物に思えましたね。政治的には役立たず。

続けてください。

彼の哲学はアフリカ人を、より真実の、より深い、よりプリミティブな人間存在の保護者と見なしていた。これについて彼とわたしは非常に激しい議論をしました。彼の立場はとどのつまり流行遅れのロマン主義的原始主義だ、とわたしはいいました。一九七〇年代の、解放闘争とアパルトヘイト国家というコンテクストにおいて、彼のようにアフリカ人を見ることは役に立たない。とにかく、彼らにはもうそんな役まわりを演じるつもりはなくなっていた。

黒人学生が彼のアフリカ文学の講座を避けた理由はそこにあると？　あなたとの共同講座を？

その見解を彼が人前で喧伝することはありませんでした。その点についてはいつも非常に注意深く、非常に正確でした。でも、注意深く耳を澄ますなら、それは伝わってくるはずです。

彼の考え方にはいま一つ深い事情が、ある深いバイアスがかかっていたことをいっておかなければなりません。多くの白人のように、彼はケープ地方を、ウェスタン・ケープとおそらくそれに付随したノーザン・ケープを、南アフリカの他地域から独立したものと考えていました。ケープ地方はそれ自体が、固有の地理と、固有の歴史と、固有の言語や文化を有する国であるというのです。私たちがかつてホッテントットと呼んだものの亡霊に取り憑かれた、この神話的ケープ地方にカラードはルーツをもっているし、それより程度は低いにしろアフリカーナもルーツをもっているが、しかし、ブラックアフリカンはよそ者であり、あとからやってきた者であり、アウトサイダーなのだ。イギリス人がそうであるように、というのです。

なぜわたしがこんなことをいうか？　それは黒人の南アフリカに対して彼が取った、いくぶん抽象的で、いくぶん文化人類学的な態度を彼が正当化した方法を暗示するからです。南アフリカ黒人に対して彼は「感情《フィーリング》」をもたなかった。それが、わたしが秘かに下した結論です。彼らはおなじ市民かもしれないが同国人ではなかった。歴史は——あるいは運命は、といってもいいでしょう、彼にとってはおなじですから——彼らに土地の継承者の役割をふるかもしれない、がしかし、彼の心の奥底では彼らは「われわれ」に対立する「彼ら」でありつづけたのです。

アフリカンが「彼ら」だとしたら「われわれ」とはだれですか？　アフリカーナですか？

いいえ。われわれとは原則的に「カラード」の人たちのことです。とりあえず使いますが、あまり使いたくない用語です。彼は、つまりクッツェーは、あたうるかぎりその使用を回避しました。先ほど彼のユートピア思想に触れましたね。この回避は彼のユートピア思想のもう一つの側面なのです。彼は、南アフリカではだれもが、アフリカ人とかヨーロッパ人とか、白人とか黒人とか、そういったもろもろの呼び名で呼ばれなくなる日が来るのを待ち焦がれていました。家族の歴史が絡まり合い、混じり合い、民族的に区別がつかなくなること、つまりは――またしても汚されたことばを口にしますが――「カラード」となる日が来ることを待ち焦がれていたのです。彼はそれをブラジル的未来と呼んでいました。ブラジルとブラジル人がいいと思っていたんですね。もちろん彼はブラジルに行ったことはありませんでしたが。

でも彼にはブラジル人の友人がいましたね。

彼が会ったのは南アフリカにいた数人のブラジル人難民です。

（沈黙）

あなたがおっしゃる混じり合った未来というのは、生物学的混交のことですか？ 異人種間結婚のことですか？

わたしに訊かないでください。わたしは報告をしているだけですから。

それではなぜ彼は――合法的であれ、非合法的であれ――カラードの子供たちの父親になることによって未来に貢献する代わりに、なぜフランスからやってきた若い白人の同僚と愛人関係を結んだのでしょう？

（笑）わたしに訊かないでくださいよ。

あなたは彼とどんなことを話したのですか？

教えることについてです。同僚のこととか、学生のこととか。つまり、仕事の話です。自分たちのことも話しましたよ。

続けてください。

彼の書いたものについて話したかどうかいわせたいのかしら？　だとしたら、ノーです。彼が書いているものについて話してくれたことはありませんし、わたしのほうも聞き出そうとはしませんでした。

『その国の奥で』を書いていた時期ですね。

ちょうど『その国の奥で』を仕上げていました。

『その国の奥で』が狂気と親殺しなどをめぐるものになるのをご存じでしたか？

まったく思いもよりませんでした。

出版される前に読みましたか？

ええ。

どう思いましたか？

（笑）ここは注意深くお答えしなくては。どうやらあなたが訊きたいのは、わたしの熟考した批評的判断がどのようなものかではなく、わたしがどう反応したかということのようですからね？　率直にいうと、最初は苛々しました。あの本のなかで、戸惑わせるような偽装を凝らして自分が描かれているように思えて苛々しました。

なぜ、そんなふうに思ったのですか？

だって——あのときはそう思えたからですよ、いまではそれがいかにナイーヴだったかは理解していますね、わたしは。——ほかの人間と親密になりながら想像世界からその人を締め出すなんて不可能だ、そう思っていたのです

それでその本のなかに自分を見つけましたか？

いいえ。

まごつきましたか？

どういう意味ですか？――彼の本のなかに自分が出てこないことを知ってまごついたかって？

彼の想像世界から締め出されているのを知って、まごつきましたか？

いいえ。学習中。締め出されるのは学習の一部でした。それについてはこれくらいにしておきましょうか？　もう十分お話したと思いますが。

ええ。ご協力にたいへん感謝しています。しかし、マダム・ドゥノエル、もう一点、突っ込んだことをいわせてください。クッツェーは人気作家ではありませんでした。といっても彼の本が広く売れなかったということではありません。一般の人たちが彼を一度も温かく受け入れなかったという意味です。現実に一般社会での彼のイメージはよそよそしい、横柄なインテリで、そのイメージを払拭するため彼はなにもしませんでした。それを奨励したとすらいえそうです。

いまとなれば、そのイメージは彼の正しい姿だとは思えないのです。彼をよく知っていた人たちの話を聞くと、まったく別の人物像が浮かんできます。気性は必ずしも温和ではなかったけれど、もっと自分に自信がなく、もっと支離滅裂で、いってみれば、もっと人間的です。

彼の人間的な面について話す気になっていただけないものかと。彼の政治思想について話していただいたことは貴重ですが、しかし、もっと彼の個人的性質に絡んだ、多くの人と共有してもいいとお考えになる話はありませんか？　彼の性格に、より光があたるような話ということですが。

つまり、彼をもっと魅力的に見せるような、もっと人に親愛の念を抱かせるような話ということですね——たとえば動物に対して、動物と女性に対して優しかったとか？　だめですね、そういう話は自分の思い出として取っておくつもりですから。

（笑）

いいわ、一つだけお話しします。まったく個人的ではないかもしれないけれど、またしても政治的なものになってしまうかもしれないけれど、でも、思い出してください、あのころはどんなことにも政治が割り込んできたんです。

フランスの新聞リベラシオンからジャーナリストが南アフリカに赴任してきて、ジョンにインタビューをしたいので、そのお膳立てをしてくれないかと依頼がありました。わたしはジョンのところへ行って、インタビューを受けるよう説得しました——リベラシオンはいい新聞だし、フランスのジャーナリストは南アフリカのジャーナリストとは違って、ちゃんと下調べをしてインタビューにやってくるから、と。

インタビューはキャンパス内のわたしの研究室で行われました。言語上の問題が起きたら助け舟を出そうと思ったのです。ジョンはフランス語がそれほど達者じゃなかったので。

話をするうちに、そのジャーナリストはジョン自身に興味があるのではなく、ブライテン・ブライテンバッハについて、当時南アフリカ政府と悶着を起こしていたブライテンバッハについて、ジョンが述べることに興味があることが明らかになっていったのです。その理由は、フランスではブライテンバッハに対する関心が非常に高かったからです——ロマンチックな人物で、フランスに長く住んでいて、フランスのインテリ層と繋がりがありました。

ジョンの応答は無理もないものでした――彼はブライテンバッハの本は読んでいましたが、それだけじ、個人的な知り合いではなく、会ったこともありませんでした。すべて本当のことです。

ところがそのジャーナリストは、あらゆることが近親相姦的なフランスの文学界に馴染んでいて、ジョンのいうことが信じられない。おなじ小さな部族の、アフリカーナ部族出身の作家が、別の作家についてコメントするのをなぜ拒むのか？　両者のあいだに個人的な恨みとか、政治的な敵意があるのだろうか？　というわけです。

そこでなんとしてもジョンから話を引き出そうとする。するとジョンは、ブライテンバッハが詩人として成し遂げたことの大きさを、外国人が、部外者が評価することの困難さを説明しようとする。というのもブライテンバッハの詩は口語的《フォルクスチント》なものに、つまり庶民の言語に深く深く根ざしたものだからです。ジャーナリストが「方言で書いた詩のことですね？」といいました。ジョンがその意味をよく理解できずにいると、彼はひどくさげすむような調子で「もちろん方言では偉大な詩を書くことはできないことには同意されるでしょう」といったんです。

その発言がジョンの怒りに火を点けました。でも、彼の怒り方は、叫んだり大声を出して騒いだりするのではなく、無愛想に黙り込むことでしたから、リベラシオンの記者はどぎまぎしながら完全にお手上げでした。自分がどんな事態を引き起こしたのか皆目見当もつかなかったのです。

あとになって、ジョンが立ち去ってから、わたしは、アフリカーナは自分たちの言語が侮辱されると非常に感情的になるのだ、と説明を試みました。ブライテンバッハ自身にしても多分おなじ応答をしたでしょうって。でもそのジャーナリストは肩をすくめただけでした。意味はないな、世界言語が意のままに使えるのに方言で書くなんて、と彼はいったんです（実際には方言といわずに素性の知れない方言といい、世界言語ではなく本物の言語《ユヌ・ヴレ・ラング》といったんですが）。その時点で遅ればせながら気づいたのは、彼がジョンとブラインバッハをおなじカテゴリーに入れていたことでした。その土地固有の言語で、方言で書く作家というカテゴリーに。

もちろん、ジョンはアフリカーンス語で書いているわけではなく、英語で書いていました。とても流暢な英語を使って、ずっと英語で書いてきた。とはいえ、アフリカーンス語の尊厳への侮蔑だと思えるものに対しては、先ほどわたしが述べたように、むかっ腹を立てて応答しました。

彼はアフリカーンス語から翻訳をしていますね？　アフリカーンス語作家のものを翻訳しているという意味ですが。

ええ。彼はアフリカーンス語はよくできましたが、あえていうなら、フランス語がよくできるというのとおなじで、つまり、話しことばより書きことばのほうが得意だった。もちろん、わたしは彼のアフリカーンス語を評価するための適任者ではありませんが、そんな印象を受けました。

ということは、彼の場合、その言語を不完全にしか話せず、民族的宗教、少なくとも国家宗教の外側に立ち、物の見方はコスモポリタンで、政治的には――なんというか――反体制である人間、それでいてアフリカーナとしてのアイデンティティを進んで受け入れようとする人間ということですね。どうしてそうだったのでしょう？

わたしの考えでは、歴史という視点から見るなら、自尊心を維持しつつ自分をアフリカーナ集団から分離する方法はないと思ったのでしょう。たとえ、そのことが政治的に、アフリカーナが負うべき責任すべてに結びつくことを意味したとしても、です。

アフリカーナとしてのアイデンティティをもっとポジティヴに受け入れるようにするもの、たとえば、もっと個人的なレベルでですが、そういうものはなかったのでしょうか？

あるいはあったかもしれませんが、わたしにはわかりません。彼の家族には会ったことがありませんでしたから。ひょっとすると彼らがその手がかりを提供してくれるかもしれませんよ。でもジョンは根っから用心深い人でしたね、まるで亀のように。危険を察知するや、さっと殻のなかに身を引く。あまりにも頻繁にアフリカーナたちから肘鉄を喰らってきた、肘鉄を喰らい、屈辱を受けてきたんです――子供時代の回想録を読めばわかりますよ。また拒絶される危険を冒す気になれなかったのです。

だからアウトサイダーのままでいるのを好んだのですね。

アウトサイダーの役にあまんじるのがいちばんいいと思っていたのでしょう。彼は仲間に入る人じゃなかった。チームプレイヤーではなかった。

彼の家族に紹介されたことはなかったそうですが、それは変だと思いませんでしたか？

いいえ、全然。彼とわたしが出会ったころには彼の母親はすでに亡くなっていましたし、父親は具合が良くなかった。弟は国外に出ていて、親類たちとの関係もぎくしゃくしていました。わたしのほうは既婚の女ですし、というわけで、私たちの関係は、それが続くかぎり、二人だけの内密なものでした。

でも、もちろん彼とは家族のことや、出自のことなど話しましたよ。彼の家族が際立っていたのは、わたしにいわせるなら、文化的アフリカーナではあっても政治的アフリカーナではなかったところです。どういう意味か？　十九世紀ヨーロッパをちょっと振り返ってみてください。あの大陸全域で民族的、文化的アイデンティティが政治的アイデンティティへと変形されていきました。そのプロセスはギリシアに端を発して、またたくまにバルカン諸国に広がり、中央ヨーロッパへ広がります。やがてその波は植民地を襲います。ケープ植民地では、オランダ語を話すクレオール白人がみずからを分離した民族として再創造しはじめる、これがアフリカーナという民族で、民族独立を求める運動を開始します。

さて、なんらかのかたちで、そんなロマンティックなナショナリストの熱狂的な波にジョンの家族はさらされた。あるいはその波に巻き込まれまいと決意した。

ナショナリストの熱狂に連座する政治ゆえに、彼らは距離を置いたと？——つまり、反帝国主義者、つまり反英主義者の熱狂に？

そうです。最初はあらゆる英国的なものに対してかきたてられる敵意、「血と土《ブルート・ウント・ボーデン》〔種族とそれを培った土地との結合を強調するナチの人種主義的指導理念〕」といった神秘思想にまどわされますが、そのうち、ナショナリストたちがヨーロッパの超保守派から引き継いだイデオロギー的な重荷——たとえば科学に裏づけられた人種主義——や、それに付随する政策、つまり、文化の取り締まり、若年層への軍国主義の吹き込み、国家宗教、といったものから彼らは身を引くことにしたのです。

ということは、やはりあなたは、クッツェーが保守主義者であり、反ラディカルだと考えるわけですね。

文化的保守主義者ですね、モダニストの多くが文化的保守主義者であるという意味ではそう——つまり、ヨーロッパ出身のモダニスト作家が彼のモデルでした。彼は若いころの南アフリカに深い愛着を感じています。一九七六年にはネヴァーランドみたいに見えるようになっていた南アフリカに。先ほど述べた本、『少年時代』を一読すれば明らかです。あの本には、白人とカラードの古い封建的な関係に対するノスタルジアがあり、それが手に取るようにわかります。彼のような人間には、アパルトヘイト政策を打ち出した国民党は武骨な保守主義ではなく、逆に、最新のソーシャル・エンジニアリングの代表者でした。彼が心から信奉していたのは、古い、手間のかかる、封建的な社会の仕組みで、これはアパルトヘイトという「統制経済政策」を採用する狭量な者たちをひどく立腹させるものでした。

政治思想の問題で対立したことはありますか?

それは難しい質問です。結局、どこまでが性格で、どこからが政治になるか? 個人的なレベルでは、彼はあまりにも運命論的で、それゆえ受動的だとわたしは思いました。政治的アクティヴィズムに対する彼の不信は、彼のふだんの振る舞いに見られた消極性として出ていたのでしょうか? それとも、生来の運命論が政治行動に対する不信として出ていたのでしょうか? いずれかは判断しかねます。でも、そうですね、個人的なレベルでは、私たちのあいだには一定の緊張がありました。わたしは関係が深まり、発展することを望んでいましたが、なんと、彼のほうは変化することなく、おなじ状態であることを望んでいた。最終的破局にいたったのはそれが原因でした。男と女のあいだでは、わたしの考えでは、静止状態はありえません。進展か破局か、そのどちらかです。

破局を迎えたのはいつですか?

一九八〇年です。わたしはケープタウンを離れてフランスへ帰国しました。

それ以後は連絡し合わなかったのですか?

しばらくのあいだ彼は手紙をくれました。書いた本が出版されると送ってくれました。それから手紙が来なくなって。ほかにだれか見つけたなと思いましたね。

関係を振り返ってみて、どう思いますか?

私たちの関係をどう思うか? ジョンはフランス人の恋人ができれば無上の歓びが得られると信じるような、名うてのフランスびいきでした。フランス人の恋人に期待されるのは、ロンサールを朗読し、クラヴサンでクープランを弾き、それと同時進行的に、恋人に性愛の神秘を手ほどきする、それもフレンチスタイルで、といったものです。誇張ですよ、もちろん。

わたしが彼のファンタジーにかなったフランス人の恋人だったかどうか? とてもそうは思えませんね。振り返ると見えてくるのは、私たちの関係が本質的にとてもコミカルだったことです。コミカルでセンチメンタル。喜劇的な前提が基本にあった。でも、さらに過小評価できない要因として、具体的には、わたしが泥沼の結婚生活から逃げ出すのを彼が助けてくれたことです。それに関してはいまでも彼に感謝しています。

コミカルでセンチメンタル……なんだか軽く聞こえる言い方ですが。クッツェーがあなたに、あるいはあなんが彼に、深い痕跡を残さなかったのでしょうか？

どんな痕跡を彼に残したかについては、わたしは判じる立場にはありません。でも、一般的に、人は強い存在感がなければ深い痕跡は残せません。ジョンには強い存在感がありませんでした。冗談めかしているわけではないのよ。彼には多くの賞讃者がいるのは知っています。だてにノーベル文学賞を受賞したわけではありませんし。彼が作家として重要だと思わなければ、あなたがここにやってきて、こうして調査することもちろんなかったわけですから。でも、ちょっと真摯になってみると、彼といっしょにいたあいだずっと、並はずれた人と、真に並はずれた人といっしょにいるという感じはしませんでした。残酷な言い方なのはわかっていますが、残念ながらそれは事実です。世界を一瞬のうちに照らし出すような、すごい閃きを彼から感じた経験はなかった。あるいは閃きがあったとしても、わたしの目はそれに対して盲目だったのでしょう。

ジョンは頭がいいと思いましたよ、知識がとても豊富で、多くの点で彼には感心しました。作家として自分がなにをしているかを心得ていましたし、ある安定した文体をもち、その文体には傑出する特質が出はじめていました。でも、わたしの知るかぎり、特別な感受性というか、人間の条件を見抜く独自の洞察力は感じられなかった。彼はただの男で、男ざかりで、才能にあふれ、たぶん天賦の才があった、でも、率直にいうと、巨匠ではなかったわね。がっかりさせたら、ごめんなさい。彼を知っているほかの人からは、きっとまた別のイメージが得られると思いますよ。

彼の書いたものへ戻りますが、客観的にいって、批評家として、あなたは彼の作品をどう評価しますか？

初期の作品がいちばん好きです。『その国の奥で』といった本にはある種の大胆さがあって、ワイルドさというか、いまでもそこはすばらしいと思います。『フォー』もいいですね。それほど初期ではありませんが。でもそれ以後はもっとお上品になってしまい、わたしの目には、野性味に欠けます。『恥辱』のあとは興味をなくしました。後期の作品は読んでいません。

一般的に彼の作品は野心に欠けるといいたいですね。フィクションの構成要素をコントロールする力が強すぎます。いまだ述べられていないことを述べるために手段をデフォルメしようとする作家の存在が感じられない、わたしにとってはそれが偉大な作品の証拠なのですが。クールすぎるというか、こぎれいすぎるというか。安易すぎるのね。情熱が足りないのよ、創造的な情熱が。そういうことです。

二〇〇八年一月、パリで

ノートブック　日付のない断章

日付のない断章

冬の土曜の午後、恒例によってラグビーの試合に出かける時間だ。父親をつれて列車に乗り、二時十五分開始の前座試合に間に合うようニューランズへ行く。前座試合に続いて四時から本試合が始まる。本試合が終わればまた列車に乗って帰宅する。

父親とニューランズへ出かける理由はスポーツが——冬はラグビー、夏はクリケットが——彼らのあいだに残存するもっとも強い絆だからだ。帰国後初の土曜日に、父親がコートを着てなにもいわずに、独りぼっちの子供みたいにニューランズへ出かけていった光景が、ナイフのように心に突き刺さったからだ。

父親に友人はいない。彼にもいないが、理由は異なる。若いころは彼にも友人がいた。だが当時の友人はいまや世界中に離散してしまい、新しい友人を作るこつを、いや意志を、彼は失ってしまったらしい。そんなわけで彼がまた父親に割り振られ、父親がまた彼に割り振られる。いっしょに暮らしているのだから、土曜日はいっしょに楽しむ。それが家族の行動規範だ。

帰国して驚いたのは、父親に知り合いがいないと知ったときだ。父親は社交的な人間だとずっと思っていた。しかしそれは彼の勘違いだったか、あるいは父親が変わってしまったかだ。それとも、たんに加齢によって男に起きることの一つ——自分の殻に引きこもる——なのかもしれない。土曜のニューランズのスタンドはそんな男たちであふれている。人生の黄昏時にあって、灰色のギャバジンのレインコートを着た孤独な男たち、みずからの孤独が恥ずべき病であるかのように自分のなかに閉じこもる男たち。

彼と父親は並んで北側スタンドに腰をおろし、前座試合を観戦する。その日の試合予定全体にメランコリーが漂っている。スタジアムがクラブラグビーのために使われるのは今シーズンが最後なのだ。この国に遅ればせながらテレビが到来し、クラブラグビーへの関心は先細りだ。土曜の午後をニューランズですごしてきた男たちはいま、家にいながらその週の試合を観戦するほうを好むようになった。北側スタンドに何千とある観客席で、埋まっているのはせいぜい十席あまり。線路脇のスタンドはまったくの無人だ。南側のスタンドにはまだ筋金入りのカラードの観客が集団で陣取り、ケープタウン大学とヴィレジャーズに声援を送り、ステレンボッシュとファン・デル・ステルに野次を飛ばしている。特別観覧席だけはそれなりに観客が入っている、たぶん千人ほどか。

四半世紀前、彼が子供のころはこうではなかった。クラブ対抗試合として重要な日は——ハミルトンズがヴィレジャーズと戦うとか、ケープタウン大がステレンボッシュと対戦する日は——立見席を確保しようとやっきになったものだ。試合終了のホイッスルから一時間もしないうちにアーガス紙のヴァンが通りを猛スピードでやってきて、街角の露天商にスポーツ版の束をどさりと降ろしていった。そこには遠くステレンボッシュやサマセット・ウェストで行われた試合も含め、ファーストリーグの試合をすべて現場取材した記事が、2Aと2B、3Aと3B、というふうにマイナーリーグのスコアといっしょに掲載されていたものだ。

そんな日々は遠い過去になった。クラブラグビーは青息吐息だ。いまやスタンドにかぎらずフィールド上でさえそれは感じられる。大きな音が響き渡る空洞のスタジアムに意気消沈した選手たちは、とにかく戦うふりをすることしか念頭にないらしい。目の前で一つの恒例行事が、正真正銘のプチブル的南アフリカの恒例行事が終焉を迎えようとしている。今日ここに集っているのはその最後の愛好家——父親のような哀れな老いた男たちと、彼のようなぱっとしない律儀な息子たちだ。

小雨が降りはじめた。彼は二人の頭上に傘を広げる。フィールドでは三十人のやる気のない若い男たちが、濡れたボールをなんとか奪おうとして、へまばかりやっている。

前座試合で対戦するのは、ユニフォームがスカイブルーのユニオンと、えび茶と黒のガーデンズだ。ユニオンとガーデンズはファーストリーグの成績表では最下位にあり、降格の危機に直面している。むかしはこんなことはなかった。かつてガーデンズといえばウェスタン・プロヴィンスのラグビーでは有力チームだった。家にはガーデンズの三軍の額入り写真がある。それは一九三八年のもので、最前列に座る父親はガーデンズの紋章のついた洗い立てのフープジャージを着て、襟を粋に耳の辺りで立てている。ある不測の事態がなければ、具体的には第二次世界大戦がなければ、父親だって――まかり間違えば？――二軍にまで進んだかもしれない。

旧来の忠誠心を考えれば、父親はユニオンよりガーデンズを声援しそうだ。ところが実際には、どっちが勝とうが父親はまったく気にかけない。はっきりいって、ラグビーであれなんであれ、父親がなにを気にかけているのか見抜くのは至難のわざなのだ。父親はいったいなにを望んでいるのか、この謎を解き明かせたら、彼はもっといい息子になれるかもしれない。

父親の家族はすべからくそんな調子――これと指摘できるような情熱がない。金銭のことを気にかけるようにも見えない。彼らが望むことは、だれとでも仲良くすること、仲良くして少しだけ笑うこと、それがすべてなのだ。

こと笑いにかけては、父親が必要とする相手として彼は最悪。笑いとなるとクラス最下位なのだ。陰気なやつ――みんなは絶対そう見ている、みんなが見ているとしてだが。陰気なやつ、興ざめなやつ、石頭の野暮天。

それに父親の音楽のことがある。ムッソリーニが一九四四年に降伏し、ドイツ兵が北へ追い払われたあと、イタリアを占領した、南アフリカ軍を含む連合軍は、しばし緊張を解いて羽を伸ばすことを許された。彼らに提供された娯楽に、大きなオペラハウスの演目を無料で楽しむというのがあった。アメリカ、イギリス、さらには海を渡って遠方のイギリス自治領からやってきた若者たちは、イタリアオペラなどそれまで知るよしもなく、「トスカ」「セビリャの理髪師」「ランメルモールのルチア」といった歌劇にどっぷり浸った。夢中になったのは一握りだったが、その一握りのなかに父親がいた。アイルランドやイギリスの感傷的なバラードを聞いて育った父親は、艶っぽく耳新しい音楽の虜になり、大仰な舞台の毒気にすっかりあてられてしまった。来る日も来る日も、さらなる刺激を求めて彼は通いつめた。

というわけで終戦を迎えて南アフリカへ帰国したとき、クッツェー伍長が持ち帰ったのは新たに発見したオペラへの情熱だった。「いつも変わる女心《ラ・ドンナ・エ・モビレ》」と彼は風呂のなかでよく唱っていた。「フィガロこっちだ、フィガロあっちだ、フィガロ、フィガロ、フィイーガロー！」彼が出かけていって買って帰った蓄音機は家族にとって初ものだった。父親は何度も何度もくり返し、カルーソーが「おまえの小さな手は凍えている」と唱う七十八回転のSPレコードをかけた。LPレコードが発明されると、より優れた新型プレイヤーを手に入れ、レナータ・テバルディが名曲のアリアを歌うアルバムもいっしょに持ち帰った。

かくして彼の思春期には、声楽の二大潮流が家のなかで交戦状態を展開した——かたや父親の、朗々たる声で歌うテバルディやチト・ゴッビに代表されるイタリア声楽、かたや彼自身の、バッハを基調とするドイツ声楽。日曜の午後はニ短調ミサ曲のコーラスに家中がどっぷり浸かり、夕方になってついにバッハが沈黙を強いられると、父親がみずからグラスにブランデーを注ぎ、レナータ・テバルディをかけておもむろに腰をおろし、本物のメロディーを、本物の歌を聴くことになった。

その官能性と頽廃性ゆえに——十六歳という年齢の彼はそう考えた——自分は生涯イタリアオペラを嫌悪

し侮蔑すると固く心に誓った。イタリアオペラを侮蔑したのはただ父親がそれを好きだったからかもしれず、父親が愛するものはいかなるものも嫌悪し侮蔑すると固く決意したのでは、といった可能性を彼は認めようとしなかった。

ある日、家族が出払ったとき、彼はテバルディのレコードをジャケットから取り出し、その表面に剃刀で深い切り傷をつけた。

日曜の夜、父親がレコードをかけた。回転するたびに針が飛んだ。「だれがやった?」父親が詰問した。しかし、だれもやっていないようだった。偶然そうなったのだ。

かくしてテバルディは終焉を迎え、いまやバッハに向かう敵なし。

そんなさもしい、つまらない行為のために、過去二十年間、彼は苦い自責の念に苛まれてきた。自責の念は時の経過によって和らぐどころか逆に深まるばかり。帰国して真っ先にやったことの一つ、それはテバルディのレコードを求めてレコード店を渉猟することだった。見つけることはかなわなかったが、偶然行き当たったコンピレーションアルバムに例のアリアをいくつか唄うテバルディが入っていた。それを買って家に帰り、プレイヤーにかけて最初から通して聞いた。ハンターが笛で鳥をおびき寄せるように、父親を自室から誘い出したいと思ったのだ。しかし父親は興味を示さなかった。

「この声、聞き覚えがない?」

父親は首を横に振った。

「レナータ・テバルディだよ。むかしはあんなに好きだったじゃないか、覚えてないの?」

彼は負けを認めなかった。自分が外出しているあいだに、いつか父親が無傷の新しいレコードをプレイヤーにのせて、みずからグラスにブランデーを注ぎ、自分の肘掛け椅子に腰をおろし、ローマ、ミラノ、どこでもいい、若いころの彼の耳が初めて人間の声のもつ官能美に目覚めた場所へ運ばれていってほしいと思いつづけた。父親の胸が、かつて感じた喜びに高鳴ってほしかった。一時間でいい、失われた青春をいま一度追体験して、現在の打ちひしがれた、屈辱的な状態を忘れてほしかった。とりわけ彼は父親に許してもらいたかった。**ぼくを許してほしい！** と父親にいいたかった。おまえを許す？ いったい、なにを許せというんだ？ 父親がそう答えるのを聞きたかった。そうすれば彼は勇気をかき集めて、ついにすべてを告白する——**ぼくを許してほしい、わざと、あらかじめ悪意から計画を立てて、あなたのテバルディのレコードを引っ掻いたことを。ほかにも、いちいちあげていったらまる一日かかるいろんなことを。数えきれない意地悪のことを。そんな行為を生み出した卑劣な心を。つまるところ、ぼくが生まれた日からぼくがしたことすべてを、その結果、あなたの人生を惨めなものにしてしまったことを。**

しかし、そのような兆候は微塵も見られず、彼が家を留守にするあいだテバルディが自由に唄うことはなかった。テバルディはその魅力を失ってしまったらしい。でなければ父親が彼にゲームを挑んでいるのだ。**おれの人生を惨めにだって？ なんでおれの人生が惨めだったなどと考える？ なんでおまえにおれの人生を惨めにする力があったなんて考える？**

断続的に彼はテバルディのレコードをかける。聴いているうちに、なんだか自分の内部である種の変容が起きはじめる。一九四四年に父親に起きたように、彼の心もまたいつしかミミ〔プッチーニのオペラ「ラ・ボエーム」の主人公〕の心とともに拍動しはじめる。大きな弧を描きながら高まる彼女の声が、きっと父親の魂に呼びかけたように、いま彼の魂にも呼びかけて、彼女の魂とともに、熱烈に、高らかに飛翔せよと迫ってくる。

この長い歳月、彼はどこで間違えたのだろう？ なぜベルディやプッチーニを聞かなかったのだろう？ 耳が聞こえなかったのか？ いや、もっと悪いことに、真実は——若造ながら、テバルディの呼びかけを完璧に認めながら、口を引き結んだ澄まし顔で（「認めるもんか！」）耳を貸さなかったのか？ **テバルディ打倒！ イタリア打倒、肉欲打倒！** 父親もまた廃残の底に沈まなければならぬなら、そうなるがいい！

父親の内部で起きていることにはまったく見当がつかない。父親は自分のことを語らず、日記もつけず、手紙も書かない。たった一度だが、偶然、扉が微かに開いたことがある。アーガス紙の週末付録ページ ライフスタイル欄に「はい／いいえ」で答えるクイズがあって、父親が書き込んで放置したものを見つけたのだ。クイズのタイトルは「あなたの個人的満足度指数」だ。三番目の質問――「あなたは多数の異性を知っていますか？」――に対し父親は「いいえ」のボックスにチェックしていた。四番目には「異性との関係があなたの満足のもとになりましたか？」とある。父親の答えはふたたび「いいえ」。

二十の質問のうち父親のスコアは六点。十五点以上なら回答者は満足度の高い生活を送っている、と指数制作者のレイ・シュワルツなる人物はいう。医学博士でベストセラーの自己啓発ガイド『愛情生活の成功術』の著者だ。一方、十点以下の場合は、男女ともに、より前向きな物の見方を心がける必要があり、それには社交クラブに参加したり社交ダンスを習いはじめることが第一歩になるかもしれないとある。

さらに深めるべきテーマ――彼の父親、そして、なぜ父親が彼と暮らしているか。彼の人生における女たちの反応（困惑）。

日付のない断章

ラジオから共産主義テロリストを弾劾する声が聞こえてくる。世界教会協議会内の複製とクローンもおなじ扱いだ。弾劾する用語は日々変化しても、威張り散らす口調は変わらない。彼にとってはヴスターの小学校時代から耳慣れた声調だ。週に一度、子供たちは全員、年少から年長まで、講堂に集められて洗脳された。

あまりに耳慣れたその声に、最初の息遣いだけで腹の底から嫌悪感が湧きあがり、飛びかかるようにしてスイッチを切る。

彼はダメージを受けた子供時代の産物だ。そのことはずいぶん前に理解した。驚愕するのは、最悪のダメージを受けたのが隔離された家庭内ではなく、外の世界で、学校で受けたということだ。

教育理論をあちこち読みあさって、オランダのカルヴァン主義者の教育理論のなかに、彼に施された学校教育の様式《フォーム》を裏打ちするものがあると気づきはじめる。アブラハム・カイパーとその信奉者たちは、教育の目的とは子供を会衆の一員として、市民として、きたるべき親として形《フォーム》づくることだという。「form」という語に彼は疑念を抱きはじめる。ヴスターの小学校時代、カイパーの追随者によってみずから形づくられた教師たちは、彼や、受け持ったほかの小さな少年たちを——陶芸職人が陶製の壺を作るように——形づくるため常に力を注いでいた。彼はといえば、哀れなほど微力で歯切れの悪い手持ちの手段を使って、彼らに抵抗しようとしたものだった。そして、当時彼らに抵抗したようにいまも彼らに抵抗している。

それにしてもなぜ、あれほど頑強に彼は抵抗したのか？　教育の最終目標はあらかじめ定められた型に彼を嵌め込む《フォーム》ことであり、そうしなければ彼は形なき自然状態におかれ、救いなき野蛮状態でのたうちまわるとする方針を、彼は断固受け入れまいとした、あの抵抗はどこから来たか？　答えは一つしか考えられない——彼の抵抗の核は、カイパー主義者たちに立ち向かうための理論は、母親から来たものだったに違いない。とにもかくにも、福音派伝道者の娘の娘としての母親の生い立ちのせいか、むしろ大学に一年籍を置いたことによるかもしれないが、この一年で彼女が取得したのは小学校教員の資格にすぎないにしろ、彼女としてはどこかで、教育者として、教育者の職務として、別の理想を選び取ったのは疑いようがなく、さらに、その理想をなんとか自分の子供たちに刻印したのだ。母親によれば、教育者の職務とは子供の生得の才能を見抜いて育てることであり、才能はその子が生まれながらにもっているもの、その子の個性となるものだという。子供を植物にたとえるなら、教育者はその植物の根に滋養をあたえて、生長を見守るべきであって――カイパー主義者が説くように――枝を剪定したり形を整えたりすべきではないのだ。

しかし母親が彼を――彼と弟を――育てるときになにかの理論に従ったと考える根拠はなにか？　母親が彼ら二人を自然状態の野生児のように育てたのは、彼女自身が――彼女とその兄弟姉妹がたんにイースタン・ケープ州の農場の牛まれだから――野生児のような育ち方をしたから、それが真実ではないのか？　答えは記憶の奥深くから掘り起こした名前のなかに見つかる――モンテッソーリ、ルドルフ・シュタイナー。こういった名前を子供時代に耳にしても意味はわからなかった。しかしいま教育について読みあさるなか、彼はふたたびその名前に出くわす。モンテッソーリ、モンテッソーリ・メソッド――遊具としてブロックをあたえられた理由はこれか、木製のブロックを彼は最初、そのためのものだと思って、ひたすら部屋の向こうにあっちこっち放り投げたが、やがて一個一個積みあげてタワーを（いつもタワーだ！）作り、崩れ落ちると決まってかんしゃくを起こして泣きわめいた。

砦を作るブロック、動物を形づくる粘土（プラスティシーンという粘土を彼は最初しゃぶろうとした）、それから、あたえられるにはまだ早すぎたメカーノのセット、これにはプレート、棒、ボルト、滑車、クランクがついていた。

わたしの小さな建築家、わたしの小さなエンジニア。母親が他界したのは、彼がそのいずれにもなりそうもないことが議論の余地なく明白になる前、つまりブロックやメカーノのセットのマジックが、たぶん粘土のマジックも（わたしの小さな彫刻家）働かなかったことが明らかになる前だった。母親は思っただろうか――モンテッソーリのメソッドはすべて大いなる間違いだったのかしら？　先の見えない暗い時期に母親は思っただろうか――彼らが、あのカルヴァン主義者たちが、あの子を型に嵌めるがままにすべきだったのかしら、あの子が抵抗するのを支援すべきではなかったのかしら？

彼らが、ヴスターの小学校教師たちが、かりに彼を型に嵌めることに成功していたなら、十中八九、彼もまたその仲間になって、沈黙する子供たちの列のあいだを定規を手にして巡回しながら、だれがボスかを思い知らせるために、通りかかった机をバシッとたたくようになっただろう。そして最後はカイパー主義者たる家族をもち、一日の終わりには、すばらしく型に嵌った従順な妻と、すばらしく型に嵌った従順な子供たちのもとへ帰ることになっただろう——故国内の、地域社会内の、家族と家庭へ。そうはならなかった彼が手中にしたものは、なにか？　世話をしなければいけない父親、自分自身の世話があまり得意ではない父親、隠れてちょっと煙草を吸い、隠れてちょっと酒を飲む父親は、二人の共同生活の状況についてたぶん彼とはひどく食い違う見方をしている——たとえば、降りかかってきたのは、彼にしてみれば、つまり不運な父親にしてみれば、大の大人の息子の面倒を見ることなのだ、というのもこの息子、自分自身の世話があまり得意ではないからで、それは最近の履歴から見てもあまりに明白。

さらに発展させるべきは——彼自身が独自に打ち立てた教育理論、そのルーツは（a）プラトンと（b）フロイト、その基本は（a）弟子関係（学生が教師のようになりたいと思う）と（b）倫理的理想主義（教師は奮闘し、学生から受ける尊敬に値するよう努力する）、その危険は（a）虚栄（教師は学生の尊敬を一身に浴びる）と（b）セックス（知識への近道としての肉体的交合）。

恋愛問題で立証された彼の無能さ、教室での（フロイト風な）転移とそれを制御しようとしてくり返される失敗。

日付のない断章

彼の父親は日本製自動車の部品を輸入販売する商会で帳簿係として働いている。部品の大半は日本ではなく台湾や韓国、さらにはタイで製造されたものまであるのだから純正部品とは呼べない。とはいえ製造者を偽装したパッケージで入ってくるわけではなく、原産国を（小さな文字で）明示しているので違法な海賊部品でもない。

商会の所有者は二人の兄弟で、中年も後半に差しかかり、東欧訛りの英語を話し、アフリカーンス語には無知なふりをしているが、じつはポートエリザベス生まれで、街で使われるアフリカーンス語は完璧に理解している。彼らが雇っているスタッフは五人——売場係三人、帳簿係一人、帳簿係のアシスタント一人だ。帳簿係とアシスタントには木とガラスでできた小さな専用ブースがあたえられ、周囲の活動から隔離されている。売場係はせわしなく、カウンターと店の奥へ続く薄暗い自動車部品収納棚のあいだを行き来する。売場係チーフのセドリックは開業当時から働いている。どれほど不可解な部品であろうと——一九六八年型スズキの三輪自動車用ファンハウジングとか、インパクト社の五トントラック用キングピン軸受けとか——セドリックはどこを探せばいいかを寸分たがわず知っている。

年に一度、商会は棚卸しをし、売買された全部品がナットやボルトの最後の一本にいたるまで計上される。それは大仕事だ——たいていの小売り店ならその間は店を閉めるところだ。しかし兄弟がいうには、アメ自動車部品商会がいまの地位を築きあげたのは、平日五日は午前八時から午後五時まで土曜は午前八時から午後一時まで、一年の五十二週のうちクリスマスと新年をのぞいて、いかなる困難に遭遇しようとも店を開けてきたからだという。従って棚卸しは閉店後にしなければならない。

帳簿係として、父親は棚卸し業務の中心にいる。棚卸しのあいだは昼休みを返上して夜遅くまで働く。独りで働き、手助けはない——残業になってしまい、そのため夜も遅い列車に乗って帰宅するが、これは父親のアシスタントであるミセス・メルディーンはもちろん、売場係でさえやりたがらない。暗くなってから列車に乗るのはひどく危険になってしまった——ものすごく大勢の通勤客が襲われて金品を奪われている、と彼らはいう。だから閉店後まで残って書類と台帳の上に屈み込むのは、オフィス内の兄弟と、ブース内の父親だけだ。

「ミセス・ヌルディーンにあと一時間余計に働いてもらえたら、あっという間に片づくんだが」父親はいう。「おれが数字を読みあげて彼女が照合すればいい。独りでそれをやるんだからお手上げさ」

父親には帳簿係のライセンスがない。しかし自分の法律事務所を開いていた数年間に、少なくともその基礎は習得した。法律の仕事から手を引いてから十二年間、父親は兄弟の帳簿係をやってきた。兄弟は父親の、法律のプロとしていろいろあった経歴を熟知している、と考えて間違いなさそうだ——ケープタウンはそれほど大きな都市ではない。彼らはそれを熟知していて、それゆえに——と考えて間違いなさそうだ——父親には、あと少しで定年退職とはいえ、万が一、彼らの目をちょろまかす場合にそなえて目を光らせている。

「帳簿を家に持ち帰ったらどうなの」父親にそれとなくいってみる。「そうすればぼくが照合を手伝えるのに」

父親は首を振り、彼にはその理由がなんとなくわかる。帳簿のことを口にするときの父親は、まるで帳簿が聖典でもあるかのように声をひそめる、帳簿をつけることが聖職者の役割であるかのように。その態度を見ていると、帳簿をつけるのは数字の列に初歩的算数を適用するだけのことではないのだと暗にいっているようにも思える。

「帳簿を家には持って帰れないだろ」ついに父親が口を開く。「列車に乗るのもだめだな。あの兄弟が許可しないさ」

彼には理解できる。もし父親が強盗に襲われて聖なる書が盗まれたら、アクメはどうなるか？

「じゃあ、ぼくが一日の終わりに、閉店時刻に街まで行って、ミセス・ヌルディーンから仕事を引き継ごうか？　二人で、たとえば五時から八時まで働くってのは？」

父親は黙っている。

「照合を手伝うだけだよ。なにか部外秘のことが出てきたらぼくは見ない、約束するよ」

作業の手始めに彼が到着すると、ミセス・ヌルディーンや売場係はすでに帰宅していた。兄弟に紹介される。「息子のジョンです」父親はいう。「照合を手伝うといってくれたので」

彼は二人と握手する――ミスター・ロドニー・シルヴァーマンとミスター・バレット・シルヴァーマンだ。

「正規雇用できる余裕があるとはどうもいえないんだがね、ジョン」ミスター・ロドニーがいう。そして弟のほうを向く。「なあバレット、博士号取得者と会計主任と、どっちにたくさん給料を払うもんだろ？　ローンを組まなきゃならないかな」

その冗談にみんなが大笑いする。それから彼らは賃金を伝える。それは十六年前に学生のころ、市勢調査の世帯データをカードに書き写して稼いだのと同額だ。

父親といっしょに帳簿係用のガラス張りのブースに腰をおろす。やるべき仕事は単純きわまりない。次々と送り状のファイルをめくり、そこに書かれた数字が正確に帳簿と銀行元帳へ転記されているかを確認し、赤鉛筆でいちいち照合の印をつけ、ページ最下部の合計をチェックする。

彼らは作業に取りかかり、着実にこなしていく。千に一の割合で間違いに行き当たる。いずれも五セント程度の些細なものだ。それ以外、帳簿はみごとなまでに整然としている。聖職を剝奪された聖職者が卓越した校閲者となるように、法律行為を禁じられた弁護士は優れた帳簿係になるらしい――法律行為を禁じられた弁護士に加えて、必要とあらば、アシスタントには教育を受けすぎて雇用先のない息子がつくのだから。

翌日アクメへ向かう途中、彼は夕立に襲われる。着いたときはずぶ濡れだ。ブースのガラスが曇っている。ノックせずに彼は入る。父親が背をまるめて机に向かっている。ブース内に別の人間がいる、女性だ、若い、ガゼルのような目、柔らかな曲線、レインコートをはおろうとしている。

彼はその場に立ちつくして、動けない。

父親が席から立ちあがる。「ミセス・ヌルディーン、息子のジョンです」

ミセス・ヌルディーンは目をそらし、握手を求めることもない。「失礼します」低い声で、彼にではなく父親に向かっていう。

一時間後には兄弟も帰ってしまう。父親が薬缶でお湯を沸かし、珈琲を淹れる。一ページ一ページ、一列一列、彼らは作業を進め、そのうち十時になると、父親は疲れてしきりに瞬きをする。

雨はあがっている。人気のないリーベック通りを駅に向かって歩く——まあまあ壮健な男二人なら、夜間は男一人より安全だし、女一人よりはるかに安全だ。

「いつからミセス・ヌルディーンは手伝ってるの？」彼が訊く。

「二月から」

次のことばを待つ。次のことばはない。彼としては質問が山のようにある。たとえば、どうしてミセス・ヌルディーンが、スカーフを被っていたからたぶんムスリムの女性が、ユダヤ人の商会で、庇護の目を光らせる親戚の男がいない場所で働くことになったのか？

「仕事はできる？　彼女、有能？」

「とてもよくできる。細部まで注意深い」

再度、次のことばを待つ。再度、会話は途切れる。

彼が自分からはどうしても口に出せない質問——来る日も来る日も、刑務所の独房ほどのブースで、ミセス・ヌルディーンのような女性と隣り合わせに座っていることが、あなたのような孤独な男の心にどんな影響をおよぼすのか？　仕事ができて細部まで注意深いだけでなく、フェミニンでもある女性と？

フェミニン、それがミセス・ヌルディーンとすれちがったとき彼が抱いた際立った印象だ。彼女をフェミニンと呼ぶ理由は、それより適切なことばが見つからないからだ――フェミニンとは、女《フィーメイル》をスピリットになるまで希薄化させたもの。そんな女と結婚したら、男はフェミニンという至高の高みから地上界の女《フィーメイル》の肉体へいたる空間を、毎日どのように往復することになるのか？　あのような存在と寝ることが、彼女を抱擁し、彼女の匂いを嗅ぎ、味わうことが――魂にどのような影響をおよぼすのか？　そして彼女の微かな身動きを意識しながら終日その隣にいるということが――シュワルツ博士のライフスタイル・クイズへの父親の惨めな回答が――「異性との関係があなたの満足のもとになりましたか？」「いいえ」――人生の冬の季節に、これまで会ったことがなく手に入れることもかなわない、あんな美人と顔を突き合わせていることに、なにか関係があったのだろうか？

疑問――なぜ彼の父親がミセス・ヌルディーンに恋していると問いを立てるのか？　どう見ても惚れ込んだのは彼のほうなのに。

日付のない断章

物語のアイディア。

一人の男が、作家が、日記をつけている。考えたこと、アイディア、重要な出来事をそこに書き留める。人生において事態は悪化の一途をたどる。「悪い日」と彼は日記に書く、無造作に。「悪い日……悪い日」と来る日も来る日も書く。

いちいち悪い日と呼ぶことに飽きて、悪い日にはただアステリスクを書き込む。ある人（女たち）が月経予定日に赤い×印を書き込むように、またある人（男たち、女たらし）が首尾よく成功した日をXデーと書き込むように。

悪い日が積み重なる。アステリスクが大量発生した蠅さながら増殖する。

詩が、もしも彼が詩を書けたなら、詩が、彼を病の根源へ、アステリスクの形態をとって花開くこの病の根源へ連れていくかもしれない。しかし詩の泉は彼の内部で枯渇してしまったらしい。

立ち戻るべきは散文だ。理論では散文もまた詩とおなじ浄化の妙技を成就させる。しかし彼はそれを疑う。散文は、彼の経験から、詩よりはるかに多くの語を求めてくる。翌日も生きていてそれを継続する確信がなければ、散文で冒険に着手しても意味はない。

彼はこんなふうに考えをもてあそぶ——詩についての考え、散文についての考え——書かない方法の一つとして。

日記の裏ページにリストを作る。その一つが「自分自身を処理する方法」だ。左手の四角内に「手段」を書き出し、右手の四角内に「欠点」を書き出す。

自分自身を処理する方法としてリストアップしたのは、熟考の末、彼がよしとするのは溺死、つまり、ある夜フィッシュフークまで車を走らせ、人気のないビーチの端に車を停めて車内で服を脱ぎ、水泳パンツをはき（でも、なぜ？）、砂地を横切って（月の照る夜でなければならない）、波に立ち向かい、闇のなかに泳ぎ出し、体力が尽きるまで泳ぎ、あとは運命に身をまかせる。

世界との性交はすべて、彼の場合、一枚の膜越しに行われるようだ。膜があるため（世界と彼自身の）受精は実現しそうにない。それは興味深いメタファーだ。多くの可能性を秘めながら、しかし、彼の目に見えるどこかへ彼を連れ出すことはない。

日付のない断章

彼の父親はカルーの農場で、フッ化物をたっぷり含んだ掘り抜き井戸の水を飲んで育った。フッ化物が歯のエナメル質を黄変させ、石のように硬くした。歯医者へ行く必要がなかったことが、かつては大いなる自慢の種だった。やがて中年になり、彼の歯は一本、また一本と傷みはじめて、すべて抜歯しなければならなくなった。

いま六十代なかばの父親は歯茎のことで悩んでいる。膿瘍ができて治らないのだ。咽喉に炎症が起きる。飲み込むにも、話すにも、痛みが伴う。

まず歯科医へ行き、それから耳鼻咽喉科の専門医を受診すると、X線撮影を受けるようにいわれる。X線撮影で喉頭にガンらしき腫瘍が発見される。至急、外科手術を受けることを勧められる。

父親をフローテ・スキュール病院の男性病棟へ見舞う。父親は病院から支給された万人向けパジャマを着て、おびえた目をしている。大きすぎる上着を着せられた父親は鳥のようで、骨と皮だけだ。

「よくある手術だから」そういって彼は父親を安心させる。「数日で退院できるよ」

「アクメの兄弟に説明しといてくれないか?」痛そうに、ゆっくりと、父親がささやく。

「電話しておく」

「ミセス・ヌルディーンはとても有能だ」

「ぼくもミセス・ヌルディーンはとても有能だと思う。仕事に復帰するまで彼女がなんとかやってくれるよ」

ほかにいうことがない。身を乗り出して父親の手を取り、握りしめ、慰めて、彼は独りではなく、愛され、大切にされているのだと伝えることもできる。しかし、そんなことはしない。小さな子供なら話は別だが、まだ型に嵌め込む年齢に達していない子供をのぞいて、彼らの家族内では、だれかがほかの人間に身を寄せて触れあう習慣はない。それが最悪なわけでもない。かりにこの期におよんで、家族の習慣を無視して父親の手をつかんだとしたら、その意味するところが真実になるのか？　父親は本当に愛され、大切にされていると？　父親は本当に独りではないと？

長い道を彼は歩く。まず病院からメイン通りへ出て、それからメイン通り沿いに歩いて、さらにニューランズまで行く。南東の風が唸りをあげて側溝の塵芥に吹きつけ、舞いあげる。彼は足早に歩く、四肢にみなぎる活力を、安定した心臓の拍動を意識しながら。肺のなかにはまだ病院の空気がある。それを吐き出さなければ、一掃しなければ。

翌日、病棟を訪ねると、父親は仰向けの姿勢でベッドに寝かされている。胸と咽喉に包帯が巻かれ、そこから何本もチューブが出ている。まるで死体のようだ、老人の死体。

直面する覚悟はできていた。喉頭は腫瘍ができていただめ摘出しなければならなかった、避けられなかった、と外科医はいう。父親はもうふつうの方法で話はできないだろう。しかし順調に傷が治癒した後、人工器官を装着すれば音声コミュニケーションができるようになる。それより急を要するのはガンの転移の有無を確認することで、さらに検査をし、放射線治療を受けることになるだろう。

「父はそのことを知っていますか？」彼は外科医に訊く。「父は自分がどういう状況にあるかを知っていますか？」

「伝えるよう努力しましたが、どれくらい理解されたかは確信がもてません」と外科医。「ショック状態にありますから。もちろんそれは想定内です」

彼はベッドのそばに立ち、その人物を見おろす。「アクメに電話したよ」という。「兄弟と話をして状況を説明しておいた」

父親は目を開ける。いつもなら眼球のもつ複雑な感情表現能力には懐疑的な彼も、今回ばかりは動揺する。父親が彼に投げかけた視線が、徹底した無関心を物語っているのだ——彼に対する無関心、アクメ自動車商会への無関心、あらゆるものへの無関心、関心はひたすら永遠のなかの自分の魂に向けられている。

「兄弟がよろしくって」彼は続ける。「早く良くなるようにって。仕事に復帰できるようになるまで、ミセス・ヌルディーンが仕事を代行してくれるから心配するなって」

それは本当だ。兄弟たちは、いや、話をした兄か弟のどちらかが、ひどく心配してくれたのだ。彼らの帳簿係は信頼のおける人物ではなかったかもしれないが、あの兄弟は心の冷たい人たちではなかった。「掌中の玉」——その兄か弟は父親をそう呼んだ。「きみの父親は掌中の玉だ、椅子はずっと開けておくから」

もちろんフィクションだ、すべて。父親は二度と仕事に復帰しないだろう。一週間か二週間、あるいは三週間くらいすれば治癒して、あるいは部分的に治癒して、家に送り返され、人生の次なる最終段階が始まり、その期間は日々の糧を、自動車産業厚生基金と年金省を窓口にした南アフリカ国家と生存中の家族の慈悲に頼ることになるのだ。

「なにか持ってきてほしいものはない？」彼は訊く。

父親は左手で引っ掻くような小さな動作をする。爪が汚れていることに彼は気づく。「書きたいの？」彼はポケットダイアリーを取り出し、上段に「電話番号」と書かれたページを開き、ペンを添えて差し出す。

指は動きを止め、目は焦点を失う。

「なにがいいたいのかわからない。もう一度なにがいいたいのか教えて」

ゆっくりと父親は首を振る、左から右へ。

病棟内のほかのベッド脇の小テーブルには、花を生けた花瓶や雑誌が置かれ、なかには額入りの写真もある。父親のベッド脇の小テーブルにはなにもない、あるのは水の入ったコップだけだ。

「もう行かなければ。授業があるから」

正面玄関近くの売店でキャンディを一袋買い、父親のベッドに戻る。「これ買ってきたよ。口が渇いたら含むといい」

二週間後、父親は救急車で帰宅する。杖の助けを借りて、すり足で歩くことができる。正面ドアから自分の寝室まで歩き、そこに閉じこもる。

救急車の乗務員がガリ版刷りの一枚の紙に「咽頭切除とその患者のケア」と大書された注意書きと、クリニックが開院している時刻表のカードを彼に手渡す。その紙を一瞥する。おおまかな人間の頭部がスケッチされて、下側の咽喉の部分を黒い円で囲んである。「傷の手当」と書かれている。

彼はひるむ。「これは無理だ」という。救急車の乗務員たちが目配せをし、肩をすくめる。傷の手当をすること、患者の世話をすること、それは彼らの仕事ではない。彼らの仕事は患者を彼／彼女の住まいまで運ぶことだ。それが済めば、あとは患者自身か患者の家族の仕事であり、でなければだれの仕事でもない。

かつて彼には、ジョンには、ほとんど仕事がなかった。いまそれが変わろうとしている。いまは対処できる雇われ仕事を目いっぱい引き受け、さらに多くを引き受けようとしている。いま彼は個人的プロジェクトをいくつか放棄して看護士になることを迫られているのだ。二者択一、看護士にならないなら、それを父親に告げねばならない——**昼も夜もあなたの世話をすることはぼくにはとてもできません。あなたを見捨てます。さようなら。**あれかこれか——第三の道はない。

解説

くぼたのぞみ

この本に収められた三つの作品――『少年時代』『青年時代』『サマータイム』――は〈自伝〉でありフィクションである。作家J・M・クッツェーが人間ジョン・クッツェーの個人史を素材に書いたフィクションという意味だ。

自分の家族はどうもみんなと違う、と学校や地域社会のなかでアウトサイダーの感覚を強めながら内向する少年の心理を、震える針先で探りあてようとする『少年時代』。みずみずしいタッチでそこに描き出されるのは自意識と性のめざめ、愛憎なかばする母親と嫌悪の対象としての父親のもとで成長する少年ジョンの姿だ。『青年時代』では、大学に入ったジョンが母親のあまりに献身的な愛情から逃れて自立生活を始め、息苦しい南アフリカを出てイギリスへ渡り、そこで詩人としての道を切り開こうと、青年期に特有の濃密な自問自答がくり広げられる。さらに、十年におよぶ海外生活から舞い戻った故国で作家として出発する時期を描く『サマータイム』では、作家クッツェーはすでに死んだものとされ、当時の愛人、知人へのインタビュー形式で、三十代のジョン・クッツェーの姿が明らかなフィクションとして描かれていく。本書はその三部からなる〈自伝〉を一巻にまとめた *Scenes from Provincial Life* (Harvill Secker, 2011) の全訳である。

J・M・クッツェーは作品を発表するたびに意表をつく作風で読者を驚かせ楽しませながら、数々の文学賞を受賞し、二〇〇三年にはついにノーベル文学賞を受賞した、現在もっとも注目される「世界文学」の作家の一人だ。この三部作は、そんな作家が突き放すように自分の記憶と距離を取りながら、鍛え抜かれた端正な筆致でみずからを伝える作品である。長いあいだ温めてきたプランだったと作家自身も述べている(1)。

自伝／物語

> 自伝はすべてストーリーテリングであり、
> 書くということはすべて自伝である(2)。

これはクッツェーにとって書くとはどのような行為かを端的にあらわすことばだ。自伝というのは、意識するしないにかかわらず、物語化＝フィクション化する行為なのだ、と引用部前半は語っている。そもそも書き手が圧倒的に優位な位置から過去の情報にアクセスできる自伝とは自己本位な企てであり、取捨選択をかなり盲目的にやってしまうことは避けられない。しかもその語りは多かれ少なかれ綻びのないやり方で「いま」へ繋がる。そのことに意識的なクッツェーは、過去の自分について、その当時の自分とは異なる存在が書いていることを念頭に置き、距離を取り、読者にもその距離を感知させるように書く。作品内の出来事はどこまでが事実でどこまでがフィクションなのか、読み手の側にうっすらと疑念を醸し出しながら、最後は作品の枠組みそのものを俎上にのせて、事実と虚構を可視化させていくのだ。

本書の第一部『少年時代』に描かれるのは少年ジョンの八歳から十四歳ころまでの出来事で、物語は一家がケープタウンから内陸の町ヴスターへ引っ越したところから始まる。アパルトヘイト〔アフリカーンス語で「分離」の意味〕政策が強化されていく時代だ。各章ごとに展開されるシーンは時間軸にほぼ沿ったかたちで進みながら、さらに過去の記憶が挿入されるが、その境界はあいまいだ。主人公には三人称が使われ、時制は現在。三人称の使用によって、書き手と主人公のあいだに一定の距離ができ、そこへ人知れずフィクション化された細部がモザイクのように嵌め込まれる。

第二部の『青年時代』でもこの手法は踏襲される。ジョンが十九歳から二十四、五歳までの時期。詩人になることを熱病のように夢見る青年の思考と経験が容赦なく描き出される。しかめっ面をする練習を始めた少年が、成長し、自立した生活を開始する。芸術のために経験すべき深淵を探りながら暗い茨の時期を通過する。「青春」とはそういう時期だと作品は物語る。だが、この第二部ではどうやら、ぼかしや削除といったフィクション化が侵入してきたことが読み手にもじわじわと伝わってくる。というのは、クッツェーは二十代の早い時期に結婚し、ロンドン時代の後半は妻帯者だったことは周知の事実だからだ。

第三部『サマータイム』では三十代半ばのジョンに焦点があたり、ここで手法は大きな飛躍を見せる。ページを開くとまず作家自身のノートがあり、米国から帰国したジョンが妻を喪くした父親と廃屋のような家に住んでいるのがわかる。これは事実と違うなと気づく。クッツェーが米国滞在から南アに戻ったときには妻と二人の子供がいて、母親も健在だったからだ。続いて、ジョンと交流のあった人物ジュリアが登場し、若い伝記作者が聞き手となったインタビューが始まる。ジュリアは当時ジョンと不倫をしていた子持ちの人妻で、いまはカナダに住むセラピストだ。読み進むうちに、作家クッツェーがすでに死んでいることを知らされて度肝を抜かれる。次いで、いとこのマルゴ、アンゴラから難民としてやってきたラテンダンス教師のブラジル人アドリアーナ、大学の元同僚マーティン、おなじく元同僚で恋人だったフランス人ソフィーが登場し、当時のジョンがどんな人物だったかをめぐって、それぞれ迫真の語りを展開する。ジョン・クッツェーがすでに死んだとする虚構と、事実としての出来事を織り交ぜたナラティヴに目眩を覚えながら、読者は、七四年に小説『ダスクランド』を発表して作家J・M・クッツェーが誕生する場に立ち会い、三十代という朱夏《サマータイム》のときを他者《オトル》の目から活写しようとする企みを目の当たりにするのだ。この第三部はクッツェーが初期エッセイ/インタビュー集『ダブリング・ザ・ポイント』〔航海術用語で「岬を回航しながら」という意味〕内で初めて使った語「*autre*biography

／他者による自伝」(3)そのものといえるだろう。

このようにクッツェーの自伝的作品は、作者が登場人物と距離を置いて〈自伝〉を書く姿を意識させる手法から、時系列に沿う書き方ながら事実との差異を匂わせ、さらに、完全な虚構を組み立てて語りの細部に出来事を入れ込み、削除し、「他者性」を取り込んで作品構造そのものを可視化させる手法へと進化する。読者が登場人物に安易に自分を重ねる読みを封じ込め、最後まで引き込む力を保ちながら、作品内部から、真実を語りたい、という衝迫を痛烈に響かせて読者を揺さぶるのだ。単なる告白が信憑性をもちえない時代の「告白」への衝動はこの作家のどの作品にも共通する特徴であり、その響きを可能にするのは心憎いまでの巧みさといえるかもしれない。

事実と虚構のあわい

『少年時代』

第一部の『少年時代』の前半で語られるのは少年が大好きだったローズバンクの家から一九四九年に父親の仕事のために引っ越した内陸の町での生活だ。鉄道線路と国道のあいだの土地に画一的に建てられた住宅団地の周辺にはまだ緑がなかった。ヴスターの住民はアフリカーナ〔「アフリカ人」を意味するアフリカーンス語〕が圧倒的多数を占める。クッツェーという名は典型的なアフリカーンスの名前だが、少年の家庭では英語が使われ、学校でも英語で学ぶクラスに入った。政教分離のない当時の南アフリカで、一家は周辺住民とは異なり、日曜は教会に行かず、家庭内では母親が指導権を握り、少年が王様のように君臨し、父親は影が薄い。どうしてみんなと違うのか、少年は悩みながらアウトサイダーとしての感覚を強めていく。アフリカーンス名をもつ子供はすべてアフリカーンス語で学ぶクラスへ入れられるという噂に怯えながら、あんな粗暴な生徒たちといっしょになるくらいなら自殺する、と思い詰める。とはいえこの時期はまた、毎年、父方の農場フューエルフォンテイ

写真1　ボーイスカウトの制服姿の少年ジョン、ヴスターで、1949年。

ンを訪れた幸福な記憶を少年に残してもいる。しかしケープタウンに戻ってからがまた試練のときだ。弁護士事務所を再開した父親がまたしても返済不能の借金をこしらえてしまい、それを家族に隠して酒浸りになる。その借金を返済しようとする母親の自己犠牲的な態度に、少年はやり場のない憤懣をつのらせる。身の置き所のない思春期の心理が切迫した感情とともに描き出されていくところは圧巻だ。『少年時代』がおおむね事実に即していることを示す一例として、ボーイスカウトの制服を着たジョンが右手にモールス信号を焼きつけた細い板を握り、左手を飼い犬の首輪に伸ばしている写真がある（写真1）。一方、明らかにフィクションとわかるところもある。ローズバンクの家に住み込みの手伝いとしてやってきたエディーだ。原著には、七歳でやってきて二カ月後に逃げ出し、ジョンより七カ月年上とある。ジョンはエディーに借りがある。八歳の誕生日に買った自転車の後ろを押して、乗れるようになるまで助けてくれたからだ。だが、どう計算してもこれは辻褄が合わない。ジョンが八歳になったときエディーは八歳七カ月、住み込んだ二カ月を引いても七歳にはならない。この矛盾は初訳後に作家に質問し、彼もそれを認めていたがそのままになってしまったようで、二〇一三年に作家が来日した折りに相談の上、エディーの年齢を八歳に変えたといういきさつがある。また、父親の従軍中に母子三人が父方の農場から一度も招かれなかったというのも少し違う。実際には農場に滞在したが、父方の祖母レニーと母ヴェラの折り合いが悪く、子供たちを連れて母親が農場を飛び出して、あちこち転々としたらしい。最終章のアニーおばさんの葬儀も、作品内ではジョンのカレッジ時代になっているが、実際はケープタウン大学入学後である。そういった細部を明らかにしたのが一二年九月に出版されたクッツェーの伝記*J. M. Coetzee: A Life in Writing*（アフリカーンス語からの英訳）である。

〇八年、クッツェーは『サマータイム』を書いている最中にJ・C・カンネメイヤーというアフリカーンス語文学の伝記作家から、あなたの伝記を書きたい、という申し出を受けた。クッツェーは承諾し、自分の私文書を含む原稿類、書類、手紙のすべてに目を通すことを彼に許可した。また快くインタビューに応じ、ときに熱心に語り、取材すべき人物を紹介し、メールによる質問にも丁寧に答えて協力を惜しまなかった。ただし、ひとつだけ条件を出した。それは「事実を書くこと」だった。ここで想起されるのは、学術書であれネット上の情報であれ、この作家をめぐるおびただしい誤情報が放置されつづけてきたことだ。二年に出版された七〇〇ページを超えるカンネメイヤーの『伝記』の書き出しはなんと、そういった数々の誤情報に対する反証で始まるのだ[4]。特筆すべきはこの『伝記』によって自伝的三部作に描かれた出来事を裏づける（裏づけない）事実の詳細が明らかになったことであり、作家の幼いころの写真や、ロンドン時代のジョンを伝える貴重な写真が公開されたことである。ところが驚くことに、著者カンネメイヤーは原稿を書きあげた翌一一年の末、本の完成を見ることなく他界してしまったのだ。

とにもかくにも、少年期にもっとも顕著な特徴が選び出され、思春期の屈折した心理にぴたりと寄り添う筆致がそのときどきの感覚を鮮やかに呼び起こす。このみずみずしい臨場感が第一部の読みどころだ。

『青年時代』

第二部の『青年時代』はケープタウン大学に入学したジョンが両親の家を出て、アルバイトと奨学金で自立するところから始まる。大学を卒業したら即座にこの国を出て、ロンドンへ渡り、芸術家になるという決意はすでに固い。生活の糧を得るために有用な手段となる数学の学位を得よう。地味な仕事をしながら詩人になろう。そのためになにをすべきか？ あらゆる経験を作品に凝縮するにはどうすればいいのか？ ミューズはやってくるのか？ 運命の女性と出会えるだろうか？ 疑問は次々と湧いてくる。

疑問や疑念が怒濤のように押し寄せる青年時代。十歳年上のジャクリーンとの神経を磨り減らす情事、女の子を妊娠させてしまった狼狽ぶり、非合法の中絶を受ける彼女に付き添うふがいなさが描かれるところは秀逸である。ロンドンに渡ってからの日々を描くことばがまた苛烈だ。首尾よくコンピュータ会社に就職はしたものの、植民地生まれの田舎者にはどうあがいても決定的になにかが欠けている。鬱屈した心で送る孤独な日々、寒さに身をこごめながら厳寒の冬を生き延びようとする詩人の卵。「芸術のための芸術」が幅を利かせたモダニズム時代の申し子であるジョンは、どんな経験も芸術家になるための糧であると果敢に試みる。とりわけ、セックスの目くるめくエクスタシーによって、沈黙の核心へ至り自己変革する、宇宙の基本的な力と一体化する、という詩人たちのことばから得たファンタジーを求道的に実行しようとする姿が痛い。思えばこれは日本でも、ボードレールなどフランス詩に憧れた少なからぬ数の詩人（主に男性）に大いなる影響をあたえた考え方ではなかったか。ヒッピー思想にかぶれた詩人たちもまたその流れと言えるかもしれない。パウンドやエリオットを耽読する青年は「内部から発せられた」「彼の身体に根ざした欲求」ではなく「すべては彼の頭のなかの観念」にすぎないものに従って、ひたすら女を追いかけることを自分に課すのだが、あれもこれも不首尾に終る。この部分に描かれるのは内面的にはあくまで悲惨で孤独な青年期である。

しかし現実のジョン・クッツェーはそれほど悲惨な日々を送っていたのか、というと必ずしもそうではないとカンネメイヤーの『伝記』は伝える。たとえば『少年時代』に出てくる「本物のイギリス人は聖ジョゼフのような学校へは行かない」という表現は、作品内に三人称で描かれるジョンを孤立化させ、周縁化するための企てではないかというのだ。(5) また『青年時代』の、ハムステッド・ヒースの芝生に寝転んで春の訪れを感じ取る場面で、「遠くに子供たちの叫び声が、鳥の歌が、ブーンと唸る虫たちが、勢いを集めてひとつにまとまり［…］ついにやってきた、万物と一体となる恍惚の瞬間が！」にはフィクションめいた響きはあるものの、ある種の至福感さえあふれている。

第二部にはそんなフィクション性を補完する「ぼかし」が随所に見られるが、じつはクッツェーは一九六三年春にＩＢＭを辞めたあと、ヴィザの問題もあったのだろう、飛行機を乗り継ぎながらケープタウンに帰っているのだ。このとき大学時代の一年下の友人——といっても生まれたのは彼より数カ月前——のフィリパ・ジャパーと結婚し、半年ほどケープタウンに滞在して修士論文を完成、学位を得ている。そのときに写したと思われる、背広にネクタイを締めたコート姿の青年がケープタウンの街中を闊歩する写真がある（写真2）。手には革鞄とこうもり傘まで持っている。一年あまり滞在したメトロポリスでは紳士たる者このような出で立ちをするのだ、といわんばかりに風の街を歩く姿には「都会帰りの田舎者」の姿がよく出ていて思わずにやりとなる。

写真2　ケープタウンを歩く青年ジョン、1963年。

その年の暮れに新婚夫婦は船で渡英し、翌年、ジョンはインターナショナル・コンピュータ－ズに就職してふたたびプログラマーとして働きはじめる。ロンドン郊外のサレーに住んだこの時期は、ジョンよりはるかに社交性に富むフィリパに助けられ、友人との交流も頻繁で、渡英した弟デイヴィッドとジョンを母親ヴェラが訪ねてきたときの写真も『伝記』には見られる。コンピュータのプログラムを書き、ケンブリッジで定期的に試験を重ね、オールダマストンで監視されながら自作プログラムをインストールするその一方で、パブロ・ネルーダの「マチュピチュの頂」の英訳詩をぶつ切りにし、コンピュータでシャッフルして詩作を試み、ケープタウンに送って雑誌に掲載したりしているところを見ると、案外この仕事と生活を楽しんでいたふしもある。

実際、ロンドン時代の友人、ライオネル・ライトがカンネメイヤーに宛てた手紙で描く当時のジョンの姿は『青年時代』の主人公とはかなり違う。手紙からは、斜にかまえた鋭い批評家でありながら、悪戯好きで、ユーモラスで、人間味あふれる人物像が浮かんでくるのだ。八一年にショーナ・ウェストコットが出した質問へのクッツェーの解答「イギリスは寒くて灰色で、コインランドリーの使い方を学んだくらいしか学ぶものがなかった[6]」というのも、字義通り受け取るわけにはいかないかもしれない。

こんなふうに、自伝的作品で描かれる「青年」はどこまでもモダニズムのカプセルの内部に閉じこもり、現実と関われなかった面を強調しながら、イギリス人になれない植民地出身者として描かれている。しかし、その体験がクッツェーにとって青年期の核心部分であったことは間違いない。

『サマータイム』

第三部『サマータイム』では最初から明らかなフィクション化がなされている。冒頭と末尾に置かれたノートと断章にも虚構は入り込んでいる。巻頭のフランシスタウンの焼き討ち事件も、南部アフリカ全域で南ア警察が暗躍したあの時代を伝える典型的な事例ながら、厳密に言うと創作だ。一九七二年八月二十一日付サンデータイムズにこの事件の記事はないという[7]。しかしブライテン・ブライテンバッハに関する記述や、南ア軍の行動はほぼ当時の出来事に即している。
五つのインタビューでは、死んだ作家が若かったころに関わった人物の声を借りながら、三十代の男の心理を徹底的に分析する容赦ないことばが炸裂する。ときに爆笑を誘うエピソードには、当然ながら、作家の本音や作品行為論が他者のことばを装いながら滑り込んでいる。たとえばセラピストとして鋭い分析をするジュリアは、ジョンのセックスは自閉症的な性質があったと述べ、彼が現実と関われなかったのはなぜか、という問いがくり返される。ここには疑問を論理的に探りあてようとする針の動きと、当時の自分は他者の目にこう映っていたのではないか、という作家の自己分析が透かし見える。青年期、セックスを求道のプロセスとした男に対するこの分析の苛烈さは圧巻だ。ジュリアはまた、はなからインタビュアーにこう釘を刺す。

物語は二つある、つまりあなたが聞きたい物語とわたしからあなたが受け取る物語、その相違について、それがたんなる視点の相違にすぎないと考えるなら、あなたはとんでもない誤りを犯すことになります。つまり、わたしから見れば、ジョンの物語はわたしの結婚生活という長い物語を彩るエピソードのひとつにすぎないのですが、にもかかわらず、ひとひねりして、巧妙な操作ですっと視点を変えて、さらに狡猾な編集者の手が加われば、それをジョンについての物語のなかに、彼の人生を通過した女たちの一人をめぐる物語として編入させることができてしまう。

（本書三九一－三九二頁）

作品とはあくまでも作家の主観によって書かれ、編集され、変形されるという事実に突っ込みを入れるこの視点が、他者の存在を明示しようとする技法の手の内をさらに批判分析する語りになっているのだ。それでいてこの人物には「良いキャラフクターを創作するより悪いキャラクターを創作するほうがはるかに容易」

などと言わせて、心理分析はプロでも作品行為にはナイーヴであることを作者は忘れずに書き込む。「マルゴ」の章では、マルゴのナラティヴを伝記作家ヴィンセントが三人称で勝手に物語化する。それを不審がるマルゴに対して伝記作家が、形式が変わったからといって内容に変わりはない、と言うところでは、この作家が文学的にあまり信頼できない書き手であることを匂わせている。

一方、ダンスを踊れない頭でっかち人間としてジョンを徹底的に笑いのめすアドリアーナは、彼を木偶人形とまで呼ぶ。「偉大な作家は偉大な男」でなければならないと言い張るこの威勢のいいナラティヴは、難民という状況で強盗に襲われ意識不明のまま病院に収容されつづける夫を抱えながら、必死で二人の娘を育てようともがく女性が語るもので、埋め込まれた悲劇的要素を巧みに混ぜながら、押しの強い語りの裏に切ない感情を滲ませる傑作コメディとなっていく。

フィクションとして突き放すように描き出すこの第三部『サマータイム』は、作品としての熟成度、強度ともに群を抜き、〇九年に出版されるやおびただしい数の書評が新聞雑誌に掲載され、ブッカー賞最終候補作にも残った。

歴史的背景

ここで作品のおもな舞台となる南アフリカの歴史的背景について少し触れておこう。南アのアパルトヘイト制度は、もちろん、アフリカーナを支持母体とする国民党が政権を掌握した一九四八年に突然始まったわけではなく、はるか以前から着々とその基盤は作られてきた。その起源は、国家が経営する世界最初期の株式会社「オランダ東インド会社」の社員たちがヤン・ファン・リーベックに率いられ、一六五二年にアフリカ大陸最南端の岬に上陸し砦《カッスル》を作ったときにまで遡る。「会社」といっても事実上の国外国家である東インド会社が統治するケープ植民地は最初、アジア東南地域へ航行する商船に新鮮な水、穀物、野菜、果物を供給するための基地にすぎなかった。江戸時代の日本が唯一公式に国交を維持したオランダの商船は、このケープタウンで水や食料を補給しながら長崎の出島へやってきたのだ。やがて大陸の南端から内陸部に興味を示すヨーロッパ移民が入り込み、奴隷労働にもとづく植民地社会が築かれていく。フランスで迫害された新教徒ユグノーもオランダ人社会に同化することを条件に入植を許された。南ア人の名前に、ル・ルー（Le Roux）といったフランス語起源のものが多いのはそのためだ。

オランダ人は農業用の土地を開拓し、それに伴いワイン作りなども盛んになって、次第に奥地へ入っていった。行く先々で当然、先住のコイサン人や南下してきたバンツー系黒人と衝突した。ところが十八世紀になるとイギリス人の勢力が増し、ヨーロッパ系植民者のあいだで先住民やバンツー系の人々を巻き込んだ土地の争奪戦がくり広げられる。十八世紀末にオランダ東インド会社は解散し、ヨーロッパ本国との縁も切れて孤立したオランダ系植民者は後発のイギリス系植民者に押されて、さらに内陸へ大移動をくり返した。奥地で「トランスヴァール」や「オレンジ・フリーステート」といった「独立国」を築いて暮らす彼らはみずからを「アフリカ人／アフリカーナ」と呼び、神から選ばれた民族という選民思想を打ち立てていった。この思想は「新天地」をもとめてアメリカスなどで植民地を作っていったヨーロッパ人にも共通する。

ところが内陸のオランダ系植民者や、彼らと先住コイサン人との混血であるグリクワ、あるいはバンツー系のコサ人やポンド人の土地にダイヤモンドと金の鉱脈が発見された。その利権をめぐって複雑な土地争いが起き、やがて戦争になる。それが二度にわたる南アフリカ戦争だ。イギリス人はこれを「ボーア戦争」〔「ボーア」は農民という意味の、オランダ人に対する蔑称〕と呼び、アフリカーナは「解放闘争」と呼ぶ。最初は地勢を熟知したオランダ農民兵が少数でゲリラ的に出没して英国の大軍を破ったが、二十年後、外交手腕では二枚も三枚も上手の英国に追い詰められて始まった第二次戦争で、オランダ系植民者は完敗し、英国の覇権が決定的になった。

それから約半世紀後の一九四八年にアフリカーナが久々に政権を取り戻し、アフリカーナ民族主義の歴史観のもとで「人種」という「科学的」根拠をもとに合法的差別制度が作り出されていった。植民地化の過程ですでにできあがっていた土地や人種をめぐる差別制度に、さらに細かな、人々の活動をがんじがらめにする法律ができていった。もちろんこの制度から利益を得たのはイギリス人を含む白人全体であり、最大の犠牲者はヒエラルキーの最底辺に位置づけられた多数派の黒人《ネイティヴ》である。

言語の問題は大きかった。アフリカーナたちはオランダ語が土着化したアフリカーンス語を地方の農場と行政や司法の場で公用語として用い、鉱物資源の輸出によって富を得る経済界ではイギリス人が主流となって英語を使った。政権を掌握した国民党が教育で用いる言語の締め付けを強めていく。少年ジョンがヴスターですごした学校時代にはそんな歴史的背景があった。

また、六〇年代に入ると国防軍の徴兵制度が厳しくなり、いつ召集令状が届くか知れなくなった。南アフリカ連邦は共和国を名乗ってコモンウェルスから脱退、国際政治の舞台で孤立を深めていく。青年ジョンがケープタウンから船に乗り、ロンドンへ向かったのはそんな時代だ。

七〇年代になると、東西冷戦の影響でモザンビーク、アンゴラ、ローデシア（現ジンバブエ）で起きた抵抗運動が代理戦争の様相を呈する一方、国内ではスティーヴ・ビコを中心に盛りあがった黒人意識運動が厳しい弾圧を受ける。それが作家として出発したころのジョン・クッツェーを取り巻く南（部）アフリカの情勢である。

名前とモデル

ところで、フィクション化された自伝的作品の登場人物はすべて「現実」にいたのだろうか。主人公はもちろん作家J・M・クッツェーだが、念のためここで、クッツェー作品と名前をめぐるエピソードをいくつか書き留めておきたい。

まずこの作家の名前について。クッツェーを作家たらしめた第一作『ダスクランド』は二つのノヴェラから構成されている。前半が「ヴェトナム計画」、後半が「ヤコブス・クッツェーの語り」だ。後半はロンドン時代に英国博物館で『バーチェルの旅行記』を読んだときに構想し、米国滞在中に書きはじめたもので、オースティン時代に発見した古文書を十八世紀のオランダ人探検家の報告記として書き換え、作者の父親である学者S・J・クッツェーがアフリカーンス語に訳して編集出版したものをさらに作者J・M・クッツェーが英訳する、という入り組んだ構造になっている。学者の父というのは「でっちあげ」だと「ジュリア」の章で明かされるが、この作品は十八世紀のオランダ植民者と現実の作家との関係を「クッツェー」という記号で幾重にも絡ませたテクストだ。前半の「ヴェトナム計画」にも主人公ユージン・ドーンの上司としてクッツェーなる人物が登場する。「クッツェー」という名は南アフリカではごくありふれたものだが、作者の姓が複数の作中人物と重なるこのポストモダンの作風は、当時の南アの読者には馴染みのあるものではなかった。この作品の出版を引き受けてくれた編集者ピーター・フンドールから「著者略歴」を求められたとき、クッツェーは「僕は一万人のクッツェーの一人であり、ヤコブス・クッツェーは彼ら全員の祖先であるというほかない」[8]と述べ、作家名もシンプルに「J・M・クッツェー」と表記することにした。

だが、このシンプルなイニシャルがのちに厄介な事態を招くことになる。一九八三年に最初のブッカー賞を受賞した『マイケル・K』との連想からか、ミドル・ネームのMが「マイケル」と勘違いされて欧米のメディアで広まり、フランス語版の訳書カバーにまで載ることになったのだ。作家自身の手配によって九〇年刊NELM版バイオグラフィー[9]を入手していた筆者は「マクスウェル」であることを知っていたので、ノーベル賞受賞時の二〇〇三年十月二日付ガーディアンおよびニューヨークタイムズに「生まれときはマイケルだったが作家になるときマクスウェルに変えた[10]」という記者名入りの記事が載ったときは驚いた。〇六年九月に初来日したクッツェー自身に確認すると、彼はにこりともせずに「生まれてから名前を変えたことはない」と言い切った。さらにフランス語版のカバーのことを訊ねると「彼らはジャン・マリー・クッツェーとまでいったんだ」とにべもない返事だった。NELM版のバイオグラフィーを調べると、確かに、ヌーヴェル・オプセルバトゥール紙（八五年六月二十八日付）に「抑圧に抗するジャン・マリー・クッツェー」なる記事が載ったと記録されていた。(11)

モデルとの関係でいうなら、〈自伝〉をのぞいて自伝的要素がもっとも強く感じられるのは『ペテルブルグの文豪』だろう。作家ドストエフスキーが息子パーヴェル（妻の連れ子）の死因——高所から落ちて死んだとされる——をめぐり、ペテルブルグの街を彷徨し、警察に出向き、真相を究明しようとする物語である。下敷きになっているのはロシアで実際に起きたネチャーエフ事件だが、この作品に色濃く読み取れるのはクッツェー自身の体験だ。八〇年にフィリパと離婚したのち二人の子供を育てたクッツェーは息子ニコラスの反抗に手こずった。母親を慕っていた息子は両親の離婚に憤怒をつのらせ、ことあるごとに父ジョンに反駁し、学校も休みがちだった。激動の南アで自己形成期を送ったニコラスは八九年四月、当時住んでいたヨハネスブルグの建物の十一階バルコニーから転落死した。(12)自殺も疑われたが遺書はなく、誤って転落したものと思われる。二十三歳になったばかりだった。クッツェーが『鉄の時代』を書いていたときである。

『鉄の時代』は、隠退した元ラテン語教師エリザベス・カレンが乳ガンの再発を告げられた日から娘に遺書として書き残す手紙、という形式の小説だ。出版されたとき、離婚した妻フィリパをモデルにしたのではないかと噂が立った。フィリパもまたそのころ乳ガンにかかって他界したからだが、クッツェーはポール・オースターとの『往復書簡集』のなかでこんなことを言っている。

しばしば（ほとんど常に？）小説家は自分のモデルのユニークな、個々の本質部分に探りを入れることに興味があるのではなく、彼女の面白い、使えそうな奇癖や外観——髪がカールして耳にかかっているようすとか［…］発音の仕方とか、歩くときに爪先が内向きになるといったことを拝借することに興味があるだけなのだ。

僕についていえば、登場人物はゼロから造形するのが好きだ［…］そのほうがより現実に近いような気がする。(13)

作品内の登場人物に、現実に存在したモデルをそのまま探してもあまり意味はないのだ。それでもカンネメイヤーの『伝記』によると、『青年時代』のガナパディを思わせる友人がロンドン時代にいたことは確かで、『サマータイム』のマーティンにしても、ケープタウン大学に就職するためにいっしょに面接を受けた人物がいたという。作中ではマーティンだけが受かったことになっているが、実際は二人とも職を得て、その後も同僚として親しかったというから、ここにもまたクッツェー特有の自己周縁化が見え隠れする。また三部作を通して登場する大勢の女性たちは、一一年に来日したクッツェー研究者デレク・アトリッジのことばを借りるなら、クッツェーが人生で出会った女性たちの「アマルガム」というのがあたっているだろう。女性たちを徹底的に解体し、細部の仕草などを生かして再構築（創造）したキャラクターなのだ。しかし、ここで思い出すのは先にあげた引用部後半「書くということはすべて自伝である」ということばだ。これはなにを物語るのか。

クッツェーの作品はいわゆる私小説からはほど遠い。しかし、個々の作品が書き出される瞬間はきわめて個人的なものだったと述べる研究があらわれた。近々出版されるデイヴィッド・アトウェル〔『ダブリング・ザ・ポイント』のインタビュアー〕の著書 *Face to Face With Time* である。クッツェーの初期原稿類を詳細に読み込むと、どの作品も作家自身の個人的な経験から書き出され、何度も書き直されて原型を留めないまでに変形されているという。しかし細部には生身の作家の経験が埋め込まれたチップのように残る。だからことばが強い身体性をもって迫ってくる。読者を作品内に巻き込んでいく強力な引力はおそらくそこから発生するのだ。「書くことはすべて自伝」というのはこのことを述べているのだろう。

書き直しの徹底がまた半端ではない。『マイケル・K』は手書き原稿でそっくり六作分の草稿があり、それぞれ主人公や筋立てが違う。初期の草稿には語り手が一人称のもの、詩人のものもあった。『恥辱』は十四回書き直され、『遅い男』は最低二十五のバージョンがあるという。

解体され再構築されるキャラクターといっても、クッツェーの自伝的作品には名前を変えながら登場しつづける人物もいる。『少年時代』のアグネスと『サマータイム』のマルゴだ。この二人の連続性は一目瞭然だ。「心を開いて、自分のことをなんでも」話せる相手として少年ジョンの「女性に恋をする」かたちを決定づけたとされる人物である。少年の一方的な語りのなかに登場したアグネスが「マルゴ」では幼なじみとしてジョンに好意的な語り手となりながら、そこに描かれるジョンの素顔は、朴訥で誠実な彼女の目からすれば、アフリカーナ社会が心穏やかならざる人物と見なすのだと感じさせるところが面白い。

また「アドリアーナ」では、五作目の小説『フォー』のスーザン・バートンのモデルはあなただ、最終的にはイギリス人女性になったが最初の草稿ではブラジレイラ（ブラジル人女性）だったのだ、と伝記作家に言わせたりしている。二作目の『その国の奥で』が書かれたころの恋人ソフィーが、当時はナイーヴにもこの作品に自分が出てくるものと思ったと述べる箇所もある。クッツェーの性格や政治的立ち位置を適確に分析できる人物が、恋愛中は「ほかの人間と親密になりながら想像世界からその人を締め出すなんて不可能」だと思ったと述べる場面だ。ソフィーはまた、クッツェー作品について、大胆でワイルドな初期の作品はすばらしいが『恥辱』のあとは野心に欠ける、フィクションの構成要素をコントロールする力が強すぎて創造的な情熱が足りない、とまことに鋭い評をくだす。考えてみれば、これは作家自身の自作分析でもあるのだ。「ソフィーというのは以前のフランス語訳者の名前ですね」と三度目の来日時に水を向けると、当の作家は軽く微笑みながら「ありふれた名前でしょ」と言って訳者を煙にまいた。『サマータイム』の最初のノートブックの末尾に加えられた「さらに追求されるべきは」云々は九九年か二〇〇〇年に作家自身によって書かれたものだと作中で若い伝記作家は述べている。つまり少なくともこの時点ではまだ作家クッツェーは生きていたという想定だ。そこで想起されるのが、クッツェーが実際に南アフリカからオーストラリアへ引っ越したのがそれからわずか二年後であることだ。『青年時代』——原稿は〇一年四月には完成——のゲラを抱えての引越である。移動後の作品『サマータイム』では「ジョン・クッツェー」はすでに物故した作家になっている。思うに、ジョン・クッツェーという人間は南アを出たとき一度死んだ、死んだことにした、と考えると腑に落ちる点がいくつもあるのだ。

土地《ランド》への屈折した愛

詩人を理解しようとする者は
詩人の国に行かねばならない。
——ゲーテ

『青年時代』のエピグラフに掲げられたこの詩はゲーテの『西東詩篇』からの引用である。『少年時代』や『サマータイム』にエピグラフはない。第一部、第三部は彼が生まれ育ち、六十二歳まで住み暮らした南アフリカを舞台にしているのに対し、この第二部では五章から舞台がロンドンに移る。南アが舞台となるのは最初の四章だけで、全体のおよそ五分の一にすぎない。若きクッツェーは詩人として成功することを夢見て、パウンド、エリオット、リルケを読み耽り、ロンドンでは詩の集まりに顔を出し、納得できる詩行を生み出そうと必死だ。そのためなら悪魔に魂を売ってでも、と思ったかどうかは別として、後半ブラックネルの暮らしでは、この願望を棚上げにしてチェスばかりやることになる。『青年時代』として一冊で出たときはそれほど明らかではなかったこのエピグラフの意味は、三作が一巻に収められたとき俄然、光を放ちはじめる。ここでいう「詩人」とはもちろん青年ジョンであり、「詩人の国」とは南アフリカであることは言を俟たない。

クッツェーは大都会が嫌いだと明言する。ロンドンに移り住んだ当初は新しい映画、音楽、美術、そして運命の女《ひと》との出会いを求めて、田舎に住むのを避けた。必死でイギリスに溶け込もうとしたが、歓迎されないよそ者として孤独に苛まれるばかりだった。のちに彼は、バッファロー時代に訪れたニューヨークについても、十六時間いただけで二度と見たくないと感じた、と書いている(14)。

南アフリカは宗主国からみれば紛れもない属国的《プロヴィンシャル》な土地である。そこから出ていく決意も固く、大学へ進み、メトロポリスへ出て詩人になることを夢想し、さらに時代の大国アメリカのオースティン、バッファローと移り住むなか、クッツェーが身にしみて体験したことは、自分を形成した南アフリカとの断ちがたい結びつきだっただろう。ロンドン郊外のサレーの森を散策しても、テキサスの広い丘陵を歩きまわっても、思い出されるのはカルーの広漠とした風景だったという。人は生まれる場所も時代も選べない。荒々しいまでに美しい南アフリカという土地は、彼の「内部にある傷」であり、戻りたくはないが戻るしかない場所であり、どこへいっても追いかけてくる記憶でありつづけた。自分はアパルトヘイトという人種差別制度による体制から利を得る階層に属する人間で、さらに大きなスパンで見るなら「十六世紀から二十世紀半ばにかけてヨーロッパ拡張期に行われた、物や人の動きをともなう戦略的移動の典型的末裔(15)」である、と認識するこの作家の脳裏から、この土地の記憶が薄れることはないのだ。

父方の農場を頻繁に訪れた少年時代もすぎ、なんらかの理由で往き来がなくなっていたフューエルフォンテインの農場。仕方なく南アへ舞い戻ってきたジョンは『サマータイム』のマルゴの章でこう述べる。

「[…]この国でぼくにどんな未来がある？　上手く適応できたためしがないこの国で？　きっぱり縁を切ったほうがよかったのかもしれないよ、やっぱり。愛するものから自分を切り離して自由になり、その傷が癒えるのを待つ」

（本書四八四頁）

少年期には自分が死んだらここに埋めてほしい、それがかなわぬなら荼毘に付してここに撒いてほしいと思ったカルーへの愛を、アメリカから帰国したジョンが深いメランコリーとともに、歴史的事実と絡めし語るシーンだ。これは作家がすでにオーストラリアへ移り住んだあとに書かれたものであることに注意したい。南アフリカという土地へのクッツェーの距離の取り方が非常によく出ている部分でもある。マルゴとジョンがエンストしたピックアップ内で一夜をすごし、曙光に包まれて姿をあらわすカルーを描くところは、マルゴという優しい心根の女性の口を借りてこの土地への思いが光とともにこぼれ落ちる美しい場面だ。

あるインタビューでクッツェーは「人は人生において心から愛せる風景はひとつしかないと思う。多くの地理地形をすばらしいと思い楽しむことはできても、直感的に愛することができるのはひとつの風景だけだ」と述べている。[16]この作家にとって「心から愛せる風景」とはカルー以外にないのだろう。乾いた赤土の広がるカルーの風景はジョン・クッツェーという人間の心の拠り所であり、原風景なのだ。そんな土地を「愛しすぎない」とはどういうことか。

南アのアパルトヘイト体制は一九九四年の五月、だれもが待ち焦がれた全人種参加の総選挙によって完全撤廃され、その結果、ネルソン・マンデラが大統領になった。体制は変わったが、経済格差や住宅問題は期待に反して思うようには改善されなかった。クッツェーが望んだ変化は、短篇「ニートノフェルローレン」[17]にも描かれているように、残念な結果に向かったと言わざるをえない。あまりにユートピア的な解放を望んでいたクッツェーの思想については、ソフィーの口を借りて『サマータイム』のなかでも語られている。

クッツェーがオーストラリアへの移住を具体的に考えはじめたのは、アデレードを初めて訪れた九〇年代のことだという。一般に言われてきたように政権党ANC（アフリカ民族会議）からの『恥辱』をめぐる批判とは直接の関係はない。[18]「懐かしい場所をうろつき、永遠に失われたものを嘆きながら」日々を送るよりは立ち去ったほうがいいと考え、ケープタウン大学を退職後、〇二年にアデレードへ移り住んだ。そう考えれば、移住後に彼が何度も口にしてきた「わたしは南アフリカをそれほど遠く離れたわけではない」ということばの真意も理解できる。

メトロポリスと辺境、検閲と残虐性

クッツェーが作品を出版するときの、辺境とメトロポリスをめぐる立ち位置は単純ではない。初作『ダスクランド』を英米の出版社から出す計画がすべて挫折し、南ア国内の名のある出版社からも断られ、最終的には同僚の強い推薦に助けられて、ヨハネスブルグのレイバンという出版社から出ることになった。反体制を打ち出す、勇気ある、新進気鋭の出版社だった。喜びながらもクッツェーは文芸書にはあまり縁のない出版社であることに驚いた。[19]

一九六一年に南アフリカ連邦から南アフリカ共和国になりコモンウェルスを脱退したこの国には、独自の辺境的《プロヴィンシャル》な位置から国民文学を確立すべきだという機運があり、そこには従来の植民地白人文学の内部に閉じこもる感情と、それに対抗する政治的動機に裏打ちされた国民文化を奉じる傾向が見られた。クッツェーはそのいずれにも反発する姿勢を見せた。[20]作家として、あるレッテルを貼られることを強く警戒し、作品がどのような文脈で出版されるかについても非常に慎重だった。書評家や各賞の審査員が下す権威づけも、必要とあらば回避しなければならないと考え、意に反する結果を招かないよう、インタビューを受けるための高度な技術を磨きあげた。

この態度は、メトロポリスの出版界やジャーナリズムおよび外部の読者が、アパルトヘイト体制下から出てくる文学に、南アの政治状況を外部世界に「解説」する役割を期待したこととも関係している。国内においてクッツェーは良く言ってコスモポリタンなモダニズム文学を継承する作家、悪く言えば政治に無関心な反民族主義的作家と見なされた。彼が「南アフリカ文学の作家」と言われることを嫌った理由は、メトロポリスと辺境をめぐる「英語文学」の複雑なコンテクスト抜きには語れないのだ。

次々と文学賞を受賞し、世界的な知名度を獲得した『夷狄を待ちながら』以降、彼の作品はまずイギリスで出版され、約一年後にアメリカで、という形が定着するが、義に厚いクッツェーは初作を出したレイバン社に南部アフリカ地域内で独自版を出す権利をあたえつづけた。この体制は『フォー』まで続く。

ノーベル賞受賞後は誰もが「世界文学の作家」と認めるようになったものの、この作家の出発点には、どのような作家として位置づけられるかをめぐる作家自身の強い意志と、どう売るかという出版界との微妙かつ複雑なせめぎあいがあった。クッツェーが最初から国や民族の境界を越えることを決意していたのは明らかだ。それをいま解きほぐして考えてみることは無意味なことではない。「世界文学」なる語が喧伝されてグローバリズムが吹き荒れる時代に、それは日本語という「辺境的な」言語のなかにクッツェー作品を投げ込むことの意味をも照らし出し、文学における辺境と中心の関係を明らかにすることにも繋がるからだ。

クッツェーの初期作品は数学の論理に強く牽引された作風を示している。たとえば『ダスクランド』の第一部と第二部の細部にわたる響き合いは、三次元の座標軸上で図形を回転移動させるさまを連想させる。前半と後半の関係についてクッツェーは「アイディアのレベルで関係があるが、それ以外での関係はゆるやか」だと述べている。[21] だがふたつのピースには用語上の緊密なクロス・レファランスが存在する。時代的に二百年の隔たりをもち、地理的にアメリカ合州国とヴェトナム、ヨーロッパと南部アフリカ、という帝国と辺境の組み合わせをもつ二つのテクストを結ぶ糸が、先述したように「クッツェー」という名前だったりするのだ。しかし、この初作について作者は〇九年の自作内で登場人物ジュリアにこう語らせて、まったく異なる光をあてる。

一つの作品として『ダスクランド』を見るとき、情熱が不足しているというつもりはありませんが、その背後にある情熱は曖昧です。わたしはそれを残虐性についての本として、征服の諸形態にまつわる残虐性を暴露する本として読みました。しかしその残虐性の具体的な出所はどこにあったか？　いまとなって見れば、その出所は作者自身に内在するものだったと思えるのです。この本についてわたしに提示できる最良の解釈は、それを書くことが自己管理されたセラピーとなるプロジェクトだったということです。それは私たちの時代、彼とわたしがともに生きた時代に、一定の光を投げかけることになります。（本書四〇七－四〇八頁）

『ダスクランド』を出した年にクッツェーはヴェジタリアンになった。作者自身に内在する残虐性は徹底して作品内に叩き込まれることになった、と右の引用は言っているのだ。ジュリアとジョンが「ともに生きた」七〇年代の南アフリカはイデオロギー的には破綻寸前の状態にありながら、検閲制度は極めて厳しい時代でもあった。検閲制度下で書くとは「愛していない人物とひどく親しくなることのようだ。親しくなりたくないのに、身体を押しつけてくる人物と」(22)と作家自身も述べているが、それは『サマータイム』出だしのノートブックが示すように、猜疑心と激しい抑圧を内面化することでもあったはずだ。

七七年に出た二作目『その国の奥で』は「1」から「266」まで番号が打たれた断章による作品構成で、異なるシーンが映画のモンタージュ風に連なっている。舞台は南アフリカ奥地の農場、隔絶された小社会で未婚の女性マグダの意識内と現実界で起きる出来事が交錯したシーンとして描かれていく。この実験的な作品が検閲委員会で厳しい審査を受けた。通常なら一人の検閲官が担当するところを、三人の検閲官が精読し審査する異例の扱いを受けたのだ。問題はレイプと異人種間の性交場面である。異人種間の結婚は当時「雑婚法」により、異人種間性交もまた「背徳法」により禁じられていた（とはいえ白人男性の異人種間性行為は特例扱いだったことは記憶しておこう）。検閲官は三人三様の報告書を提出した。当時の南アでは発禁措置をもつことは「名誉のバッジ」だったとクッツェーは語っているが[23]、最終的にこの作品は読者がインテリ層に限られ、一般社会への影響はあまりないことを理由に発禁にはならなかった。ちなみにクッツェー作品でほかに検閲の対象になったのは、八〇年の『夷狄を待ちながら』と、八三年の『マイケル・K』である。

『夷狄を待ちながら』は、前二作のどちらかというと論理が先行する作風からがらりと変わって、架空の時代の何処とも知れぬ帝国の植民地という設定だ。これを批評家たちは南アの検閲制度をかいくぐる戦略だったのではないかと考えたが、なんと、書きはじめたときの舞台は革命戦争後のケープタウンだったという。ロベン島はもはやネルソン・マンデラとその仲間が捕囚される監獄ではなく、国連の救助船が白人難民を一時上陸させるための場所だった。これはアトウェルの研究によってつい最近明らかになったことで、作風はエミール・ゾラばりのリアリズム、緊張した性関係を描く暗い恋愛小説だったというから驚く。作品の主人公は、共和国最後の日々の喧噪に投げ込まれたマノス・ミリスなるギリシア系南ア人で、難民センターの管理者であり、コンスタンティノープル陥落に関する本を書いている、いわゆる「世紀末小説」。しかし、この作品は途中で放棄され、新たな設定で書き直すためにクッツェーはモンゴルの歴史を徹底的に調べあげた。

クッツェーがこの作品と格闘する時期、南アでは新たな政治的惨事が起きた。拘禁中の黒人意識運動の思想家スティーヴ・ビコが拷問死したのだ。七七年九月の出来事である。死因究明の審問が公開法廷で開かれたときのケープタイムズの詳細な記事を、クッツェーはいくつも保存していた。クッツェーが作品を新たな設定で書き直した主要な動機が、アトウェルの調査で裏づけられたことになる。『夷狄を待ちながら』や『マイケル・K』といった自作のなかで、もっぱら投獄や軍事統制、拷問について書いたことは「この国の独房で起きていることを表現することが禁止されていたことに対する――あくまで〝病理学的〟」と言いながらも「応答」であったことは間違いないのだ。[24]

クッツェー文学と政治

一九六一年十二月、二十一歳の青年ジョンは「この国の土埃を足から振り払う」意気込みでロンドンに向かう船に乗る。国外へ出るのは初めてだった。七一年に帰国するまでの約十年間、途中帰国をはさんで、自分が生まれて育った土地の外部に身を置きながら南アフリカのことを考えた。行った先では常に自分をよそ者であると痛感し、故郷の土地への愛着と社会政治体制への嫌悪という両極に揺れる感情を抱きながらすごした。この時代について振り返りながら彼は「あのころの自分がいかに方向性を失っていたか、それはどれほど強調してもしすぎることはない」と述べている。[25] これは彼の作品を理解するうえで極めて重要な鍵である。

「ほとんど水難救助のように」六五年から移り住んだ米国では子供も二人生まれ、その子供たちにアパルトヘイト政権下の教育を受けさせたくない、と永住の道を必死で探ったが、当時の米国は「野獣の腹のなかに迷い込むよう」にヴェトナム戦争が泥沼化していった時代だった。「アフリカ文学の講義をするため招かれ」たニューヨーク州立大学バッファロー校で教えていたとき、反戦運動が熱を帯び、大学構内に警察が常駐する事態になった。警察の常駐や学生への処分に抗議して、学長（代理）への面会を求めて座り込んだ教師四十五人全員が逮捕される事件が起き、そのなかにクッツェーもいた。七〇年三月のことである。その結果、永住ヴィザを取得する努力は水泡に帰した。ヴィザの条件に「合州国を出て自国のためにアメリカでの教育を役立てる」ことが明記されていたこともあり、彼はやむなく南アへ帰国した。「ある種の運命というか、危機のなかに留まる決意」もあった[26]。
それ以後、初作『ダスクランド』を出し、第二作『その国の奥で』を出し、ついに作家として認められるまでの約六年間を書いたのが『サマータイム』だ。これは作家J・M・クッツェーの「重要なのに無視されている」生成期を伝える作品で、ハードカヴァー版には当時の作家のプロフィール（写真3）が使われている。南アへ帰国せずに「アフリカ文学を教えられる教師」としてカナダや香港で英文学を教える道もあったらどうだったか。「脇へ身を引き」一生を終えたかもしれない。そんな選択をしていたらどうだったか。その選択をせずに南アというあからさまな暴力社会に身を置き、いわば身を削るようにして書いてきたからこそ、あれほど強力な作品群が生まれたのだろう。しかし子供の教育からのみ考えるなら、その代償も大きかったかもしれない。

写真3　1970年代の作家プロフィール。

作家クッツェーは八〇年発表の『夷狄を待ちながら』によって世界的な知名度を獲得し、八三年の『マイケル・K』でブッカー賞を受賞し、『フォー』『鉄の時代』『ペテルブルグの文豪』『恥辱』と三、四年に一作の割合で着実に小説を発表しつづけた。『恥辱』でふたたびブッカー賞を受賞、ダブル受賞は賞の歴史はじまって以来のことだったが授賞をめぐるセレモニーには二度とも欠席、クッツェーらしいエピソードを残した。この時期、彼は米国のいくつかの大学で短期講座を教えながら基本的にケープタウンで暮らした。アパルトヘイト体制の厳しい検閲制度下で、体制が崩れていく激動の時期を、その土地で起きた出来事と向き合いながら書いた。この時代の作品にはどれも強い緊張感がみなぎっている。オーストラリアへ移住したのちに発表された作品と読みくらべると、作家みずからが作中人物に語らせるように、歴然とした違いがあるのだ。これはクッツェーが作品を創造する原動力をどこに置いていたかを示す重要なポイントである。例外が『サマータイム』、洗練された技法でありながらオーストラリア移動後としては作品強度が群を抜いているのは、南アで体験した出来事と彼自身の記憶をそのまま素材にしているからだろう。

『青年時代』には、六〇年代初頭のロンドンにいたジョンがヴェトコン、つまりヴェトナム民族解放戦線に共感して、中国で英語教師として役立ちたいと在英大使館に手紙を出すエピソードが出てくる。コンピュータ・プログラマーとして英国国防省の原子力兵器研究所の仕事に携わったことで「誤った側の」「軍拡競争に手を貸し、冷戦の共犯者となった」と述べながら、当時の反核デモには違和感も感じている。左翼思想に共感はするが、ハイスクール時代の軍事訓練をあの手この手で回避した人間はまた「群衆やスローガンをひどく嫌」い「命令への服従にはほとんど身体的な嫌悪感を示してしまう」のだ。[27]

八〇年代後半、南ア国内だけでなく世界中で反アパルトヘイト運動が盛りあがりを見せた時代、解放運動に近い文学者たち、たとえばナディン・ゴーディマは「文学は闘争の武器」とするANCの文化戦略を積極的に引き受けた。しかしみずからの原則に断固として忠実であろうとするクッツェーは、八七年十一月の「ウィークリー・メイル・ブック・ウィーク」でやむにやまれず、その文化戦略に対して「今日の南アフリカにおける小説と歴史」をめぐる根底的な疑義を公表した。物語はゴキブリとおなじくらい旧いのだとする「今日の小説」という一文が物議をかもした。『マイケル・K』の主人公には覇気がない、とゴーディマが公然と批評する当時の南アにあってはまことにセンセーショナルと受けとめられたのだ。クッツェーは「強力なイデオロギー的圧力」のかかった「歴史の下に小説を包摂する」傾向を批判し、「平常時は牧草地で草を食む二頭の雌牛のような関係の小説と歴史」がいまや、小説には「補足するか敵対するか」の二者択一しかなくなっていると批判して、小説の自立性を強く主張した。[28] 作家として、あるいは学者、教育者としてのクッツェーの、当時の政治、文化、解放運動、あるいは民族的アイデンティティに対するスタンスは『サマータイム』の「マーティン」と「ソフィー」の章でおおむね明解に展開されている。

アパルトヘイト解放闘争に積極的に関わった南アのリベラルな白人はたいがい南アフリカ共産党のメンバーかシンパであり、彼らが政権からどのような弾圧を受けたかは『少年時代』でも示唆されている。解放闘争はその流れのなかで展開された。東西冷戦の枠が崩れたことと軌を一にして、アパルトヘイトが撤廃へ舵を切ったのは偶然の一致ではない。何十年ものあいだ、南アフリカの政治制度は、鉱物資源に富んだサハラ砂漠以南のアフリカへロシアが侵攻するのを防ぐための要塞代わりを務めていたのであって、合州国政府は代々そのシナリオに乗っかってきた」とクッツェーはアメリカ市民であるポール・オースターに書き送っている。[29] 南部アフリカの歴史や政治情勢をめぐるこの二人の作家の認識の差異は、はからずも現代世界のメトロポリスと辺境の力学をあざやかに浮かびあがらせるやりとりとなっていて興味深い。

多言語世界と翻訳

母親が英語で子供を育てたためJ・M・クッツェーの第一言語は英語になった。教育も英語で受け、作品もみごとな英語で書く。だが、英語は「他者の言語」だったとこの作家は述べる。『リマータイム』をなしあげたころ、クッツェーはポール・オースターへの手紙のなかで、「僕はジャック・デリダが母語について書いた薄い本『他者の単一言語主義』[30]を愛読してきた」が、デリダがこの本で書いているのは「僕のこと」であり「僕と英語の関係のこと」ではないかと思った、と書き送っている。[31] これはどういうことだろう。

南アフリカという複数の言語が飛び交う社会内でクッツェーは長年生きてきた。アパルトヘイト時代の南アではヨーロッパ系白人は人口の二〇パーセントにすぎず、現在はさらに少ない。彼らの言語はオランダ系移民が持ち込んだオランダ語が変化したアフリカーンス語と、十九世紀以降勢力を伸ばしたイギリス系移民の英語に大別される。移民はオランダやイギリスのほか、ドイツ、ギリシア、フランス、ポルトガル、ポーランドなど東欧圏やバルト三国など広くヨーロッパ各地からやってきた。オランダ、イギリスが植民地としたマラヤ、バタビア（インドネシア）、セイロン（スリランカ）、南インドなどから奴隷として輸入された人たちの子孫も暮らしている。中国人もいる。年季奉公で働きにきたインド系もいれば、「ブッシュマン」や「ホッテントット」の蔑称で呼ばれた先住民の女性とヨーロッパ人男性の混血に始まるグリクワの人々など、何世代にもわたる混血が進み、受け継ぐ文化も混じり合っていた。「人種」なる概念を合法的搾取制度として組み込んだ近代のアパルトヘイト制度下で為政者は「カラード」というカテゴリーを設け、ヨーロッパ系白人にもバンツー系黒人にも入らない人たちをすべてそこに含めた。「ソフィー」の章でも出てくるように、クッツェーが「あたうるかぎりその使用を回避し」たこの「カラード」という語を使うときは要注意だ。バンツー系の黒人《ネイティヴ》と混同してはならない。彼らの言語は基本的にアフリカーンス語である。ケープ州はこのアフリカーンス語話者が圧倒的に多い。もちろん南ア全体で見るなら、ズールー語、コサ語、ヴェンダ語、ツワナ語、ソト語、北ソト語、ンデベレ語、といったバンツー系言語を母語とする人たちが国民の圧倒的多数を占めている。

ジョン・クッツェーの父母は大雑把にいってアフリカーンスの家系ではあったが、母方の曾祖父バルタザール・ドゥ・ビールがポメラニア（現ポーランド）出身のドイツ系宣教師だったことは、少年ジョンも母親ヴェラから聞かされて育った。その娘アニーが父親の書いた本をドイツ語からアフリカーンス語に訳して売り歩いた話が『少年時代』にも出てくる。だが宣教のため渡米中にイリノイ州で生まれたルイザ（作中ではマリーと呼ばれる）――ヴェラの母親――は生涯アフリカーナ文化への嫌悪感を抱きながら子供たちを頑固に英語で育てた。夫はアフリカーナでユニオンデール地区の国民党創設者だったというから、ジョンが生まれるかなり前に他界したこの母方の祖母はなかなかの人物だったようだ。

父方の家系は旧くは十七世紀に移民したオランダ人の系譜まで遡ることができる。一介の行商人から始まり農園主になった祖父ゲリットはイギリスびいきのアフリカーナだったが、婚姻関係を遡ると母方の系譜には英名も見られる。だからジョン・クッツェーの祖先にはイギリス系が含まれていることも否定できない[32]。植民地社会というのは基本的に混成社会なのだ。父系の名前だけから決めつけるわけにはいかない。それだけでもアフリカーナ民族主義の「純血」なる概念が、アメリカ合州国の白人至上主義に似て、いかに歴史的フィクションであったかがわかるだろう。

クッツェーの父方の親族内の言語は英語混じりのアフリカーンス語で、農場を訪れた少年ジョンはその雰囲気を「貪るように[…]吸い込む」。彼が好きなのはこのおかしな、踊るような言語、文中のあちこちで不変化詞がするりと脱落する言語」だ。アメリカやイギリスの漫画を好んで読み、映画館ではスクリーンに映るユニオンジャックに起立して敬礼した少年にとって、アフリカーンス語は「話すときは、人生の複雑に絡まり合った事柄が突然剝がれ落ち」ていく言語であり「どこへ行くにも付着してくる、目に見えない包み紙みたい」なものであり「そのなかに自由自在に入り込めて、即座に別人になれる。より単純で朗らかで足取りの軽い人物になれる」言語なのだ。ロンドン時代もまた、南アの田舎からやってきたいとこと会って「アフリカーンス語を話すのは数年ぶりだが、まるで温かい風呂の湯に滑り込むようにすぐにリラックスしきる」と感じる。親族、縁者たちと話をするときのアフリカーンス語は、大嫌いなアフリカーナ民族主義が教育現場で押しつけようとする言語でありながら、ジョン・クッツェーという人間のオリジンに組み込まれた言語でもあった。その言語への侮蔑を少年ジョンは許さない。

「イギリス人のことで落胆すること、真似はしまいと思うこと、それはアフリカーンス語に対する軽蔑だ。

彼らが眉を吊りあげ、横柄にもアフリカーンス語のことばを間違えて発音するとき［…］彼らとは距離を置く──彼らは間違っている、間違いよりもはるかに悪い、滑稽だ。彼としては、たとえイギリス人に囲まれていても譲歩しない。アフリカーンス語のことばを、本来口にされるべき音で、固い子音も難しい母音もすべて発音し分ける」と決意する。「クッツェー」という名のオリジナルの（オランダ語風の）発音にこの作家があくまでこだわる理由がこれでわかるだろう。とはいえ、青年時代にロンドンの街中でいとこの友人が大声でこの言語を話すと「もう少し低い声で話せばいいのにと思う。この国でアフリカーンス語を話すのはナチスの言語を話すようなものだといってやりたくなる」と考える。『サマータイム』のなかでもソフィーが、彼は「アフリカーンス語で書いているわけではな」いが「アフリカーンス語の尊厳への侮蔑だと思えるものに対しては［…］むかっ腹を立て」たと述べる。これがジョン・クッツェーのアフリカーンス語への屈折した姿勢である。六十八歳のときに『伝記』を書く許諾を出した相手がアフリカーンス語作家であったことも偶然ではないのだ。

クッツェーはオースティン時代、オランダ語を集中的に学んだ。それを生かして早い時期からオランダ語の小説や詩を英訳している。『青年時代』でもオランダ語のほかにこの言語に近いドイツ語への親近感を随所で述べている。ドイツ語に翻訳された自作を読むのは、もうひとつの自分《セルフ》を読んでいるようでとても興味深い、と来日時にも語っていた。カレッジ時代にラテン語を徹底的にやったこと、残念ながらギリシア語がカリキュラムにはなかったこと、憧れのフランス語や、パウンドの本に出てくる中国語を短期集中的に独習したがものにならなかったこと、スペイン語にはフランス語のようにサイレントの文字がないので助かるといったことが『青年時代』には出てくる。

クッツェーのほとんどの作品に描かれているのは基本的に多言語社会だ。そこには多様な言語を背景に生きる人たちが登場する。この三部作でも『サマータイム』はその傾向が強く、それぞれの登場人物の背景に複数の言語が透かし見える。ジュリアはソンバトヘイ〔現ハンガリー西部の都市で時代によってさまざまな呼称をもつ都市〕出身のユダヤ人宝石研磨工の子であり、本来の名前はユリア・キシュ、いや、キシュ・ユリアだ。その父母の生涯にはドイツ語、マジャール語、イディッシュ語などの奥深い世界が広がっている。マルゴはアフリカーンス語が母語だが妹キャロルはドイツ人と結婚している。ブラジルからアンゴラへ政治亡命し、さらに難民として南アにたどりついたアドリアーナの母語はブラジル・ポルトガル語で、インタビューは通訳を通して行われる。ソフィーはフランス語が母語である。

クッツェーが最初に翻訳したのはマルセルス・エマンツの『死後に発表する告白』で、翻訳にとりかかったのはバッファローで教えはじめた六八年だ。なぜ翻訳をしたのか、というカンネメイヤーの問いにクッツェーは、エマンツの属する自然主義の潮流――ゾラやハーディ――に興味があったなどいくつかの理由をあげる。しかしカンネメイヤーは『ダスクランド』の第一部の結び「ぼくがこうしているのは誰の落ち度か」を引用して、エマンツの本の主人公、愛なき結婚から生まれたテルメールのなかに、クッツェーが自分の生い立ちとの漠然とした類似を認めたのではないかと推察している[33]。死後に残るテクストというのは『鉄の時代』で使われる形式だが、これは作者の死後も生き残る文書の存在が強烈に意識される作品である。

思えば『サマータイム』は、クッツェーという作家が死後残したノートを使い、作家生前の知人友人にインタビューして書かれる伝記のメイキング本とも言えるだろう。ペーパー類をすべて記録のために保管する「記録魔」クッツェーはこの作品が出版された一年後、オーストラリアで毎年のように起きる山火事で焼失するのを防ぐべく、みずからの私文書、草稿類をオースティンのランサム・センター――彼自身がベケットの初期草稿を発見した場所――にすべて譲渡した。これでクッツェーという作家の背景を伝える文書類に誰もがアクセスできるようになった。

クッツェーは第一作目から翻訳を作品内に組み込んできた作家である。翻訳という行為を、複数の言語によってテクストとテクストの関係を繋いだり剝がしたりする手段として使うのだ。その結果、作家としての絶対的優位な位置からテクストを編み出す行為自体を、ある意味で相対化する視点が作品内にあらかじめ組み込まれることになる。後期作品になるほどその傾向が強くなり、みずからを世界文学の作家へおしあげた「英語」という帝国言語のありように批判を強めていく。〇九年の『サマータイム』に見られる多言語を意識的に重ね合わせて書き込む姿勢は、一三年の *The Childhood of Jesus* ではさらに顕著になり、他言語（スペイン語）世界を英語で書いていることを読者の目にさらす手法へと変わる。ここでもまた、ピーター・マクドナルドがオクスフォード大学の「偉大な作家」シリーズで語るように、「クッツェーを読むことは、英語が話されているもうひとつ別の国を訪れる」ことになっていくのだ。

場所を変える

アデレードへ移動してからのクッツェーはケープタウン時代とは打って変わって「ディナー・パーティでも客に対して大きな身振りを交えて冗談を」言うような朗らかな人間になった(34)。南アでは手を出さなかった庭作りにも精を出すようになった。相変わらず自転車で遠出をし、おびただしいメールにも丁寧に応答し、一日の日課を変えることはない。しかし彼は移民先のオーストラリアという土地の社会や言語について、さらに深く考えるようにもなった。

オーストラリアは——その領域内で数多くのアボリジナル言語がいまも生活に密着している事実があるにもかかわらず、一九四五年以降、南部ヨーロッパやアジアからの大量移民を奨励してきた事実があるにもかかわらず——僕が生まれた南アフリカよりはるかに「イングリッシュ」だ。オーストラリアでは公的生活はモノリンガルなんだ。さらに重要なのは、現実との関わりが誰の目から見ても疑問の余地の

ないやり方で、単一言語、つまり英語を仲立ちに成立している。(35)

おなじ南半球の旧イギリス植民地でも、彼が生まれ暮らしたケープタウンと移住先のアデレードの社会のありようがまったく異質だというのだ。さまざまな文化や言語を背景にした人々が通うケープタウン大学で長年教師をしてきた人間が、オーストラリアの単一言語主義の生活に感じる強い違和感は、フランスからの移民、クロアチアからの移民が登場する『遅い男』にも書き込まれている。二〇〇七年の*Diary of a Bad Year*の主人公は「フアン」とジョンのスペイン語読みをあて、他の登場人物もフィリピン系の移民だったりする。そこに描かれるのはいわゆる「ニューカマー」である。オーストラリア社会を「これほど英語にどっぷり浸かった環境」と呼び、そこで「暮らすことが僕におよぼす影響はひどく特異なものになってきた。つまりそれは僕自身と、僕がおおまかにアングロ的世界観《ヴェルトアンシャウウング》と呼ぶものとのあいだに懐疑的距離を作り出し、その世界観に組み込まれたテンプレートの枠内で人がどう思考し、どう感じ、どのように他の人たちと関係を結ぶかといった点で、その距離は広がるばかりだ」と述べることになっていくのだ。(36)

そして一三年の*The Childhood of Jesus*にいたっては登場人物は難民となり、舞台は時代を超越した輪廻的な架空空間となる。そこでは誰もが記憶を削除され、あらたに学習したスペイン語を使う。いまや世界の全地域を取り込む勢いのグローバル経済のツール＝英語という言語そのものを、クッツェーは英語で書かれた作品内部で剥離させて見せるのだ。ある意味、これは「愛着のある土地」から自分を切り離した者に初めて見える地平なのかもしれない。

一方、『往復書簡集』のなかでクッツェーは、オーストラリアへ移動してからひどい不眠症に悩まされ、連続して四時間熟睡できれば至福だ、とも述べている。タイムラグは不眠症の大敵であるにもかかわらず、国境や言語を超えて文学によって繋がる共同体を求めて、彼は講演や朗読のために世界中を駆けまわる。それでいて「奇妙なことに、僕はオーストラリアより西ヨーロッパにいるほうが寝つきがいい。そこは偶然ながら僕の生まれた南アフリカとおなじ時間帯だ［…］ひょっとすると、九年も住んだあとでも、僕の生物的有機体は対蹠地には適応しないということかもしれない」と吐露する。(37) 生物としての人間の個体は細胞レベルで記憶するものがあるということだろう。

南アフリカ一国内で見ると「政治嫌い」のレッテルを貼られそうなクッツェーだが、ノーベル文学賞受賞後は求められる仕事を誠実に、積極的にこなそうとする姿勢が見られる。たとえば〇五年に非営利出版社「オーク・トゥリー・プレス」の創設を支援し、そこからあがった利益をエイズ関連の子供たちの援助にまわす活動を始めた。〇八年には中国政府のチベットへの軍事行動に抗議する二十六人のノーベル賞受賞者に名を連ね、一〇年にはノーベル平和賞受賞者である中国の作家、劉暁波の釈放キャンペーンのため彼の詩を朗読する動画をネット上で公開し、また南アの「情報保護法案」への反対をいち早く表明した。一二年にはエルサレム国際作家祭に招かれたが和平交渉が再開されないうちは参加しないと述べ、一四年のソチ冬季オリンピックに際してはプーチン大統領宛の「反ゲイキャンペーン法」に抗議する手紙に署名。この間、彼はオーストラリアを根拠地とする動物保護団体「ヴォイスレス」の支援者となって常時、積極的に活動している。

記憶と贖罪

セラピストとなったジュリアは、三十代半ばにいたったクッツェーの「人生をかけるプロジェクトは穏《ジェントル》やかであること」だったと分析する。『ダスクランド』が「出たころ、ジョンはわたしにヴェジタリアンになると宣言しました［…］ヴェジタリアンへの移行は自己改造という、より大きなプロジェクトの一部であるとわたしは解釈しました。彼は自分の生活のあらゆる場で残虐かつ暴力的な衝動を封じ込めると強く決意したのです［…］封じ込めた暴力的な衝動を書くことのなかに投入した、その結果、彼にとって書くことは終わりなき、カタルシスを求める修行となって」いったと語るのだ。これはいうならば作家の自己分析であり、クッツェーという作家の作品行為の核となる思想をあらわしている。この姿勢は『少年時代』にもくり返し描かれる短気で頑固な内向的性格や、幼いころから暴力に満ちた社会（アフリカーンス少年たちの粗暴さ、男なら十歳前後で銃を手にして狩猟に出かける農場の生活、徴兵制度のある社会）で自己形成したクッツェー自身に内在する残虐性への対処法として編み出されたともいえる。そもそも旧植民地の白人社会（そして社会全体）には、宗主国から乗り込んでいった人間が「文明」の名において先住民を虐殺、屈服させて成立した歴史が埋め込まれ、それが過ちであったと気づいた（気づかない）人間の恐怖、不安が染み込んでいるのだ。

クッツェーは南アフリカという情報統制された社会の外部へ出ることによって――書物によって、実際にイギリスやアメリカで暮らすことによって――そのありようを徹底的に批判する目を養った。ロンドン時代の田舎者としての生活によってそれは鍛えられもした。『サマータイム』だけを見ると、複数の声が語る苛烈なことばによってジョン・クッツェーという作家の三十代を描き出すフィクションだが、三部作を通して読むと、この部分が『少年時代』や『青年時代』の主人公の思考や行動を分析し、補完し、人間クッツェーの全体像を多面的に描き出す部分であることがわかる。もちろん個別に読んでもそれぞれ十分に楽しめる作品であることは言うまでもない。

それにしても『サマータイム』がなぜこういう仕掛けめいた書き方になったのか、という疑問は残る。いったん自分を死んだ作家にし、他者の目からどう見えていたかを探り、突き放して描き出そうとする姿勢はどこからくるのか。この手法には一作ごとに誰もやっていないことをやる、というみずからに課した条件を満たすだけでなく、他者が語ることで装われる客観性という利点がある。それはまた根っから「ふりをすること」が苦手な人間の滑稽さを活写する方法としても効果的だ。しかし、さえない父親とぱっとしない息子が廃屋に住むというフィクションによってクッツェーが書きたかった本音は、五つの語りを挟み込むノートブックに秘められているのではないか。『少年時代』や『青年時代』のように率直に三人称単数で語られるこの部分は極めて政治的かつ個人的なもので、まるでインタビュアーがあびせる数々の疑問に間接的に応答しているように思える。さらには、ある種の個人的贖罪の低い響きさえ感じられるのだ。

どうやら『サマータイム』の隠し味はこのノートブックに、とりわけ最後の「日付のない断章」にありそうだ。そのひとつが教育者の職務について述べる箇所である。母親がわずか一年だが大学へ通ったときに学んだ教育理論――ふと脳裏に浮かぶモンテッソーリ、シュタイナー――によって育てられた少年は、みんなと違うという疎外感を抱え込みながら、カルヴァン主義者の教育理論が提唱する「型に嵌める教育」に抵抗しつづけた。子供にみずからの希望を託す母親は「教育者の職務として、別の理想を選び取」り「その理想をなんとか自分の子供たちに刻印」しようとした。だが、その期待が息子たちにとっていかに重たかったかは容易に想像がつく。そんなに強く愛されても、それとおなじ強さで母親を愛することはできない、これは罠だ、と少年の憤懣はつのるばかりだ。がしかし、みずからも親になり、ときが経ち、教師であった母親が「教育者の職務とは子供の生得の才能を見抜いて育てることであり、才能はその子が生まれながらにもっているもの、その子の個性となるもの」と信じて育てたゆえに現在の自分があることを再認識するときが訪れる。最近の彼の教育論を聞いていると、母親が自分を育てた理論に従って亡き息子を育て直す試みを新作内でやっているのかとふと考えてみたくなる瞬間があるほどだ。

一方、父親は他人に気に入られたいあまり、自分を律することのできないふがいない人と息子の目には映った。そんな父親に少年は嫌悪感を隠さず、青年時代もまた父親のようにだけはなるまいとロンドンで歯を食いしばる。その強固な感覚がふっと緩んだとき、作家自身もまた二人の子供の父親として分厚い壁にぶちあたり「自分は家庭向きの人間ではない」と吐露するとき、いまはなき父親の姿に別の光があたったのではないか。テバルディのレコードをめぐる一件はなにを語るのか。いま晩年が間近に迫り、これまでの人生を回顧するとき、若いころ父親に感じていた軽蔑や嫌悪の記憶とそれなりの和解の方法が必要になったのだろうか。父親と息子の関係を再度、作品内に書き込むことが人生の残り時間になすべき贖罪のひとつだと考えたのだろうか。父親が咽喉ガンの手術をして帰宅した場面で、父親を見捨てて作家としての道を進むしかない、と述べる最終部は胸に迫る。日々謝ってきたのはカマキリに対してだけではなかったのだ。

わたし自身の真実

この三部作はクッツェーという人間の生い立ち、家族関係、自己形成期、作家J・M・クッツェーが誕生した歴史的背景の舞台裏をみずから伝える作品であり、そこにはフィクション化された「他者による自伝」という形式によって初めて描くことができると作家が考える真実が詰まっている。クッツェー作品は無批判に登場人物とその行動に自分を重ね、共感してストーリーを読み、消費することをなかなか許さない。明晰かつ簡潔な強いことばで一気に読ませながら、読者の側に知らず知らず自省へ誘う契機を手渡すからだ。そんな批評手渡された側には、歴史や土地をめぐるみずからの立ち位置を見直す沈黙が醸し出されていく。水面は穏やかだが水中には激烈な暗流が潜む海を泳ぐようなもの、と言われるのはそのためかもしれない。空間へのきっかけを文章内に埋め込む作家、それがクッツェーだ。「クッツェーを読むこと」は、

マクドナルドは先の講演で『フォー』と『恥辱』を取りあげ、とりわけ『恥辱』の書き出しに焦点をあてる。セックスの問題を上手く解決してきたはずの主人公デイヴィッド・ルーリーが直面する問題は、セックスの問題を上手く解決できなかったことではなく、セックスは解決すべき問題だと考えたこと自体にあり、作中でそれが次第に明らかになっていく、と述べる。読者が立ち会わされるのは、問題の立て方が崩壊し、

動物をモノと見立てた近代ヨーロッパ的合理主義そのものの残虐性が問われる場面だ。クッツェー作品に見られる顕著な傾向、それは自虐ではなく、ヨーロッパ的伝統によって整然と理解される言語内で、とりわけ植民地化とそれがもたらした現実のなかで次々と頭をもたげる矛盾と疑問、そして真実を求める徹底した省察なのだ。とすれば『サマータイム』のような手法を編み出した作家の内的衝動をも推察できるだろうか。

真実がわたしの利益にならないかもしれないときに、なぜわたし自身の真実について関心をもたなければならないか？　それに対して、わたしはプラトン的な答えを提出しつづけます、つまり、われわれは真実というイデアをもって生まれついているからだと。[38]

早朝の、一日のうちでもっとも澄んだ時間を創作にあてる。書かずにいると気分が落ち込むので、毎日欠かさず執筆する。その姿勢はオーストラリアへ移ってからも変わらない。非常に個人的なことから書きはじめて、何度も書き直すことで具体的な痕跡を消し、作品の普遍的テーマ性を高めて、より完成度の高い作品にしあげていく。南アフリカという剝き出しの暴力が人間を支配する土地に生まれ、そこで生きたクッツェーは、体制の激変という危機の時代と向き合いながら、ぶれることなく、その時代性と地域性を超える、すぐれて倫理的な作品を生み出してきた。作品は無駄をそぎ落とした、そっけないまでに簡潔かつ明晰な文体を特徴とする。クリスタルのように硬質なことばで書かれる文章は読みやすいが、作品の内部からはくり返し問いかける声が聞こえてくる。研ぎ澄まされた感覚にかすかに感知されるものとして、真実はあくまでことばの奥に隠されている。彼の作品を読むことはやがて、その真実を探求する豊穣な旅になっていくのだ。

註

（1）二〇〇九年の訳者宛のメール。
（2）*Doubling the Point: Essays and Interviews*, ed. David Attwell (Harvard UP, 1992) p.391. 以下、この本からの引用には*DP*と略記してページ数を記す。
（3）*DP*, p.394.
（4）J. C. Kannemeyer, *J. M. Coetzee: A Life in Writing*, translated by Michiel Heyns, Scribe, p.17, p.620. 以下、この本からの引用は『伝記』と略記してページ数を記す。
（5）『伝記』p.64.
（6）『伝記』p.137.
（7）『伝記』p.210, p.641
（8）『伝記』p.21.
（9）*J. M. Coetzee, A Biography*, compiled by Kevin Goddard and John Read, NELM, 1990, p.15.
（10）『伝記』p.17, p.620.
（11）*J. M. Coetzee, A Biography*, p.33.
（12）『伝記』p.455.
（13）『ここでいま――ポール・オースターとの往復書簡集（仮題）』一〇年十月二十一日付手紙。以下、この本からの引用は『往復書簡集』と略記して日付を記す。
（14）『伝記』ジャック・コープへの手紙、p.208.
（15）ダーゲンス・ニューヘーテル紙、二〇〇三年十二月八日付のインタビュー。
（16）『伝記』、p.208.
（17）拙訳。「神奈川大学評論」七六号、二〇一三年十一月。
（18）『伝記』、p.535.
（19）Peter D. McDonald, *The Literature Police, Apartheid Censorship and its Cultural Consequences*, Oxford UP., 2009, p.137.
（20）Peter D. McDonald, *The Literature Police, Apartheid Censorship and its Cultural Consequences*, p.305.
（21）『伝記』p.238.

（22）J. M. Coetzee, *Giving Offense*, University of Chicago Press, 1996, p.38.
（23）*DP*, p.298.
（24）*DP*, p.300.
（25）（26）（27）*DP*, p.337.
（28）*The Novel Today*, Upstreem, 1988.
（29）『往復書簡集』二〇一〇年七月二十九日付の手紙。
（30）Jacques Derrida, *Monolingualism of the Other, or The Prosthesis of Origin* (Éditions Galilée, 1996), translated by Patrick Mensah, Stanford UP., 1998. 邦訳は『たったひとつの私のものではない言葉——他者の単一言語使用』守中高明訳、岩波書店、二〇〇一年。
（31）『往復書簡集』二〇〇九年五月十一日付の手紙。
（32）『伝記』pp.620-621.
（33）『伝記』p.183.
（34）『伝記』p.599.
（35）（36）『往復書簡集』二〇〇九年五月二十七日付の手紙。
（37）『往復書簡集』二〇一一年五月五日付の手紙。
（38）*DP*, p.395.

J・M・クッツェー年譜／著作リスト

［年譜］

1940（誕生）　2月9日、ジョン・マクスウェル・クッツェーは、ザカライアス・クッツェー（1912－1988）とヴェラ・ヒルドレッド・ヴェーメイエル・クッツェー（1904－1985）の最初の子としてケープタウンのモーブレイに生まれる。誕生直後から母親と住居を転々とする。父親は弁護士、母親は小学校教師。

　クッツェーという名の由来は17世紀にヨーロッパからケープ植民地に移民したオランダ系植民者まで遡ることができるが、代を重ねるにつれイギリス系を含むさまざまな系譜が入り混じる。フューエルフォンテイン農場のクッツェー家初代所有者だった祖父ゲリット・マクスウェル・クッツェーは、最初の男の子にゲリットという名をつける家系に生まれたアフリカーンス（母親はイギリス系の名）だがクリケットに興じる親英派で、子供たちは英語混じりのアフリカーンス語を日常語とした。

　母親ヴェラもまたアフリカーンスの混成家族の生まれ。宣教師としてドイツ（現ポーランドのポメラニア）から南アフリカへやってきた曾祖父バルタザール・ドゥ・ビールが、モラビア出身の宣教師の娘アンナ・ルイザ・ブレヒャーと結婚、一家で渡米中にヴェラの母親ルイザが生まれる。ルイザの夫ピート・ヴェーメイエルもまた17世紀にオランダ東インド会社社員としてケープ植民地へやってきたドイツ系の祖先をもつアフリカーンス。ルイザとピートは英語もオランダ語もできたが、子供たちには英語の名をつけ（ローランド、ウィニフレッド、エレン、ヴェラ、ノーマン、ランスロット）、家庭でも英語を使用。娘ヴェラもまたザカライアス・クッツェーと結婚したのち家庭では英語を使い、子供たちを英語で教育する。

1941（2歳）　5月、父親が負債を帳消しにするため南アフリカ軍に従軍。

1943（3歳）　4月、母子がヨハネスブルグに住んでいるとき、弟デイヴィッド・キース・クッツェー（1943－2010）が誕生。

1944－45（4－5歳）　父方の農場に滞在中、カラードの子供たちと遊んでいてアフリカーンス語が話せるようになる。リベラルな考えの両親のもと、家庭では英語が使われ、教育も英語で受け、作品も英語で書くようになる少年は、英語とアフリカーンス語が飛び交う混成文化のなかでバイリンガルとして育つ。第二次世界大戦が終り、北アフリカ、中東、イタリアで南ア軍に従軍していた父親が帰還。

1946（6歳）　一家でポルスモアの帰還兵士用宿舎に住む。1月、ポルスモア小学校に入学。二学期に教師の配慮で一年飛び級。それ以後、学業は問題なくこなせたが、周囲の子供より身体的に幼いことに悩む。父親が帰還兵向け住宅局勤務になり、ローズバンクへ引っ越す。ローズバンク小学校へ転校。

1948（8歳）　5月、選挙でアフリカーナ民族主義を奉じる国民党が政権を掌握し、アパルトヘイト政策を打ち出す。父親が公務員職を失う。

1949（9歳）　父親がヴスターのスタンダード・カナーズに職を得て、5月に一家で内陸へ引っ越す。ヴスターの男子小学校スタンダード3に転入。教会に行かず、子供をアフリカーンス語で教育しようとしない両親は、偏狭なアフリカーナ民族主義者から「裏切り者」と見なされ、ジョン自身も学校で文化摩擦の矢面に立たされる。

1951（11歳）　父親が弁護士業を再開するため、年末にケープタウンに戻り、都会生活の寛容さに安堵を見いだす。

1952－56（12～16歳）　家族、親族はプロテスタントだが、マリスト修道会が運営するカトリック系の聖ジョゼフ・カレッジへ入学。アパルトヘイト政策により締めつけが厳しさを増す教育制度のなかで、陸の孤島のような、比較的自由な雰囲気の学校でギリシア人やユダヤ人の混じる生徒たちと思春期をすごす。

　最初はプラムステッドのエヴァモンド通り、隣接するミルフォード通りの借家に住んで列車通学をするが、ロンデボッシュへ引っ越し、徒歩数分の距離となる。クリケットのクラブに入り、詩作に熱中。再会したローズバンク時代の友人ニック・スタサキスと写真に凝り、自宅に暗室を設ける。以後、写真への関心を持ちつづける。友人たちと西洋古典やロシア文学を読みあさる。バッハに音楽の古典を見出し、母親にせがんでピアノを買ってもらう。父親の弁護士事務所経営が破綻し、借金がかさむ。聖ジョゼフ・カレッジを卒業。

1957（17歳）　ケープタウン大学（UCT）に入学。母親の犠牲的行為を見るのが嫌で、モーブレイに部屋を借りて自立。奨学金やアルバイトから得た収入で諸経費をまかなう。父親の飲酒癖と借財が家族にもたらした困窮や、アパルトヘイト体制下で政府が強いる徴兵などから逃亡するため、学位取得後は海外へ移住する決意を固める。ガイ・ハワースの創作の授業に出席。T・S・エリオット、エズラ・パウンドの詩法に学びながら詩を書く。

1958（18歳）　母方の大叔母アニーの死去。中古の茶色のフィアット500を購入。ジョンティ・ドライヴァーらと年刊文芸誌「フローテ・スキュール」を編集、詩を発表する。

1959（19歳）　1学年下に在籍した演劇専攻のモーナ・フィリパ・ジャバー（1939－1990）と出会い、『ドン・キホーテ』の詩劇化を試みる。

1960（20歳）　3月21日、トランスヴァール州シャープヴィルで平和裡に行われていた集会の参加者を警察が水平撃ちし、69人が殺される。3月30日早朝、ケープタウン郊外のタウンシップ、ランカで警察が住民を急襲、大きな抗議デモが起きる。徴兵制が厳しくなる。英文学の学士号取得。

1961（21歳）　数学の学士号取得。12月、卒業と同時にイギリスへ向かう。南アフリカは国名を共和国に変えてコモンウェルスを脱退。

1962（22歳）　1月、サウサンプトン港に到着し列車でロンドンへ向かう。北部ハイゲイトに住み、IBMでコンピュータ・プログラマーとして働きながらエヴリマンシネマで最新映画を楽しみ、BBCの第三プログラムで音楽や詩の新潮流を知る。奨学金を得てUCT修士過程に在外学生として籍を置き、ガイ・ハワースの指導のもとにフォード・マドックス・フォードの作品について修士論文を準備。英国図書館でフォードの他作品を読んで落胆、南部アフリカの初期探検記を発見。10月、キューバ危機。

1963（23歳）　春にIBMを辞め、空路アエロフロート機でロンドンからハルツーム、カンパラ、ケープタウンへと乗り継ぎ帰国。パールルで女子高校の教師をしていたフィリパ・ジャバーと再会、7月に結婚。ガーデンズのフラットに住み、フィリパのタイプライターで修士論文を打ちあげ、11月に提出、修士号を取得。12月末、新婚夫婦は船でロンドンへ。

1964（24歳） 1月10日下船。サレーのバグショットに住み、2月10日からブラックネルのインターナショナル・コンピューターズで働きはじめる。ケンブリッジに通いながら作業をし、オールダマストンでプログラムをインストール。ロンドンの書店でサミュエル・ベケットの『ワット』を発見。米国の大学に行く準備を開始する。リヴォニア裁判でネルソン・マンデラ等に終身刑。

1965（25歳） 弟のデイヴィッドがロンドンへ。母親ヴェラが2人の息子をロンドンに訪ねる。8月30日、サウサンプトンからイタリア船オーレリア号でニューヨークへ。9月8日に下船。オースティンのテキサス大学大学院博士課程にフルブライト奨学生として、学費免除、年額2300ドル*支給、新入生に英作文を教える条件で籍を置く。図書館でベケットの手書き原稿を発見し、初期小説の言語学的研究に打ち込む。西南アフリカやナマクワランドへの探検記録を発見。17世紀から宣教師たちが編纂してきたナマ語の語彙集、文法書などを読む。ドイツ語、オランダ語などを集中的に学ぶ。

（*クッツェー自身は*DP*のインタビューで2100ドルと述べているが、テキサス大学からの手紙では2300ドルだとカンネメイヤーは記している。）

1966（26歳） 6月、長男ニコラス誕生。

1967（27歳） テキサス大学フェローとなる。広く英文学を教えるが、アフリカ出身者としての要請に応えるため、アフリカ文学全般を集中的に読む。

1968（28歳） 4月、フィリパがニコラスを連れて南アフリカへ一時帰国。7月、ニューヨーク州立大学バッファロー校に職をえて移動。8月、フィリパたちが合流。11月、長女ギゼラ誕生。この年、マルセルス・エマンツの*A Posthumous Confession*の翻訳を開始（出版は75年）。

1969（29歳） 1月、ベケットの英語小説の文体分析論で博士号取得。カナダや香港の大学で教える選択肢も視野に入れて、米国永住の方法を探りつづける。ベケットがノーベル文学賞を受賞。

1970（30歳） 南アフリカへの帰国を回避しながら、1月1日、第一小説*Dusklands*（『ダスクランド』）の後半部となる「ヤコブス・クッツェーの語り」を書きはじめる。全国的なヴェトナム反戦運動が高まるなか、3月15日、クッツェーを含む45人の教師たちが、一方的に学生を処分し学内に警察を常駐させる学長代行との話し合いを求めて管理棟へ到着、学長代行はあらわれず、教師たち全員が逮捕され起訴される（1年後に全員無罪）。米国永住が不可能となり、南アフリカの教育制度下で子供を育てたくないという願望が断たれる。12月、妻フィリパと子供たちが米国を出て南アへ帰国。

1971（31歳） 奨学金授与の条件に、いずれ生国へ戻り、勉学で得た知識を自国文化のために役立てなければならないと明記されていたことや、逮捕によってヴィザ延長の見込みが断たれたこともあり、5月、クッツェー自身も未完成の第一小説の草稿を抱えて、やむなく南アフリカへ帰国。フューエルフォンテイン近くのマライスダルの農場の空き家に家族で3カ月住み、作品を書きつづける。12月、UCT英文学非常勤講師に任命される。

1972（32歳） 1月2日、「ヤコブス・クッツェーの語り」を完成し、アメリカのエージェントに送り、南ア国内の出版社に持ち込むが不成功に終わる。6月11日に「ヴェトナム計画」を書き始める。UCTの英文学講師に任命される。フレンカイルン、ウィンバーグ、トカイと移り住む。

1973（33歳） 5月24日、「ヴェトナム計画」を完成。滞米中に英訳したマルセルス・エマンツ著 *A Posthumous Confession* の出版がオランダ翻訳推進協会によって決定（75年にはボストンの出版社からも出る）。二部構成の『ダスクランド』の原稿を南ア国内の出版社や英米のエージェントに送るが不成功に終る。11月、ピーター・ランドールがヨハネスブルグで始めたばかりの出版社レイバンでついに出版が決定。

1974（34歳） 4月、『ダスクランド』を刊行。旧態依然とした西欧中心主義的文学観から抜け出せない南アフリカ文学界での鮮烈なデビューとなる。南ア最高のCNA賞の最終候補となるが、ナディン・ゴーディマの *The Conservationist* に譲る。ヴェジタリアンになる。12月1日、次の作品 *In the Heart of the Country*（『その国の奥で』、邦題は『石の女』）を書きはじめる。この時期、アンゴラ、モザンビーク、南西アフリカ（現ナミビア）、ローデシア（現ジンバブエ）などで民族解放闘争が激化、旧ソ連の梃入れ、キューバ軍のアンゴラ駐留などで緊張感が高まる。南ア政府は南部アフリカ全域で旧植民地白人政権を援助する不安定化をはかる。

1975（35歳）　映画や写真の影響の色濃い実験的テクスト『その国の奥で』は、何度も修正され、より簡潔な凝縮度の高いものに書き換えられ、その過程で場面転換を容易にするため各セクションに番号が付される。異人種間のレイプや性交のシーンが検閲制度に抵触しないか、発禁の危険性をにらみながら、編集者ランドールと何度も手紙のやりとりをする。

1976（36歳）　5月21日、ランドールに『その国の奥で』の最終原稿を送る。同時にニューヨークとロンドンのエージェントにも送付。検閲委員会の出方に備えて出版を確実にする種々の方法を探る。6月16日、ソウェト蜂起勃発、教育言語をアフリカーンス語にするという教育省方針に反発したソウェトの黒人中高生が抗議を開始、全国に広がる。11月、UCTの上級講師に任命され、研究室をあたえられる。

1977（37歳）　6月、英国でセッカー&ウォーバーグ版『その国の奥で』を刊行。米国ではハーパー社から *From the Heart of the Country* のタイトルで出る。9月、次作の執筆に着手、最初はケープタウンを舞台にした作品だったが、すぐに放棄し、何度も改稿を重ね、架空の時空間を舞台にした *Waiting for the Barbarians*（『夷狄を待ちながら』）を書く。同月、スティーヴ・ビコが拷問死。『その国の奥で』がモフォロ・プロマー賞を受賞。

1978（38歳）　2月、レイバンからバイリンガル版（対話部分にアフリカーンス語を含む）『その国の奥で』を出版、3月に1977年のCNA賞を受賞。ロンデボッシュへ引っ越す。

1979（39歳）　渡米して客員教授としてテキサス大学で半年、カリフォルニア大学バークリー校で3カ月教えながら、言語学の新潮流を学ぶ。渡米中に『夷狄を待ちながら』を完成、7月、エージェントに原稿を送る。

1980（40歳）　10月、『夷狄を待ちながら』を刊行し、英国のジョフリー・フェイバー賞とジェイムズ・テイト・ブラック・メモリアル賞を受賞、世界的な知名度をえる。南アのCNA賞を受賞（二度目）し、授賞式スピーチで「南アフリカにおける英語の国民文学」という概念について疑問を投じる。数年来、暗礁に乗りあげていた結婚生活を解消し、フィリパと離婚。

1981（41歳）　*Poems from Chrysanten, roeiers*, by Hans Faverey をオランダ語から英訳。

1982（42歳）　ペンギン版『夷狄を待ちながら』が出

版され、初作『ダスクランド』も英国で初出版される。

1983（43歳） 9月、*Life & Times of Michael K*（『マイケル・K』）を刊行して、英国のブッカー・マコンネル賞、南アのCNA賞（三度目）を受賞。同時に、英語アカデミー南部アフリカ作家賞を受賞。作家としての世界的評価が確立。南アの出版社からの依頼でアフリカーンス語から英訳したウィルマ・ストッケンストロームの*The Expedition to the Baobab Tree*を刊行。UCT特別研究員に就任。

1984（44歳） UCT文学部教授に就任。就任記念にジャン＝ジャック・ルソーの『告白』の冒頭を引用し「自伝のなかの真実」を講演。

1985（45歳） 3月、母ヴェラの死。『マイケル・K』でフランスのフェミナ・エトランジェ賞を受賞。『その国の奥で』をもとにベルギーのマリオン・ヘンセル監督が映画“Dust”を制作、原作者として非常に不満。ANCが「この国を統治不能に」と呼びかける。7月、P・W・ボタ大統領がイースタン・ケープ州などに非常事態宣言を発令。

1986（46歳） *Foe*（『敵あるいはフォー』）刊行。アンドレ・ブリンクと編集した南アの作家、詩人のアンソロジー*A Land Apart: South African Reader*を刊行。6月、非常事態宣言がウェスタン・ケープ州に拡大される。

1987（47歳） 4月、イェルサレム賞受賞。11月、ケープタウンのバクスター劇場で開催されたウィークリー・メイル・ブック・ウィークで「今日の小説」を読みあげて物議をかもす。サミュエル・ベケット財団の後援者になる。自伝的作品のノート作成開始。

1988（48歳） 南アの白人文学の思想行動様式について書いた*White Writing: On the Culture of Letters in South Africa*を刊行。6月、父ザカライアスの死。ノーベル文学賞候補者に名前があがる。「南アフリカの農場小説」に関するエッセイでプリングル評論賞を受賞。

1989（49歳） 4月、バルティモアに滞在中、長男ニコラスの死を知る。6月、非常事態宣言が全土に拡大。8月、デクラークが大統領に就任。10月、ウォルター・シスルー等政治囚が解放される。デイヴィッド・アトウェルとのインタビューを計画。

1990（50歳） 2月2日、非合法組織が合法化され、同月11日、ネルソン・マンデラが釈放される。7月、元妻フィリパの死。9月、*Age of Iron*（『鉄の時代』）をサンデー・エクスプレス賞を受賞。マジシ・クネーネにＵＣＴの名誉博士号が授与されるよう尽力。

1991（51歳） 2月、*The Master of Petersburg*（『ペテルブルグの文豪』）を書きはじめる。5月、デクラーク大統領が国会でアパルトヘイト法の撤廃を宣言。8月、ドロシー・ドライヴァーとともに初めてオーストラリアを訪問。アデレードを訪れ、強い印象を受ける。自転車のアーガス・サイクル・ツアーに参加して自己ベストのタイムを出す。オーストリアのグラーツで「古典とは何か」を講演。

1992（52歳） *Doubling the Point*（文学評論とインタビュー集）を刊行。

1994（54歳） 3月、『ペテルブルグの文豪』を刊行。5月、全人種参加の総選挙の結果、ネルソン・マンデラが大統領になり、アパルトヘイトが完全撤廃される。イタリアのモンデッロ賞を受賞。

1995（55歳） 2月、憲法制定議会が開会。真実和解委員会が活動開始。ＵＣＴから名誉博士号を受ける。7月、母の死後まもなくノート作成を開始した伝記的作品の手書き原稿完成（本書第一部、当初のタイトルは*Scenes from Provincial Life*）。『ペテルブルグの文豪』がアイリッシュ・タイムズ国際小説賞を受賞。12月、オランダで「リアリズムとは何か」を講演。オーストラリアへの移住の可能性を探りはじめる。

1996（56歳） 憲法制定議会が新憲法を採択。11言語が公用語に。新出版法が制定され、検閲制度が廃止される。検閲制度についての評論*Giving Offense*を刊行。イタリアのフェロニア・フィアーノ市賞を受賞。10月、*Youth*（『青年時代』、本書第二部）を書きはじめる。11月、ベニントン・カレッジでの講演「リアリズムとは何か」で、英語圏で初めてエリザベス・コステロが登場。

1997（57歳） 8月、*Boyhood*（『少年時代』、本書第一部）を刊行。プリンストン大学でノベラ形式の講演をする（のちに*The Lives of Animals*（『動物のいのち』）に所収）。

1998（58歳） 多くの講演依頼を辞退し、作家活動に集中する。

1999（59歳） *Disgrace*（『恥辱』）を刊行してブッカー賞受賞、賞の歴史上初の二度目の受賞。小説化された講演集『動物のいのち』刊行。南アフリカテレビが"Passages"を制作。大統領がマンデラからムベキに代わる。

2000（60歳） 5月、『恥辱』が南ア与党ＡＮＣと人権委員会から批判される。6月、コモンウェルス作家賞を受賞。オランダのテレビ局が“Van de schoonheid en de troost”（「美と慰め」の意）を制作。

2001（61歳）4月、『青年時代』の原稿を完成。3月、ピーター・ランパックから転送されたカンサス・シティ・スター編集者の『恥辱』をめぐる10の質問に、例外的に答えを返す。9月、*Stranger Shores*（文学評論集）刊行。11月、サンタフェで『青年時代』から朗読。12月、UCTを退職。

2002（62歳）オーストラリアのアデレードへドライヴァーとともに移住。アデレード大学客員研究員となる。5月、『青年時代』刊行。オクスフォード大学から名誉博士号を受ける。

2003（63歳）9月、小説化された講演集 *Elizabeth Costello*（『エリザベス・コステロ』）刊行。10月、シカゴ大学でノーベル文学賞受賞を知る。12月、ノーベル賞受賞記念に「彼と彼の部下」を講演、晩餐会スピーチで母と子のエピソードで笑いをとる。イタリアのグリンザーネ・カヴール国際賞受賞。

2004（64歳）*Landscape with Rowers*（オランダ語からの訳詩集）を刊行。『エリザベス・コステロ』がオーストラリアのクイーンズランド州知事賞を受賞。6年間のシカゴ大学社会思想委員会のメンバーとしての活動に終止符を打ち、作家活動に専念。この数年は海外からのおびただしい招待を辞退。とりわけ11月の大統領選挙でブッシュが再選されるなら渡米は差し控えると公言する。

2005（65歳）4月、*Summertime*（『サマータイム』、本書第三部）を書きはじめる。9月、南アフリカのマプングブエ国家勲章（金）を受賞。同月、*Slow Man*（『遅い男』）を刊行。フィリップ・グラスが『夷狄を待ちながら』をオペラにし、ドイツのエルフルトで初演。

2006（66歳）3月、オーストラリアの市民権獲得。6月、ポーランドを訪問し、母方の曾祖父の生地を訪ねる。9月、トリノで短篇「ニートフエルローレン」を朗読。同月末、サミュエル・ベケット生誕百周年記念シンポジウム特別ゲストとして初来日、「ベケットを見る八つの方法」を講演。

2007（67歳）3月、*Inner Workings*（文学評論集）刊行。9月、*A Diary of a Bad Year* 刊行。12月初旬、国際交流基金の招聘でドライヴァーとともに再来日、2週間にわたって日本各地を旅行、*A Diary of a Bad Year* から朗読する。

2008（68歳）　6月、伝記作家J・C・カンネメイヤーから伝記を書きたいという手紙を受け取る。『恥辱』がオーストラリアのスティーヴ・ジェイコブズ監督とアナ＝マリア・モンティセッリ脚本で映画化、9月にトロント映画祭で初上映され国際批評家賞を受賞、10月には中東国際映画祭で最優秀作品として黒真珠賞を受賞。

2009（69歳）　2月、弟デイヴィッドの病気を知る。3月、カンネメイヤーがアデレード訪問。5月、ワシントンに弟を見舞う。7月のオランダ語版『サマータイム』に続いて、9月に英語版を刊行、ブッカー賞とコモンウェルス小説賞の最終候補になる。

2010（70歳）　1月、弟デイヴィッドの死。5月、アムステルダムでエヴァ・コッセらの企画で生誕70年を記念するイベントが開かれる。同月、オースティンのテキサス大学を訪れ、南アの検閲制度が自作をどのように扱ったかを語る。6月、フランスのツールーズで開かれた南アフリカ作家祭で「ニートフェルローレン」を朗読。『サマータイム』がクイーンズランド州知事賞を受賞。

2011（71歳）　1月、インドのジャイプール文学祭に参加。南アでクッツェーの肖像をレリーフにしたプロテア金貨が鋳造される。6月、ヨーク大学で開かれたサミュエル・ベケットのシンポジウムで *The Childhood of Jesus* から朗読。同月、カナダのキングストン作家祭に参加。9月、一巻にした自伝的三部作 *Scenes from Provincial Life*（本書）を刊行。10月、関連書類をすべてオースティンのランサム・センターに譲渡。

2012（72歳）　6月、ノリッジ文学祭に参加。7月、ベルギーの作曲家ニコラス・レンスがオペラにした『遅い男』がポーランドのポズナニで初演。9月初めから、ドイツ、フランス、イギリスとまわり、アメリカに渡ってオールバニでポール・オースターと近刊の往復書簡集から朗読、スタンフォード大学で朗読と討論に参加。12月、ヴィッツヴァーテルスラント大学で、独自の教育論を展開する。UCTで *The Childhood of Jesus* から朗読。

2013（73歳）　2月下旬、第1回東京国際文芸フェスティヴァルの特別ゲストとして三度目の来日。3月、*The Childhood of Jesus* とポール・オースターとの往復書簡集 *Here & Now* を刊行。4月、北京で開かれた第2回中国オーストラリア文学フォーラムに前年のノーベル文学賞受賞作家、莫言と登壇。同月、南アメリカのコロンビアで国際作家セミナーに参加して朗読、検閲制度について語る。9月、ベルリンの国際文学祭に参加。12月、ネルソン・マンデラ死去。

2014(74歳) 4月、チリとアルゼンチンのブックフェアでオースターと朗読。6月、ノリッジ文学祭に参加予定。11月、3日間にわたりアデレードで"Traverses: J. M. Coetzee in the World"が開催される予定。

1984－2003のあいだ、米国のニューヨーク州立大学、ジョンズ・ホプキンス大学、ハーヴァード大学、スタンフォード大学、シカゴ大学などで学期単位で教壇に立つ。

(年譜作成にあたっては、おもにNELM版バイオグラフィー、ノーベル賞公式サイト、*Doubling the Point* の作家自身の発言、J・C・カンネメイヤー著 *J. M. Coetzee: A Life in Writing*、ハリー・ランサム・センターの公式サイト等を参照した。)

［著作リスト］

小説・自伝的作品

Dusklands, 1974.『ダスクランド』（赤岩隆訳、スリーエーネットワーク、１９９４）

In the Heart of the Country, 1977.『その国の奥で』（邦訳『石の女』村田靖子訳、スリーエーネットワーク、１９９７）

Waiting for the Barbarians, 1980.『夷狄を待ちながら』（土岐恒二訳、集英社ギャラリー世界の文学20、１９９１／集英社文庫、２００３）

Life & Times of Michael K, 1983.『マイケル・K』（くぼたのぞみ訳、筑摩書房、１９８９、ちくま文庫、２００６）

Foe, 1986.『フォー』（邦訳『敵あるいはフォー』本橋哲也訳、白水社、１９９２）

Age of Iron, 1990.『鉄の時代』（くぼたのぞみ訳、世界文学全集Ⅰ期－11、河出書房新社、２００８）

The Master of Petersburg, 1994.『ペテルブルグの文豪』（本橋たまき訳、平凡社、１９９７）

Boyhood: Scenes from Provincial Life I, 1997.『少年時代』（くぼたのぞみ訳、みすず書房、1999）、「少年時代」として本書所収。

Disgrace, 1999.『恥辱』（鴻巣友季子訳、早川書房、２０００、ハヤカワepi文庫、2007）

Youth: Scenes from Provincial Life II, 2002.「青年時代」として本書所収。

Elizabeth Costello, 2003.『エリザベス・コステロ』（鴻巣友季子訳、早川書房、２００５）

Slow Man, 2005.『遅い男』（鴻巣友季子訳、早川書房、２０１１）

Diary of a Bad Year, 2007. 未邦訳。

Summertime: Scenes from Provincial Life III, 2009.「サマータイム」として本書所収。

Scenes from Provincial Life, 2011. 本書。

The Childhood of Jesus, 2013.

評論・講演・書簡集など

White Writings: On the Culture of Letters in South Africa, 1988.

Doubling the Point: Essays and Interviews, 1992.

Giving Offense: Essays on Censorship, 1996.

The Lives of Animals, 1999.『動物のいのち』（森祐希子・尾関周二訳、大月書店、２００３）

Stranger Shores: Literary Essays, 1986-1999, 2001.

The Nobel Lecture in Literature, 2003, 2003.

Inner Workings: Literary Essays, 2000-2005, 2007.

Here & Now, letters 2008-2011, 2013.『ここでいま――ポール・オースターとの往復書簡集（仮題）』（くぼたのぞみ・山崎暁子訳、岩波書店、２０１４年刊行予定）

訳書

Emants, Marcellus. *A Posthumous Confession*, 1975.

Poems from Chrysanten, roeiers, by Hans Faverey, 1981.

Stockenström, Wilma. *The Expedition to the Baobab Tree*, 1983.

Landscape with Rowers: Poetry from the Netherlands, 2004.

編書

A Land Apart: A South African Reader edited with André P. Brink, 1986.

（作成：くぼたのぞみ）

訳者あとがき

最後に謝辞と経緯と希望を少し。

日本では初訳となる作品を二作も含むかたちで一巻として訳出することを快諾してくれたジョン・クッツェー氏に感謝する。作家の助言に従って、二〇一一年十一月に初夏のケープタウンへ旅したことは幸いだった。ケープタウン大学や聖ジョゼフ・カレッジ、トカイ通りやポルスモア刑務所など、この三部作の舞台となった場所を訪れ、国道一号線を走ってカルーへ連なる乾いた風景を楽しむことができた。ヴスターの町には、中央の広場に尖塔を空へ突き立てたオランダ改革派教会があり、通りは古い側溝を残し、駅前から伸びるユーカリの並木道は昼でも人影がなく、風に吹き溜まった赤い土埃に靴が深く沈んだ。ポプラ通りやリユニオン・パークにも足を運んだ。国道をさらに走りタウスリヴァーまで行って引き返した。往路は一九八八年に完成したユグノー・トンネルを抜けたが、帰路は旧道を走ってドュ・トイの峠を越えた。「マルゴ」でジョンがピックアップのエンジンを冷ますために二度も停車しなければならなかった場所だ。遠くステレンボッシュ、パールルを望み、エディー少年の故郷とされるイダの谷を横に見ながらケープタウンへ戻った。宿の窓から毎朝ながめるテーブルマウンテンの頂きを風に吹かれて流れ落ちる白い雲がテーブルクロスと呼ばれることを知り、旅の途中で撮影した写真から幾枚かを本書カバーと扉に使った。

カンネメイヤーの『伝記』のことを知ったのは一二年五月で、クッツェー氏の配慮により原稿でいち早く読むことができた。巻末の年譜はおもにこの『伝記』をもとにして作成したが、著者が他界したため最終的な編集ができなかったという『伝記』には残念ながら年代の不一致などがいくつか見られる。とはいえそこに掲載された写真はじつに多くを物語っていて、そのなかから二枚の写真を解説内に転載した。作家の家族が七〇年代に撮影したという髭の顔写真（六四九頁）は、訳者が八〇年代末にキング・ペンギン版で初めて見たこの作家のプロフィールで、ハードカバー版『サマータイム』のカバー折り返しにも使われている。この三枚の写真使用については作家から、訳者の「目的に最適の写真」とコメントつきで快諾をいただいた。

三部作を翻訳出版する企画は一一年二月に始まり、その約三年後に作業が終った。クッツェーの硬質なことばを日本語に移すことは訳者にとって、奇しくも東日本大震災と福島第一原発事故によってこの社会内であらわになった現実と向き合うための支えとなった。第二次世界大戦後、約半世紀におよんだアパルトヘイト体制は終ったが、世界に先駆けて「テロとの戦い」を掲げ、その末期には日本製のハイテク機器や車を駆使して人間を支配したヨーロッパ由来のこの搾取制度は、いま世界中にあからさまな形で散乱したかのようだ。解放後、南ア社会の経済格差はアパルトヘイト時代以上に広がり、二〇一〇年にはブラジルを抜いて世界一になってしまった。それはなにを物語るのか。解放が一国のものであるかぎり興味はないとして、時代と向き合い、ぶれることなく書いてきたJ・M・クッツェーの作品とそのことばが、3・11以降ややもすると軸もなく、歯止めもきかない相対化の泥沼に足を取られそうなこの土地で、人が生き延びるための杖になることを祈りたい。

この三年はまた訳者にとって、長い封印を解いてふたたび詩と向き合いはじめた時期でもあった。北の旧植民地で生まれ育った者が、クッツェーを翻訳する過程でみずからの記憶にふたたび光をあてて検証することを促されたのだ。ケープタウンへの旅とさまざまな記憶の交差点でことばがこぼれた。詩集『記憶のゆきを踏んで』（水牛／インスクリプト）が本書と同時に出ることになったのは望外の喜びである。

八九年に日本でクッツェー作品の初訳として『マイケル・K』（筑摩書房）が出てから四半世紀がすぎ、

こうしてクッツェーの人間としての形成期、作家としての生成期を伝える自伝的作品を訳出できたことは感慨深い。〇六年九月、〇七年十二月、一三年三月と三度の来日によって、この作家を日本の読者が身近に感じられるようになったことも嬉しい。近々、彼が率直に本音を語る、ポール・オースターとの『往復書簡集』(岩波書店)もお届けできると思う。

『少年時代』(みすず書房)は九九年に単行本で出版されたが、作家が全面的に手を入れたと知り日本語訳も全面改訳して、旧訳の「その子」を「彼」で統一した。また「アメリカ合州国」と字義通り訳したことに合わせて「英国博物館」とした。『サマータイム』「マルゴ」内の、サミュエル・ベケットの『ゴドーを待ちながら』からの「誤」引用は安堂信也/高橋康也訳『ゴドーを待ちながら』(白水社)を参照した。『青年時代』の翻訳については東京大学准教授の田尻芳樹さんの適確かつ貴重な助言に大変助けられた。「アドリアーナ」内のブラジル・ポルトガル語の読みについては作家・翻訳家の旦敬介さんに教えていただいた。間村俊一さんの美しい装丁は幸甚というしかない。そのほか長丁場の作業を激励し、支えてくれた多くの方々に心から感謝したい。そしてこの三部作の出版を実現してくれたインスクリプトの丸山哲郎さん、本当にお世話になりました。ありがとうございました。

二〇一四年、リラの花咲く季節に

【著者】

J. M. Coetzee（J・M・クッツェー）

1940年，ケープタウン生まれ．ケープタウン大学で文学と数学の学位を取得．英国のコンピュータ会社で働きながら詩人をめざす．65年，奨学金を得てテキサス大学オースティン校へ，ベケットについて研究し博士号を取得．68年からニューヨーク州立大学で教壇に立つが，永住ヴィザがおりず，71年に南アフリカに帰国．以後ケープタウン大学を拠点に米国の大学でも教えながら，初小説『ダスクランド』を皮切りに，南アフリカや，ヨーロッパと植民地の歴史を遡及する，意表をつく，寓意性に富んだ作品を次々と発表し，南アのCNA賞，フランスのフェミナ賞ほか，世界的文学賞を数多く受賞．83年の『マイケル・K』と99年の『恥辱』では英国のブッカー賞を史上初のダブル受賞．本書の第三部『サマータイム』も2009年の同賞最終候補となる．ケープタウン大学退職後，02年にオーストラリアのアデレードへ移住．翌03年にノーベル文学賞を受賞，「巧みな構成力や示唆的な対話，鋭い分析力」をもつ作品と「ヨーロッパ文明の残虐な合理主義と見せかけのモラリティを容赦なく批判」したことがおもな受賞理由．74年にヴェジタリアンになって以来，動物に対する人間の残虐な扱いを根底から批判検証する姿勢を強め，オーストラリアへ移住後は非営利シンクタンクVoicelessのメンバーとして積極的に活動を続ける．06年，07年，13年と3度来日．

【訳者】

くぼたのぞみ（Kubota, Nozomi）

1950年，北海道新十津川生まれ．翻訳家，詩人．東京外国語大学卒．

訳書：J・M・クッツェー『マイケル・K』（筑摩書房，1989；ちくま文庫，2006），『まんがアパルトヘイトの歴史』（共訳，1990，日本評論社），アニー・ディラード『ティンカー・クリークのほとりで』（共訳，めるくまーる，1991），マジシ・クネーネ『アフリカ創世の神話——女性に捧げるズールーの讃歌』（共訳，人文書院，1992），ピーター・リーライト『子どもを喰う世界』（共訳，晶文社，1995），ベッシー・ヘッド『優しさと力の物語』（スリーエーネットワーク，1996），ロジャー・ローゼンブラット『中絶』，サンドラ・シスネロス『マンゴー通り，ときどきさよなら』，同『サンアントニアオの青い月』（以上晶文社，1996），イザベル・フォンセーカ『立ったまま埋めてくれ』（青土社，1998），J・M・クッツェー『少年時代』（みすず書房，1999），マリーズ・コンデ『心は泣いたり笑ったり』（青土社，2002），エドウィージ・ダンティカ『アフター・ザ・ダンス』（現代企画室，2003），アミラ・ハス『パレスチナから報告します——占領地の住民となって』（筑摩書房，2005），チママンダ・ンゴズィ・アディーチェ『アメリカにいる，きみ』（河出書房新社，2007），J・M・クッツェー『鉄の時代』（池澤夏樹個人編集の世界文学全集I-11，河出書房新社，2008），チママンダ・ンゴズィ・アディーチェ『半分のぼった黄色い太陽』（河出書房新社，2010），同『明日は遠すぎて』（河出書房新社，2012），ゾーイ・ウィカム『デイヴィッドの物語』（大月書店，2012），J・M・クッツェー＆ポール・オースター『往復書簡集』（共訳，岩波書店，近刊）ほか．

著書：詩集に『風のなかの記憶』（自家版，1981），『山羊にひかれて』（書肆山田，1984），『愛のスクラップブック』（ミッドナイト・プレス，1992），『記憶のゆきを踏んで』（水牛／インスクリプト，2014）．共著書に「南アフリカへの机上の旅——朗誦し，語り，書くこと」（中村和恵編『世界中のアフリカへ行こう』所収，岩波書店，2009）．

サマータイム、青年時代、少年時代
―― 辺境からの三つの〈自伝〉

J・M・クッツェー

訳　者　くぼたのぞみ

2014年6月24日　初版第1刷発行

発行者　丸山哲郎
装　幀　間村俊一
発行所　株式会社インスクリプト
〒101-0051 東京都千代田区神田神保町1-40
tel: 03-5217-4686　fax: 03-5217-4715
info@inscript.co.jp
http://www.inscript.co.jp

印刷・製本　中央精版印刷株式会社
ISBN978-4-900997-42-4
Printed in Japan

インスクリプトの書籍より

中上健次集　全十巻

戦後文学の頂点を刻む作品群を網羅した決定版撰集。

一 岬、十九歳の地図、他／二 蛇淫、化粧、熊野集／三 鳳仙花、水の女／四 紀州、物語の系譜、他／五 枯木灘、覇王の七日／六 地の果て 至上の時／七 千年の愉楽、奇蹟／八 紀伊物語、火まつり／九 重力の都、宇津保物語、他八篇／十 熱風、野生の火炎樹

各巻四六判上製角背かがり綴カバー装　平均定価3,500円＋税
9ポ二段組平均450頁　片観音口絵、月報付

四十日

ジム・クレイス／渡辺佐智江訳

イエスと断食者たちの荒れ野の四十日。神なき地平に超越性の感触を甦らせるクレイスの代表的長篇。

四六判上製312頁　定価：本体2,600円＋税

フォークナー、ミシシッピ

エドゥアール・グリッサン／中村隆之訳

ヨクナパトーファ・サーガにクレオール世界を読み込み、アメリカスの時空間に新たなフォークナー像を描く。

四六判上製424頁　定価：本体3,800円＋税

〈関係〉の詩学

エドゥアール・グリッサン／管啓次郎訳

炸裂するカオスの中に〈関係〉の網状組織を見抜く、必読のクレオール主義批評。

四六判上製288頁　定価：本体3,700円＋税

［近刊］

第四世紀

エドゥアール・グリッサン／管啓次郎訳

『レザルド川』に続く長篇小説第二作。いよいよ姿を現すマルティニック・サーガの核心部、待望の翻訳。